홍루몽

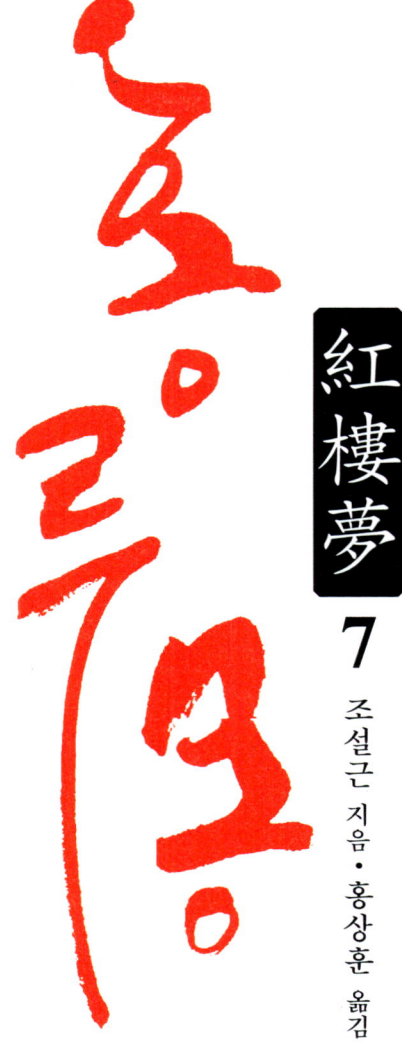

紅樓夢

7

조설근 지음 • 홍상훈 옮김

솔

寶釵
설보차 薛寶釵

진보옥甄寶玉

가석춘 賈惜春

통령보석 通靈寶石
강주션초 降珠仙草

通靈寶石
絳珠仙草

| 일러두기 |

1 — 이 번역은 조설근曹雪芹 · 고악高鶚 저, 『홍루몽紅樓夢』(북경北京: 인민문학출판사 人民文學出版社, 1996)을 완역한 것이다.
2 — 독자들의 이해를 돕고자 각 권의 책 뒤에 역자 주석과 함께 가계도, 등장인물 소개, 찾아보기, 대관원 평면도, 연표 등을 부록으로 붙였다. 번역의 주석은 저본底本의 주석과 기타 문헌을 참조하여 각 회마다 1, 2, 3, 4… 차례대로 번호를 매겨 붙였으며, 특별한 경우가 아니면 저본의 원래 주석은 따로 구별하여 밝히지 않았다. 본문의 등장인물에는 •, 찾아보기에는 * 표시를 하고, 부록 면에 각각 가나다 순으로 간단한 설명을 달아두었다.
3 — 이 번역에서 책 제목은 『』로, 시나 짧은 문장, 그림 제목, 노래 제목 등은 「」로 표시했다.
4 — 등장인물에 대한 호칭은 대화를 비롯하여 특별히 필요한 경우가 아니면 일괄적으로 본명으로 표기했다. (예: 가우촌→ 가화, 진사은→ 진비)
5 — 본문에 인용된 시 구절은 주석의 분량이 길어지는 것을 감수하고 가능한 한 원작 전체를 소개했는데, 이는 해당 구절의 정확한 의미와 인용된 맥락을 이해하는 데 도움을 주기 위해서이다.
6 — 각 권 앞에 실은 그림들은 청나라 때 개기改琦가 그린 것으로 『청채회홍루몽도영 淸彩繪紅樓夢圖詠』(중국서점, 2010)에 수록된 것이다. 본문 중 각 회마다 사용된 삽화는 『전도금옥연全圖金玉緣』의 공개된 삽화를 다듬어 사용한 것이다.
7 — 본문에서 시詩, 사詞, 부賦 등 문학작품, 역자 주석이 달린 부분, 성어成語, 의미 강조가 필요한 부분, 동음이의어와 인명, 지명, 사물명 등 처음 나오는 고유명사에 한자를 병기했다. 부록의 각 항목에도 한자가 병기되어 있으며, 한글과 독음이 다를 경우〔 〕를 사용했다.

| 차례 |

제104회 취한 금강은 미꾸라지처럼 큰 물결 일으키고
정 많은 가보옥은 아픔이 남아 옛정을 떠올리다 21

제105회 금의위에서 녕국부 재산을 조사해 몰수하고
감찰어사가 평안주를 탄핵하다 41

제106회 왕희봉은 재앙을 초래하여 수치스러워하고
태부인은 재앙과 우환을 없애달라고 하늘에 기도하다 59

제107회 태부인은 남은 재산을 나눠주어 대의를 밝히고
가정은 천은을 입어 세습 직위를 회복하다 77

제108회 설보차를 즐겁게 해주려고 억지로 생일잔치를 열고
죽은 이 못 잊다 소상관에서 귀신의 곡소리를 듣다 97

제109회 향기로운 영혼을 기다리다 오아에게 잘못된 사랑을 쏟고
죄업의 빚을 갚고 나서 가영춘은 본래 세계로 돌아가다 119

제110회 태부인은 천수가 다해 저승으로 돌아가고
왕희봉은 쓸 힘이 위축되어 인심을 잃다 145

제111회 원앙은 주인을 따라 죽어 태허의 세계로 올라가고
비열한 종은 하늘을 속이고 도적 떼를 끌어들이다 165

제112회 억울하게도 묘옥 스님은 큰 재앙을 당하고
원한을 죽음으로 갚아 조이낭은 저승으로 가다 187

제113회 지난 죄업을 참회하며 왕희봉은 유노파에게 의탁하고
 옛 감정을 푼 하녀는 다정한 도련님의 마음을 이해하다 209

제114회 덧없는 생을 겪은 왕희봉은 금릉으로 돌아가고
 진응가는 황은을 입어 대궐로 돌아가다 229

제115회 자기 생각에 미혹된 가석춘은 평소의 소원을 맹세하고
 진보옥의 실체를 알게 됨으로써 가보옥은 지기를 잃다 245

제116회 통령보옥을 얻고 태허환경에서 선계의 인연을 깨닫고
 어머니 영구를 모시고 고향으로 돌아가 효도를 다하다 267

제117회 탈속한 이를 가로막아 두 미녀는 옥을 지키고
 무리를 모아 못된 자식이 혼자 집안일을 맡다 289

제118회 하찮은 미움을 마음에 담은 외숙은 어린 조카를 속이고
 수수께끼에 놀란 처첩들은 어리석은 이에게 간언하다 313

제119회 향시에 급제한 가보옥은 속세의 인연을 끊어버리고
 황제의 은혜로 가씨 집안은 누대의 번영을 이어가다 335

제120회 진비는 태허환경의 정경을 상세히 들려주고
 가화는 붉은 누각의 꿈을 귀결시키다 363

역자 주석 398

부록 가씨 가문 가계도 410 | 주요 가문 가계도 411 | 등장인물 소개 412
 찾아보기 432 | 가부와 대관원 평면도 447 | 연표 448

제104회

취한 금강은 미꾸라지처럼 큰 물결 일으키고
정 많은 가보옥은 아픔이 남아 옛정을 떠올리다

醉金剛小鰍生大浪　癡公子餘痛觸前情

가보옥은 임대옥을 잊지 못하고 슬픔에 잠기다.

가화賈化가 막 강을 건너려는데 누군가 나는 듯이 달려오며 소리쳤다.
"나리, 방금 들어가셨던 사당에 불이 났습니다!"
가화가 돌아보니 이미 불길이 하늘을 태울 듯 활활 솟구치고, 날리는 재가 시야를 가리고 있었다.
'이상하구나. 막 나와서 몇 걸음 걷지도 않았는데 갑자기 어디서 불이 났을까? 설마 진사은甄士隱이 화를 당한 건 아니겠지?'
그는 돌아가보자니 강을 건너지 못할 것 같고, 가보지 않자니 마음이 불편했다. 잠시 생각해보다가 그 사람에게 물었다.
"조금 전에 거기서 그 도사가 나오는 걸 보았느냐?"
"사실 소인은 나리를 따라 나왔는데, 배탈이 나서 잠깐 뒷간에 다녀왔습니다. 그러다가 무심코 돌아보니 불길이 보이지 않겠습니까! 알고 보니 바로 그 사당에서 불이 난 것이라 급히 달려와서 말씀드린 겁니다. 하지만 누가 나오는 건 보지 못했습니다."
가화는 이상한 생각이 들긴 했지만, 어쨌든 세속의 명리에 마음을 두고 있는 사람인지라 돌아가 살펴보려는 생각은 하지 않았다. 결국 그는 그 사람에게 이렇게 분부했다.
"너는 여기 있다가 불이 꺼지거든 들어가서 그 도사가 있는지 살펴보고 즉시 내게 와서 보고하도록 해라."

그 사람은 어쩔 수 없이 분부에 따를 수밖에 없었다.

강을 건넌 가화는 몇 군데를 직접 들러 조사한 뒤에 공관公館에 들어가 쉬었다. 이튿날 아침 다시 길을 떠나 경사로 돌아가니, 많은 아역衙役[1]들이 마중을 나와 앞에서 길을 열고 뒤에서 옹위하며 관아로 향했다. 가화는 가마에 앉아 있다가 앞에서 길을 여는 이가 호통치는 소리를 들었다.

"무슨 일이냐?"

그 관리가 한 사람을 끌고 와서 가마 앞에 무릎을 꿇리고 아뢰었다.

"저 작자가 술에 취해서 길을 비키지도 않고 오히려 달려들었습니다. 소인이 호통을 쳤더니 주정을 부리며 길 가운데 드러누워서는 때릴 테면 때려보라고 하지 뭡니까!"

"나는 이 지역을 다스리는 사람이다. 너희는 모두 내 자식 같은 백성들인데 본관이 행차하는 걸 알고도 그랬단 말이냐? 술에 취했다 하더라도 길을 피하지는 못할망정 감히 행패를 부리다니!"

그러자 그 사람이 대꾸했다.

"제가 제 돈으로 술을 먹고 취해서 황제 폐하의 땅에 누웠으니 대감 나리라 해도 상관하실 수 없는 거 아닌가유?"

"저놈이 국법 같은 건 안중에도 없는 모양이구나. 이름이 뭔지 물어보도록 해라."

"저는 취금강醉金剛 예이倪二●라고 하는데유."

가화는 그 말에 화가 치밀었다.

"여봐라, 저 금강이란 놈에게 곤장을 때려라! 과연 정말 금강[2]인지 보자!"

이에 부하들이 예이를 엎어놓고 야무지게 곤장을 몇 대 때리자, 너무 아파 술이 깬 예이가 싹싹 용서를 빌었다. 가화가 가마 안에서 껄껄 웃으며 말했다.

"알고 보니 별것 아닌 금강이었구나. 잠시 곤장을 멈추고 관아로 끌고 가서 천천히 문책하도록 해라."

여러 아역들이 "예!" 하고 예이를 오라에 묶어 끌고갔다. 예이가 애원하며 용서를 빌었지만 소용없었다.

가화는 궁에 들어가 해당 부서에 보고하고 돌아왔다. 하지만 예이의 사건 같은 것은 신경 쓰지도 않았다. 그런데 당시 거리에서 그 소동을 구경했던 이들이 삼삼오오 모여서 소문을 퍼뜨렸다.

"예이가 힘 좀 쓴다고 술에 취해 남들을 괴롭혀대곤 했는데, 오늘 가나리에게 걸렸으니 아마 쉽게 용서받기 힘들 거야."

그 소문은 예이의 집에까지 전해졌고, 과연 그날 밤 예이는 집에 돌아오지 않았다. 그의 딸이 여기저기 도박장을 찾아다니며 수소문했는데, 노름꾼들도 모두 같은 말을 할 뿐이었다. 그의 딸이 애가 타서 울음을 터뜨리자 다들 이렇게 말했다.

"걱정 마라. 가나리는 영국부의 친척인데, 그곳의 둘째 도련님인가 하는 분이 네 아버지와 잘 아는 사이인 모양이더라. 그러니까 네 엄마하고 함께 그분을 찾아가서 사정을 봐달라고 부탁하면 바로 풀려날 게다."

그 말에 예이의 딸은 잠시 생각해보았다.

'정말 아버지가 옆집에 사시는 둘째 도련님과 친한 사이라고 늘 말씀하셨지. 그분을 찾아가보자!'

그녀는 급히 집으로 돌아가 어머니에게 말했다.

모녀가 가운賈芸•을 찾아가니, 마침 그날 가운이 집에 있었다. 그는 자기를 찾아온 모녀에게 자리를 권했다. 곧 가운의 어머니가 차를 내왔고, 두 모녀는 예이가 가화에게 잡혀간 사연을 죽 들려주며 부탁했다.

"도련님, 제발 풀려나도록 힘 좀 써주셔요."

가운은 두 말 없이 승낙했다.

"별일도 아니네. 내가 영국부에 가서 한마디만 하면 당장 풀려날 거네. 가나리는 전적으로 우리 영국부에서 보살펴준 덕분에 그리 큰 벼슬을 하게 된 분이니까, 누굴 보내 한마디만 부탁하면 바로 해결될 거네."

모녀는 기뻐하며 돌아가서 곧 관아로 찾아가 예이를 면회했다.

"걱정 마셔요. 가운 도련님께 부탁했더니 기꺼이 들어주겠다고 하셨어요. 한마디만 말씀하시면 바로 풀려날 수 있을 거래요."

예이도 그 말을 듣고 기뻐했다. 하지만 가운은 예전에 희봉에게 선물을 주러 갔다가 거절당한 뒤로, 영국부英國府에 들어가기가 민망하여 자주 들어가지 못했다. 영국부의 문지기들은 본래 상전의 눈치에 따라 일을 처리하는 사람들인지라 상전의 체면을 세워줄 만한 사람이 오면 즉시 안에다 알리지만, 상전이 별로 신경 쓰지 않는 사람이면 본가의 친척일지라도 일체 알리지 않고 계속 미루기만 했다. 그래서 가운이 가련에게 문안 인사를 하러 왔다고 해도 문지기는 들여보내주지 않았다.

"둘째 서방님은 외출 중이시니 나중에 저희가 말씀드리겠습니다."

가운은 희봉에게 문안 인사를 올리러 가겠다고 말하려다가 문지기들이 싫어할 것 같아서 어쩔 수 없이 집으로 돌아오고 말았다. 그러자 예이 집 모녀가 다시 독촉했다.

"도련님, 영국부에서는 어느 관아를 막론하고 한마디만 하면 다 통한다고 하시지 않았습니까? 가나리는 영국부의 친척인데 무슨 대단한 일도 아닌 이런 사정 하나 봐주지 못하신다면 도련님 체면이 안 서지 않습니까!"

가운은 난처한 상황이었지만 입으로는 장담했다.

"어제는 집에 일이 있어서 사람을 보내지 못했네. 오늘 얘기하면 곧 풀어줄 거네. 이런 거야 아무 일도 아니네!"

모녀는 그 말을 믿을 수밖에 없었다.

가운은 요즘 들어 영국부 대문으로는 들어갈 수 없게 되자 뒷문을 통해 대관원大觀園으로 들어가서 보옥을 찾으려고 했다. 하지만 뜻밖에 대관원 문이 잠겨 있어서 풀이 죽은 채 돌아갈 수밖에 없었다.

'예전에 예이가 빌려준 돈으로 향료를 사다 주니 나무 심는 일을 맡기더니만 지금은 선물할 돈이 없으니 문전박대를 하는구나. 희봉 아씨도 뭐 좋은 사람은 아니지. 나리의 조상께서 남겨주신 집안 재산으로 밖에다 고리대금을 놓고 돈놀이나 해먹으면서, 우리 같은 가난한 친척들한테는 한두 냥도 빌려주지 않지. 자기야 평생 가난을 면하고 살 수 있으려니 생각하겠지만 밖에서는 평판이 아주 나쁘다는 걸 알기나 할까? 내가 말을 안 하니까 망정이지, 일단 입만 열면 살인죄로 재판받을 일이 얼마나 많아?'

그런 생각에 잠겨 집으로 돌아오니 예이댁과 딸이 기다리고 있었다. 가운은 둘러댈 말이 궁하여 대충 얼버무렸다.

"영국부에서 이미 사람을 보내 얘기했다는데, 가나리께서 들어주려 하시지 않는다 하네. 그러니까 우리 집안 집사 주서周瑞*의 친척인 냉자흥에게 가서 부탁해보게. 그럼 일이 잘 풀릴 거네."

"도련님처럼 체신 높은 분의 말씀도 안 먹히는데 집사의 말이 어디 먹히겠어요?"

가운은 창피해서 다급히 말했다.

"모르는 모양인데 지금은 하인이 상전보다 훨씬 힘이 세다네."

모녀도 가운이 더 이상 어찌할 수 없다는 걸 알고 코웃음을 치며 말했다.

"괜히 도련님만 며칠 동안 고생하시게 했군요. 우리 그이가 나오게 되면 다시 감사 인사를 드리러 오겠어요."

그리고 밖으로 나가 다른 사람에게 일을 부탁했다. 그러자 예이는 곤장만 몇 대 맞은 것 외에는 별다른 처벌도 받지 않고 풀려났다. 그가 집으로 돌아오자 그의 아내와 딸이 가씨 집안에서 사정을 봐주려 하지 않았다는 이야기를 죽 들려주었다. 예이는 술을 마시고 있다가 화가 치밀어 가운을 찾아가려고 했다.

"이런 망할 자식! 양심도 없구먼! 예전에 지 놈이 먹고살기 힘들어서 영국부에 들어가 일거리를 찾을 때 이 어르신이 도와주었거늘, 이제 내가 일을 당했는데 모르는 척해? 오냐, 좋구먼! 내가 까발리면 녕국부는 말할 것도 없고 영국부까지 무사하지 못할 거구먼!"

그의 아내와 딸이 황급히 말렸다.

"아이고, 또 그 염병할 술에 취해서 하늘 높은 줄 모르고 날뛰는군요! 저번에도 취해서 난리를 피운 바람에 매까지 맞았는데 아직 버릇을 고치지 못한 거예요?"

"매 좀 맞았다고 그놈을 무서워할까! 난 그저 그놈들 꼬투리 잡기만 고대하고 있었구먼! 그래도 감옥에 있을 때 의리 있는 친구들을 사귀었지. 그 사람들 말이 경사 안뿐만 아니라 밖에도 가씨 성을 가진 사람이 많다더구먼. 저번에는 가씨 집안 하인이라는 놈들도 여럿이 잡혀 들어왔어. 나는 '이곳 가씨 집안의 젊은 것들하고 종놈들은 못돼먹었지만, 어른들은 그래도 괜찮은 편인데 어떻게 이런 일을 저질렀을까?' 궁금했지. 그래서 알아보니까 그것들은 여기 가씨 집안과 친척이긴 하지만 전부 외지에서 사는데, 유죄 판결을 받고 처벌받기 위해 여기로 호송되어 왔다더구먼. 그제야 마음이 놓였지. 가운이라는 애송이가 정말 그리 배은망덕한 놈이라면, 난 그 친구들한테 가씨 집안이 자기들 위세만 믿고 남들을 무시하고, 힘없는 백성들을 수탈하고, 유부녀를 강탈했다는 이야기들을 들려주고 여기저기 소문내라고 할 거구먼. 그 소문이 나리 귀에 들어가면 한바탕 난리가 날 텐데, 그때는 저것들도 이 금강 어르신을 다시 보게 될 거여!"

"취했으면 자빠져 잠이나 자요! 그 집에서 누구 집 여자를 강탈했다는 거예요? 왜 없던 일까지 만들어서 헛소리를 하고 그래요!"

"당신처럼 집구석에만 틀어박혀 있는 사람이야 당연히 바깥일을 모르겠지. 재작년에 도박장에서 우연히 장張가라는 놈을 만났는데, 지 여편네를 가씨 집안에 빼앗겼다면서 나하고 의논 좀 하자더구먼. 그래도 난 그 사람을 설득해서 조용히 넘어가게 했지. 그런데 그 사람이 지금 어디 갔는지 두 해째 보이지 않는구먼. 다시 만나면 내가 방법을 마련해서 가씨 집안 둘째 놈을 혼쭐나게 해줄 거여. 그러면 이 어르신한테 온갖 선물을 들고 와서 사정하겠지. 당신은 내 일에 상관하지 마!"

예이는 자리에 누워 한참 동안 무슨 말을 중얼거리더니 곧 잠이 들었다. 그의 아내와 딸은 술김에 한 말이려니 생각하고 새겨듣지 않았다. 이튿날 아침, 예이는 잠에서 깨자 또 도박장으로 갔다. 그 이야기는 그만하겠다.

한편, 가화는 집으로 돌아와 잠자리에 들 때, 그의 아내에게 길에서 진비甄費*를 만난 사연을 들려주었다. 그러자 아내가 원망했다.

"왜 돌아가보지 않으셨어요? 혹시 그분이 불길에 화를 당하기라도 하셨다면 우리는 양심도 없는 사람들이 된다고요!"

그러면서 눈물을 흘렸다.

"그분은 속세를 벗어나신 분이라 우리와 함께 지내려 하시지 않았소."

그때 밖에서 하인이 아뢰었다.

"저번에 불이 난 사당을 살펴보라고 보내셨던 사람이 돌아왔습니다."

가화가 느긋하게 밖으로 나오니, 그 아역이 한쪽 무릎을 꿇고 절을 올리고 나서 보고했다.

"소인이 명을 받고 돌아가서 불이 꺼지기도 전에 불길을 뚫고 들어가보니, 그분이 앉아 있던 자리가 대부분 불타버린 상태였습니다. 소인이 보기에 그 도사는 분명 불에 타 죽은 것 같습니다. 벽은 불에 타서 뒤쪽으로 쓰러져버렸고 도사의 모습은 그림자도 보이지 않았습니다. 오직 부들방석 하나와 표주박 하나만 온전히 남아 있었습니다. 소인이 도사의 시신이라도 찾아보려고 여기저기를 뒤져보았지만 뼈 한 조각도 찾지 못했습니다. 나리께서 믿지 않으실까 싶어서 그 방석과 표주박을 증거물로 가져오려고 했습니다. 하지만 어찌 된 영문인지 제가 이렇게 집어 드니까 그게 전부 재로 변해버렸습니다."

가화는 그 이야기를 듣고 내심 상황이 파악되었다. 그는 진비가 신선이 되어 떠났다는 걸 알고 곧 그 아역을 돌려보냈다. 방으로 돌아온 그는 뭘 모르는 아내가 오히려 슬퍼할까 싶어서 진비가 불 속에서 신선으로 화해 떠났다는 말은 하지 않고, 그냥 아무 흔적도 찾지 못했다는 걸 보니 불이 나기 전에 먼저 떠난 모양이라고만 말해주었다.

밖으로 나온 가화가 혼자 서재에 앉아 진비의 일에 대해 곰곰이 생각하고 있었는데, 갑자기 하인이 이렇게 전갈했다.

"궁중에서 어명을 전해왔는데, 심리할 사건이 있다고 입궁하시랍니다."

가화가 황급히 가마를 타고 궁으로 들어가는데 누군가의 이야기 소리가 들렸다.

"오늘 강서양도 가존주賈存周가 탄핵을 당해 돌아왔다는군. 조정에서 사죄를 하는 모양이야."

가화는 서둘러 내각으로 들어가 여러 대신들에게 인사하고, 바닷가 변경 지역 통치에 문제가 있다는 황제의 유지諭旨를 읽었다. 그리고 서둘러 밖으로 나와 가정을 찾아갔다. 그는 우선 몇 마디 위로의 말을 전하고 나서, 다시 경사에서 직무를 맡게 된 일에 대해 축하 인사를 건넸다.

"오시는 길에 별일 없었는지요?"

가정도 헤어진 이후의 일을 자세히 들려주었다. 이야기를 듣고 나서 가화가 물었다.

"사죄의 상주문은 올리셨습니까?"

"그렇소이다. 수라를 드시고 나면 무슨 처분을 내리실 테지요."

그때 안쪽에서 어명이 내려왔다면서 가정을 부르자 그가 급히 안으로 들어갔다. 대신들은 모두 가정과 가까운 사이인지라 모두 궁 안에서 기다렸다. 한참 후에야 가정이 밖으로 나왔는데, 그의 얼굴은 온통 땀으로 흥건했다. 대신들이 나아가 맞이하며 물었다.

"어떤 처분이 내려졌습니까?"

"허허, 정말 놀라 죽는 줄 알았습니다! 그나마 여러분들이 보살펴주신 덕분에 특별한 일은 없었습니다."

"폐하께서 무슨 일을 물으시던가요?"

"운남雲南* 지역에서 사사로이 총을 소지하고 다닌 이들에 대해 물으셨습니다. 상주문에 전임 태사太師* 가화의 하인이라고 적혀 있어서, 폐하께서 갑자기 저희 선조의 성함이 떠올라 물으셨다고 하십니다. 제가 황급히 머리를 조아리며 제 조상의 성함은 '대화代化'라고 아뢰었더니 폐하께서 웃으시면서 이렇게 물으셨습니다. '예전에 병부兵部*에 있다가 부윤府尹* 으로 좌천된 자도 이름이 가화가 아니었던가?'"

당시 가화도 그 자리에 있었는데, 그 말을 듣고 깜짝 놀라서 가정에게 물었다.

"그래서 뭐라고 아뢰셨습니까?"

"그래서 제가 차근차근 아뢰었습니다. '전임 태사 가화는 운남 사람이고, 지금 부윤으로 있는 사람은 절강浙江* 호주湖州* 사람이옵니다.' 그러자 폐하께서 또 물으시더이다. '소주자사刺史*의 상소문에 적힌 가범賈範●이라는 자는 그대 친척인가?' 그래서 다시 머리를 조아리며 아뢰었지요. '그러하옵니다.' 그러자 폐하께서 용안이 변하시며 이렇게 말씀하시더이다. '하인 단속을 소홀히 해서 양민의 처자를 강탈했다니 이게 말이나 되는 일인가!' 이에 저는 말문이 막혀버렸습니다. 그러자 폐하께서 또 물으시더이다. '가범이 그대와는 어떤 관계인가?' 그래서 제가 얼른 아뢰었습니다. '먼 친척이옵니다.' 그러자 폐하께서는 '흥!' 하시면서 물러가라 하셨습니다. 정말 이상한 일 아닙니까?"

"정말 그렇군요. 어떻게 두 가지 사건이 연달아 일어났을까요?"

"사건은 별게 아닙니다만, 관련자들의 성이 다 가씨인 바람에 고약하게 되었습니다. 미천한 저희 일족은 사람도 많고, 오랫동안 여러 세대를 거치다 보니 각처에 두루 퍼져 있습니다. 지금은 별문제없겠지만 결국 폐하께서 가씨 성을 마음에 새겨두시게 되었으니, 그게 문제입니다."

"진짜는 진짜이고, 가짜는 가짜가 아니겠습니까? 걱정하실 게 뭐 있겠습니까?"

"저는 벼슬을 그만두고 싶은 생각이 간절하지만 감히 나이를 핑계로 사직을 할 수도 없군요. 지금 저희 집에 세습 관직을 물려받은 사람이 둘이나 있으니, 이 또한 어쩔 수 없는 일입니다."

가화가 말했다.

"지금 어르신께선 예전처럼 공부工部*에서 일하게 되셨으니, 경사에 계시면 별일 없을 겁니다."

"경사에서 벼슬살이를 하면 별일은 없겠지만, 제가 두 번이나 지방에서 근무한 적이 있으니 꼭 그렇게 단언할 수도 없지요."

그러자 모두 위로했다.

"대감의 인품이나 일을 처리하시는 법에 대해서는 저희도 모두 탄복하는 바입니다. 그리고 형님께서도 훌륭한 분이시지요. 하지만 조카 분들은 좀 엄하게 단속하셔야 할 겁니다."

"제가 집에 있는 날이 많지 않아 조카들을 두루 살피지 못해서 저 역시 그다지 마음을 놓지 못하고 있습니다. 오늘 여러분들께서 이런 말씀을 해주시는 것도 모두 저와 사이가 아주 좋기 때문일 것입니다. 혹시 제 형님 댁 조카가 무슨 법도에 어긋나는 일을 저질렀다는 소문이라도 들으셨습니까?"

"별건 아닙니다만, 시랑侍郞들 가운데 몇몇과 별로 사이가 좋지 않은 것 같고, 내시들 중에서도 그렇게 생각하는 이들이 조금 있답니다. 특별히 걱정할 만한 일은 아닌 것 같습니다만, 그쪽 조카분께 매사에 신중하라고 당부해두는 게 좋겠습니다."

이야기를 마치자 저마다 손을 들어 작별 인사를 하고 헤어졌다.

가정이 집에 돌아오자 아들과 조카들이 모두 나와 맞이했다. 가정은 영접을 받으면서 태부인의 안부를 물었고, 그런 다음 아들과 조카들의 문안 인사를 받으며 함께 집안으로 들어갔다. 왕부인 등은 벌써 영희당에 마중을 나와 있었다. 가정은 먼저 태부인의 거처로 가서 절을 올리고, 헤어져 있던 동안의 일들을 들려주었다. 태부인이 탐춘에 대해 묻자, 가정은 탐춘의 혼사에 대해 자세히 말씀드리고 나서 이렇게 덧붙였다.

"제가 급하게 출발하느라 중양절重陽節*을 지내고 올 수 없어서 직접 보지는 못했지만, 사돈댁 사람이 와서 하는 말이 아주 잘 치렀다고 했습니다. 사돈댁 내외분 모두 어머님께 문안 인사를 여쭈면서, 올 겨울이나 내년 봄쯤이면 아마 경사로 발령이 날 것 같다고 했습니다. 그리 되면 더 좋겠지요. 하지만 지금 바닷가 변경에 일이 생겼다는 소문이 들리니, 아마 그때가 되더라도 전근하기 어려울 것 같습니다."

처음에 태부인은 가정이 강등되어 돌아오는 바람에 탐춘이 일가친척 하나 없는 먼 타향에 홀로 남게 된 것을 생각하고 마음이 언짢았다. 하지만 가정이 관청의 일에 대해 설명하면서 탐춘이 잘 지내고 있다고 전하자 슬픔이 기쁨으로 바뀌어 웃는 얼굴로 가정에게 나가보라고 했다. 밖으로 나온 가정은 가사에게 인사한 다음 아들과 조카들의 인사를 받고, 이튿날 새벽에 사당에 가서 절을 올리기로 했다.

자기 방으로 돌아온 가정은 왕부인과 인사를 나누었고, 보옥과 가련은 따로 인사를 올렸다. 가정은 자신이 집을 떠날 때보다 보옥의 얼굴이 좋아지고 분위기도 차분해졌다고 느꼈다. 그는 보옥의 머리가 이상해졌다는 걸 전혀 몰랐기 때문에 속으로 무척 기뻐했다. 그래서 자신이 좌천된 것도 염두에 두지 않았다.

'어머님께서 적절한 때에 장가를 보내주신 덕분인가 보구나.'

게다가 보차도 이전보다 훨씬 정숙해지고, 가란도 점잖고 준수하게 자라 있는 것을 보자 가정의 얼굴에 희색이 돌았다. 다만 가환만은 여전히 나아진 게 없어서 별로 마음이 가지 않았다. 한나절쯤 쉬고 나자 갑자기 이상한 생각이 들었다.

제104회 **33**

"어째 오늘 한 사람이 빠진 것 같은데?"

왕부인은 대옥을 말한다는 걸 알아차렸다. 하지만 지난 편지에서도 알리지 않았고, 오늘은 집에 돌아온 첫날이라 한창 기분이 좋을 때여서 말하기 곤란한 상황이었기 때문에 그저 대옥의 몸이 좀 불편하다고 얼버무렸다. 그때 보옥은 가슴에 칼질을 당한 듯 아팠지만, 가정이 막 귀가한 상황이었으므로 억지로 마음을 억누르며 자리에 서 있을 수밖에 없었다. 왕부인은 남편의 귀가를 환영하는 잔치를 열었고, 자손들도 술을 올렸다. 희봉은 조카며느리였지만 현재 집안일을 맡아보고 있기 때문에 보차 등을 따라 술을 올렸다. 그러자 가정이 말했다.

"술이 한 순배巡杯 돌았으니 다들 가서 쉬도록 해라."

하인들에게도 대기할 필요 없이 내일 아침 집안 사당에 배례한 뒤 절을 받겠다고 분부했다. 사람들을 내보내고, 가정은 집을 떠난 뒤 그간의 사정에 대해 왕부인과 이야기를 나누었는데, 왕부인은 몇 가지 일에 대해 전혀 말을 꺼내지 않았다. 오히려 가정이 먼저 왕자등의 이야기를 꺼냈고, 왕부인은 감히 슬픈 기색을 비치지 못했다. 가정이 또 설반의 일에 대해 이야기하자 왕부인은 그저 자업자득이라 말하고, 말이 나온 김에 대옥이 죽었다고 털어놓았다. 가정이 깜짝 놀라 자기도 모르게 눈물을 흘리며 연신 탄식했고 왕부인도 울음을 참지 못했다. 곁에 있던 채운彩雲*이 얼른 옷깃을 잡아당겨 만류하자 왕부인은 겨우 울음을 멈추고 다시 몇 가지 즐거운 일에 대해 이야기를 나눈 후 잠자리에 들었다.

이튿날 아침에는 사당에 나가 배례했는데, 여러 자제들과 조카들도 모두 따라갔다. 가정이 사당 옆의 사랑방에 들어가 앉아 가진과 가련을 불러 집안일에 대해 묻자, 가진은 아뢸 만한 것들만 골라 전했다. 그러자 가정이 말했다.

"내가 방금 돌아왔기 때문에 자세히 캐물을 수 없겠구나. 하지만 밖에서 듣자 하니 너희 집이 예전만 못하다고 하더구나. 그러니 매사에 신중해야 한다. 너도 나이가 적지 않으니 아이들을 잘 단속해서 남한테 미움을 사지 않도록 해라. 련이도 명심해두도록 해라. 돌아오자마자 이런 소리를 해서 뭐하지만, 들은 게 있어서 하는 말이니까 너희들도 조심해야 한다."

가진 등은 얼굴이 벌겋게 달아올라 그저 "예!" 대답 외에는 감히 아무 말도 하지 못했다. 가정도 그쯤에서 훈계를 마치고 영국부로 돌아가 하인들의 인사를 받고, 다시 안으로 들어가 하녀들의 절을 받았다. 이에 대해서는 세세히 설명할 필요 없겠다.

한편, 보옥은 어제 가정이 대옥에 대해 물었을 때, 몸이 아프다고 둘러대던 왕부인의 말이 남몰래 가슴을 저미었다. 가정이 물러가라고 하여 자기 방으로 돌아가는 도중에 눈물을 펑펑 흘리고 말았다. 방으로 돌아가니 보차와 습인이 이야기를 나누고 있었다. 그는 혼자 우울하게 바깥방에 앉아 있었다. 보차는 습인을 시켜 차를 갖다주라고 했다. 그녀는 필시 가정이 공부에 대해 물을까 걱정스러워서 보옥이 저러나 보다 짐작하고, 이쪽 방으로 건너와 보옥을 위로했다. 그 김에 보옥은 이렇게 말했다.

"오늘 밤은 먼저들 자도록 해. 난 머리를 좀 식혀야겠어. 요즘은 예전보다 더 심해져서 세 마디를 들으면 두 가지를 잊어버리니 아버님께서 아시면 안 좋을 거야. 먼저들 자고 습인만 시중을 들라고 해."

보차는 일리 있는 말이라 생각하여 혼자 방으로 돌아가 먼저 잠자리에 들었다.

보옥은 나직한 목소리로 습인에게 자리에 앉으라고 한 다음, 물어볼 말이 있다며 자견紫鵑*을 불러달라고 했다.

"자견이 나를 보면 표정도 그렇고 말투도 항상 화를 내는 것 같아. 그러니 누나가 가서 잘 달래서 데려와줘."

"머리를 식히겠다고 하셔서 기뻐했는데 왜 또 그런 데 신경을 쓰세요? 물어보실 게 있으시면 나중에 직접 물어보시면 되잖아요!"

"오늘밖에 시간이 없어. 내일은 아버님께서 무슨 일을 시키실지 모르니 시간이 없을 거야. 누나, 제발 어서 좀 불러줘."

"그 아이는 새아씨께서 부르시지 않으면 오지 않을 거예요."

"그러니까 누나가 가서 얘기를 잘해달라고 하는 거잖아."

"무슨 얘기를 하라고요?"

"누난 아직도 내 마음이랑 자견이 마음을 몰라? 다 대옥이 때문이잖아. 누나도 내가 절대 누구의 마음을 저버리는 사람이 아니란 걸 알잖아. 하지만 지금은 누나와 주위 사람들 때문에 무정한 사람이 되고 말았어!"

이렇게 말하면서 보옥은 안방을 슬쩍 훔쳐보며 손가락으로 가리켰다.

"본래 저 사람은 내가 바라던 사람이 아니지만, 할머님과 여러 사람들이 일을 꾸미는 바람에 멀쩡한 대옥이만 죽게 만들었지. 그리고 대옥이가 죽기 전에 당연히 내가 찾아가서 사정을 분명하게 말해주었어야 죽어서도 나를 원망하지 않을 거 아냐. 누나도 탐춘이랑 사람들이 하는 얘기 들었지? 대옥이가 죽기 전에 나를 원망했다고 하잖아? 자견이도 그 때문에 나를 무척 원망하고 있을 거야. 누나는 내가 무정한 사람이라고 생각해? 청문晴雯˚ 누나는 어쨌든 하녀이고 그다지 친밀한 사이도 아니었지만, 솔직히 얘기할게, 청문 누나가 죽었을 때 나는 제문을 지어서 제사를 올렸어. 당시에 대옥이도 직접 보았어. 그런데 이젠 대옥이가 죽었는데 설마 청문 누나한테 해준 것보다 못하면 되겠어? 제사조차 지내주지 못했으니 말이야. 대옥이는 죽었지만 아직도 영혼이 남아 있으니, 그 일을 생각하면 나를 더욱 원망할 거 아냐!"

"제사를 지내고 싶으면 그리하시면 되지, 우리더러 어쩌란 말씀이셔요?"

"몸이 좋아지면 바로 제문을 지으려고 했는데, 웬일인지 지금은 전혀 영감이 떠오르지 않아. 다른 사람한테 지내는 제사라면 대충 해도 되겠지만, 대옥이 제사라면 조금이라도 절대 비속하게 할 수 없어. 그러니까 자견을 불러서 자기 아가씨의 마음을 그쪽 하녀들은 어떻게 생각했는지 물어보려는 거야. 내가 앓기 전이라면 생각해낼 수 있겠지만, 앓고 난 뒤로는 죄다 잊어버렸어. 누나 말로는 대옥이 병이 다 나았다고 했는데 왜 갑자기 죽었지? 대옥이 병이 나았을 때도 내가 가보지 않았으니, 대옥이가 날 어떻게 생각했겠어? 내가 아플 때 대옥이가 와보지 않았는데, 그건 또 무슨 이유 때문이지? 그래서 대옥이 물건을 몰래 가져왔지만, 저 사람이 건드리지도 못하게 하니 무슨 뜻인지 모르겠어."

"아씨께서야 서방님께서 상심하실까봐 걱정하시는 거지, 무슨 다른 뜻이 있겠어요!"

"아냐. 못 믿겠어. 대옥이가 나를 생각했다면 죽을 때 왜 시 원고를 모두 불살라버려서 내가 기념할 만한 것을 없애버렸겠어? 그리고 하늘에서 음악 소리가 났다고 했으니 대옥이는 분명히 신이 되었거나 신선이 되어 하늘나라로 갔을 거야. 나도 그 사람 관을 보긴 했지만 그 안에 그 사람이 들어 있었는지는 모르겠어."

"갈수록 말도 안 되는 말씀만 하시네요. 어떻게 사람이 죽지도 않았는데 빈 관을 놓고 장사를 치르겠어요?"

"아니야! 신선이 되는 이는 육신이 그대로 가기도 하고, 육신을 벗어던지고 떠나기도 하는 법이야. 누나, 어쨌든 자견이나 좀 불러다줘."

"제가 서방님 마음을 자세히 전해주어서 자견이가 온다면 괜찮겠지만, 오려 하지 않는다면 어쩔 수 없이 여러 가지로 구슬려야 하겠지요. 그리고 온다 해도 서방님을 만나면 자세한 이야기를 하려고 하지 않을 거예요. 제 생각에는 며칠 뒤 아씨께서 친정에 가셨을 때 제가 차근차근 물어보는 게 좋겠어요. 그러는 편이 혹시 모를 오해를 방지할 수도 있고요. 그리고 틈을 봐서 제가 다시 서방님께 천천히 말씀드릴게요."

"누나 말도 일리가 있어. 하지만 내 마음이 얼마나 조급한지는 모르는군."

그때 사월麝月*이 나와서 말했다.

제104회 37

"아씨께서 밤이 늦었으니 서방님께 들어가 주무시랍니다. 습인 언니가 이야기에 빠져서 시간 가는 줄 모르시나봐요."

습인이 얼른 말했다.

"정말 그렇네! 어서 주무셔야겠어요. 못다 한 이야기는 내일 하도록 하셔요."

보옥은 어쩔 수 없이 시름을 품은 채 안방으로 들어가면서 습인에게 귓속말로 속삭였다.

"내일 잊지 말고 물어봐줘."

"호호, 알았어요."

그러자 사월이 웃으며 말했다.

"두 분이서 또 무슨 꿍꿍이를 벌이시는 거죠? 아씨한테 말씀드리고 습인 언니 방에서 주무시지 그랬어요? 그러면 두 분이서 밤새 무슨 대화를 해도 우린 상관하지 않을 텐데요."

보옥이 손을 내저으며 말했다.

"그런 말 하지 마."

습인이 핀잔을 주었다.

"계집애, 또 주둥이를 함부로 놀리는구나. 두고 보라지, 내일 그걸 찢어 놓고 말겠어!"

그리고 보옥을 돌아보며 말했다.

"이게 다 서방님 탓이에요. 자정이 지나도록 이야기를 하셨잖아요. 여태 이렇게까지 하신 적은 없는데요."

그러면서 보옥을 안방으로 바래다주고 습인과 사월은 각자 자기 방으로 갔다.

그날 밤 보옥은 밤새 잠을 이루지 못하고, 이튿날까지도 습인과 나눈 이야기를 생각하고 있었다. 그때 밖에서 전갈이 왔다.

"나리께서 귀가하셔서 친척과 친구분들이 모두 환영 잔치를 열어드리겠다며 극단을 보내왔는데, 나리께서는 재삼 사양하셨습니다. 노래나 연극은 필요 없고, 집에서 차와 술상을 준비하여 친척과 친구들을 모시고 이야기나 나누자고 말씀하셨습니다. 그래서 추후 자리를 마련해 사람들을 초대하기로 하셨다고 알려드리러 왔습니다."

  어떤 사람들을 초청했는지는 다음 회를 보시라.

제105회

금의위에서 녕국부 재산을 조사해 몰수하고
감찰어사가 평안주를 탄핵하다
錦衣軍查抄寧國府　驄馬使彈劾平安州

금의위에서 녕국부의 재산을 몰수하다.

가정이 잔치를 열어 손님들과 함께 술을 마시고 있는데 갑자기 뇌대賴大가 황급히 영희당으로 뛰어와 가정에게 보고했다.

"금의부錦衣府* 장관이신 조대감께서 수많은 담당 관리들을 거느리고 오셔서 나리를 뵙겠다고 하십니다. 소인이 명첩을 주십사 청했더니 '우리는 친한 사이이니 그런 건 필요 없네.' 하시면서 바로 마차에서 내려 들어오셨습니다. 나리, 어서 서방님들과 함께 마중하십시오."

그 말을 들은 가정은 의아한 생각이 들었다.

'조대감과 전혀 왕래가 없었는데 무슨 일로 왔을까? 지금 손님이 와 있으니 들어오라 하기도 곤란하고 그냥 보내기도 곤란한데……'

그때 가련이 말했다.

"숙부님, 어서 나가보십시오. 생각이 더 길어지시면 그분들이 여기까지 들어오시겠습니다."

그때 중문의 하인들이 다시 보고했다.

"조대감께서 중문을 들어서셨습니다."

가정 등이 서둘러 맞이하러 나가는데, 조장관이 환하게 웃는 얼굴로 별다른 말도 없이 그대로 대청으로 올라왔다. 그 뒤로는 대여섯 명의 담당 관리들이 따라왔는데, 개중에는 아는 얼굴도 있고 모르는 얼굴도 있었다. 하지만 그들 역시 아무 말이 없었다. 가정은 영문을 몰라 어리둥절했지만 어쩔 수 없이 장관을 따라 대청에 올라서 자리에 앉았다. 친척들과 친우들 중에 조장관을 아는 사람들이 있었지만, 조장관은 고개를 들어 아는 체하지 않고 그저 가정의 손을 잡고는 웃으며 몇 마디 상투적인 인사를 건넬 뿐이었다. 그 모습을 보자 뭔가 불상사가 생길 것 같아 안방으로 몸을 피하는 이들도 있었고, 공손히 그 자리에 시립해 있는 이들도 있었다. 가정이 웃는 얼굴로 막 무슨 말을 꺼내려는데 하인이 다급하게 전달했다.

"서평군왕 전하께서 왕림하셨습니다."

가정이 황급히 맞이하러 나가려는 찰라 서평군왕이 벌써 안으로 들어오고 있었다. 조장관이 서평군왕에게 나아가 문안 인사를 올리고 나서 수하들에게 말했다.

"전하께서 당도하셨으니 수행한 관원들은 즉시 병사들을 거느리고 앞뒤 대문을 지키도록 하라!"

관원들이 "예!" 하고 물러가자 가정 등은 일이 심상치 않다는 것을 눈치채고 황망히 무릎을 꿇었다. 서평군왕이 두 손으로 가정을 부축하여 일으키고는 껄껄 웃으며 말했다.

"아무 일도 없는데 괜히 온 것은 아니외다. 폐하의 칙지勅旨를 받들어 처리할 일이 있는데, 가사 대감께서 어명을 받으셔야겠습니다. 지금 댁에 연회가 아직 끝나지 않은 듯한데 친척과 친우들께서 여기 계시면 불편할 테니 잠시 저분들은 돌려보내시고, 이 댁 분들만 남아 대기하도록 해주십시오."

그러자 조장관이 말했다.

"전하께서는 은전恩典을 베푸시지만 저쪽 댁으로 가신 왕야王爺*께서는 일처리가 엄격하시니 아마 진즉 대문을 봉쇄했을 겁니다."

손님들은 그제야 녕국부와 영국부에 무슨 일이 생긴 걸 알아차리고, 이 자리를 피하지 않은 것을 후회했다. 그러자 서평군왕이 웃으며 말했다.

"여러분은 걱정 마시고 돌아가십시오. 여봐라, 이분들을 전송해드려라.

그리고 금의위錦衣衛* 관원들에게 이분들은 모두 친척과 친우들이니 조사할 필요 없이 속히 내보내라고 일러라."

손님들은 그 말을 듣자 재빨리 자리를 떠났다. 가사와 가정 등 그 자리에 남은 사람들은 너무 놀란 나머지 얼굴이 흙빛이 된 채 온몸을 부들부들 떨고 있었다.

잠시 후 무수한 병사들이 들어와 곳곳의 대문을 지켰다. 그 바람에 영국부의 위아래 사람들은 한걸음도 마음대로 옮기지 못했다. 곧 조장관이 서평군왕을 돌아보며 말했다.

"전하, 칙지를 낭독해주십시오. 즉시 조치를 취하겠습니다."

병사들은 팔을 걷어붙이고 칙지가 발표되기만을 기다렸다. 서평군왕이 천천히 입을 열었다.

"본왕은 폐하의 칙지를 받들어 금의부 장관 조전趙全과 함께 가사의 재산을 조사하러 왔노라!"

가사 등은 그 말을 듣자 모두 땅바닥에 엎드렸다. 서평군왕은 곧 위쪽에 서서 칙지를 낭독했다.

"어명이다! '가사는 지방관들과 결탁하여 세도를 믿고 약자를 능멸함으로써 짐의 은전을 저버리고 조상의 덕을 욕되게 하였으니 이에 그의 세습 관직을 박탈한다. 이대로 시행하라!'"

이어서 조장관이 연달아 소리쳤다.

"가사를 체포하고 나머지 사람들은 엄히 감시하라!"

이때 그 자리에는 가사와 가정, 가련, 가진, 가용, 가장, 가지, 가란 등이 모두 있었지만 보옥만은 몸이 아프다는 핑계로 태부인의 방에서 놀고 있었다. 또 가환은 본래 사람들 앞에 나서는 것을 별로 좋아하지 않아서 여기 있는 몇몇 사람들에게만 감시가 붙었다. 조장관은 즉시 자신의 하인들에게 명령을 내렸다.

"담당 관원들에게 전하라. 병사들을 대동하고 각 방별로 조사해서 장부를 작성하도록 하라!"

별것 아닌 말이었지만, 그 소리를 듣자 가정을 비롯한 가씨 집안사람들은 위아래를 막론하고 모두 놀라 서로 얼굴만 쳐다볼 뿐이었다. 병사들과 하인들은 신이 나서 제각기 주먹을 말아 쥐거나 손바닥을 비비며 즉시 각처로 달려가려 했다. 그러자 서평군왕이 말했다.

"듣자 하니 가사 대감과 가정 대감은 분가는 하지 않았지만 살림은 따로 한다고 했소. 이치대로 따지자면 칙지에 따라 가사 대감의 재산을 조사해야 하니, 나머지는 일단 각 방마다 봉쇄를 해놓도록 하시오. 폐하께 보고를 올리고 나서 칙지에 따라 처리하도록 합시다."

그러자 조장관이 일어서서 말했다.

"전하, 가정과 가사는 아직 분가하지 않았고, 듣자 하니 가정의 조카인 가련이 집안일을 총괄하고 있다 하옵니다. 그러니 하나도 빠짐없이 몰수해야 하옵니다."

그 말에 서평군왕이 아무 말하지 않자 조장관이 말했다.

"가사와 가련의 거처는 소인이 수하들을 거느리고 가서 조사하는 게 좋을 것 같습니다."

"서두를 필요 없소. 우선 뒤채에 기별해서 여자 가족들에게 자리를 피하도록 한 뒤에 조사해도 늦지 않소."

그 말이 끝나기도 전에 조장관의 하인들과 병사들이 가씨 집안의 하인을 앞세워 길을 안내하라 했고, 각기 구역을 나누어 재산을 압류하러 갔다. 그러자 서평군왕이 호통을 쳤다.

"소란 피우지 마라! 조사는 본왕이 직접 하겠노라!"

그러면서 천천히 자리에서 일어나 떠나려다가 다시 지시했다.

"나를 따라온 자들은 아무도 이 자리를 떠나지 말고 대기하도록 하라. 나중에 조사한 것들을 한꺼번에 검사하여 장부에 기록하도록 할 것이다."

그때 금의부의 담당 관리가 무릎을 꿇고 보고했다.

"안쪽에서 궁중에서 쓰는 옷가지와 물품들을 다수 발견했사오나 감히 함부로 손을 대지 못해 전하의 분부를 받으러 왔사옵니다."

잠시 후 또 한 무리의 사람들이 서평군왕의 걸음을 막으며 보고했다.

"동쪽채에서 가옥과 토지 매매계약서 두 상자와 사채 계약서 한 상자를 발견했는데 모두 법을 어기고 부당한 이권을 챙기는 것들입니다."

그러자 조장관이 말했다.

"대단한 고리대금업자로군! 전 재산을 몰수해야 마땅하옵니다! 전하, 여기 앉아 계시옵소서. 소인이 모조리 차압할 테니 나중에 조처를 내려주시옵소서."

그때 왕부王府의 장사長史²가 들어와서 보고했다.

"대문 지키는 군졸이 알려왔습니다. 폐하의 특명에 따라 북정왕北靜王●께서 칙지를 전하러 오셨다 하옵니다. 전하, 어서 마중하러 나가시옵소서."

조장관은 그 소식을 듣고 속으로 기뻐했다.

'재수 없게 이런 조잔한 군왕한테 걸렸다 싶었는데, 이제 그분이 오셨으니 나도 위세를 부릴 수 있겠구나!'

그러면서 그도 따라 마중하러 나갔다.

잠시 후 대청에 도착한 북정왕은 밖을 향해 서서 칙지를 낭독했다.

"어명이오. 금의부 장관 조전은 칙지를 받으시오. '금의부 장관은 가사만 체포하여 심문하고, 나머지는 서평군왕이 칙지에 따라 조처하도록 그에게 넘기도록 하라. 이대로 시행하라!'"

서평군왕은 그 칙지를 받고 무척 좋아하며 곧 북정왕과 함께 자리에 앉았다. 그리고 조전에게 가사를 체포하여 관아로 압송하라고 명령했다. 재산을 압류하러 왔던 이들은 북정왕이 왔다는 소리를 듣고 모두 밖으로 나왔다가 조전이 떠났다는 소리를 듣자 모두 맥이 빠졌다. 그들은 어쩔 수 없이 시립한 채 명령을 기다렸다. 북정왕은 두 명의 성실한 관리와 십여 명의 나이 많은 병사들만 남기고, 나머지는 모두 내쫓아버렸다. 그러자 서평군왕이 말했다.

"마침 조대감의 행사에 화가 나 있던 참인데, 다행히 왕야께서 칙지를 갖고 오셨습니다. 그러지 않았더라면 이 댁에서 큰 봉변을 당하셨을 겁니다."

"조정에서 듣자 하니 왕야께서 칙지를 받들어 가씨 집안의 재산을 조사하여 압류하신다고 하기에 무척 안심하고 있었습니다. 그렇게 되면 이 댁에 큰 해가 미치지 않을 거라 생각했기 때문이지요. 그런데 뜻밖에 조대감이 이렇게 고약한 사람일 줄이야! 그런데 지금 가정 대감과 보옥이는 어디 있습니까? 안쪽에서도 얼마나 큰 소동이 일어났을지 모르겠습니다."

그러자 여러 수행원들이 말했다.

"가정 대감과 몇 명은 하인들의 방에서 감시를 받고 있고, 안쪽도 조사를 하느라 이미 난리가 났을 겁니다."

서평군왕이 곧 담당 관리에게 지시했다.

"어서 가정을 데려오도록 하라. 물어볼 말이 있느니라."

수행원들이 가정을 데려오자 그가 무릎을 꿇고 문안 인사를 올리면서 눈물을 머금고 은혜를 베풀어 주십사 간청했다. 북정왕이 일어나 그를 부축하여 일으키며 말했다.

"대감, 걱정 마십시오."

그리고 곧 칙지의 내용을 설명했다. 가정은 감격하여 눈물을 흘리면서 다시 황제가 있는 북쪽을 향해 감사의 절을 하고, 대청으로 올라가 분부를 기다렸다. 북정왕이 말했다.

"대감, 조금 전 조대감이 여기 있을 때 병사들이 궁중에서 쓰는 물건들과 고리대금을 하는 사채 계약서를 발견했다고 보고했으니, 이에 대해선 우리도 덮어드리기 곤란합니다. 궁중용품들이야 원래 귀비마마께 진상하기 위해 마련해둔 것일 테니 저희가 그렇게 발표하면 문제가 없을 것입니다. 하지만 그 계약서에 대해서는 무슨 방도를 마련해야 되겠습니다. 이제 대감께서는 담당 관리들과 함께 가사 대감의 재산을 사실대로 밝혀서 보고하시면 일이 끝날 것입니다. 또 무얼 감추거나 해서 스스로 죄를 짓는 일은 절대 하시면 안 됩니다."

"죄를 지은 몸으로서 다시는 그런 일이 없도록 하겠사옵니다. 하지만 조부님의 유산은 아직 나누지 않았고, 각자 살고 있는 건물에 있는 물건들만 따로 소유하고 있사옵니다."

그러자 두 왕이 말했다.

"그건 괜찮습니다. 가사 대감 거처에 있는 물건들만 보고해주시면 됩니다."

그리고 담당 관원들에게 함부로 굴지 말고 명대로 시행하라고 지시했다. 이에 그들이 명을 받고 떠났다.

한편, 태부인의 거처에 있던 여자 식솔들도 잔치를 벌이고 있었는데, 왕부인도 그곳에 있었다.

"보옥아, 바깥에 나가보지 그러냐? 안 그러면 네 아버님께서 역정을 내실 텐데."

그러자 희봉이 몸이 안 좋아 끙끙 앓는 소리로 거들었다.

"제가 보기엔 도련님께서 사람들 앞에 나서기를 꺼리시는 게 아니라, 앞쪽에는 손님 접대할 사람이 많으니까 여기서 시중을 들려고 하시는 것 같아요. 혹시 숙부님께서 사람이 부족하다고 여기시면 그때 내보내셔도 되잖아요?"

태부인이 웃으며 말했다.

"희봉이가 몸이 저리 아프면서도 주둥이는 저리 야물다니까!"

그렇게 즐겁게 이야기를 나누고 있는데, 형부인 거처의 하녀가 소리를 지르며 뛰어 들어왔다.

"노마님, 마님! 크, 큰일 났습니다! 장화를 신고 모자 쓴 강도들이 떼, 떼로 몰려와서 상자와 옷장을 닥치는 대로 뒤집어엎고 물건들을 꺼내가고 있습니다!"

태부인이 영문을 몰라 멍하니 있는데, 이번에는 평아平兒*가 봉두난발이 된 채 교저巧姐*의 손을 잡고 엉엉 울며 뛰어왔다.

"큰일 났습니다! 제가 아가씨와 밥을 먹고 있는데 내왕이 꽁꽁 묶인 채 들어와서는 아가씨에게 얼른 안에 알리셔서 마님들께 자리를 피하라 전하라고 했습니다. 바깥에 계신 왕야께서 재산을 조사해 압류하려고 곧 들어오실 거라면서요. 제가 깜짝 놀라서 방에 들어가 중요한 물건을 가져 오려고 했는데 사람들한테 마구 떠밀려서 쫓겨나고 말았습니다. 이곳에 있는 옷가지나 장식품들이라도 얼른 챙기셔야 합니다!"

왕부인과 형부인 등은 그 말에 모두 혼비백산하여 어쩔 줄 몰랐다. 다만 희봉은 두 눈을 동그랗게 뜬 채 이야기를 듣고 있더니 나중에는 죽은 듯이 뒤로 자나빠지고 말았다. 태부인은 평아의 말을 다 듣기도 전에 기가 막혀서 눈물을 쏟으며 한마디 말도 하지 못했다. 그때 온 방 안의 사람들은 이것저것 챙기느라 난리법석을 떨었는데, 또 누군가의 고함소리가 들려왔다.

"안쪽의 여자 식솔들에게 자리를 피하라고 하라. 왕야께서 납시었다!"

딱하게도 보차와 보옥 등이 어찌할 바를 몰라 당황하고, 마루의 하녀들과 할멈들이 정신없이 물건을 챙기며 난리를 피우고 있을 때, 가련이 숨을 헐떡이며 달려 들어와 말했다.

"됐습니다! 괜찮아졌어요! 다행히 왕야께서 우리를 구해주셨습니다!"

모두 어찌 된 일인지 물으려고 하는데, 가련이 마루에 쓰러진 희봉을 발견하고 울부짖었다. 놀란 태부인에게 무슨 일이 생길까 걱정스러우면서도 너무 애가 탄 가련은 이런저런 사정을 살필 겨를이 없었다. 그래도 평아가 흔들어 깨운 덕분에 정신을 차린 희봉이 자신을 부축해 일으켜달라고 말했다. 태부인도 한숨을 돌렸지만 너무 우는 바람에 기운도 빠지고 정신도 혼미하여 구들에 누워야 했다. 이환은 태부인 곁에서 갖은 말로 안심을 시켰다. 그런 뒤에야 가련은 정신을 가다듬고 두 왕이 베푼 은혜에 대해 자세히 설명했다. 하지만 가사가 붙들려 간 사실에 대해서는 태부인과 형부인이 또 놀랄까 싶어 말하지 않고, 그대로 나와서 자기 거처가 어떻게 되었는지 살펴보러 갔다.

가련이 방 안으로 들어가자 옷장이며 궤짝들이 모두 열려 있거나 부서져 있었고, 물건들은 반쯤 비어 있었다. 그는 너무 기가 막혀 두 눈을 부릅뜬 채 눈물만 흘렸다. 그러다가 밖에서 부르는 소리가 들려서 나와보니, 가정이 담당 관리와 함께 물건을 장부에 기록하고 있었다. 그 옆에서 한 사람이 보고했다.

"적금赤金으로 된 머리장식 총 백스물세 개와 진주를 비롯한 보석이 온전히 갖춰져 있음. 진주 목걸이 열세 개, 금 쟁반 두 개, 금 종지 두 쌍, 금을 박아 장식한 사발〔金搶碗〕두 개, 금 숟가락 마흔 개, 은 사발 여든 개, 은쟁반 스무 개, 세 줄 금을 박아 장식한 상아 젓가락〔三鑲金象牙筋〕두 쌍, 도금 술병 네 개, 도금한 양치질용 바리〔鍍金折盂〕세 쌍, 다탁茶托 두 개, 은 접시 일흔여섯 개, 은 술잔 서른여섯 개, 검은 호피, 열여덟 장, 청호靑狐 여섯 장, 담비 가죽 서른여섯 장, 황호黃狐 서른 장, 스라소니 가죽 열두 장, 마엽피麻葉皮* 세 장, 양회피洋灰皮 예순 장, 잿빛 여우 정강이 가죽〔灰狐腿皮〕마흔 장, 진한 홍갈색 양가죽〔醬色羊皮〕스무 장, 호리피猾狸皮* 두 장, 노란 여우 정강이 두 개, 하얀색의 작은 여우 가죽 스무 개, 서양 모직물 서른 탁度[3], 서지serge[4] 스물세 탁, 고융姑絨[5] 열두 탁, 족제비털 안감〔香鼠筒子〕열 장, 두서피豆鼠皮* 네 개, 벨벳 한 필〔卷〕, 매록피梅鹿皮* 한 개, 운호[6] 안감〔雲狐筒子〕두 개, 담비 가죽 한 필, 거위 가죽〔鴨皮〕[7] 일곱 개, 다람쥐 가죽 백육십 장, 오소리 가죽 여덟 장, 호랑이 가죽 여섯 장, 바다표범 가죽 세 장, 해달 가죽 열여섯 장, 회색 양가죽 마흔 개, 검은 양가죽 예순세 장, 검은색 여우 가죽으로 만든 모자 챙〔帽沿〕열 개, 청호靑狐

가죽으로 만든 모자 챙 열두 개, 담비 가죽으로 만든 모자 챙 두 개, 어린 여우 가죽 열여섯 장, 강 담비〔江獖〕 가죽 두 장, 수달 가죽 두 장, 고양이 가죽 서른다섯 장, 일본 비단 열두 탁, 주단綢緞 백서른 필, 능사〔紗綾〕 백여든한 필, 우선추羽線綢[8] 서른두 필, 푸루〔氌氀〕[9] 서른 필, 장망단妝蟒緞* 여덟 필, 갈포(葛布) 서른 단〔捆〕, 각종 천〔布〕 석 단, 각종 가죽옷 백서른두 벌, 솜을 넣은 비단 웃옷 삼백마흔 벌, 옥 완구 서른두 개, 허리띠 버클〔帶頭〕 아홉 개, 구리 및 주석으로 만든 기물 오백여 개, 시계 열여덟 개, 조주朝珠[10] 아홉 개, 각종 망단蟒緞* 서른네 개, 상등급 망단으로 만든 팔걸이 덮개 및 등받이 세 개, 궁장宮粧* 의상 상하 여덟 벌, 지옥권대脂玉圈帶* 하나, 황단黃緞 열두 필, 조은潮銀 오천이백 냥, 적금 쉰 냥, 동전 칠천 꿰미〔吊〕."

이렇게 모든 살림살이와 기물들을 쌓아놓고 장부에 기록했으며, 아울러 영국부가 하사받은 건물들까지 일일이 기록하면서 건물과 토지 계약서, 노비문서도 함께 넣어 봉했다. 가련이 옆에서 엿들으니 자기 물건에 대한 말이 없는지라 이상하게 생각하고 있었다. 그때 두 왕이 가정에게 물었다.

"압류한 재산 중 차용증이 있는데 사실상 고리대금업입니다. 이건 누구 것입니까? 대감, 사실대로 말씀해주십시오."

가정이 바닥에 무릎을 꿇고 머리를 조아리며 말했다.

"소인은 사실 집안일을 보지 않기 때문에 이런 일들에 대해서는 전혀 모르옵나이다. 제 조카에게 물어보시면 알 수 있을 것이옵니다."

가련이 얼른 나아가 무릎을 꿇고 말했다.

"이 상자의 문서들이 소인의 방에서 나온 이상 감히 모른다고 아뢸 수 없사옵니다. 아무쪼록 왕야께서 은전을 베풀어주시길 간청하옵니다. 소인의 숙부님께서는 이 일에 대해 전혀 모르고 계시옵니다."

"그대의 부친이 이미 죄를 지었으니 이것도 함께 엮어 처리할 수 있다. 그러니 그대가 지금 사실을 인정한 것은 이치상 올바른 처사야. 여봐라,

가련에게 감시를 붙이고 나머지 사람들은 모두 집 안에 분산시켜 구금하도록 하라. 그리고 대감께서도 근신하시며 칙지를 기다리도록 하시오. 우리는 폐하께 보고하기 위해 궁에 들어갈 것이오, 여기는 관리들과 병사들이 지킬 것이오."

두 왕은 곧 가마를 타고 대문을 빠져나갔다. 가정 등은 중문에서 무릎을 꿇고 그들을 전송했다. 북정왕이 손을 내밀어 흔들며 말했다.

"걱정 마십시오."

북정왕의 얼굴에는 무척 안쓰러워하는 기색이 역력했다.

이때야 가정은 비로소 정신이 들었지만, 여전히 멍한 상태였다. 그러자 가란이 말했다.

"할아버님, 안에 들어가셔서 증조할머님을 뵈세요. 녕국부 상황을 알아볼 방도를 생각해보십시오."

가정이 급히 일어나 안으로 들어가보니, 각 문마다 여자들이 앞에 어지럽게 모여 어쩔 줄 몰라하고 있었다. 가정은 무슨 일인지 물어볼 정신도 없어서 곧장 태부인의 방으로 갔다. 그곳에 있는 모든 이들의 얼굴에는 눈물자국이 가득했다. 왕부인과 보옥 등은 태부인을 둘러싸고 모두 말없이 눈물만 흘리고 있었다. 오직 형부인만 혼자 통곡하고 있었다. 그러다가 가정이 들어오자 다들 "됐어요, 됐어!" 하면서 태부인을 위로했다.

"나리께서 무사히 들어오셨으니 안심하셔요."

태부인이 가는 숨을 몰아쉬고 두 눈을 희미하게 뜨면서 말했다.

"애야, 다신 널 보지 못할 줄 알았구나!"

태부인은 말을 마치기도 전에 "어형!" 통곡하기 시작했다. 그 바람에 온 방의 사람들도 울음을 참지 못했다. 가정은 연로한 어머니가 몸이 상할까 염려되어 얼른 눈물을 거두고 위로했다.

"어머님, 걱정 마십시오. 원래 가볍지 않은 사안이지만 폐하의 하늘 같은 은혜와 두 분 왕야의 은전을 입어 여러 모로 동정을 베풀어주셨습니다.

집에 있는 재산은 조금도 건드리지 않았습니다."

태부인은 가사가 보이지 않자 다시 상심하기 시작했는데, 가정이 여러 차례 위로한 뒤에야 겨우 진정했다.

아무도 감히 자리를 뜨지 못하고 있었는데, 형부인 혼자 자기 거처로 돌아가보니 문들은 모두 봉쇄되어 있었고, 하녀들과 할멈들 역시 몇 칸의 방에 갇혀 있었다. 갈 곳이 없어진 형부인은 대성통곡하며 어쩔 수 없이 희봉의 거처로 갔다. 중문과 곁채가 봉쇄되어 있었고 방문만 열려 있었는데, 안쪽에서 흐느끼는 소리가 끊임없이 이어지고 있었다. 형부인은 희봉이 죽었나 보다 생각하고 다시 통곡하기 시작했는데 평아가 나와 맞이하며 말했다.

"마님, 울지 마셔요. 아씨는 아까 들러서 여기로 오셨을 때만 해도 곧 돌아가실 것 같더니, 다행히도 잠시 쉬시고 나자 숨을 돌리셨어요. 조금 우셨지만, 지금은 가래도 멈추고 숨결도 차분해지신 것이 조금 안정되신 것 같아요. 마님께서도 이제 진정하셔요. 그나저나 노마님께선 어떠신가요?"

형부인은 대답도 없이 다시 태부인의 거처로 갔다. 하지만 보이는 건 모두 가정 집안사람들뿐이었다. 형부인은 남편과 아들이 모두 붙들려간데다 며느리는 병이 위독하고, 딸은 시집가서 고생하고, 지금 자신은 돌아갈 곳조차 없는 상황이니 슬픔을 참을 길 없었다. 사람들이 모두 그녀를 위로했고, 이환은 하녀들에게 방을 치워 형부인의 임시 거처를 마련하게 했다. 왕부인은 시중들 하녀들을 보내주었다.

밖에 있던 가정은 놀란 가슴을 억누르지 못한 채 수염을 꼬고 손바닥을 마주 비비며 안절부절 칙지가 내려오기를 기다렸다. 그때 바깥에서 지키고 있던 병사들의 고함소리가 들려왔다.

"넌 대체 어느 집 사람이냐? 우리한테 걸린 이상 장부에 기록해야겠다. 저 자를 묶어서 안에 계신 금의부 나리들께 넘겨라!"

가정이 나가보니 초대焦大였다.

"자네가 여긴 웬 일인가?"

초대는 곧 땅을 치고 통곡하며 말했다.

"제가 날마다 그렇게 말씀드렸건만, 여기 싹수없는 서방님들께서는 오히려 저를 원수처럼 취급하시지 뭡니까! 심지어 나리께서도 제가 이 댁 조상님들과 함께 고생한 걸 몰라주셨지요! 그러더니 결국 이런 꼴이 되셨군요! 진 서방님과 용 서방님께서는 모두 무슨 왕야에게 잡혀가셨고, 안쪽의 여주인들은 모두 무슨 부府의 아역들에게 몰려서 산발한 채 빈방에 갇혀 계시고, 저 못돼먹은 망나니들과 화냥년들도 모두 개돼지처럼 갇혀 있습니다. 모든 재산은 압류당해 쌓여 있고, 목기나 자기들은 죄다 박살이 나 버렸습니다. 그 작자들은 저까지 오랏줄로 묶으려 했습니다. 제가 팔구십 년을 살면서 이 댁 조상님을 따라다니며 남을 묶은 적은 있지만, 어디 남한테 묶인 적이 있기나 합니까! 그래서 저는 저쪽 댁 사람이라 하고 뛰쳐나왔습니다. 하지만 저 사람들이 믿지 않고 여기까지 끌고 왔습니다. 그런데 여기까지 이런 꼴일 줄이야! 이렇게 된 이상 저도 살고 싶지 않습니다. 저 작자들이랑 죽자 사자 끝장을 보고 말겠습니다!"

초대는 아역들을 향해 머리를 들이박았다. 아역들은 그가 나이도 많고 두 왕의 분부가 있었기 때문에 감히 함부로 대하지 못했다.

"노인장, 좀 진정하시구려. 이건 폐하의 칙지를 받들어 하는 일이란 말입니다. 잠시 여기서 쉬고 계시구려. 상부에서 분부가 내려오면 다시 얘기합시다."

가정은 그 말을 듣고 아무 대꾸도 하지 않았지만 가슴은 칼로 도려내는 듯했다.

"아아, 틀렸구나! 다 틀렸어! 우리가 이런 지경으로 몰락할 줄이야!"

이렇게 그가 궁중으로부터 소식을 초조하게 기다리고 있던 차에 설과薛蝌●가 헐레벌떡 달려왔다.

"휴, 간신히 들어왔네! 이모부께선 어디 계시지?"

가정이 물었다.

"마침 잘 왔구나. 그런데 밖에서 어떻게 들여보내주더냐?"

"재삼 사정하고 돈을 먹여서 간신히 출입 허가를 받았습니다."

가정은 재산 압류당한 일을 전해주면서 그에게 가서 사정을 알아보라고 했다.

"친한 친구가 있다 해도 이런 화급한 때는 소식을 전하기 불편하구나. 그러니 소식을 전할 사람이 너밖에 없어."

"이 댁까지 이런 일이 생길 줄은 전혀 몰랐습니다. 저쪽 댁의 이야기는 이미 들었습니다만, 거긴 아주 끝장이 났습니다."

"대체 무슨 죄를 범했다더냐?"

"오늘 아침 저희 형님의 판결 상황을 알아보려고 관아가 갔다가 들었는데, 가진 서방님이 대갓집 자제들을 꾀어서 도박판을 벌인 게 두 분 어사의 귀에 들어간 모양입니다. 그래도 이건 사소한 일이지요. 더 큰 문제는 양민의 처자를 강제로 빼앗아 첩으로 삼으려다가 그 여자가 반항하자 핍박해서 죽게 만들었다는 겁니다. 어사는 폐하께서 처벌을 재가하시지 않을까 염려하여 저희 집에 있는 포이鮑二*와 장 아무개라는 사람까지 잡아들였답니다. 아마 도찰원에도 전과가 있는 모양인데, 그 장 아무매가 옛날에 고소한 적이 있기 때문이랍니다."

가정은 그 말이 끝나기도 전에 발을 구르며 탄식했다.

"세상에! 틀렸구나, 틀렸어!"

그는 한숨을 내쉬며 눈물을 주르르 쏟았다.

설과는 몇 마디 위로의 말을 건네고 서둘러 사정을 알아보러 나갔다. 그리고 한참 만에 다시 돌아와서 이렇게 말했다.

"상황이 안 좋습니다. 형과刑科에서 알아보았는데, 두 분 왕야께서 보고를 올렸다는 소식은 듣지 못했고, 이李어사께서 오늘 아침, 평안주平安州* 장관이 경사의 벼슬아치들에게 아부하고 상부와 한통속이 되어 백성들을 학대하면서 수많은 중범죄를 저질렀다고 상주했답니다."

"남들 걱정할 때가 아니다. 우리 일은 대체 어찌 됐다 하더냐?"

"평안주 사건이 우리 일과 관련이 있다니까 문제지요. 그 사건에 관련된 경사의 벼슬아치가 바로 가사 대감이랍니다. 그분께서 송사를 도맡아 처리하면서 돈을 챙기셨답니다. 그러니 불에 기름을 끼얹은 격이지요. 그래서 같이 일하던 관리들이 모두 몸을 피할 곳을 찾지 못해 안달하는 마당이니, 누가 소식을 전해주려 하겠습니까? 아까 이 댁에서 나간 친척들과 친구분들 중에도 고향으로 돌아가거나, 멀찌감치 피해서 상황을 알아보고 있다고 합니다. 게다가 가증스럽게도 이 댁 친척들까지 길거리에서 '조상들께서 공훈과 업적을 물려주셨는데 이런 말썽을 일으키다니. 누구 머리에 불똥이 떨어질지 모르지만 우리도 본때를 보여줘야 돼!' 하고 떠들고 다닌답니다."

가정은 끝까지 듣기도 전에 다시 발을 구르며 말했다.

"이게 다 형님이 너무 어리석고 녕국부도 너무 체통을 지키지 못했기 때문이야! 게다가 지금 어머님과 련이 안사람 병세가 위중한 상황인데 말이야. 다시 가서 알아보도록 해라. 나는 어머님께 좀 가봐야겠다. 무슨 소식이 있으면 한걸음이라도 빨리 알려주도록 해라."

그때 안쪽에서 정신없이 외치는 소리가 들렸다.

"노마님이 위독하셔요!"

가정은 황급히 안으로 뛰어 들어갔다.

태부인의 생사가 어찌 되었는지는 다음 회를 보시라.

제106회

왕희봉은 재앙을 초래하여 수치스러워하고
태부인은 재앙과 우환을 없애달라고 하늘에 기도하다

王熙鳳致禍抱羞慙　賈太君禱天消禍患

태부인이 천지신명에게 제사를 올려 재앙을 없애달라고 기원하다.

 태부인이 위독하다는 소리에 가정이 황급히 안으로 들어가보니, 이번 일로 태부인이 너무 놀라 기혈이 거꾸로 치솟는 바람에 기절한 상태였다. 왕부인과 원앙鴛鴦* 등이 애타게 부르자 태부인은 다시 정신을 차렸고, 기혈을 다스리고 정신을 안정시키는 환약을 복용하고 나자 점점 나아지기는 했지만 여전히 상심하여 눈물을 흘렸다. 가정은 옆에서 계속 위로했다.
 "못난 자식들 때문에 재앙이 닥쳐 어머님을 놀라시게 해드리고 말았습니다. 어머님 마음이 조금 누그러지시면 저희가 밖에서 어떻게든 대책을 마련하겠습니다. 하지만 어머님께 무슨 일이 생기면 저희들의 죄가 더 무거워질 겁니다."
 "내가 여든 살을 넘게 살았는데, 처녀 적부터 네 부친에게 시집와서도 조상님의 복 덕분에 이런 일은 얘기조차 들어본 적이 없다. 이제 늘그막에 혹시라도 너희들이 처벌받는 꼴을 보게 된다면 내가 어떻게 견디겠느냐! 차라리 눈을 감고 너희를 따라가는 게 낫지!"
 그렇게 말하면서 태부인은 다시 눈물을 흘렸다.
 그 모습을 보자 가정은 어느 때보다 더 애가 탔다. 그때 밖에서 전갈이 왔다.
 "나리, 나와보십시오. 궁중에서 소식이 왔습니다."
 가정이 급히 나가보니 북정왕부의 장사長史*가 보였다. 그는 가정을 보자마자 "경하 드립니다!" 하고 인사했다. 가정이 답례하고 자리를 권하면서 물었다.

"전하께서 무슨 유지諭旨가 계셨습니까?"

"우리 전하와 서평군왕께서 궁에 들어가셔서 대감의 송구한 마음과 폐하의 은혜에 감격하시는 말씀을 모두 상주해 올렸습니다. 그러자 폐하께서는 무척 딱하게 여기시고, 아울러 귀비마마께서 갑작스럽게 서거하신 지 얼마 되지 않은 상황에서 차마 죄를 물을 수 없다고 하시면서, 대감께서는 예전처럼 공부 원외랑員外郎*의 직무를 수행하시도록 은전恩典을 베푸셨습니다. 압류한 재산 가운데 가사 대감의 재산만 몰수하고 나머지는 돌려주라고 하시면서, 성심을 다해 직무를 수행하라고 하셨습니다. 다만 차용증에 대해서는 우리 왕야께서 조사하셔서, 만약 법을 어기고 고리대금을 놓은 게 있다면 법에 따라 전부 몰수하되, 그 가운데 상례에 따라 건물이나 토지를 세놓은 것은 문서를 전부 돌려주라고 하셨습니다. 그리고 가련은 직함을 박탈하지만 처벌은 면하여 석방하라고 하셨습니다."

가정은 즉시 일어나 황제가 있는 쪽을 향하여 머리를 조아려 은혜에 감사하고, 또 군왕이 베풀어준 은전에도 감사의 절을 올렸다.

"선생, 돌아가시거든 우선 제 대신 감사 인사를 올려주시구려. 저는 내일 아침 조정에 들어가 폐하께 감사 인사를 올린 다음, 전하께도 인사 올리러 가겠습니다."

장사가 돌아가고 얼마 후에 황제의 칙지가 내려왔다. 담당 관리는 칙지의 내용에 따라 일일이 조사하여 몰수할 것은 몰수하고 돌려줄 것은 돌려주었다. 그리고 가련은 석방하고, 가사에게 딸려 있던 남녀 노비들은 모두 명단을 작성하여 관청에서 몰수했다.

불쌍하게 된 것은 가련이었다. 관례에 따라 발급된 문서를 제외한 나머지 물건들은 모두 몰수되지 않았지만, 앞서 압류하러 왔던 이들에게 깡그리 약탈당하여 남은 것이라고는 몇 가지 가구밖에 없었다. 처음에 가련은 처벌을 받을까 두려웠지만, 나중에 석방되니 그것만으로도 큰 행운이라고 여겼다. 그러면서도 여러 해 동안 모아놓은 재산과 희봉이 개인적으로 가지고 있던 은돈이 칠팔만 냥이 넘었는데, 그것들이 하루아침에 다 없어졌다고 생각하니 속이 쓰릴 수밖에 없었다. 게다가 아버지는 지금 금의부에 갇혀 있고 희봉은 병이 위중하니 한동안 비통한 심경에 잠겨 있었다. 그런데 또 가정이 그를 불러 눈물을 글썽이며 꾸짖는 것이었다.

"내가 관직에 매인 몸이라 집안일에 신경을 쓸 수 없어서 너희 부부한테 일을 맡겼다. 네 부친이 한 일에 대해서야 네가 뭐라고 하기 어렵겠지만, 대체 그 고리대금을 놓은 것은 누구더냐! 게다가 그런 짓은 우리 같은 대갓집에서 할 일이 아니지 않느냐! 관청에 몰수당한 돈이 중요한 게 아니라, 이제 고약한 평판이 나돌게 되었으니 이게 될 일이냔 말이다!"

가련이 무릎을 꿇고 간곡히 말했다.

"저는 집안일을 처리하면서 한 점 사심이 없었습니다. 모든 출납 내역은 뇌대와 오신등吳新登˚, 대량戴良˚ 등이 장부에 기록해놓았으니 그들을 불러서 물어보십시오. 최근 몇 년 동안 창고의 은돈은 들어오는 것보다 나가는 게 많아서, 안쪽에 더 보태준 것이 없어도 이미 곳곳에 빚이 널려 있는 상황입니다. 이건 숙모님께 여쭤보시면 아실 겁니다. 그리고 이 고리대금 장부에 대해서도 어디서 나온 돈인지 모르겠습니다. 아마 주서나 왕아旺兒˚에게 물어봐야 할 것 같습니다."

"네 말대로라면 네 집안에서 일어난 일조차 모른다는 말인데, 그럼 집안에서 위아래 사람들과 관련된 일들은 더욱 모르겠구나? 하지만 나도 지금은 너한테 그걸 따져 묻지 않겠다. 이제 너는 무사하게 되었으니 어서 네 부친과 진이 일에 대해 사정을 알아보도록 해라."

가련은 너무나 억울했지만 눈물을 머금고 "예!" 대답한 후 물러났다. 가정은 연신 한숨을 내쉬며 생각했다.

'조상님께서 제왕의 사업에 힘쓰셔서 공훈을 세우시고 세습 작위를 두 개나 얻으셨는데, 이제 두 집이 죄를 범해서 모두 잃고 말았구나. 자식이나 조카 중에서 장래가 유망한 놈은 하나도 없으니, 아아! 하늘이여! 우리 가씨 가문이 어쩌다 이 지경으로 몰락하고 말았단 말입니까? 나는 비록 각별한 성은을 입어 재산을 돌려받았지만, 두 집안 살림을 한곳에서 부담해야 하니 나 혼자 어찌 감당한단 말인가! 조금 전에 련이가 한 말은 더욱 이상하지 않은가? 창고에 은돈이 없을 뿐더러 빚까지 있다 하니, 최근 몇 년 동안 바깥에 헛된 명성만 내세운 꼴이구나. 나도 왜 이다지 어리석었던 말인가? 우리 주아珠兒*만 살아 있었어도 도움이 되었을 텐데. 보옥이 놈은 장성하긴 했지만 도무지 무용지물이니 원!'

이렇게 생각하자 자기도 모르게 눈물이 옷깃을 적셨다. 그는 다시 생각을 이어갔다.

'어머님께선 저리 연세가 많으신데 자식들이 하루라도 봉양해드리기는커녕 오히려 놀라서 돌아가실 지경까지 이르게 했지. 이 많은 죄들을 다 내가 책임져야지 누구 탓으로 돌린단 말인가!'

그가 혼자 비탄에 잠겨 있는데 하인이 와서 아뢰었다.

"나리, 친척과 친구분들께서 인사 오셨습니다."

가정은 그들에게 일일이 감사했다.

"제 집안에 이런 불행이 생긴 것은 제가 자식과 조카들을 잘 다스리지 못했기 때문입니다."

그러자 누군가 이렇게 말했다.

"저도 대감의 형님이신 가사 대감의 행사가 부적절하다는 것과 가진 서방님이 오만하고 방종하다는 것을 오래전부터 알고 있었습니다. 관아의 일 때문에 실수를 했다면 마음에 부끄러울 게 없겠지만, 지금은 본인 스스로 사달을 일으켜서 결국 대감한테까지 누를 끼치고 말았군요."

또 누군가는 이렇게 말했다.

"문제를 일으킨 이들이야 많지만 어사의 탄핵을 받은 경우는 없었습니다. 가진 서방님이 친우들에게 미움을 사지 않았더라면 어찌 일이 이 지경까지 이르렀겠습니까?"

이어서 여러 사람들의 이야기가 이어졌다.

"어사를 탓할 수도 없지요. 듣자 하니 댁의 하인들이 몇몇 무뢰배들과 어울려 밖에서 떠들고 다닌 모양입니다. 어사께서는 탄핵의 근거가 부실할까 염려되어 이 댁 사람들을 불러다 몰래 물어보고 나서야 그 문제를 꺼내신 겁니다. 제 생각에 이 댁에서는 하인들에게 아주 너그럽게 대해주시는데, 어째서 또 이런 일이 생겼는지 모르겠습니다."

"종놈들이란 다루기 힘든 법이지요. 여기 계신 분들이 다 친한 친척과 벗들이니까 드리는 말씀입니다만, 대감께서 지방에 근무하실 때의 일도 밖에서 도는 평판이 좋다고 장담할 수 없습니다. 대감께서야 재물을 탐하시는 분이 아니시니까 그런 나쁜 평판은 다 종놈들이 야기한 것이 아니겠습니까? 그러니 조심하셔야 합니다. 지금 대감 댁이 다치진 않았지만, 혹시 폐하께 의심을 사는 일이 또 벌어진다면 아주 곤란해질 겁니다."

가정이 다급히 물었다.

"여러분이 듣기에 제 평판이 어떻던가요?"

"우리야 무슨 근거 있는 소문을 들은 게 아니지만, 바깥사람들은 대감께서 양도糧道*로 계실 때 문지기와 하인들을 통해 어찌어찌 돈을 착취했다고 수군거리고 있습니다."

"하늘을 두고 맹서하건데 저는 그런 생각은 애초부터 해본 적이 없습니다. 다만 하인들이 밖에서 내 이름을 내세워 못된 짓을 한 모양인데, 그게 문제가 되면 제가 감당할 수 없겠군요."

"지금은 그걸 걱정해봐야 아무 소용없습니다. 그저 지금의 집사들이라도 엄격히 조사해서 상전에게 거슬리는 종놈이 있다면 엄하게 다스리시는 수밖에요."

그 말에 가정은 고개를 끄덕였다. 그때 문지기가 들어와 말했다.

"조카사위분이 전갈을 보내오셨습니다. 본인은 일이 있어 오지 못하니 사람을 보내 대신 인사 올린다고 합니다. 그리고 큰대감님께서 그쪽에 갚으셔야 할 돈이 있는데 나리께서 그걸 대신 갚아주셔야 되겠다고 했습니다."

기분이 불쾌해진 가정은 그냥 알았다고만 말했다.

그러자 모두 쓴웃음을 지었다.

"다들 댁의 조카사위 손소조孫紹祖가 글러 먹은 인간이라고 하더니 정말 그렇군요. 지금 장인이 재산을 몰수당했는데, 와서 도와줄 생각은 하지 않고 도리어 득달같이 빚 독촉이나 하다니요. 정말 경우 없는 짓 아닙니까!"

"지금은 그놈 얘기나 할 때가 아닙니다. 그 혼사도 원래 형님께서 잘못 추진하신 거였습니다. 그 바람에 조카딸도 벌써 지독하게 시달림을 당했는데, 이젠 나까지 괴롭힐 모양입니다."

그때 설과가 들어왔다.

"알아보니 금의부의 조장관은 기어이 어사가 탄핵한 대로 처리할 모양이라 큰대감님과 진 서방님께서 감당하시기 어려울 것 같습니다."

그러자 사람들이 말했다.

"나리, 왕야께 간청하셔서 어떻게든 만회하게 하시는 게 좋겠습니다. 그렇지 않으면 두 집 모두 망하고 말 겁니다."

가정이 "예!" 하고 감사의 인사를 전하자 모두 돌아갔다.

날이 어두워지자 가정은 안에 들어가 태부인에게 문안 인사를 했다. 태부인의 상태는 조금 호전되어 있었다. 자기 방으로 돌아온 가정은 가련 부부가 세상 물정 모르고 고리대금을 놓아 말썽을 일으키는 바람에 모든 이들이 낭패를 보았다고 원망했다. 희봉의 소행을 생각하니 기분이 매우 언짢았다. 하지만 희봉은 지금 병이 위중한데다 자기의 물건들을 죄다 약탈당해 심사가 말이 아닐 테니 꾸짖기도 곤란하여 당장은 꾹 참는 수밖에 없었다. 그날 밤은 별일 없이 지나갔다.

이튿날 아침, 가정은 조정에 들어가서 황제의 은혜에 감사하고, 다시 북정왕부와 서평왕부를 찾아가 고개를 조아려 감사 인사를 했다. 그 김에 가사와 가진을 보살펴주십사 간청하자 두 왕야는 그러겠노라고 답했다. 가정은 다시 동료와 친한 친구들에게도 집안 문제를 잘 봐달라고 청탁을 넣었다.

한편, 가련은 여기저기 수소문한 결과 자기 아버지와 사촌형의 일이 아주 고약하게 돌아가고 있다는 걸 알았지만, 마땅한 방법이 없어서 집으로 돌아올 수밖에 없었다. 평아는 희봉 곁을 지키고 앉아 울고 있었고, 추동秋桐˚은 곁방에서 희봉을 원망하고 있었다. 가련이 다가가보니 희봉은 숨이 끊어질 듯 미약한지라 원망하고 싶은 말은 많았지만 차마 꺼낼 수가 없었다. 그러자 평아가 울며 간청했다.

"기왕 이리된 이상 없어진 물건은 다시 찾기 어려워요. 하지만 아씨가 이러고 계시니 의원을 불러 치료해야 하지 않겠어요?"

"흥! 내 목숨도 보전하기 어려운데 저 사람까지 신경 쓰게 됐어?"

그 말을 들은 희봉이 눈을 번쩍 뜨고 쳐다보았다. 그녀는 아무 말도 하지 못했으나 눈에서는 눈물이 하염없이 흘렀다. 그리고 가련이 나가자 곧 평아에게 말했다.

"너도 철없는 짓 좀 그만해. 이 지경이 되었는데 아직 내 걱정이나 하고 있으면 어쩌자는 거야? 난 차라리 지금이라도 죽는 게 나아. 네가 그래도 날 생각한다면 내가 죽은 뒤에 교저를 잘 키워다오. 그러면 내 저승에서라도 감격할 거야."

그 말에 평아가 대성통곡하자 희봉이 말을 이었다.

"너도 영리한 사람이잖아? 사람들이 나한테 말하진 않지만, 서방님은 분명 날 원망하실 거야. 일이야 밖에서 벌어졌지만, 내가 재물 욕심만 내지 않았더라면 지금 이런 사달도 벌어지지 않았겠지. 괜히 마음고생하면서 남들보다 잘 살아보려고 여태 아등바등 애써왔지만, 이제는 오히려 남들보다 뒤처지는 처지가 되고 말았어. 다만 사람을 잘못 쓴 게 한스럽구나. 얼핏 듣자 하니 시숙이 양가의 처자를 첩으로 삼으려다 뜻대로 되지 않으니까 핍박해서 사지로 몰아넣었는데, 장 아무개라는 사람이 중간에 관여되어 있는 모양이더구나. 생각해봐. 장 아무개라는 사람이 그 사람 말고 또 누가 있겠니? 이 사건을 조사하면 우리 서방님도 죄를 피할 수 없을 텐데, 그러면 내가 무슨 낯으로 사람들을 대하겠어? 그러니 금을 삼킬지 독약을 먹을지 고민할 필요 없이 당장 죽고만 싶어. 의원도 부를 필요 없어. 너야 날 생각해주려는 거겠지만, 그건 오히려 날 괴롭히는 일이야."

평아는 들을수록 가슴이 아팠지만 아무리 생각해도 난처하기만 했다. 그저 희봉이 모자란 생각에 스스로 목숨을 끊을까봐 염려스러워 단단히 곁을 지키는 수밖에 없었다.

다행히 태부인은 자세한 내막을 모르고 있었다. 근래에는 몸이 좀 좋아졌고, 아들 가정이 무사하다니 안심했다. 또 보옥과 보차가 하루도 곁을 떠나지 않고 있어준 덕분에 마음이 조금 놓였다. 그리고 평소 희봉을 아꼈던지라 원앙을 불러 지시했다.

"내 개인 소유물들 중 몇 가지를 희봉이한테 갖다주어라. 그리고 평아한테도 돈을 좀 주어서 희봉이 시중을 잘 들라고 해라. 내가 나중에 다른 것들도 천천히 나눠주겠다고 전해라."

그리고 왕부인에게 형부인을 보살펴주라고 당부했다. 한편, 녕국부寧國府의 저택과 모든 재산, 부동산, 그리고 하인들까지 모두 장부에 등록되어 관청에 몰수되자, 태부인은 하인들에게 수레를 가져가서 우씨와 그 며느리 등 남은 가족들을 영국부로 데려오라고 명령했다. 가련하게도 위세 당당하던 녕국부에는 그 두 사람과 패봉佩鳳*, 해란偕鸞 외에 하인 하나도 남아 있지 않았다. 태부인은 그들에게 거처를 하나 정해주었는데, 바로 석춘의 방과 벽 하나를 사이에 둔 곳이었다. 그리고 할멈 네 명과 하녀 두 명을 보내 시중들게 했다. 음식은 큰 주방에서 나눠주었고, 옷이나 방 안의 장식물 따위는 태부인이 보내주었다. 그 밖의 자잘한 비용은 회계방에서 내주었는데, 모두 영국부 사람들에게 매달 지급하는 용돈과 똑같은 금액이었다. 가사와 가진, 가용이 금의부에서 쓰는 비용에 대해서는 회계방에서 내줄 여력이 없었다. 지금은 희봉도 빈털터리가 되었고, 게다가 가련은 빚을 잔뜩 지고 있었다. 집안일에 어두운 가정은 그저 다른 사람들에게 부탁해놓았으니 잘될 거라고만 했다. 가련은 도저히 방법이 없어서 친척들에게 도움을 청할까 생각해보았지만, 설씨 댁 집안은 이미 기울었고, 왕자등은 죽었고, 나머지 친척들은 모두 도와줄 형편이 되지 못했다. 그는 어쩔 수 없이 몰래 사람을 시골로 보내 전답을 팔아 몇천 냥쯤 마련하고, 그 돈으로 옥살이하는 이들의 뒷바라지를 하기로 했다. 그걸 보자 하인들은 상전의 가세가 기운 것을 눈치채고, 그 틈에 농간을 부렸다. 그들은 동쪽 장원에서 나오는 소작료까지 상전의 이름을 내세워 조금씩 챙겼다. 이런 것들은 나중 이야기이기 때문에 여기서는 잠시 거론하지 않겠다.

한편, 태부인은 조상으로부터 물려받은 세습 작위를 박탈당하고, 아들과 손자까지 감옥에 갇혀 있어서 형부인과 우씨 등이 밤낮으로 통곡하고 있는데, 희봉마저 병이 위중한지라 보옥과 보차가 곁에 있어도 그저 말로 위안이나 해줄 뿐 근심을 나눌 형편은 되지 못했다. 그래서 태부인은 늘 마음이 편치 않아 옛날을 떠올리고 앞날을 걱정하느라 눈물이 마를 날이 없었다.

어느 날 저녁 무렵, 태부인은 보옥을 돌려보내고 혼자 아픈 몸을 무릅쓰고 일어나 앉았다. 원앙에게 여기저기 불당에 향을 올리고 자기 거처의 뜰 안에 두향斗香[1]을 피우라고 지시한 다음, 지팡이를 짚고 뜰로 나왔다. 호박琥珀*은 태부인이 예불을 올리려 한다는 걸 알고 붉은 양탄자를 가져다가 깔아두었다. 태부인은 향을 사르고 나서 여러 차례 큰절을 올리며 한참 동안 염불을 하더니 눈물을 머금고 천지의 신에게 기도했다.

"하늘에 계신 황천보살皇天菩薩이시여, 가씨 가문의 이 몸 사史 아무개가 간절히 기원하나니 부디 자비를 베풀어주소서. 우리 가씨 가문은 여러 세대를 내려오면서 감히 흉험한 패악을 저지르지 않았나이다. 저는 지아비를 섬기고 자식을 도우면서 비록 선행은 하지 못했을지언정 감히 악행은 저지르지 않았나이다. 필시 아래 세대의 자손들이 교만과 사치를 일삼고 하늘이 내린 만물을 함부로 탕진함으로써 온 집안의 재산이 몰수당하는 지경에 이르게 된 것 같사옵니다. 지금 아들과 손자들이 옥에 갇혀 있으니 자연히 길보다는 흉이 많을 듯합니다. 이게 다 저의 잘못으로 아들과 손자를 제대로 가르치지 못한 결과입니다. 이제 황천의 신들께 간절히 비옵나니, 옥에 갇힌 이들의 재앙이 복으로 바뀌게 해주시옵고, 병을 앓고 있는 이는 속히 낫게 해주시옵소서. 온 집안 식구들의 모든 죄는 이 몸이 혼자 감당하겠사오니, 제발 자손들이 죄를 면하게 해주시옵소서. 황천의 신들께서 제 정성을 생각하셔서 연민을 베풀어주시겠다면, 부디 하루 속히 제게 죽음을 내려주시고 자손들의 죄는 너그러이 면해주시옵소서."

여기까지 조용히 기도하고 나서 태부인은 슬픔을 이기지 못하고 흐느끼기 시작했다. 원앙과 진주珍珠*가 태부인을 위로하며 부축하여 방 안으로 들어갔다.

왕부인이 보옥과 보차를 데리고 문안 인사를 하러 왔다가 태부인이 슬픔에 잠겨 있는 모습을 보고 세 사람도 대성통곡하기 시작했다. 보차의 설움은 더욱 깊었다. 자신의 오빠도 감옥에서 사형을 기다리고 있는데 감형이 될 수 있을지 어떨지도 모르겠고, 시부모는 무사하지만 당장 집안이 쇠락해가고 있는데다, 남편 보옥은 여전히 멍하니 넋이 나가 예전 같은 기백이 전혀 보이지 않았기 때문이다. 그러니 남은 평생을 생각하며 태부인이나 왕부인보다 더욱 서럽게 통곡했다. 보차가 이렇게 슬퍼하자 보옥도 슬픔에 잠겼다.

　'연로하신 할머님은 심신이 편할 날이 없으시고, 부모님도 그 모습을 보시고 슬퍼하실 수밖에 없지. 자매들은 바람에 쓸려간 구름처럼 흩어져서 날이 갈수록 사람이 줄어들고 있구나. 대관원에서 시를 읊으며 모임을 가졌을 때는 얼마나 북적거리고 즐거웠던가! 대옥이가 죽고 나서 나는 지금까지 줄곧 울적했지만, 보차 누나가 시집을 왔으니 늘 슬픈 기색을 내보이기도 곤란하게 되었지. 저 사람도 밤낮 오빠와 어머니 걱정으로 웃는 얼굴을 보기 어려웠는데, 이제 저렇게 슬퍼하는 모습을 보니 너무 안쓰럽구나!'

　이런 이유로 그도 더욱 목 놓아 울었다. 원앙과 채운, 앵아, 습인도 그들의 모습을 보고 제각기 근심이 있어 흐느끼기 시작했고, 나머지 하녀들도 그 모습에 상심하여 따라 우는 바람에 울음을 말릴 사람이 하나도 없었다. 온 방 안에 천지가 진동할 만큼 울음소리가 커지자 밖에서 밤 당번을 서던 할멈이 깜짝 놀라 황급히 가정에게 알렸다. 서재에 앉아 시름에 잠겨 있던 가정은 그 소리를 듣자 재빨리 안으로 달려 들어왔다. 멀리서 여러 사람들의 울음소리가 들리자 그는 태부인에게 무슨 일이 생겼나 싶어서 혼백이 날아갈 지경이었다. 허둥지둥 안으로 들어가보니 태부인이 앉아서 슬피 울고 있었다. 그제야 그는 마음이 조금 가라앉았다.

　"어머님께서 상심하시면 곁에서 위로를 해드려야지 한꺼번에 같이 울고 있으면 어쩌자는 거냐!"

　모두 가정의 목소리에 황급히 울음을 멈추고 멍하니 서로 얼굴만 쳐다보았다. 가정은 태부인에게 다가가 위로하고 나서 또 주위 사람들에게 몇 마디 꾸짖었다. 이에 다들 속으로 생각했다.

　'노마님께서 슬퍼하시기에 위로해드릴 생각이었는데 어떻게 깜박 잊고 다들 함께 울었지?'

　이때 한 할멈이 사씨 댁에서 보내온 두 여인을 데리고 들어왔다. 두 여인은 태부인에게 문안 인사를 하고 나서 다른 사람들과도 인사를 나누었다.

"저희 나리와 마님, 아가씨께서 이 댁에 일이 생겼다는 소문을 들으셨는데, 알고 보니 그리 큰일도 아니라 그저 잠깐 놀랐다고 전하라 하셨습니다. 이 댁 나리와 마님께서 걱정하실까 염려하시면서 둘째 나리께서는 걱정하실 필요 없다고 전하라 하셨습니다. 원래 저희 아가씨가 직접 오시려고 했지만 혼례일이 며칠 남지 않아서 오시지 못했습니다."

가정은 감사하다고 하기도 뭐해서 이렇게 말했다.

"돌아가서 내가 안부 여쭈더라고 전하게. 이것도 우리 가문의 어쩔 수 없는 운명이겠지. 그 댁 어른께 생각해주셔서 감사하고 나중에 인사하러 가겠다고 전하게. 그나저나 그 댁 아가씨가 출가한다고 하던데, 신랑이야 말할 필요 없이 훌륭하겠지. 그 집안 형편은 어떻다고 하던가?"

"살림은 넉넉하지 않지만 사위 분은 용모도 아주 훌륭하시고 성품도 온화하십니다. 저희도 여러 번 뵈었는데, 이 댁 둘째 서방님과 비교해도 뒤지지 않을 것 같았습니다. 듣자 하니 글재주와 학문도 모두 뛰어나시답니다."

그 말에 태부인이 기뻐했다.

"우리가 오랫동안 여기서 살고 있긴 하지만, 모두 남방 사람들이라 혼인 같은 대사大事는 여전히 남방의 예법을 따르기 때문에 아직 새 사위를 만나보지 못했구먼. 전에 내가 친정 식구들을 떠올려보니 자네들 아가씨가 제일 사랑스러웠어. 일 년 삼백육십오 일 가운데 이백 일 넘게 내 옆에 있었는데 어느새 이렇게 자랐구먼. 원래 내가 좋은 신랑감을 구해줄 생각이었는데, 그 아이 숙부도 집에 없고 해서 나서기 곤란했지. 운 좋게 훌륭한 신랑을 얻게 되었다고 하니 나도 마음이 놓이는구먼. 이 달 안에 혼례를 올린다고 했지? 나도 가서 축하주를 마시고 싶지만 뜻밖에 우리 집에 이런 일이 생기는 바람에 내 속이 타는 솥 같으니, 도저히 가볼 상황이 안 되는구먼. 돌아가거든 내 안부 전하고, 여기 있는 모든 사람들도 안부 묻더라고 하게. 그리고 그 댁 아가씨한테 내 걱정은 하지 말라고 전하게. 나야 여든 살이 넘게 살았으니 당장 죽는다 해도 박복하다고 할 수 없지. 그저 시집가서 내외가 화목하게 백년해로하면 나도 안심하겠구먼."

그러면서 태부인은 자기도 모르게 눈물을 흘렸다.

"노마님, 상심하지 마십시오. 아가씨도 혼례를 올리고 아흐레 만에 친정에 들르실 때 틀림없이 새서방님과 함께 노마님께 인사 올리러 오실 겁니다. 그때 만나보시면 기꺼우실 겁니다."

태부인이 고개를 끄덕였다. 그 여자들이 물러간 후 다른 사람들은 아무도 신경 쓰지 않았지만 오직 보옥만은 한참 동안 멍하니 생각에 잠겼다.

'이젠 날이 갈수록 견디기 어렵구나. 왜 사람들은 딸을 낳아 기르다가 자라면 꼭 시집을 보내려 할까? 그리고 모두들 일단 시집을 가면 바로 변해버리지. 상운湘雲* 누이 같은 사람도 숙부 때문에 억지로 시집가게 되었는데 나중에 나를 만나면 분명 거들떠보지도 않을 거야. 남이 거들떠보지도 않는 신세가 되면 난 무슨 재미로 살지?'

그런 생각을 하자 또 가슴이 아팠다. 하지만 태부인이 막 평온을 되찾은 참이라 감히 울지도 못하고 혼자 울적하게 있을 수밖에 없었다.

잠시 후 마음이 놓이지 않는 가정이 다시 태부인을 보러 들어왔다. 태부인이 많이 진정된 모습을 보자 곧 밖으로 나가 뇌대에게 녕국부와 영국부 전체의 집사와 하인들 명단을 가져오라 해서 살펴보았다. 하나씩 점검해보니 관청에 몰수된 가사의 하인들 외에도 아직 삼십 호 남짓, 남녀 합쳐서 이백열두 명이 남아 있었다. 그는 집안에서 일을 맡고 있는 남자 하인 스물한 명을 불러들여 해마다 집에서 쓰는 비용 가운데 수입과 지출이 각각 얼마인지 물었다. 그러자 집사 우두머리가 근래의 출납장부를 바쳤다. 가정이 살펴보니 수입이 지출에 미치지 못할 뿐만 아니라, 해마다 궁중에 들어간 비용까지 더해져서 밖에 진 빚만 기록된 것도 적지 않았다. 다시 동쪽 지방의 소작세를 살펴보니, 근래에 들어온 것이 조상 때 들어왔던 것에서 반에도 미치지 못했지만 비용은 오히려 열 배나 늘어나 있었다. 가정이 그걸 보지 못했더라면 모르겠지만, 막상 보고 나자 화가 치밀어 발을 굴렀다.

"이래서야 원! 련이가 살림을 맡더라도 집에서는 당연히 절약하고 있을 줄 알았는데, 벌써 몇 년째 이듬해 비용을 당겨쓰고 있을 줄이야! 그러면서 이렇게 겉만 그럴 듯하게 꾸며놓았구나. 세습 관직의 봉록을 우습게 여기니 망하지 않을 수 있나! 이제 와서 내가 아껴 쓰려 해도 이미 늦었구나."

그는 뒷짐을 진 채 왔다 갔다 서성거렸지만 도무지 대책이 서지 않았다.

하인들은 가정이 살림살이에 대해 잘 모르면서 괜히 속만 태운다고 생각하고 이렇게 말했다.

"나리, 걱정 마십시오. 어느 댁이나 다 마찬가지입니다. 한꺼번에 따져 보면, 심지어 왕야 댁에서도 비용이 모자랄 겁니다. 그저 겉으로 체면치레만 하면서 그럭저럭 되는 대로 지낼 뿐이지요. 이제 나리께서 황제 폐하의 은전을 입으셔서 그나마 이 재산이라도 남아 있게 되었으니 망정이지, 만약 전부 몰수당했더라면 나리께서도 살림살이를 유지하실 수 없어졌을 게 아닙니까?"

가정이 버럭 호통을 쳤다.

"말도 안 되는 소리! 너희 종놈들도 정말 양심이 없구나! 상전의 형편이 좋을 때는 멋대로 써버리고, 살림이 바닥나면 각자 떠나거나 도망쳐버려서 상전이야 죽든 말든 거들떠보지도 않겠지! 내가 재산을 몰수당하지 않아서 다행이라고 했지만, 밖에서 도는 평판이 어떤지 알기나 하느냐? 주춧돌조차 보전하지 못하고 있는데 네놈들은 밖에서 거드름이나 피우며 허풍을 쳐서 남들을 기만하고 무시하고 다녀서야 쓰겠느냐? 그러다가 말썽이 생기면 죄다 상전한테 책임을 떠밀어버리고 말지. 형님과 진이 일만 해도 우리 집 하인 포이라는 놈이 밖에서 떠들고 다녔다고 하던데, 이 명단에는 그놈 이름조차 없으니 이게 어찌 된 일이더냐?"

"포이는 명단에 들어 있지 않습니다. 예전에 녕국부 명부에 들어 있었는데 련 서방님이 그가 착실하다면서 내외를 이쪽으로 불러오셨습니다. 그러다가 그 여편네가 죽자 다시 녕국부로 돌려보냈습지요. 나중에 나리께서 관아의 일로 바쁘시고 노마님과 마님, 서방님들은 능묘에 가셔서 진 서방님이 집안일을 대신 맡아보실 때 다시 포이를 데려오셨습니다. 하지만 그 뒤에 다시 돌려보냈습니다. 나리께서는 여러 해 동안 집안일을 돌보지 않으셨으니 이런 일들을 모르시겠지요. 명단에 없는 사람이 그 하나뿐인 줄로 여기시겠지만, 한 사람 수하에 친척들도 있고 노비 밑에 또 노비가 있습지요!"

"이게 말이나 되는 일이냐!"

하지만 생각해보니 당장은 시원하게 처리할 수 없는 일인지라 가정은 어쩔 수 없이 하인들에게 물러가라고 했다. 그는 이미 처리 방안을 마음에 세워두고 있었지만, 지금은 일단 가사 등의 일이 어떻게 되는지 보고 나서 다시 결정하기로 했다.

하루는 가정이 서재에 앉아 이런저런 생각을 하고 있는데, 갑자기 하인 하나가 부리나케 뛰어 들어왔다.

"나리, 속히 궁으로 들어가보십시오! 나리께 문의할 게 있답니다."

가정은 불안한 마음으로 황망히 궁에 들어갔다. 그게 길한 일인지 흉한 일인지는 다음 회를 보시라.

제107회

태부인은 남은 재산을 나눠주어 대의를 밝히고
가정은 천은을 입어 세습 직위를 회복하다

散餘資賈母明大義　復世職政老沐天恩

태부인이 재물을 나눠주어 가문을 위기에서 구하다.

궁에 들어간 가정은 추밀원樞密院[1]의 여러 대신들을 만나고 나서 다시 여러 군왕들을 알현했다. 그러자 북정왕이 말했다.

"오늘 우리가 그대를 부른 건 폐하의 칙지에 따라 몇 가지 여쭤볼 게 있어서입니다."

가정이 황급히 무릎을 꿇자 여러 대신들이 물었다.

"귀하의 형님이 지방관과 결탁하여 그 권세를 믿고 약한 자들을 능멸한 것도 모자라 자식을 제대로 단속하지 못해 모여서 도박을 하고 양민의 유부녀를 강제로 취하려다 뜻대로 되지 않자 핍박하여 죽음에 이르게 했는데, 귀하께서는 그 일들을 모두 알고 계셨습니까?"

"이 죄인은 폐하의 은혜를 입어 학정에 임명되었다가 임기가 만료된 뒤에는 재난당한 백성을 구휼한 정황에 대해 조사하고, 작년 늦겨울에 집에 돌아왔습니다. 하지만 공부工部 장관으로부터 공사를 감독하라는 임무를 부여받았고, 그 뒤에는 강서 지방의 양도糧道로 나가 근무하다가 탄핵을 당해 경사로 돌아와 예전처럼 다시 공부에서 일하게 되어 주야를 막론하고 감히 태만하지 못했습니다. 그런 연유로 집안일에는 전혀 신경 쓸 틈이 없었습니다. 실로 어리석게도 아들과 조카들을 제대로 단속하지 못했으니 이는 바로 성은을 저버리는 짓이었습니다. 부디 폐하께서 제 죄를 엄히 다스려주시기 바랍니다."

북정왕이 그 말대로 황제에게 상주하자 얼마 후 칙지가 내려왔다. 북정왕이 그 내용을 설명해주었다.

"폐하께서는 어사의 탄핵을 통해 가사가 지방관과 결탁하여 그 권세를 믿고 약한 자들을 능멸했다는 사실을 아시게 되셨소. 어사가 지적한 바에 따르면, 가사는 평안주 장관과 왕래하면서 송사를 도맡아 처리하며 돈을 챙겼다고 했소. 하지만 가사를 엄히 취조한 결과, 평안주 장관과는 원래 인척관계로 왕래했을 뿐 관청의 일에는 전혀 관여하지 않았다 하오. 다만 권세를 믿고 석애자石獃子•에게 옛날 부채를 강제로 탈취한 죄는 사실이지만, 그것은 완상玩賞할 물건에 지나지 않으니 양민의 물건을 강제로 탈취한 일에 비할 죄는 아니오. 비록 석애자가 자살하긴 했지만, 그 또한 본인의 어리석은 소치인지라 핍박하여 죽음에 이르게 한 것과는 거리가 있소. 그러므로 이제 가사에게 관용을 베푸시어 대참대臺站²에 보내 충심으로 복무하여 죗값을 치르도록 하라셨소. 가진이 양민의 유부녀를 강제로 취하려다 뜻대로 되지 않자 핍박하여 죽음에 이르게 했다는 죄목에 대해서는 도찰원에서 조사한 바를 보건대, 우이저尤二姐•가 실제로 태 속에 있을 때부터 장화張華•와 정혼한 사이이긴 하지만, 장화가 가난하여 스스로 혼사를 물리기를 바랐고, 우이저의 모친이 그녀를 가진의 동생에게 첩으로 주기를 바랐으니 결코 강제로 취한 것이 아니오. 그리고 우삼저尤三姐•가 자살했을 때 관청에 알리지 않고 매장한 죄목에 대해 조사한 바, 우삼저는 본래 가진의 처제였소. 가진은 우삼저에게 배필을 구해주려 했으나, 우삼저가 납채를 돌려달라는 요구를 받고 많은 이들에게 나쁜 소문이 퍼지자 수치심과 분노를 이기지 못해 자살한 것이지, 결코 가진에게 핍박을 받아 죽게 된 것이 아니었소. 하지만 가진은 세습 관직을 물려받은 몸으로서 법을 무시하고 시신을 무단으로 매장했기 때문에 응당 중죄로 다스려야 하오. 하지만 어쨌든 공신의 후손이므로 차마 벌을 줄 수 없는지라, 역시 관용을 베푸시어 세습 관직을 박탈하고 바닷가 변경에 보내 충심으로 복무하여 죗값을 치르도록 하라셨소. 가용은 나이도 어리고 사건과 무관하니 이 점을 성찰하셔서 석방하라셨소. 가정은 실제로 여러 해 동안 지방관으로 있었고, 성실하고 근면하게 관직을 수행했기 때문에 집안을 올바로 다스리지 못한 죄를 면해주신다 하셨소."

가정은 감격의 눈물을 흘리며 한없이 머리를 조아리면서 북정왕에게 자신의 심정을 대신 상주해주십사 간청했다. 그러자 북정왕이 말했다.

"하늘 같은 은혜에 머리를 조아려 감사했으면 그만이지 또 무얼 상주하시렵니까?"

"성은을 입어 큰 죄를 면하였고 또 재산까지 돌려받았으나 실로 가슴에 손을 얹고 부끄럽기 그지없사오니, 조상으로부터 물려받은 후한 봉록과 지금껏 모아둔 재산을 모두 관아에 바칠까 하옵니다."

"폐하께서는 신하들에게 인자하게 대하시고, 형벌을 내리실 때는 영명하게 판단하고 신중히 시행하시어 상과 벌을 내리시는 데 차별을 두지 않으십니다. 이제 더할 수 없이 크고 깊은 은혜를 베푸시어 재산을 돌려주셨는데, 왜 또 그런 상주를 하신단 말씀입니까?"

여러 대신들도 나서서 말리자 가정은 감사 인사를 하고, 군왕에게 머리를 조아려 사례한 다음 물러났다. 그리고 태부인이 걱정하고 있을까 염려되어 급히 집으로 돌아갔다.

가씨 집안의 모든 사람들은 가정이 궁으로 불려 들어간 것이 길한 일인지 흉한 일인지 몰라, 모두들 밖에서 소식을 알아보고 있었다. 그러다가 가정이 돌아오자 조금은 마음을 놓았지만, 감히 어찌 되었는지 묻지는 못했다. 가정은 황망히 태부인에게 가서 성은을 입어 너그럽게 죄를 면하게 된 일에 대해 자세히 들려주었다. 태부인은 마음이 놓이긴 했지만 두 개의 세습 관직을 박탈당하고, 가사와 가진이 각각 대참과 바닷가로 가서 노역하며 속죄를 해야 한다는 소식에 어쩔 수 없이 가슴이 아파왔다. 형부인과 우씨는 그 소식을 듣자마자 울음을 터뜨렸다. 그러자 가정이 말했다.

"어머님, 안심하십시오. 형님께서 대참에서 일하셔야 하지만 그 또한 나랏일을 처리하는 곳이므로 그리 큰 고생은 하지 않을 겁니다. 그리고 일만 착실히 하면 곧 복직이 될 겁니다. 진이는 나이도 젊으니까 전심전력으로 맡은 일을 해야겠지요. 그러지 않으면 조상께서 남기신 음덕도 오래 누릴 수 없습니다."

그는 다시 몇 마디 위로의 말을 전했다.

태부인은 평소 가사를 그다지 좋아하지 않았고, 녕국부의 가진은 어쨌든 또 한 세대 아래였다. 하지만 형부인과 우씨는 통곡을 멈추지 못했다. 형부인은 생각했다.

'재산은 다 털렸고 늙은 남편은 멀리 귀양을 갔는데, 슬하에 련이가 있다 하지만 평소 제 숙부를 더 잘 따랐지. 지금은 모두들 숙부에게 신세를 지고 있으니 그 아이 내외도 더욱 저쪽을 따르겠구나. 결국 나만 혼자 외톨이가 되어 남았으니 어쩐단 말인가!'

우씨는 녕국부의 살림을 도맡았기 때문에 가진 외에는 그녀가 제일 높은 대접을 받았고, 또 가진과 금슬도 좋았다.

'이제 남편은 죄를 지어 멀리 귀양가고, 재산은 전부 몰수당해 영국부에 얹혀살게 되었구나. 할머님께서 아껴주신다 해도 결국 더부살이가 아닌가? 게다가 해란과 패봉까지 데리고 있으니…… 더욱이 용이 내외는 가업을 일으켜 세울 만한 재목도 아니니 원! 우이저와 우삼저 일은 모두 련 서방님이 일으킨 사달인데, 그쪽은 오히려 무사해서 부부가 여전히 함께 살고 있구나. 이제 녕국부에 우리 몇 사람만 남았으니 앞으로 어떻게 살아간단 말인가!'

그런 생각을 하니 통곡이 나오지 않을 수 없었다. 태부인은 그 모습이 너무 안쓰러워 가정에게 물었다.

"자네 형과 진이 일은 이미 결정이 났다는데 집에 돌아올 수는 있다 하던가? 용이는 혐의가 풀렸다니 석방되어야 하지 않은가?"

"관례대로 하자면 형님은 집에 돌아오실 수 없습니다. 제가 개인적으로 청탁을 해서 형님과 진이가 집에 돌아와 행장을 꾸리게 해달라고 했는데, 관아에서 이미 응낙한 상태입니다. 아마 용이도 두 사람과 함께 나올 것 같습니다. 제가 알아서 처리할 테니 걱정 마십시오."

"요 몇 년 동안 내가 늙어서 사람 노릇을 제대로 못하는 바람에 여태 집 안일에 대해 물어보지 못했네. 이제 저쪽은 전 재산을 몰수당하고 건물들까지 차압당하고, 자네 형님 집은 련이네 재산까지 모조리 몰수당했으니 더 말할 것도 없지. 그런데 이쪽 창고와 동쪽 지방의 땅은 대체 얼마나 남아 있는지 아는가? 저 둘이 길을 떠나는데 은돈이라도 몇천 냥쯤 줘야 하지 않겠는가?"

가정은 마침 그 문제를 해결할 방도가 없어서 고민하고 있었는데, 태부인이 묻자 이렇게 생각했다.

'사실대로 말씀드리면 어머님께서 또 근심하실 테고, 숨기자니 나중은 물론이고 지금 당장 대책이 없구나.'

그는 곧 마음을 정하고 이렇게 말했다.

"어머님께서 묻지 않으셨으면 저도 감히 말씀드리지 못했을 겁니다. 하지만 지금 그 문제를 말씀하셨고 련이도 이 자리에 있으니 말씀드리겠습니다. 어제 조사해보니 창고의 은돈은 이미 비어 있을 뿐만 아니라 밖에 빚도 지고 있습니다. 지금 형님의 일은 돈을 써서 청탁하지 않으면, 비록 폐하께 너그러이 은혜를 입었다 하더라도 형님이나 진이에게 별로 좋을 게 없습니다. 여기에 쓸 돈만 하더라도 마련할 길이 없습니다. 동쪽 지방의 땅은 벌써 내년 소작료를 미리 당겨 받아서 쓰고 있으니 당장은 거기서도 나올 게 없습니다. 별 수 없이 폐하의 은혜 덕택에 몰수되지 않은 옷가지며 장식품 따위를 팔아 형님과 진이의 여비를 마련하는 수밖에 없습니다. 집안의 생활비에 대해서는 다시 방도를 마련해야 합니다."

태부인은 너무 기가 막혀 금세 눈물을 주르르 흘렸다.

"어쩌다 우리 집안이 이런 지경까지 이르렀단 말인가! 내가 겪어보지는 않았지만, 예전에 내 친정은 지금보다 열 배는 나았네. 하지만 몇 년 동안 허세를 부리다 보니, 이런 일이 아니어도 이미 가세가 기울어서 한두 해도 못 되어 망하고 말겠지. 자네 말대로라면 우리도 결국 한두 해도 지탱할 수 없겠구면."

"세습 관직 두 개가 그대로 있다면 그래도 밖에서 변통할 수 있었을 겁니다. 하지만 지금은 내세울 것도 없으니 누가 도와주려 하겠습니까?"

그는 눈물을 펑펑 쏟으며 말을 이었다.

"친척들에게 도움을 청할까 하는 생각도 해보았지만 우리에게 도움을 받았던 이들은 모두 가난하고, 우리 도움을 받지 않았던 이들은 도와주려 하지 않습니다. 안 그래도 어제 자세히 조사해보진 못하고 하인의 명부만 살펴보았는데, 상전들 쓸 돈이 나올 데가 없는 것은 물론이고 먹여 살릴 여력이 없어서 내보내야 할 하인들도 많은 것 같습니다."

태부인이 근심에 싸여 있는데 가사와 가진, 가용이 함께 들어와서 인사를 올렸다. 태부인은 두 손으로 각각 가사와 가진을 하나씩 붙들고 대성통곡했다. 둘은 부끄럽기 그지없는 표정으로 있다가 태부인이 통곡하자 모두 마루에 무릎을 꿇고 울며 말했다.

"저희들이 못나서 조상들이 쌓은 공훈을 날려버린 것도 모자라 어머님까지 상심하게 해드렸으니 정말 죽어도 묻힐 곳이 없는 몸입니다!"

방 안의 모든 이들이 그 모습을 보고 일제히 울음을 터뜨렸다. 가정은 어쩔 수 없이 그들을 위로해야 했다.

"어쨌든 우선 형님과 진이가 쓸 비용을 마련해야겠습니다. 집에서는 한 이틀밖에 묵을 수 없을 겁니다. 더 이상 지체하면 관아에서 가만있지 않을 겁니다."

태부인이 슬픔을 억누르고 눈물을 참으며 가사와 가진에게 말했다.

"자네와 진이도 각각 안사람들을 만나보도록 하게."

그리고 가정에게 말했다.

"이 일은 오래 기다릴 수 없네. 보아하니 밖에서 변통하는 것은 안 될 것 같구먼. 그러다가 폐하께서 지정해주신 기한을 넘기기라도 하면 큰일이 아닌가? 어쩔 수 없이 내가 마련해주는 수밖에 없겠구먼. 집안이 계속 이렇게 어수선해서는 안 될 일이니 말일세."

태부인은 원앙을 불러 뭐라고 지시했다.

한편, 가사 등은 밖으로 나와 가정과 함께 한바탕 통곡하며 예전에 멋대로 굴었던 일을 후회하고, 이제 가족과 떨어져 지내야 하는 상황에 슬픔을 나누고는 각기 자기 아내를 찾아가 함께 슬퍼했다. 나이 많은 가사는 그나마 괜찮았지만, 가진은 우씨와 헤어져 있어야 한다는 게 너무 견딜 수 없었다. 가련과 가용도 각자 자기 아버지의 손을 붙들고 그저 울기만 했다. 변방으로 수자리 살러 가는 것보다야 낫지만 어쨌든 생이별해야 하는 이상 모두들 마음을 단단히 먹고 견뎌내는 수밖에 없었다.

한편, 태부인은 형부인과 왕부인에게 원앙 등과 함께 가서 상자와 옷장을 열고, 자신이 시집와서 지금까지 모아놓은 물건들을 모두 꺼내오라고 했다. 그리고 가사와 가정, 가진 등을 불러 일일이 나눠주었다.

"여기 있는 은돈 가운데 삼천 냥은 큰집에 줄 테니 자네는 여비로 이천 냥을 쓰고 나머지 천 냥은 안사람 용돈으로 주게. 여기 삼천 냥은 진이한테 줄 테니 너는 여비로 천 냥만 가져가고 나머지 이천 냥은 네 안사람에게 주도록 해라. 살림은 예전처럼 따로 해야 한다. 집이야 같은 곳을 쓰지만 밥은 각자 챙겨 먹어야 해. 석춘이 혼사도 내가 책임지마. 불쌍한 희봉이는 여태 그렇게 마음고생을 했지만 이제 빈털터리가 되어버렸으니, 그 아이에게도 삼천 냥을 주도록 해라. 이 돈은 련이가 손대지 못하게 하고 희봉이 혼자 갖고 쓰게 해라. 지금 그 아이는 앓고 있어서 정신도 흐리고 기운도 없으니까 평아더러 가져가라고 해라. 이건 너희 조부께서 남겨주신 옷가지들과 내가 젊었을 때 입었던 옷이며 머리장식들인데, 이제는 쓸데가 없다. 남자 옷은 큰집 사람과 진이, 련이, 용이가 갖고 가서 나눠 쓰도록 하고, 여자 옷과 장식은 진이 어미와 진이댁, 희봉이가 나눠 가져라. 이 은돈 오백 냥은 련이한테 줄 테니 내년에 대옥이 영구를 남방으로 돌려보내도록 해라."

이렇게 나눠준 다음 가정을 불러 말했다.

"자네 말을 듣자 하니 아직 빚을 질 수밖에 없겠구먼. 그건 어쩔 수 없지. 이 금을 갖다 팔아서 갚도록 하게. 내가 이렇게 할 수밖에 없도록 만든 건 다른 이들이지만, 자네도 내 아들이니 차별대우를 할 순 없네. 여기 남은 금은붙이가 대충 은돈 몇천 냥어치는 되어 보이는데, 보옥이도 이미 장가를 들었으니 이건 모두 그 아이한테 주겠네. 자네 며느리는 이제껏 나한테 효성을 다했고 란이도 착하니, 그 아이들에게도 좀 나눠줄까 하네. 이러면 내가 할 일은 다한 셈이지."

가정은 태부인이 이렇게 현명하게 판단하여 말끔히 나눠주자, 그 자리에 있던 다른 이들과 함께 무릎을 꿇고 울었다.

"어머님께서 이렇게 연로하신데 저희가 효도조차 제대로 못하고 오히려 이런 은혜를 받게 되었으니 정말 부끄러워 몸 둘 바를 모르겠습니다!"

"쓸데없는 소리 말게! 이런 난리가 일어나지 않았더라면 나도 저것들을 그대로 갖고 있었을 걸세. 다만 지금 집에 하인이 너무 많은데 자네만 벼슬살이를 하고 있으니, 몇 명만 남겨두도록 하게. 집사한테 하인들을 전부 불러 모아 적당히 처리하라고 하게. 각처에 일을 맡아볼 사람만 있으면 되지 않겠는가? 전부 몰수당했더라면 어쩔 뻔했는가? 안쪽에 있는 우리가 부리는 사람들도 누군가를 시켜서 일을 나눠 맡기도록 하게. 짝을 지워줄 사람은 짝을 지워주고, 내보낼 사람은 내보내야지. 지금 이 집은 몰수되지 않았지만, 대관원은 나라에 바치는 게 좋겠네. 전답들은 원래대로 련이한테 맡겨 정리하라고 하게. 팔 것은 팔고 남겨둘 것은 남겨두어서, 절대 괜한 허세를 부리지 말도록 하게. 그리고 말이 나온 김에 하는 말인데, 강남의 진甄씨 댁에서 맡겨둔 은돈 몇천 냥을 자네 안사람이 간수하고 있을 걸세. 그건 사람을 시켜 돌려주도록 하게. 혹시 또 무슨 일이라도 생기면 그 사람들한테는 '폭풍을 피했더니 또 비를 만난 격'이 되지 않겠는가?"

가정은 본래 집안일에 대해서는 전혀 모르기 때문에 태부인의 지시를 하나하나 새기며 속으로 생각했다.

'어머님은 정말 살림살이를 잘하는 분이신데 못난 우리가 다 망쳐놓았구나!'

가정은 태부인이 피곤해하는 기색을 보이자 휴식을 권했다. 그러자 태부인이 말했다.

"나한테 남은 것도 얼마 되지 않지만, 내가 죽은 뒤에 장례비용으로 쓰도록 하게. 나머지는 모두 내 시중을 들어준 하녀들에게 나눠주게."

가정은 그 말에 더욱 가슴이 아팠다. 모두 무릎을 꿇고 말했다.

"부디 마음 편하게 생각하십시오. 어머님께서 타고나신 복 덕분에 저희도 시간이 조금 지나면 폐하의 은택을 받게 되길 바랍니다. 그렇게 되면 성실하고 부지런히 힘써서 가문을 다시 일으켜 지난날의 과오를 씻고, 어머님께서 백세 넘게 장수하시도록 효성을 다하겠습니다."

"제발 그랬으면 좋겠구먼. 그럼 죽어서도 조상님들 뵐 면목이 서겠지. 내가 부귀만 누릴 줄 알고 가난을 견디지 못할 사람으로 여기진 말게. 요 몇 년 동안 자네들이 떵떵거리며 사는 걸 보고 나도 전혀 간섭하지 않고 그저 웃고 떠들며 몸 건강이나 챙겼는데, 설마 집안 운세가 이 지경으로 기울 줄은 생각지도 못했네! 하지만 겉만 번지르르하고 속은 비어 있는 줄은 나도 진즉부터 느끼고 있었어. 다만 '지위와 환경에 따라 기질이 달라지고 먹는 것에 따라 체질도 달라지는〔居移氣, 養移體〕'[3] 법이니, 갑자기 궁한 지경으로 떨어지는 걸 견디기는 어렵겠지. 이 기회에 잘 추슬러서 가문을 지켜야지, 안 그러면 남들 웃음거리가 될 걸세. 자네들은 아직 잘 모르고 그저 집안이 가난뱅이가 되었다는 걸 알면 내 속이 상해 죽을 거라고만 생각했겠지. 하지만 나는 조상들이 쌓은 크나큰 공훈을 생각하며 자네들이 조상들보다 더 훌륭하게 되거나, 하다못해 조상들이 남긴 거나마 잘 보전할 수 있기를 날마다 기원했네. 그런데 저 두 사람이 무슨 수작을 부릴 줄이야!"

태부인이 일장연설을 늘어놓고 있을 때 풍아豐兒*가 허둥지둥 뛰어와서 왕부인에게 말했다.

"오늘 아침 우리 아씨가 바깥일에 대해 들으시고 한바탕 우시더니 지금은 숨조차 제대로 쉬지 못하고 계셔요. 평아 언니가 저더러 마님께 말씀드리라고 했어요."

그 말이 끝나기도 전에 태부인이 물었다.

"대체 어떻게 된 일이냐?"

왕부인이 대신 대답했다.

"별로 좋지 않다고 하네요."

"아이고! 이 원수들이 기어이 날 말려 죽일 작정이구나!"

태부인은 곧 직접 가보겠다며 부축해달라고 했다. 그러자 가정이 황급히 만류했다.

"어머님, 한참 동안 마음이 상해 계셨던 데다가 또 여러 가지 일에 신경을 쓰셨으니 잠시 쉬고 계십시오. 손자며느리한테 무슨 일이 생겼다면 며느리가 가보면 되지, 어머님께서 몸소 가실 필요까지 있겠습니까? 혹시 또 상심하시게 되어 어머님 건강에 조금이라도 탈이 생기시면 자식인 저희는 어떡합니까?"

"자네들은 잠시 나갔다가 다시 오게. 내가 할 말이 있네."

가정은 더 이상 아무 말 못하고 물러나 가사와 가진을 귀양지로 떠나보낼 준비를 하고, 딸려 보낼 사람을 가련에게 골라보라고 했다.

태부인은 원앙 등에게 사람을 시켜 희봉에게 보낼 물건을 챙기게 하여 그들을 거느리고 희봉을 찾아갔다. 희봉은 정신적인 긴장으로 기혈이 역행하는 바람에 숨을 할딱이고 있었다. 평아는 울어서 눈이 뻘겋게 부어 있다가 태부인이 왕부인과 보옥, 보차를 거느리고 찾아왔다는 소리를 듣고 황급히 밖으로 나와 맞이했다. 태부인이 물었다.

"지금은 어떠냐?"

평아는 태부인이 놀랄까봐 일부러 이렇게 말했다.

"지금은 많이 좋아졌습니다. 노마님, 기왕 오신 김에 잠깐 들어가셔서 보십시오."

평아가 먼저 뛰어 들어가 살그머니 휘장을 걷었다. 희봉은 눈을 떴다가 태부인이 들어오는 것을 발견하고는 너무 부끄러운 마음이 들었다. 전에는 화가 난 태부인이 더 이상 자기를 아끼지 않고, 이젠 자기가 죽든 말든 상관하지 않을 거라 생각하고 있었다. 그런데 뜻밖에 태부인이 몸소 찾아오자 일순간 마음이 탁 풀리면서 막혔던 숨이 조금씩 트이는 느낌이었다. 그녀가 억지로 일어나 앉으려 하자 태부인이 평아를 시켜 말렸다.

"그대로 있거라. 그래 좀 나아졌느냐?"

희봉이 눈물을 머금고 대답했다.

"제가 어려서 이 댁에 들어온 뒤로 할머님과 숙모님께 얼마나 많은 사랑을 받았는지 모릅니다. 하지만 제가 박복해서 귀신에 홀린 것처럼 할머님께 효도를 다하지도 못하고 시어머님께도 좋은 며느리가 되지 못했을 뿐만 아니라, 이렇게 저를 잘 봐주시고 집안 살림까지 맡기셨는데 제가 뒤죽박죽으로 만들어놓았으니, 할머님과 숙모님께 정말 면목이 없습니다. 오늘 두 분께서 몸소 찾아와주시니 더욱 감당하기 어렵습니다. 너무 죄송해서 사흘쯤 남은 목숨 가운데 이틀은 줄어든 것 같습니다!"

그렇게 말하며 슬피 흐느끼자 태부인이 말했다.

"그 일들은 원래 바깥에서 저지른 건데 너랑 무슨 상관이 있단 말이냐? 그리고 네 물건을 빼앗긴 것도 별로 대단한 일이 아니다. 내가 물건들을 좀 가져왔으니 마음대로 쓰려무나."

그러면서 사람들에게 물건을 가져와서 보여주게 했다.

희봉은 본래 욕심이 한도 끝도 없는 사람이었기 때문에 이번에 재산을 모조리 압수당하고 나자 속이 무척 쓰렸다. 게다가 남들한테 원망까지 듣게 되어 거의 살고 싶은 생각이 없었는데, 이제 태부인이 여전히 자신을 아껴주고 왕부인도 질책하기는커녕 몸소 찾아와 위로해주고 있으니 안심이 되었다. 남편 가련도 무사하다는 점을 떠올리자 마음이 많이 놓였다. 그녀는 베갯머리에서 고개를 조아리며 감사했다.

"할머니, 걱정 마셔요. 할머님의 복 덕분에 제 병이 조금이라도 나으면 허드렛일하는 하녀가 되어서라도 전심전력으로 할머님과 숙모님을 모시겠어요."

태부인은 상심에 찬 그녀의 말을 듣자 눈물을 참지 못했다. 이제껏 이런 큰 풍파를 겪어보지 못했던 보옥은 편히 즐길 줄만 알지 근심걱정이라고는 모르고 살았다. 그런데 이제 오나가나 모두 눈물바다인지라 결국 바보가 된 것보다 더 심해져서, 남들이 우는 것만 보면 바로 따라 울었다. 모두 걱정하는 모습을 보자 희봉이 오히려 태부인에게 억지로 몇 마디 위로의 말을 전했다.

"할머님, 숙모님, 이제 그만 돌아가셔요. 조금 나으면 제가 인사 올리러 가겠어요."

그러면서 머리를 들자, 태부인이 평아에게 당부했다.

"시중을 잘 들어주어라. 뭐 필요한 게 있으면 내 거처로 와서 달라 하고."

태부인이 왕부인과 함께 자신의 거처로 돌아가려 할 때 두어 군데에서 통곡 소리가 들렸다. 태부인은 차마 들을 수가 없어서 왕부인을 돌려보내고 보옥에게 말했다.

"가서 큰아버님과 큰형님에게 송별 인사를 하고 바로 돌아오도록 해라."

그리고 침대에 누워 눈물을 흘렸다. 다행히 원앙 등이 갖은 말로 위로한 덕에 태부인은 잠시 진정하고 잠이 들었다.

가사 등이 헤어지며 비통해했던 일을 이야기할 필요는 없겠다. 그들을 따라 귀양지로 떠날 사람들 중에 가고 싶어서 가는 사람은 아무도 없었다. 그들은 어쩔 수 없이 원망을 늘어놓으며 끊임없이 괴로움을 호소했다. 그야말로 생이별이 사별보다 더 힘든 법이라, 그걸 보는 이들이 오히려 당사자들보다 더 가슴 아파했다. 그 바람에 멀쩡하던 영국부가 온통 울음바다로 변해버렸다. 법규를 잘 따르고 인륜을 중시하는 가정은 떠나는 이들과 손을 잡고 작별한 후, 혼자 말을 타고 먼저 성 밖으로 나가서 전별주를 권하며 신신당부했다.

"나라에서 공신을 불쌍히 여겨주셨으니 그에 보답하도록 최선을 다하십시오."

가사와 일행은 눈물을 뿌리며 떠났다.

가정은 보옥을 데리고 집으로 돌아왔는데, 대문에 들어서기도 전에 그 앞에서 많은 사람들이 시끌벅적 떠들고 있는 모습이 보였다.

"오늘 칙지가 내려와서 영국공 직위를 가정 대감께서 이어받으셨답니다!"

그러면서 경사에 대한 축하금을 내리라고 떠들어대자 문지기가 소리를 질렀다.

"본래의 세습 관직을 본가에서 물려받았는데, 그게 무슨 낭보라고 떠들면서 축하의 상을 내리라는 거야!"

"세습 관직의 영예는 무엇보다 얻기 어려운 건데, 당신네 큰대감께서 박탈당하셨으니 아마 다시 얻기 어려울 거라 생각했을 거 아니오? 그런데 지금 영명하신 황제께서 보위에 계셔서 죄를 용서하시고 둘째 대감께 세습하도록 해주셨으니, 이건 천재일우의 행운이 아니냔 말이오. 그런데 왜 축하의 상을 내리지 않겠다는 거요?"

그런 와중에 가정이 돌아오자 문지기가 사정을 보고했다. 가정은 비록 기쁜 일이긴 하지만 결국 이게 다 가사가 잘못을 저지르는 바람에 생긴 일인지라 오히려 감정이 북받쳐 눈물이 나왔다. 그는 황급히 안으로 들어가 태부인에게 알렸다. 마침 그곳에는 태부인이 상심할까 염려되어 위로하러 온 왕부인도 있었는데, 세습 관직을 다시 돌려받았다는 소식에 무척 기뻐했다. 가정이 들어오자 태부인이 그의 손을 붙들고 당부했다.

"잘됐구먼! 더욱 근면하게 일해서 폐하의 은혜에 보답하시게."

형부인과 우씨는 가슴이 쓰렸지만 내색하지 못했다. 한편, 가씨 집안에 일이 벌어졌을 때 멀리 피신했던, 권세에 아부하는 외부의 친척들과 친우들은, 이제 가정이 세습 관직을 다시 받자 그에 대한 황제의 총애가 아직 두텁다는 것을 알고 다들 몰려와서 축하했다. 가정은 천성이 순수하고 인덕이 두터웠기 때문에 자기 형의 관직을 이어받게 되자 오히려 마음에 갈등이 생겼다. 어쨌든 그는 황제의 하늘 같은 은혜에 감격한 나머지, 이튿날 입조하여 감사하면서 돌려받은 저택들과 대관원을 모두 나라에 바치겠다고 상주했다. 하지만 그럴 필요 없다는 칙지가 내려오자 그는 비로소 안심했다. 집에 돌아온 뒤에는 본분을 지켜 직무를 수행했지만, 살림이 궁색하여 들어오는 것보다 나가는 것이 더 많았다. 이 때문에 그는 외부 사람들과 마음 놓고 교제할 수 없었다.

하인들은 가정은 고지식하고, 희봉은 병중이라 집안일을 돌볼 수 없고, 가련은 나날이 늘어가는 빚 때문에 건물과 토지를 저당 잡힐 수밖에 없는 상황임을 알고 있었다. 돈이 좀 있는 하인들은 가련이 빌려달라며 귀찮게 할까봐 모두 돈이 궁한 것처럼 꾸미며 피해 다녔고, 심지어 휴가를 내고 나오지 않거나 자기 나름대로 살 길을 따로 모색하는 이도 있었다. 다만 들어온 지 얼마 안 되어 영국부의 불상사를 당하게 된 포용包勇*만은 성심성의껏 일을 처리하면서, 상전을 속이는 이들을 보면 늘 분통을 터뜨렸다. 하지만 신참인지라 그의 말은 한마디도 먹히지 않았고, 이에 화가 치밀어 매일 밥만 먹으면 바로 드러누워 자버리곤 했다. 다른 하인들은 그가 자기들과 어울리려 하지 않는 걸 싫어하여 포용이 매일 술만 마시고 말썽을 일으키면서 일은 하지 않는다고 가정에게 거짓으로 고했다. 하지만 가정은 별로 신경 쓰지 않았다.

"내버려둬라. 그 사람은 원래 진씨 집안에서 추천해서 들어왔는데, 내키지는 않지만 기껏해야 이 집에 군입이 하나 느는 것밖에 더 되겠느냐? 우리가 아무리 궁하기로서니 그 사람 하나 감당하지 못할 정도는 아니다."

그러면서 전혀 쫓아낼 생각을 하지 않았다. 하인들은 또 가련에게 온갖 악담을 늘어놓으며 고자질했지만, 이때는 가련도 감히 위세 부릴 상황이 아니었기 때문에 그냥 내버려두었다.

어느 날 포용은 도저히 참지 못하고 술을 몇 잔 마신 후, 영국부 거리를 하릴없이 돌아다니다가 마침 두 사람이 대화하는 것을 들었다.

"저것 보라고. 이렇게 큰 대갓집이지만 저번에 재산을 몰수당했잖아. 지금은 어찌 됐는지 모르겠구먼."

"저런 댁이 어떻게 망하겠어? 듣자 하니 궁중의 어느 마마님이 저 댁 따님이라더구먼. 비록 그 마마는 돌아가셨지만 그래도 어쨌든 튼실한 기반이 있는 집안 아닌가! 게다가 내가 보니 저 댁에는 늘 왕공후백王公侯伯들이 드나들던데, 그분들이 보살펴주지 않겠어? 예전에 병부의 장관을 지내고 지금 부윤으로 계시는 분도 저 댁의 친척이라던데, 설마 그런 분들이 비호해주지 않을라고!"

"자넨 여기 살면서도 전혀 모르는구먼! 다른 사람은 몰라도 그 부윤은 아주 지독한 양반이야! 그 양반이 녕국부와 영국부에 드나드는 걸 나도 자주 보았지만, 저번에 어사가 탄핵했을 때 폐하께서 부윤에게 사실을 조사하게 한 뒤에 다시 처리하겠다고 하셨다는군. 그런데 그 양반이 어떻게 했는지 아나? 원래 그 양반은 녕국부와 영국부의 신세를 졌던 몸인데도 남들이 친척을 두둔한다고 할까 두려워서 더욱 사정없이 내쳤다네. 그 바람에 녕국부와 영국부가 깡그리 재산을 몰수당하게 된 거지. 세상인심이 이래

제107회 93

서야 되겠는가!"

두 사람은 무심코 한담을 주고받으면서 옆에서 누가 듣고 있다는 것은 생각도 못했다. 그 말을 똑똑히 듣고 나서 포용은 속으로 생각했다.

'천하에 이렇게 배은망덕한 인간이 있나! 그런데 우리 나리와 어떤 사이가 되는 친척인지 모르겠구나. 내 그놈을 만나기만 하면 단방에 때려죽이고 말 테다! 문제가 생기면 내가 책임지면 될 거 아냐!'

포용이 술김에 이렇게 황당한 생각을 하고 있을 때, 갑자기 저쪽에서 "물렀거라!" 하고 길을 여는 소리가 들렸다. 그때 조금 전 이야기를 나누던 두 사람 중 하나가 다른 이에게 나직이 말했다.

"저기 오는 양반이 바로 그 부윤일세."

그 소리를 듣자 마음속에 원한을 품고 있던 포용은 술김에 버럭 소리를 질러버렸다.

"에라, 이 양심도 없는 놈아! 어떻게 우리 가씨 집안의 은혜를 저버렸단 말이냐!"

가마에 타고 있던 가화는 '가씨 집안'이라는 말에 유심히 살펴보니 주정뱅이인 것 같아서 못 들은 체하며 지나쳐버렸다. 술에 취한 포용은 사리 분별도 못한 채 의기양양하게 집으로 돌아왔다. 동료에게 물어보고 나서야 조금 전에 보았던 부윤이 바로 영국부에서 천거한 사람이라는 걸 알았다.

"그 작자가 옛날 은혜를 잊어버리고 오히려 이 댁을 걷어찼지. 그래서 내가 몇 마디 욕을 퍼부어주었는데 찍소리도 못하고 가버리더군!"

그 영국부의 하인은 본래 포용을 싫어했는데, 주인이 내버려두니 어쩔 수 없이 봐주고 있었다. 그런데 이제 포용이 또 밖에서 말썽을 일으킨 것을 알게 되자 주인에게 고해야겠다 싶어 가정이 한가한 틈에 찾아가 포용이 술김에 말썽을 일으켰다고 보고했다. 그때 가정은 또 무슨 풍파가 일어날까봐 걱정하고 있었는데, 하인의 보고를 듣자 순간적으로 화가 치밀었다. 그는 포용을 불러다 몇 마디 꾸짖고 나서, 그에게 대관원이나 지키면서 밖으로 나돌아 다니지 말라고 명령했다. 강직하고 시원스러운 성격의 포용은 상전에게 충심을 바쳐 비호하려다가 뜻밖에 가정에게 꾸지람만 듣고 말았다. 하지만 그는 감히 변명을 늘어놓지도 못하고, 어쩔 수 없이 짐을 꾸려 대관원으로 들어가 정원을 관리해야 했다.

  이후에 어찌 되었는지는 다음 회를 보시라.

제108회

설보차를 즐겁게 해주려고 억지로 생일잔치를 열고
죽은 이 못 잊다 소상관에서 귀신의 곡소리를 듣다
强歡笑蘅蕪慶生辰　死纏綿瀟湘聞鬼哭

침울한 분위기를 바꾸기 위해 태부인이 설보차의 생일잔치를 열어주다.

　가정이 저택과 대관원을 나라에 바치겠다고 했지만 황실에서 받아들이지 않았고, 또 대관원에는 아무도 살지 않았기 때문에 그냥 대문을 잠가두는 수밖에 없었다. 그런데 대관원이 우씨와 석춘이 살고 있는 집과 맞닿아 있고, 너무 넓고 인적도 없어서 황량하다는 생각에 포용에게 별로 그 황폐한 정원을 지키게 했다. 이때 가정은 집안 살림에 신경을 쓰면서 태부인의 분부를 받들어 식구를 조금씩 줄이고 모든 씀씀이도 아꼈지만, 형편은 나날이 어려워지기만 했다. 그래도 희봉이 살림살이는 잘했기 때문에 안쪽의 살림은 예전처럼 다시 희봉에게 맡겼다. 왕부인은 희봉이 별로 마음에 들지 않았지만 다행히 아직 태부인이 희봉을 총애하고 있었기 때문이다. 하지만 최근에 재산을 몰수당한 뒤로는 만사를 제대로 풀어나갈 수 없어 하는 일마다 옹색하기만 했다. 각 방의 위아래 사람들은 본래 넉넉한 생활에 길들여져 있어서, 예전에 비해 열에 일곱이 줄어든 지금은 모든 것을 제대로 갖추기 어려웠기 때문에 당연히 원망도 끊이지 않았다. 희봉은 살림을 맡으라는 말을 감히 거역하지 못하고, 병을 무릅쓴 채 태부인을 기쁘게 해주려고 애썼다.

　얼마 후 가사와 가진은 각자 귀양지에 도착했는데, 잠시 동안은 용돈이 있었기 때문에 편히 지낼 수 있었다. 그래서 집에 편지를 보내 모두 잘 지내고 있으니 걱정하지 말라고 전했다. 이에 태부인도 안심했고, 형부인과 우씨도 조금이나마 근심이 누그러졌다.

하루는 시집간 상운이 친정에 왔다가 태부인에게 문안 인사를 하러 왔다. 신랑이 괜찮은 사람이라고 들었다며 태부인이 이야기를 하자, 상운도 잘 지내고 있으니 걱정 마시라고 전했다. 그러다가 죽은 대옥 이야기가 나오자 모두 슬픔을 참지 못했다. 태부인은 고생하고 있는 영춘迎春*을 떠올리고는 더욱 슬퍼했다. 상운은 한참 동안 태부인을 위로하고 나서 각처를 찾아가 인사했다. 그리고 다시 태부인의 방으로 돌아와 쉬면서 한담을 나누는데 설씨 집안 이야기가 나왔다.

"그런 대갓집이 반이 오빠 하나 때문에 패가망신하다니요. 올해는 사형수의 처형을 늦춘다고 하지만, 내년에 감형이 될는지 모르겠네요."

"넌 아직 모르고 있나 보구나. 저번에 반이 안사람이 애매한 사정으로 죽어서 큰 난리가 날 뻔했지. 다행이 부처님께서 보살피신 덕에 그 며느리가 데려온 하녀가 나서서 진술을 했단다. 그 바람에 그쪽 사돈이 소란 피울 명분이 없어져서 제 발로 관아를 찾아가 검시할 필요가 없다고 보증을 섰어. 그제야 보차 어머니도 겨우 장례를 치를 수 있게 되었지. 이걸 보더라도 육친六親¹은 운명을 같이한다는 걸 알 수 있지 않느냐? 집안이 그리 되자 보차 어머니는 설과와 함께 살고 있단다. 그런데 그 아이가 참 착해서 감옥에 있는 형의 일이 끝나기 전까지는 장가를 들지 않겠다고 한다는구나. 수연岫烟*이는 련이 어미 곁에 있는데 아주 고생이 많지. 보금寶琴*이는 시아버지가 죽고 아직 상복을 벗지 못해서 매梅씨 집안에서 여태 신부를 맞으러 오지 않고 있어. 보옥이 외가는 외삼촌이 세상을 떠났고, 희봉이 오빠라는 작자는 사람 되기 틀린 인물인 것 같아. 그리고 둘째 삼촌도 지독한 구두쇠라던데, 빈 공금을 채우지 못해 많이 쪼들리는 모양이야. 진甄씨 집안은 재산을 몰수당한 뒤로 별다른 소식이 없구나."

"탐춘 언니는 편지라도 보내왔던가요?"

"그 아이가 시집간 뒤에 아범이 돌아와서 하는 말이, 탐춘이는 바닷가에서 아주 잘 지내고 있다더구나. 편지가 없어서 나도 밤낮으로 걱정하고 있었는데, 우리 집에 연달아 불상사가 일어나는 바람에 돌아볼 틈이 없었단다. 아직 석춘이 혼처도 구하지 못했구나. 환이 혼사도 물론이다. 그런 말을 꺼낼 여유가 있는 사람이 어디 있겠느냐? 지금 이 집은 예전에 네가 있을 때보다 더 어려워졌단다. 불쌍한 보차는 시집온 뒤로 하루도 편할 날이 없었지. 보옥이도 아직 저렇게 멍한 상태이니 이걸 어쩐단 말이냐!"

"제가 어려서부터 이곳에서 자라 여기 사람들의 성격을 모두 잘 알아요. 하지만 이번에 와보니까 다들 많이 달라져 있더군요. 너무 오랜만에 와서 그런지 다들 서먹서먹하게 대하는 것 같았어요. 하지만 곰곰이 생각해보니 그게 아니었어요. 저를 보면 다들 예전처럼 즐거운 분위기를 만들고 싶어 하는 것 같았는데, 어찌 된 일인지 이야기를 나누다보면 금방 슬퍼하기 시작하는 거예요. 그래서 잠깐 앉아 있다가 바로 할머니께로 왔어요."

"요즘 같은 상황이 나한테는 괜찮지만 젊은 그 아이들이 어찌 견디겠느냐? 그렇지 않아도 무슨 수를 써서 하루 만이라도 그 아이들을 즐겁게 해주려고 생각하고 있었는데 그럴 경황이 없었구나."

"저한테 좋은 생각이 있어요. 모레가 보차 언니 생일이니까 제가 하루 더 머물면서 축하해주고, 모두 함께 즐겁게 노는 거예요. 어때요, 할머니?"

"이런! 내 정신 좀 보게! 네가 말하지 않았더라면 잊고 넘어갈 뻔했구나. 모레가 그 아이 생일이었지! 내일 돈을 내서 그 아이 생일잔치를 열어 주어야겠구나. 그 아이가 정혼하기 전에는 여러 차례 차려주었는데, 이제 시집을 왔는데도 챙겨주지 못했구나. 보옥이 녀석이 전에는 아주 영리하고 장난도 잘 치더니, 요즘은 집안 사정이 안 좋아서 그런지 말수까지 줄어버렸어. 그나마 란이 어미가 낫지. 형편이 나았을 때나 쪼들릴 때나 변함없이 란이와 조용히 지내고 있으니 정말 기특하지."

"다른 사람들은 그래도 변한 게 없는데 희봉 언니는 얼굴까지 변하고 말하는 것도 예전 같은 재치가 없어졌어요. 내일 제가 모두를 슬쩍 찔러서 어쩌는지 볼게요. 하지만 다들 말은 안 해도 속으로는 저를 원망할 거예요. 그러니까…… 결혼까지 하고……"

여기까지 말하다가 상운은 갑자기 얼굴이 빨갛게 달아올랐다. 태부인이 눈치를 채고 이렇게 말했다.

"뭐 어때서 그러냐? 원래 한데 어울려 지내던 자매들이니 그냥 재미있게 웃고 떠들면 되지, 그런 건 염려할 필요 없다. 사람이란 잘살든 못살든 상관없이 부귀는 누리고 가난은 참아내야 하는 거야. 보차를 봐라. 천성이 아주 착실한 애라서 예전에 친정이 그리 잘살 때에도 거만을 떨지 않았고, 나중에 친정이 몰락했을 때에도 아주 태연한 표정이 아니더냐? 지금 우리 집에서도 보옥이가 잘 대해주니까 저렇게 편안하게 있는데, 나중에 혹시 매정하게 굴더라도 전혀 걱정하지 않을 게다. 내가 보기에 그 아이는 그래도 복을 받을 거야. 그에 비해 대옥이는 속이 좁고 잡생각이 많아서 결국 단명하고 말았지. 희봉이도 세상 물정을 좀 아는데, 풍파를 조금 겪었다고 바로 사람이 달라져서는 안 되지. 그 아이가 그리 생각이 없다면 그릇이 작다고 할 수밖에. 모레 보차 생일에는 내가 돈을 낼 테니 떠들썩하게 잔치를 열어서 하루 만이라도 신나게 즐기도록 해주어야겠다."

"지당하신 말씀이셔요. 아예 다른 자매들도 모두 불러서 함께 놀아요."

"당연히 그래야지."

태부인은 금방 기분이 좋아져서 원앙을 불러 지시했다.

"은돈 백 냥을 꺼내다가 바깥에 갖다주고, 내일부터 이틀 동안 잔칫상 마련하라고 해라."

원앙은 "예!" 하고 나가 할멈을 불러 돈을 주어 보냈다. 그날 밤은 별일 없이 지나갔다.

이튿날, 태부인의 지시가 전해지자 사람을 보내 영춘을 데려오고, 설씨 댁 마님과 보금에게도 향릉香菱*과 함께 오라고 청했다. 그리고 이씨 댁 부인에게도 청하자 반나절도 못되어 이문李紋*과 이기李綺*가 모두 왔다.

보차는 아무것도 모르고 있는데 태부인의 하녀가 부르러 왔다.
"설씨 댁 마님께서 오셨으니 아씨를 모셔 오래요."
보차는 기뻐하며 평상복 그대로 어머니를 만나러 갔다. 그런데 그곳에는 동생인 보금과 향릉도 와 있었고, 또 이씨 댁 등이 모두 와 있는 게 아닌가!
'우리 집 사건이 다 끝난 걸 알고 다들 문안 인사를 온 모양이군.'
보차는 곧 이씨 댁과 태부인에게 인사한 후, 자기 어머니와 몇 마디를 나누었다. 그리고 이씨 집안의 자매들과도 인사를 나누었다. 그러자 상운이 옆에서 말했다.
"마님들께서는 자리에 앉아주셔요. 우리 자매들이 언니한테 생일 축하 인사를 올리겠어요."
그 말에 보차는 잠시 멍하니 있다가 퍼뜩 생각이 떠올랐다.
'그러고 보니 내일이 내 생일이잖아!'
그녀는 얼른 사양했다.
"동생들, 할머니께 문안 인사를 올리러 오는 건 당연하지만, 내 생일 때문이라면 나는 감히 받아들일 수 없어."
그때 보옥도 와서 설씨 댁 마님과 이씨 댁 마님에게 인사를 하다가 보차가 사양하는 소리를 들었다. 그는 진즉부터 보차의 생일잔치를 열어줄 생각이었지만, 집안이 뒤죽박죽인지라 감히 태부인 앞에서 말을 꺼내지 못하고 있었다. 그런데 지금 상운 등이 모두 축하 인사를 하자 그도 기분이 좋았다.
"내일이 저 사람 생일이라 저도 막 할머니께 말씀드리려던 참이었어요."
그러자 상운이 웃으며 말했다.
"어머! 부끄러운 줄도 모르시네요! 할머니가 어디 오빠가 와서 알려드릴 때까지 기다리실 분인가요? 여기 이 사람들이 왜 왔겠어요? 바로 할머니 이 초청하신 거라고요!"
보차는 그 말이 믿기지 않았는데, 이번에는 태부인이 자기 어머니에게 이렇게 말하는 것이었다.

"불쌍하게도 보차가 시집온 지 한 해밖에 되지 않았는데, 집안에 연달아 불상사가 생기는 바람에 생일잔치를 열어주지 못했구먼. 그래서 오늘은 내가 잔치를 열어주면서 함께 이야기나 나누려고 모두를 초청했네."

"이제야 겨우 마음이 편안해지셨는데 여태 효도도 제대로 해드리지 못한 저 아이를 위해 오히려 노마님께서 신경을 써주시다니요!"

설씨 댁 마님이 겸양하며 감사해하자 상운이 끼어들었다.

"할머님께서 제일 아끼시는 손자가 바로 보옥 오빠인데, 설마 언니를 예뻐하지 않으시겠어요? 게다가 보차 언니는 할머님께 생일상을 받을 만한 자격이 있는 분이지요."

보차는 말없이 고개를 숙이고 있었다. 보옥은 속으로 생각했다.

'상운 누이가 시집가면 딴사람으로 변할 것 같아서 나도 감히 친근하게 대하지 못했고, 누이도 나를 아는 체하지 않으려 했지. 그런데 지금 말하는 걸 보니 예전과 똑같구나. 그런데 왜 저 사람은 시집온 뒤로 더 낯을 가리고 말수조차 부쩍 줄어든 걸까?'

그때 하녀가 들어와서 말했다.

"둘째 새아씨께서 오셨어요."

영춘이 오자, 뒤이어 이환과 희봉도 와서 모두 인사를 나누었다. 영춘은 자기 아버지가 변방으로 떠난 일에 대해 이야기를 꺼냈다.

"떠나시기 전에 와서 인사라도 올리려고 했는데, 그 사람이 못 가게 하더라고요. 우리 집안 운수가 사나울 때니까 그게 제 몸에 붙으면 안 된다는 거예요. 그 고집을 꺾지 못해서 오지 못하고 이삼일 내내 울었어요."

희봉이 물었다.

"오늘은 어떻게 놔줬대요?"

"숙부님께서 세습 관직을 다시 물려받으셨으니까 다녀와도 괜찮다고 하대요."

그렇게 말하며 다시 울음을 터뜨리자 태부인이 말했다.

"내가 속이 너무 답답해서 오늘 너희들을 불러 손자며느리 생일잔치를 열어주면서 담소나 나누며 근심을 달래볼까 했단다. 그런데 또 그런 번잡스러운 이야기들을 꺼내서 내 마음을 우울하게 만드는구나."

그러자 모두 아무 말도 하지 못했다. 희봉이 억지로 흥을 돋우기 위해 몇 마디 했지만, 예전처럼 재치 있게 사람들의 웃음을 유발하지는 못했다. 태부인은 보차를 즐겁게 해주려고 일부러 희봉에게 말을 시켰다. 희봉도 그 뜻을 눈치채고 온 힘을 다해 이야기를 늘어놓았다.

"오늘 할머님께서 기분이 좋으신가봐요. 보셔요. 여기 있는 사람들이 꽤 오랫동안 한자리에 모인 적이 없었는데, 지금은 다 모였잖아요."

그러면서 둘러보니 자기 시어머니인 형부인과 우씨가 보이지 않아 얼른 입을 다물어버렸다. 태부인도 '다 모였다'는 말에 형부인 등을 떠올리고, 하녀를 시켜 가서 불러오라고 했다. 형부인과 우씨, 석춘은 태부인이 부른다는 소리에 오지 않을 수 없었지만 속으로는 그다지 달갑지 않았다. 바로 오기는 했지만 집안은 패가망신한 상황인데 보차 생일이라고 기분을 내라고 하다니, 아무래도 태부인이 편애하는 것 같아 내키지 않았던 것이다. 태부인이 수연에 대해 묻자 형부인은 몸이 좋지 않다고 둘러댔다. 태부인은 설씨 댁 마님이 와 있으니 좀 불편해서 데려오지 않았을 것이라는 속내를 짐작하고, 더 이상 묻지 않았다.

잠시 후 다과와 술상이 차려지자 태부인이 말했다.

"바깥에는 보내지 말고, 오늘은 우리 여자들끼리만 놀자꾸나."

보옥은 결혼한 몸이지만 태부인이 아끼기 때문에 예전처럼 한자리에 함께 있긴 했다. 하지만 상운이나 보금 등과 자리를 같이하지 않고, 태부인 옆에 따로 마련된 자리에 앉아 보차 대신 사람들에게 돌아가며 술을 따랐다. 태부인이 말했다.

"지금은 잠시 앉아 함께 술을 마시고, 저녁엔 각처에 인사를 다니도록 해라. 지금 하게 되면 다들 예절을 차리느라 요란을 떨 테니, 그럼 흥이 식어버릴 게 아니냐?"

시키는 대로 보차가 자리에 앉자 태부인이 다시 말했다.

"오늘은 좀 홀가분하게, 각자한테 시중들 사람은 한두 명만 남겨두도록 하자꾸나. 원앙이더러 채운이와 앵아, 습인, 평아를 데리고 뒷방에 가서 자기들끼리 한잔하라고 해야겠다."

그러자 원앙이 말했다.

"아직 둘째 아씨께 절도 드리지 않았는데 어떻게 술을 마시러 가겠어요?"

"금방 말했잖느냐? 괜찮으니까 어서 가봐라. 시킬 일이 있으면 부르마."

원앙 등이 떠나자 태부인은 설씨 댁 마님 등에게 술을 권했다. 하지만 다들 예전 같은 모습이 아닌지라 태부인은 짜증을 냈다.

"다들 왜 이러는 겐가? 좀 더 흥겹게 놀아보자꾸나."

그러자 상운이 말했다.

"이렇게 먹고 마시고 있는데 또 뭘 해요?"

희봉이 말했다.

"어렸을 때는 다들 신나게 즐기더니 이젠 체면 때문에 말도 함부로 하지 않으니까 할머님께서 분위기가 시원치 않다고 여기시는 모양이야."

보옥이 태부인에게 나직이 귀띔했다.

"이야깃거리도 별로 없고, 해봐야 또 안 좋은 이야기만 나올 거예요. 차라리 할머님께서 주령酒令놀이*를 하자고 해보셔요."

태부인이 귀를 기울여 듣더니 웃으며 말했다.

"주령놀이를 하려면 또 원앙이를 불러야 할 텐데?"

보옥은 다음 말을 기다리지도 않고 바로 자리에서 일어나 원앙을 부르러 뒷방으로 갔다.

"할머님께서 주령놀이를 하고 싶다고 부르시네요."

"서방님, 제발 저희끼리 편하게 한잔 마시게 해주세요. 왜 굳이 오셔서 훼방을 놓으시는 거예요?"

"정말 할머님께서 찾으신다니까요? 나하고는 아무 상관없어요!"

원앙은 어쩔 수 없이 습인 등에게 말했다.

"마시고들 있어. 금방 갔다 올게."

그리고 태부인에게 가자 그녀가 말했다.

"오, 왔구나? 주령놀이를 할까 해서 말이다."

"노마님께서 부르신다고 하시니 감히 오지 않을 수 있나요? 그런데 무슨 주령놀이를 하시려고요?"

"글쎄…… 글로 하는 건 너무 골치가 아프고 몸으로만 하는 것도 안 좋으니 아무래도 네가 좀 신선하고 재미있는 걸 하나 생각해보렴."

원앙이 잠시 생각해보다가 말했다.

"이제 설씨 댁 마님께서도 연세가 있으시니 골치 아픈 건 싫어하실 테고, 아무래도 쟁반과 주사위를 가져다가 던져서 나오는 곡패曲牌* 이름에 따라 승패를 정해 벌주를 마시는 게 좋겠네요."

"그것도 괜찮겠구나."

태부인은 곧 하녀에게 쟁반과 주사위를 가져다가 탁자 위에 놓게 했다. 원앙이 말했다.

"주사위 네 개를 던져서 곡패 이름이 안 나오면 벌주를 한잔 마시고, 곡패 이름이 나오면 다시 던져서 각자 마실 벌주의 수를 정하도록 하지요."

다들 찬성했다.

"그건 쉽지. 그렇게 하자!"

원앙이 주사위를 던져 순서를 정하려 하자 모두 그녀에게 한잔 마시게 하고, 그녀에게서부터 세어보니 공교롭게도 설씨 댁 마님이 첫 번째였다. 설씨 댁 마님이 주사위를 던지자 일 점이 네 개가 나왔다. 원앙이 말했다.

"이건 곡패 이름이 있는 거네요. 바로 '상산사호商山四皓'[2]지요. 그러니 연세 많으신 네 분이 벌주를 드셔야 해요."

이렇게 되자 태부인과 이씨 댁 마님, 형부인과 왕부인이 한잔씩 마셔야 했다. 태부인이 술잔을 들고 마시려 하자 원앙이 말했다.

"이건 설씨 댁 마님께서 던지신 거니까 당연히 마님께서 곡패 이름을 대시면 다음 사람이 『천가시千家詩』[3] 가운데 한 구절로 받아 이으셔야 해요. 그걸 못하시면 벌주를 한잔 마셔야 해요."

그러자 설씨 댁 마님이 말했다.

"또 나를 골탕 먹이려고 하는구나! 내가 그걸 어떻게 외우느냐?"

태부인이 말했다.

"그래도 아무것도 안 하면 심심하니까 한 구절만 하게. 그다음이 바로 나니까 말씀 안 하시면 나랑 함께 큰 잔으로 한잔씩 마셔야 하네."

"그럼, '늘그막에 꽃밭에 들어가네〔臨老入花叢〕.'로 하겠습니다."

태부인이 고개를 끄덕이더니 뒤를 이었다.

"음…… '심심해서 젊은이 흉내 낸다고 생각하겠지〔將謂偸閑學少年〕.'[4] 이러면 되겠구먼."

이어서 쟁반과 주사위가 이문에게 넘어갔는데, 주사위를 던지자 사 점 두 개와 이 점 두 개가 나왔다. 원앙이 말했다.

"이것도 곡패 이름이 있어요. 바로 '유완입천태(劉阮入天台)'[5]지요."

이어서 이문이 곡패 이름을 말했다.

"두 선비가 신선세계에 들어가니〔二士入桃源〕."

이환이 그 뒤를 이었다.

"진나라의 폭정 피할 도화원 찾았지〔尋得桃源好避秦〕."[6]

이에 모두 한 모금씩 마시고 나자, 주사위와 쟁반이 태부인 앞으로 갔다. 태부인이 던지자 이 점 두 개와 삼 점 두 개가 나왔다.

"벌주를 마셔야 하는 건가?"

원앙이 말했다.

"그것도 곡패 이름이 있어요. 바로 '강연인추江燕引雛'[7]지요. 그러니까 모두 한잔씩 마셔야 해요."

희봉이 한마디 끼어들었다.

"새끼가 있긴 한데 벌써 많이 날아가버렸군요."

하지만 사람들이 흘겨보는 바람에 희봉은 얼른 입을 다물어버렸다. 태부인이 말했다.

"난 무슨 곡패로 하지? 그래, '공령손公領孫'[8]으로 하지."

그다음 순서는 이기였다.

"버들 솜 쫓는 아이 한가로이 구경하네〔閑看兒童捉柳花〕."[9]

그러자 모두 "훌륭해!" 하고 칭찬했다.

보옥은 이야기하고 싶어서 안달이었지만 자기 차례가 되지 않았다. 한창 생각에 잠겨 있는데 마침 자기 차례가 되자 얼른 주사위를 던졌다. 그러자 이 점 하나와 삼 점 두 개, 일 점 하나가 나왔다.

"이건 뭐지요?"

원앙이 말했다.

"호호, 이건 허탕이에요. 우선 한잔 마시고 다시 던지셔요."

보옥이 어쩔 수 없이 벌주를 마시고 다시 던지자, 이번에는 삼 점 두 개와 사 점 두 개가 나왔다.

"이건 곡패가 있어요. 바로 '장창화미張敞畵眉'[10]라는 거지요."

보옥은 원앙이 자기를 놀린다는 걸 알았고, 보차도 얼굴이 빨갛게 달아올랐다. 희봉은 아직 무슨 뜻인지 이해하지 못하고 보옥을 재촉했다.

"도련님, 어서 곡패 이름을 말씀하셔야지요. 그런데 다음 사람이 누구지요?"

보옥은 말하기 곤란했다.

"그냥 벌주를 마시지요. 제 다음 사람도 없으니까요."

그리고 쟁반을 이환에게 돌리자 이환도 주사위를 던졌다.

"큰아씨 것은 '십이금차十二金釵'라는 곡패예요."

보옥이 원앙의 말을 듣고 얼른 이환의 옆을 보니, 주사위의 붉은색 점과 초록색 점이 짝을 맞추어 나와 있었다.

"이야! 저거 정말 예쁘군요!"

그러다가 문득 '십이차'에 대한 꿈이 떠올라 멍하니 자기 자리로 돌아와 생각에 잠겼다.

'그 열두 미녀는 금릉 땅에 있다던데, 왜 우리 집에 있는 이들은 다들 영락하여 흩어지고 겨우 이 몇 명만 남았을까?'

다시 상운과 보차를 보니, 비록 모두 이 자리에 있다지만 대옥이 보이지 않아 울컥하는 슬픔을 억누르지 못하고 눈물을 주르르 흘리고 말았다. 보옥은 남들이 볼까 싶어서 땀이 너무 나서 옷을 갈아입어야겠다는 핑계로 술잔 세는 막대를 걸어놓아 잠시 주령에서 빠진다는 표시를 하고 자리에서 벗어났다. 상운은 그가 남들에 비해 주사위 끗수가 좋지 않아 기분이 상해서 일어났나 보다 생각했다. 그러는 자신도 주령이 재미없어서 조금은 짜증스러웠다. 그때 이환이 말했다.

"전 말하지 않겠어요. 빈자리도 있고 하니 차라리 벌주를 마시는 게 낫겠어요."

태부인이 말했다.

"이 주령은 별로 재미가 없으니 그만하자꾸나. 원앙이가 한번 던져봐라. 뭐가 나오나 보자."

하녀가 쟁반과 주사위를 원앙 앞에 갖다주자 원앙이 주사위를 던졌다. 나온 수자는 이 점이 두 개, 오 점이 하나였는데, 나머지 하나는 쟁반에서 계속 빙빙 돌기만 했다. 원앙이 소리쳤다.

"오는 안 돼!"

하지만 주사위는 결국 오 점에서 서고 말았다.

"맙소사! 졌군요!"

"이건 아무것도 아닌 게냐?"

"이름이야 있지요. 하지만 곡패 이름을 말하지 못하겠어요."

"말해봐라. 내가 대충 얘기해주마."

"이건 '낭소부평浪掃浮萍'[11]이에요."

"그야 어렵지 않지. 내가 대신 외어주마. '가을 물고기 마름꽃 둥지로 들어가니〔秋魚入菱窠〕' 이건 누가 받아야 하지?"

원앙의 다음 차례는 상운이었다.

"하얀 부평초 되어 초강의 가을을 읊조리네〔白萍吟盡楚江秋〕."[12]

그러자 모두 감탄했다.

"아주 딱 맞는 구절이로구먼!"

태부인이 말했다.

"주령놀이는 그만하세. 자, 이제 다 같이 두 잔씩 마시고 밥이나 먹을까?"

그런데 고개를 돌려보니 보옥이 아직 돌아오지 않았다.

"보옥이는 어디 갔는데 아직 오지 않는 게냐?"

원앙이 대답했다.

"옷 갈아입으러 가셨어요."

"누가 따라갔지?"

앵아가 나아가 말했다.

"서방님이 나가시는 걸 보고 제가 습인 언니한테 따라가보라고 했어요."

태부인과 왕부인은 그제야 마음을 놓았다.

잠시 후 왕부인이 하녀를 보내 보옥을 데려오라고 했다. 하녀가 신방에 도착해보니 오아五兒*가 촛대에 초를 꽂고 있었다.

"서방님은 어디 가셨어?"

"노마님 거처에서 술 마시고 계시잖아."

"거기서 오는 길이야. 마님께서 모셔 오라고 하셨어. 거기 계신데 나를 보내실 리 없잖아?"

"모를 일이로군. 다른 데 가서 찾아봐."

하녀가 어쩔 수 없이 돌아가다가 추문秋紋˙을 만났다.

"서방님 어디 가셨는지 아셔요?"

"나도 찾고 있어. 마님들께서 식사하시려고 기다리고 계셔. 대체 어디 가신 거지? 얼른 가서 노마님께 말씀드려. 댁에 안 계신다는 말은 하지 말고, 그냥 술을 마셨더니 밥 생각이 없어서 조금 누워 있다가 가겠다 하셨다고, 먼저들 잡수시라고 해."

하녀가 돌아가서 진주에게, 진주가 다시 태부인에게 그대로 전했다.

"그 아인 본래 많이 먹지 않으니 한 끼쯤 안 먹어도 상관없겠구나. 좀 쉬게 내버려두거라. 오늘은 다시 오지 않아도 된다고 해라. 여긴 제 안사람이 있으니까 말이다."

진주가 아까 그 하녀에게 말했다.

"들었지?"

"네!"

하녀는 사실대로 말하기 곤란하여 다른 곳을 돌아다니다가 다시 와서 그대로 전했다고 말했다. 사람들도 별로 신경 쓰지 않고 식사한 후 편안히 앉아 담소를 나누었다. 이 이야기는 그만하자.

한편, 보옥은 갑자기 상심하여 밖으로 나왔지만 어찌할까 생각을 정하지 못하고 있었다. 그때 습인이 쫓아와서 무슨 일이냐고 물었다.

"별일 아니야. 그냥 마음이 좀 답답해서 말이야. 다들 술 마시는 틈에 진 형님 형수 댁에나 다녀올까?"

"그 아씨는 여기 계시는데 누굴 찾아가신다는 거예요?"

"누굴 찾아가는 게 아니라 지금 살고 있는 집이 어떤지 좀 보자는 거지."

습인은 어쩔 수 없이 따라 걸으며 이런저런 이야기를 주고받았다. 우씨의 거처에 이르러 보니 작은 문이 반쯤 열려 있었지만, 보옥은 안으로 들어가지 않았다. 그때 대관원 문을 지키던 두 할멈이 문턱에 앉아 담소를 나누고 있었다. 보옥이 그들에게 물었다.

"이 작은 문은 늘 열어두는 건가?"

"날마다 여는 건 아닙니다. 오늘은 노마님께서 대관원의 과일을 찾으실지 모르니까 누가 나와서 미리 열어놓고 준비하라고 해서요."

보옥이 천천히 다가가보니 과연 쪽문이 반쯤 열려 있었다. 그가 곧 안으로 들어가려 하자 습인이 황급히 붙들었다.

"들어가지 마셔요. 대관원 안쪽은 정결하지 못해서 드나드는 사람이 아무도 없어요. 무슨 요괴나 귀신 같은 것에 걸리기라도 하면 어쩌려고요?"

보옥이 술기운을 믿고 대답했다.

"난 그런 거 무섭지 않아!"

습인은 한사코 그를 붙들고 들여보내려 하지 않았다. 그러자 문지기 노파 가운데 하나가 다가와서 말했다.

"지금은 대관원이 조용해졌습니다. 예전에 도사가 요괴를 잡아간 뒤부터 저희도 꽃이나 과일을 따러 종종 혼자 다닙니다. 서방님, 들어가시려거든 저희가 모두 모시겠습니다. 사람이 이 정도 있는데 무서울 게 뭐 있겠습니까?"

보옥이 좋아하니 습인도 억지로 막기 뭐해서 하는 수 없이 따라 들어갔다. 대관원으로 들어가니 눈앞에는 온통 쓸쓸한 풍경만이 펼쳐졌다. 꽃과 나무들은 시들어 있었고, 몇 군데 정자들은 오래전에 채색이 벗겨져 있었다. 멀리 보이는 대숲은 그래도 아직 무성했다. 보옥은 잠시 생각하더니 이렇게 탄식했다.

"내가 아파서 대관원을 나와 산 뒤로 몇 달 동안 들어오지 못하게 금지당했는데, 순식간에 이렇게 황량해졌구나. 저것 봐. 저기 푸른 대밭 있는 곳이 바로 소상관瀟湘館* 이잖아!"

습인이 말했다.

"몇 달 동안 와보지 않으시더니 방향조차 잊어버리셨군요. 이야기하느라 정신이 팔려서 이홍원怡紅院*을 지나쳐 버렸네요."

습인은 뒤를 돌아보며 손가락으로 가리켰다.

"저기가 바로 소상관이잖아요."

보옥은 그녀가 가리키는 곳을 바라보았다.

"정말 지나쳐버렸군! 돌아가서 들러보자."

"벌써 날이 저물어가고 있어요. 노마님께서 같이 진지 잡수시려고 기다리고 계실 테니 돌아가셔야 해요."

하지만 보옥은 아무 말도 하지 않고 왔던 길로 되돌아갔다.

여러분 생각해보시라. 보옥이 대관원을 나간 지 한 해가 되어 간다고는 하지만 어찌 길을 잊었겠는가? 다만 습인은 그가 소상관을 보면 대옥을 떠올리고 또 슬퍼할까 싶어서 일부러 거짓말을 했다. 뜻밖에 보옥이 그저 안쪽만 바라보고 걷고 있고, 날은 또 저물어 가는지라 혹시 사악한 기운에 해를 당할까 염려스러워서, 보옥이 물었을 때 이미 지나쳤다고 말해 소상관으로 가지 못하게 하려고 했던 것이다. 하지만 보옥의 마음에는 오로지 그곳밖에 없었다. 습인은 그가 급히 앞으로 걸어가자 어쩔 수 없이 서둘러 따라갔다. 그런데 갑자기 보옥이 걸음을 멈추고 그 자리에 섰다. 무언가를 보는 듯, 무슨 소리를 듣는 듯한 그의 모습을 보고 습인이 물었다.

"왜 그러서요?"

"소상관에 누가 살고 있나?"

"아마 아무도 살지 않을걸요?"

"분명히 누가 안에서 우는 소리를 들었는데, 어떻게 아무도 없다는 거지?"

"이상한 생각 마셔요. 평소 여기 오실 때마다 대옥 아가씨가 상심하시는 소리를 늘 들으셨기 때문에 지금도 그리 착각하시는 거예요."

보옥은 믿지 못하겠다는 듯이 계속 귀를 기울였다. 그러자 할멈들이 다가와서 말했다.

"서방님, 얼른 돌아가셔야 해요. 날이 벌써 저물었어요. 다른 곳이라면 그래도 저희가 다닐 수 있지만 여기는 너무 외진 곳이고, 또 대옥 아가씨께서 돌아가신 뒤로 흐느끼는 소리를 들었다는 사람들이 있어서 다들 함부로 다니지 못합니다."

그 말에 보옥과 습인이 모두 놀랐다. 이어 보옥이 말했다.

"어쩐지!"

그는 눈물을 줄줄 흘렸다.

"대옥 누이! 대옥 누이! 괜히 나 때문에 죽었구나! 하지만 나를 원망하지 말아줘. 부모님께서 그렇게 하신 거지, 내가 누이 마음을 저버린 게 아니야!"

그는 말을 할수록 더욱 가슴이 아파서 곧 엉엉 크게 울었다. 습인이 어쩔 줄 몰라 하고 있던 차에 추문이 하녀 몇 명을 데리고 뛰어와서 습인에게 말했다.

"정말 간도 크시군요. 어쩌자고 서방님을 여기로 모셔 오셨어요! 노마님과 마님이 각처로 사람을 보내 찾고 계세요. 방금 쪽문 앞에서 언니가 서방님과 함께 이리로 갔다는 소리를 들으시고 노마님과 마님들이 깜짝 놀라 저를 꾸짖으셨어요. 그리고 사람들을 데리고 가보라고 하셨어요. 자, 어서 돌아가요!"

보옥은 여전히 혼자 슬퍼하고 있었다. 습인은 그가 울든 말든 추문과 함께 그를 끌고 나갔다. 그녀는 보옥의 눈물을 닦아주면서 태부인이 몹시 걱정하고 있다고 알려주었다. 그러자 보옥도 어쩔 수 없이 돌아갔다.

습인은 태부인이 걱정하고 있을 것을 생각하여 보옥을 다시 태부인의 거처로 데려갔다. 그곳에는 다들 보옥 일행을 기다리느라 자리를 뜨지 않고 있었다. 태부인이 습인을 꾸짖었다.

"네가 사리 분별을 잘한다고 생각해서 보옥이를 맡겼는데, 어쩌자고 그 아이를 데리고 대관원에 들어갔단 말이냐! 병석에서 일어난 지 얼마 안 되었는데 혹시 무슨 귀신한테 걸리기라도 하면 또 난리가 나지 않겠느냐? 대체 어쩌자고 그랬단 말이냐!"

습인은 감히 변명도 못하고 그저 고개를 숙인 채 아무 말도 하지 못했다. 보차는 보옥의 안색이 좋지 않자 속으로 무척 놀랐다. 그래도 보옥은 습인이 억울하게 꾸지람을 듣자 두둔하고 나섰다.

"대낮에 뭐가 무섭다는 거예요? 제가 대관원에 가본 지 너무 오래되어서 술김에 한 번 다녀온 거예요. 어디 귀신 따위에 걸린단 말씀이세요!"

희봉은 대관원에서 기겁을 한 적이 있었기 때문에 그 소리를 듣자 소름이 오싹 돋았다.

"도련님, 정말 간도 크시네요!"

상운이 말했다.

"간이 큰 건 아니지만 간절한 마음 때문이겠지요. 부용꽃 신을 만나러 갔는지, 아니면 무슨 선녀를 찾아간 건지는 모르겠지만요."

보옥은 아무 대꾸도 하지 않았다. 왕부인은 너무 화가 치밀어 한마디도 하지 못했다. 태부인이 물었다.

"혹시 그 안에서 놀라거나 한 일은 없었느냐? 이번엔 더 나무라지 않겠다만 이후로 거기 가고 싶거든 몇 사람을 데리고 가도록 해라. 이 일만 아니었다면 다들 진즉 자리를 파했을 거다. 돌아가서 잘 자고 내일 아침에 다시 오너라. 오늘 모자란 걸 보충해서 너희들이 하루 더 놀게 해줄 생각이다. 저 아이를 위해서라도 또 무슨 사달이 생기지 않게 해야지!"

모두 태부인에게 인사하고 물러갔다. 설씨 댁 마님은 왕부인의 거처로 갔고, 상운은 태부인의 방에 그대로 있었다. 영춘은 석춘의 방으로 갔고, 나머지 사람들도 각자의 거처로 돌아갔다.

자기 방으로 돌아간 보옥은 "어휴!" 하며 한숨만 내쉬었다. 보차는 그 까닭을 잘 알고 있었지만 내색하지 않았다. 그저 그가 근심하다가 병이 도질까 염려스러워 곧 안방으로 가서 습인을 불렀다. 그리고 보옥이 대관원에 갔을 때 무슨 일이 있었는지 자세히 물었다. 습인이 뭐라고 대답했는지는 다음 회를 보시라.

제109회

향기로운 영혼을 기다리다 오아에게 잘못된 사랑을 쏟고
죄업의 빚을 갚고 나서 가영춘은 본래 세계로 돌아가다

候芳魂五兒承錯愛　還孽債迎女返眞元

가보옥이 유오아를 청문으로 착각하다.

　보차는 보옥이 슬퍼하다가 병이 날까 싶어서 습인을 불러 까닭을 물었다. 그러면서 대옥이 죽을 때의 이야기를 꺼내 마치 한담이라도 하는 것처럼 습인에게 말했다.
　"사람이 살아 있을 때는 생각도 있고 감정도 있지만 죽은 뒤에는 서로 길이 달라지기 마련이라 살아 있었을 때와는 전혀 달라지는 거야. 살아 있는 사람이 아무리 죽은 이를 생각하더라도 죽은 사람은 결국 그 마음을 알 수가 없지. 게다가 대옥이는 이미 신선세계로 갔다니 속세의 평범한 인간을 상대할 수조차 없는 혼탁한 존재로 여길 텐데, 아직도 이 세상에 섞여 살려고 하겠어? 그저 산 사람이 스스로 의심하기 때문에 사악하고 못된 마귀들이 들러붙도록 자초하는 거야."
　보차는 습인에게 말하고 있었지만 사실은 보옥이 들으라고 한 말이었다. 습인도 그 뜻을 눈치채고 이렇게 말했다.
　"그럼요, 그런 일이 있을 수 없지요. 대옥 아가씨 영혼이 아직 대관원 안에 있다면, 그래도 우리 사이가 좋은 편이었는데 왜 한 번도 꿈에 나타나지 않았겠어요?"
　밖에서 그 이야기를 들은 보옥은 곰곰이 생각에 잠겼다.
　'그러고 보니 정말 이상하군. 대옥 누이가 죽었다는 걸 알았던 날부터 늘 하루에도 몇 번씩 생각했는데 왜 꿈에 나타나지 않은 걸까? 하늘나라로 가버려서 평범하고 속된 나 같은 사람은 신명神明과 소통하지 못한다는 걸 알고 꿈에도 나타나주지 않았을까? 혹시 바깥방에서 자면 내가 오늘 대관원에 다녀왔으니까 대옥 누이도 내 마음을 알고 꿈에 한 번 나타나줄는지 몰라. 그러면 꼭 어디로 갔는지 물어보고 늘 제사를 지내줘야지. 만약 혼탁한 나를 모르는 체하고 꿈에도 나타나주지 않는다면 나도 대옥 누이를 그만 생각해야지.'

보옥은 이렇게 생각을 정하고 말했다.

"오늘은 바깥방에서 잘 테니 다들 신경 쓰지 마."

보차도 억지로 말리지 않았다.

"쓸데없는 생각은 하지 마셔요. 아까 어머님 모습 보셨지요? 서방님께서 대관원에 가셨다니까 너무 기가 막혀 말씀조차 못하셨잖아요. 그래도 여전히 몸 생각하지 않고 계신다는 걸 혹시 할머님께서 아시게 되면, 또 저희가 제대로 보살펴드리지 않는다고 나무라실 거예요."

"그냥 해본 소리야. 잠깐만 앉아 있다가 금방 들어갈게. 피곤할 테니 먼저 자."

보차는 그가 안으로 들어올 거라는 걸 알면서도 일부러 이렇게 말했다.

"그럼 저는 잘 테니까 습인이더러 시중을 들어달라고 하셔요."

보옥은 아주 적절한 말이라고 생각했다. 보차가 잠들자 곧 습인과 사월에게 따로 이부자리를 펴게 하고, 하녀들에게 자주 방 안에 들어가 보차가 자는지 살펴보라고 했다. 보차는 자는 척하고 있었지만 밤새 마음이 편하지 않았다. 보옥은 보차가 잠든 줄 알고 습인에게 이렇게 말했다.

"다들 들어가. 난 더 이상 상심하지 않으니까 말이야. 못 믿겠거든 내가 잠들 때까지 시중을 들어주고 들어가도 돼. 그저 귀찮게 하지만 말고."

습인은 그의 잠자리 시중을 들고 찻물을 미리 준비해둔 다음, 문을 닫고 안방으로 들어가 한참 동안 이런저런 일을 처리한 뒤 자기도 자는 것처럼 자리에 누웠다. 보옥에게 무슨 낌새가 보이면 다시 나올 생각이었다.

보옥은 습인과 하녀들이 들어가자 당번을 서는 두 할멈을 밖으로 내보내고, 살그머니 일어나 앉아 속으로 몇 마디 기원을 올린 후 다시 자리에 누워 신령과 교통하려고 했다. 처음에는 잠이 오지 않았지만, 이후로 마음이 차분해지면서 곧 잠이 들었다. 하지만 뜻밖에도 어떤 꿈도 꾸지 않고 그대로 날이 밝을 때까지 잤다. 깨어나자 눈을 비비며 일어나 앉아 생각해보니 밤새 꿈을 꾼 기억이 없었다.

"아아, 그야말로 '어느덧 사별한 지 해를 넘겼건만 혼백은 꿈에도 찾아온 적 없구나〔悠悠生死別經年 魂魄不曾來入夢〕.'[1]라는 격이구나!"

밤새 잠을 이루지 못했던 보차는 보옥이 밖에서 중얼거리는 소리를 듣고 이렇게 받았다.

"그건 너무 경솔한 구절이군요. 대옥 동생이 살아 있을 때라면 또 화를 냈을 거예요."

그 말에 머쓱해진 보옥이 자리에서 일어나 안방으로 들어오며 얼버무렸다.

"원래 들어와서 잘 생각이었는데, 깜빡 졸다가 그만 나도 모르게 그대로 자고 말았어."

"들어와 주무시든 말든 저랑 무슨 상관이래요?"

습인과 하녀들도 밤새 자지 못하고 있다가 둘이 말다툼을 하자 얼른 차를 따라 올렸다. 그때 태부인의 거처에서 하녀가 왔다.

"서방님, 밤새 평안히 주무셨어요? 얼른 세수하고 아씨와 건너오시래요."

그러자 습인이 말했다.

"아주 잘 주무셨으니까 금방 건너가신다고 전해 올려라."

하녀가 떠나자 보차는 일어나 세수하고, 앵아와 습인을 데리고 먼저 건너가서 태부인에게 인사를 올렸다. 왕부인의 거처와 희봉의 거처까지 모두 돌며 인사를 마치고 다시 태부인의 거처로 가니 설씨 댁 마님도 와 있었다. 사람들이 보옥에 대해 물었다.

"간밤엔 잘 잤더냐?"

"돌아가자마자 바로 주무셨어요. 아무 일 없었어요."

그제야 다들 안심하고 잠시 한담을 나누었다. 그때 하녀가 들어와서 아뢰었다.

"영춘 아씨가 시댁으로 돌아가신답니다. 그 댁 서방님이 큰마님께 사람을 보내 무슨 말씀을 하셨는데, 큰마님께서 석춘 아가씨에게 사람을 보내셔서 붙들지 말고 보내라고 하셨답니다. 지금 영춘 아씨는 큰마님 방에서 울고 계셔요. 아마 곧 노마님께 인사 올리러 오실 겁니다."

태부인을 비롯한 모든 이들은 너무 안쓰러운 마음이 들었다.

"저렇게 훌륭한 아이가 왜 그런 놈을 만날 팔자를 타고났단 말인가? 평생 기를 펴지 못하고 살게 되었으니 이 일을 어쩌면 좋단 말인가!"

그때 영춘이 얼굴에 눈물범벅이 된 채 들어왔다. 그녀는 오늘이 보차의 생일이기 때문에 울지도 못하고 눈물을 머금은 채 모두에게 작별하고 돌아갔다. 그녀의 고충을 아는 태부인도 억지로 붙들지 않았다.

"돌아가봐라. 하지만 너무 슬퍼하지는 마라. 그런 사람을 만난 것도 어쩔 수 없는 일이니 말이다. 며칠 뒤에 다시 너를 부르러 사람을 보내마."

"할머님께선 지금까지 늘 저를 아껴주셨지만, 이제는 그럴 수 없을 것 같아요. 애석하게도 저는 다시 이 집에 올 기회가 없을 것 같아요."

그러면서 눈물을 줄줄 흘리자 모두 위로했다.

"못 올 이유가 어디 있겠어? 그래도 탐춘이보다는 낫잖아. 거긴 너무 멀리 떨어져 있어서 만나기도 힘들잖아."

태부인과 그 자리에 있던 사람들은 탐춘이 떠올라 어느새 눈물이 맺혔지만, 보차의 생일이라 얼른 웃는 표정을 지었다.

"하긴 그것도 어려울 게 없지. 바닷가 정세가 평안해지면 그쪽 사돈댁도 경사로 전근하게 될 테니 그땐 만날 수 있겠지."

태부인의 말에 모두 맞장구를 쳤다.

"그렇고말고요!"

영춘이 슬픔에 잠겨 작별 인사를 하자 모두 나와서 전송한 후, 다시 태부인의 방으로 돌아가 아침부터 저녁까지 또 하루를 떠들썩하게 보냈다.

태부인이 피곤해하는 기색을 보이자 사람들은 각자 거처로 돌아갔다. 설씨 댁 마님은 태부인에게 인사하고 보차의 방으로 갔다.

"네 오빠는 올해는 넘겼지만, 폐하께서 대사면을 베풀어주셔서 형이 감형되어야 속죄를 할 수 있겠구나. 그 몇 년 동안 어떻게 나 혼자 쓸쓸히 지낼 수 있겠느냐! 그래서 둘째의 혼례를 마무리 지을까 생각하고 있는데 네 생각은 어떠냐?"

"어머니, 큰오빠 혼사에 놀라 둘째 오빠 혼사까지 망설이시는군요. 하지만 제 생각은 어서 혼례를 치르는 게 좋겠어요. 수연이는 어머니도 잘 아시고요. 지금 여기서 너무 고생하는데, 수연이가 시집오면 비록 우리 집이 가난해도 남의 집에 얹혀사는 것보다는 훨씬 낫잖아요?"

"그럼 적당한 때에 네가 할머님께 말씀드려라. 우리 집에 사람이 없어서 하루라도 빨리 날짜를 잡았으면 좋겠다고 말이야."

"어머니, 그냥 작은오빠와 상의해서 길일을 잡아 할머님과 큰어머님께 말씀드리고 식을 올리면 되잖아요? 이 댁 큰어머님께서도 조금이라도 빨리 데려갔으면 하시는 모양이던데요."

"듣자 하니 상운이도 곧 돌아갈 모양이더구나. 노마님께서는 보금이를 여기 며칠 붙들어두고 싶어 하셔서 그러시라고 했다. 그 아이도 조만간 혼례를 올려야 할 몸이니, 너희 자매들끼리 며칠이라도 더 어울릴 기회도 되지 않겠느냐?"

"맞아요."

설씨 댁 마님은 한참 동안 앉아 있다가 밖으로 나와 사람들에게 작별 인사하고 돌아갔다.

한편, 밤에 자기 방으로 돌아온 보옥은 간밤에 대옥이 꿈에 나타나주지 않은 일에 대해 생각했다.

'혹시 누이가 정말 신선이 되어서 나처럼 혼탁한 사람을 만나러 오고 싶지 않았을 수도 있어. 아니면 내가 너무 조급해하는 것일 수도 있겠지.'

그는 곧 생각을 굳히고 보차에게 말했다.

"엊저녁에 바깥방에서 혼자 잤더니 안방에서 자는 것보다 조금 더 편한 것 같고, 오늘 아침에 일어나보니 기분도 상당히 상쾌하더라고. 그러니까 한 이틀쯤 더 바깥방에서 자고 싶은데 다들 반대할 것 같군."

보차는 그 말을 듣고, 오늘 아침 그가 중얼거리던 시가 바로 대옥 때문이라는 걸 눈치챘다. 하지만 그의 아둔한 고집으로 보면 아무리 타이른다 해도 변할 것 같지 않고, 차라리 그러라고 해서 자기 마음을 스스로 누그러뜨리게 하는 것도 괜찮을 것 같았다. 게다가 간밤에도 제법 편히 잤다는 이야기를 들었고 말이다.

"반대할 이유는 없지요. 마음대로 하셔요. 우리가 왜 반대하겠어요? 하지만 엉뚱한 생각으로 못된 요귀의 해코지를 불러일으키지는 마셔요."

"하하, 누가 무슨 생각을 한다고 그래?"

그때 습인이 끼어들었다.

"서방님, 제 생각에는 안방에서 주무시는 게 좋겠어요. 바깥에서 주무시다가는 혹시 잠깐이라도 저희가 제대로 보살펴드리지 못해 감기에 걸릴 수도 있잖아요."

보옥이 뭐라 대답하기도 전에 보차가 습인에게 슬쩍 눈짓을 했다. 습인은 그 뜻을 눈치채고 이렇게 말했다.

"뭐, 그러셔요. 밤에 혹시 차나 물을 찾으실 때 시중들 수 있도록 누구든 곁에 있게 하면 될 테니까요."

"하하, 그럼 누나가 곁에 있어줘."

습인은 오히려 멋쩍어져서 금방 얼굴이 빨갛게 달아올라 아무 말도 하지 못했다. 보차는 평소 습인의 진중함을 알고 있었기 때문에 얼른 거들었다.
"언니는 저랑 같이 있는 게 더 편할 테니 제 옆에 있는 게 좋겠어요. 서방님 시중이야 사월이나 오아한테 들어드리라고 하면 될 테니까요. 게다가 오늘은 언니도 하루 종일 시달리는 바람에 피곤할 테니까 좀 쉬게 해줘야지요."

보옥은 어쩔 수 없이 웃으며 밖으로 나갔다. 보차는 사월과 오아에게 어제처럼 바깥방에 보옥의 이부자리를 펴주고, 둘이 잠을 좀 덜 자더라도 정신 바짝 차리고 있다가 차나 물을 찾으면 얼른 갖다주라고 당부했다. 두 사람이 "예!" 하고 나와보니 보옥은 침상에 단정히 앉아 눈을 감은 채 합장하고 있었다. 그 모습이 꼭 승려 같았지만 둘은 감히 아무 소리도 하지 못하고 그저 그 모습을 바라보며 웃기만 했다. 이에 보차는 습인에게 나가서 살펴보라고 했다. 습인은 보옥의 모습이 너무 우스워 나직이 불렀다.

"어서 주무셔야지 왜 또 좌선을 하고 계셔요?"
보옥이 눈을 뜨고 습인을 보며 말했다.
"다들 그냥 가서 잠이나 자. 난 조금 앉아 있다가 바로 잘 테니까."
"어제 그 소동을 벌이시는 바람에 아씨께서는 밤새 한숨도 못 주무셨어요. 그런데 또 이러고 계시면 어떡해요?"

보옥은 자신이 자지 않으면 모두 자지 않을 것 같아 곧 좌선을 풀고 자리에 누웠다. 습인은 사월과 오아에게 몇 마디 더 당부하고 나서야 안으로 들어가 문을 닫고 잠자리에 들었다. 바깥방의 하녀들도 보옥의 옆쪽에 이부자리를 펴고, 보옥이 잠든 후에 각기 자리에 누웠다.

보옥은 아무리 자려 해도 잠이 오지 않았다. 사월과 오아가 거기에 이부자리 펴는 것을 보자 문득 예전에 습인이 집에 없었을 때 청문과 사월이 시중들어주었던 일이 떠올랐다.

'밤에 사월이 밖에 나갔을 때 청문은 그녀를 놀라게 해주려다가 옷을 제대로 입지 않아서 감기에 걸렸고, 나중에는 그 병 때문에 죽고 말았지.'

이런 생각을 하자 마음이 온통 청문 생각으로 옮겨갔다. 그러다가 갑자기 희봉이 오아를 두고 청문을 빼다 박았다고 했던 말이 떠올라, 청문을 생각하는 마음이 오아에게로 옮겨갔다. 자는 체하면서 몰래 오아의 모습을 훔쳐보니, 보면 볼수록 청문과 닮아서 자기도 모르게 엉뚱한 심성이 다시 발작했다. 가만히 귀를 기울여보니 안방에서는 아무 소리도 들리지 않는 것이 다들 자고 있는 듯했다. 또 사월이 자는 것을 확인하려고 일부러 두 번이나 불렀지만 역시 대답이 없었다. 오아가 그 소리를 듣고 물었다.

"뭐 필요하신 게 있으셔요?"

"응. 입을 좀 헹구고 싶어서 말이야."

오아는 사월이 잠든 것을 알고 어쩔 수 없이 일어나 촛불 심지를 잘라 불을 키우고는 큰 잔에 차를 따라 오면서 다른 한 손에는 양치질 그릇을 받쳐들었다. 하지만 서둘러 일어나는 바람에 몸에는 분홍색 능라로 된 속옷만 걸치고 있었고, 머리카락을 대충 올려 묶은 상태였다. 그 모습을 보자 보옥은 청문이 다시 살아난 것 같은 생각이 들었다. 그러자 갑자기 청문의 원망이 떠올랐다.

"누명을 쓸 줄 알았더라면 애당초 실속 차릴 생각을 했을 거예요."

그 바람에 보옥은 멍하니 오아를 쳐다보며 차를 받을 생각도 하지 못했다.

오아는 방관芳官*이 떠난 뒤로는 안채의 하녀로 들어오고 싶은 생각이 없었다. 그런데 나중에 희봉이 그녀에게 보옥의 시중을 들라고 하자, 그녀를 기다리는 보옥보다 훨씬 간절한 마음으로 들어올 날만을 기다렸다. 그런데 오아는 안채로 들어온 뒤로 보차와 습인이 모두 존귀하고 진중한 사람들인지라 진심으로 그들을 경모하게 되었다. 보옥은 실성한 것처럼 멍청한 짓을 해대니 예전같이 고상한 멋이 없었다. 게다가 왕부인이 보옥과 노닥거리며 웃고 떠든다는 이유로 하녀들을 모두 내쫓았다는 말까지 들었기 때문에, 그 일을 마음에 새겨두고 여자로서 사적인 감정은 추호도 품지 않았다. 그런데 어찌 된 일인지 이 멍한 도련님이 오늘밤 그녀를 청문으로 생각하고 자꾸 사랑스럽다는 듯한 눈길을 보내는 것이었다. 오아는 부끄러워 두 볼이 빨갛게 달아올랐지만 감히 큰소리로 뭐라고 할 수도 없었다. 그리고 보옥에게 나직이 일깨웠다.

"서방님, 입을 헹구셔야지요."

보옥은 헤벌쭉거리며 찻잔을 받아들더니 입은 헹궜는지 어쨌는지 모르지만 히죽히죽하면서 물었다.

"너 청문 누나와 사이가 좋았지?"

오아는 무슨 소리인지 몰라 대충 얼버무렸다.

"다들 하녀 신분인데 사이가 나쁠 이유가 없잖아요?"

보옥이 다시 나직이 물었다.

"난 청문의 병이 위중해졌을 때 문병을 갔었는데 너도 갔었어?"

오아가 희미하게 웃으며 고개를 끄덕이자 보옥이 다시 물었다.

"혹시 무슨 말 못 들었어?"

오아가 고개를 내저었다.

"아니요."

이미 넋이 나간 보옥은 오아의 손을 덥석 잡았다. 오아는 순식간에 얼굴이 빨개져서 가슴이 정신없이 쿵쾅거렸다. 그녀가 나직이 말했다.

"서방님, 하실 말씀 있으시면 뭐든 하셔요. 이렇게 손을 잡진 마시고요!"

보옥은 그제야 손을 놓았다.

"청문 누나가 나한테 '누명을 쓸 줄 알았더라면 애당초 실속 차릴 생각을 했을 것'이라고 말했는데, 넌 어째서 못 들었지?"

오아는 그 말이 분명 자신을 희롱하려는 뜻이라고 알아들었지만 감히 어쩌지 못했다.

"그건 그 언니가 염치없이 한 말이지 우리 같은 여자들이 어떻게 그런 말을 할 수 있겠어요?"

보옥이 다급히 말했다.

"왜 이렇게 도학선생道學先生처럼 굴어! 난 네 모습이 청문 누나와 똑같아서 그 말을 한 건데 어떻게 그런 말로 청문 누나를 모욕할 수 있어!"

오아는 보옥이 무슨 생각을 하는지 알 수가 없었다.

"밤이 깊었으니 어서 주무세요. 계속 이렇게 앉아 계시다간 감기 걸리시겠어요. 조금 전에 아씨와 습인 언니가 당부하신 말 잊으셨어요?"

"난 안 추워."

보옥은 문득 오아가 겉옷을 입지 않고 있다는 사실이 떠올랐다. 그는 오아도 청문처럼 감기에 걸릴까 염려스러웠다.

"왜 겉옷도 입지 않고 왔어!"

"서방님께서 하도 다급하게 부르시니 옷 입을 틈이 어디 있었겠어요? 이렇게 오래 말씀하실 줄 알았더라면 저도 입고 왔겠지요."

보옥은 황급히 자기가 덮고 있던 연한 쪽빛 능라 솜저고리를 벗어 오아에게 주면서 입으라고 했다. 하지만 오아는 받으려 하지 않았다.

"입고 계셔요. 전 안 추워요. 그리고 추우면 제 옷을 입으면 돼요."

그러면서 자기 이불 근처로 가서 긴 저고리를 집어 들고 걸쳤다. 귀를 기울여보니 사월은 단잠에 깊이 빠져 있었다. 그녀는 다시 보옥 옆으로 다가와 말했다.

"서방님, 오늘 밤엔 머리를 좀 식히겠다고 하지 않으셨나요?"

"하하, 솔직히 말하지. 머리를 식히겠다는 건 핑계고, 사실 난 신선을 만나볼 생각이었어."

오아는 더욱 이상한 생각이 들었다.

"무슨 신선을 만나신다는 거예요?"

"말하자면 길어. 얘기해줄 테니 내 옆에 앉아봐."

오아가 얼굴을 붉혔다.

"호호, 거기 누워 계신데 제가 어떻게 거기에 앉아요?"

"뭐 어때서? 어느 핸가 날씨가 추운 날 사월이랑 청문 누나랑 놀다가 청문 누나가 추울까 싶어서 내 이불 속에 싸고 몸을 녹여준 적도 있는걸. 그게 뭐 어때서! 무릇 사람이란 어쨌든 점잖은 체 가식을 떨어서는 안 되는 법이야."

오아는 그 모든 말들이 자신을 희롱하는 말처럼 들렸을 뿐, 이 정신 나간 서방님이 진심으로 말하는 줄은 짐작조차 못했다. 그녀는 자리를 뜨기도, 그대로 서 있기도, 보옥 옆에 앉기도 곤란하여 난처해하고 있었다. 그래서 슬쩍 웃으며 말했다.

"이상한 말씀 마셔요. 남들이 들으면 어떻게 생각하겠어요? 어쩐지 서방님께서 여자애들한테만 정신이 팔려 계신다고들 하더라니! 선녀 같은 아씨하고 습인 언니는 모두 내버려두고 다른 사람한테 수작 거는 것만 좋아하시는군요. 나중에 또 이런 말씀을 하시면 아씨께 일러바칠 거예요. 그럼 무슨 낯으로 남들을 대하시겠어요?"

그때 밖에서 무언가 '덜컥!' 하는 소리가 들려서 두 사람은 깜짝 놀랐다. 안방에서는 보차의 기침소리가 들렸다. 보옥이 황급히 입을 삐죽하여 신호를 보냈다. 오아도 황급히 불을 끄고 조용히 자리에 누웠다. 원래 보차와 습인은 지난밤에 한숨도 자지 못했고 낮에도 종일 피곤했기 때문에 모두 깊이 잠들어 있어서 두 사람의 대화를 듣지 못했다. 그런데 갑자기 뜰에서 무슨 소리가 들려 놀라 깼지만, 다시 귀를 기울여봐도 아무 소리가 들리지 않았다. 보옥은 침대에 누워서 속으로 의아하게 생각했다.

'설마 대옥 누이가 왔다가 내가 오아와 이야기하고 있으니까 일부러 놀라게 한 건 아니겠지?'

그는 이리저리 뒤척이며 말도 안 되는 상상을 하다가 어스름 동이 트기 시작할 무렵에야 겨우 잠이 들었다.

보옥 때문에 한밤중까지 잠을 설친 데다 보차의 기침소리까지 들은 오아는 자기 딴에 뒤가 켕겼다. 그녀는 혹시 보차가 자기들 대화를 들었을까 걱정하며 이런저런 생각을 하다가 밤새 잠을 이루지 못했다. 이튿날 아침 일찍 일어나 보니 보옥은 아직 곤히 잠들어 있었다. 곧 그녀는 조용히 방을 치웠다. 그때 사월이 깨서 물었다.

"왜 이리 일찍 일어났어? 설마 밤새 한숨도 못 잔 거야?"

오아는 사월도 눈치챈 것 같다는 생각이 들어서 아무 대답도 않고 대충 얼버무렸다. 잠시 후 보차와 습인이 모두 와서 문을 열었다가 보옥이 아직 자고 있는 것을 보자 오히려 심사가 복잡해졌다.

'어떻게 바깥에서 이틀 밤이나 자면서 저리 편안하실까?'

보옥이 눈을 떴다가 모두 일어나 있는 걸 보자 얼른 일어났다. 눈을 비비며 간밤의 일을 생각해보니, 역시 신선과 속세의 사람은 길이 다른 법인 듯 대옥은 꿈에 나타나지 않았다. 그는 느릿느릿 침대에서 내려오면서 간밤에 오아가 한 말을 떠올렸다. 보차와 습인이 모두 선녀 같다는 말이 틀림없다는 생각에 그는 멍하니 보차를 쳐다보았다. 보차는 그 모습을 보고 비록 대옥 때문임은 알았지만, 그가 꿈을 꾸었는지 어쩐지는 모르고 그저 자기를 뚫어지게 바라보자 괜히 머쓱해졌다.

"간밤에 정말 선녀를 만나셨나요?"

보옥은 보차가 간밤의 이야기를 들었나 보다 싶어서 억지로 얼버무렸다.

"하하, 그게 무슨 말이야?"

오아는 그 말에 더욱 가슴이 덜컹했지만, 뭐라고 말하기도 곤란해서 그저 보차의 눈치만 살피는 수밖에 없었다. 그때 보차가 미소를 지으면서 오아에게 물었다.

"서방님이 꿈속에서 누구랑 이야기 나누시는 소리 들었어?"

보옥은 계속 앉아 있기가 멋쩍어 슬그머니 자리를 떠버렸다. 오아는 얼굴이 빨개져서 우물우물 얼버무렸다.

"초저녁에는 뭐라고 몇 마디 하신 것 같은데 제대로 듣지 못했어요. '괜히 누명을 썼다.' 느니 '실속 차릴 생각을 못했다.' 느니 하는 말씀들을 하셨는데 무슨 말인지 몰라서 어서 주무시라고 했어요. 나중에는 저도 잠이 들어버려서 또 무슨 말씀을 하셨는지는 모르겠어요."

보차는 잠시 머리를 숙인 채 생각했다.

'이건 분명 대옥이를 두고 한 말일 거야. 하지만 계속 밖에서 주무시게 하면 삿된 마음이 생겨서 꽃의 요정이니 달 속 선녀니 하는 이상한 것들을 불러들일지 몰라. 게다가 저 사람의 지병도 자매들한테 너무 정을 쏟는 바람에 생겼으니 또 무슨 일이 생기지 않도록 마음을 돌리게 할 무슨 방법을 마련해야겠구나.'

이런 생각을 하자 자기도 모르게 귓불까지 화끈 달아올랐다. 그녀는 우물쭈물 핑계를 대며 안방으로 들어가 세수를 했다.

한편, 태부인은 이틀 동안 흥겹게 지내면서 조금 과식을 했던지 이날 저녁에 속이 좀 불편했는데, 이튿날이 되자 명치가 갑갑했다. 원앙이 가정에게 알리려 하자 태부인이 말렸다.

"요 이틀 동안 주전부리를 조금 많이 해서 그러니까 한 끼 정도 굶으면 괜찮아질 게다. 그러니 괜히 떠들고 다니지 마라."

이러는 바람에 원앙과 하녀들은 아무에게도 말하지 못했다.

이날 밤 보옥이 자기 방으로 돌아가니, 마침 보차가 태부인과 왕부인에게 저녁 인사를 올리고 돌아왔다. 그는 아침 일이 생각나 부끄러워서 자기도 모르게 얼굴이 붉어졌다. 보차는 그 모습을 보자 쑥스러워한다는 걸 알고 이렇게 생각했다.

'저 사람은 정에 빠져 있으니 그걸 고치려면 똑같이 정에 빠지게 하는 수밖에 없겠어.'

그녀는 잠시 생각한 후에 이렇게 물었다.

"오늘 저녁에도 바깥방에서 주무실 건가요?"

보옥은 계면쩍게 대충 얼버무렸다.

제109회 **133**

"안방이나 바깥방이나 마찬가지야."

보차는 한마디 더 하려고 했으나 오히려 자기가 쑥스러워서 망설이고 있는데 습인이 거들었다.

"그만두셔요. 이런 법이 어디 있어요? 전 편히 주무셨다는 말씀을 믿을 수 없어요!"

오아가 얼른 말을 받았다.

"서방님께서 밖에서 주무셔도 별다른 일은 없지만 자꾸 잠꼬대를 하셔요. 대체 무슨 말씀이신지 모르겠는데, 그렇다고 캐물을 수도 없잖아요."

습인이 말했다.

"오늘은 내가 그쪽으로 침대를 옮겨놓고 자면서 잠꼬대를 하는지 봐야겠어. 너희들은 서방님 이부자리를 안방에 펴놔라."

보차는 그 소리를 듣고 아무 말도 하지 않았고, 보옥도 스스로 부끄러워서 더 이상 우기지 못했다. 그래서 습인의 말대로 잠자리를 안방으로 옮기는 수밖에 없었다. 보옥으로서는 부끄럽기도 했고 보차의 마음을 달래주고도 싶었다. 보차는 보옥이 울적한 생각에 빠져 있다가 병이 생길지도 모르니 차라리 좋은 말과 표정으로 조금이나마 친근감을 느끼게 만들어 '이화접목移花接木'[2]의 계책을 쓰는 게 낫겠다고 생각했다.

그날 저녁에 과연 습인은 침대를 바깥방으로 옮겼다. 보옥은 속으로 부끄러워하며 후회했고, 보차는 보옥의 마음을 붙들어 매고 싶었다. 그래서 그녀가 시집온 뒤 이날에 이르러서야 둘은 물을 만난 물고기처럼 사랑에 탐닉하게 되었으니, 이른바 '이오의 정이 오묘하게 합쳐져 하나로 맺혔던〔二五之精妙合而凝〕'[3]이다. 이것은 나중의 일이다.

어쨌든 이튿날 보옥과 보차는 함께 일어났는데, 보옥이 먼저 세수하고 태부인의 거처로 갔다. 보옥을 무척 아끼는 태부인은, 또한 보차의 효성스러운 마음가짐을 떠올리고 있다가 문득 한 가지 물건이 생각났다. 태부인은 곧 원앙에게 상자를 열어서 조상들에게 물려받은 한나라 때의 옥결玉玦[4] 하나를 꺼내오라고 했다. 비록 보옥이 잃어버린 옥에는 미치지 못한다 하더라도 몸에 차고 다니기에는 귀한 물건이었다. 원앙이 옥결을 꺼내와서 태부인에게 건네며 말했다.

"이건 저도 여태 보지 못한 것 같은데 노마님께서 이 연세에도 기억력이 이렇게 좋으시네요. 말씀하신 대로 어느 상자의 어느 갑 안에 들어 있는지 보니 금방 찾았어요. 그런데 이건 왜 꺼내오라고 하셨어요?"

"네가 알 리 없지. 이 옥은 증조부님께서 조부님께 물려주신 건데, 조부님이 나를 예뻐하셔서 시집올 때 불러서 손수 건네주셨지. 이 옥은 한나라 때 차던 아주 귀중한 건데, 가지고 있으면 할아버지를 보는 것 같을 거라고 말씀하셨어. 그때는 아직 어려서 가져와서도 별게 아닌 걸로 생각하고 그대로 상자 안에 넣어두었지. 이 집에 시집온 뒤로 여기도 여러 가지 물건들이 있으니 이런 옥쯤은 아무것도 아니라 생각해서 여태 찾지 않았는데, 그게 벌써 육십 년이 흘러버렸구나. 그런데 효성스러운 보옥이가 제 옥을 잃어버렸으니 이걸 꺼내 저 아이한테 줘야겠다는 생각이 들었단다. 이 또한 조상님께서 나한테 주셨던 것과 같은 뜻이지."

잠시 후 보옥이 문안 인사를 하러 오자 태부인이 좋아했다.

"이리 와봐라. 너한테 보여줄 게 있다."

보옥이 침대 앞으로 다가가자 태부인은 한나라 때의 그 옥을 꺼내 보옥에게 주었다. 그가 받아 살펴보니, 너비가 세 치쯤 되고 참외 모양으로 생겼는데, 색깔은 빨갛게 빛나고 아주 정교했다. 보옥이 너무 훌륭하다고 칭찬하자 태부인이 말했다.

"마음에 드느냐? 그건 내 증조할아버지께서 주신 건데 이제 너한테 주마."

보옥은 만면에 웃음을 지으며 감사 인사를 올리고, 다시 그걸 가지고 가서 자기 어머니에게 보여주겠다고 했다.

"네 어미가 보면 네 아비한테 말할 텐데, 그러면 아들보다 손자를 더 아낀다고 불평할 게다. 네 부모는 아직까지 그걸 구경도 못했어."

보옥이 함박웃음을 지으며 떠나자, 보차도 몇 마디 이야기를 나눈 후 인사하고 물러났다.

이날부터 태부인은 이틀 동안 음식을 먹지 않았지만 가슴은 여전히 답답하게 막혀 있고, 머리가 어지러워 눈앞이 흐릿해지면서 기침까지 했다. 형부인과 왕부인, 희봉이 문안 인사를 올릴 때만 해도 태부인의 정신은 아직 멀쩡했으나 그래도 안심할 수가 없어 가정에게 즉시 와서 문안 인사를 올리라고 했다. 문안을 마친 가정이 밖으로 나와 바로 의원을 불렀고, 얼마 후 의원이 와서 태부인을 진맥해보았다. 의원은 연로한 태부인이 조금 체했고 감기 기운도 있으니, 체한 것을 내리게 하면 금방 좋아질 거라고 말했다. 가정이 의원이 쓴 약방문을 보니 모두 일상적인 약재인지라 곧 그대로 달여 잡수시게 하라고 지시했다. 이후로 그는 아침저녁으로 찾아가 문안 인사를 올렸는데, 사흘이 지나도록 태부인의 증세는 차도를 보이지 않았다. 가정은 다시 가련에게 지시했다.

"어서 용한 의원을 찾아서 할머니를 진맥해보게 해라. 우리 집에서 자주 부르는 의원들은 내가 보기엔 영 신통치 않구나. 그러니 다른 의원을 좀 알아보거라."

가련이 잠시 생각해보더니 이렇게 말했다.

"예전에 보옥이가 아팠을 때 별로 유명하지 않은 의원을 불러다가 살펴보게 했는데 나은 적이 있습니다. 이번에도 그분을 모시는 게 좋겠습니다."

"의술이란 극히 어려운 것이니 유명하지 않은 의원이 오히려 용할 수도 있지. 어서 사람을 보내 그분을 모셔 오너라."

가련이 즉시 "예!" 하고 물러갔다가 돌아와서 말했다.

"그 유의원께서는 최근에 훈장으로 초빙되어 성 밖으로 나갔는데, 열흘에 한 번만 성 안에 들어온답니다. 하지만 지금은 기다릴 시간이 없어서 다른 분을 모셨는데 금방 오실 겁니다."

가정도 어쩔 수 없이 기다리는 수밖에 없었다. 그 이야기는 그만하겠다.

태부인이 앓고 있는 동안 집안의 모든 여인들은 하루도 빠짐없이 문안하러 왔다. 하루는 다 같이 태부인의 방에 모여 있는데, 대관원 쪽문을 지키던 할멈이 들어와 아뢰었다.

"대관원 농취암櫳翠庵*의 묘옥 스님이 노마님께서 병환을 앓고 계시다는 소식을 듣고 문안하러 왔습니다."

그러자 다들 이상하게 생각했다.

"평소 자주 오시지 않던 분이 오늘은 어려운 걸음을 했으니 어서 모시게."

희봉이 침실로 다가가 태부인에게 전했다. 수연은 묘옥과 잘 알던 사이라 먼저 나가 맞이했다. 잠시 후 묘옥이 들어왔는데 그 차림새는 이러했다. 묘상계妙常髻*의 모양으로 머리를 틀어 올리고 그 위에 두건을 썼으며, 연한 쪽빛 비단 저고리 위에 바둑판무늬테를 두른 검은 비단 조끼를 걸치고 있었다. 허리는 황갈색 명주 띠로 묶었고, 연한 먹물 문양이 들어간 하얀 능라 치마를 입었다. 손에는 불진拂塵*과 염주를 든 채 시녀 하나를 거느리고 허공을 미끄러지듯 하늘하늘 걸어 들어왔다. 수연이 인사하며 말을 건넸다.

"대관원 안에 살 때는 자주 찾아뵈었는데 요즘 대관원에 사람이 줄어들어 혼자 가기가 쉽지 않았어요. 게다가 이쪽 쪽문은 늘 잠겨 있어 못 뵌 지도 꽤 되었는데 오늘은 운이 좋아 뵙게 되는군요."

"예전에 다들 북적이며 지내실 때는 아가씨들께서 대관원 안에 살고 계셨어도 자주 찾아가 가까이 지내기가 불편했지요. 이제 여기도 사정이 그리 좋지 않고, 노마님께서 편찮으시다는 소문도 들리던 차에 아가씨 일도 궁금하고 보차 아씨도 뵐 겸해서 왔어요. 이 댁 쪽문이 잠겨 있든 말든 저야 오고 싶으면 오는 것이고, 오고 싶지 않으면 아가씨들께서 오라고 하셔도 안 오겠지요."

"호호, 그 성미는 여전하시군요!"

그러는 사이에 벌써 태부인의 방에 도착했다. 사람들과 인사를 나누고 나자, 묘옥은 태부인의 침상으로 다가가 문안 인사를 하고 몇 마디 담소를 나누었다. 태부인이 말했다.

"스님께서는 여보살이시니 아시겠지요. 그래, 보시기에 내 병이 나을 것 같습니까?"

"노마님처럼 자비롭고 선하신 분은 당연히 장수하셔야지요. 잠깐 감기에 걸리신 것뿐이니 약을 몇 첩 잡수시고 나면 바로 괜찮아지실 겁니다. 연세가 많으시니 마음을 좀 느긋하게 잡수셔야지요."

"난 그런 사람이 아니라 쾌락을 좇길 좋아하는 사람이라오. 지금 이 병도 별로 심하진 않은데, 다만 명치가 답답할 뿐이라오. 조금 전에 의원 말로는 화병이라고 합디다. 그런데 스님도 아시다시피 누가 내 심기를 거스르겠소? 그러니 그 의원이 진맥을 제대로 못하는 게 아닌가 말씀이오. 그래서 련이한테도 그랬소. 처음에 온 의원 말대로 감기에 체한 게 맞으니, 내일 그분을 다시 모셔 오라고 말이오."

그러면서 원앙을 불러서는 주방에 말해서 정갈한 음식을 차려 묘옥에게 새참이라도 대접하라고 말했다.

"이미 점심을 먹었습니다. 그리고 저는 뭘 많이 먹지도 않습니다."

왕부인이 말했다.

"안 드시겠다면 어쩔 수 없지요. 잠시 앉아 한담이라도 나누시지요."

"오랫동안 여러분을 뵙지 못해서 인사나 하러 들른 겁니다."

묘옥이 잠시 이야기를 나누고 곧 가려다가, 문득 옆을 돌아보니 석춘이 서 있었다.

"아가씨, 왜 이리 야위었어요? 그림 그리는 데 너무 열중하시면 안 돼요."

"그림에서 손 놓은 지 오래되었어요. 지금 살고 있는 방은 대관원의 그 방처럼 밝지 않아서 그림 그릴 마음이 나지 않아요."

"지금은 어디 사시나요?"

"조금 전에 스님께서 들어오신 그 쪽문 동쪽에 있는 집이에요. 스님 암자와 아주 가깝지요."

"언제 형편 봐서 찾아뵐게요."

석춘이 묘옥을 전송하고 돌아오는데, 태부인 거처에서 하녀들이 의원이 왔다며 알리는 소리가 들렸다. 이에 다들 잠시 자기 거처로 돌아갔다.

뜻밖에도 태부인의 병은 나날이 깊어만 갔다. 의원을 불러 치료해도 별 효험이 없고, 나중에는 설사까지 생겼다. 애가 탄 가정은 어머니의 병을 고치기 힘들 것 같다 생각하고 즉시 관아에 사람을 보내 휴가를 청했다. 그리고 왕부인과 함께 밤낮으로 직접 탕약을 올리며 간호했다. 그러던 어느 날 태부인이 음식을 조금 먹게 되자 가정도 마음이 놓였다. 그때 어느 할멈이 문 밖에서 기웃거리자 왕부인이 채운에게 나가서 누군지 알아보라고 했다. 채운은 그 할멈이 영춘의 시중을 들러 따라갔던 할멈이라는 걸 알았다.

"여기 웬일이에요?"

"한참 전에 왔는데 아가씨들이 한 분도 보이지 않습디다. 그렇다고 함부로 들어갈 수도 없고 해서 애만 태우고 있었다오."

"무슨 일인데요? 설마 또 서방님이 아씨께 행패를 부렸나요?"

"아씨 몸이 아주 좋지 않습디다요. 그제 한바탕 난리가 지나간 뒤 아씨께서 밤새 우셨는데, 어제 담이 막혀버렸습니다. 저 댁에서는 의원도 불러주지 않아서 오늘은 병세가 더 심해지셨습니다요."

"노마님께서 편찮으시니까 너무 떠들지 마셔요."

왕부인은 안에서 이미 그 이야기를 들었지만, 태부인이 알게 되면 상심이 클 것 같아 황급히 채운을 불러 할멈을 밖으로 데려가 이야기하라고 일렸다. 하지만 뜻밖에도 태부인은 앓는 와중에도 정신은 맑아서 그 이야기를 모두 듣고 말았다.

"영춘이가 죽게 생겼다고?"

"아니에요. 할멈들이 멋도 모르고 영춘이가 한 이틀 몸이 아프니까 걱정이 되어서 용한 의원이 없는지 물으러 온 거랍니다."

"나를 봐준 의원이 괜찮으니 어서 그리 데려가도록 해라."

왕부인이 채운을 불러 그 할멈으로 하여금 형부인에게 가서 알리라고 하자 노파가 곧 물러갔다. 태부인은 마음이 상했다.

"나한테 손녀가 셋인데 하나는 복을 다 누리고 죽었고, 탐춘이는 멀리 시집가서 만날 수도 없고, 영춘이는 비록 시집살이에 고생은 해도 저리 젊은 나이에 죽게 될 줄은 생각지도 못했구나. 이렇게 늙은 몸만 남아서 어찌 살라는 말이냐!"

왕부인과 원앙 등은 한참 동안 태부인을 위로해야 했다. 그때 보차와 이환은 방 안에 없었고, 희봉은 최근에 몸이 안 좋아서 오지 못했다. 왕부인은 태부인이 슬퍼하다가 병이 더해질까 염려되어 하녀들에게 시중을 맡기고 자기 방으로 돌아가 채운을 불러 꾸짖었다.

"그 할멈이 도무지 사리를 분간할 줄 모르는구나! 앞으로 내가 어머님 방에 있을 때는 무슨 일이 있어도 알리지 마라."

하녀들이 "예!" 대답했다.

그런데 뜻밖에 그 할멈이 형부인의 거처에 도착하자마자 밖에서 하인이 전갈했다.

"영춘 아씨께서 돌아가셨답니다!"

형부인은 그 소리를 듣자마자 한바탕 통곡했다. 지금은 가사도 집에 없으니 어쩔 수 없이 가련에게 얼른 가보라고 했다. 사람들은 태부인의 병이 위중하다는 것을 알고 있기 때문에 감히 말씀드리지 못했다. 불쌍하게도 꽃처럼 달처럼 고운 여인이 시집간 지 겨우 한 해 남짓 되어서 못된 손가

놈에게 짓밟혀 결국 세상을 뜨고 말았다. 게다가 태부인의 병이 위독하여 누구도 곁을 떠나기 어려웠기 때문에 결국 손씨 집안에서 대충 장례를 치르도록 내버려둘 수밖에 없었다.

태부인은 병세가 날로 심해지자 그저 그 귀여운 손녀들을 보고 싶다는 생각만 간절해졌다. 문득 상운이 생각나서 곧 사람을 보내 어찌 살고 있는지 보고 오라고 했다. 심부름을 다녀온 하녀가 조용히 원앙을 찾았다. 하지만 원앙은 태부인 곁에 있었고, 왕부인 등도 모두 그곳에 있었기 때문에 들어가기가 곤란했다. 그녀는 뒤쪽으로 호박을 찾아가 이렇게 말했다.

"노마님께서 상운 아씨 생각이 나셔서 우리더러 어찌 사는지 가보고 오라고 하셨어요. 그런데 뜻밖에 상운 아씨가 너무 울어서 눈이 퉁퉁 불어 있지 뭐예요. 그리고 하시는 말씀이, 서방님이 갑자기 병에 걸리셔서 의원들을 불렀는데, 다들 이 병은 고칠 수 없겠다고 하더래요. 다만 그게 폐병으로 변해주기만 하면 그래도 사오 년은 견딜 수 있을 거라고 했대요. 그러니 상운 아씨께서 애가 탈 수밖에요. 그래서 노마님께서 편찮으시다는 걸 아시고도 문안하러 오실 수도 없는 상황이지요. 하지만 노마님께는 말씀드리지 말라고 하셨어요. 혹시 노마님께서 물으시거든 어떻게든 잘 둘러대서 말씀드려야 할 거예요."

호박은 "어휴!" 한숨만 내쉴 뿐 아무 말도 하지 못하더니 한참 후에야 입을 열었다.

"알았으니 가봐."

호박은 태부인에게 아뢰기 곤란하여 일단 원앙에게 말하기로 했다. 원앙이 적당히 둘러대게 만들 셈이었다. 태부인의 방으로 가보니 태부인의 안색이 더욱 안 좋게 변해 있었고, 방 안에 서 있던 모든 이들이 수군거렸다.

"보아하니 틀린 것 같아."

그 바람에 호박도 상운의 이야기를 꺼내지 못했다.

가정은 조용히 가련을 옆으로 불러서 귓속말로 몇 마디 지시했다. 가련은 나직히 "예!" 하고 밖으로 나가서 집에 남아 있는 모든 하인들을 불러 모아놓고 말했다.

"할머님 후사를 준비해야 할 것 같으니 어서 각자 나가서 필요한 걸 장만하도록 하게. 우선 관을 내달라고 해서 살펴보고 안에다 오동나무 기름을 칠하고, 송진과 밀랍도 발라서 천을 잘 대도록 하게. 어서 각처 사람들의 옷 치수를 재서 기록하고, 바로 침모들을 시켜서 상복을 만들도록 하게. 그리고 천막을 치는 일도 미리 말해두게. 주방에도 사람을 몇 명 더 보내놓게."

뇌대가 대답했다.

"서방님, 염려 마십시오. 저희들이 진즉 다 생각해두었습니다. 헌데 이 비용을 다 어디서 마련해야 합니까?"

"돈은 따로 마련하지 않아도 되네. 할머님께서 진즉부터 남겨두셨으니 말일세. 조금 전에 숙부님께선 어떻게든 성대하게 치르실 생각이라고 하셨는데, 내 생각엔 밖에서 보기에도 그럴 듯하게 치러야 할 것 같네."

뇌대 등은 "예, 알겠습니다!" 하고 각자 맡은 일을 하러 갔다.

가련은 다시 자기 방으로 돌아가 평아에게 물었다.

"아씨는 오늘 좀 어때?"

평아가 입을 쭉 내밀고 안쪽을 가리키며 말했다.

"직접 가보셔요."

가련이 방으로 들어가서 보니 희봉은 마침 옷을 입으려다가 몸을 움직일 수가 없어서 잠시 구들 위 앉은뱅이 탁자에 몸을 기대고 있었다.

"당신도 이제 몸조리를 할 수 없게 되었소. 할머님 일이 오늘내일 터질 것 같은데 당신이 누워만 있을 순 없지 않소? 어서 사람들에게 방을 치우라 하고, 힘들더라도 건너가보도록 하시오. 일이 생기면 당신이나 나 집에 돌아올 수 있을 것 같소?"

"우리 방에 치울 게 뭐 남아 있겠어요? 기껏 이런 물건들뿐인데 무슨 걱정이에요! 먼저 가보셔요. 숙부님께서 찾으실지 모르잖아요. 저는 옷을 갈아입고 바로 갈게요."

가련은 먼저 태부인의 거처로 가서 가정에게 나직이 보고했다.

"모든 일을 나누어 맡겼습니다."

가정이 고개를 끄덕였다. 밖에서 태의太醫*가 왔다고 보고하자 가련이 맞아들였다. 태의는 한참 동안 진맥해보더니 밖으로 나와서 가정에게 조용히 말했다.

"노마님 기맥이 좋지 않으니 미리 준비를 해두셔야겠습니다."

가정은 그 뜻을 짐작하고 왕부인에게 전했다. 왕부인은 얼른 눈짓으로 원앙을 불러 태부인의 수의를 준비하라고 했다. 원앙이 준비하러 나가자 태부인이 눈을 뜨고 차를 달라고 했다. 형부인이 얼른 인삼탕을 한잔 올렸다. 태부인은 막 잔에 입을 대려다가 이렇게 말했다.

"이건 싫다. 차를 한잔 다오."

아무도 감히 분부를 어기지 못하고 서둘러 차를 올리자, 태부인은 한 모금을 마시고 더 달라고 해서 한 모금 더 마셨다.

"일으켜 앉혀다오."

"하실 말씀 있으시면 일어나실 거 없이 그냥 하십시오."

"차를 마셨더니 속이 좀 편해졌다. 기대앉아서 너희들과 이야기나 좀 나누고 싶구나."

진주 등이 태부인을 조심스럽게 부축하여 일으켰다. 태부인은 정신이 상당히 맑아진 것 같았다.

태부인의 생사가 어찌 되는지는 다음 회를 보시라.

제110회

태부인은 천수가 다해 저승으로 돌아가고
왕희봉은 쓸 힘이 위축되어 인심을 잃다

史太君壽終歸地府　王鳳姐力詘失人心

태부인이 세상을 떠나다.

태부인이 일어나 앉아서 말했다.

"내가 이 집에 온 지도 벌써 예순 해가 넘었구나. 젊어서부터 이렇게 늙을 때까지 복도 다 누렸다. 보옥 아범을 비롯해서 아들 손자들도 다 훌륭하게 큰 셈이지. 보옥이는 내가 이때까지 정말 귀여워했단다."

여기까지 말하고 태부인은 마루에 모인 사람들을 죽 둘러보았다. 왕부인이 얼른 보옥의 등을 떠밀어 침상 앞으로 가게 했다. 태부인은 이불 속에서 손을 내밀어 보옥의 손을 잡았다.

"아가, 넌 좀 남보다 앞서려고 노력을 해야겠구나!"

보옥은 웅얼웅얼 "예!" 하고 대답했다. 가슴이 아파왔다. 눈물이 쏟아질 것 같았지만 감히 울지도 못하고 참고 서 있었다. 다시 태부인의 목소리가 들렸다.

"너 말고 증손자를 하나 더 보았더라면 마음이 놓였을 게야. 란이는 어디 있느냐?"

이환도 가란의 등을 떠밀었다. 태부인은 보옥의 손을 놓고 가란의 손을 잡았다.

"네 어미는 정말 효성스럽단다. 나중에 너도 커서 어른이 되거든 네 어미를 자랑스럽게 해드려야 한다. 알겠지? 그런데 희봉이는?"

희봉은 태부인 옆에 서 있다가, 황급히 앞쪽으로 가서 대답했다.

제110회

"여기 있잖아요."

"얘야, 넌 너무 영리해서 탈이야. 이후로는 복을 좀 더 쌓도록 해라. 나도 별로 복 받을 일을 한 건 아니지만 그저 성실한 마음으로 산 덕분에 이런 복을 누렸단다. 재계齋戒와 염불하는 일 같은 건 나도 별로 하지 못했고, 작년에 사람들에게 나눠주려고 『금강경金剛經』을 몇 권 베낀 것이 전부구나. 그런데 그건 다 나눠줬겠지?"

"아직 다 나눠주지 못했어요."

"조금이라도 빨리 나눠주도록 해라. 우리 큰집 사람이나 진이는 객지에서 잘 지내고 있겠지? 그나저나 상운이 계집애는 정말 고약하구나. 어떻게 지금까지 문병조차 오지 않는단 말이냐?"

원앙 등은 그 까닭을 잘 알았지만 아무도 얘기하지 않았다. 태부인은 보차를 잠깐 쳐다보더니 한숨을 한 번 내쉬었다. 그리고 금방 얼굴이 붉어졌다. 가정은 그게 임종 직전의 징후인 걸 알아채고 얼른 인삼탕을 올렸다. 하지만 태부인은 벌써 턱이 굳어버려서 마실 수가 없었다. 태부인은 잠시 눈을 감았다가 다시 뜨고 방 안의 모든 이들을 한 바퀴 둘러보았다. 왕부인과 보차가 다가가 조심스럽게 부축하자, 형부인과 희봉이 서둘러 수의를 입혔다. 마루의 할멈들은 벌써부터 시신을 안치할 침상을 마련하여 이불을 깔아놓고 있었다. 그때 태부인의 목에서 '꾸룩!' 하는 소리가 울리더니 얼굴에 미소를 지으면서 결국 세상을 떠났다. 향년 여든 셋이었다. 할멈들은 서둘러 마련해둔 침상에 태부인의 시신을 안치했다.

가정과 몇 사람은 바깥쪽에서, 형부인과 몇몇은 안쪽에서 무릎을 꿇고 일제히 곡을 했다. 바깥의 하인들은 모든 준비를 해놓고 대기하다가, 안쪽에서 기별이 전해지자 영국부 대문부터 안채에 이르는 문들을 모두 활짝 열고 그 위에 모두 하얀 종이를 발랐다. 효붕孝棚[1]이 높이 세워지고, 대문 앞에도 즉시 패루牌樓*가 세워졌으며, 위아래를 막론하고 집안의 모든 이들이 상복을 입었다. 가정이 정우丁憂[2]를 보고하자 예부에서 황제에게 상주했다. 한없이 어질고 후덕한 황제는 가씨 집안이 대대로 많은 공을 세웠고, 또 태부인이 원비의 조모라는 점을 고려하여 은돈 천 냥을 하사하고, 아울러 예부에서 장례를 주관하라는 유지諭旨를 내렸다. 하인들은 각처에 부고를 보냈다. 많은 친척들과 친우들은 비록 가씨 집안의 가세가 기울었지만 지금 황제에게 크나큰 성은을 입고 있다는 걸 알기 때문에 모두 찾아와서 문상했다. 가씨 집안에서는 길한 시각을 택해 입관하고 영구를 정침正寢[3]에 안치했다.

가사가 집에 없기 때문에 가정이 가장家長이 되었고, 보옥과 가환, 가란은 친손자이고 나이도 어렸기 때문에 모두 영구를 지켰다. 가련은 친손자이긴 하지만 가용과 함께 하인들을 거느리고 일을 나누어 맡아 처리해야 했다. 밖에서 남녀 친척들을 몇 명 청하여 일손을 도와달라고 했지만, 안쪽의 형부인과 왕부인, 이환, 희봉, 보차 등은 모두 영구 옆에서 곡을 해야 했다. 우씨는 일을 거들어줄 수 있었지만 가진이 귀양을 떠난 뒤로 영국부에 얹혀살고 있었기 때문에 줄곧 안에는 들어가보지 않았고, 또 영국부의 일에 대해서는 잘 몰랐다. 가용의 아내는 더욱 말할 필요도 없었다. 석춘은 비록 영국부에서 자라기는 했지만 나이가 어려서 집안일에 대해서는 전혀 몰랐다. 이 때문에 안쪽에서는 일을 맡아 처리할 사람이 없었고, 오직 희봉만이 안쪽 일을 총괄할 수 있었다. 가련이 바깥일을 주도하고 있었기 때문에 그래도 부부가 안팎에서 호흡을 잘 맞출 수 있었다.

예전부터 희봉은 자기 재간을 믿고 있어서 태부인이 별세하면 자기 수완을 마음껏 펼쳐보리라 작정하고 있었다. 형부인과 왕부인은 그녀가 진가경秦可卿●의 장례 때 일을 해본 경험이 있기 때문에 잘 처리하리라 믿고 그녀에게 안쪽 일을 총괄하라고 맡겼다. 애초에 사양할 생각이 없었던 희봉은 당연히 승낙했다.

'이곳 일은 본래 내가 관장하고 있었고, 더욱이 하녀들도 모두 내 밑에 있던 이들이지. 숙모님과 형님 댁의 하녀들은 부리기 어려웠는데, 지금은 모두 나가버렸으니 다행이지 뭐야. 돈을 쓰는 데에는 패牌를 쓸 순 없지만, 이 돈은 이미 현금으로 준비되어 있어. 바깥일은 저이가 잘 처리하고 있고. 내가 지금 몸은 좋지 않지만, 그렇다고 손가락질 당할 지경에는 이르지 않을 거야. 그러니 녕국부에서 했던 것보다 훌륭하게 해낼 수 있을 거야.'

그렇게 마음을 정하고 이튿날 접삼接三[4]의 제사가 끝나자 다음 날 아침 일찍부터 주서댁을 불러 자신이 일을 총괄하게 되었다는 소식을 전하게 하면서, 하인들의 명단을 적은 책자를 가져오라고 시켰다. 꼼꼼히 살펴보니 하인이 스물한 명인데 비해 하녀는 열아홉 명밖에 되지 않았다. 나머지는 모두 시녀와 심부름꾼들로서 각 방에 있는 모든 이들을 합쳐봐야 서른 명 남짓에 지나지 않아 일을 나누어 맡기기가 어려웠다.

'할머님 장례인데 오히려 저쪽 댁 장례 때보다 사람이 적구나!'

그렇다고 시골 농가에서 몇 명을 데려다 쓴다 해도 부릴 사람이 충분하지 않았다.

그녀가 이렇게 이런저런 궁리를 하고 있을 때 어린 하녀가 찾아와 전갈했다.

"원앙 언니가 아씨를 좀 모셔 오랍니다."

희봉이 건너가보니 너무 울어 눈물범벅이 된 원앙이 그녀의 손을 덥석 잡으며 말했다.

"아씨, 앉아서 제 절을 받으셔요. 상중에는 예를 차리지 않는다고 하지만, 이 절은 올리지 않을 수 없군요."

그러면서 무릎을 꿇자 당황한 희봉이 얼른 부축해서 일으켜 세웠다.

"갑자기 무슨 절이야? 할 얘기가 있으면 그냥 해."

원앙이 다시 무릎을 꿇으려 하자 희봉이 또 일으켜 세웠다.

"노마님 장례를 안팎에서 가련 서방님과 아씨께서 모두 맡아 처리하시지요? 이 돈은 노마님께서 남기신 것입니다. 노마님께서는 평생 한 푼도 헛되이 쓰시지 않았는데, 이제 이런 큰일을 치르게 되었으니 부디 노마님 체통에 어울리도록 잘 처리해주십사 부탁드리는 겁니다. 조금 전에 나리께서 무슨 『시경詩經』에 어쩌고 공자께서 말씀하시길 저쩌고 하시던데, 전 무슨 소리인지 알아들을 수 없었어요. 그리고 '상례는 겉으로 보이는 형식에 맞춰 장엄하게 치르는 것보다 진정으로 애통한 게 낫다〔喪與其易 寧戚〕.'5라던가 뭐라던가 하시던데, 저는 듣고도 무슨 소리인지 모르겠어요. 그래서 보차 아씨께 여쭤보았더니, 나리께서는 노마님 장례를 그저 한없이 비통한 심정으로 치러야 진정한 효도를 다하는 것이니 괜히 많은 돈을 써서 남들 보기 좋게 할 필요는 없다 생각하시는 거라고 말씀하셨어요. 하지만 노마님 같은 분의 장례에 어떻게 체통을 생각하지 않을 수 있겠어요! 제가 종년 신분이라 감히 뭐라고 할 순 없지만, 노마님께서 아씨와 저를 그렇게 예뻐해주셨는데, 돌아가셨을 때 어떻게 융숭하게 보내드리지 않을 수 있겠어요! 아씨께서는 큰일을 처리하는 데 유능하신 분이니까 이렇게 부탁드리는 거예요. 저는 평생 노마님을 모시고 살아온 몸이니 돌아가신 노마님을 따라가야 하지만, 그분 장례가 어떻게 치러지는지 보지 못하면 나중에 어떻게 노마님을 뵐 수 있겠어요!"

희봉은 그 말이 너무 이상하게 들렸다.

"걱정 마. 체통을 차리는 건 어려운 게 아니야. 게다가 숙부님께서 간소하게 치러야 한다고는 하셨지만, 그렇다 해도 필요한 만큼의 격식은 갖출 수밖에 없어. 이 돈을 모두 할머니 장례에 쓰는 것도 당연한 일이야."

"노마님께서 남은 물건들은 저희한테 주라고 유언하셨는데, 혹시 비용이 모자라면 그것들을 팔아 보충해주세요. 나리께서 뭐라고 하시든 간에 제가 노마님의 유언을 거스르는 건 아니니까요. 노마님께서 물건을 나눠주실 때 나리께서도 그 자리에 계셨고요."

"평소엔 사리 분별을 잘하더니 지금은 왜 이리 조급하게 굴어?"

"제가 조급한 게 아니라 큰마님께서는 일에 관여하지 않으시고, 나리께서는 허장성세로 남의 이목 끄는 걸 걱정하시니까 이러는 거지요. 만약 아씨께서도 나리와 같은 생각을 하시면서, 재산을 압류당한 집에서 장례를 이리 거창하게 치른다고 구설수에 올라 나중에 또 압류를 당하지나 않을까 염려하시고 노마님 생각을 소홀히 하신다면 어떻게 되겠냐는 말씀이에요. 저야 종년이니까 무슨 일이 생겨도 상관없지만, 어쨌든 이 댁의 명예가 걸린 일이 아닌가요?"

"알았어. 걱정 마. 어쨌든 내가 있잖아!"

원앙은 한없이 절하며 부탁했다. 밖으로 나온 희봉은 의아한 생각이 들었다.

'원앙이 저 아이도 정말 이상하구나. 무슨 생각을 하고 있는지 모르지만, 따지고 보면 할머님 장례는 본래 융숭하게 치러드려야 마땅하긴 하지. 어휴! 저 아이한테는 신경 쓰지 말고 우리 집에서 종전에 하던 격식대로 처리하지 뭐.'

그녀는 곧 왕아댁을 불러서 밖에 사람을 보내 가련을 모셔 오라고 시켰다. 잠시 후 가련이 들어와서 물었다.

"무슨 일이오? 당신은 안쪽 일만 처리하면 되지 않소. 어쨌든 상주는 숙부님이시니까 우리는 그분이 분부하시는 대로만 하면 되는 거 아니오?"

"당신도 그런 말씀을 하시는 걸 보니, 원앙이 얘기가 뜬금없는 소리는 아니었군요?"

"그 아이가 뭐라고 합디까?"

희봉은 원앙이 자기를 불러 한 이야기를 죽 들려주었다.

"그 아이들 말에 신경 쓸 거 뭐 있소? 조금 전 숙부님께서 나를 부르시더니 이렇게 말씀하십디다. '어머님 장례는 당연히 융숭하게 치러드려야 하지. 그런데 사정을 아는 사람들이야 어머님께서 당신 뒷일을 몸소 준비해 놓으셨다고 여기겠지만, 모르는 사람들은 우리가 숨겨놓은 재산이 많아서 아직 넉넉하다고 여길 게 아니겠느냐? 그리고 어머님께서 남기신 돈을 다 쓰지 못한다 하더라도 그걸 탐낼 사람이 어디 있겠느냐? 어쨌든 어머님을 위해 쓰게 되겠지. 남방에 어머님을 위해 마련해놓은 묘지가 있긴 하지만 아직 묘실도 짓지 못한 상태란다. 어머님 영구는 남방으로 모셔 가야 하는데 이 돈을 남겨서 선산에 제각祭閣을 짓고, 거기서도 남은 게 있으면 제사 비용을 준비할 땅이라도 몇 마지기 마련해야 하지 않겠느냐? 우리가 고향으로 돌아가도 좋고, 그렇지 않더라도 가난한 친척들을 거기 살게 해서 계절에 맞춰 아침저녁으로 향이라도 피워 올리고 수시로 청소를 하게 하자꾸나.' 생각해보시오, 이 얼마나 지당한 말씀이시오? 당신 말대로 하자면 설마 그 돈을 다 써버리자는 거요?"

"돈은 내주시던가요?"

"돈을 구경이라도 한 사람이 어디 있겠소! 듣자 하니 어머님께서도 숙부님 말씀을 들으시고 좋은 생각이시라고 극구 칭찬하셨다고 합니다. 그러니 내가 어쩌겠소? 지금 밖에서 천막을 치는 비용만 해도 은돈 몇백 냥이나 되는데, 아직 내주지도 못하고 있소. 돈을 달라고 하면 다들 돈은 있으니까 우선 밖에서 변통해 쓰고 나중에 계산하라는 거요. 생각해보시오. 종놈들 가운데 돈 좀 있는 놈들은 진즉 내빼버렸소. 명부를 보고 부르면 몸이 아프다느니 시골 농장에 갔다느니 하는 핑계를 대고 나타나지 않는단 말이오. 내빼지 못한 몇 놈들은 그저 돈을 후려낼 생각으로 참아내고 있을 뿐, 돈을 마련할 재간이 있는 놈이 어디 있겠소!"

희봉이 그 말을 듣고 한참 동안 멍하니 있다가 말했다.

"이래서야 무슨 일을 할 수 있겠어요!"

그때 하녀가 와서 말했다.

"큰마님께서 희봉 아씨에게 전하라고 하셨어요. 오늘이 사흘째인데 아직 안쪽이 너무 어수선하다면서 식사 대접만 하는데도 친척들이 한참을 기다려야 한다고요. 그러고 나서야 겨우 요리가 들어오는데 또 밥이 빠져 있으니 일을 이렇게 해서야 되겠느냐고 말씀하셨어요."

희봉은 급히 안으로 들어가 호통을 쳐서 부랴부랴 아침밥을 마련하여 보냈다. 그날은 하필 조문객이 많았는데, 안쪽 사람들은 다들 생기가 없었다. 희봉은 어쩔 수 없이 그곳에서 잠시 감독을 하다가, 예전처럼 사람들에게 일을 나누어 맡겨야 한다는 생각이 떠올랐다. 그녀는 밖으로 나와 왕아댁에게 집안의 모든 하인들의 안사람들을 불러 모으게 하고 하나하나 일을 맡겼다. 하지만 아낙네들이 다들 "예!" 대답만 하고 움직이지 않자 희봉이 고함을 질렀다.

"지금이 몇 시인데 아직 밥을 내다주지 않은 거야!"

그러자 아낙네들이 투덜거렸다.

"밥상을 내다주는 거야 쉬운 일이지만, 안에 있는 그릇들을 내주어야 저희들도 일을 할 수 있을 거 아닙니까?"

"이런 밥통들 같으니! 일을 나누어 맡겼는데 내줄 그릇이 없을 리가 있겠어?"

다들 억지로 "예!" 대답했다. 희봉은 즉시 위채에서 필요한 물건들을 꺼내오려고 형부인과 왕부인에게 갔지만, 사람이 너무 많아 그런 말을 꺼낼 수가 없었다. 날도 이미 저물어서 어쩔 수 없이 원앙을 찾아가 태부인이 보관해놓은 그릇들이 필요하다고 말했다.

"그걸 저한테 물으시면 어떡해요? 예전에 가련 서방님께서 전당포에 맡기고 돈을 융통하셨잖아요!"

"금그릇이니 은그릇이니 필요 없고 그냥 보통 그릇이면 돼."

"큰마님과 우마님 방에서 쓰고 있는 그릇들은 어디서 났겠어요!"

가만히 생각해보니 맞는 말인지라, 희봉은 다시 돌아가서 왕부인 거처에 있는 옥천玉釧˙과 채운을 찾아갔다. 거기서 겨우 그릇들을 꺼내와서는 서둘러 채명彩明˙에게 시켜 장부에 적어두고 사람들에게 나눠주어 관리하게 했다.

원앙은 희봉이 이렇게 허둥대는 모습을 보며 다시 부르기도 곤란하여 속으로 생각했다.

'예전엔 시원스럽고 주도면밀하게 일처리를 하시더니 지금은 왜 이리 막히는 데가 많으시지? 보아하니 이삼일 동안 하신 일을 보면 도무지 생각이 없으셔. 이렇게 되면 노마님께서 저 아씨를 예뻐하셨던 보람이 없잖아!'

하지만 원앙이 어찌 그 사정을 알겠는가? 형부인은 가정의 말을 듣고 앞으로 살림이 어려워질 거라는 자신의 걱정과 딱 들어맞는지라 장례비용을 조금이나마 남겨두길 바랐다. 게다가 태부인의 장례는 원래 큰집에서 주관해야 하는데 가사는 집에 없고, 가정은 또 법도를 따지는 사람인지라 무슨 일이 있으면 바로 "큰마님께 의견을 여쭤보도록 해라." 하고 미뤄버렸다. 이에 형부인은 희봉이 평소 씀씀이가 크고 가련은 농간을 잘 부린다는 것을 알고 있었기 때문에 한사코 물건을 내놓지 않았다. 원앙은 그저 돈이 이미 지급된 줄로만 알았기 때문에 희봉이 이렇게 하는 일마다 막히는 걸 보자 너무 신경을 안 쓰는 게 아닐까 의심하게 되었다. 이에 그녀는 곧 태부인의 영전에서 온갖 하소연을 늘어놓으며 한없이 통곡했다. 형부인과 곁에 있던 사람들은 원앙의 하소연에 사연이 있을 거라고는 짐작했지만, 형부인은 자신이 희봉으로 하여금 마음 놓고 일하지 못하게 만들었다는 생각은 하지 못하고, 오히려 희봉이 신경을 덜 쓴다고 비방했다. 그러자 왕부인이 저녁에 희봉을 불러놓고 꾸짖었다.

"우리 집 형편이 곤란하다 해도 바깥에 체면은 차려야 한다. 요 이삼일 동안 조문객들이 드나드는데 내가 보기에 접대가 소홀하더구나. 아마 네가 제대로 지시하지 않았기 때문이겠지. 이후로는 신경을 좀 더 써야 할 게야!"

희봉은 그 말에 한참 동안 멍하니 있었다. 돈이 자기에게 오지 않았다는 이야기를 하고 싶었지만 돈은 바깥에서 관리하는 것이고, 왕부인이 나무라는 것은 접대가 소홀하다는 것이니 감히 변명도 못하고 아예 입을 다물어버렸다. 그러자 옆에 있던 형부인이 또 한마디 거들었다.

"따지고 보면 며느리인 우리가 맡아야지 애당초 손자며느리한테 맡길 일이 아니었다. 하지만 우리는 몸을 뺄 수 없기 때문에 너한테 부탁한 게 아니더냐? 그러니 너도 손을 뺄 수 없는 일이다."

희봉이 얼굴이 벌게져서 무슨 말을 하려는데 밖에서 풍악이 울리기 시작했다. 날이 저물어 황혼의 지전을 사를 때가 되었던 것이다. 이제 모두 곡을 시작해야 했기 때문에 희봉은 미처 할 말을 하지 못하고 '나중에 얘기해야겠다.' 생각하고 있었는데, 왕부인이 어서 나가 일을 보라고 재촉했다.

"여긴 우리가 있으니 넌 어서 가서 내일 일을 준비해라."

희봉은 감히 더 이상 말을 꺼내지 못하고 어쩔 수 없이 눈물을 머금고 물러났다. 그리고 다시 하녀들을 불러 모아 하소연했다.

"아주머니들, 제발 내 생각도 좀 해줘! 어른들께 얼마나 꾸중을 들었는지 몰라. 이게 다 여러분들이 일을 제대로 해주지 않아서 남들한테 비웃음을 샀기 때문이야. 제발 내일은 조금만 더 수고해줘."

"아씨, 장례를 처음 맡아보시는 것도 아닌데 저희들이 어찌 감히 분부를 거역하겠어요? 다만 이번 장례에서는 윗분들께서 너무 번거로운 일을 많이 시키셔요. 식사만 하더라도 어떤 분은 여기서 잡수시고 어떤 분은 자기 방에서 잡수시겠다 하시고, 이쪽 마님을 모셔놓고 나면 저쪽 아씨께서 오시지 않는 거예요. 만사가 이러니 어떻게 전부 잘할 수 있겠어요? 그리고 아씨, 제발 시녀 아가씨들한테 잔소리를 너무 심하게 하지 말라고 말씀 좀 해주셔요."

"누구보다 노마님 시녀들은 다루기가 어렵고 마님들 시녀들도 꾸짖기 곤란한데 나더러 누구한테 무슨 말을 하라는 겐가?"

"예전에 저쪽 댁에서 일을 맡으셨을 때는 매질이며 꾸짖는 일을 엄하게 하셔서 아무도 감히 분부를 거역하지 못했잖아요. 그런데 이제 그런 시녀들조차 단속할 수 없으시다고요?"

"어휴! 저쪽 댁 일은 부탁을 받아 한 일이고, 어머님께서 거기 계셨어도 이래라 저래라 말씀하시기 곤란했지. 그런데 지금은 우리 일인데다가 두 집안이 함께하는 일이라서 다들 참견할 수 있단 말이지. 게다가 바깥에서 쓰는 돈도 제대로 내주시지 않아. 천막에서 뭘 달라고 하면 내주겠소 말만 하고 도무지 갖다주질 않는단 말일세. 이러니 내가 무슨 방법이 있겠는가!"

"서방님께서 바깥일을 맡아보시는데도 제대로 지급되지 않는다고요?"

"얘기가 나왔으니 말인데 그분도 아주 곤란한 상황일세. 우선 돈이 그분 수중에 없고, 뭐든 필요한 게 있을 때마다 위에다 말씀을 드려야 하니 어떻게 제때에 마련할 수 있겠는가?"

"노마님께서 남기신 돈을 서방님이 갖고 계신 게 아니란 말씀이신가요?"

"나중에 집사한테 물어보면 알 거 아닌가?"

"어쩐지 바깥에서 일하는 남자들이 다들 원망하더라니요! 이렇게 큰일을 치르는데 자기넨 뭐가 어떻게 돌아가는지 전혀 영문도 모른 채 그저 시키는 일만 죽어라 하고 있다고요. 이래서야 어떻게 다들 합심해서 일할 수 있겠어요?"

"지금은 그런 말 해봐야 소용없으니 당장 닥친 일이나 신경을 좀 써주게. 혹시 윗분들께 또 무슨 꾸중을 듣게 만들면 나도 자네들을 가만두지 않겠네!"

"아씨, 무슨 분부를 하시든 아랫것들이 어찌 감히 불평하겠어요? 다만 상전들마다 생각이 제각각이시니 저희가 그걸 다 제대로 해내기 정말 어렵습니다요."

희봉도 달리 방법이 없어서 그저 사정하는 수밖에 없었다.

"아주머니들! 내일 하루만이라도 나를 좀 도와주게. 시녀 아이들은 내가 단단히 일러놓을 테니까."

아낙네들은 "예!" 하고 물러갔다.

희봉은 너무 억울하고 생각할수록 화가 치밀었다. 그러다가 날이 새자 다시 안으로 들어갈 수밖에 없었다. 각처 사람들에게 혼찌검을 내서 질서를 바로잡아볼까 했지만 형부인이 역정을 낼 것 같고, 왕부인에게 이야기하자니 또 형부인이 옆에서 부추기며 이간질을 할 테니 어쩔 수 없었다. 시녀들은 형부인이 희봉에게 힘을 실어주지 않는 걸 알고 더욱 그녀를 무시하기 시작했다. 다행히 평아가 나서서 중재를 해주었다.

"아씨는 잘하려고 하시는데 나리와 마님들께서 바깥에 분부하셔서 돈을 쓰지 못하게 하시니, 우리 아씨도 어쩌지 못하고 계시는 거야."

그렇게 몇 번 얘기하고 나자 겨우 조금 진정이 되었다. 승려들이 경을 읽고 도사들이 제를 올리는 등의 행사가 끊이지 않았지만, 끝내 돈 쓰는 데 인색했기 때문에 누구도 적극적으로 하려 하지 않았고 그저 건성으로 때워 넘겼다. 많은 왕비며 고명부인 등도 연일 찾아왔지만 희봉은 나가서 접대하지 못하고 그저 밑에서 감독만 하는 수밖에 없었다. 저걸 시키면 이게 빠져 있고, 화를 한바탕 냈다가 또 잠시 사정도 해야 했고, 하나를 간신히 처리해놓으면 또 다른 일을 처리해야 했다. 이러니 원앙 등이 보기에도 꼴이 말이 아니었을 뿐만 아니라 희봉 자신도 마음이 불편했다.

형부인은 맏며느리이긴 해도 '진정으로 슬퍼하는 것이 제대로 된 효도〔悲戚爲孝〕'라는 핑계만 내세우며 만사에 무관심했다. 왕부인은 형부인이 하는 대로 내버려두기만 했으니, 나머지 사람들은 더 말할 필요도 없었다. 그래도 이환은 희봉이 고생하는 걸 알았지만 나서서 말해주지도 못하고 그저 혼자 탄식만 할 뿐이었다.

"속담에도 '모란이 아름다운 것도 다 푸른 잎 덕분〔牡丹雖好 全仗綠葉扶持〕'이라고 했듯이, 어머님이나 큰어머님이 동서를 도와주지 않는데 다른 이들이 도와줄 리 있나! 탐춘 아가씨가 있었더라면 그래도 좀 나았겠지만, 지금은 그저 동서 혼자 심복 몇 명만 데리고 되는 대로 애를 쓰고 있구나. 게다가 하녀들은 뒤에서 공돈 한 푼 만져보지 못한다고 원망을 늘어놓고 있으니, 그 사람들 대할 면목도 전혀 없는 형편이지. 아버님께서는 오로지

효도만 다할 생각이시고, 서무庶務에 대해서는 잘 모르시니 원! 돈을 쓰지 않고 이런 큰일을 어떻게 치러낼 수 있단 말인가! 불쌍한 동서는 몇 해 동안 고생만 했는데 뜻밖에 할머님 장례 때문에 체면을 구기게 되었구나."

이환은 틈을 봐서 자신의 하녀들을 불러 당부했다.

"너희들은 남들처럼 희봉 아씨를 모욕하지 마라. 상복 입고 영구를 지키는 것만이 장례 치르는 걸로 여기면 안 된다. 그런 건 기껏 며칠만 하면 되는 일 아니냐? 저 사람들이 뒷바라지를 제대로 못하면 우리가 좀 거들어주지 못할 것도 없다. 이 또한 공적인 일이니까 모두들 힘을 합쳐야지."

평소 이환을 따르던 그들은 모두 그 말에 수긍했다.

"큰아씨, 지당하신 말씀이셔요. 저희도 감히 그런 짓은 못해요. 하지만 원앙 언니 같은 이들은 희봉 아씨를 원망하는 것 같아요."

"원앙이한테도 내가 일러주었다. 희봉 아씨가 할머님 장례에 신경을 쓰지 않는 게 아니라, 돈이 그 사람 손에 없으니 아무리 재간 많은 며느리라 해도 쌀도 없이 죽을 쑬 수는 없는 노릇이 아니냐고 말이다. 이제는 원앙이도 사정을 알아서 희봉 아씨를 원망하지 않아. 다만 원앙이의 태도가 예전 같지 않으니 이 또한 이상하구나. 할머님께서 귀여워해주실 때는 오히려 위세 같은 걸 부리지 않았는데, 이제 할머님이 돌아가셔서 기댈 데가 없어졌는데도 성깔이 안 좋아진 것 같거든. 예전에는 그 아이 때문에 걱정했는데 이제 큰아버님이 집에 안 계셔서 곤경을 피할 수 있게 되었지. 그렇지 않다면 그 아이도 아무 방도가 없을 거야."

그때 가란이 들어왔다.

"어머니, 그만 주무셔요. 하루 종일 조문객들이 드나들어서 피곤하실 테니 좀 쉬셔야지요. 저도 요 며칠 동안은 책을 잡아본 적이 없네요. 그런데 오늘 할아버지께서 저더러 집에 가서 자라고 하셔서 정말 좋았어요. 책이라도 한두 권 볼 수 있으니까요. 장례가 끝났을 때 공부한 걸 다 잊어버리면 안 되잖아요?"

"에그, 착하구나! 공부하는 건 당연히 좋은 일이지. 하지만 지금은 좀 쉬도록 해라. 할머님 장례가 끝난 뒤에 다시 해도 돼."

"자라고 하시니까 저도 이불 속에 누워서 생각해볼게요."

그 말을 듣고 다들 가란을 칭찬했다.

"도련님, 정말 훌륭하세요! 어쩌면 그 연세에도 틈만 나면 공부할 생각을 하실까! 보옥 서방님은 장가를 들고 나서도 어린애 티를 벗지 못하고 계시는데 말이에요. 요 며칠 동안 나리 옆에 무릎을 꿇고 앉아 계시는데, 보아하니 무척 힘들어하시는 것 같았어요. 나리께서 자리를 비우기만 하시면 득달같이 보차 아씨한테 달려가 무슨 이야기를 주절주절 해대시는데, 심지어 이젠 아씨조차 상대해주시지 않는다니까요! 그러면 또 보금 아가씨한테 가시는데 아가씨도 멀찌감치 피해버리시지요. 수연 아가씨도 별로 말상대를 해주지 않아요. 오히려 우리 아씨 친척 가운데 희란喜鸞 아가씨와 사저四姐 아가씨가 '오빠, 오빠' 하며 친하게 굴더라고요. 저희가 보기에 보옥 서방님은 아씨, 아가씨들과 노는 것 말고 다른 생각은 아무것도 없는 것 같아요. 그러니 노마님께서 이만큼 자라실 때까지 마음 쓰시고 아끼신 보람도 없는 거 아닌가요? 우리 도련님 발끝에도 못 미치시지요. 아씨께서는 훗날 아무 걱정 없으실 거예요."

"란이가 훌륭하다 해도 아직 어리잖아. 저 아이가 자랄 때쯤이면 이 집안이 어찌 되어 있을지 몰라! 그런데 너희가 보기에 환 도련님은 어떻더냐?"

"그 도련님은 틀렸어요! 두 눈을 원숭이처럼 이리저리 굴리면서 곡을 하면서도 아씨나 아가씨들이 보이기만 하면 빈소 장막 틈으로 훔쳐보기나 한다고요."

"그 도련님도 사실 나이가 어리지 않지. 예전에도 장가를 보내야겠다는 말이 들렸는데 이젠 더 기다려야 되겠지. 참, 한 가지 일러두겠네. 우리 집 사람들에 대해서는 분명하게 말할 수 없는 부분도 있는 것 같으니 괜한 소리들 할 필요 없어. 그나저나 모레가 발인인데 각 방에서 쓸 수레는 어찌 되었다고 하더냐?"

"희봉 아씨께서 요 며칠 동안 혼백이 빠질 정도로 바쁘셔서 그런지 아직 소식이 없어요. 어제 제 남편이 그러는데 련 서방님께서 그 일을 장薔 도련님에게 맡기셨나봐요. 우리 집에 있는 수레와 마부들로는 부족해서 친척 집에서 빌려야 한답니다."

"호호, 수레 같은 것도 빌릴 수 있나 보구먼?"

"아씨, 농담도 잘하십니다. 수레를 왜 못 빌립니까? 다만 그날은 친척들도 다들 수레를 탈 테니까 빌리기 어렵겠지요. 아마 세를 내야 할 것 같습니다."

"아랫사람들이 탈 수레야 세를 낼 수밖에 없다 해도, 상전들이 탈 백거白車[6]도 세를 낼 수 있을까?"

"지금 큰마님이나 저쪽 댁 우마님, 용薔 서방님 댁 아씨도 모두 수레가 없으시니 세를 내지 않으면 어디서 구하겠어요?"

이환이 한숨을 쉬었다.

"예전에는 우리 친척 집안 마님이나 아씨들이 세낸 수레를 타고 오는 걸 보면 다들 웃었는데, 지금은 우리가 그런 신세가 되었구먼. 내일 자네 바깥양반에게 말해서 우리가 탈 수레는 일찌감치 준비해놓으라고 하게. 그러지 않으면 다른 수레에 답답하게 끼어서 타야 할 테니까."

다들 "예!" 하고 물러갔다. 이 이야기는 그만하겠다.

한편, 상운은 남편이 병을 앓고 있기 때문에 태부인이 별세한 후 겨우 한 번밖에 가보지 못했다. 그런데 손가락을 꼽아 헤아려보니 모레가 발인하는 날인지라 가보지 않을 수 없었다. 남편의 병이 이미 폐렴으로 변했기 때문에 잠시 곁을 비워도 괜찮을 것 같아서 밤샘[坐夜][7]을 하기 하루 전에 영국부로 건너갔다. 그녀는 평소 자기를 아껴주었던 태부인이 떠올라 비통한 심정을 감출 길 없었다. 또한 재주와 용모를 겸비하고 성품도 좋은 신랑이 하필 몹쓸 병에 걸려 죽을 날만 기다리고 있는 고달픈 자신의 운명을 떠올리자 더욱 슬퍼졌다. 그 바람에 그녀는 한밤중까지 통곡하다가 원앙 등이 재삼 위로하여 겨우 눈물을 거두었다. 보옥도 그 모습을 보고 슬픔을 견딜 수 없었지만 다가가 위로하기도 어색했다. 다만 장식도 없는 소복을 입고 화장도 하지 않은 상운의 모습은 시집가기 전보다 더 아름다워 보였다. 그런 생각에 다시 소복 차림을 한 보금 등의 모습을 보니 타고난 매력이 느껴졌다. 특히 위아래로 소복을 입은 보차는 색깔 있는 옷을 입고 있던 평상시와는 또 다른 우아한 멋을 풍기고 있었다.

'그러니까 온갖 꽃들이 매화한테 첫째 자리를 내주는 게지. 그건 결코 매화가 일찍 피어서가 아니라 고결하고 맑은 향기를 풍기는 특성을 다른 꽃들이 따라잡을 수 없기 때문이야. 하지만 지금 대옥 누이가 있어서 저렇게 차려입었다면 또 어떤 운치를 풍길지 모르지!'

이런 생각을 하자 자기도 모르게 가슴이 쓰려서 눈물이 주르르 흘렀다. 다행히 태부인의 장례식장이었기 때문에 목 놓아 통곡해도 괜찮은 자리였다. 사람들은 상운을 달래고 있던 차에 밖에서 보옥의 통곡 소리가 들려오자, 그저 자신을 아껴주던 태부인을 생각하고 슬퍼서 우는가 보다 생각했을 뿐, 두 사람이 각기 다른 생각을 가지고 있다는 사실을 알 리가 없었다. 보옥이 대성통곡하자 온 방 안의 사람들도 너나없이 눈물을 흘렸다. 그나마 설씨 댁 마님과 이씨 댁 마님이 위로하여 겨우 울음을 그쳤다.

이튿날은 밤샘을 하는 날이라 조문객들이 더욱 북적거렸다. 희봉은 그날 결국 몸이 견딜 수 없는 지경에 이르렀지만 달리 방법이 없어서 전심전력을 기울여 일했다. 심지어 반나절 동안 목까지 쉬어버렸다. 오후가 되자 조문객도 더 많아지고 일도 더 분주해져서 말 그대로 눈코 뜰 새가 없었다. 그런 와중에 하녀 하나가 뛰어와서 말했다.

"아씨, 여기 계셨군요. 과연 큰마님 말씀이 맞네요. 안쪽에는 조문객이 많아 접대하는데 손이 모자란 판인데, 아씨는 편안히 숨어 계실 거라고 하시대요."
 그 말에 희봉은 울컥 화가 치밀었지만 꾹 참고 삼키자 눈물이 와락 쏟아졌다. 눈앞이 갑자기 노랗게 변하면서 목에서 비릿한 냄새가 올라오는 듯하더니 새빨간 피를 울컥 토하고는 서 있을 힘도 없어서 그대로 마룻바닥에 쓰러져버렸다. 다행히 평아가 황급이 달려와 부축해주었지만 희봉은 계속해서 피를 토해댔다.
 그녀의 목숨은 어찌 될까? 다음 회를 보시라.

제111회

원앙은 주인을 따라 죽어 태허의 세계로 올라가고
비열한 종은 하늘을 속이고 도적 떼를 끌어들이다

鴛鴦女殉主登太虛　狗彘奴欺天招夥盜

영국부에 강도가 침입하여 포용이 물리치다.

 희봉은 하녀의 말을 듣자 화도 치밀고 상심하여 자기도 모르게 피를 토하고는 정신을 잃고 마룻바닥에 쓰러져버렸다. 평아가 급히 달려와 부축하며 황급히 사람을 불러 양쪽에서 팔을 끼고 천천히 자기 방으로 데려가 조심스럽게 구들에 눕혔다. 그리고 얼른 홍옥紅玉에게 뜨거운 물을 한잔 가져오라 해서 희봉의 입술에 대니, 한 모금 마시고 그대로 잠이 들었다. 추동이 와서 잠깐 보더니 곧 떠나버렸는데, 평아도 굳이 부르지 않았다. 그러다가 옆에 풍아가 서 있는 걸 보고 얼른 가서 형부인과 왕부인에게 희봉이 피를 토하고 쓰러져서 더 이상 일을 볼 수 없게 되었다고 전하라 했다. 이 말을 들은 형부인은 희봉이 병을 핑계로 숨어서 쉬려는 모양이라고 생각했지만, 당시 그곳에 여자 친척들이 많아서 다른 말을 하기 곤란했다. 속으로는 풍아의 말을 온전히 믿지 않았다.

 "잠시 쉬라고 해라."

 다른 사람들도 아무 말이 없었다. 이날 밤은 조문객들이 끊임없이 왕래했지만 다행히 몇몇 친척들이 거들어주었다. 하인들 중에는 희봉이 보이지 않자 몰래 요령을 피우며 시끌벅적 잡담을 해대는 이들도 생겼다. 어느새 안쪽은 뒤죽박죽이 되어 체통이 말이 아니었다.

 이경二更(오후 9~11시)이 지날 무렵, 멀리서 온 조문객들이 떠나고 나자 곧 사령辭靈[1] 의식을 준비했다. 빈소 천막 안에 있는 여인들은 일제히

제111회 **167**

곡을 했다. 원앙이 너무 울다가 혼절하는 바람에 사람들이 부축해 일으켜서 등을 두드려주었다. 그러자 겨우 깨어나서 이렇게 말했다.

"노마님께서 저를 그토록 아껴주셨으니 저도 따라가겠어요."

모두 그저 슬피 울다가 할 수 있는 말이려니 생각하고 별로 신경 쓰지 않았다. 사령 의식을 치를 때가 되자 위아래 사람들이 백여 명이나 모였지만 원앙은 보이지 않았다. 그런데도 다들 정신이 없는 와중이라 누가 있고 없고 점검하는 사람이 없었다. 호박 등이 곡을 하며 술을 올릴 때에야 원앙이 보이지 않는다는 사실을 알았지만, 곡을 하다가 지쳐서 잠시 다른 곳에서 쉬고 있으려니 생각하고 그냥 넘어갔다. 사령 의식이 끝나자 밖에서 가정이 가련을 불러 내일 발인할 일에 대해 묻고, 남아서 집을 볼 사람을 구하는 일에 대해 상의했다. 가련이 말했다.

"상전 중에는 운이한테 말해두었고, 하인들 중에는 임지효林之孝° 식구들한테 천막 철거하는 일 따위를 하라고 일러두었습니다. 그런데 안쪽은 누구에게 맡겨야 할까요?"

"네 어머님 말씀으로는 네 안사람이 몸이 불편해서 갈 수 없으니, 그쪽에다 집을 보게 했다고 하시더구나. 그런데 진이 안사람 말로는 네 안사람의 몸 상태가 많이 나쁘니까 석춘이더러 곁을 지키게 하고, 하녀와 할멈들 몇 명을 데리고 위채를 지키면 좋겠다고 하더구나."

그 말을 듣고 가련은 속으로 생각했다.

'형수님이 석춘이와 사이가 안 좋으니까 보내지 말라고 부추긴 모양이군. 상전의 일이라면 석춘이가 봐준다 해도 별로 도움이 안 되잖아? 마누라도 앓고 있으니 거들어줄 수도 없을 테고.'

그는 잠시 생각하더니 가정에게 말했다.

"숙부님, 잠시 쉬고 계십시오. 제가 들어가 의논해보고 돌아와서 말씀드리겠습니다."

가정이 고개를 끄덕이자 가련은 곧 안으로 들어갔다.

이때 원앙은 한바탕 곡을 하고 나서 뜻밖에도 이런 생각을 했다.
　'여태까지 평생 노마님을 모셔왔고 이젠 몸을 의지할 데도 없어. 지금 큰나리께서 집에 안 계시지만, 큰마님의 저런 꼴도 보기 싫어. 나리께선 세상일에 관심이 없는 분이시니 앞으로 난세에 영웅이 일어나면 우리 같은 사람들은 그런 사람들 손아귀에서 놀아나지 않겠어? 누구 첩이 될지 어느 하인의 마누라가 될지 모르지만, 난 그렇게 시달리기는 싫어. 차라리 죽어버리는 게 깨끗하지. 하지만 당장 무슨 수로 죽지?'
　그러면서 태부인 거처의 곁방으로 들어왔다. 막 문턱을 넘어섰을 때 침침한 불빛 속에서 흐릿하게 어느 여자가 허리띠를 들고 목을 매려 하고 있는 것이 보였다. 원앙은 놀라지도 무서워하지도 않았다.
　'누구지? 나하고 같은 생각인 모양인데 한발 먼저 왔구나.'
　그렇게 생각하며 물었다.
　"누구셔요? 우리 둘 다 같은 생각인 모양이니 죽으려면 함께 죽어요."
　하지만 그 사람은 대답이 없었다. 가까이 다가가서 보니 이 방의 하녀가 아니었다. 자세히 살펴보려는데 갑자기 서늘한 소름이 좍 끼치더니 여자의 모습이 금방 사라져버렸다. 원앙은 잠시 멍하니 있다가 밖으로 나와 구들 언저리에 앉아서 곰곰이 생각했다.
　'아, 맞아! 저쪽 댁 용 서방님 전처였던 진아씨였어! 하지만 그 아씨는 진즉 돌아가셨는데 어쩐 일로 여기 오셨지? 분명 나를 부르러 오신 거야. 그런데 왜 또 목을 맸을까? 그래, 분명 나한테 죽는 방법을 가르쳐주신 거야!'
　그런 생각을 하자 못된 기운이 그녀의 뼛속까지 스며들었다. 그녀는 곧 일어나 울면서 화장품 상자를 열었다. 예전에 땋아두었던 가발을 꺼내서 품에 넣고, 바로 허리띠를 풀어 진씨가 보였던 곳에 맸다. 그리고 혼자 한참 동안 울었는데, 밖에서 조문객들이 돌아가는 소리가 들렸다. 그녀는 누가 들어올까 싶어서 얼른 방문을 잠그고는 발 받침대를 갖다놓고 올라섰다. 허리띠를 고리 모양으로 묶어 목에 건 다음 발 받침대를 차버렸다. 가련하게도 숨이 막혀서 향기로운 영혼은 육체를 벗어났다. 어디로 가야 할지 몰라 망설이고 있던 차에 갑자기 진가경이 앞에 나타났다. 원앙의 혼백은 얼른 그녀를 쫓아갔다.

"아씨, 잠깐만 기다려주세요!"

"난 아씨가 아니라 경환선고警幻仙姑*의 동생 가경이에요."

"분명 용 서방님 댁 아씨이신데 왜 아니라고 하세요?"

"거기엔 사연이 있으니 제가 말씀드리지요. 그럼 당신도 자연히 알 수 있을 거예요. 저는 원래 경환궁警幻宮 애정사[鍾情]의 우두머리로서 풍류에 얽힌 사랑의 빚[風情月債]을 담당하고 있다가 속세에 내려와 스스로 천하제일의 정인情人이 되었던 거예요. 그래서 사랑에 빠져 원망을 품고 사는 여자들을 인도하여 하루빨리 사랑의 관청[情司]으로 돌아가게 해야 했어요. 그래서 대들보에 목을 매 자살해야 했던 것이지요.² 제가 인간 세상의 사랑을 간파하고 정해情海를 벗어나 사랑의 하늘[情天]로 돌아왔기 때문에, 태허환경*의 치정사癡情司*를 맡을 이가 없어져버렸어요. 그래서 이제 경환선고께서 당신에게 제 대신 이 관청을 맡게 하시려고 저더러 데려오라 분부하신 거예요."

"저는 정말 무정한 몸인데 어떻게 정 많은 사람으로 생각하셨을까요?"

"아직 모르시는군요. 세상 사람들은 모두들 음란한 욕망에 관련된 일을 '정情'이라고 여기기 때문에 풍기를 문란하게 하는 일을 저지르는 거예요. 그래 놓고선 스스로 풍류 많고 다정한 것은 중요한 일이 아니라고 생각하지요. 하지만 그건 '정'이라는 것을 잘 모르고 하는 생각이에요. 희노애락이 아직 피어나지 않았을 때는 '성性'이고, 그것이 피어나면 '정'이 되는 것이지요.³ 당신과 나의 정은 바로 아직 피어나지 않은 정이에요. 저 꽃봉오리처럼 피어나기를 기다리는 것은 진정한 정이 될 수 없는 거예요."

원앙의 혼백은 그 말의 의미를 알아듣고 고개를 끄덕이더니 곧 진가경을 따라 떠났다.

한편, 호박은 사령 의식을 마친 후 형부인과 왕부인이 집 지킬 사람을 고르고 있다는 말을 듣고, 원앙에게 가서 내일 어떻게 수레를 탈 것인지 물어보려고 했다. 하지만 태부인 거처의 바깥방을 죽 둘러봐도 그녀가 보이지 않아서 곁방으로 가보았다. 방문이 닫혀 있어서 문틈으로 안을 들여다보니 흐릿한 등불이 가물거리고 있어 무서운 생각이 들었다. 게다가 방 안에서는 아무런 기척도 들리지 않아 그대로 돌아섰다.

"이 계집애가 어딜 갔지?"

그러다가 앞쪽에 있는 진주를 발견했다.

"원앙 언니 여기 왔었어?"

"저도 찾고 있어요. 마님들께서 하실 말씀이 있다고 기다리고 계시거든요. 분명 곁방에서 자고 있을 거야."

"내가 가봤는데 방 안에는 없었어. 촛불 심지를 아무도 안 잘랐는지 어둠침침한데다 무서워서 들어가보지는 않았어. 같이 들어가서 거기 있는지 찾아볼까?"

호박과 진주가 방에 들어가서 촛불 심지를 자르는데, 진주가 말했다.

"누가 발 받침대를 여기다 팽개쳐놓았지? 하마터면 걸려 넘어질 뻔했잖아."

그러면서 무심코 위를 보다 "꺄악!" 하는 비명과 함께 그대로 뒤로 나자빠져 호박의 몸 위로 털썩 쓰러졌다. 호박도 원앙의 모습을 발견하고 비명을 질렀지만 두 다리는 꼼짝할 수가 없었다.

밖에 있던 이들이 그 소리를 듣고 뛰어 들어와 보니, 모두 고래고래 소리를 지르며 형부인과 왕부인에게 알렸다. 왕부인과 보차 등은 그 소식을 듣고 모두 통곡하며 달려왔다. 형부인이 말했다.

"원앙이에게 이런 기개가 있는 줄 몰랐구먼! 어서 나리께 사람을 보내 알리게."

보옥은 그 소식을 듣자 너무 놀라 두 눈을 부릅뜬 채 멍하니 있었다. 습인과 하녀들이 황급히 그를 부축했다.

"울고 싶으시면 그냥 우셔요. 억누르고 계시면 숨이 막히실지 몰라요."

보옥은 죽어라 애를 쓴 후에야 겨우 울음을 터뜨릴 수 있었는데, 그 와중에도 속으로 이렇게 생각했다.

'원앙 누나 같은 사람이 하필 이런 식으로 죽을 생각을 하다니! 천지간의 신령한 기운이 정말 이런 여자들한테만 모여 있나 보구나. 그래도 원앙 누나는 죽을 곳을 찾았다고 할 수 있겠지만, 우리같이 남은 이들은 결국 혼탁한 존재에 지나지 않아. 할머님의 자손이라고 해도 원앙 누나를 따라갈 만한 사람이 어디 있을까?'

그런 생각을 하다 보니 다시 기쁜 마음이 들기 시작했다. 그때 보옥의 대성통곡 소리를 듣고 보차가 밖으로 나와 그에게 다가가보니, 갑자기 그가 웃고 있는 게 아닌가! 습인이 다급히 소리쳤다.

"이런! 큰일 났다! 서방님이 또 정신이 이상해지려고 하셔!"

그러자 보차가 말했다.

"괜찮아. 서방님 나름대로 생각이 있으신 거야."

그 말을 듣자 보옥은 더욱 기뻤다.

'그래도 저 사람은 내 마음을 알아주는구나. 다른 사람들이야 어찌 알겠어!'

그가 이렇게 말도 안 되는 생각을 하고 있을 때 가정이 들어와 깊이 탄식했다.

"정말 훌륭한 아이로구나! 어머님께서 귀여워하신 게 헛일이 아니었어!"

가정은 즉시 가련에게 지시했다.

"밖에 나가 밤을 새서라도 관을 준비하여 입관하도록 해라. 내일 어머님 발인할 때 함께 운구해서 어머님의 관 뒤쪽에 안치해주도록 하자. 그래야

저 아이의 소원을 이뤄주는 게 아니겠느냐?"

가련이 "예!" 하고 물러가자, 가정은 할멈들에게 원앙의 시신을 내려 안방에 안치하도록 했다. 평아도 소식을 듣고 건너와 습인, 앵아 등과 함께 애절하게 곡을 했다. 그 가운데 섞여 있던 자견은 내심 후회했다.

'나도 평생 의지할 곳이 없는 신세가 되었는데 대옥 아가씨를 따라가지 못한 게 한스럽구나. 그랬다면 상전의 은혜에 대한 하인의 도리를 다했을 뿐만 아니라 죽을 곳을 찾았을 게 아닌가! 이제 부질없이 보옥 서방님 방의 하녀로 들어가 있는데, 서방님께서 상냥하고 친근하게 대해주신다 한들 결국 아무것도 아니지 않은가!'

이런 생각이 들자 그녀는 더욱 애절하게 울었다.

왕부인은 즉시 원앙의 올케를 불러와 입관을 지켜보게 했다. 그리고 형부인과 상의해서 태부인이 남긴 돈 가운데 백 냥을 그 올케에게 하사하고, 아울러 장례가 마무리되면 원앙의 소지품들을 모두 올케 집에 주겠다고 했다. 원앙의 올케는 머리를 조아려 감사하고 물러나면서 좋아 어쩔 줄 몰랐다.

"정말 우리 아가씨는 기개도 높고 운도 좋지! 훌륭한 명성도 얻고 성대한 장례까지 치르게 되었잖아요?"

그러자 옆에 있던 할멈이 쏘아붙였다.

"그쯤 해두시구려! 살아 있던 시누이를 백 냥에 팔고 이렇게 좋아하는데, 예전에 큰나리께 넘겼더라면 훨씬 더 많은 돈을 버셨겠지요. 그럼 지금보다 더 좋아하셨겠구먼!"

원앙의 올케는 그 말에 가슴이 뜨끔하여 얼굴이 벌게진 채 자리를 떠나버렸다. 그녀가 막 중문에 이르렀을 때 마침 임지효댁이 사람들에게 관을 들려서 들어오고 있었다. 그 바람에 그녀는 어쩔 수 없이 따라 들어와 입관하는 것을 도우면서 마음에도 없는 곡을 몇 차례 했다. 가정은 원앙이 태부인을 위해 죽었기 때문에 향 세 대를 피워 올리고, 공손히 두 손을 모으고 허리를 숙여 절을 올렸다.

"이 아이는 순사殉死했으니까 시녀로 취급해서는 안 된다. 너희 아래 세대들도 모두 이 아이 영전에 절을 올려야 해."

보옥은 그 말을 듣고 기뻐 어쩔 줄 몰라 원앙의 영전에 나아가 공손하기 그지없게 큰절을 몇 번 올렸다. 가련도 평소 친절하게 대해주던 그녀를 떠올리며 영전에 나아가 절을 하려는데 형부인이 제지했다.

"상전 가운데 한 사람이 절을 했으면 됐다. 너무 과분한 대우를 받으면 그 아이 영혼이 다른 곳으로 환생하지 못할 수도 있어."

그 바람에 가련은 영전에 나가지 못했다. 보차는 그 말을 듣자 마음이 불편했다.

"저는 원래 원앙에게 절을 하면 안 되지만, 할머님께서 돌아가시고 나서 저희 모두 이승에서 끝내지 못한 일이 남아 감히 하지 못한 일을 원앙이 대신해서 효도를 다할 수 있게 해주었습니다. 그러니 우리도 원앙에게 할머님께서 서천으로 가실 때 우리 대신 시중을 잘 들어달라고 부탁해야 한다고 생각합니다. 그러면 원앙도 마음이 한결 가벼워질 테니까요."

그러면서 앵아의 부축을 받으며 영전으로 나가 술을 올렸다. 보차의 눈에서는 눈물이 주르륵 흘렀다. 그러고 나서 몇 번 절을 올리더니 애통하기 그지없게 통곡했다. 사람들은 보옥 부부가 모두 바보 같다 하기도 하고 마음씨가 좋다 하기도 했다. 또 보차가 예의를 아는 사람이라고 말하는 이도 있었다. 가정은 그런 모습들이 마음에 들었다.

집을 지킬 사람은 그대로 희봉과 석춘으로 정하고, 나머지는 모두 영구를 따라가기로 결정했다. 그날 밤은 아무도 감히 편히 잠자리에 들지 못했다. 오경五更(오전 3~5시)이 되어서 어스름하게 동이 틀 무렵, 밖에서 사람을 모으는 소리가 들렸다. 발인을 하도록 예정된 진시辰時(오전 7~9시) 초가 되자 가정은 상주로서 삼베 상복〔衰麻〕을 입고 아들로서 예의를 극진히 갖추었다. 영구가 대문을 나서자 각 집안에서 준비한 노제路祭가 연이

어졌는데, 도중의 모습에 대해 자세히 설명할 필요는 없겠다. 한나절이 걸려서 철함사鐵檻寺*에 도착하여 영구를 안치했으며, 상주를 비롯한 식구들은 모두 절에 머물며 밤을 지새워야 했다. 그 이야기는 그만하겠다.

집에 남아 있던 임지효는 사람들을 데리고 빈소를 철거하고 대문과 창문들을 잘 닫은 후 뜰을 깨끗이 청소했다. 그리고 번番을 설 사람들을 정해서 저녁에 딱따기*를 치며 집을 지키게 했다. 다만 영국부의 관례에 따르면 초저녁 일, 이경 무렵에 세 대문을 모두 닫아서 남자들이 안쪽으로 들어가지 못했기 때문에 안쪽은 여자들만이 밤 당번을 서야 했다. 희봉은 하룻밤을 쉬고 나자 정신이 조금 맑아졌지만 몸은 움직일 수가 없었다. 평아가 석춘과 함께 각처를 한 바퀴 돌며 밤 당번 서는 이들에게 이런저런 지시와 당부를 하고 각자 방으로 돌아가 쉬었다.

한편, 주서의 양자인 하삼何三*은 작년에 가진이 집안일을 맡고 있을 때 포이와 다투었다가 가진에게 한바탕 호된 매질을 당하고 밖으로 내쫓긴 뒤로 종일 노름판에서 세월을 보냈다. 그러다가 근래에 태부인이 별세했다는 소식을 듣고 분명 무슨 일을 맡겨주겠거니 생각했는데, 며칠 동안 소식을 알아봐도 전혀 가망이 보이지 않았다. 그래서 한숨을 쉬며 노름판으로 돌아와 울적하게 앉아 있었다. 그러자 그곳에 있는 이들이 물었다.

"하형, 왜 그래? 본전을 찾아야지?"

"그러고 싶지만 돈이 없는 걸 어떡하나?"

"주어르신 댁에 며칠 다녀왔으니 영국부 댁의 돈을 제법 뜯어왔을 거 아냐? 괜히 궁상떨지 말라고!"

"그러게 말야. 그 집에 돈이 몇백만 냥이나 있는지 모르지만 꼭꼭 숨겨놓고 쓰질 않는단 말야. 그러다가 나중에 불이 나서 다 타버리든지 도적한테 홀랑 털려버리든지 해야 정신을 차리겠지."

"거짓말 말라고! 그 집안은 재산을 몰수당했는데 돈이 얼마나 남아 있 겠어?"

"모르는 소리! 압수당한 건 버릴 데가 없어 고민하던 하찮은 것들뿐이라고. 노마님이 돌아가시면서 상당히 많은 금은을 남기셨는데, 하나도 쓰지 않고 노마님 거처에 쌓아놓았다네. 장례를 마치고 돌아오면 분배할 거라더군."

개중에 한 작자가 그 말을 마음에 새겨놓고 있다가 주사위가 몇 판 돌아가고 나자 곧 자리에서 일어났다.

"내가 돈은 좀 잃었지만 본전 찾는 건 그만두겠네. 가서 자야겠어."

그리고는 밖으로 나오면서 하삼의 팔을 붙들고 말했다.

"하형, 잠깐 얘기 좀 하세."

하삼이 따라 나오자 그가 말했다.

"자네처럼 똑똑한 사람이 이렇게 궁하게 사는 걸 보니 내 속이 더 상하네!"

"내 팔자가 그런 걸 어쩌겠나?"

"조금 전에 얘기하기로 영국부에 금이며 은이 그리 많다면서? 좀 갖다 쓰지 그러나!"

"아이고 이 사람아! 그 집에 아무리 금은이 많다 한들 우리가 가서 한두 푼만 달라고 하면 거저 주겠나?"

"하하, 저쪽에서 안 준다고 우리가 가져오지 못할 것도 없지 않은가?"

하삼은 그 말에 뭔가 다른 내막이 있을 거라 짐작했다.

"어떻게 가져온다는 겐가?"

"그러니 자넨 재주가 없다는 게지. 나라면 진즉 가져왔을 걸세!"

"무슨 수로?"

그가 목소리를 낮추어 말했다.

"한 밑천 벌려면 자네가 끄나풀이 돼줘야 하네. 내가 굉장한 수완을 가진 친구들을 제법 아는데, 저 집엔 다들 장례를 치르러 나가고 집안엔 여자들만 몇 명 남아 있지 않은가. 사내놈들이 몇 명 있다 해도 무서울 게 없지. 문제는 자네한테 그런 담력이 있느냐 하는 걸세."

"못할 게 뭐 있어! 내가 양아버지를 무서워하는 줄 아는 모양인데 그저 양어머니의 정을 생각해서 양아버지로 대접해주는 것뿐이라고. 그게 아니면 사람 취급이나 해줄 줄 알아? 그나저나 방금 자네가 한 얘기 말이야. 그거 성공하지 못하면 도리어 화만 자초하게 되지 않겠는가? 저 집은 어느 관아든지 다 잘 아는 사이가 아닌가? 가져오기 어렵다는 거야 말할 필요도 없고, 설사 가져온다 해도 들통나고 말 거야."

"그렇게만 되면 자네한테도 행운이 찾아올 걸세. 내 친구들 중에 바닷가에 사는 이들도 있네. 그런데 다들 여기서 동정을 살피면서 한탕 할 건수를 기다리고 있단 말일세. 물건을 손에 넣으면 자네나 나나 여기 있어봐야 아무 이로울 게 없으니까 그 친구들이랑 같이 바닷가로 가서 마음대로 쓰면 될 게 아닌가? 자네 양어머니를 두고 떠나는 게 걱정스럽거든 아예 함께 모시고 가서 멋지게 살아보자 이걸세. 어떤가?"

"형씨, 너무 취했나 보구먼. 어떻게 그런 소리를 함부로 하나?"

그러면서 그의 소매를 끌고 으슥한 곳으로 가서 한참 동안 쑥덕쑥덕 의논하고 헤어졌다. 이 이야기는 잠시 접어두자.

한편, 포용은 가정에게 꾸지람을 듣고 대관원을 지키게 되었는데, 태부인의 장례로 바쁜 와중에도 그에게는 아무 일도 시키지 않았다. 그는 신경 쓰지 않고 늘 자급자족하면서 심심하면 자고, 잠이 깨면 대관원 안에서 칼이나 몽둥이를 휘두르며 거칠 것 없는 생활을 하고 있었다. 그날 아침도 태부인의 영구가 나가는 것을 알았지만 그는 맡은 일이 없었기 때문에 마음 내키는 대로 산책을 했다. 그때 한 여승이 절에서 일하는 할멈을 데리고 대관원 안의 쪽문으로 와서 문을 두드렸다. 그가 다가가 물었다.

"스님, 어디 가시오?"

할멈이 대답했다.

"오늘 노마님 장례가 끝난다고 들었는데 발인 행렬에 석춘 아가씨 모습이 보이지 않으니 분명 댁에 계실 테지요. 아가씨께서 적적해하실까 싶어 저희 스님께서 잠깐 찾아뵈려고 하십니다."

"상전들께서는 모두 집에 계시지 않고 대관원 문은 제가 지키고 있습니다. 그냥 돌아가십시오. 오시고 싶거든 상전들께서 돌아오신 뒤에 다시 오십시오."

"어디서 온 먹통이기에 우리들 출입까지 간섭하려는 거요?"

"난 당신들 같은 사람들은 질색이오. 그래, 내가 못 들어가게 하면 어쩔 거요?"

할멈이 버럭 화를 내며 소리를 질렀다.

"이건 하늘에 대드는 꼴이로구먼! 심지어 노마님 생전에도 우리가 드나드는 걸 막지 못했는데 어디서 굴러먹던 날강도이기에 이리 법도도 모르고 하늘도 무시하는 게냐! 난 기필코 여기로 들어가고 말겠다!"

할멈은 문고리를 몇 번 사납게 두드렸다. 묘옥은 너무 화가 치밀어 말조차 나오지 않았다. 그녀가 막 돌아서서 떠나려는데, 안쪽에서 중문을 지키던 할멈이 말다툼하는 소리를 듣고 문을 열고 살펴보았다. 그러다가 이미 돌아서서 걸음을 옮기고 있는 묘옥을 발견하고는 분명히 포용이 무얼 잘못해서 돌아가는 모양이라고 짐작했다. 최근에 할멈들은 마님들과 석춘이 모두 묘옥과 아주 친하게 지낸다는 것을 알았기 때문에 나중에 문지기가 들여보내주지 않았다고 이야기를 하게 되면 큰일이다 싶어서 황급히 쫓아갔다.

"스님, 오신 줄 몰라서 저희가 문을 너무 늦게 열었습니다. 그렇지 않아도 석춘 아가씨께서 기다리고 계시니 어서 들어가시지요. 대관원 지키는 하인은 새로 온 작자라서 집안 사정을 잘 모릅니다. 나중에 마님께 말씀드려서 곤장을 때리고 내쫓아버리겠습니다."

묘옥은 그 말을 듣고도 못 들은 체했다. 쪽문 지키는 할멈은 재삼 간청하고, 나중에는 자기가 무슨 벌을 받게 될지 모른다며 거의 무릎을 꿇고 사정하다시피 했다. 그렇게 되자 묘옥도 어쩔 수 없이 노파를 따라 안으로 들어갔다. 포용도 더 이상 막기 곤란해져 그저 화가 치밀어 눈을 부릅뜬 채 한숨만 내쉬다가 돌아갔다.

묘옥은 할멈과 함께 석춘에게 가서 조문하고 이런저런 담소를 나누었다. 그러다가 석춘이 말했다.

"집을 지키려면 며칠 밤 잠도 제대로 자지 못하겠지요. 하지만 희봉 언니 몸이 편찮아서 저 혼자 심심하기도 하고 무섭기도 했어요. 누구 한 사람이라도 여기 있으면 마음이 놓일 것 같아요. 지금 집에 남자는 하나도 없어요. 스님, 기왕 오셨으니 저하고 하룻밤만 같이 계셔주셔요. 바둑도 두고 이야기도 하면 좋겠는데, 어떠셔요?"

묘옥은 본래 그럴 생각이 없었지만 석춘이 너무 가련해 보이기도 하고 또 바둑을 두자고 하자 갑자기 흥미가 일어 그러겠노라고 했다. 할멈을 보내서 시녀에게 자신의 다구茶具와 옷, 이불을 챙겨 가져오라고 하여 함께 하룻밤 앉아 이야기를 나누었다. 석춘은 너무 다행스럽고 기뻐서 채병彩屛˙에게 작년에 받아둔 빗물을 끓여 찻물을 준비하게 했다. 묘옥은 자기 다구가 있어 다른 것을 쓰지 않았다. 할멈이 떠나고 얼마 후 시녀가 묘옥의 일상용품들을 가지고 왔다. 석춘은 몸소 차를 끓였다. 둘은 이야기를 나누는 데에도 서로 마음이 맞았다. 한참 동안 대화하다 보니 벌써 초경初更(오후 7~9시)이 되어 날이 어둑해졌다. 채병이 바둑판을 준비해주자 둘은 마주앉아 바둑을 두었다. 석춘이 연달아 두 판을 져서 묘옥이 넉 점을 접어준 뒤에야 겨우 반집을 이길 수 있었다. 이때는 벌써 사경四更(오전 1~3시)이 되고 있어서 천지는 드넓고 시원스럽게 펼쳐졌고 만물은 고요히 잠들어 있었다. 묘옥이 말했다.

제111회 179

"저는 오경五更이 되면 잠시 좌선을 해야 합니다. 시중들 사람은 있으니까 아가씨는 가서 주무셔요."

석춘은 자리를 뜨고 싶지 않았지만 묘옥이 좌선하여 정신수양을 하겠다고 하니 붙들고 있기 곤란했다.

그녀가 자기 방으로 돌아가려 할 때 갑자기 동쪽 위채에서 밤 당번을 서던 이가 고함을 질렀고, 석춘의 거처에 있던 할멈들도 그 소리를 받아 고함을 질러댔다.

"큰일 났어요! 수상한 놈들이 나타났어요!"

석춘과 채병 등은 깜짝 놀라 간이 덜컥 내려앉았다. 그때 바깥에서 숙직을 서던 남자 하인들의 함성이 들려왔다. 묘옥이 말했다.

"이걸 어째! 분명 도둑이 든 모양이에요!"

그러면서 감히 문을 열지 못하고 얼른 등불 빛을 가려버렸다. 창틈으로 내다보니 뜰에 남자들이 몇 명 서 있는 것이 보였다. 너무 놀라 아무 소리도 내지 못하고 몸을 돌려 살금살금 내려왔다.

"큰일 났어요. 밖에 장정들이 몇 명 서 있어요."

그 말이 끝나기도 전에 지붕 위에서 무슨 소리가 계속 들리더니 곧이어 밖에서 번을 서던 하인들이 들어와 "도둑 잡아라!" 소리를 질러댔다. 개중에 한 사람이 말했다.

"위채의 물건들이 전부 없어졌는데 사람은 하나도 보이지 않아! 동쪽으로는 사람들이 갔으니까 우리는 서쪽으로 가보자!"

석춘 방의 할멈들은 영국부 하인들이 왔다는 걸 알고 바깥방에서 소리를 질렀다.

"여기 지붕 위에 여러 놈들이 있어요!"

바깥의 하인들이 모두 소리쳤다.

"저기 봐! 저놈들 아냐?"

그러면서 모두 고함을 질러댔다. 그러자 지붕 위에서 기왓장들이 수없이 날아와서 누구도 감히 가까이 다가가지 못했다.

그렇게 다들 어쩔 줄 몰라 당황하고 있는데, 대관원 쪽문에서 '꽈당!' 하는 소리가 들리면서 키가 훤칠한 사내 하나가 곤봉을 든 채 문을 박차고 들어왔다. 깜짝 놀란 사람들이 몸을 미처 피하지도 못했을 때 그 사내가 고함을 질렀다.

"한 놈도 놓치지 마라! 다들 나를 따라오시오!"

그 말에 더욱 놀란 하인들은 다리가 후들거려서 뛰지도 못했다. 그 사내가 계속 그 자리에 서서 고함을 질러대는데 하인들 중 눈이 좀 밝은 이가 그를 알아보았다. 여러분, 그게 누구인 줄 아시는가? 바로 진씨 집안의 추천으로 들어온 포용이었다. 그러자 다른 하인들도 자기도 모르게 담이 커져서 떨리는 목소리로 외쳤다.

"한 놈은 도망쳤네. 나머지는 저 지붕 위에 있어!"

포용은 즉시 땅을 박차고 지붕 위로 뛰어올라 도적들을 쫓아갔다. 도적들은 영국부에 사람이 없다는 걸 훤히 알고 있었기 때문에 먼저 뜰 안에서 석춘의 방 안을 훔쳐보았다. 그러다가 아름답기 그지없는 여승을 발견하고 갑자기 음란한 마음을 품게 되었다. 게다가 위채에는 모두 여자들뿐이고, 또 다들 겁에 질려 떨고 있는 걸 보고 우습게 여기며 막 안으로 들어가려는데, 갑자기 밖에서 누군가 쫓아오는 바람에 다급히 지붕 위로 올라간 것이다. 하지만 사람 수가 많지 않은 걸 알아채고 저항해볼까 생각했는데, 갑자기 한 사람이 지붕 위로 뛰어올라 쫓아오는 것이 아닌가. 도적들은 그가 혼자인 것을 알고는 더욱 코웃음을 치며 칼을 뽑아들고 버티려고 했다. 하지만 포용이 곤봉을 힘껏 내지르자 한 도적이 지붕에서 떨어져버리고 말았다. 나머지 도적들이 나는 듯 내달려 대관원 담장 너머로 도망치자 포용도 지붕 위를 달려서 쫓아갔다. 그런데 대관원 안에는 훔친 물건을 나르기 위해 몇 놈들이 미리 와서 숨어 있었다. 그들은 벌써 상당히 많은 물건들을 넘겨받아 지키고 있었는데, 도적 무리가 쫓겨 돌아오는 것을 보자 모두 무기를 들고 지켰다. 그러다가 쫓아오는 이가 한 명뿐인 걸 알고 자기들의 수가 많다는 걸 믿고는 오히려 반격을 해왔다. 포용이 버럭 호통을 쳤다.

"이런 같잖은 도적놈들 같으니! 감히 나하고 겨뤄보겠다고?"

"우리 동료 하나가 저놈들한테 맞고 쓰러져서 죽었는지 살았는지도 몰라. 그러니 저놈을 잡아가자!"

포용이 그 말을 듣자마자 바로 달려들었고, 도적들도 무기를 휘두르며 덤벼들었다. 네다섯 명의 도적들이 포용을 에워싸고 공격하기 시작했다. 그때 밖에 있던 하인들도 용기를 내서 쫓아왔다. 도적들은 포용을 당해낼 수 없다는 걸 알고 도망칠 수밖에 없었다. 포용이 다시 쫓아가려 할 때 그만 상자에 발이 걸려 넘어지고 말았다. 다시 일어나 살펴보니 물건들은 그대로 있고 도적들은 멀리 도망쳐버려서 굳이 쫓아갈 필요가 없을 것 같았다. 즉시 사람들을 불러 등불을 비쳐보니 땅바닥에는 빈 상자들만 몇 개 있을 뿐이었다. 그는 사람들에게 그것들을 챙기라 하고 곧 위채로 달려가 보고하려고 했다. 하지만 길을 잘 모르는 그가 도착한 곳은 바로 희봉의 거처였다. 방 안에는 등불이 환히 밝혀져 있었다. 그가 물었다.

"여긴 도적이 안 들어왔습니까?"

안에 있던 평아가 덜덜 떨며 대답했다.

"여기선 문도 열지 않았어요. 그런데 위채에서 '도둑이야!' 소리치는 게 들렸어요. 거기로 가보셔요."

포용은 길을 몰라 머뭇거리다가 멀리서 순찰 도는 사람이 오고 있는 것을 발견하고 그와 함께 위채로 갔다. 그곳은 문이며 창이 모두 열려 있었고, 밤 당번을 서던 여자들이 거기 모여 울고 있었다.

잠시 후 가운과 임지효도 모두 들어왔는데, 도둑을 맞았다는 것을 알고 황급히 안으로 들어가 살펴보았다. 태부인의 방문은 활짝 열려 있었는데, 등불을 가져와 비쳐보니 자물쇠가 비틀려 부러져 있었다. 안으로 들어가 살펴보니 상자며 장롱들이 모두 열려 있었다. 이에 밤 당번을 서던 여자들을 꾸짖었다.

"너희는 다들 송장이었단 말이냐? 도적이 들어왔는데도 몰랐다니!"

여자들이 울면서 대답했다.

"교대로 당번을 서는데 저희는 이, 삼경 때 당번을 섰어요. 하지만 쉬지 않고 앞뒤를 돌면서 살폈어요. 저 사람들은 저희 다음으로 사, 오경 때 당번을 서는 사람들이에요. 교대하고 돌아갈 무렵에 갑자기 저 사람들이 소리를 질러대는데 사람은 아무도 보이지 않았어요. 얼른 등불을 들고 와서 살펴보았는데, 언제인지는 모르지만 물건들은 벌써 사라져버린 뒤였어요. 서방님, 저 사람들한테 캐물어보셔요."

임지효가 말했다.

"너희들 모두 죽고 싶은 모양이구나! 그건 나중에 다시 따지기로 하고 우선 각처를 살펴봐야겠다."

당번을 서는 남자들을 앞세우고 우씨의 거처로 가니 문이 단단히 잠겨 있었다. 문을 두드리자 안쪽에서 몇몇 사람들이 대답했다.

"놀라 죽는 줄 알았네!"

"여긴 없어진 물건이 없는가?"

안쪽에 있던 이들이 그제야 문을 열어주며 말했다.

"여긴 없어진 물건이 없습니다."

임지효가 다시 사람들을 이끌고 석춘의 거처로 가니, 안쪽에서 말소리가 들렸다.

"아이고, 큰일 났네! 아가씨께서 놀라 기절하셨어요. 어서 좀 깨어나게 해보셔요!"

임지효가 문을 열라고 하면서 어찌 된 일인지 물었다. 안쪽에 있던 할멈이 문을 열어주며 대답했다.

"도적들이 여기서 싸움을 하는 바람에 아가씨께서 놀라 쓰러지셨어요.

다행히 묘옥 스님과 채병이 손을 쓴 덕분에 깨어나셨어요. 잃어버린 물건은 없어요."

"도적들과 어떻게 싸우게 되었는가?"

당번을 서던 사내가 대답했다.

"다행히 포어르신이 지붕으로 올라가 도적들을 쫓아버렸습니다. 그리고 듣자 하니 한 놈을 때려잡았답니다."

포용이 덧붙였다.

"대관원 쪽문 근처에 있을 겁니다."

가운 등이 가보니 과연 한 놈이 땅바닥에 쓰러져 죽어 있었다. 자세히 보니 주서의 양아들 같았다. 모두 의아하게 생각하며 사람을 시켜 시신을 지키게 하고, 두 사람을 보내 뒷문을 살펴보게 했다. 하지만 뒷문에는 여전히 자물쇠가 채워져 있었다.

임지효는 곧 하인들에게 문을 열라 하고 영관營官[4]에 신고했다. 즉시 조사관이 도착하여 도적들의 흔적을 살펴보니 뒤쪽 골목길에서 지붕으로 올라간 모양이었다. 그 길을 따라 서쪽 뜰에 있는 건물의 지붕에 이르니 기와들이 아주 많이 깨져 있었고, 흔적은 그대로 뒤쪽 정원으로 이어져 있었다. 밤 당번을 서던 이들이 입을 모아 말했다.

"이건 도둑이 아니라 강도로군요!"

영관이 버럭 화를 냈다.

"횃불을 밝혀 들고 무기를 든 것도 아닌데 어찌 강도라고 할 수 있겠나!"

그러자 밤 당번을 서던 사내가 말했다.

"저희가 쫓아가니까 지붕 위에서 기왓장을 내던져서 다가갈 수 없었습니다. 다행히 우리 집의 포용이라는 분이 지붕으로 뛰어올라가 물리쳤습니다. 대관원 안까지 쫓아갔는데 거기에도 여러 놈들이 숨어 있어서 포용과 싸웠답니다. 하지만 결국 포용을 감당하지 못하자 도망쳐버렸습니다."

"또 그런 소리를! 강도라면 자네 집 하인 하나를 이기지 못한단 말인가?

말도 안 되는 소리 그만하고 어서 물품들을 조사해서 도난품 목록이나 만들어 제출하게. 우리가 보고해주겠네."

가운 등이 다시 위채에 가보니 희봉이 아픈 몸을 이끌고 와 있었고, 석춘도 와 있었다. 가운은 희봉과 석춘에게 문안 인사를 하고 나서 함께 도둑맞은 물건들을 조사했다. 하지만 원앙은 죽었고, 호박 등은 장례식에 가 있었기 때문에 제대로 확인할 길이 없었다. 도둑맞은 것들은 모두 태부인의 물건들이고, 지금까지 그 품목들을 명확히 조사한 적도 없이 그냥 상자에 넣고 잠가두었기 때문에 어쩔 도리가 없었다. 그래서 모두 이런 말만 했다.

"장롱이나 상자에 물건이 많이 들어 있었을 텐데 지금은 모조리 비어 있군요. 훔치는 데 시간도 많이 걸렸을 텐데 당번을 서는 이들은 대체 뭘 했는지 모르겠네요! 게다가 맞아 죽은 도적이 주서의 양아들이니 분명 그놈들과 내통했을 겁니다."

희봉은 너무 화가 치밀어 눈을 부릅뜨고 호통을 쳤다.

"당번 섰던 년들을 모조리 묶어라! 군영軍營에 넘겨서 심문받게 해야겠다!"

이 말에 여자들이 "하늘에 대고 맹서하건데 저희는 죄가 없습니다!" 하며 땅바닥에 무릎을 꿇고 간절히 애원했다.

과연 그들을 어떻게 처리했으며, 도둑맞은 물건들의 행방은 어찌 되었을까? 이에 대해서는 다음 회를 보시라.

제112회

억울하게도 묘옥 스님은 큰 재앙을 당하고
원한을 죽음으로 갚아 조이낭은 저승으로 가다

活冤孽妙尼遭大劫　死讎仇趙妾赴冥曹宴

묘옥이 도적에게 납치되다.

희봉이 밤 당번 섰던 여자들을 묶어 군영軍營에 보내 심문을 받게 하라고 명하자, 여자들은 땅바닥에 무릎을 꿇고 간절히 용서를 빌었다. 그러자 임지효와 가운이 말했다.

"빌어봐야 소용없다. 나리께서 우리에게 집을 지키라고 하셨는데 아무 일 없었더라면 운이 좋은 거겠지만, 이제 일이 벌어졌으니 위아래를 막론하고 모두 책임을 져야 한다. 그러니 누가 너희들을 구해줄 수 있겠느냐? 저기 죽은 놈이 정말 주서의 양아들이라면 마님을 비롯해서 안팎으로 모든 사람들이 혐의를 받게 될 게야!"

희봉이 숨을 헐떡거리며 말했다.

"이게 다 팔자 탓이니 저것들과 무슨 얘기를 하겠어요? 그냥 군영에 넘겨버리는 수밖에. 그리고 두 분이 군영에 가서 도난품들은 노마님 물건이라 나리께 여쭤봐야 안다고 얘기해두세요. 우리가 나리께 알려서 그분이 돌아오시면 바로 도난품 목록을 만들 수 있을 거라고도 전하세요. 행정관서에도 그렇게 보고하도록 하셔요."

가운과 임지효가 "예!" 하고 물러갔다.

석춘은 한마디도 못하고 그저 울기만 했다.

"여태 이런 일은 들어 보지도 못했는데 왜 하필 우리 둘한테 일어난 걸까요? 나중에 숙부님과 숙모님께서 돌아오시면 무슨 낯으로 뵙겠어요!

'집안일을 맡겼는데 이런 일이 생기다니! 이런 데도 아직 살려고 생각하느냐!' 이러시지 않겠어요?"

"이게 우리가 원해서 일어난 일도 아니잖아요! 그리고 밤 당번을 선 사람들이 저기 있잖아요?"

"그래도 언니는 몸이 불편하니 할 말이라도 있겠네요. 전 아무 변명도 할 수가 없어요. 이게 다 우리 올케가 저를 함정에 몰아넣은 탓이에요. 괜히 숙모님들을 부추겨서 저한테 집을 보게 했기 때문이라고요! 이제 제 체면은 뭐가 되겠어요!"

그러면서 다시 통곡하자 희봉이 위로했다.

"아가씨, 그런 생각 마셔요. 체면 잃은 걸로 따지자면 모두 마찬가지예요. 아가씨가 그렇게 어리석은 생각을 하시면 저는 더 견디지 못해요."

둘이 한창 이러고 있을 때 바깥 뜰에서 누군가 크게 떠드는 소리가 들려왔다.

"그러니까 내가 그랬잖소. 저 '삼고육파三姑六婆'[1] 같은 건 불필요한 존재라니까요? 그래서 우리 진씨 집안에선 저런 것들은 일체 드나들지 못하게 했어요. 그런데 뜻밖에도 이 댁에서는 그런 걸 따지지 않더만요. 어제 노마님 영구가 나가자마자 무슨 암자의 비구니가 기어코 이 댁으로 들어오려 하지 뭡니까? 내가 소리를 질러 못 들어가게 하니까 쪽문을 지키는 할멈이 오히려 나한테 뭐라 하면서 그 비구니한테 사정사정해서 안으로 모셔 들이더군요. 그 쪽문이 금방 열렸다가 닫혔는데, 무슨 짓을 하는지 몰라 마음이 놓이지 않으니 잠을 못 이루겠더라고요. 그러다가 사경四更쯤 되었을 때 여기서 시끄러운 소리가 들리지 뭡니까! 제가 와서 고함을 질러도 문을 열어주지 않는데 듣자 하니 소리가 심상치 않아서 문을 박차고 들어왔지요. 그러다가 서쪽 뜰에 누가 서 있는 걸 발견하고 바로 쫓아가 때려죽였어요. 이제야 알았는데 여기가 바로 넷째 아가씨 거처라대요. 그 비구니는 바로 여기 있다가 오늘 날이 밝기도 전에 내뺀 모양입니다. 혹시 그 비구니가 도적들을 끌어들인 게 아닐까요?"

평아 등이 그 말을 듣고 모두 나무랐다.

"누가 이렇게 예의 없이 구는 거야! 아가씨와 아씨께서 모두 여기 계시는데 감히 밖에서 함부로 떠들어대다니!"

희봉이 말했다.

"듣자 하니 '우리 진씨 집안에서는' 어쩌고 하던데, 저자가 바로 진씨 집안의 추천으로 들어온 그 꼴 보기 싫은 작자인가 보구먼."

석춘은 그 말을 똑똑히 들었기 때문에 마음이 더욱 불편했다. 그러던 차에 희봉이 물었다.

"저 작자가 무슨 '비구니' 어쩌고 하던데, 아가씨 방에 비구니를 불러다 재웠어요?"

석춘은 묘옥이 찾아와서 붙들어두고 바둑을 두며 밤을 새운 이야기를 들려주었다.

"그 스님이었군요? 그분이 그런 짓을 할 리 있나요? 말도 안 되는 소리지. 하지만 저 빌어먹을 종자가 떠들어대서 숙부님 귀에 들어가면 그것도 좋지 않겠어요."

석춘은 생각할수록 겁이 나서 일어나 자리를 뜨려고 했다. 희봉은 앉아 있기가 힘들었지만 석춘이 겁을 집어먹고 무슨 일을 저지를까 걱정스러워 붙들어둘 수밖에 없었다.

"잠깐 더 계셔요. 사람들을 시켜서 남은 물건들을 챙기게 하고, 또 그것들을 지킬 사람들을 붙여놓고 돌아가도록 해요."

그러자 평아가 말했다.

"우리가 마음대로 챙겨놓을 수가 없어요. 관아에서 나와 조사한 뒤에야 가능해요. 그동안 저희는 그냥 지키고 있는 수밖에 없어요. 그나저나 나리께는 사람을 보냈는지 모르겠네요."

희봉이 말했다.

"네가 할멈을 시켜서 알아보도록 해."

잠시 후 할멈이 돌아와서 보고했다.

"임지효는 이곳을 떠날 수 없답니다. 조사할 때 하인이 있어야 하니까요. 그 외에는 제대로 얘기할 수 있는 사람이 없어서 가운 도련님께서 가셨답니다."

희봉은 고개를 끄덕이고 석춘과 함께 울적한 기분으로 앉아 있었다.

사실, 그 도적들은 하삼이 끌어들였다. 그들은 많은 금은 재화를 훔쳐 날랐는데, 쫓아오는 이들을 보니 죄다 별것 아닌 것들뿐이라 다시 서쪽 건물로 훔치러 갔다. 그들이 창밖에서 훔쳐보니 등불 아래 두 명의 미인이 보였는데, 아가씨 한 명과 여승 한 명이었다. 그들은 목숨이고 뭐고 아랑곳하지 않고 갑자기 불량한 생각이 치밀어 안으로 들이닥치려고 했다. 그런데 포용이 쫓아오자 훔친 물건들을 들고 도망쳤던 것이다. 하지만 하삼이 보이지 않아서 모두들 비밀 소굴로 몸을 피했다. 이튿날 동정을 살펴보니 하삼은 벌써 맞아 죽었고, 도적이 들었다는 사실이 벌써 관아에 신고되어 있었다. 그들은 더 이상 그곳에 숨어 있을 수 없다 생각하고 곧 상의하여 조속히 바다로 가 해적들과 합류하기로 했다. 더 꾸물거리다가는 수배 문서가 전국에 뿌려져서 관문이 있는 나루터를 통과할 수 없을 것이기 때문이었다. 그런데 일당 중에 간덩이 큰 놈이 하나 있었다.

"도망을 치긴 해야겠지만, 난 저 비구니를 놔두고 갈 수 없네. 너무 예쁘더란 말일세. 대체 어느 암자에 있는 영계인지 모르겠어."

"옳지! 생각났어. 분명히 가씨 집안 정원 안에 있는 무슨 농취암인가 하는 곳의 비구니일 게야. 예전에 밖에서 떠도는 말로는 그 비구니가 가씨 집안의 보옥 도련님인가 누구하고 무슨 일이 있었다고 하던데, 나중에 어찌 된 일인지 상사병에 걸려서 의원을 불러다 약을 먹고 겨우 나았다고 하더구먼. 바로 그 비구니가 아닐까 싶네."

"그럼 오늘 하루 동안 숨어 있으면서 두목한테 돈을 빌려 장사꾼 차림을 하는 데 필요한 물건들을 준비해놓자고. 그리고 내일 날이 밝을 무렵에 하나씩 관문을 빠져나가도록 하지. 자네들은 관문 밖 이십리파二十里坡*에서 나를 기다려주게."

도적들은 그렇게 상의한 뒤 각기 훔친 물건들을 나눠가졌는데, 그 이야기는 그만하겠다.

한편, 가정 등이 영구를 이끌고 철함사에 도착하여 안치를 끝내자 친척과 벗들은 모두 돌아갔다. 가정은 바깥쪽 사랑채에서 영구를 지키며 밤을 새웠는데, 왕부인과 형부인 등도 함께하여 모두 밤새 곡을 했다. 이튿날 다시 제사를 지내려고 막 음식을 차리고 있는데 가운이 들어와서 태부인의 영전에 절을 올리고, 황급히 가정 앞으로 달려가 무릎을 꿇고 문안 인사를 올렸다. 그리고 숨을 헐떡이며 간밤에 도둑이 들어 태부인의 위채에 있던 물건들을 모두 훔쳐간 일과 포용이 도적들을 쫓아가 한 놈을 때려죽인 일, 이미 관아에 신고했다는 이야기를 죽 들려주었다. 그 말을 들은 가정은 입을 딱 벌리고 멍하니 있었다. 형부인과 왕부인도 안에서 그 이야기를 듣고 모두 혼이 빠질 듯이 놀라 아무 말도 못하고 그저 통곡만 했다. 한참 후에야 가정이 도난 물품 목록은 어떻게 작성했느냐고 물었다.

"집 안에 있는 이들 중 아는 사람이 아무도 없어서 아직 작성하지 못했습니다."

"그나마 다행이구나. 우리는 재산을 몰수당했으니 목록을 제대로 쓰면 오히려 물건을 감춰두었다는 죄명을 쓰게 될 거야. 어서 련이를 불러와라."

그때 가련은 보옥 등을 인솔하여 다른 곳에 제사를 지내러 가서 아직 돌아오지 않고 있었는데, 가정이 급히 심부름꾼을 보내 데려오게 했다. 가련은 그 소식을 듣더니 화가 나서 길길이 날뛰었다. 가운을 보자마자 가정이 옆에 있다는 사실조차 아랑곳하지 않고 험악하게 욕을 퍼부었다.

"쓸모없는 것, 그렇게 중대한 일을 맡겼거늘! 사람들을 데리고 순찰을 돌았을 텐데, 그래 넌 송장이었더냐? 그래 놓고도 무슨 염치로 알리러 왔어!"

그러면서 가운의 얼굴에 침을 "퉤퉤!" 뱉었다. 가운은 그저 두 손을 늘어뜨리고 공손히 선 채 아무 말도 하지 못했다. 그러자 가정이 말했다.

"그 아이를 꾸짖어봐야 무슨 소용이 있겠느냐!"

가련이 무릎을 꿇고 물었다.

"이제 어쩌면 좋습니까?"

"별 수 없지. 그저 관아에 신고해서 도적이나 잡아달라고 하는 수밖에. 다만 한 가지, 우리는 어머님께서 남겨주신 물건은 전혀 손을 댄 적이 없다. 네가 돈이 필요하다고 했을 때 난 어머님께서 돌아가신 지 며칠도 지나지 않았는데 어찌 감히 거기에 손을 댈 수 있겠는가 생각했다. 원래는 장례를 마친 후 외부에 진 빚을 갚고, 남은 돈으로는 이곳과 남쪽에 묘지와 제수를 장만할 땅을 마련해두려고 했었다. 그 외의 물건들에 대해서는 수량조차 제대로 살펴보지 못했다. 이제 관아에서 도난 물품 목록을 작성해달라고 하는데, 만일 귀한 물건들을 적어 넣으면 오히려 곤란할 것 같구나. 그렇다고 정확한 품목과 수량도 없이 금은 조금, 옷가지 조금이라고 아무렇게나 써 내기도 곤란한 일이지. 그나저나 우습구나. 넌 갑자기 딴사람으로 변해버렸어. 어떻게 일처리가 이 모양이란 말이냐? 거기 그렇게 꿇어앉아 있기만 하면 어쩌자는 게냐?"

가련은 감히 대꾸도 못하고 곧 일어나 물러가려고 했다. 그러자 가정이 또 소리쳤다.

"어딜 가려는 게냐?"

가련이 다시 무릎을 꿇고 대답했다.

"속히 돌아가서 깨끗이 처리하고 돌아와 다시 말씀 올리겠습니다."

가정이 "흥!" 콧방귀를 뀌자 가련은 고개를 떨어뜨렸다.

"들어가서 네 어머님께 말씀드리고, 어머님 시중을 들던 하녀 한두 명을 데리고 돌아가라. 그 아이들에게 잘 생각해보라고 해서 목록을 만들어라."

그 말을 듣고 가련은 속으로 생각했다.

'할머님 물건은 모두 원앙이 관리했는데, 이제 그녀가 죽어버렸으니 누구한테 묻는단 말인가? 진주나 다른 아이들한테 묻는다 한들 제대로 기억할 리 있겠어?'

하지만 그는 감히 대꾸하지 못하고 그저 "예! 예!" 대답한 후 일어나서 안으로 들어갔다. 형부인과 왕부인도 한바탕 잔소리를 늘어놓더니 얼른 집에 돌아가서 집을 지키던 이들에게 "나중에 무슨 낯으로 우리를 대할 거냐?"며 따지라고 했다. 가련은 "예!" 하고 물러나 하인들에게 호박 등을 태워 성으로 들어갈 수레를 준비하게 하고, 자신은 노새에 올라 몇몇 하인들을 거느리고 재빨리 집으로 돌아갔다. 가운도 더 이상 가정에게 보고할 말이 없어서 비스듬히 몸을 돌려 천천히 자리를 빠져나온 뒤에 얼른 말을 타고 가련의 뒤를 쫓아갔다. 그들이 돌아가는 동안에는 별다른 일이 없었다.

집에 도착하자 임지효가 문안 인사를 올리고 곧장 가련을 따라 안으로 들어왔다. 가련이 태부인의 거처에 이르러 보니 희봉과 석춘이 그곳에 있었다. 그는 속에서 원망스러운 생각이 치밀었지만 아무 말도 못하고 임지효에게 물었다.

"관아에서 조사는 하러 나왔더냐?"

임지효는 자신의 잘못을 아는지라 얼른 무릎을 꿇고 보고했다.

"양쪽 관아에서 모두 조사했습니다. 도적들이 들어오고 나간 흔적도 조사했고, 시신도 검시했습니다."

가련이 깜짝 놀라 물었다.

"무슨 검시라는 거냐?"

임지효는 포용이 때려죽인 도적이 주서의 양아들을 닮았다고 보고했다.

"운이를 불러라!"

가운이 들어와서 무릎을 꿇고 하명을 기다렸다.

"아까 숙부님께 보고할 때는 왜 주서의 양아들이 도적질을 하다가 포용에게 맞아 죽었다는 말씀을 드리지 않았느냐?"

"밤 당번 서는 이들이 그놈을 닮았다고 하긴 했지만, 사실이 아닐지도 몰라서 보고하지 않았습니다."

"이런 멍청한 것! 나한테 말했으면 주서를 데려와서 바로 확인할 수 있었을 게 아니냐?"

그러자 임지효가 말했다.

"지금 관아에서 시신을 저자에 내다놓고 알아보는 사람이 있으면 신고하라고 해놨습니다."

"멍청이가 하나 더 있었군! 도적질을 하다가 맞아 죽은 놈을 '아는 놈입니다.' 하고 나섰다가 죄를 뒤집어쓸 사람이 어디 있어!"

"남들한테 물어볼 필요도 없습니다. 제가 알아볼 수 있으니까요."

그 말을 듣고 가련은 생각에 잠겼다.

'맞아! 그러고 보니 예전에 진 형님이 매질하려 했던 놈이 바로 주서의 양아들이었지!'

임지효가 계속 보고했다.

"그놈이 포이와 싸운 적이 있으니, 서방님도 보신 적이 있으실 겁니다."

그 말을 듣자 가련은 더욱 화가 치밀어 밤 당번 섰던 이들에게 매질을 하려고 했다. 그러자 임지효가 간절히 청원했다.

"서방님, 고정하십시오. 당번 선 이들이 맡은 일을 소홀히 했을 리 있겠습니까? 다만 이 댁의 규범상 셋째 대문 안으로는 남자들이 들어갈 수 없기 때문에 저희들도 안에서 부르지 않으면 감히 들어가지 못합니다. 소인이 운 도련님과 밖에서 시시각각 점검했는데, 셋째 대문은 단단히 잠겨 있었고 바깥쪽 대문들도 열려 있는 곳이 하나도 없었습니다. 그 도적들은 뒤쪽 골목길을 통해 들어왔던 겁니다."

"안쪽에서 당번 서던 여자들은?"

임지효는 곧 그들이 희봉의 명에 따라 오라에 묶여 관아에 넘겨졌다고 보고했다.

"포용은?"

"대관원으로 들어갔습니다."

"가서 불러와."

하인들이 곧 포용을 불러오자 가련이 말했다.

"다행히 자네가 있었구먼. 그렇지 않았더라면 모든 건물에 있던 물건들을 죄다 도둑맞았을 걸세."

포용은 아무 말도 하지 않았다. 석춘은 포용이 그 말을 하지나 않을까 속으로 애가 탔다. 희봉도 감히 아무 말도 하지 못했다. 그때 밖에서 전갈이 왔다.

"호박 언니 일행이 돌아왔어요."

모두 서로 인사를 나누면서 한바탕 통곡을 했다.

가련이 훔쳐가고 남은 물건들을 조사해보라고 시켰더니 옷상자와 옷감 상자, 동전 상자만 그대로 있을 뿐 나머지는 모두 사라져버린 상태였다. 가련은 더욱 애가 닳았다.

'바깥의 천막 비용과 주방 비용도 지불하지 않았는데 나중에 뭘로 갚아야 한단 말인가!'

그가 잠시 멍하니 생각에 잠겨 있을 때 호박 등이 들어와 한바탕 곡을 하더니 열려 있는 상자며 장롱들을 발견했다. 그들이 그 안의 물건들을 어찌다 기억할 수 있겠는가? 결국 대충대충 기억을 떠올리고 짐작하여 도난품 목록을 만들었고, 가련은 즉시 사람을 시켜 그 목록을 관아로 보냈다. 그리고 다시 사람을 뽑아 밤 당번을 서게 했다. 희봉과 석춘은 각기 자기 방으로 돌아갔다. 가련은 감히 자기 거처로 가서 쉬지 못하고, 희봉에게 원망을 퍼부을 틈도 없이 혼자 말을 타고 서둘러 성 밖으로 나갔다. 희봉은 석춘이 허튼 생각이라도 할까 염려스러워서 풍아를 보내 위로하게 했다.

시각은 이미 이경二更(오후 9~11시)이 되었다. 여기 있던 도적들이 관문을 빠져나간 것은 말할 필요도 없고, 가씨 집안의 하인들은 더욱 조심하며 번을 서느라 아무도 감히 잠을 자지 못했다.

한편, 오로지 묘옥만을 생각하던 그 도적은 외딴 암자에 여자들만 모여 있다는 사실을 알고 못된 짓을 하기가 어렵지 않을 거라 생각했다. 삼경三更(오후 11시~오전 1시)이 되어 사방이 고요해지자 그는 단도를 쥐고 마취향을 조금 지닌 채 높은 담을 뛰어넘었다. 멀리 농취암의 등불이 아직 환히 밝혀져 있었다. 그는 몸을 숨기고 살그머니 다가가 지붕 으슥한 곳에 숨었다. 사경四更(오전 1~3시)이 되자 안쪽에는 불상 앞에 밝혀진 등불 하나를 제외하고 나머지 등불들이 다 꺼지고, 묘옥이 혼자 부들방석에 앉아 좌선하고 있었다. 묘옥은 잠시 쉬다가 "휴!" 한숨을 내쉬며 중얼거렸다.

"내가 현묘玄墓*에서 경사로 올 때는 이름이나 좀 날려볼 생각이었는데, 이 댁에서 초청하는 바람에 다른 곳에 머물 수 없었구나. 어젠 좋은 뜻으로 넷째 아가씨를 위로하러 갔었는데 오히려 저 무례한 문지기한테 모욕을 당했고, 밤에는 또 도적들 때문에 크게 놀라기도 했어. 이렇게 돌아와 부들방석에 앉아도 편하지 않고 계속 가슴이 떨리는구나."

그녀는 평소에 혼자서 좌선하는 습관이 있었기 때문에 오늘도 누굴 부르고 싶지 않았다. 그런데 오경五更(오전 3~5시)이 되자 한기가 들면서 몸에 소름이 돋았다. 막 누군가 부르려고 하는데 창밖에서 무슨 소리가 들렸다. 그러자 어젯밤이 일이 떠올라 더욱 무서운 생각이 들어 자기도 모르게 소리를 질러서 사람을 불렀다. 하지만 할멈들한테서 도무지 대답이 없었다. 혼자 앉아 있는데 한줄기 향기가 콧속으로 스며드는가 싶더니 곧 손발이 마비되어 꼼짝도 할 수 없었고, 말을 하려 해도 소리가 나오지 않아 마음이 더욱 초조해졌다. 그 순간 누군가 번쩍번쩍하는 칼을 들고 들어왔다.

묘옥의 정신은 말짱했지만 몸이 말을 듣지 않았다. 자신을 죽이려나 보다 생각하고 아예 마음을 모질게 먹으니 오히려 두렵지 않았다. 그런데 뜻밖에 그 사내는 칼을 등 뒤 칼집에 꽂더니 손을 쑥 뻗어 묘옥을 가볍게 안는 것이었다. 그는 한참 그녀를 희롱하더니 곧 등에다 들쳐 업었다. 묘옥은 그저 취한 듯 몽롱한 상태였다. 가련하게도 순결하기 그지없는 여인이 강도의 마취향에 취하여 납치당하게 된 것이다.

묘옥을 등에 업은 도적은 대관원 뒤쪽 담장 옆으로 가서 줄사다리를 걸고 벽을 기어올라 밖으로 도망쳤다. 밖에서는 패거리들이 수레를 준비해 놓고 기다리고 있었다. 도적은 묘옥을 마차에 집어넣고 관청의 이름이 적힌 등롱을 내걸었다. 그리고 "길을 열라!" 소리치며 서둘러 성문으로 달려갔는데, 때는 바로 성문을 열 무렵이었다. 성문을 지키는 관리들은 공무로 나가는 수레인 줄로만 알고 자세히 조사도 하지 않았다. 도적들은 성문을 나가자마자 더욱 채찍질을 해서 이십리파에 이르러 다른 무리와 합류했고, 이어서 다시 패를 나누어 남해를 향해 떠났다. 묘옥이 겁탈을 당해 모욕을 고이 받아들였는지, 아니면 치욕을 받아들이지 않고 죽음을 택했는지는 알 수 없다. 행방을 알 수 없으니 함부로 추측하기도 어려운 일이다.

농취암에서 묘옥을 모시던 다른 비구니는 본래 정실靜室 뒤쪽에서 지냈다. 그녀는 오경까지 잠을 자다가 앞쪽에서 사람 소리가 나는 것을 들었지만, 그저 묘옥이 불편해서 좌선이 잘 안 되나 보다 생각했다. 그러다가 나중에 남자의 발걸음 소리가 들리면서 문짝과 창이 흔들리자 일어나 살펴보려 했지만 몸에 힘이 탁 풀리면서 입을 열기도 힘들었다. 게다가 묘옥의 목소리도 들리지 않아서 그저 두 눈을 멀뚱멀뚱 뜬 채 귀만 기울이고 있었다. 이윽고 날이 밝고서야 정신이 맑아져 일어나 옷을 입고는 할멈을 불러 묘옥의 찻물을 준비하라 하고, 자신은 곧 묘옥이 있는 앞방으로 갔다. 하지만 묘옥의 종적은 어디에도 없고 방문과 창은 활짝 열려 있었다. 이상한 일이다 싶어 생각해보니 간밤의 소리가 무척 의심스러웠다.

'이리 이른 시각에 어딜 가셨지?'

밖으로 나가 대문을 살펴보니 담에는 줄사다리가 걸려 있고 땅바닥에는 칼집 하나와 허리띠 하나가 떨어져 있었다.

"이런! 큰일 났구나! 간밤에 도적이 마취향을 태운 거였어!"

황급히 사람들을 불러 조사해보니, 암자 문은 여전히 굳게 닫혀 있었다. 게다가 할멈과 시녀들이 다들 이렇게 말하는 것이었다.

"간밤에 석탄 냄새에 취했는지 아침에 도무지 일어날 수가 없었어요. 무슨 일로 이렇게 일찍 부르신 거예요?"

"스님이 어디 가셨는지 모르겠어."

"관음당에서 좌선하고 계시잖아요."

"아직 잠이 덜 깼어? 다들 와서 보란 말이야!"

모두 영문을 모르고 부산을 떨며 암자 문을 열고 대관원 안을 샅샅이 뒤졌지만 어디서도 묘옥의 모습을 찾을 수 없었다.

"넷째 아가씨한테 가셨을지도 몰라."

다들 쪽문으로 몰려가 문을 두드리다가 또 포용에게 한바탕 욕을 먹었다.

"우리 스님께서 간밤에 어디론가 행방을 감추셔서 찾으러 왔어요. 영감님, 제발 쪽문을 열고 여기 오셨는지만 물어봐주시구려."

"너희들 스님이라는 년이 도적을 끌어들여 우리 집 물건을 훔쳤으니 이미 물건을 손에 넣고 도적들과 같이 신나게 쓰러 내뺐겠지!"

"아미타불! 그런 말씀 하시면 지옥에 떨어져 혀가 잘리는 벌을 받습니다요!"

"헛소리 마! 계속 시끄럽게 굴면 매를 때려줄 테다!"

그러자 모두 웃음을 지으며 사정했다.

"제발 문 좀 열어주셔요. 저희가 가보고, 안 계시면 더 이상 영감님을 귀찮게 하지 않을게요."

"못 믿겠거든 가서 찾아봐. 만약 없으면 나중에 너희들을 가만두지 않을 거야!"

포용이 문을 열어주자 사람들은 석춘의 거처로 가보았다.

석춘은 한창 시름에 잠겨 있었다.

'묘옥 스님이 아침에 떠나신 후에 혹시 우리 집 포 아무개가 한 말을 듣지나 않았을까? 또 그분의 마음을 상하게 하면 앞으로는 오시려 하지 않을 거야. 그럼 내 지기知己도 없어지는 셈이지. 게다가 지금 나는 누굴 만나기도 곤란한 처지잖아…… 부모님도 일찍 돌아가시고 올케는 나를 싫어하는데…… 예전에는 할머님께서 그나마 아껴주셨지만, 이젠 돌아가시고 나 혼자 덩그러니 남았으니 앞으로 어찌한단 말인가! 영춘 언니는 남편한테 구박만 받다가 죽었고, 상운 언니는 남편 병간호를 하고 있고, 석춘 언니는 먼 타향으로 시집가버렸으니, 이 모든 게 운명이라 마음대로 되는 게 아니지. 오로지 묘옥 스님만이 느긋한 구름마냥 들판의 학처럼 아무 구속 없이 살고 계시는데, 나도 그렇게 살 수만 있다면 얼마나 좋을까? 하지만 대갓집 딸로 태어났으니 마음대로 할 수도 없구나. 이번에 집을 보다가 큰 잘못을 저지르고 말았으니 어떻게 얼굴을 들고 다닐까? 숙모님들은 내 속도 모르시고…… 나중 뒷일은 어찌 될까?'

그런 생각이 들자 그녀는 자신의 머리카락을 싹둑 잘라버렸다. 출가할 생각이었던 것이다. 채병이 그 소리를 듣고 황급히 달려와 말리려고 했지만 이미 머리카락이 반쯤 잘린 상태였다. 채병은 더욱 애가 탔다.

"한 가지 일이 끝나기도 전에 또 이런 일이 벌어지다니 이걸 어쩌면 좋아!"

이렇게 한창 시끌벅적할 때 묘옥의 암자에 있던 할멈들이 묘옥을 찾으러 왔다. 채병이 자초지종을 듣더니 깜짝 놀랐다.

"어제 아침 일찍 가신 뒤로는 다시 오시지 않았어요."

석춘이 안쪽에서 그 소리를 듣고 다급히 물었다.

"어디 가셨지?"

할멈들은 간밤에 들었던 소리와 석탄 냄새를 맡은 사실, 그리고 아침에 일어나니 묘옥은 보이지 않고 암자 안에서 줄사다리와 칼집 등이 발견되었다는 이야기를 죽 들려주었다. 석춘은 깜짝 놀라며 의아한 가운데 어제 포용이 한 말이 떠올랐다.

'분명 강도들이 그분을 보고 간밤에 납치해 갔는지도 모르지. 하지만 평소 고결하기 그지없던 분이니 목숨을 아까워하셨을 리 없을 텐데……'

그렇게 생각하며 할멈들에게 물었다.

"어떻게 다들 아무 소리도 듣지 못했지요?"

"듣기야 했지요! 하지만 저희는 눈만 빤히 뜨고 한마디도 못했어요. 아마 그 도적놈이 마취향을 피운 것 같아요. 묘옥 스님도 마취향에 취해 말씀을 못하셨을 거예요. 게다가 도적들은 분명 여러 놈들이었을 테고 칼과 몽둥이를 들고 위협했을 테니 어떻게 소리를 지르실 수 있었겠어요?"

그때 포용이 또 쪽문 쪽에서 고함을 질렀다.

"그 썩어빠질 할멈들을 빨리 내쫓으시오! 곧 쪽문을 닫겠소!"

그 소리를 들은 채병은 자기한테 책임이 돌아올까 두려워 어쩔 수 없이 할멈들을 내보내고 사람을 시켜 쪽문을 잠그게 했다. 이 때문에 석춘은 더욱 괴로워했지만, 채병 등이 재삼 예법을 들먹이며 설득한 끝에 겨우 반쯤 남은 머리카락을 다시 묶었다. 그들은 서로 상의하여 소문을 내지 말자고 결정했다.

'묘옥이 납치당한 일도 모르는 체하고 있다가 숙부님과 숙모님들께서 돌아오시면 그때 말씀드리기로 하자.'

그러면서도 석춘은 출가하겠다는 마음을 굳혔는데, 그 이야기는 잠시 미루겠다.

한편, 철함사로 돌아간 가련은 집에서 밤 당번을 선 이들을 조사하고 도난품 목록을 작성하여 보고한 일을 가정에게 전했다.

"목록은 어떻게 만들었느냐?"

가련은 호박이 기록한 목록을 바치며 덧붙였다.

"여기 위쪽의 귀비마마께서 하사하신 물품들에 대해서는 설명을 붙였습니다. 그리고 다른 집에서는 보기 어려운 물건들은 적어 넣기 곤란해서 빼버렸습니다. 탈상하고 나서 사람들에게 부탁하여 샅샅이 수색하게 하면 분명 찾아낼 수 있을 겁니다."

가정은 자기 생각도 그러했기 때문에 말없이 고개를 끄덕였다. 가련은 안으로 들어가서 형부인과 왕부인을 만나 상의했다.

"숙부님께 조금 일찍 귀가하시라고 말씀드리는 게 좋겠습니다. 그렇지 않으면 모든 게 흐트러진 삼대처럼 어지러워질 겁니다."

형부인이 말했다.

"그러게 말이다. 우리도 여기 있자니 가슴이 조마조마하구나."

"이건 저희가 말씀드릴 수 있는 게 아닙니다. 그래도 어머님께서 말씀하시면 숙부님께서도 따르실 겁니다."

이에 형부인은 왕부인과 적당한 방도를 의논했다.

하룻밤이 지났지만 가정은 마음이 놓이지 않아 보옥을 불러서 이렇게 말했다.

"큰어머님과 어머님께 오늘은 집에 돌아가 있다가 이삼일 뒤에 다시 오자고 말씀드려라. 바깥 하인들에게는 이미 각자 일을 맡겼으니까 안쪽 일들은 두 분이 알아서 맡기시라고 해라."

형부인은 앵가에게 영전을 지키게 하고, 주서댁에게 전체 일을 감독하게 한 후 나머지 사람들은 위아래를 막론하고 모두 집으로 돌아가도록 했다. 그 바람에 수레와 말을 준비하느라 잠시 부산을 떨었다. 가정은 태부인의 영전에 인사를 올리고 또 한바탕 곡을 했다.

다 같이 출발하려고 하는데 조씨[趙姨娘]가 땅바닥에 엎드려 일어나지 않고 있었다. 주씨〔周姨娘〕˙는 그녀가 아직 곡을 하고 있나 보다 생각하고 붙들어 일으키려고 했다. 그런데 뜻밖에 조씨는 입에 거품을 문 채 눈을 치뜨고 혀를 쭉 빼물고 있었다. 모두 그 모습에 깜짝 놀랐고 가환이 곁에서 울고불고 난리를 쳤다. 그러자 조씨가 깨어나 이렇게 말했다.

"저는 돌아갈 수 없어요. 노마님을 따라 남방으로 가야 해요."

"노마님께서 자네를 데려가려 하실 리 있나!"

"저는 평생 노마님을 모셔 왔는데 큰나리께서는 안 된다고 하시면서 온갖 흉계를 써서 저를 해치려 하셨어요…… 마마할멈˙에게 부탁해서 분을 풀려고 했지만, 돈만 날리고 결국 한 사람도 죽게 만들지 못했어요. 이제 돌아가면 또 누가 저한테 해코지를 할지 몰라요."

이 소리를 들은 사람들은 원앙의 혼이 조씨에게 들렸다는 것을 알아챘다. 형부인과 왕부인은 모두 아무 말 없이 그 모습을 쳐다보기만 했다. 채운 등이 조씨를 대신해서 사정했다.

"원앙 언니, 죽음은 언니 스스로 택한 것이지 작은마님과는 아무 상관도 없잖아요? 제발 그분을 놓아주셔요."

채운은 형부인이 곁에 있어서 다른 말은 하지 않았다. 그러자 조씨가 말했다.

"나는 원앙이 아니다. 그 아이는 진즉 신선세계로 갔어. 염라대왕의 사자가 나를 잡아가려고 왔어. 내가 왜 마할멈과 염마법(魘魔法)*을 썼는지 심문하겠대."

그러더니 다시 소리를 질렀다.

"이봐요, 희봉 아씨, 당신도 여기 나리 앞에서는 말을 삼가는 게 좋을 거요. 나는 천 일 동안 잘못을 저질렀지만 그래도 하루쯤은 좋은 일을 했다오. 아씨, 아씨, 희봉 아씨, 절대 제가 아씨를 해치려 한 게 아니라 잠깐 정신이 나가서 그 늙은 갈보년의 꼬임에 넘어갔을 뿐이에요!"

그렇게 소동이 벌어지고 있을 때 마침 가정이 심부름꾼을 보내 가환을 불렀다. 그러자 할멈들이 가서 아뢰었다.

"작은마님에게 귀신이 들려서 셋째 도련님이 보살피고 계십니다."

"별일 아니니 우린 먼저 출발하겠네."

이렇게 하여 남자들은 먼저 돌아갔다. 조씨는 아직 헛소리를 하고 있었지만 갑자기 고칠 방도가 생기지 않았다. 형부인은 그녀가 또 무슨 말을 할지 몰라 얼른 자리를 정리하려고 했다.

"여기 몇 명을 더 남겨서 이 사람을 돌보게 하고, 우리는 먼저 가서 성안에 도착하거든 의원을 보내도록 하세."

왕부인은 본래 조씨를 싫어했던 터라 손을 떼버렸다. 보차는 본성이 어질고 후덕했기 때문에 비록 조씨가 보옥을 해치려 한 일이 있었음에도 안쓰러운 마음을 금치 못하고 남몰래 주씨에게 부탁하여 이곳에 남아 도와주라고 했다. 주씨도 심성이 착한 사람이라 즉시 그러겠노라고 했다. 그러자 이환이 나섰다.

"저도 여기 남겠어요."

왕부인이 말했다.

"그럴 필요 없다."

이리하여 모두 출발하려 하자 가환이 다급히 말했다.

"저도 여기 있어야 하나요?"

왕부인이 혀를 찼다.

"썩을 놈! 네 어미가 죽을지 살지 모르는 마당인데 어딜 가겠다는 거냐!"

가환이 감히 아무 말도 못하자 보옥이 말했다.

"동생, 너는 가면 안 돼. 성에 들어가면 널 보살펴줄 사람을 보내줄게."

그렇게 모두 수레에 올라 집으로 돌아갔다. 철함사에는 조씨와 가환, 앵무 등만 남게 되었다.

차례로 집에 도착한 가정과 형부인은 곧 위채로 가서 한바탕 곡을 했다.

임지효가 하인들을 이끌고 문안 인사를 한 후 무릎을 꿇자 가정이 호통을 쳤다.

"꺼져라! 문책은 내일 하겠다!"

그날 희봉은 몇 번이나 현기증이 나서 결국 마중 나오지 못했고 석춘만 나와 인사를 했는데, 그녀는 부끄러워 얼굴을 들지 못했다. 형부인은 그녀를 못 본 체했지만 왕부인은 평소처럼 대했고, 이환과 보차는 그녀의 손을 잡고 몇 마디 위로의 말을 건넸다. 오직 우씨만이 이렇게 비꼬았다.

"아가씨, 고생 많이 하셨어요. 며칠 동안 집안일을 잘 보셨더군요!"

석춘은 대꾸도 못하고 얼굴이 벌겋게 달아올랐다. 보차가 우씨의 소매를 당기며 눈치를 주었다. 우씨 등은 각자 자기 방으로 돌아갔다. 가정은 대충 살펴보더니 말없이 한숨만 쉬었다. 그는 서재로 가서 멍석을 깔고 앉아 가련과 가용, 가운을 불러 몇 마디 당부했다. 보옥이 서재로 와서 시중을 들겠다고 하자 가정이 말렸다.

"필요 없다."

가란은 자기 어머니와 함께 있었다. 그날 밤은 별일 없이 지나갔다.

이튿날 임지효는 아침 일찍 서재로 들어가 무릎을 꿇었다. 가정이 도적이 들어온 전후 사정을 죽 물어보고 나자, 임지효가 주서의 양아들에 대해 고했다.

"관아에서 포이를 붙잡았는데 목록에 적혀 있는 도난품들을 지니고 있더랍니다. 지금 심문하고 있으니 그놈에게서 패거리들에 대해 알아낼 수 있지 않겠습니까?"

그 말을 듣자 가정이 버럭 진노했다.

"종놈이 은혜를 저버리고 도적을 끌어들여 주인의 물건을 훔치다니 정말 하극상이로구나!"

그는 즉시 사람을 성 밖으로 보내 주서를 묶어 관아로 데려가 심문을 받게 하라고 했다. 임지효가 계속 무릎을 꿇은 채 감히 일어나지 못하자 가정이 말했다.

"언제까지 그러고 있을 셈이냐?"

"소인이 죽어 마땅한 죄를 저질렀사옵니다. 부디 은혜를 베풀어주십시오."

그때 뇌대를 비롯한 집사들이 문안 인사를 하러 와서 장례식 때 쓴 비용을 적은 장부를 올렸다.

"련이한테 보여서 확실하게 계산한 다음에 보고하도록 하게."

그리고 임지효에게 호통을 쳐서 밖으로 내보냈다. 가련이 한쪽 무릎을 꿇고 가정 옆에서 뭐라고 한마디 하자 가정이 눈을 부릅뜨고 말했다.

"무슨 헛소리냐! 어머님 장례에 쓸 돈을 도둑맞았는데 종놈들을 처벌하면 그 돈이 나올 것 같으냐?"

가련은 얼굴이 벌게진 채 아무 말도 하지 못했다. 그는 일어나서도 감히 자리를 뜨지 못하고 분부를 기다렸다.

"네 안사람은 어떠냐?"

가련이 다시 무릎을 꿇었다.

"아무래도 가망이 없어 보입니다."

가정이 한숨을 쉬었다.

"집안 운세가 이렇게 기울 줄이야! 게다가 환이 어미도 절에 몸져누워 있는데 무슨 병인지도 모르겠다니…… 너희들도 그걸 알고 있느냐?"

가련은 감히 아무 말도 하지 못했다.

"나가서 전해라. 의원을 데리고 가서 진찰해보라고 말이다."

가련은 황급히 "예!" 하고 밖으로 나와서 가정의 분부대로 했다. 그녀의 생사가 어찌 되는지는 다음 회를 보시라.

제113회

지난 죄업을 참회하며 왕희봉은 유노파에게 의탁하고
옛 감정을 푼 하녀는 다정한 도련님의 마음을 이해하다

懺宿冤鳳姐托村嫗　釋舊憾情婢感痴郎

왕희봉이 유노파에게 가교저의 앞날을 부탁하다.

조씨는 철함사에서 갑작스럽게 병에 걸렸는데, 사람이 몇 명 안 되는 걸 보자 더욱 헛소리를 지껄여댔다. 다들 깜짝 놀라 무서워하는데 두 여자가 그녀를 부축하여 일으키려고 했다. 하지만 조씨는 땅바닥에 두 무릎을 꿇고 한참 동안 뭔가 중얼거리다가 또 한참을 통곡하고, 어떤 때는 땅바닥에 엎드려 살려달라고 소리 지르기도 했다.

"아이고, 나를 때려죽이려 하는구나! 붉은 수염 기르신 나리, 제발 살려주셔요. 다시는 안 그러겠습니다!"

또 어떤 때는 두 손을 맞잡고 "아이고, 아야!" 소리를 지르기도 했다. 눈은 툭 불거지고 입에서는 붉은 피가 줄줄 흐르는데다 머리카락은 어지럽게 풀어져 있으니, 다들 무서워서 감히 가까이 다가가지 못했다. 날이 저물어가자 조씨는 목소리가 잠겨 흡사 귀신이 우는 것 같은 소리를 냈다. 아무도 가까이 갈 수 없어 간 큰 남자를 몇 명 불러다가 지키게 했다. 조씨는 잠시 죽은 듯이 쓰러져 있더니 다시 깨어나 밤새 꼬박 난리를 피웠다.

이튿날이 되자 조씨는 한마디 말도 하지 못하고, 그저 귀신 같은 몰골로 손으로 옷을 찢어 젖가슴을 드러내기도 했는데, 그 모습이 마치 누군가 그녀의 가죽을 벗기고 있는 것 같았다. 불쌍하게도 말은 못하고 고통스러워하는 그녀의 표정은 정말 눈 뜨고 보기 안쓰러울 정도였다. 그렇게 위급한 지경에 이르러야 의원이 도착했다. 하지만 그는 감히 진찰조차 할 엄두도

내지 못하고 그저 "후사나 준비하시오." 당부하더니 그대로 일어나 떠나려고 했다. 의원을 데려온 하인이 재삼 사정했다.

"제발 진맥이라도 해주십시오. 그래야 소인도 돌아가서 나리께 보고할 수 있을 게 아닙니까?"

의원이 손으로 슬쩍 만져보니 이미 맥이 끊어져 있었다. 그 소리를 듣자 가환이 대성통곡하기 시작했다. 다들 가환에게만 신경 쓸 뿐, 아무도 조씨의 시신을 거두려 하지 않았다. 그 모습을 보자 주씨는 가슴이 아팠다.

'첩의 말로란 게 이 정도밖에 되지 않는구나! 게다가 저 사람은 아들이라도 있지만, 나중에 내가 죽으면 어찌 될까!'

그런 생각이 들자 그녀는 더욱 비통하게 곡을 했다.

하인이 급히 돌아가서 보고하자 가정은 즉시 하인들을 보내 관례에 따라 수습하라 하고, 가환과 함께 사흘 동안 영구를 지킨 다음 함께 돌아오라고 했다.

그리고 이 소문은 입에서 입으로 퍼져, 순식간에 모든 이들이 조씨가 독심을 품고 남을 해치려다가 저승 관청에서 고문을 당하고 맞아 죽었다고 알게 되었다. 또 어떤 이들은 이런 말도 했다.

"희봉 아씨도 병이 나을 가망이 없어 보이는데, 어쩌면 희봉 아씨가 저승에 고발한 건지도 모르지."

이런 소문이 평아의 귀에까지 들어가자 그녀는 무척 애가 탔다. 희봉의 상태를 보아하니 정말 나을 것 같지 않았고, 가련도 요즘에는 예전 같은 사랑을 보이지 않는 것 같았다. 본래 일이 많기도 했지만 아내가 아픈데도 자기와는 상관없다는 듯이 굴었다. 평아는 희봉 곁에서 그저 위로만 하고 있었다. 그런데 생각해보니 형부인과 왕부인이 집에 돌아온 후 며칠이나 지났는데도 사람을 보내 문병만 하고 직접 찾아온 적이 없었다. 그 때문에 희봉은 더욱 슬펐다. 가련도 집에 돌아와서 한마디 다정한 말을 건네주지 않았다. 이때 그녀는 그저 어서 죽기만을 바랐는데, 일단 그런 생각을 하자 온갖 사악한 마귀들이 몰려들었다. 그때 우이저가 방 뒤쪽에서 침대로 다가와 이렇게 말했다.

"언니, 오랜만이에요. 이 동생이 너무 그리워했는데 만나보고 싶어도 그럴 수 없었어요. 이제야 겨우 들어와 언니를 만날 수 있게 되었네요. 언니도 이제 꾀를 다 써버렸군요. 어리석은 우리 서방님은 언니의 마음도 이해하지 못하지요. 오히려 언니가 일처리를 너무 가혹하게 해서 자기 앞날을 망쳐놔 이제 남들 앞에서 얼굴도 들지 못하게 되었다고 원망하고 있지요. 그러니 저까지 화가 치미는군요."

희봉이 몽롱한 상태에서 대답했다.

"나도 이제는 그동안 생각이 너무 좁았다고 후회하고 있어. 동생은 그래도 옛날의 원한을 잊고 나를 만나러 와주었구먼."

곁에 있던 평아가 그 소리를 듣고 물었다.

"아씨, 무슨 소리셔요?"

희봉이 순간 정신을 차리고 생각해보니 우이저는 이미 죽은 사람인지라 분명 자기 목숨을 빼앗으러 왔나 보다 생각했다. 평아 덕분에 정신을 차리기는 했지만, 무서운 생각이 들면서도 굳이 말하고 싶지 않아서 억지로 둘러댔다.

"정신이 불안정해서 잠꼬대를 했나 보구나. 등이나 좀 두드려다오."

평아가 구들로 올라가 등을 두드리는데 하녀가 들어와서 전갈했다.

"유할머니가 오셔서 아씨께 문안 인사를 드린다고 하시네요. 할멈들이 모셔 왔어요."

평아가 황급히 구들에서 내려와 물었다.

"어디 계시니?"

"감히 바로 들어오지 못하시고 아씨의 분부를 기다리고 계셔요."

평아는 고개를 끄덕였다. 하지만 앓고 있는 희봉이 누굴 만나려 하지 않을 것 같았다.

"아씨께선 지금 쉬고 계시니까 잠깐만 기다리시라고 해라. 그런데 무슨 일로 오셨는지 여쭤봤어?"

"다른 사람들이 여쭤봤는데, 별일 아니래요. 노마님께서 별세하신 줄은 알았지만 부고를 받지 못해 이제야 오신 거래요."

하녀가 말하고 있을 때 희봉이 그 소리를 듣고 평아를 불렀다.

"평아, 이리 좀 와봐. 호의로 인사하러 오셨는데 쌀쌀하게 대하면 안 되지. 가서 할머니를 이리 모셔와. 그분과 이야기를 나눠야겠어."

평아는 어쩔 수 없이 유노파(劉姥姥)˚를 데리러 밖으로 나갔다.

희봉이 막 눈을 감으려는데 또 웬 사내 하나와 여자 하나가 구들에 올라오려는 듯이 앞으로 걸어오는 것이었다. 희봉이 깜짝 놀라 평아를 불렀다.

"저것 봐! 어디서 웬 사내가 나타나서 달려들고 있어!"

그렇게 연달아 두 번이나 소리치자 풍아와 소홍(小紅)˚이 달려왔다.

"아씨, 무슨 일이셔요?"

희봉이 눈을 번쩍 떠보니 주위에 다른 사람은 없었다. 속으로는 어찌 된 일인지 알았지만 말하고 싶지 않아서 짐짓 풍아에게 물었다.

"평아 이것은 어디 갔어?"

"아씨께서 유할머니를 모셔 오라고 보내셨잖아요?"

희봉은 잠시 정신을 가다듬으며 아무 말도 하지 않았다.

잠시 후 평아가 유노파와 함께 조그마한 소녀 하나를 데리고 들어왔다.

"아씨는 어디 계시나요?"

평아가 구들 옆으로 안내하자 유노파가 말했다.

"아씨, 안녕하셨습니까?"

희봉은 눈을 뜨고 유노파를 보자 자기도 모르게 가슴이 저렸다.

"할머니, 안녕하셨어요? 왜 이제야 오셨어요? 저것 보셔요. 외손녀도 저렇게 컸군요."

유노파는 장작개비처럼 마르고 정신도 가물가물한 희봉의 모습을 보자 갑자기 슬픔이 치밀었다.

"아이고, 아씨! 몇 달 못 뵌 사이에 어떻게 병이 이리 깊어지셨습니까? 정말 제가 죽어 마땅할 정도로 아둔하군요. 진즉 와서 문안 인사를 올렸어야 했는데!"

그리고 외손녀 청아靑兒*에게 인사하라고 시켰다. 청아는 그저 웃기만 했고, 희봉은 그 모습이 무척 귀엽다고 느껴졌다. 그녀는 곧 홍옥을 불러 청아를 보살펴주라고 했다. 유노파가 말했다.

"우리 시골사람들은 잘 아프지 않지요. 그래도 병이 들면 즉시 신령님께 기도할 뿐이지 약 같은 건 먹어본 적이 없답니다. 제 생각엔 아씨의 병도 뭔가 못된 것에게 해코지를 당해 생긴 것 같아요."

평아는 말도 안 되는 소리라고 생각하여 희봉 몰래 유노파의 옷깃을 당겨 눈치를 주었다. 그러자 유노파도 알아듣고 곧 입을 다물었다. 하지만 희봉은 그 말이 마음에 닿아서 힘을 짜내 입을 열었다.

"연세 많으신 할머님께서 하신 말씀이니 틀림없겠지요. 할머님께서도 만나보셨던 작은마님 조씨도 돌아가셨는데 알고 계시나요?"

"에구머니, 아미타불! 멀쩡하던 분이 어떻게 그리 갑자기 돌아가셨을까요? 그 마님께 도련님이 한 분 계신 걸로 기억하는데 이제 어찌 되는 겁니까?"

평아가 대신 대답했다.

"그야 무슨 걱정이에요? 나리하고 마님께서 보살펴주실 텐데요."

"아가씨, 그건 모르시는 말씀이지요. 불행히도 낳아주신 분이 돌아가시면 배 다른 모친은 아무 소용도 없는 법이지요."

그 말이 또 희봉의 시름을 불러일으켰다. 그녀가 "흑흑!" 울기 시작하자 모두 다가가 위로했다.

교저는 자기 어머니가 구슬피 울자 구들로 다가가서 희봉의 손을 잡고 같이 울기 시작했다. 희봉이 훌쩍이며 말했다.

"할머니께 인사드렸어?"

"아뇨."

"저분이 네 이름을 지어주셨으니 양어머니나 마찬가지야. 어서 인사드려라."

교저가 다가가자 유노파가 황급히 그녀의 손을 붙들며 말했다.

"아미타불! 제가 천벌받아 죽는 걸 보시려고 이러셔요? 아가씨, 제가 왔다 간 지 일 년도 넘었는데 아직도 절 알아보시겠어요?"

"물론이지요. 옛날 대관원에서 뵈었을 때는 아직 어렸지만, 재작년에 오셨을 때는 제가 해를 넘긴 귀뚜라미를 달라고 했는데 주지 않으셨지요. 그 일을 잊으셨나 보네요?"

"아이고, 아가씨, 제가 늙어서 머리가 흐리멍덩해졌네요. 귀뚜라미라면 우리 시골에 아주 많아요. 거기 가실 수 없어서 그렇지, 일단 가시기만 하면 수레로 하나 가득 잡는 건 일도 아니지요."

그러자 희봉이 말했다.

"아니면 할머니께서 그 아이를 한 번 데려가시든지요."

"호호, 아가씨는 천금처럼 귀하신 분이라 능라 비단에 싸여 자라시고 좋은 음식만 잡수셨는데 우리 시골에 오시면 무슨 놀잇감을 드리고 무슨 음식을 대접하겠습니까? 그건 그야말로 저를 생매장해 죽이는 일입니다요!"

유노파는 혼자 웃더니 또 이렇게 말했다.

"그럼 제가 아가씨께 중매를 서드릴까요? 거기가 시골이긴 하지만 수천 마지기 논에 수백 마리 가축에 돈도 많은 큰 부잣집이 있답니다. 물론 금이며 옥 같은 걸 잔뜩 가진 이 댁하고는 다르지만요. 아씨야 그런 집안이 눈에도 들어오지 않으시겠지만, 우리 같은 농사꾼들 눈에는 그런 부자들이 하늘에 사는 사람들처럼 보인답니다."

"가서 얘기해보셔요. 제 마음에 들면 바로 성사를 시키지요 뭐."

"에그, 그건 그저 웃자고 한 소리였습지요. 아씨 댁처럼 이렇게 높은 벼슬을 사는 집안을 두고 농사꾼 집안과 혼사를 하실 리 있나요? 설령 아씨께서 그러시고 싶어도 위쪽의 마님들께서 반대하실 거예요."

그 이야기를 듣고 있기 민망한 교저는 곧 청아에게 가서 이야기를 나누었다. 두 여자아이들은 그래도 마음이 맞는지 점점 친해졌다.

평아는 유노파가 쓸데없는 소리로 희봉을 정신 사납게 만들까 싶어서 얼른 유노파의 소매를 잡아당기며 말했다.

"마님 말씀을 하셨으니 말인데, 아직 마님께는 인사를 드리지 않으셨잖아요? 제가 나가서 사람을 하나 붙여드릴 테니, 모처럼 오신 김에 가서 인사드리셔요."

유노파가 바로 일어나려 하자 희봉이 말했다.

"뭘 그리 서두르셔요? 잠시 앉으셔요. 그래, 요즘 형편은 어떠셔요?"

유노파는 한없이 감사하며 말했다.

"저희가 아씨의 은혜를 입지 않았더라면……"

그러면서 그녀는 청아를 가리키며 말을 이었다.

"저 아이 어미 아비도 다 굶어 죽었을 겁니다. 요즘은 농사가 고되다고는 해도 전답 몇 마지기 장만하고, 우물도 하나 파서 채소나 과일 따위를 조금 심었습니다. 해마다 그걸 판 돈도 적지 않으니 일가족이 먹고 살기는 충분합니다. 요 두어 해 동안 아씨께서 늘 옷가지며 옷감을 주셔서 우리 마을에서는 그래도 제법 사는 편이라고 할 수 있습니다. 아미타불! 예전에 저 아이 아비가 성에 들어왔을 때 아씨 댁이 압류를 당했다는 소식을 들었다기에 저는 놀라 죽을 뻔했습니다요. 다행히 누가 이 댁은 아니라고 얘기해줘서 마음을 놓았습니다. 나중에 이 댁 나리께서 승진하셨다는 소식을 듣고 어찌나 좋던지 축하 인사드리러 오려고 했지만, 농사일이 바빠 그럴 수 없었습지요. 그런데 어제는 또 노마님께서 돌아가셨다는 소식이 들리지 뭡니까? 저는 밭에서 콩을 따다가 그 얘기를 듣고 너무 놀라, 들고 있던 콩을 떨어뜨리고 땅바닥에 주저앉아 하늘이 무너져라 대성통곡을 했습니다. 그래서 사위한테 말했지요. 그 소식이 사실인지 아닌지 불문하고 성에 들어가 직접 보고 와야겠으니 아무래도 일을 도울 수 없겠다고요. 제 딸과 사위도 양심 없는 것들은 아닌지라 그 소식을 듣고는 한바탕 통곡을 했습니다. 그리고 오늘 날이 밝자마자 제가 성으로 들어온 겁니다. 하지만 저야 아는 사람도 하나 없고 소식을 알아볼 곳도 없어서 곧장 후문으로 갔습니다. 그런데 문신門神* 위에 모두 백지가 발라져 있는 게 아니겠습니까?[1] 그 바람에 또 간이 덜컥했습니다. 문을 들어서서 주아주머니를 찾았는데 보이지 않더군요. 그러다가 우연히 만난 어느 하녀 아가씨에게 물어보니 아주머니가 잘못을 저질러 쫓겨났다지 뭡니까! 그래서 또 한참을 기다리다가 아는 사람을 만나 겨우 들어올 수 있었습니다. 아씨께서도 이렇게 앓고 계신 줄은 전혀 몰랐습니다."

그러면서 또 눈물을 흘렸다. 평아 등이 속이 닳아서 유노파의 말이 끝나기도 전에 옷깃을 잡아끌었다.

"할머니, 얘기를 너무 오래 하셔서 목이 마르실 거예요. 저희랑 같이 차나 한잔 마시러 가셔요."

그러면서 유노파를 이끌고 아랫방으로 가서 자리에 앉았다. 청아는 교저의 방에서 놀고 있었다. 유노파가 말했다.

"차는 됐어요. 아가씨, 마님께 인사드리고 노마님 영전에 곡이라도 하게 사람 하나 붙여주시구려."

평아가 말했다.

"그리 서두르실 필요 없어요. 어차피 오늘은 시간이 늦어서 성을 나가실 수도 없잖아요? 조금 전에는 할머니 말씀을 들으시고 우리 아씨께서 혹시 또 우시지나 않을까 염려스러워서 일부러 재촉해 나온 거예요. 다른 뜻은 없었으니까 언짢게 생각하지 마셔요."

"아미타불! 아가씨, 걱정이 지나치셨군요. 저도 그런 것쯤은 알고 있어요. 그나저나 아씨의 병은 어쩌면 좋을까요?"

"할머니가 보시기엔 어떻던가요?"

"글쎄, 이런 말을 하면 죄가 될지 모르지만, 제가 보기엔 별로 안 좋아 보이던데요."

그때 또 희봉이 부르는 소리가 들렸다. 그런데 평아가 침상 앞으로 다가가자 희봉은 아무 말도 하지 않는 것이었다. 평아가 막 풍아에게 무슨 일인지 물어보려는데 가련이 들어왔다. 그는 구들 위를 흘낏 보더니 아무 말도 없이 안방으로 들어가 씩씩거리면서 의자에 앉았다. 오직 추동만이 따라 들어가 차를 따라주며 위로했는데, 소곤소곤 무슨 이야기를 하는지는 들리지 않았다. 나중에 가련이 평아를 불러 물었다.

"아씨가 약을 안 잡수나?"

"예, 그게 어때서요?"

"내가 어떻게 알아! 가서 궤짝 위에 있는 열쇠나 가져와."

평아는 화나 있는 가련에게 감히 이유를 묻지도 못하고, 어쩔 수 없이 밖으로 나와 희봉에게 가서 귀띔했다. 희봉이 아무 말하지 않자 평아는 열쇠가 담긴 상자를 가련의 앞에 두고 바로 나오려고 했다. 그러자 가련이 말했다.

"귀신이 부르기라도 한 거야? 그렇게 두고 가면 누가 열라는 거야?"

평아는 화를 꾹 참으며 상자 속에서 열쇠를 꺼내 궤짝을 열어주고는 물었다.

"뭘 꺼낼까요?"

"뭐 꺼낼 거라도 남아 있는 게 있어?"

평아는 화를 참지 못해 울음을 터뜨렸다.

"하실 말씀 있으시면 분명히 하시면 되잖아요. 속이 터져 제가 죽어도 좋으세요?"

"또 무슨 얘기를 하란 말야! 저번 일은 너희들이 저지른 거 아냐? 아직 할머님 장례비용을 다 못 치러서 지금 은돈이 사오천 냥이나 모자란 판에 숙부님께선 나더러 집안의 땅 문서를 맡겨서라도 돈을 마련해보라고 하시는데 네가 보기에 그런 게 있을 것 같아? 밖에 진 빚도 갚지 않고 배길 수 있겠느냐 말야. 나한테 이런 고약한 평판을 뒤집어씌운 게 누구냐고! 어쩔 수 없이 할머님께서 내게 주신 물건들을 팔아서 돈을 마련할 수밖에 없단 말이다. 헌데 넌 그럴 수 없다는 게냐?"

평아는 아무 말하지 않고 궤짝 안의 물건들을 꺼냈다. 그때 홍옥이 건너와서 말했다.

"평아 언니, 얼른 와봐요. 아씨 상태가 안 좋아요!"

평아가 가련을 내버려두고 황급히 건너가보니, 희봉이 손으로 허공을 긁어대고 있었다. 평아가 그 손을 붙들고 통곡하며 "아씨! 아씨!" 하고 울부짖었다. 가련도 건너와 그 모습을 보더니 발을 구르며 눈물을 흘렸다.

"이러니 정말 내가 못 살아!"

그때 풍아가 들어와서 아뢰었다.

"밖에서 서방님을 찾으십니다."

가련은 어쩔 수 없이 나갔다.

희봉의 상태가 갈수록 나빠지자 풍아와 평아는 결국 울음을 터뜨리고 말았다. 교저가 그 소리를 듣고 황급히 달려왔다. 유노파도 황망히 구들 앞으로 다가가 염불을 외며 뭔가 이상한 행동을 했는데, 그 덕분인지 희봉의 상태가 조금 나아졌다. 잠시 후 하녀에게서 소식을 들은 왕부인이 찾아왔다. 그녀는 먼저 희봉의 상태가 조금 안정된 것을 보고 안심했다. 그러다가 유노파를 발견했다.

"할머니, 그간 별고 없으셨어요? 언제 오셨어요?"

"안녕하셨습니까?"

유노파는 자세한 이야기를 할 겨를이 없어서 그저 희봉의 병에 대한 말만 했다. 한참 동안 대책을 의논하고 있는데 채운이 들어왔다.

"마님, 나리께서 찾으셔요."

왕부인은 평아에게 몇 마디 당부하고 곧 건너갔다. 희봉은 한참 동안 혼미해 있다가 또 정신이 조금 맑아졌다. 그녀는 곁에 유노파가 서 있는 것을 발견하고 속으로 유노파가 신에게 기도해준 덕분이라고 생각했다. 이에 그녀는 풍아 등을 내보내고 유노파를 머리맡에 앉힌 후 자기가 마치 귀신에게 해코지를 당하는 것처럼 정신이 불안하다고 하소연했다. 유노파는 자기 마을에 무슨 보살이 영험하고, 어디 사당에서 기도를 올리면 효험이 있다는 따위의 정보들을 늘어놓았다.

"그럼 할머니가 저를 위해 기도를 좀 해주세요. 필요한 비용은 제가 드릴게요."

그러면서 팔목에 차고 있던 금팔찌를 빼서 유노파에게 주었다.

"아씨, 이런 건 필요 없어요. 우리 시골사람들은 축원을 해서 소원이 성취되면 기껏 동전 몇백 문文 정도밖에 안 써요. 이렇게 많이 쓸 필욘 없어요. 제가 아씨를 위해 축원을 올리겠어요. 나중에 몸이 나으시거든 아씨께서 직접 가셔서 얼마든지 주시면 돼요."

희봉은 유노파의 호의를 이해했기 때문에 굳이 팔찌를 건네기 곤란했다.

"할머니, 제 목숨은 할머님께 맡기겠어요. 우리 교저도 온갖 재앙과 병에 시달리는데, 그 아이 운명도 할머님께 맡기겠어요."

유노파는 내키는 대로 "예. 그렇게 합지요." 하더니 이렇게 덧붙였다.

"그럼 아직 시간이 일러서 성을 나갈 수 있을 것 같으니 저는 바로 떠나겠어요. 나중에 아씨께서 쾌차하시거든 신령님께 사례하러 오셔요. 그때 모실게요."

온갖 원혼의 괴롭힘에 시달리느라 겁에 질려 있던 희봉은 한시라도 빨리 유노파가 가서 기도해주었으면 싶었다.

"저를 위해 기도해주셔서 제가 편히 잠을 잘 수만 있게 된다면 그 은혜 잊지 않을게요. 외손녀는 여기서 지내라고 하셔요."

"시골 아이라 세상 물정을 모르니 함부로 주둥이를 놀리게 내버려둘 수 없지요. 아무래도 제가 데려가는 게 좋겠어요."

"지나친 걱정이셔요. 어차피 친척지간인데 무슨 걱정이에요? 지금 우리 형편이 쪼들리게 되었다 해도 저 아이 하나 먹일 밥은 있어요."

유노파는 희봉이 진심으로 청한다는 것을 알고, 자기 집의 몇 끼 밥도 아낄 겸 청아를 며칠 동안 여기 머물게 하기로 했다. 하지만 청아의 생각을 모르니 먼저 불러서 물어본 뒤에 결정하기로 했다. 유노파가 청아와 몇 마디 나누어보니, 청아는 교저와 친해져 있었기 때문에 교저도 보내려 하지 않고 청아도 여기 남고 싶어 했다. 유노파는 몇 마디 당부하고, 평아에게 작별 인사한 후 서둘러 성을 나갔다. 그 이야기는 그만하겠다.

원래 농취암은 가씨 문중의 땅이었는데, 가족을 방문한 귀비가 머물 대관원을 만들 때 그 암자도 대관원 안에 포함시켰다. 하지만 이제껏 거기서 먹는 식사나 불공을 올릴 때 쓰는 비용은 가씨 집안의 돈과 곡식을 전혀 쓰지 않았다. 묘옥이 납치당하자 남은 비구니들은 그 사실을 관아에 신고했다. 그들은 관청에서 도적들을 체포하길 기다릴 겸, 묘옥이 쌓아놓은 기반을 그대로 허물어버리기도 곤란하여 예전처럼 그대로 그곳에서 지내기로 했다. 그 사실을 가씨 집안에도 알렸다.

당시 가씨 집안사람들은 모두 그 사실을 알고 있었지만, 태부인의 상도 당한 데다 가정의 심사가 편치 않았기 때문에 별로 중요하지도 않은 일을 감히 보고하지 못하고 있었다. 다만 석춘은 그 일을 알게 되고부터 밤낮으로 마음이 편치 않았다. 소문은 점점 퍼져서 보옥의 귀에까지 들어갔다. 묘옥이 도적들에게 납치되었다는 소문도 있었고, 묘옥이 바람이 나서 어떤 사내를 따라 떠나버렸다는 소문도 있었다. 그 소문을 듣자 보옥은 기분이 무척 우울했다.

'분명 강도에게 납치된 모양인데 그 사람은 분명 모욕을 당하지 않으려고 죽음을 택했을 거야.'

하지만 행방을 전혀 모르니 마음이 너무 불편하여 날마다 한숨만 내쉴 뿐이었다.

"스스로 '문지방 밖의 사람〔檻外人〕'이라고 자부하던 사람의 말로가 어찌 이럴 수 있단 말인가!"

이렇게 중얼거리다가 또 생각에 잠겼다.

'예전에는 대관원에서 얼마나 활기차게 지냈던가? 그런데 영춘 누나가 시집간 뒤부터 누구는 죽고, 누구는 시집을 가버렸지. 묘옥 스님은 속세의 때에 묻지 않은 사람이라 계속 그렇게 살 수 있을 거라 생각했는데 뜻밖에 이런 풍파가 일어나다니, 대옥 누이가 죽은 것보다 더 괴이한 일이 아닌가!'

이 때문에 온갖 생각들이 꼬리에 꼬리를 물고 일어났다. 그러다가 『장자 莊子』에 들어 있는 허무하고 아득하기 그지없는 이야기들이 떠올랐다. 사람이 세상에 태어나면 바람에 휩쓸려 흩어지는 구름 같은 신세를 면치 못한다고 생각하니 터져나오는 울음을 참지 못했다. 습인은 또 그의 미치광이 병이 발작했다고 여겨 온갖 상냥한 말로 위로했다.

보차는 처음에 무슨 영문인지 몰라 몇 마디 훈계를 했다. 하지만 보옥의 울적한 심사는 풀어지지 않고 정신 또한 몽롱해지는 것 같았다. 달리 방도가 없었던 보차는 이리저리 알아보고 나서야 비로소 묘옥이 납치되어 행방이 묘연하다는 사실을 알고 슬픔에 잠겼다. 하지만 보옥이 시름에 잠겨 있으니 바른말로 기분을 풀어주어야겠다고 생각했다.

"란 도련님은 장례식에서 돌아와 비록 학교에는 나가지 않지만, 듣자 하니 밤낮으로 열심히 공부하고 있대요. 란 도련님은 할머님의 증손자인데, 할머님께서는 평소 손자인 당신이 훌륭한 사람이 되기를 바라셨잖아요. 아버님께서도 밤낮으로 당신 때문에 속을 태우고 계시는데 이런 쓸데없는 생각으로 자신을 망치고 있으면 어떡해요? 당신만 섬기고 사는 우리는 나중에 어찌 되겠어요!"

보옥은 대답이 궁해서 한참 후에야 겨우 입을 열었다.

"내가 괜히 쓸데없이 남의 일에 신경 쓰는 줄 알아? 그저 우리 집안의 시들어가는 운명이 개탄스러워서 이러는 거지."

"또 이러시네요. 아버님 어머님께서는 당신이 훌륭한 사람이 되어서 조상들께서 남기신 업적을 이어가길 바라고 계시잖아요. 그런데 당신은 계속 미로를 헤매며 깨닫지 못하고 계시니 어쩌면 좋을까요?"

보옥은 그 말이 귀에 거슬려 곧 탁자에 기대고 잠이 든 체했다. 보차도 더 이상 신경 쓰지 않고 사월에게 시중을 들어주라 하고 자기도 잠자리에 들었다.

보옥은 방 안에 사람이 적어지자 문득 이런 생각이 들었다.

'그러고 보니 자견이 여기 온 뒤로 여태 그 마음을 알아주지 못하고 무심하게 내버려만 두었으니 정말 미안한 일이로구나. 자견이는 사월이나 추문이와는 달리 마음 놓고 일을 맡길 수 있는 사람이지. 예전에 내가 아팠을 때도 상당히 오랫동안 내 방에 있으면서 시중을 들어주었고, 자견의 손거울이 아직 내 방에 있으니 정이 박하진 않은 것 같은데 요즘은 왜 나만 보면 쌀쌀맞게 구는지 모르겠군. 저 사람 때문일까? 아니야. 저 사람은 대옥 누이와도 사이가 좋았고, 내가 보기엔 자견이한테도 잘해주는 것 같아. 내가 집에 없을 때는 저 사람과 이런저런 이야기도 나누다가 내가 오면 바로 자리를 떠버렸지. 아마 대옥 누이가 죽자마자 내가 결혼을 해서 그러나 보군. 어휴! 자견, 자견! 너처럼 총명한 여자가 설마 내 이런 고충을 몰라준다는 거야? 그래. 지금 다들 자거나 각자 일을 하고 있으니 이 기회에 자견이에게 가보자. 나한테 무슨 할 말이라도 있는지 들어보는 거야. 혹시 내가 기분 상하게 한 일이 있다면 이 기회에 사과해도 되니까 말이야.'

그는 이렇게 결심을 굳히고 살그머니 방을 나와서 자견을 찾아갔다. 자견의 방도 서쪽 곁채에 있었다. 보옥이 살금살금 창 아래로 가보니 방에는 아직 불이 밝혀져 있었다. 창호지에 혀를 대서 구멍을 내고 안을 쳐다보니, 자견은 혼자 아무 일도 없이 등불만 멍하니 바라보고 앉아 있었다. 보옥이 나직하게 말했다.

"자견 누나, 아직 안 자고 있어?"

깜짝 놀라 벌떡 일어난 자견이 한참 동안 멍하니 있다가 물었다.

"누구셔요?"

"나야."

자견은 보옥의 목소리인 것 같아 다시 물었다.

"보옥 서방님이셔요?"

보옥이 낮은 소리로 대답하자 그녀가 또 물었다.

"무슨 일이셔요?"

"하고 싶은 얘기가 있으니 문 좀 열어봐. 안에 들어가서 얘기할게."

자견이 잠시 아무 말도 하지 않다가 입을 열었다.

"무슨 하실 말씀이 있다는 거예요? 지금은 밤이 깊었으니 돌아가셨다가 내일 다시 말씀하셔요."

보옥은 그 소리를 듣고 맥이 탁 풀렸다. 들어가고 싶었지만 자견이 문을 열어준다는 보장도 없고, 돌아가자니 자견의 그 말 한마디에 가슴에 품은 정이 더욱 치미는 것이었다. 그는 어쩔 수 없이 다시 사정했다.

"나도 쓸데없이 긴 말을 하려는 게 아냐. 그냥 하나만 물어보려고 그래."

"그럼 거기서 그냥 하셔요."

보옥은 한참 동안 말이 없었다. 그의 미치광이 같은 성벽을 잘 아는 자견은 그의 말이 들리지 않자 자신이 타박을 주어서 그의 병이 도지기라도 하면 곤란할 것 같았다. 그녀는 자리에서 일어나 귀를 기울여 동정을 살피다가 다시 물었다.

"가셨어요? 아니면 아직도 거기 멍하니 서 계신 거예요? 왜 말씀을 안 하셔서 남의 속만 태우고 계시는 거예요? 벌써 한 사람을 애태워 죽이셨는데 또 한 사람을 그렇게 하실 셈인가요? 대체 왜 그러시는 거예요!"

그러면서 보옥이 뚫어놓은 구멍으로 밖을 살펴보니, 밖에서 멍하니 그녀의 말을 듣고 있는 보옥이 보였다. 자견은 다시 뭐라 하기도 곤란하여 돌아서 등불의 심지를 잘랐다. 그때 갑자기 보옥이 한숨을 내쉬며 말했다.

"자견 누나, 예전에는 이렇게 무정하지 않더니 요즘에는 왜 나한테 다정한 말 한마디 안 하는 거야? 내가 속세의 때에 절어 있는 인간이라 누나 같은 사람들이 상대할 가치가 없는 존재라는 건 잘 알아. 하지만 내가 무슨 잘못을 했는지나 얘기해줘. 그래야 누나가 평생 나를 모르는 척해도 내가 이유라도 알고 죽을 거 아냐?"

자견이 쓴웃음을 지었다.

"흥! 하시겠다는 말씀이 그거였어요? 다른 말씀은 없으신가요? 그 말씀이라면 저희 아가씨 살아 계실 때 저도 옆에서 귀에 못이 박히도록 들었어요! 혹시 제가 마음에 안 드신다면, 저는 마님 분부로 여기 와 있는 몸이니 서방님께서 마님께 말씀드리도록 하셔요. 저희 같은 하녀들 처리하는 것쯤이야 일도 아니잖아요?"

거기까지 얘기했을 때 그녀의 목소리에는 울음이 배어 있었다. 얘기하면서 눈물 콧물을 훌쩍이자 밖에 있던 보옥은 그녀가 상심했다는 걸 알고 애가 타서 발을 굴렀다.

"그게 무슨 말이야? 여기 온 지 몇 달이나 됐는데도 내 사정을 아직 몰라? 누가 내 대신 얘기해주기는커녕 설마 나더러 말도 못하게 해서 답답해 죽게 만들 셈이야?"

보옥도 훌쩍훌쩍 울기 시작했다. 그가 그렇게 슬퍼하고 있는데 갑자기 등 뒤에서 누군가 그의 말을 받았다.

"누구한테 얘기해주라는 거예요? 그 누구가 누구냐고요! 잘못을 했으면 자기가 직접 사과해야 하는 거 아닌가요? 체면을 봐주고 말고는 그 사람 마음 아닌가요? 그런 걸 왜 우리같이 보잘것없는 하인들한테 화풀이를 하시는 거예요?"

그 말에 방 안팎에 있던 두 사람이 모두 깜짝 놀랐다. 여러분, 이 사람이 누군지 아시는가? 바로 사월이었다. 보옥이 계면쩍어하자 사월이 또 말했다.

"대체 어떻게 된 일이지요? 한 사람은 사과하고 있는데 한 사람은 상대조차 해주지 않으니 말이에요. 서방님도 하실 말씀 있으시면 어서 하셔요. 에그! 우리 자견 언니도 너무 마음이 모질어! 밖이 이리 쌀쌀한데 한참 동안이나 서서 사정하는데도 줄곧 들은 척도 하지 않으니 말이야."

그리고 보옥을 보며 말했다.

"조금 전에 아씨께서 찾으셨어요. 지금 시간이 얼마쯤 되었냐고 하시면서 서방님이 어디 가신 것 같으냐고 물으셨어요. 그런데 이 처마 밑에 혼자 서서 뭐하시는 거예요!"

자견이 방 안에서 말을 받았다.

"이게 뭐냔 말이에요! 진즉부터 서방님더러 하실 말씀 있으면 내일 하시라고 말씀드렸잖아요. 그런데 왜 자꾸 이러시는 거예요!"

보옥은 무슨 말을 하고 싶었지만 사월이 옆에 있어서 곤란했다. 그는 어쩔 수 없이 사월과 함께 돌아가면서 한탄했다.

"틀렸어, 다 틀렸다고! 지금 이 생에서는 이 마음속을 갈라 보이기 어렵게 되었어! 오직 하느님만이 아시겠지!"

그렇게 말하면서 어디서 나오는지 눈물을 하염없이 흘렸다.

"서방님, 제가 보기엔 단념하시는 게 좋을 것 같아요. 괜히 눈물 흘리며 사과해봐야 소용없을 것 같아요."

보옥은 아무 대답도 없이 방으로 들어갔다. 보차는 잠이 든 것처럼 누워 있었는데, 보옥은 그녀가 자는 척하고 있다는 걸 알았다. 그때 습인이 한마디 했다.

"하실 말씀 있으시면 내일 하셔도 되는데 부랴부랴 거기로 쫓아가시면 어떡해요? 그러다가 혹시 무슨 말썽이라도……"

여기까지 말하고 그녀는 잠시 머뭇거리더니 말머리를 돌렸다.

"몸은 괜찮으셔요?"

보옥은 말없이 고개만 내저었다. 습인은 그가 잠자리에 드는 것을 도와주었다. 보옥이 그날 밤 잠을 이루지 못했다는 것은 말할 필요도 없다.

한편, 보옥 때문에 마음이 복잡해진 자견은 시간이 지날수록 괴로워서 줄곧 울음으로 하룻밤을 지새웠다. 그녀는 앞뒤 사정을 곰곰이 생각해보았다.

'보옥 서방님의 혼사는 분명 병중이라 정신이 또렷하지 않은 와중에 사람들이 수작을 부려서 이루어졌을 거야. 나중에 사실을 알게 되자 병이 다시 도져서 늘 울며 우리 아가씨를 그리워하신 거지. 그러니까 서방님은 절대 사랑과 의리를 저버릴 분이 아니야. 오늘 그렇게 다정하게 나오셔서 내가 감당하기 어렵게 만드신 것만 봐도 알 수 있지. 불쌍한 우리 아가씨, 저런 분과 함께 살 복도 없이 가시다니! 그러고 보면 인생의 연분이란 다 미리 정해져 있는 거야. 그런데 당해보기 전에는 다들 어리석은 생각에 빠져 온갖 망상을 하곤 하지. 어쩔 수 없는 지경에 이르게 되면 멍청한 것들은 역시나 이해하지 못할 테고, 정 많고 의리 깊은 이들이라 해도 기껏 달빛 아래 바람 맞으며 비탄의 눈물을 뿌릴 뿐이지. 딱하게도 돌아가신 분은 알고 계실지 어떨지 모르겠고, 여기 살아 계신 분은 정말 끝없이 고뇌하고 상심하고 계시는구나! 따지고 보면 인생이란 저 초목이나 바위보다 못해. 그것들은 아무 지각도 없으니 차라리 속이야 편하지!'

이렇게 생각하자 뜨겁던 가슴이 순식간에 싸늘히 식어버렸다. 이렇게 자견이 생각을 정리하고 막 잠자리에 들려는데, 갑자기 동쪽 뜰에서 시끌벅적 떠드는 소리가 들렸다. 대체 무슨 일인지는 다음 회를 보시라.

제114회

덧없는 생을 겪은 왕희봉은 금릉으로 돌아가고
진응가는 황은을 입어 대궐로 돌아가다

王熙鳳歷幻返金陵　甄應嘉蒙恩還玉闕

왕희봉이 죽어서 금릉으로 돌아가다.

보옥과 보차는 희봉의 병이 위독하다는 소식을 듣고 황급히 일어났다. 하녀들이 촛불을 들고 시중을 들었다. 막 뜰을 나서려는데 왕부인이 보낸 하녀가 와서 말했다.

"희봉 아씨께서 위독하시긴 하지만 아직 숨을 거두신 건 아니니 서방님과 아씨께서는 조금 있다가 건너오셔도 된대요. 희봉 아씨 병은 조금 괴상하게도 삼경부터 사경까지 계속 헛소리를 하셨대요. 배를 대라느니 가마를 대령하라느니 하시더니 나중에는 금릉에 가서 책 안으로 돌아가야 한다고 하셨대요. 다들 무슨 소리인지 알아듣지 못했는데 아씨께선 자꾸만 울고불고 고함을 지르시더래요. 련 서방님도 달리 방법이 없어서 종이배와 종이 가마를 만들러 가셨는데 아직 오시지 않아서 희봉 아씨는 숨을 헐떡이며 기다리고 계신대요. 마님께서 저희더러 서방님과 아씨에게 희봉 아씨가 운명하신 뒤에 오시라고 전하라 하셨어요."

보옥이 중얼거렸다.

"그거 정말 이상하군. 금릉에 뭐하러 가신다는 거지?"

그러자 습인이 나직이 말했다.

"전에 서방님도 그런 꿈을 꾸셨잖아요? 아직도 기억나는데 무슨 책이 많이 있다고 하셨지요. 희봉 아씨도 거기로 가시는 게 아닐까요?"

보옥이 고개를 끄덕였다.

"그렇지! 애석하게도 거기에 뭐라고 적혀 있었는지 기억이 나질 않아. 말하자면 사람은 누구나 정해진 운명이 있는 거야. 그나저나 대옥 누이는 어디로 갔을까? 방금 습인 누나가 한 말을 들으니 뭔가 깨닫게 되었어. 또 그 꿈을 꾸게 되면 좀 자세히 봐두어야겠어. 그럼 점을 치지 않고도 미래의 일을 미리 알 수 있을 테니까 말이야."

"서방님 같은 분하고는 대화하기도 힘들다니까? 어쩌다 한마디 한 걸 그리 진지하게 받아들이면 어떡해요? 설령 미래를 미리 알 수 있다 하더라도 무슨 수가 있겠어요?"

"그럴 수 없으니 문제지. 만약 그럴 수만 있다면 나도 당신들한테 쓸데없이 속을 태우지 않게 해줄 수 있을 거 아냐?"

두 사람이 이야기하고 있는데 보차가 와서 물었다.

"무슨 얘기하고 있어요?"

보옥은 그녀가 캐물을까 싶어서 얼른 둘러댔다.

"희봉 형수 얘기를 하고 있었어."

"지금 사람이 죽어가는데 아직 뒷공론만 벌이고 있군요. 예전에는 제가 남을 저주한다고 뭐라 하시더니, 그나저나 그 점이 맞지 않아요?"

보옥은 잠시 생각해보더니 손뼉을 쳤다.

"그래! 맞아! 그러고 보니 당신이야말로 미래를 예지하는 재주가 있군. 이참에 하나 물어보자. 내 장래가 어떻게 될 것 같아?"

"호호, 또 엉뚱한 소리를 하시네요. 저는 그분이 뽑은 점괘를 아무렇게나 해석했을 뿐인데 그걸 또 진지하게 여기시는군요. 정말 수연이랑 똑같다니까! 당신이 옥을 잃어버렸을 때 수연이가 묘옥 스님한테 가서 점을 쳤는데 점괘를 아무도 이해하지 못했어요. 그런데 수연이는 아무도 없을 때 저한테 묘옥 스님이 미래를 알 수 있다느니, 참선해서 도를 깨달았다느니 하는 말을 하더군요. 이제 그 스님은 큰 재난을 당했는데, 어떻게 자기 일도 전혀 몰랐을까요? 그러고도 미래를 예지한다고 할 수 있나요? 제가 우연히 희봉 형님의 일을 미리 맞힌 것은 사실 그분이 어떻게 될지 알았기 때문이에요. 저도 제 자신이 어떻게 될지 모르잖아요. 이런 허황된 결과를 믿을 수 있나요?"

"그분 얘기는 그만해. 그보다 수연 누이 얘기나 좀 해 봐. 우리 집에 연달아 일이 터지면서부터 수연 누이 사정은 완전히 잊고 있었군. 당신 집안에서는 이런 큰일을 어떻게 대충대충 해치워버렸지? 친척이나 벗들도 부르지 않고 말이야."

"그건 또 웬 생각 없는 말씀이셔요. 우리 집안의 제일 가까운 친척이라고는 이 댁과 왕씨 댁밖에 없어요. 그런데 왕씨 댁에는 제대로 된 사람이 하나도 없고, 우리 집은 할머님 상을 당해서 초청할 수 없었잖아요. 그래서 가련 서방님께서 신경을 써주셨지요. 다른 친척이 한두 집 있긴 하지만 당신도 안 가보셨는데 어찌 알겠어요? 따지고 보면 우리 둘째 올케 팔자도 저랑 비슷해요. 두 사람이 정혼하자 제 어머니는 성대하게 혼례를 올려주려고 생각하셨어요. 하지만 큰오빠가 감옥에 있어서 작은오빠도 거창하게 치르려 하지 않았고, 또 이 집에도 일이 있었잖아. 게다가 둘째 올케가 큰마님 거처에서 너무 고생하고 있었는데, 그 집이 압류당하는 일까지 생겨서 큰마님도 조금 야박하게 대하시는 바람에 둘째 올케가 정말 견디기 힘들었어요. 그래서 제가 어머니께 말씀드려서 식을 대충대충 치르더라도 서둘러 데려가게 했던 거예요. 이제 둘째 올케는 편한 마음으로 기꺼이 제 어머니께 효성을 다하고 있으니, 친며느리보다 열 배는 나아요. 작은오빠한테도 아내의 도리를 다하고, 향릉이와도 사이가 아주 좋아요. 작은오빠가 집에 없으면 그 둘이 오손도손 잘 지내지요. 살림이 좀 궁하기는 하지만 제 어머니는 오히려 예전보다 훨씬 편안하게 지내셔요. 그래도 큰오빠 생각이 떠오르면 가슴 아파하시곤 하지요. 게다가 큰오빠는 늘 집에 사람을 보내 용돈을 보내달라고 하는데, 다행히 작은오빠가 밖에서 빚을 내서 대주고 있어요. 듣자 하니 성 안에 있는 건물 몇 채는 벌써 저당을 잡혔고 이젠 하나밖에 남지 않았는데, 거기로 이사해서 살 생각인가봐요."

"왜 이사를 간대? 여기 살면 당신이 오가기도 편하잖아? 멀리 이사해버리면 당신이 다녀오는 데도 하루나 걸리지 않겠어?"

"친척이라고는 해도 결국 각자의 형편대로 사는 수밖에 없어요. 어떻게 평생 친척 집에 얹혀살 수 있겠어요?"

보옥이 그래도 이사하면 안 되는 이유를 이야기하려는데 왕부인이 사람을 보내왔다.

"희봉 아씨께서 숨을 거두셨어요. 다들 거기로 가셨으니 서방님과 아씨도 어서 건너가보시지요."

보옥이 그 소리를 듣자마자 슬픔을 견디지 못하고 발을 구르며 통곡하려고 했다. 보차도 슬펐지만 보옥이 상심할까 염려스러웠다.

"여기서 이러지 마시고 곡은 거기 가서 하셔요."

둘은 즉시 희봉의 거처로 갔다. 그곳에는 벌써 많은 이들이 둘러싸고 곡을 하고 있었다. 보차가 다가가 보니 희봉의 시신은 이미 다른 침상에 안치되어 있었다. 그녀는 곧 목 놓아 통곡했다. 보옥도 가련의 손을 붙잡고 대성통곡했다. 가련도 다시 울음을 터뜨렸다. 평아는 울음을 말리는 사람이 아무도 없는 걸 보고 어쩔 수 없이 슬픔을 삼키며 사람들을 위로하여 울음을 그치게 했다. 모든 사람들이 한없이 슬픔에 잠겼다. 가련은 어쩔 도리가 없어서 뇌대에게 사람을 보내 장례를 맡아달라고 했다. 그리고 자신은 가정에게 알린 다음에 장례를 치르려고 했다. 하지만 주머니 사정이 좋지 않아 만사가 옹색한데다, 또 이렇게 가버린 희봉이 그리워 더욱 구슬피 울었다. 거기에 딸 교저가 죽을 듯이 울어대자 더욱 가슴이 저미었다. 가련은 날이 샐 때까지 울다가 사람을 보내 희봉의 큰외숙인 왕인王仁[•]을 불러왔다.

왕자등王子騰[•]이 죽은 뒤로 무능한 그의 동생 왕자승王子勝[•]은 조카인 왕인이 제멋대로 살도록 내버려두었기 때문에 왕인은 여러 친척들과 사이가 나빴다. 이제 여동생이 죽었다는 소식을 듣고 어쩔 수 없이 달려와 한바탕 곡을 하는데, 장례가 겨우겨우 구색 맞추는 식으로 치러지는 것을 보자 기분이 언짢았다.

"내 동생이 이 댁에서 몇 년 동안 고생스럽게 살림을 도맡았고, 그간 별로 큰 잘못도 저지르지 않았네. 그러니 자네 집에서 장례에 좀 더 신경을 써야 하는 게 아닌가? 어떻게 아직까지 모든 준비가 갖춰지지 않았단 말인가!"

가련은 원래 왕인과 사이가 좋지 않았기 때문에, 그가 그렇게 무례한 소리를 해도 아무것도 모르고 하는 소리려니 생각하고 별로 신경 쓰지 않았다. 그러자 왕인이 큰 소리로 외조카인 교저를 불렀다.

"네 어미가 살아 있을 때 일처리가 주도면밀하지 못해서 그저 노마님만 떠받들고 우리 같은 사람들은 별로 안중에도 두지 않았지. 교저야, 너도 컸으니 알거다. 내가 너희 집안에서 무슨 덕을 본 적이 있더냐? 이제 네 어미가 세상을 버렸으니 앞으로 모든 일에 이 외삼촌 말을 들어야 한다. 네 어미 친정 쪽 친척은 나와 네 둘째 할아버지뿐이야. 네 아버지의 사람됨은 나도 진즉 알고 있었다. 네 아비는 그저 다른 사람들만 중시하지. 예전에 우씨라던가 하는 첩이 죽었을 때 나는 경사에 없었다만, 듣자 하니 아주 많은 돈을 써서 장례를 치러주었다고 하더구나. 그런데 이제 네 어미가 세상을 버렸는데 네 아버지는 장례를 이렇게 대충대충 치르는구나! 그러니 너도 어서 네 아버지에게 말씀을 드리도록 해라."

"아버님도 성대하게 치르고 싶어 하시지만 지금은 형편이 예전과는 달라졌어요. 수중에 돈이 없어서 만사에 조금씩 아낄 수밖에 없어요."

"네가 가진 것도 없단 말이냐?"

"작년에 압류해간 뒤에 돌려주지 않았으니 뭐가 있겠어요?"

"너까지 이렇게 말하는구나. 듣자 하니 노마님께서 아주 많은 것을 남겨 주셨다고 하던데, 그거라도 내놓아야 하는 거 아니냐?"

교저는 아버지가 그걸 써버렸다고 말하기 곤란하여 그저 모르겠다고만 했다.

"오라, 알겠다! 갖고 있다가 네 혼수품 장만하는 데 쓸 셈이로구나?"

교저는 감히 대꾸하지 못하고 그저 화가 나서 흐느껴 울기 시작했다. 곁에 있던 평아가 분통이 치밀어 끼어들었다.

"하실 말씀 있으시면 저희 서방님 돌아오신 뒤에 하셔요. 이 어린 아가씨가 뭘 아시겠어요?"

"자네들이야 희봉 아씨가 죽기만을 바랐겠지. 그래야 자네들 천하가 될 테니까 말이야. 내가 뭘 바라는 것도 아니고 장례를 좀 성대하게 치르면 자네들 체면도 설 게 아니냐는 말일세."

왕인은 씩씩거리면서 앉아 있었다. 교저는 마음이 무척 상했다.

'내 아버님은 절대 무정한 분이 아니야. 엄마가 살아 계실 때 외삼촌이 얼마나 많은 물건들을 가져갔는데, 지금은 이렇게 남의 일처럼 입을 씻고 말씀하시는구나.'

그녀는 외삼촌을 경멸하게 되었다. 그런데 왕인은 교저가 짐작도 하지 못할 또 다른 생각을 하고 있었다.

'여동생이 재물을 얼마나 많이 모아놨는지 모르지. 비록 압류를 당했다고는 하지만 방 안에 있는 은돈이 적지 않을 거야. 분명 내가 귀찮게 굴까 봐 제 아비 편을 들어서 저렇게 말하는 거겠지. 이 꼬맹이도 못쓰겠구먼!'

왕인도 이때부터 교저를 싫어하게 되었다.

가련은 그런 사실을 전혀 모른 채 그저 장례식 비용을 마련하느라 정신이 없었다. 바깥의 큰일은 뇌대에게 맡겼지만, 안에서도 쓸 돈이 상당히 많았는데 짧은 시간 안에 금방 마련하기가 쉽지 않았다. 평아가 그의 초조한 심정을 알고 위로했다.

"너무 무리하지 마시고 몸 생각도 좀 하셔요."

"몸 생각할 겨를이 어디 있어? 지금 하루하루 살아갈 돈도 없는 마당에

이 장례식을 어떻게 치른단 말이냐! 하필 저런 못돼먹은 놈까지 와서 생떼를 써대니, 생각해보라고. 무슨 수가 있겠어?"

"너무 조급해하지 마셔요. 돈이 모자라다면 제가 가진 게 조금 있어요. 압류당하지 않고 다행히 남아 있던 것인데 방에 있어요. 그러니 그거라도 갖다가 돈을 마련해보셔요."

가련은 그 말이 너무 고마웠다.

"그럼 좋지. 여기저기 다니며 궁상을 떨지 않아도 되니까 말이야. 나중에 돈이 들어오면 갚아줄게."

"제 물건은 아씨 물건이나 마찬가지인데 갚고 말고 하실 게 있나요? 그저 장례식을 조금 더 정성 들여서 치르기만 하면 돼요."

가련은 무척 감격하면서 평아의 물건들을 가져다 저당을 잡히고 돈을 마련했다. 그리고 만사를 평아와 상의했다. 그 모습을 본 추동은 기분이 떨떠름해서 입만 열면 험담을 해댔다.

"아씨가 죽고 나니 평아가 그 자리를 차지하려고 하는군. 나는 나리께서 보내주신 몸인데 어떻게 쟤가 내 앞에 끼어들려고 하지?"

평아도 그 눈치를 알아챘지만 거들떠보지 않았다. 오히려 가련이 그 상황을 알고 갈수록 추동을 싫어하게 되었다. 그래서 순간적으로 짜증이 나면 추동에게 화풀이를 했다. 하지만 형부인이 그걸 알고 나무라니 가련은 화를 참을 수밖에 없었다. 그 이야기는 그만하겠다.

희봉의 영구는 열흘 남짓 안치했다가 발인했다. 가정은 태부인의 상을 치르느라 계속 바깥 서재에 있었다. 시간이 지나자 빈객들도 하나둘 떠나고 정일흥程日興*이라는 이만 남아 종종 말동무가 되어주고 있었다.

"가운이 기울면서 여러 사람들이 연달아 세상을 뜨고, 형님과 조카도 외지에 있는데 집안 살림은 나날이 쪼들려가는구려. 동쪽 장원의 전답도 어찌 되었는지 모르는 상황이니 도무지 어쩌면 좋을는지!"

"제가 이 댁에 여러 해 동안 있어 보니, 이 댁 사람들 가운데 제 실속을 차리지 않는 사람이 하나도 없더군요. 해마다 조금씩 자기 집으로 빼돌리니 당연히 이 댁이 어려워질 수밖에요. 게다가 큰나리와 진 서방님께 들어가는 비용도 있고, 밖에 지고 있는 빚도 있지요. 저번에는 또 적지 않은 재물을 도둑맞았지만, 관아에서 도둑들을 체포하고 도난품들을 찾아주길 기대하기도 어려운 일입니다. 어르신, 집안일을 정리하시려면 집사들을 불러 모으고 심복을 시켜 각처를 샅샅이 조사한 뒤에, 내보낼 사람은 내보내고 남겨둘 사람은 남겨두십시오. 빠진 것들이 있으면 담당자에게 배상하게 하십시오. 이래야 방법이 생길 겁니다. 저 대관원은 너무 커서 사려고 나설 사람도 없을 겁니다. 하지만 거기서 나는 수익도 적지 않을 테니, 사람을 보내 관리하게 하십시오. 예전에 어르신께서 밖에 나가 계실 때, 몇몇 작자들이 귀신이 나오니 어쩌니 수작을 부려서 아무도 함부로 그곳에 들어가지 못하게 만들어버렸습니다. 이게 모두 하인들이 만들어낸 폐단입니다. 지금이라도 하인들을 조사해서 괜찮은 사람은 그대로 쓰시고 질 나쁜 자들은 내쫓아버리셔야 합니다."

가정이 고개를 끄덕였다.

"선생도 모르시는 게 있소. 하인 놈들은 말할 것도 없고 심지어 조카마저도 믿을 수가 없소. 내가 조사를 한다 해도 어떻게 직접 하나하나 보고 알 수 있겠소? 하물며 지금 나는 상중이라 그런 일에 관여할 수 없소. 평소에도 집안일에는 그다지 신경을 쓰지 않아서 뭐가 있고 뭐가 없는지도 모르고 있는 실정이라오."

"어르신은 너무 어질고 후덕하십니다. 다른 댁이라면 이렇게 살림이 궁해진다 해도 오 년이든 십 년이든 걱정할 게 없습니다. 집사들더러 내놓으라고만 해도 충분하니까요. 듣자 하니 어르신 집안사람 중에 현령을 지내시는 분도 있다면서요?"

"하인들 돈까지 쓰기 시작하면 막장까지 가는 셈이니 스스로 좀 아껴 쓰는 수밖에 없지 않겠소? 장부에 있는 재산이라도 정말 그대로 있다면 그나마 다행이겠지만, 아마 그 또한 유명무실한 상황일 거외다."

"지당하신 말씀이십니다. 제가 왜 조사를 해보라고 말씀드렸겠습니까!"

"뭔가 들으신 게 있는 모양이구려?"

"몇몇 집사들의 신통한 재주에 대해서는 저도 조금 아는 게 있습니다만, 감히 말씀드리지 못하겠습니다."

가정은 분명 무슨 곡절이 있는 말이라 짐작하고 한숨을 내쉬었다.

"우리 집은 조상 때부터 대대로 어질고 후덕해서 하인들에게 각박하게 대해본 적이 없소. 그런데 보아하니 이 사람들이 날이 갈수록 질이 나빠지고 있는 것 같소. 그렇다고 이제 와서 내가 상전 행세를 하기 시작하면 또 남들 웃음거리가 될 게 아니오?"

그때 문지기가 와서 아뢰었다.

"강남의 진나리께서 오셨습니다."

"그분이 무슨 일로 경사에 들어오셨다더냐?"

"소인도 알아보았는데 폐하의 성은을 입어 다시 벼슬자리에 오르시게 되셨답니다."

"됐다. 그만하고, 어서 모셔라."

문지기가 나가서 곧 그를 안으로 모셨다. 그 사람은 바로 진보옥甄寶玉●의 아버지인 진응가甄應嘉●였다. 자字는 우충友忠이며, 역시 금릉 사람으로 공신의 후예였다. 그 집안은 원래 가씨 집안과 친척지간이라 평소 왕래하던 사이였는데, 예전에 무슨 잘못을 저질러 벼슬을 박탈당하고 재산이 몰수된 적이 있었다. 그러다가 이번에 황제가 공신을 배려하는 마음에서 그 집안에 세습 관직을 다시 하사하면서, 경사에 들어와 알현하라는 공문을 내렸던 것이다. 그러던 차에 태부인이 별세했다는 소식을 듣고 특별히 제물을 준비하여 날을 받아 영구가 안치된 곳으로 가서 제사를 올리기 전에 먼저 인사하러 온 것이었다. 가정은 멀리 마중 나갈 수 없어서 서재 입구에서 기다렸다. 진응가는 가정을 보자 희비가 엇갈렸다. 하지만 상중이라 정식으로 예를 행하기 곤란하여 그저 손을 붙들고 간단히 안부만 묻고는 주인과 손님으로 자리를 나누어 앉았다. 차가 들어오자 그들은 그간의 일들을 이야기했다.

"그래, 폐하는 언제 알현하셨습니까?"

"그제 알현했습니다."

"폐하께선 은덕이 크신 분이니 분명 따뜻하게 말씀해주셨겠지요?"

"폐하의 은덕은 정말 하늘보다 높으셔서 여러 가지로 좋은 말씀을 해주셨습니다."

"무슨 말씀을 하시더이까?"

"근래에 월越* 땅에 도적이 창궐하여 바닷가 백성들이 불안해하는지라 안국공을 파견하여 도적들을 소탕하게 하셨습니다. 제가 그곳 사정을 잘 아니 그곳으로 가 안무按撫하라는 폐하의 명이 있어 즉시 출발해야 합니다. 그런데 어제 태부인께서 별세하셨다는 소식을 들어서, 조그마한 정성이나마 다하려고 삼가 과향瓣香[1]을 준비하여 영전에 나가 배례를 올릴까 합니다."

가정은 황급히 고개를 숙여 감사했다.

"이번에 가시면 반드시 위로는 폐하의 마음을 편안케 해드리고 아래로는 백성들을 위안해주실 터이니, 정말 이번 기회에 크나큰 공을 세우시게 될 겁니다. 다만 저는 직접 그걸 보지 못하고 멀리서 소식만 들을 수밖에 없으니 안타까울 뿐입니다. 지금 진해통제鎭海統制*로 계신 분은 제 친척이오니 만나시면 부디 잘 보살펴주시기 바랍니다."

"그쪽과는 어떻게 친척이 되시는지요?"

"제가 강서양도로 있을 때 제 딸아이를 통제의 아드님과 결혼시켰는데, 벌써 삼 년이 되었습니다. 그런데 바닷가 관청의 사무가 말끔히 끝나지 않았고, 이어서 해적들이 발호하는 바람에 소식이 끊겨버렸습니다. 제 딸아이가 걱정스러우니 대감께서도 백성을 안무하는 임무가 끝나시거든 부디 시간 나실 때 한 번 들러서 살펴봐주시기 바랍니다. 제가 즉시 편지를 몇 자 적어드릴 테니 하인 편에 좀 갖고 가서 전하도록 해주시면 감사하겠습니다."

"자녀에 대한 정은 누구나 잊기 어려운 법이지요. 저도 마침 대감께 부탁드릴 일이 있습니다. 며칠 전 성은을 입어 경사로 올 때, 제 자식이 나이도 어리고 집에 사람도 없고 해서 일가족을 모두 데리고 왔습니다. 그런데 출발해야 할 시간이 촉박하여 제가 먼저 주야를 막론하고 길을 재촉해서 오고, 가족은 천천히 뒤따라오는 바람에 경사에 도착하려면 며칠이 더 걸려야 합니다. 그런데 이제 제가 성지를 받들어 곧 경사를 떠나야 합니다. 나중에 제 가족이 경사에 도착하면 분명 이 댁에 인사하러 올 테니, 꼭 제 아들놈을 좀 불러서 만나주십시오. 그래서 혹시 가르침을 내리실 만한 녀석이라고 생각되시거든 괜찮은 혼사 자리가 생겼을 때 좀 생각해주시면 감사하겠습니다."

가정은 일일이 그러겠노라고 대답했다. 진응가는 몇 마디 더 나누다가 자리에서 일어났다.

"그럼, 내일 성 밖에서 다시 뵙겠습니다."

가정은 그가 바쁜 몸이라는 것을 알고 더 붙들기가 곤란하여 어쩔 수 없이 서재 밖까지 배웅했다. 밖에서는 가련과 보옥이 대신 배웅하려고 대기하고 있었지만, 가정이 부르지 않아서 함부로 들어가지 못하고 있었다. 진응가가 밖으로 나오자 둘이 나가 인사를 올렸다. 진응가는 보옥을 보자마자 잠시 멍하니 생각에 잠겼다.

'이 아이는 어쩜 이리도 우리 집 보옥이와 많이 닮았지? 다른 것이라고는 하얀 상복을 입고 있다는 것뿐이로구나!'

그러면서 그가 말했다.

"가까운 친척지간인데도 오랫동안 왕래가 없어서 그런지 사람들을 몰라

보겠구먼."

가정이 얼른 가련을 가리키며 말했다.

"이 아이는 제 형님의 아들 가련입니다."

다시 보옥을 가리켰다.

"이 아이는 제 둘째 아들인데 이름은 보옥입니다."

그러자 진응가가 손뼉을 치며 감탄했다.

"집에서 듣자 하니 이 댁에 옥을 물고 태어난 아드님이 있어 이름을 보옥이라 지었다고 하더군요. 제 아들놈과 이름이 같아서 무척 신기하게 생각하고 있었습니다. 나중에는 이런 일이야 흔히 있을 수 있다고 생각하여 별로 마음에 두지 않았지요. 그런데 오늘 보니 생김새뿐만 아니라 행동거지도 똑같으니 더욱 신기하군요."

가정이 나이를 물으니 보옥보다 한 살 아래라고 했다.

"저번에 대감의 천거로 포용을 받아들였을 때 저도 댁의 아드님과 제 아들놈의 이름이 같다던데 사실이냐고 물어본 적이 있습니다."

진응가는 보옥에게 정신이 빼앗겨 포용이 쓸 만하더냐고 물을 겨를도 없이 계속 찬탄했다.

"허허, 정말 희한한 일이구려!"

그러면서 보옥의 손을 잡고 아주 다정하게 몇 마디를 물었다. 하지만 안국공이 생각보다 빨리 출발할 것 같아 자신도 서둘러 행장을 꾸려야 했기 때문에 부득이 작별하고 떠났다. 가련과 보옥이 전송하러 나오자 그는 가는 도중에 보옥에게 이것저것 많은 것을 물었다. 그가 수레를 타고 떠나자 가련과 보옥은 돌아와서 가정에게 진응가가 물었던 것들을 모두 이야기했다.

가정이 두 사람에게 물러가라고 하자, 가련은 또 희봉의 장례에 든 비용을 치르기 위해 돈을 변통하러 나갔다. 보옥은 자기 방으로 돌아가서 보차에게 이렇게 말했다.

"늘 이야기하던 그 진보옥 말이야. 한 번 만나보고 싶었지만 그러지 못하고 있었는데 오늘 그 부친을 먼저 만났어. 듣자 하니 그 보옥도 며칠 후면 경사에 도착할 텐데 아버님께 인사올 거라더군. 모두들 그 보옥이가 나와 똑같이 생겼다고 하던데 난 믿을 수가 없어. 나중에 그 친구가 우리 집에 오면 당신들도 모두 가서 봐. 그럼 정말 나와 닮았는지 알게 되겠지."

"에그! 어떻게 갈수록 그렇게 말씀을 조심성 없이 하셔요? 아무리 당신과 닮았다 한들, 그래도 외간남자인데 저희더러 가서 보라고 하시다니요!"

보옥은 실언했다는 것을 깨닫고 얼굴이 벌게져서 황급히 해명하려고 했다. 그가 무슨 말을 했는지는 다음 회를 보시라.

제115회

자기 생각에 미혹된 가석춘은 평소의 소원을 맹세하고
진보옥의 실체를 알게 됨으로써 가보옥은 지기를 잃다

惑偏私惜春矢素志　證同類寶玉失相

가보옥과 진보옥이 만나 이야기를 나누다.

　실언을 한 보옥이 보차에게 핀잔을 듣고 자기가 한 말을 대충 얼버무리려는데 추문이 들어왔다.
　"나리께서 서방님을 찾으십니다."
　보옥은 듣던 중 반가운 소리라 얼른 그 자리에서 일어나 가정에게 갔다.
　"내가 부른 건 다른 게 아니다. 지금은 상중이라 네가 학교에 나가기 곤란하지만, 집에 있을 때라도 공부했던 문장들을 복습해두어야 한다. 내가 요 며칠은 그래도 좀 한가하니 이삼일 간격으로 팔고문八股文*을 써서 가지고 오도록 해라. 그간 발전이 좀 있었는지 봐야겠다."
　"예!"
　"네 동생 환이와 조카 란이한테도 복습을 하라고 일러두었다. 네 글이 그 아이들보다 못하면 안 될 게야!"
　보옥은 감히 딴소리를 하지 못하고 그저 꼼짝 없이 서서 "예!" 대답했다.
　"그만 가봐라."
　보옥이 물러나는데 마침 뇌대가 사람들과 함께 장부를 들고 들어오고 있었다.
　보옥이 재빨리 자기 방으로 돌아오자 보차가 무슨 일이냐고 물었다가, 글을 지으라는 분부를 받고 왔다는 사실을 알고 오히려 좋아했다. 보옥은 내키지 않았지만 감히 게으름을 피울 수도 없었다. 그가 자리에 앉아 마음을

제115회　247

가다듬으려 할 때 지장암地藏庵*의 두 여승이 들어와 보차에게 인사했다.

"아씨, 그간 안녕하셨습니까?"

보차가 건성으로 대답했다.

"안녕들 하셔요?"

그리고 곧 하녀에게 말했다.

"스님들께 차를 대접해라."

보옥은 그 여승들과 이야기라도 나눠보려 했지만, 보차가 그들을 싫어하는 듯한 기색을 내비치는 걸 보고 귀찮은 잔소리를 들을까 싶어서 참았다. 여승들은 보차가 쌀쌀한 사람이라는 걸 알고 있기 때문에 오래 앉아 있지 않고 곧 작별하고 떠났다. 보차가 인사치레로 말했다.

"좀 더 앉아 계시다가 가시지요."

"저희는 철함사에서 불공을 올리느라 상당히 오랫동안 마님과 아씨들께 인사를 여쭙지 못했습니다. 오늘은 아씨와 마님들께 인사를 드렸으니 석춘 아가씨를 뵙고 싶습니다."

보차는 고개를 끄덕이더니 그냥 가게 내버려두었다.

여승들은 석춘의 거처로 가서 채병을 만났다.

"아가씨는 어디 계셔요?"

"아가씨 말씀은 하지 마셔요. 며칠 동안 식사도 안 하시고 계속 누워만 계셔요."

"왜요?"

"말하자면 길어요. 아가씨를 만나시면 무슨 말씀을 하실 건가요?"

석춘이 여승들의 목소리를 듣고 황급히 일어나 앉았다.

"두 분 안녕하셔요? 우리 집이 기울어 가니까 발길을 끊으시더니……"

"아미타불! 가진 게 있고 없고 간에 시주施主이기는 마찬가지지요. 게다가 저희는 이 댁 암자에 있으면서 노마님께 얼마나 많은 은혜를 입었습니까? 이번에 노마님 일 때문에 마님들과 아씨께는 모두 인사를 올렸지만 아가씨는 뵙지 못해 어떻게 지내시나 궁금해서 인사드리러 왔어요."

석춘이 수월암水月庵* 여승에 대해 물었다.

"그 암자에 무슨 일이 생겨서 요즘은 문지기가 사람을 들여보내지 않는답니다. 그나저나 전에 듣자 하니 농취암의 묘옥 스님이 무슨 일인지 누구를 따라가버렸다고 하던데, 어떻게 된 일인지 아십니까?"

"말도 안 되는 소리! 그런 말을 하는 사람은 혀가 잘리지 않게 조심해야 할 거예요. 사람이 강도에게 납치되었는데 그런 험담을 하면 되겠어요?"

"묘옥 스님은 성격이 괴상하니 겉으로만 그럴 듯하게 꾸미고 있었는지도 모르지요. 하지만 아가씨 앞이라 저희도 말하기가 곤란하네요. 저희처럼 아둔한 사람들은 그저 경이나 읽고 염불이나 하며 남을 대신해 참회해주면서 스스로 선과善果를 닦지만, 그분은 저희와는 다르지요."

"선과는 어떻게 해야 쌓이나요?"

"이 댁처럼 선하고 덕망 있는 집이야 걱정할 게 없지만, 다른 집이라면 고명부인이나 아가씨들이라 해도 평생 영화를 누린다는 보장이 없지요. 그러다가 고난이 닥치면 구제할 수가 없어요. 다만 대자대비大慈大悲하신 관세음보살께서는 고난당하는 사람을 보시면 자비심이 일어 구제할 방법을 마련해주시지요. 요즘 다들 '대자대비하시고 고난을 구제해주시는 관세음보살님' 이라고 하는데 왜 그러겠어요? 우리처럼 수행하는 사람들은 고명부인이나 아가씨들보다 고생이 많지만 험난한 일은 당하지 않아요. 비록 부처는 될 수 없다 해도 내세를 위해 수행하여 혹시 남자로 태어나게 되면 자기에게도 좋은 일이지요. 지금처럼 여자로 태어나서 억울하고 화난 일이 있어도 말조차 하지 못하는 것과는 다르지요. 아가씨께선 아직 모르시겠지만 대갓집 아가씨들도 시집을 가게 되면 평생 다른 사람들과 함께 어울릴 방법이 더 없어진답니다. 하지만 수행을 하려면 제대로 된 수행을 해야 해요. 묘옥 스님은 저희보다 재주가 뛰어나서 저희를 속되다고 경멸했지만, 속된 사람이야말로 선한 인연을 얻을 수 있다는 사실은 전혀 몰랐겠지요. 그러니까 지금에 이르러 결국 큰 재난을 당하고 말았잖아요!"

석춘은 그 여승의 말이 자기 생각과 딱 들어맞는지라, 옆에 하녀들이 있는 것도 아랑곳하지 않고 우씨가 자신을 어떻게 대하는지, 저번에 집을 지킬 때 어떤 일이 있었는지를 죽 들려주었다. 그리고 여승들에게 자기 머리카락을 보여주었다.

"여러분들은 제가 아무 생각도 없이 이 불지옥 같은 속세에 연연하는 사람이라고 생각하시겠지요? 저도 진즉 마음은 품고 있었지만 실행할 방법을 몰랐을 뿐이에요."

여승들은 짐짓 놀라는 척했다.

"아가씨, 그런 말씀 마셔요! 우아씨께서 들으시면 저희들을 호되게 꾸짖으시고 암자에서 쫓아내실 거예요! 아가씨 같은 인품에 이런 대갓집 규수시면 나중에 좋은 서방님을 맞아 평생 부귀영화를 누리실 텐데……"

그 말이 끝나기도 전에 석춘이 얼굴을 붉히며 말했다.

"올케 언니만 여러분을 쫓아낼 수 있고, 저는 그리 못한다는 말씀인가요?"

여승들은 석춘이 진심이라는 걸 알았지만 아예 신경을 긁으려고 작정했다.

"아가씨, 저희가 틀린 말씀을 드린다고 나무라지 마셔요. 마님들과 아씨들께서 아가씨 뜻대로 따라주실 것 같으세요? 괜히 체면만 구기면 오히려 역효과가 나겠지요. 저희야 어쨌든 아가씨를 위해 드리는 말씀입니다."

"두고 보면 알겠지요."

채병은 이야기가 이상한 방향으로 흐르자 여승들에게 얼른 나가라고 눈짓을 보냈고, 여승들도 바로 눈치를 챘다. 그들도 속으로는 겁을 먹고 있었기 때문에 감히 더 집적거리지 못하고 얼른 인사를 하고 물러났다. 석춘도 붙들지 않으면서 냉소를 머금고 말했다.

"세상에 암자가 당신네 지장암 하나밖에 없는 줄 아는 모양이군요!"

여승들은 감히 아무 대꾸도 하지 못하고 떠났다. 일이 심상치 않게 돌아가자 채병은 자기가 잘못을 뒤집어쓸까 무서워서 남몰래 우씨에게 가서 고해 바쳤다.

"석춘 아가씨께서 삭발할 생각을 아직 단념하지 않으셨어요. 요 며칠 동안 누워 계신 건 병 때문이 아니라 팔자를 원망하셔서 그러셨던 거예요. 아씨, 무슨 일이 생기지 않게 미리 조처를 좀 취해주셔요. 혹시 일이 생기면 저희가 벌을 받을 겁니다."

"그 아가씨가 출가하려고 할 리 있어? 서방님이 집에 안 계시니까 마음 놓고 나한테 트집을 잡으려는 거지. 그냥 자기 하고 싶은 대로 하라고 내버려둬."

채병은 어쩔 수 없이 석춘에게 자주 위로의 말을 해주는 수밖에 없었다. 하지만 석춘은 날이 갈수록 밥 먹을 생각도 안 하고 그저 삭발할 생각만 했다. 견디다 못한 채병은 각처에 이 사실을 알렸다. 형부인과 왕부인도 여러 차례 석춘에게 이런저런 권고를 했지만, 그녀는 자기 생각을 고집하고는 마음을 풀지 않았다.

형부인과 왕부인이 가정에게 그 사실을 알리려는데 밖에서 전갈이 왔다.
"진씨 댁의 마님께서 그 댁 보옥 도련님과 함께 오셨습니다."

모두들 서둘러 나가 맞이하여 왕부인의 거처로 모셨다. 서로 인사를 나누며 담소를 나눈 것에 대해서는 자세히 서술할 필요 없겠다. 다만 왕부인이 진보옥과 자기 집 가보옥이 꼭 닮았다는 이야기를 하면서 진보옥을 한번 만나보고 싶다고 전했다. 심부름꾼이 나갔다가 돌아와서 보고했다.

"진도련님은 바깥 서재에서 나리와 말씀을 나누고 계시는데, 두 분 마음이 아주 잘 맞는 것 같습니다. 우리 보옥 서방님과 환 도련님에게 사람을 보내 부르셨고, 란 도련님도 밖에서 함께 식사를 하고 계십니다. 식사가 끝나면 안으로 들어오실 겁니다."

그 말이 끝나자 이쪽에서도 식사를 위해 상을 차렸는데, 그 이야기는 그만하겠다.

한편, 가정은 진보옥이 가보옥과 생김새가 똑같은 걸 보고 그의 글재주를 시험해보았는데, 무얼 물어도 청산유수로 대답하자 무척 감복했다. 그래서 가보옥 등 세 사람도 그를 보고 경계로 삼아 더욱 노력하게 만들 생각으로 함께 불러냈다. 아울러 가보옥과 진보옥을 서로 비교해볼 생각도 있었다.

부름을 받은 가보옥은 상복을 입은 채 가환, 가란을 데리고 밖으로 나왔다. 그가 진보옥을 만나보니 마치 오래전부터 알고 지낸 것 같은 느낌이 들었다. 진보옥도 어디선가 가보옥을 본 것 같다고 생각했다. 둘이 인사를 나눈 뒤에 진보옥은 가환, 가란과도 인사를 나누었다.

가정은 상을 치르는 중이라 바닥에 멍석을 깔고 앉아 있었기 때문에 진보옥에게 의자를 권했다. 하지만 진보옥은 연배가 어리기 때문에 감히 가정보다 높은 자리에 앉지 못하고, 마루에 방석을 깔고 그 위에 앉았다. 그러다가 가보옥 등이 나왔는데, 그들 또한 가정과 같은 자리에 앉을 수 없었다. 또 진보옥은 가보옥보다 연배가 낮았기 때문에 가보옥 등을 서 있게 하기도 곤란했다. 가정은 상황이 난처하다는 걸 알고 자리에서 일어나 몇 마디를 나누고 나서 곧 하인들에게 밥상을 차리라고 지시했다.

"나는 이만 실례하고 이 아이들에게 접대하라고 하겠네. 함께 이야기를 나누면서 저 아이들을 많이 가르쳐주기 바라네."

"백부님, 편하신 대로 하십시오. 저도 마침 이분들께 가르침을 청할 생각이었습니다."

가정은 몇 마디 대답을 해주고 안쪽 서재로 들어갔다. 진보옥이 전송하러 나오려 하자 가정이 말렸다. 가보옥 등은 얼른 서재 밖으로 앞서 나가 공손히 서서 가정이 안으로 들어가는 것을 지켜본 뒤에 다시 들어와 진보옥에게 자리를 권했다. 서로 "오래전부터 뵙고 싶었습니다."와 같은 상투적인 인사를 나눈 것에 대해서는 자세히 서술할 필요 없겠다.

가보옥은 진보옥을 보자 꿈에서 본 장면이 떠올랐다. 평소 진보옥의 마음도 분명 자기와 같으리라 생각했기 때문에 지기를 얻은 것처럼 좋아했다. 하지만 초면인지라 경솔하게 말할 수 없었고, 또 가환과 가란도 옆에 있었기 때문에 극구 칭찬만 늘어놓을 수밖에 없었다.

"오래전부터 성함을 들었지만 직접 만나 가르침을 받을 길이 없었습니다. 오늘 뵈니 정말 하늘에서 내려온 신선〔謫仙人〕[1] 이백李白* 같은 풍모를 지니셨군요!"

진보옥도 평소 가보옥에 대해 잘 알고 있었는데, 이날 실제로 만나보니 과연 소문과 다르지 않았다.

'하지만 함께 학문을 닦을 수는 있어도 길을 함께할 수는 없겠구나.[2] 그래도 나와 이름과 생김새가 같으니, 이 또한 삼생석三生石에 어린 옛 영혼처럼 전생의 인연이 있을 테지. 내가 이왕 몇 가지 도리를 깨달았으니 이 사람한테도 얘기해주는 게 좋겠구나. 하지만 초면이라 나와 마음이 같은지 알 수 없으니 천천히 기회를 기다리는 수밖에 없겠다.'

이렇게 생각하고 진보옥이 말했다.

"형장兄丈의 재능과 명성은 저도 오래전부터 들어 알고 있습니다. 형장께서는 수만 명 가운데 손꼽을 수 있는 가장 고결하고 고상한 분이지만, 저는 너무나 평범하고 어리석은 몸입니다. 그런데도 형장과 같은 이름을 쓰고 있으니 그 이름을 모욕하는 것 같아 너무 부끄럽습니다."

가보옥은 그 말을 듣고 속으로 생각했다.

'이 사람도 과연 나와 생각이 같구나. 하지만 우린 둘 다 남자라서 저 여자아이들만큼 청결하지 않은데 이 사람은 왜 나를 여자아이처럼 대하지?'

"과분한 칭찬이십니다. 저는 지극히 혼탁하고 어리석은 몸이라 그저 장난감으로 쓰는 돌에 지나지 않는데 어떻게 형장에게 비하겠습니까? 형장이야말로 우러를 만한 인품과 고결한 덕을 지닌 분이시라 '보옥'이라는 이름에 어울리는 분이십니다."

"어릴 적에 저는 주제도 모르고 그래도 열심히 노력하면 무슨 성취를 이룰 수 있으리라 생각했습니다. 뜻밖에 집안이 쇠락하여 몇 년 사이에 기왓장보다 천한 신세가 되었습니다. 그 바람에 세상 물정과 인정에 대해서는 대충이나마 제법 깨달았습니다. 물론 그렇다고 해서 세상의 단맛 쓴맛을 다 보았다고 감히 말할 수는 없겠지요. 하지만 형장께서는 비단옷에 좋은 음식을 잡수시며 만사를 마음대로 하실 수 있었으니, 문장이나 경세제민經世濟民의 역량도 분명 남들보다 뛰어나시겠지요. 그러니까 백부님께서 총애하시고 '자리 위의 보배〔席上之珍〕'[3]로 여기시는 게 아닙니까? 그래서 제가 방금 형장에게 그 이름이 잘 어울린다고 말씀드렸던 겁니다."

가보옥은 그 말이 탐관오리들의 상투적인 말처럼 들려서 어떻게 대답해야 할까 생각하고 있었다. 가환은 진보옥과 이야기를 나눠보지 못하여 기분이 안 좋았는데, 마침 가란이 그 말을 듣고 자기 마음에 꼭 맞는지라 얼른 끼어들었다.

"세숙世叔[4]께서 하신 말씀은 지나침 겸손이십니다. 문장과 경세제민의 역량이라는 것은 사실 오랜 연습과 경험을 통해 나와야 진정한 재능이요 학문이라 할 수 있습니다. 이 조카는 나이가 어려서 문장이 뭔지 모르지만, 지금까지 배운 것을 찬찬히 음미해보니 호사스럽게 사는 것보다 훌륭한 명성을 널리 날리는 것[5]이 정말 백배 이상 나은 것 같습니다."

진보옥이 아직 대답을 하지 않았는데, 가보옥은 가란의 말이 더욱 마음에 들지 않았다.

'이 어린 녀석이 언제 이런 케케묵은 논리를 배웠지?'

가보옥이 말했다.

"듣자 하니 형장께서도 속된 것을 아주 싫어하시고 마음에 다른 생각이 있다고 하더군요. 다행히 오늘 고상한 모범이 되실 분을 뵈었으니 세속을 벗어나 성현의 경지에 드는 길에 대해 가르침을 청하고 싶었습니다. 그러면 저도 속된 마음을 씻고 안계眼界를 새롭게 넓힐 수 있을 테니까요. 그런데 뜻밖에도 저를 어리석은 놈이라 여기시고 속세를 사는 법만 말씀하시는군요."

진보옥은 그 말을 듣고 이렇게 생각했다.

'이 사람이 내 어릴 적 성격을 알고 있어서 지금 내가 거짓으로 이러는 줄로 의심하는 모양이구나. 차라리 분명하게 말하자. 그러면 혹시 마음이 통하는 벗이 될 수 있을지도 모르잖아?'

"형장의 고상한 말씀은 당연히 지당하십니다. 저도 어릴 적에는 그런 케케묵은 말들을 무척 싫어했습니다만, 한 해 한 해 나이가 들면서 철이 조금 들었습니다. 게다가 제 아버님께서 벼슬을 그만두시고 집에 계시면서 손님 접대를 꺼리셨습니다. 그래서 그 일을 제게 맡기셨는데 덕분에 훌륭하신 선생님들을 몇 분 뵈었습니다. 모두들 부모님을 영광스럽게 해드리고 본인도 명성을 날리는 분들이었습니다. 그분들이 책을 저술하여 펼치신 논의들을 보면, 누구나 충효에 대해 말하고, 그것을 통해 스스로 세상을 바로잡아 천고에 이름을 남길 수 있는 사업을 이루어 태평성대에 태어난 보람을 남기는 한편, 부친과 스승께서 기르시고 가르쳐주신 은혜를 저버리지 않는 것이었습니다. 그래서 저도 어릴 적 품고 있던 어리석은 생각과 정서를 조금이나마 차츰 씻어내게 되었습니다. 지금은 스승과 벗을 찾아 몽매함을 깨우칠 가르침을 얻으려 하고 있습니다. 다행히 형장을 만났으니 분명 좋은 가르침을 주시리라 믿습니다. 방금 제가 드린 말씀은 결코 거짓이 아닙니다."

가보옥은 들을수록 짜증이 났지만 쌀쌀맞게 굴기도 불편하여 그저 몇 마디 말로 대충 때워 넘겼다. 다행히 그때 안쪽에서 전갈이 왔다.

"서방님, 식사가 끝나셨으면 진도련님을 모시고 안으로 들어오라십니다."

가보옥은 잘됐다 싶어서 얼른 진보옥에게 안으로 들어가자고 했다. 시키는 대로 진보옥이 안으로 들어가자 가보옥 등도 따라 들어가 왕부인을 만났다. 진씨 댁 마님이 상석에 앉아 있는 걸 보고 가보옥이 먼저 나가 인사하자, 가환과 가란도 따라 인사했다. 진보옥도 왕부인에게 인사를 올렸다. 이렇게 하여 두 모자는 서로 얼굴을 알게 되었다. 진씨 댁 마님은 비록 가보옥이 이미 결혼한 몸이지만, 나이도 많고 친척지간에 생김새까지 자기 아들과 비슷했기 때문에 자기도 모르게 친숙감이 들었다. 왕부인은 더 말할 것도 없었다. 그녀는 진보옥의 손을 잡고 이런저런 것들을 물어보고는 그가 가보옥보다 조금 더 어른스럽다고 생각했다. 가란을 돌아보니 그 또한 출중하게 잘 생겨서, 비록 두 보옥의 모습에는 비견되지 않았지만 어느 정도 따라갈 만하게 보였다. 다만 가환이 좀 멍청해 보였기 때문에 어쩔 수 없이 편애하는 기색을 내비칠 수밖에 없었다.

사람들은 두 보옥이 한자리에 있다는 걸 알고 모두 구경하러 왔다.

"정말 신기하네! 이름이 같은 거야 그렇다 치고, 어떻게 생김새와 몸집까지 똑같지? 우리 보옥 서방님께서 상복을 입고 계시니 망정이지, 그렇지 않았더라면 금방 분간하기 어렵겠어."

그 안에 있던 자견은 순간적으로 어리석은 생각이 일어 대옥을 떠올렸다.

'아가씨가 돌아가셔서 안타깝구나! 만약 살아 계시다면 저 진보옥 도련님에게 시집보내면 되었을 것을! 아마 아가씨도 그러고 싶어 하셨을 거야.'

그렇게 생각에 잠겨 있는데 진씨 댁 마님의 목소리가 들렸다.

"예전에 우리 영감이 돌아오셔서 말씀하시길, 우리 보옥이 나이가 차면 이 댁 대감님께 혼처를 구해주십사 청했다고 하더군요."

왕부인은 진보옥이 마음에 들어서 선선히 대답했다.

"저도 댁의 아드님께 중매를 서드릴 생각이었어요. 우리 집에 네 명의 아가씨가 있는데, 그 가운데 셋은 죽거나 시집가서 얘기할 필요는 없겠고,

조카딸이 있긴 한데 나이가 너무 어려서 짝지어주기 어려울 것 같네요. 우리 큰며느리한테도 사촌 여동생이 둘 있는데, 인물이 단아하답니다. 둘째는 이미 혼처가 정해졌으니 셋째가 아드님과 어울릴 것 같네요. 내일 제가 중매를 서드리겠어요. 다만 그 댁의 살림이 요즘 좀 어려운 형편인게 걸립니다."

"무슨 그런 말씀을! 지금 저희 집에도 뭐 가진 게 있나요? 오히려 남들이 저희 집을 가난하다고 꺼릴까 걱정스러운걸요."

"이제 댁에서는 복직하시게 되어 지방에 파견을 나가시니, 나중에 경사로 복귀하실 것은 물론, 분명히 이전보다 더 번성하실텐데요?"

"호호, 그렇게만 되면 얼마나 좋겠어요? 그럼, 마님께서 중매를 서주셔요."

진보옥은 두 부인이 혼담을 주고받자 얼른 인사하고 자리에서 물러났다. 가보옥 등도 그와 함께 서재로 갔는데, 가정이 그곳에 와 있어서 선 채로 또 몇 마디를 나누었다. 그때 진씨 집안 하인이 와서 진보옥에게 말했다.

"마님께서 떠나시려 하십니다. 도련님도 돌아가셔야지요."

진보옥이 작별 인사를 하고 밖으로 나가자, 가정은 가보옥 등에게 전송하게 했다. 그 이야기는 그만하겠다.

사실, 가보옥은 예전에 진보옥의 아버지를 만나 진보옥이 경사로 올 거라는 이야기를 듣고, 아침저녁으로 그가 오기만을 고대하고 있었다. 그러다가 마침내 오늘 만나게 되자 지기知己를 하나 얻을 수 있으리라 생각했는데, 뜻밖에도 한나절 동안 이야기를 나눠보니 도무지 얼음과 숯처럼 마음이 맞지 않았다. 울적하게 자기 방으로 돌아온 그는 아무 말 없이 웃지도 않고 그저 멍하니 있었다. 보차가 물었다.

"그 진보옥이란 분이 정말 당신을 닮았던가요?"

"생김새야 비슷하던데, 얘기를 나눠보니 전혀 아는 게 없이 그저 탐관오리나 될 사람이었어."

"또 남을 비방하시는군요. 그 사람이 탐관오리나 될 거라는 건 어떻게 아셨어요?"

"한참 동안 얘기를 하는데 마음을 밝혀 본성을 깨닫는[明心見性] 말은 한마디도 하지 않고, 그저 무슨 문장이니 경세제민이니 충효니 하는 말만 늘어놓지 뭐야. 이게 바로 탐관오리가 될 작자가 아니고 뭐냔 말이야! 안타깝게도 그런 사람이 그런 얼굴을 타고났다니! 그 작자 때문에 내 얼굴까지 싫어지더라고!"

보차는 그가 또 멍청하게 들리는 이야기를 늘어놓자 이렇게 타일렀다.

"정말 우스운 말씀도 잘하시는군요. 그런 얼굴을 누가 싫어하겠어요? 게다가 그분 말씀도 이치에 맞잖아요? 남자로 태어났으면 마땅히 입신양명할 생각을 해야지, 당신처럼 나약하게 사적인 정에만 묻혀 있는 사람이 어디 있어요? 자기한테 강직한 기개가 없다는 건 인정하지 않고, 다른 사람이 탐관오리나 될 작자라고 비난하시다니!"

가보옥은 가뜩이나 진보옥의 말을 듣고 짜증이 나 있었는데, 또 보차에게서 잔소리를 듣자 기분이 더욱 울적해진 나머지 자기도 모르는 사이에 지병이 도지고 말았다. 그래서 그는 아무 말도 하지 않고 그저 바보처럼 웃기만 했다. 그런 줄도 모르고 보차는 자기 말이 마음에 들지 않아서 비웃는다 생각하고, 더 이상 그를 상대하지 않았다. 그날부터 보옥이 조금씩 멍청한 기색을 보이기 시작하더니, 습인이 일부러 건드려봐도 아무 말을 하지 않았다. 하룻밤을 자고 나서도 여전히 그 상태가 이어지더니 결국 예전에 앓았던 모습으로 변해버렸다.

하루는 왕부인이 석춘을 찾아갔다. 석춘은 굳이 삭발하고 출가하겠다 하고, 우씨는 이를 도저히 말릴 수 없다고 했기 때문이다. 왕부인이 가서 보니 석춘은 자기 뜻대로 되지 않으면 기어이 자살이라도 하고 말 것 같았다. 왕부인은 밤낮으로 사람을 붙여 감시하게 했지만, 결국 예삿일이 아닌지라 가정에게 털어놓았다. 가정은 발을 구르며 탄식했다.

"저쪽 집에서 대체 무얼 했기에 이 지경까지 이르게 했단 말이오!"

그는 가용을 불러 한바탕 꾸짖고, 그의 어머니 우씨에게 이렇게 전하라고 했다.

"잘 타일러봐라. 그래도 기어코 그리 하겠다고 하면 우리 집안의 딸자식으로 여기지 않겠다고 해라."

그런데 우씨가 나서지 않았더라면 차라리 괜찮았을 텐데, 그녀가 타이르자 석춘은 더욱 죽겠다고 고집을 부렸다.

"여자로 태어났으니 평생 집에 있을 수 없어요. 영춘 언니처럼 된다면 숙부님과 숙모님들께 걱정만 끼쳐드릴 테고, 게다가 죽기라도 하면 어찌 되겠어요? 이제 저를 죽은 사람으로 치고 출가를 허락하셔서 평생을 깨끗이 살다 가게 해주신다면, 그것이야말로 저를 아껴주시는 거예요. 게다가 제가 집을 아주 나가겠다는 것도 아니고, 원래 우리 집 땅에 있는 농취암에서 수행하겠다는 거예요. 그러니 저한테 무슨 일이 생기더라도 집안사람들이 보살펴줄 수 있을 거예요. 묘옥 스님이 주지로 계실 때 데리고 있던 이들이 지금 거기 있잖아요? 제 뜻대로 하게 해주신다면 저도 목숨을 건지는 셈이겠지만, 안 그러면 저도 방법이 없어요. 그냥 죽어서 모든 걸 끝내는 수밖에요! 제가 소원을 이룬다면 오빠가 돌아오셨을 때 말씀드릴게요. 절대 집에서 저를 구박해서 출가한 게 아니라고 말이에요. 하지만 제가 죽는다면, 오빠가 돌아오셔서 집안사람들이 저를 무시해서 그런 일이 생겼다고 나무라시지 않겠어요?"

우씨는 본래 석춘과 사이가 좋지 않았는데, 그녀의 말을 듣고 보니 일리가 있는 듯하여 어쩔 수 없이 왕부인에게 말했다.

그때 왕부인은 보차의 거처에 가 있었는데, 보옥이 넋을 잃고 멍해져 있는 모습을 보고 다급한 생각에 습인을 나무랐다.

"너희들이 너무 신경을 쓰지 않았구나. 저 아이 병이 도졌는데도 나한테 알리지 않다니!"

"서방님의 병은 원래 있던 거잖아요? 잠깐 좋아지셨다가 또 잠깐 나빠지시기도 하실 뿐이에요. 매일 마님 방에 문안 인사를 가셨잖아요. 요즘 많이 좋아지셨는데 오늘 갑자기 조금 이상해지셨어요. 그렇지 않아도 아씨가 마님께 말씀드리려고 하셨지만, 별일 아닌 걸 가지고 난리를 피운다고 나무라실까봐 망설이고 있었어요."

보옥은 왕부인이 그들을 꾸짖는 걸 보고 잠시 정신이 맑아졌다. 그는 그들이 억울하게 당하는 것 같아 얼른 말했다.

"어머니, 걱정 마셔요. 저는 무슨 병에 걸린 게 아니라 그저 잠시 마음이 좀 답답해서 그런 것뿐이에요."

"너한텐 이 병의 뿌리가 뽑히지 않은 상태잖아! 진즉 말했더라면 의원을 모셔다가 보이고 약을 두어 첩 먹어서 나았을 게 아니냐? 만약 저번에 옥을 잃어버렸을 때 같은 일이 또 생긴다면 귀찮아질 게 아니냔 말이다!"

"마음이 놓이지 않으시면 의원을 불러다 보게 하셔요. 약을 먹어야 한다면 먹겠어요."

왕부인은 곧 하녀에게 의원을 불러오라고 전갈하게 했다. 이렇게 온통 보옥에게 신경을 쓰는 바람에 석춘의 일은 잊어버리고 말았다. 잠시 후 의원이 와서 진찰하고, 보옥이 약을 먹자 왕부인은 자기 거처로 돌아갔다.

며칠이 지났지만 보옥의 증세는 더욱 심해져 밥조차 먹지 않았고, 모두 안절부절못했다. 게다가 마침 탈상脫喪하는 일로 바빠서 집안에 사람이 없는지라, 가운에게 의원 접대를 맡겼다. 가련도 집에 사람이 없어서 왕인을 불러 바깥일을 도와달라고 했다. 교저는 밤낮으로 어머니를 그리며 통곡하다가 결국 병이 나고 말았다. 이 때문에 영국부는 온통 수라장이 되고 말았다.

하루는 탈상하고 집에 돌아온 왕부인이 몸소 보옥을 보러 왔는데, 그가 인사불성에 빠져서 사람들이 모두 안절부절못하고 있었다. 왕부인은 울며 불며 가정에 달려갔다.

"의원 말로는 약을 쓸 수 없으니까 뒷일이나 준비해두라고 하더랍니다!"

가정이 연신 한숨을 내쉬다가 어쩔 수 없이 직접 찾아가보니 과연 상황이 좋지 않은지라 곧 가련을 불러 뒷일을 준비하게 했다. 가련은 감히 거역하지 못하고 하인들에게 일을 준비하게 했지만 비용이 모자라 어찌할 바를 몰랐다. 그때 심부름꾼이 뛰어 들어와서 보고했다.

"서방님, 큰일났습니다! 또 곤란한 일이 생겼습니다!"

가련은 무슨 일인가 싶어 눈이 휘둥그레져서 물었다.

"무슨 일이냐?"

"대문에 어떤 스님이 와서는 보옥 서방님께서 잃어버리신 옥을 갖고 왔으니 포상금 만 냥을 내놓으라고 합니다."

가련이 심부름꾼을 노려보며 꾸짖었다.

"에라 이놈아! 난 또 무슨 일이기에 이리 허둥대나 했네. 저번에도 어떤 놈이 가짜 옥을 가져온 적이 있지 않더냐? 설령 진짜라 해도 이제 사람이 죽어가는데 그까짓 옥을 어디에 쓴단 말이냐?"

"저도 그렇게 말했는데 그 스님 말씀이 돈만 주면 보옥 서방님 병을 바로 낫게 해주겠다고 하잖아요."

그때 밖에서 시끌벅적 떠들면서 하인들이 몰려 들어왔다.

"이 중놈이 행패를 부립니다. 멋대로 안으로 들어오는데 여럿이 막으려 해도 역부족이었습니다."

가련이 호통을 쳤다.

"이런 고약한 일이! 당장 때려서 내쫓아버려라!"

그렇게 한창 시끄러운데, 가정도 그 소리를 들었지만 딱히 어찌할 방도가 떠오르지 않았다. 그때 또 안에서 울며 달려와 보고하는 이가 있었다.

"보옥 서방님이 위중하십니다!"

가정은 더욱 애가 타는데 그 중이 고래고래 소리를 질렀다.
"목숨을 살리고 싶거든 돈을 내놔라!"
그 소리를 듣자 가정은 문득 예전에 보옥의 병을 어느 승려가 고쳐준 일이 떠올랐다.
'이번에도 이 스님이 찾아온 게 혹시 '구원의 별' 아닐까? 하지만 그 옥이 진짜라면 포상금은 어찌 구한단 말인가? 하지만 일단 그런 건 따지지 말자. 정말 훌륭한 스님이라면 병이 나은 다음에 다시 얘기해보도록 하자.'
가정이 하인에게 그 승려를 안으로 모시라고 했는데, 승려는 벌써 들어와 있었다. 승려가 인사도 하지 않고 다짜고짜 안으로 달려 들어가려 하자 가련이 그의 팔을 붙들었다.
"안쪽에는 부녀자들밖에 없는데 이렇게 함부로 들어가려 하다니! 이런 무례한 작자가 있나!"
"더 늦으면 목숨을 살려낼 수 없단 말이오!"
가련이 다급히 안으로 달려 들어가며 소리쳤다.
"안에 계신 분들, 울지 마시오! 스님이 들어오고 있습니다!"
하지만 왕부인 등은 아랑곳하지 않고 계속 울어댔다. 가련이 좀 더 가까이 가면서 또 소리를 지르자 왕부인이 그 소리를 듣고 돌아보았다. 그러다가 몸집이 큰 승려를 발견하고 깜짝 놀랐지만 미처 몸을 피할 겨를이 없었다. 그 승려가 곧장 보옥이 누워 있는 구들 앞으로 달려갔을 때 보차는 한쪽으로 비켜섰지만, 습인 등은 왕부인이 그 자리에 계속 서 있었기 때문에 감히 자리를 뜨지 못했다. 그때 승려가 말했다.
"시주님들, 저는 옥을 갖다주러 왔소이다."
그러면서 옥을 꺼내 공손히 바치면서 말했다.
"어서 포상금을 내주시오. 그러면 내가 저분 목숨을 살려드리겠소!"
왕부인 등은 너무 당혹스러워서 어찌할 바를 몰라 그 옥이 진짜인지 가짜인지 따질 겨를이 없었다.

"목숨만 살려주시면 돈이야 당연히 드려야지요."

"하하, 어서 가져오시오!"

"걱정 마셔요. 무슨 수를 써서라도 마련해드릴 테니까요."

승려는 껄껄 웃더니 옥을 손에 쥔 채 보옥의 귀에 대고 소리쳤다.

"보옥아, 보옥아! 네 보옥이 돌아왔다!"

이 말을 마치자마자 왕부인과 곁에 있던 사람들은 보옥이 눈을 번쩍 뜨는 것을 보았다. 습인이 말했다.

"나왔어요!"

그때 보옥이 물었다.

"어디 있어?"

승려가 옥을 그의 손에 건네주었다. 보옥은 처음에 그것을 꽉 쥐고 있더니, 나중에는 천천히 손을 들어 눈앞에 대고 찬찬히 살펴보았다.

"아아, 오랜만에 보는구나!"

안팎에 있던 모든 이들이 기뻐하며 염불을 외웠고, 심지어 보차조차 승려가 있다는 사실을 잊을 정도였다. 가련도 다가와 살펴보았다. 그는 보옥이 정말 되살아난 것을 보고 너무나 기뻐하며 황급히 밖으로 달려 나갔다.

그 승려도 아무 말하지 않고 가련을 쫓아가 그의 손을 붙잡고 내달렸다. 가련은 어쩔 수 없이 그와 함께 앞쪽으로 가서 급히 가정에게 알렸다. 가정은 그 말을 듣고 무척 기뻐하며 즉시 승려를 찾아가 머리를 조아리며 감사했다. 승려가 답례하고 자리에 앉자 가련은 의심쩍은 생각이 들었다.

'분명 보상금을 받아야 돌아가겠지?'

가정이 그 승려를 자세히 보니 전에 보았던 승려가 아니었다.

"어느 절에 계십니까? 법호는 어찌 되시는지요? 그 옥은 어디서 찾으셨습니까? 어떻게 제 아들놈이 그걸 보자마자 살아난 겁니까?"

승려가 미소를 지으며 말했다.

"저도 모릅니다. 그냥 보상금 만 냥이나 주십시오."

제115회

가정은 그 승려의 성격이 고약하다는 걸 알아채고 기분을 상하게 하면 안 되겠다고 생각했다.

"그러리다."

"그럼 얼른 주시오. 나는 곧 가야 하오."

"잠시만 앉아 계십시오. 제가 안에 들어가 살펴보고 오겠습니다."

"얼른 다녀오시구려."

가정은 안으로 들어가서 자신이 왔다고 알릴 겨를도 없이 곧장 보옥의 구들 앞으로 갔다. 보옥은 아버지가 오는 걸 보고 억지로 자리에서 일어나려 했지만 몸에 기운이 없었다. 그러자 왕부인이 만류했다.

"그럴 필요 없다."

보옥이 웃으며 그 옥을 들어 가정에게 보여주었다.

"옥이 돌아왔습니다."

가정은 건성으로 옥을 보면서 이 일에는 무슨 이유가 있을 거라고 짐작했다. 그는 옥을 자세히 살피지도 않고 왕부인에게 말했다.

"옥이 돌아온 건 다행이지만 보상금은 어찌하면 좋겠소?"

"제가 가진 패물들을 모조리 팔아서 마련하는 수밖에요."

그러자 보옥이 말했다.

"그 스님이 돈을 바라는 건 아닐 것 같습니다."

가정이 고개를 끄덕였다.

"나도 이상하게 생각했다. 하지만 입만 열면 돈을 내놓으라고 성화를 하는구나."

왕부인이 말했다.

"정중히 대접하면서 다시 말씀해보셔요."

가정이 밖으로 나가자 보옥은 배가 고프다고 보챘다. 그는 죽을 한 그릇 먹고 나서 또 밥을 달라고 했다. 할멈들이 밥을 가져왔지만 왕부인은 선뜻 주지 못하고 망설였다. 그러자 보옥이 말했다.

"괜찮아요. 전 이미 다 나았어요."

　그리고 엎드린 채 밥 한 공기를 먹었는데, 과연 점차 원기가 생겨서 곧 일어나 앉으려고 했다. 사월이 다가가 조심스럽게 부축해주면서 진심으로 기쁜 마음을 주체하지 못했다.

"정말 보배로군요! 보자마자 금방 병이 낫다니 말이에요. 예전에 던졌을 때 깨지지 않았으니 정말 다행이에요."

　그 말을 듣자 보옥의 안색이 홱 변하더니, 옥을 내던지고 그대로 뒤로 쓰러져버렸다. 그가 죽었는지 살았는지는 다음 회를 보시라.

제116회

통령보옥을 얻고 태허환경에서 선계의 인연을 깨닫고
어머니 영구를 모시고 고향으로 돌아가 효도를 다하다
得通靈幻境悟仙緣　送慈柩故鄕全孝道

가보옥이 통령보옥을 찾고 태허환경에서 깨달음을 얻다.

　보옥이 사월의 말을 듣자마자 뒤로 넘어져 다시 죽어가자, 깜짝 놀란 왕부인과 사람들이 통곡하며 그의 이름을 불러댔다. 사월은 자신의 실언이 재앙을 초래했다는 걸 깨달았지만, 당시 왕부인도 그녀를 나무랄 겨를이 없었다. 사월은 통곡하면서 각오를 다졌다.
　'보옥 서방님이 돌아가시면 나도 곧 목숨을 끊고 따라가 모실 거야!'
　사월의 마음속 생각에 대해서는 더 이상 이야기하지 않겠다. 어쨌든 왕부인 등은 보옥이 깨어나지 못하자 황급히 밖으로 사람을 보내 그 승려에게 와서 구해달라고 청했다. 하지만 가정이 다시 나가보니 그 승려의 모습은 보이지 않았다. 가정이 이상하게 생각하고 있던 차에 안쪽에서 다시 소란스러운 소리가 들렸다. 급히 들어가서 보니 보옥이 또 예전과 같은 모습으로 입을 꽉 다문 채 전혀 숨을 쉬지 않고 있었다. 손으로 명치를 만져보니 아직 따뜻한 체온이 남아 있었다. 그는 황급히 의원을 불러 약을 먹이게 했다.
　그런데 보옥의 혼은 이미 육신을 빠져나가 있었다. 여러분은 그가 죽었다고 생각하는가? 사실, 몽롱한 가운데 그의 혼이 앞쪽 대청으로 가보니, 옥을 가져다준 승려가 거기 앉아 있었다. 보옥이 절을 올리자 갑자기 그 승려가 벌떡 일어나 보옥의 팔을 붙들고 걸음을 옮겼다. 승려를 따라가는 보옥은 자기 몸이 나뭇잎처럼 가볍게 공중에 둥둥 뜨는 느낌이 들었다. 그리고 대문을 나오지도 않았는데 어찌 된 영문인지 밖에 나와 있었다. 한참을 가다보니 어느 황량한 들에 이르렀는데, 멀리서 언젠가 본 적이 있는 듯한 패루牌樓가 하나 보였다. 저기가 어디냐고 승려에게 물어보려는 순간 홀연히 한 여자가 나타났다.

'이 황량한 들에 이런 미녀가 있을 리 없지. 분명 신선세계에서 내려온 선녀일 거야.'

그렇게 생각하며 가까이 다가가 살펴보니 어디서 본 듯한 얼굴인데 얼른 생각이 나지 않았다. 그 여인은 승려와 인사를 나누고 어느새 사라져버렸다. 보옥이 곰곰이 생각해보니 바로 우삼저의 얼굴이었다. 그는 더욱 이상한 생각이 들었다.

'그분이 어떻게 여기 있지?'

다시 승려에게 물어보려는데, 승려가 그의 팔을 붙들고 패루를 지났다. 그 패루의 현판에는 커다란 글씨로 '진여복지眞如福地' 즉 '진정한 복을 누리는 곳'이라고 적혀 있었고, 양쪽 기둥에 다음과 같은 대련이 걸려 있었다.

　　거짓이 사라지고 진실이 오니 진실이 거짓을 이기고
　　없음은 본래 있음이니 있음은 없음이 아니라네.
　　假去眞來眞勝假
　　無原有是有非無

패방牌坊을 지나 들어가자 궁궐 대문이 나타났다. 대문 위에서 커다란 글씨로 '복선화음福善禍淫' 즉 '선한 이에게 복을 내리고 음란한 자에게는 재앙을 내린다.'라고 가로로 적혀 있었고, 또 양쪽으로 다음과 같은 대련이 큰 글씨로 적혀 있었다.

과거와 미래는

지혜롭고 현명한 이라도 알 수 없고

이전의 인연에 따라 이후의 결과가 정해지는 법이니

혈육처럼 가깝던 이라도 다시 만날 수 없음을 알아야 하리라.

過去未來

莫謂智賢能打破

前因後果

須知親近不相逢

그걸 보고 보옥은 생각했다.

'알고 보니 그런 거로구나. 그래도 인과와 과거, 미래에 대해 물어봐야겠어.'

이때 원앙이 저쪽에 서서 손짓하며 자신을 부르는 게 보였다.

'한참 동안 걸었는데, 대관원 밖으로 나간 게 아니었구나. 그런데 여기 모습이 왜 이리 바뀌었지?'

그는 얼른 원앙에게 다가가 이야기를 나눠보려고 했는데, 원앙의 모습이 순식간에 사라져버렸다. 의아한 생각이 들어 원앙이 서 있던 자리로 걸어가서 보니, 전각들이 가지런히 늘어서 있었고, 각 전각마다 모두 현판이 걸려 있었다. 그는 그곳에 가보고 싶은 생각이 들지 않아, 그저 원앙이 서 있던 자리로 달려갔다. 그때 어느 전각의 문이 반쯤 열려 있는 게 보였지만, 감히 함부로 들어가지 못했다. 승려에게 물어보려고 고개를 돌려보니 그 승려의 모습도 어느새 사라져버린 후였다. 어리둥절한 상태로 그 높다란 전각들을 살펴보았는데, 대관원의 풍경과는 전혀 달랐다. 곧 걸음을 멈추고 고개를 들어 현판을 쳐다보니 '인각정치引覺情癡' 즉 '사랑에 빠진 어리석은 이를 인도하여 깨우치는 곳'이라고 적혀 있었다. 그 양쪽으로는 다음과 같은 대련이 걸려 있었다.

기쁨도 슬픔도 모두 거짓이요
탐욕과 그리움도 모두 어리석음에서 비롯된다네.
喜笑悲哀都是假
貪求思慕總因癡

그걸 보자 보옥은 고개를 끄덕이며 탄식했다. 안으로 들어가 원앙에게 여기가 어디냐고 물어보려다가 자세히 생각해보니 무척 낯익은 곳이었다. 그는 곧 대담하게 문을 열고 안으로 들어갔다. 온 방을 둘러보았지만 원앙은 보이지 않았고, 안쪽은 칠흑처럼 캄캄해서 무서운 생각이 들었다. 막 밖으로 나가려는데 십여 개의 커다란 장롱들이 눈에 띄었다. 장롱의 문은 반쯤 열려 있었다.

'어렸을 때 꿈에서 와본 곳이잖아? 지금 이렇게 직접 오게 되다니, 이 또한 큰 행운이지.'

그는 몽롱한 상태에서 원앙을 찾으려던 생각을 잊어버리고, 곧 용기를 내 맨 위쪽 장롱을 열어보았다. 그 안에는 많은 책들이 들어 있었다. 그걸 보자 더욱 기뻤다.

'사람의 꿈은 거짓이라 하지만, 꿈에서 본 게 실제로 일어날 줄이야! 그 꿈을 다시 꾸고 싶어도 불가능할 거라 생각했는데 뜻밖에도 이런 일이 생겼구나. 그런데 저 책들이 그때 보았던 것들일까?'

맨 위에 놓인 책을 한 권 집어서 보니 『금릉십이차정책金陵十二釵正冊』*이라고 적혀 있었다.

'어렴풋이 기억이 나긴 하는데 안타깝게도 또렷하지 않구나!'

첫 장을 펼쳐보니 앞쪽에 무슨 그림이 있었다. 하지만 그림이 흐려져서 제대로 알아볼 수 없었다. 뒤쪽에 글이 몇 줄 적혀 있었는데, 그 역시 흐려져서 또렷하지는 않았지만 그래도 대충 짐작할 수 있을 것 같았다. 자세히 보니 무슨 '옥대玉帶'라는 글자가 보이고, 그 앞에는 '수풀 임林'자 같은 것이 보였다.

'대옥 누이를 말하는 걸까?'

다시 정신을 집중해서 보니 그 아래에 '금비녀가 눈 속에 있고〔金簪雪裏〕'라는 글자가 있었다.

'어떻게 또 저 사람 이름과 비슷할까?'

곧 앞뒤 네 구절을 합쳐서 읽어보았다.

'무슨 이치가 들어 있는 것 같지는 않고, 그저 그 두 사람의 이름을 암시하는 것뿐이라 별로 특이할 건 없구나. 하지만 여기 '가엾다〔憐〕'는 글자와 '탄식하다〔嘆〕'는 글자는 좋지 않구나. 이건 무슨 뜻이지?'

거기까지 생각하다가 혀를 차면서 중얼거렸다.

"훔쳐보고 있는 중인데 계속 멍하니 생각만 하다가 혹시 누가 오기라도 하면 나머지를 다 보지 못할 거 아냐?"

곧 뒤쪽을 보았지만 그림을 자세히 볼 겨를이 없어서 그저 죽 훑어보기만 했다. 그러다가 마지막에 적힌 노래에 "만나면 거창한 꿈도 끝나리니〔相逢大夢歸〕!"라는 구절을 보자 문득 환히 깨닫는 바가 있었다.

"맞아! 과연 틀림없어! 이건 분명 원춘 누나의 운명이야. 만약 모든 게 이렇게 분명하다면 베껴 가서 자세히 살펴봐야지. 그러면 자매들의 수명과 행복, 불행을 모두 알게 될 텐데. 돌아가거든 비밀을 누설하지 않고 점을 치지 않고도 미래를 미리 아는 사람 노릇을 해야지. 그러면 쓸데없는 생각을 많이 줄일 수 있을 거야."

그러면서 여기저기 둘러보았지만 붓이나 벼루 같은 건 없었다. 또 누가 올까 싶어서 서둘러 뒤쪽을 계속 읽었다. 거기에는 연을 날리는 아이의 모습이 흐릿하게 보였는데, 그것은 무심히 보아 넘겼다. 서둘러서 그 열두 편의 노래를 모두 읽었다. 보자마자 단번에 뜻을 알 수 있는 것도 있었고, 조금 생각한 후에 알 수 있는 것도 있었으며, 그다지 이해가 되지 않은 것도 있었다. 어쨌든 모두 마음에 확실히 새겼다. 그는 탄식을 하면서 또 『금릉우부책金陵又副冊』*을 집어 들고 읽었다. 그러다가 "어릿광대더러 복도 많다고 부러워하지만, 뉘라서 알랴 도련님과는 인연이 없는 것을〔堪羨優伶有福 誰知公子無緣〕!"이라는 구절을 보았다. 처음에는 무슨 뜻인지 몰랐지만 앞쪽에 희미하게 꽃방석 그림이 있는 걸 보고는 깜짝 놀라 통곡하기 시작했다. 그가 다시 뒤쪽을 보려고 하는데 누군가의 목소리가 들렸다.

"또 멍한 병이 도지셨군요! 대옥 아가씨께서 부르시잖아요!"

보옥은 그게 원앙의 목소리인 것 같아 뒤를 돌아보았지만 아무도 보이지 않았다. 그가 놀라며 이상하다고 생각하고 있을 때, 갑자기 원앙이 문 밖에서 손짓하며 그를 불렀다. 그 모습을 보고 보옥은 기뻐하며 얼른 밖으로 나왔다. 그런데 그의 앞에서 걸어가는 원앙의 모습이 어렴풋이 보이기는 했지만 도저히 따라잡을 수가 없었다.

"누나, 좀 기다려요!"

원앙은 들은 체도 하지 않고 계속 앞으로 걸어갔다. 보옥은 어쩔 수 없이 온 힘을 다해 쫓아갔다. 그때 갑자기 눈앞에 딴 세상이 열렸다. 높다란 누각들과 영롱한 건물들 사이로 아름다운 궁녀들의 모습이 언뜻언뜻 보였다. 보옥은 그 모습을 구경하느라 정신이 팔려 원앙에 대해 잊고 말았다. 발길 닿는 대로 어느 궁궐 문으로 들어가 보니, 안에는 온통 기이한 화초들이 피어 있었는데 알아볼 수 있는 게 하나도 없었다. 다만 하얀 돌로 만든 난간에 둘러싸인 풀이 하나 있었고, 잎사귀 끝이 약간 붉었다.

"무슨 꽃이기에 이렇게 귀중한 대접을 받는 걸까?"

그때 산들바람이 부는가 싶더니 그 풀이 한들한들 흔들리는 것이었다. 꽃도 피지 않은 작은 풀이라고는 하지만, 그 아름다움은 보는 사람의 마음을 편안하게 해주면서 혼백이 녹아들게 만들 정도였다. 그가 멍하니 쳐다보고 있는데 옆에서 누군가의 목소리가 들렸다.

"어디서 온 어리석은 물건이기에 여기서 선초仙草를 훔쳐보고 있는 게냐!"

깜짝 놀라 돌아보니 선녀 하나가 보였다. 보옥은 얼른 절을 올렸다.

"원앙 누나를 찾다가 신선세계로 잘못 들어왔습니다. 무례를 용서해주십시오. 그런데 선녀님, 여기가 어딘가요? 왜 원앙 누나가 여기 있으며, 또 대옥 누이가 절 찾는다고 했을까요? 좀 가르쳐주세요."

"당신 누나며 누이가 누군지 누가 알아요? 난 선초를 관리하는 몸이니 속세 사람을 여기 머물게 할 수 없어요."

보옥은 밖으로 나가려다가 그냥 나가기 아쉬워 다시 간청했다.

"선녀님께서 그 선초를 관리하신다면 분명 꽃신 선녀이시겠군요. 그런데 그 풀이 어디가 그리 훌륭한가요?"

"이 풀에 대해 알고 싶다고요? 얘기하자면 길어요. 그 풀은 본래 영하靈河* 강가에 있던 강주초降珠草*예요. 예전에 이 풀이 시들어갈 때 신영시자神瑛侍者*가 날마다 감로수를 준 덕분에 영원한 삶을 얻게 되었지요. 나중에 속세에 내려가 재앙을 겪으며 감로수를 뿌려준 은혜를 갚고 나서 이제 신선세계로 돌아온 거예요. 그래서 경환선자께서 저더러 벌이나 나비가 꼬이지 않게 보살피라고 하셨어요."

보옥은 무슨 말인지 알 수 없었지만, 꽃신을 만난 게 분명하니 절대 이 기회를 놓치지 말아야겠다는 생각뿐이었다.

"이 풀을 보살피는 게 선녀 누나라면, 수많은 다른 훌륭한 꽃들도 모두 전담하는 분이 있겠군요. 하지만 저도 번거롭게 그걸 다 여쭤볼 수 없으니 하나만 여쭤볼게요. 부용꽃을 담당하시는 선녀는 누구신가요?"

"그건 나도 몰라요. 제 주인님만 아세요."

"선녀님의 주인님은 누구신가요?"

"소상비자瀟湘妃子* 님이셔요."

"그렇군요. 그분이 바로 제 사촌누이인 임대옥이라는 건 모르시는군요."

"말도 안 되는 소리! 여기는 신녀神女들이 사는 하늘나라이니, 소상비자라는 호칭으로 불리긴 하지만 아황娥皇*이나 여영女英처럼 인간에서 신이 된 존재와는 전혀 달라요. 그런데 어떻게 인간세계에 친척이 있을 수 있겠어요? 헛소리 그만해요. 안 그러면 역사力士[1]를 불러서 내쫓아버릴 거예요!"

보옥은 그 말을 듣고 더럭 겁이 났다. 그는 자신이 속세의 때가 묻은 더러운 몸이라는 걸 깨닫고 곧 밖으로 나가려 했는데 그때 누군가 달려와서 말했다.

"안에서 신영시자님을 부르십니다."

그러자 먼저 보았던 선녀가 말했다.

"제가 모셔 오라는 명을 받고 한참 동안 기다렸는데도 도무지 나타나지 않으셨어요. 어디서 모셔 오라는 거예요?"

"호호, 조금 전에 나가신 분이 그분이잖아요!"

이에 그 선녀가 황급히 쫓아 나왔다.

"신영시자님, 돌아와주셔요!"

다른 사람에게 하는 말인 줄 안 보옥은, 또 누가 쫓아오나 싶어서 허둥지둥 비틀거리며 도망쳤다. 한참 달려가고 있는데 누군가 앞쪽에서 손을 들어 그를 가로막았다.

"어딜 도망치는 거예요!"

깜짝 놀라 당황하던 보옥이 용기를 내어 고개를 들어보니, 다름 아니라 우삼저였다. 그녀를 보자 보옥은 마음이 조금 놓여서 그녀에게 사정했다.

"누님, 왜 누님마저 저를 핍박하십니까?"

"당신네 형제들 가운데 좋은 사람은 하나도 없어요. 남의 명예와 절개를 망치고 혼인을 깨뜨리기나 하지요. 이제 당신이 여기 왔으니 절대 용서하지 않을 거예요!"

보옥은 이야기가 안 좋은 방향으로 흘러가자 초조해하고 있었는데, 또 뒤쪽에서 누군가 소리쳤다.

"언니, 빨리 붙잡아요. 도망치게 내버려두면 안 돼요!"

우삼저가 보옥에게 말했다.

"내가 소상비자의 명을 받고 기다린 지 오래예요. 이제 당신을 만났으니 단칼에 당신의 속세 인연을 끊어버리겠어요!"

보옥은 그 말을 듣고 더욱 다급해지기도 하고, 또 대체 무슨 말인지 알아들을 수가 없어, 다시 돌아서 도망치려고 했다. 그런데 뜻밖에도 그의 뒤에서 말한 사람은 다름 아닌 청문이었다. 보옥은 그녀를 보자 희비가 교차했다.

"내가 혼자 길을 잃고 헤매다가 우연히 원수를 만나게 되어서 도망쳐 돌아가려고 하는데 아무도 내 편이 되어 주지 않았어. 하지만 이제 됐어. 청문 누나, 얼른 나를 집으로 데려다줘요."

"시자님, 괜한 걱정은 하실 필요 없어요. 저는 청문이 아니라 소상비자님의 분부를 받들어 시자님을 모시러 온 거예요. 절대 시자님을 곤란하게 만들지 않을 거예요."

보옥은 너무 이상하다는 생각이 들었다.

"소상비자님이 나를 부른다고 하는데 대체 그분이 누구인가요?"

"지금 물으실 필요 없이 거기 가보시면 저절로 알게 될 거예요."

보옥은 어쩔 수 없이 그녀를 따라갔다. 그녀의 뒷모습은 청문과 너무 흡사하고 얼굴 생김새나 목소리도 다르지 않았다.

'왜 자기가 청문이 아니라고 하지? 지금은 머리가 어지러우니까 잠시 두고 보자. 거기 가서 소상비자라는 이를 만났다가 혹시 문제가 생기면 이 사람한테 구해달라고 부탁하자. 어쨌든 여자들 마음은 자비로운 법이니까 내가 결례를 저질렀다 해도 용서해줄 거야.'

그렇게 생각하는 사이 어느새 어떤 곳에 도착했다. 건물은 매우 아름답고 휘황찬란하게 장식되어 있었는데, 마당 한가운데 대나무 숲이 있었고, 창밖으로는 푸른 소나무가 몇 그루 서 있었다. 처마 밑 회랑에는 몇몇 시녀들이 서 있었는데 모두 궁녀 차림새를 하고 있었다. 그들은 보옥이 들어오는 걸 발견하고 자기들끼리 속삭였다.

"이분이 신영시자이신가 보네?"

그러자 보옥을 데려온, 청문을 닮은 이가 말했다.

"맞아. 어서 안에 알리도록 해."

한 시녀가 웃으며 보옥에게 손짓하자 그는 그녀를 따라갔다. 몇 채의 건물을 지나자 본채가 나타났는데 주렴이 높이 걸려 있었다.

"여기서 분부를 기다리세요."

보옥은 감히 아무 말도 못하고 밖에 서서 기다렸다. 그 시녀는 들어갔다가 조금 후에 나와서 말했다.

"시자님, 들어가셔서 알현하시지요."

다른 한 시녀가 주렴을 걷었다. 안쪽에는 머리에 화관을 쓰고 수놓인 비단옷을 입은 한 여자가 단정히 앉아 있었다. 보옥이 슬쩍 고개를 들어보니 대옥의 모습이 보이는지라 자기도 모르게 소리를 지르고 말았다.

"누이, 여기 있었군? 얼마나 보고 싶었는지 몰라!"

그러자 주렴 밖에 있던 시녀가 나직이 꾸짖었다.

"이 시자는 정말 무례하군! 어서 나가요!"

그 말이 끝나기도 전에 다른 시녀가 주렴을 내려버렸다. 보옥은 안으로 들어가고 싶었지만 감히 그러지 못하고, 그렇다고 그냥 떠나기도 아쉬웠다. 누구에게 물어보고 싶었지만 시녀들 가운데 아는 얼굴이 없었다. 게다가 쫓겨난 몸이니 어쩔 수 없이 밖으로 나오는 수밖에 없었다. 그는 청문에게 물어볼 생각으로 사방을 둘러보았지만 그녀의 모습도 보이지 않았다. 무척 이상하다 생각했지만 별 수 없이 서둘러 밖으로 나왔는데, 길을 안내해주는 이가 아무도 없어서 왔던 길로 나가려 해도 길을 찾을 수가 없었다.

그가 난처해하고 있는데 희봉이 어느 건물 처마 아래에서 손짓하며 부르는 것이었다. 보옥이 그녀를 보고 기뻐하며 중얼거렸다.

"다행이로군! 알고 보니 우리 집으로 돌아온 거였구나. 내가 갑자기 왜 이리 멍청해졌지?"

그는 얼른 희봉에게 달려갔다.

"형수님, 여기 계셨군요? 여기 사람들이 너무 저를 놀리네요. 대옥 누이도 만나주려 하지 않으니 도무지 까닭을 모르겠어요."

그러면서 가까이 다가가 자세히 살펴보니 희봉이 아니라 가용의 아내였던 진가경이었다. 그는 어쩔 수 없이 걸음을 멈추고 "희봉 형수님은 어디 계셔요?" 물으려고 했다. 하지만 진가경은 아무 대답도 없이 방 안으로 들어가버렸다. 그는 어리둥절한 가운데 감히 그녀를 따라 들어가지 못하고 그저 멍하니 서서 한숨만 내쉬었다.

"오늘 내가 무슨 잘못을 저질렀기에 모두들 상대도 안 해주는지 모르겠네."

그는 곧 통곡을 터뜨리고 말았다. 그때 노란 두건을 쓴 몇 명의 역사들이 채찍을 들고 쫓아왔다.

"어디서 온 사내기에 감히 우리 신선세계에 함부로 들어왔단 말이냐? 당장 나가라!"

보옥이 아무 말도 못하고 나가는 길을 찾고 있는데, 멀리서 한 무리 여자들이 재잘재잘 웃고 떠들며 다가왔다. 자세히 보니 영춘 등인 것 같아 내심 기뻐하며 소리쳤다.

"내가 길을 잃었으니 어서 구해줘요!"

이렇게 소리를 지르고 있는데 뒤에서 역사들이 쫓아와 보옥은 정신없이 앞으로 내달렸다. 그런데 갑자기 그 여자들이 모두 귀신 형상으로 바뀌더니 그를 쫓아왔다.

다급해진 보옥이 어쩔 줄 몰라 당황하는데 옥을 갖다주었던 승려가 거울을 들고 비추며 말했다.

"원비마마의 명을 받고 그대를 구하러 왔소!"

그러자 순식간에 귀신들이 전부 사라지고, 그와 승려는 다시 황량한 들판에 서 있었다. 보옥이 승려의 팔을 붙들고 말했다.

"제가 기억하기로는 스님께서 저를 이곳으로 데려오셨는데 갑자기 사라지셨더군요. 가까운 이들을 많이 만났는데 다들 저를 아는 체도 하지 않고, 또 갑자기 귀신으로 변해버렸어요. 스님, 이게 대체 꿈인지 생시인지 분명히 가르쳐주셔요."

"여기 와서 뭘 훔쳐본 적이 있소?"

보옥은 잠시 생각해보았다.

'이 스님이 나를 신선세계에 데려왔으니 당연히 신선일 거야. 그러니 어떻게든 속일 수가 없겠지. 게다가 아까 그게 무슨 뜻인지 물어보려던 참이였잖아?'

"책을 몇 권 보기는 했습니다."

"또 이러는구먼! 책을 보았으면서도 아직 깨닫지 못하고 있단 말인가! 세상의 애정과 연분은 모두 그런 사악한 장애물에 지나지 않는 법이네. 어쨌든 지금 겪은 일을 자세히 기억해두게. 나중에 내가 설명해주겠네."

그러더니 보옥을 벌컥 떠밀며 외쳤다.

"돌아가라!"

보옥은 다리를 버텨 서지 못하고 털썩 쓰러지며 소리쳤다.

"아야!"

왕부인 등은 한참 통곡하고 있다가 보옥이 깨어나는 소리를 듣고 다급히 그의 이름을 불렀다. 보옥이 눈을 떠보니 자신은 여전히 구들에 누워 있었고, 통곡하던 왕부인과 보차 등은 눈이 벌겋게 부어 있었다. 그는 잠시 정신을 가다듬었다.

'그래, 내가 잠시 죽었다가 살아난 모양이구나!'

그는 멍하니 누워 혼령이 겪었던 일들을 자세히 떠올려보았다. 다행히 아직 많은 부분을 기억할 수 있었다. 자기도 모르게 "하하!" 웃음이 터졌다.

"그래, 맞아!"

왕부인은 보옥의 병이 도졌나 보다 생각하고 즉시 의원을 불러 치료해야 겠다고 생각했다. 그리고 즉시 하녀들과 할멈들에게 명하여 가정에게 알리라고 했다.

"보옥 서방님이 깨어나셨습니다. 아까는 혼수상태에 빠져 계셨지만 지금은 말씀을 하실 수 있게 되었으니 후사를 준비하실 필요가 없게 되었습니다."

가정이 그 말을 듣고 황급히 안으로 들어와보니, 과연 보옥이 깨어나 있었다.

"이 속없는 놈아, 누굴 놀래 죽이려고 이러느냐!"

그러면서 자기도 모르게 눈물을 흘렸다. 몇 차례 한숨을 쉬더니 밖으로 나가 의원을 불러 진맥하고 약을 먹이라고 당부했다.

한편, 자살을 생각하고 있던 사월도 보옥이 깨어나자 마음을 놓았다. 왕부인이 하녀를 시켜 계원탕桂圓湯*을 끓이게 하여 보옥에게 몇 모금 마시게 했더니 정신이 점점 안정되었다. 왕부인도 한시름 놓았고, 사월을 꾸짖지도 않았다. 그리고 사람들에게 그 옥을 보차에게 주어서 보옥에게 걸어주라고 했다.

"그 스님이 이 옥을 어디서 찾아서 가져왔는지 정말 이상하구나. 어째 돈을 내놓으라고 잠깐 성화를 부리더니 또 금세 사라져버렸을까? 혹시 신선이 아닐까?"

보차가 말했다.

"그 중이 찾아온 종적이나 사라진 모습으로 보면, 아무래도 이 옥을 어디서 찾아서 온 건 아닌 것 같아요. 저번에 잃어버렸을 때 분명 그 중이 훔쳐갔을 거예요."

왕부인이 말했다.

"옥은 집안에 있었는데 그 스님이 어떻게 가져갈 수 있었겠느냐?"

"갖다줄 수 있는 걸 보면 가져갈 수도 있지 않을까요?"

그러자 습인과 사월이 말했다.

"전에 그 옥을 잃어버렸을 때 임집사님이 점을 친 적이 있는데, 나중에 새아씨께서 시집오셨을 때도 저희가 말씀드렸잖아요. 그때 점쟁이가 찍어낸 글자가 '상賞'이었다고 했잖아요. 아씨, 기억나세요?"

"맞아, 그랬지! 너희들은 그게 전당포에서 찾아보라는 뜻이라고 했었지. 그런데 이제야 명확해졌구나. 결국 '상賞' 자의 위쪽에 '승려〔和尙〕'를 뜻하는 '상尙' 자가 있으니, 승려가 가져갔다는 뜻이 아니겠어?"

왕부인이 말했다.

"그 스님은 애초부터 이상했어. 예전에 보옥이가 아팠을 때 그 스님이 와서 하는 말이, 우리 집에 병을 고칠 수 있는 보배가 있다고 했거든. 알고 보니 그게 바로 이 옥이었구나. 그걸 아는 걸 보면 당연히 이 옥에 무슨 내력이 있는 게 분명해. 게다가 보옥이가 태어날 때 그걸 입에 물고 태어났단 말이다. 자고이래로 이런 이상한 일이 있다는 걸 또 들어본 적이 있느냐? 하지만 결국 이 옥이 어찌 될지 모르니 우리 이 아이도 어찌 될지 모르지. 병이 난 것도 이 옥 때문이고 나은 것도 이것 때문인데다 태어날 때도 이 옥을……"

여기까지 말하고는 갑자기 입을 다물고 자기도 모르게 다시 눈물을 흘렸다.

보옥은 이 말을 듣고 속으로 분명히 깨달았다. 게다가 죽어서 겪은 일을 떠올리니 더욱 까닭이 있다는 생각이 들었다. 하지만 아무 말도 하지 않고 속으로는 자세히 그 기억을 떠올렸다. 그때 석춘이 말했다.

"예전에 옥을 잃어버렸을 때 묘옥 스님에게 점을 쳤는데, 그때 나온 글귀가 '청경봉 아래 늙은 소나무에 기대고 있노라〔青埂峰下倚古松〕.'라고 했고, 또 뭐더라 '우리 대문에 들어서면 웃으며 만나리라〔入我門來一笑逢〕!'라는 구절도 있었어요. 생각해보니 '우리 대문에 들어오면'이라는 말에 아주 깊은 의미가 들어 있는 것 같아요. 불교에서 수행에 입문하는 길이 아주 크긴 하지만, 오빠 같은 분은 들어갈 수 없을 것 같아요."

보옥이 그 말을 듣고 코웃음을 몇 번 쳤다. 보차는 그 소리를 듣자 자기도 모르게 눈살이 찌푸려지며 불안한 생각이 들기 시작했다. 그러자 우씨가 말했다.

"아가씨는 말만 꺼내시면 불교 얘기로군요. 출가하시겠다는 생각을 아직 단념하지 않았나 보죠?"

"호호, 솔직히 말씀드리면 저는 이미 오래전에 비린 음식을 끊었어요."

왕부인이 말했다.

"얘야! 아이고, 맙소사! 그런 생각은 아예 하지도 마라!"

석춘은 아무 말도 하지 않았다. 보옥은 '낡은 불상 앞에 등불 켜고〔靑燈古佛前〕'[2]라는 시 구절을 떠올리고는 자기도 모르게 몇 차례 탄식했다. 문득 돗자리 하나와 꽃 한 가지가 그려진 그림 뒤에 적힌 시가 떠올라 습인을 쳐다보며 자기도 모르게 눈물을 흘렸다. 사람들은 그가 갑자기 웃다가 갑자기 슬퍼하는 모습을 보고 무슨 뜻인지 모른 채, 그저 그의 지병 때문이라고만 생각했다. 그들이 어찌 알겠는가? 보옥은 상황이 닥칠 때마다 깨달음을 얻었고, 훔쳐본 책에 적혀 있던 시들을 모두 또렷이 기억하고 있었다. 그저 말을 하지 않았을 뿐 그는 마음속에 진즉 자기만의 정해진 생각이 있었다. 이 이야기는 잠시 접어두기로 하자.

한편, 사람들은 보옥이 죽었다가 다시 깨어나 정신이 멀쩡해진 것을 보고, 날마다 약을 먹어서 하루가 다르게 몸이 점차 회복되고 있다고 생각했다. 가정은 이제 보옥의 몸이 다 나았고, 아직 태부인의 상중이기도 해서 달리 일도 없다. 그러나 가사는 언제 사면을 받게 될지 모르는데 태부인의 영구가 철함사에 너무 오래 안치되어 있다는 사실이 떠올라 마음이 놓이지 않았다. 가정은 영구를 모시고 남쪽 고향으로 돌아가 묘지에 안장할 생각으로 가련을 불러 상의했다. 그러자 가련이 말했다.

"숙부님, 지당하신 생각이십니다. 상을 치르는 기회에 큰일 하나를 처리하면 더욱 좋겠지요. 나중에 상복을 벗으시면 또 일이 뜻대로 풀리지 않을 수도 있으니까요. 하지만 제 아버님이 집에 계시지도 않은 마당에 제가 외람되게 뭐라 말씀드리기 곤란합니다. 그리고 숙부님 의견은 아주 훌륭하지만, 그 일을 치르는 데에도 수천 냥의 은돈이 필요합니다. 하지만 관아에서 도적들을 잡아 물건들을 되찾는 것도 별로 가망이 없어 보입니다."

"내 생각은 정해졌다. 다만 형님이 집에 안 계셔서 너한테 어쩌면 좋을지 방법을 상의하는 거다. 너는 집을 떠날 수 없지. 지금 집에 사람이 없으니 네가 집안일을 돌봐야 하지 않겠느냐? 나는 여러 개의 관들을 모두 가져갈 생각인데, 혼자서 처리할 수 없으니 용이를 데려갈까 한다. 그 아이 안사람의 관도 포함되어 있으니까 말이다. 그리고 대옥이 관도 있지. 어머님께서 그 아이 관도 어머님 것과 함께 고향으로 돌려보내라고 하시지 않았느냐. 여기에 필요한 돈은 어디서든 몇천 냥쯤 빌리는 수밖에 없겠지. 그 정도면 충분하다."

"요즘 인심이 너무 각박해서요. 숙부님은 상중이시고 제 아버님은 외지에 나가 계시니, 돈을 빌리는 것도 빠른 시일 안에는 불가능할 것 같습니다. 어쩔 수 없이 건물과 토지 문서를 저당 잡힐 수밖에요."

"지금 살고 있는 집은 관청에서 지은 것인데 함부로 처리할 수 없다."

"살고 있는 집이야 손을 대면 안 되지요. 하지만 바깥에 빼낼 수 있는 것이 몇 군데 있지 않습니까? 나중에 숙부님께서 복직하시고 나서 돈을 갚고 되찾으면 되니까요. 또 제 아버님이 돌아오셔서 다시 등용되실 수 있다면 역시 다시 찾을 수 있습니다. 다만 숙부님 연세가 이렇게 많으신데 이런 고생을 하신다 하니 제 마음이 너무 불편합니다."

"어머님 장례니까 마땅히 해야지. 다만 너는 집에서 좀 더 주의하면서 성실히 일을 보살피고 잘 유지해야 하느니라."

"그건 염려 마십시오. 비록 제가 못나긴 했지만 결코 소홀히 처리하는 일이 없도록 하겠습니다. 게다가 남쪽으로 가시려면 사람들을 데려가야 하실 터이니 집에 남아 있는 사람도 몇 명 되지 않을 테고, 그런 비용쯤이야 어떻게든 마련할 수 있습니다. 만약 도중에 여비가 모자랄 경우가 생기면 틀림없이 뇌상영賴尙榮*의 임지를 거쳐 가실 테니까 그에게 좀 도와달라고 하십시오."

"자기 부모님 장례를 치르는데 남한테 무얼 도와달라고 한단 말이냐?"

"예, 알겠습니다."

가련은 곧 물러나서 돈을 마련할 계획을 세웠다.

가정은 곧 왕부인에게 계획을 알리고 집안 관리를 맡긴 다음, 발인할 날짜를 잡아 곧 출발하려고 했다. 이때 보옥은 몸이 회복되어 있었고, 가환과 가란도 공부를 열심히 하고 있었다. 가정은 모든 것을 가련에게 맡기며 그들의 공부도 감독하게 했다.

"올해는 향시鄕試가 열리는데, 환이는 제 어미 상중이라 응시할 수 없다. 란이는 손자라서 탈상하고 나면 응시할 수 있을 게다. 그러니 반드시 보옥이에게 란이와 함께 응시하라고 일러라. 둘 중 하나라도 거인擧人*이 될 수만 있다면 우리 집안의 죄를 조금은 씻을 수 있을 테니까 말이다."

가련은 모두 "예! 예!" 대답했다. 가정은 집에 남는 이들에게 이런저런 당부를 하고, 사당에 하직 인사를 올렸다. 곧 성 밖으로 나가 며칠 동안 경을 외우고 나서, 영구를 발인하여 배를 띄워서 임지효 등을 데리고 길을 떠났다. 그는 친우들을 번거롭게 할까봐 따로 알리지 않았고, 가씨 집안사람들만 적당한 길까지 전송하고 돌아왔다.

보옥은 향시에 응시하라는 아버지의 명을 받았기 때문에, 왕부인도 수시로 그의 공부를 재촉하며 검사했다. 당연히 보차와 습인도 늘 열심히 하라고 권고했다. 뜻밖에 보옥은 병을 앓고 난 뒤로 원기가 나날이 좋아졌지만, 생각은 더욱 괴벽스럽게 변하여 완전히 딴사람이 되어 있었다. 그는 입신출세를 싫어할 뿐만 아니라 여자들과의 사랑이나 인연에 대해서도 예전보다 훨씬 가볍게 생각했다. 다만 사람들은 그걸 눈치채지 못했고, 보옥도 전혀 그런 사실을 말하지 않았다.

하루는 자견이 대옥의 영구를 전송하고 돌아와 자기 방에 울적하게 앉아서 흐느꼈다.

'무정한 보옥 서방님! 대옥 아가씨 영구가 돌아가는 걸 보시고도 전혀 슬퍼하는 기색을 보이지 않고 눈물조차 흘리시지 않는구나. 내가 이렇게 울고 있는데도 위로하려 하지 않고 오히려 쳐다보며 웃기만 하시다니. 의리 없는 사람! 예전에는 온갖 달콤한 말로 우리를 꼬드겼지! 이전 밤에도 다행히 내가 딱 잘라버렸으니 망정이지, 그러지 않았더라면 농락당할 뻔하지 않았던가! 그런데 한 가지 이해할 수 없는 건 요즘 저 양반이 습인이나 다른 하녀들에게도 쌀쌀맞게 군다는 거지. 아씨야 본래 친근하게 대하는 걸 좋아하시지 않지만, 사월 같은 애들은 원망하지 않을까? 내가 보기에 여자아이들은 대부분 속이 좁은데, 괜히 그렇게 속을 태우게 하다니. 어쨌든 나중에 어찌 되는지 보자!'

그때 오아가 찾아왔다가 그녀의 얼굴에 가득한 눈물자국을 발견했다.

"언니, 또 대옥 아가씨를 생각하고 계셨군요? 백문불여일견百聞不如一見이라더니, 예전에 듣기로는 보옥 서방님께서 여자아이들에게 아주 잘해주신다고 해서 제 어머니도 저를 여기 들여보내려고 여러 차례 애를 썼지요. 저도 들어와서 몇 차례 전심전력으로 병수발을 들었고요. 그런데 이젠 병이 나았는데도 고맙다는 말 한마디 없고, 지금은 아예 눈길조차 주시지 않네요."

자견은 그 말이 너무 우스워서 키득키득 웃었다.

"체! 요놈의 계집애야, 그래, 넌 서방님이 너를 어떻게 대해주시면 좋겠어? 계집애가 부끄러운 줄도 모르고! 어엿한 정실부인과 거들떠보지도 않는 이들이 방 안에 가득한데 너 같은 애한테 신경 쓰실 틈이 어디 있으시겠어!"

그러면서 손가락으로 오아의 볼을 콕 찌르며 말했다.

"대체 넌 보옥 서방님한테 어떤 사람이라고 생각해?"

오아는 자기가 실언했다는 걸 깨닫고 금방 얼굴이 빨갛게 달아올랐다. 보옥이 자기를 어떻게 대해주면 좋겠다는 게 아니라 요즘 아랫사람들에게 상냥하게 대하지 않는다는 이야기를 하려는데, 뜰의 대문 밖에서 시끌벅적 떠드는 소리가 들렸다.

"밖에 중이 또 와서 만 냥을 내놓으라고 합니다. 마님께서 급한 대로 가련 서방님더러 가서 얘기해보라고 하셨는데, 하필 서방님이 집에 안 계십니다. 그 중이 밖에서 미친 소리를 지껄여대고 있어서요. 마님께서 의논 좀 하자며 아씨를 부르십니다."

그 승려를 어떻게 돌려보냈는지는 다음 회를 보시라.

제117회

탈속한 이를 가로막아 두 미녀는 옥을 지키고
무리를 모아 못된 자식이 혼자 집안일을 맡다

阻超凡佳人雙護玉　欣聚黨惡子獨承家

집안 살림을 맡은 가장, 가환 등이 패거리를 지어 방탕하게 놀다.

왕부인이 의논을 하자며 보차를 부르러 사람을 보냈는데, 보옥은 밖에 승려가 와 있다는 소리를 듣자 황급히 혼자 앞으로 달려가며 소리를 질러댔다.

"내 사부님 어디 계셔?"

한참을 소리쳐도 승려가 보이지 않아 어쩔 수 없이 밖으로 나가보니, 이귀李貴*가 승려를 가로막고는 들여보내지 않고 있었다. 그걸 보고 보옥이 말했다.

"어머님께서 나더러 사부님을 안으로 모시라고 하셨어."

그제야 이귀가 붙들고 있던 손을 놓자, 그 승려는 휘적휘적 안으로 걸어 들어갔다. 보옥은 그 승려의 생김새가 자신이 죽었을 때 만났던 이와 똑같은 걸 보고, 속으로 어느 정도 내막을 깨달았다. 그는 얼른 승려에게 다가가 절을 올렸다.

"사부님, 제자가 영접이 늦었습니다. 용서하십시오!"

"대접은 필요 없으니 돈이나 내놔! 돈만 가져오면 바로 떠날 테니까!"

보옥이 보니 그 승려의 말투가 도를 닦은 사람 같지 않고, 머리엔 부스럼이 가득하고 옷차림은 지저분하고 너덜너덜했다.

'예로부터 진정한 도인은 본모습을 드러내지 않고, 본모습을 드러낸 이는 진정한 도인이 아니라고 했어. 이분을 뵈었을 때 기회를 놓치면 안 되

니까, 우선 사례금을 드린다고 해놓고 무슨 말씀을 하시는지 보자.'

이렇게 생각하고 그가 얼른 말했다.

"사부님, 너무 서두르실 필요 없습니다. 지금 어머님께서 준비하고 계시니까 잠시만 앉아 계십시오. 그런데 제자가 한 가지 여쭤볼 게 있습니다. 사부님께선 혹시 '태허환경太虛幻境'에서 오시지 않았습니까?"

"환경은 무슨! 그저 온 데서 오고 갈 곳으로 가는 것뿐이지! 난 자네 옥을 찾아다 준 사람이야. 그럼 내가 묻겠네. 그 옥은 어디서 온 건가?"

보옥이 순간적으로 대답하지 못하자 그 승려가 웃으며 말했다.

"자기가 온 길도 모르면서 내가 어디서 왔냐고 묻다니!"

보옥은 본래 영특한 사람이고, 또 어느 정도 깨우침을 받았기 때문에 속세의 무상함을 진즉 간파하고 있었지만, 정작 자신의 내력에 대해서는 모르고 있었다. 그러다가 그 승려가 옥에 대해 묻자 마치 몽둥이로 머리를 맞은 것 같았다.

"사부님, 돈이 필요하신 게 아니군요? 제가 그 옥을 돌려드리겠습니다."

"하하, 당연히 돌려줘야지!"

보옥은 대답도 않고 안으로 달려 들어갔다. 자기 거처에 도착해보니 보차와 습인은 모두 왕부인 거처로 가고 없었다. 그는 황급히 자기 침대 옆에서 그 옥을 찾아 들고 밖으로 나왔다. 그 순간 맞은편에서 오고 있던 습인과 정면으로 부딪치고 말았다. 습인이 깜짝 놀라며 물었다.

"마님께선 서방님이 그 중을 상대하고 계셔서 아주 잘됐다고 하시네요. 지금 그 중한테 줄 사례금을 마련하고 계셔요. 그런데 왜 다시 돌아오셨어요?"

"얼른 가서 어머님께 말씀드려. 돈은 마련할 필요 없고, 내가 이 옥을 돌려주면 다 해결된다고 말이야."

습인이 황급히 그를 붙들었다.

"그건 절대 안 돼요! 그 옥은 바로 서방님 목숨인데, 그 중이 가져가버리면 서방님은 또 병을 앓게 될 거예요!"

"이젠 더 이상 재발하지 않을 거야. 내가 이미 마음에 새겨둔 게 있는데 이따위 옥이 무슨 소용 있어!"

그가 뿌리치고 가려 하자 습인이 다급히 쫓아오며 소리쳤다.

"잠깐만요! 제가 한마디만 할게요!"

보옥이 돌아보면서 말했다.

"아무 말도 할 필요 없어."

습인은 이것저것 따질 겨를 없이 다급히 쫓아오면서 소리쳤다.

"저번에 옥을 잃어버렸을 때 제가 거의 죽을 뻔했다고요! 얼마 전에야 겨우 찾았는데 다시 가져가버리시면, 서방님도 살지 못하고 저도 죽게 될 거예요! 그걸 돌려주시려거든 저부터 죽이셔요!"

그러면서 달려와 붙들자 보옥이 버럭 화를 냈다.

"누나가 죽거나 말거나 상관없이 돌려줘야 해!"

그는 습인을 사납게 밀쳐버리고 몸을 빼려 했다. 습인은 두 손으로 보옥의 허리띠를 붙들어 쥔 채 울고불고 고함을 지르며 땅바닥에 주저앉아 버텼다. 안에 있던 하녀들이 그 소리를 듣고 황급히 달려와서 보니, 두 사람의 표정이 좋지 않았다. 그때 습인이 울며 소리쳤다.

"어서 마님께 알려라. 서방님께서 이 옥을 중한테 돌려주려 하신다고 말이야!"

하녀들이 재빨리 달려가 왕부인에게 알렸다. 보옥은 더욱 화를 내며 손으로 습인의 손을 벌려 떼어내려 했지만, 그녀는 아픔을 참으며 한사코 놓아주지 않았다. 방 안에 있던 자견은 보옥이 옥을 누구에게 줘버리려 한다는 소리를 듣고 누구보다 더 놀랐다. 그녀는 보옥에게 냉담하게 대하자던 평소의 생각을 까맣게 잊어버리고 후다닥 달려나와 습인을 도와서 보옥을 부둥켜안았다. 보옥이 남자라 해도 두 여자가 죽자 사자 끌어안고 놓아주지 않으니, 아무리 애를 써도 몸을 빼낼 수 없었다. 그가 한숨을 내쉬었다.

"옥 하나 때문에 이렇게 죽자 사자 놓아주지 않는구나! 만약 내가 떠나 버리면 어쩔 거야?"

습인과 자견은 그 말을 듣고 엉엉 울었다.

그렇게 셋이 엉켜 있을 때 왕부인과 보차가 급히 달려왔다. 왕부인이 그 모습을 보고 통곡하면서 호통을 쳤다.

"보옥아, 네가 또 미쳤구나!"

보옥은 왕부인이 오는 걸 보자 빠져나갈 수 없게 되었다는 것을 알고, 어쩔 수 없이 웃음을 지으며 말했다.

"이까짓 게 뭐라고 어머님까지 속을 태우시게 만들었군요. 이 사람들은 늘 별일도 아닌 걸로 소란을 피운다니까요? 제 생각에 그 중은 너무 인정머리가 없어요. 기어이 만 냥을 내놓으라 하면서 한 푼도 모자라면 안 된다고 하지 뭡니까? 그래서 제가 홧김에 들어와 이 옥을 갖고 가서 '이런 가짜 옥을 어디다 쓰겠어?' 하고 돌려주는 척하려고 했던 겁니다. 우리가 그 옥을 하찮게 여기는 걸 알면 사례금을 대충 주더라도 그것만 받고 돌아가 버릴 게 아니겠어요?"

"난 네가 정말 돌려주려는 줄 알았다. 그럼 됐다. 그런데 왜 저 아이들한테 제대로 말해주지 않았어? 저렇게 울고불고하게 만들다니 이게 무슨 꼴이냐?"

그러자 보차가 말했다.

"그렇다면 다행이네요. 하지만 정말 그 중한테 옥을 주면 곤란해요. 좀 괴상한 구석이 있는 그 중한테 옥을 줘버렸다가 혹시 집안에 무슨 일이 생기면 곤란해지지 않겠어요? 돈이라면 제 머리장식만 팔아도 충분히 마련할 수 있어요!"

왕부인이 말했다.

"별 수 없지. 일단 그렇게 하자꾸나."

보옥은 아무 대답도 하지 않았다. 그때 보차가 다가와 그의 손에서 옥을 받아들였다.

"서방님은 나가실 필요 없어요, 제가 어머님과 함께 가서 그 중에게 돈을 주면 되니까요."

"옥은 돌려주지 않아도 되지만 나는 그분을 한 번 만나야겠어."

습인 등이 여전히 손을 놓아주려 하지 않자 보차가 분명히 잘라 말했다.

"놔줘. 마음대로 하시도록 해드려."

습인이 어쩔 수 없이 손을 놓았다.

"하하, 당신들 알고 보니 옥만 중시하고 나는 중시하지 않는구먼? 기왕 놔주었으니 나는 그분을 따라가겠어. 당신들이 그 옥을 어떻게 간수하는지 보자고!"

습인은 다시 마음이 초조해지기 시작하여 그를 붙잡고 싶었지만, 왕부인과 보차 앞이라서 너무 경박하게 처신하기가 곤란했다. 그 틈에 보옥은 손을 뿌리치고 떠나버렸다. 습인은 급히 하녀들을 세 곳 대문에 보내 배명焙茗• 등에게 전하라고 했다.

"바깥에 얘기해서 보옥 서방님을 잘 보살피라고 해. 지금 정신이 좀 이상하니까."

하녀들이 "예!" 하고 물러갔다.

왕부인과 보차 등이 방에 들어가 자리에 앉아 이유를 묻자, 습인은 보옥이 한 말을 자세히 들려주었다. 너무 걱정스러운 나머지 왕부인과 보차는 바깥 사람들에게 보옥의 시중을 들면서 승려와 무슨 대화를 나누는지 들어보라고 명했다. 잠시 후 하녀가 돌아와서 왕부인에게 전했다.

"서방님이 정말 정신이 좀 이상해요. 밖에 있는 심부름꾼들이 그러는데 안에서 옥을 내주지 않아 어쩔 수 없다고 하시면서, 이제 직접 나오셨으니 그 중더러 서방님을 데려가달라고 하셨대요."

왕부인이 깜짝 놀라 물었다.

"그게 말이나 되는 소리더냐! 그래, 그 중은 뭐라고 했다 하더냐?"

"자기는 옥이 필요하지 사람이 필요한 게 아니라고 했답니다."

보차가 말했다.

"돈을 달라는 말은 없었고?"

"그런 얘기는 못 들었답니다. 나중에 서방님과 그 중이 웃으며 무슨 얘기를 많이 나누었다는데, 대부분 밖에 있는 하인들이 알아들을 수 없는 말들뿐이었답니다."

왕부인이 말했다.

"저런 멍청한 것들! 알아듣지는 못해도 무슨 말을 했는지 그대로 전할 수는 있겠지. 너, 가서 그 심부름꾼을 이리 데려오너라."

하녀가 황급히 나가 심부름꾼을 데려왔다. 심부름꾼이 복도에 서서 창 너머로 인사를 올리자 왕부인이 물었다.

"그 중과 서방님이 나눈 얘기를 너희가 알아듣지 못했다고 했는데, 그대로 옮길 수는 있겠지?"

"저희는 그저 무슨 '대황산' 이니, '청경봉' 이니, '태허경' 이니, '속세의 인연을 끊는다' 느니 하는 말만 들었습니다."

왕부인도 그게 무슨 말인지 몰랐지만, 보차는 깜짝 놀라 눈을 부릅뜬 채 입도 벙긋하지 못했다. 왕부인이 막 사람을 보내 보옥을 데려오라고 시키려는데, 보옥이 히죽히죽 웃으며 들어왔다.

"이제 됐다! 됐어!"

보차는 여전히 멍한 표정을 짓고 있었다. 왕부인이 보옥에게 물었다.

"정신 나간 것처럼 그게 무슨 소리냐?"

"진지한 얘기를 하는데도 정신이 나갔다고 하시는군요. 그 스님은 원래 저랑 아는 사이인데, 그냥 저를 보러 잠깐 들르신 겁니다. 그분이 정말 돈을 달라고 오셨겠어요? 그저 적선한 셈 치고 보시나 좀 하라는 거지요. 그리고 자신에 대해 설명하고 나서 표연히 떠나셨습니다. 그러니 정말 잘된 거 아닙니까?"

그 말이 믿기지 않은 왕부인이 창 너머 심부름꾼에게 물었다. 심부름꾼이 황급히 나가 문지기에게 물어보고 돌아와서 아뢰었다.

"그 중은 정말 떠났습니다. 그러면서 마님께 걱정하지 마시라고 전하라 했답니다. 자기는 본래 돈을 받으러 온 게 아니니 보옥 서방님께서 자기한테 자주 놀러와주시기만 하면 된다고요. 그리고는 '만사는 인연을 따르는 법이니 당연히 정해진 도리가 있다.'고도 했습니다."

"알고 보니 좋은 스님이셨구나. 그래, 어디 계시는지 여쭤보았더냐?"

문지기가 대답했다.

"소인이 물어보았더니 저희 서방님께서 아실 거라 하셨습니다."

왕부인이 보옥에게 물었다.

"대체 그분은 어디 계시느냐?"

"하하, 거긴 멀다면 멀고 가깝다면 가까운 곳이지요."

그 말이 끝나기도 전에 보차가 말했다.

"제발 정신 좀 차리셔요! 계속 그렇게 넋이 나간 채로 계시면 어떡하라는 건가요? 지금 아버님, 어머님께서는 당신 하나만 애지중지하시고, 또 아버님께서는 당신에게 입신양명하여 출세하라고 당부하셨잖아요."

"내가 말하는 게 바로 출세 아니오! 다들 '자식 하나가 출가하면 칠대 조상이 승천한다〔一子出家 七祖昇天〕.'는 말도 못 들어보신 모양이군!"

그 말을 듣고 왕부인은 자기도 모르게 가슴이 아파왔다.

"우리 집 운세를 어찌해야 할까? 석춘이도 입만 열면 출가한다고 난리인데 이젠 또 하나가 늘었구나! 내가 이렇게 살아서 무엇한단 말이냐!"

그러면서 목 놓아 통곡하자 보차가 다가가서 간곡히 위로했다. 하지만 보옥은 빙글빙글 웃기만 했다.

"농담 한마디 했더니 어머니는 또 진짜로 여기시는군요."

그러자 왕부인이 울음을 멈추었다.

"그게 그리 아무렇게나 해도 될 말이더냐!"

그렇게 한창 시끄러운 차에 하녀가 들어와서 아뢰었다.

"련 서방님께서 돌아오셨는데 안색이 아주 안 좋습니다. 마님께 드릴 말씀이 있다고 합니다."

왕부인이 깜짝 놀라 말했다.

"예의 같은 건 잠시 따지지 말고 이리 들어오라고 해라. 보차도 원래부터 친척이었으니 내외할 필요 없다."

가련이 들어와서 왕부인에게 인사했다. 보차도 맞이하며 인사했다. 가련이 왕부인에게 말했다.

"조금 전에 제 아버님 편지를 받았는데, 병이 아주 위중하셔서 저보고 얼른 오라고 하셨습니다. 지체하다가는 만나 뵐 수 없을 것 같답니다."

거기까지 말하고 눈물을 흘리자 왕부인이 물었다.

"무슨 병이라고 하더냐?"

"감기에서 시작되었는데 지금은 폐병이 되었답니다. 너무 위독하셔서 심부름꾼 하나가 밤낮으로 달려왔다는데, 하루 이틀만 지체해도 만나 뵐 수 없을 거랍니다. 숙모님, 아무래도 저는 곧 출발해야 할 것 같습니다. 다만 집안일을 돌볼 사람이 없어서 걱정입니다. 장이와 운이가 좀 모자라긴 해도, 그래도 사내니까 밖에 일이 있을 때는 그 아이들을 시키셔도 될 겁니다. 제 집에는 별일이 없습니다. 추동은 날마다 울고불고 여기 있기 싫다고 해서 제가 그쪽 친정 사람을 불러 데려가라고 했습니다. 그러면 평아가 속 썩일 일도 좀 줄어들겠지요. 교저를 보살펴줄 사람이 없긴 하지만, 그래도 평아 마음씨가 그리 나쁘지 않습니다. 교저도 사리 분별을 제법 하고, 성격도 제 어미보다 덜 드셉니다. 숙모님께서 자주 가르침을 내려주시기 바랍니다."

그렇게 말하면서 눈시울이 붉어진 가련은 황급히 허리춤에서 빈랑檳榔* 주머니에 묶어두었던 손수건을 풀어 눈을 닦았다.

"그 아이 친할머님이 계시는데 나한테 부탁하면 어떡해?"

가련이 나직이 말했다.

"숙모님, 그렇게 말씀하시면 저는 맞아 죽습니다! 다른 말씀은 드리지 않겠으니 어쨌든 항상 그러셨듯이 제발 이 조카를 불쌍히 여겨주십시오!"

그러면서 무릎을 꿇자 왕부인도 눈시울이 붉어졌다.

"어서 일어나라. 숙모와 조카 사이에 이게 무슨 짓이냐? 다만 한 가지 문제가 있구나. 교저도 나이가 차지 않았느냐? 그런데 혹시 네 아버님께 예상치 못했던 일이 생기게 되면 네가 거기 머무는 기간이 길어질 텐데, 그 사이에 적당한 집에서 청혼이 들어오면 어떡하지? 네가 돌아올 때까지 기다릴까, 아니면 네 어머님에게 알아서 하시라고 할까?"

"어머님과 숙모님께서 집에 계시니 당연히 저를 기다리실 필요 없이 두 분께서 알아서 처리하십시오."

"네가 갈 수밖에 없으니 네 숙부에게 편지라도 보내도록 해라. 집에 사람이 없는데 네 아버님이 어찌 되실지 모르니 할머니 장례를 조속히 마치고 얼른 귀가하시라고 말이다."

가련이 "예!" 하고 물러가려다가 다시 말했다.

"집에서 부릴 하인은 충분한데, 대관원에는 사람이 없어서 너무 썰렁합니다. 포용도 진대감님을 따라가버렸고, 설씨 댁 숙모님께서 사시던 집도 설과가 자기 집으로 이사해 비어 있습니다. 대관원 안 건물들이 다 비어 관리하는 사람이 없으니, 자주 사람을 시켜 돌아보게 하셔야 합니다. 농취암은 원래 저희 땅이지만 지금 묘옥 스님의 행방을 알 수 없습니다. 그곳의 모든 땅과 건물은 거기 있는 비구니들이 마음대로 할 수 없으니, 우리 집에서 누구 한 사람을 보내 관리하게 해야 합니다."

"우리 집 일도 말끔히 처리하지 못하는데 바깥일까지 신경 쓸 겨를이 어디 있겠느냐? 그 얘기는 절대 석춘이 귀에 들어가게 하면 안 된다. 만약 그 아이가 알게 되면 또 출가하겠다고 난리를 피울 게다. 생각해봐라. 우리 가문이 어떤 곳이냐? 이런 집안의 어엿한 딸이 출가해 중이 되는 게 말이나 되겠느냔 말이다!"

"숙모님께서 그 말씀을 꺼내시지 않았다면 저도 감히 이런 말씀을 드리지 못했을 겁니다. 하지만 석춘이는 녕국부 사람 아닙니까? 부모도 모두 돌아가셨고, 친오빠는 외지에 나가 있고, 또 올케하고도 사이가 별로 안 좋습니다. 제가 듣기로도 죽네 사네 소동을 일으킨 게 몇 번이나 됩니다. 그 아이 마음 상태가 이런데 계속 억누르기만 해서 나중에 정말 자살이라도 해버리면, 차라리 출가하도록 해주는 게 나을 수도 있습니다."

왕부인이 고개를 끄덕였다.

"이 일은 정말 나도 감당하기 어렵구나. 나도 마음대로 할 수 없는 일이니 용이 어멈한테 알아서 하라고 하는 수밖에 없겠다."

가련은 또 몇 마디를 덧붙이고 물러나와 하인들을 불러서 각자 맡을 일을 분명히 지시하고, 가정에게 보낼 편지를 쓴 다음 행장을 꾸렸다. 평아 등에게도 마찬가지로 여러 가지를 당부했다. 다만 교저가 너무 상심하는지라 가련은 왕인에게 잘 보살펴달라고 부탁하려 했다. 하지만 교저는 절대 그러고 싶지 않다고 했다. 그리고 바깥일을 가운과 가장에게 맡겼다는 말을 듣고 더욱 못마땅한 생각이 들었지만 말을 꺼내지는 못했다. 그녀는 어쩔 수 없이 아버지를 전송하고 나서 착실하게 평아를 따르며 지냈다. 희봉이 세상을 떠나자 풍아와 홍옥은 휴가를 내거나 몸이 아프다는 핑계로 각자 집으로 돌아가버렸기 때문에 평아는 집안에서 하녀를 하나 데려올까 생각했다. 교저에게 말동무도 만들어주고 자기와 일을 상의할 사람도 필요했기 때문이다. 하지만 아무리 생각해도 마땅한 사람이 없었다. 다만 예전에 태부인이 총애하던 가희란賈喜鸞˚과 가사저賈四姐˚가 적당했지만, 하필 사저는 얼마 전에 시집을 가버렸고, 희란도 혼처가 정해져서 시집갈 날이 얼마 남지 않은 상황이었다. 그래서 결국 포기하고 말았다.

한편, 가운과 가장은 가련을 전송하고 나서 곧 안으로 들어와 형부인과 왕부인에게 인사했다. 둘은 교대로 바깥 서재에 묵으면서 낮이면 하인들과 시시덕거리는가 하면, 이따금 몇몇 친구들을 찾아 돌아가며 술판을 벌이기도 하고, 심지어 모여서 노름을 하기도 했다. 하지만 안에서는 그런 사실을 전혀 몰랐다.

하루는 형부인의 동생과 왕인이 왔다가 가운과 가장이 거기 묵고 있는 것을 보았다. 그들이 질펀하게 노는 것을 보고 일을 거들어준다는 핑계로 늘 찾아와 바깥 서재에서 노름판을 벌이고 술을 마셨다. 몇몇 착실한 하인들은 모두 가정이 데려가버렸고, 가련도 몇 명을 데려갔기 때문에 집안에는 뇌대와 임지효의 아들이나 조카들밖에 남아 있지 않았다. 그 젊은 것들은 부모 덕분에 잘 먹고 술 마시는 데에만 이골이 나 있을 뿐, 집안일을 맡아 무슨 계획을 세우거나 하는 일들은 전혀 할 줄 몰랐다. 게다가 어른들이 집에 없으니 고삐 풀린 망아지들인 셈이었다. 게다가 주인을 대리하는 두 사람이 부추기기까지 하니 못하는 짓 없이 제멋대로 놀았다. 이 바람에 영국부는 위아래도 안팎도 없는 난장판이 되어버렸다. 가장이 보옥까지 끌어들이려 하자 가운이 말렸다.

"저 보옥 서방님은 운수가 사나운 사람이니 건드릴 필요 없어. 예전에 내가 그분한테 아주 좋은 혼처를 소개해드린 적이 있지. 아가씨의 부친은 외지에서 세금 담당하는 벼슬을 살고 있고, 집안에 전당포도 몇 개 갖고 있지. 아가씨의 용모도 선녀가 무색할 정도로 아름다웠단 말이야. 그래서 일부러 자세하게 편지를 써서 서방님께 드렸는데, 그분은 정말 복도 없지!"

여기까지 얘기하고 그는 주위를 둘러보았다. 아무도 없는 것을 확인하고 말을 이었다.

"그분은 진즉 보차 아씨한테 마음이 있었던 거야. 그 얘기 못 들어봤어? 또 대옥 아가씨가 있었잖아. 그 아가씨를 상사병에 빠져 죽게 만든 거야 다들 아는 얘기잖아. 그거야 그렇다 치고, 어쨌든 각자 혼인할 인연이란 게 있으니까 말이야. 그런데 뜻밖에도 그 일 때문에 오히려 나한테 화가 나서 아는 척도 안 하시지 뭐야. 흥! 아마 누구나 남한테 신세를 지고 살아야 하는 줄 아는 모양이지?"

가장은 그 말을 듣고 고개를 끄덕이며 비로소 보옥을 끌어들이려는 생각을 접었다.

그 둘은 보옥이 승려를 만난 뒤로 속세의 인연을 끊으려 하고 있다는 사실을 몰랐다. 보옥은 왕부인 앞에서는 마음대로 못했지만, 이미 보차나 습인과는 별로 화목하게 지내지 않고 있었다. 아무것도 모르는 하녀들은 여전히 그를 유혹해보려 애썼지만 보옥은 눈길조차 주지 않았다. 또한 보옥은 집안일에도 전혀 신경 쓰지 않았다. 왕부인과 보차가 늘 공부하라고 하면 책을 읽는 척하면서도 속으로는 그 승려가 자신을 신선세계로 인도하게 만들 계책만 생각하고 있었다. 눈에 보이는 이들이라고는 모두 속된 사람들뿐이니 집에 있는 것조차 너무 불편하여 한가할 때면 석춘을 찾아가 담소를 나누었다. 둘은 마음이 잘 통해서 결심도 더욱 굳어졌다. 그러니 가환이나 가란 등에게는 더욱 신경도 쓰지 않았다.

가환은 가정이 집에 없고, 조씨도 죽었고, 왕부인도 별로 신경을 써주지 않자 곧 가장의 패거리에 합류했다. 그나마 채운이 자주 타일렀지만 오히려 욕만 얻어먹고 말았다. 옥천은 보옥의 미치광이 증세가 더욱 심해지자 일찌감치 자기 어머니에게 자신을 데려가달라고 사정했다. 보옥과 가환은 각기 유별난 성격이 더욱 드러나는지라 사람들은 그들과 상대하려 하지 않았다. 오직 가란만이 자기 어머니 옆에서 열심히 공부하며, 글을 지으면 서당으로 찾아가 가대유賈代儒*에게 가르침을 청했다. 그나마 근래에는 가대유가 노환으로 몸져누워 있었기 때문에 자기 혼자 각고의 노력을 기울이는 수밖에 없었다. 이환은 평소 차분하고 조용한 성격이라 왕부인에게 인사하러 가거나 보차와 잠시 만나는 경우를 제외하면 대부분 거처에서 꼼짝도 않은 채 가란의 공부만 감독했다. 그래서 영국부에 사람은 적지 않았지만 각자 자기 일만 할 뿐, 아무도 누구한테 이래라 저래라 하지 않았다. 그 바람에 가환과 가장은 갈수록 도를 넘어서 심지어 물건을 훔쳐 전당포에 맡기거나 팔아치우는 일도 많았다. 게다가 가환은 계집질과 노름에 빠져 못하는 짓이 없었다.

어느 날 형부인의 동생과 왕인이 모두 바깥 서재에서 술을 마시다가 흥이 오르자 기생까지 몇 명 불러다 놓고 노래하고 술도 권하며 마시게 했다. 그러는 도중에 가장이 말했다.

"다들 너무 속되게 노시는군요. 저는 주령을 놀고 싶습니다."

모두 "그것도 좋지!"라고 말했다.

"그럼 달 '월月'자를 가지고 '잔 띄우기〔流觴〕'¹를 하도록 하지요. 누구든 자기 차례가 되면 술을 마셔야 하는데, 그래도 주면酒面과 주저酒底가 있어야 해요. 그리고 주령을 주도하는 영관令官이 시키는 대로 해야지 그대로 하지 않는 사람은 큰 잔으로 벌주 석 잔을 마셔야 해요."

사람들이 동의하자 가장이 영관으로 나서서 먼저 술을 한잔 마시고 읊조렸다.

큰 술잔 날리며 달빛 아래 취하노라.²
飛羽觴而醉月

이어서 술을 마시고 주사위를 던지자 가환 차례가 되었다. 가장이 말했다.

"술을 마시기 전에 읊는 구절에 계수나무 '계桂'자가 들어가야 해요."

그러자 가환이 읊었다.

찬 이슬은 소리 없이 계수나무 꽃을 적시네.³
冷露無聲濕桂花

"다음 차례로 읊을 구절에 들어갈 글자가 뭐지?"
"향기 '향香' 자요."

하늘의 향기 구름 밖에 떠 있네.⁴
天香雲外飄

그러자 형부인의 동생 형덕전邢德全•이 말했다.
"에이, 재미없어! 자네가 글을 얼마나 읽었다고 점잖은 학자 흉내를 내는 겐가! 이건 재미있는 놀이가 아니라 짜증만 나게 만드는구먼. 이건 때려치우고 획권劃拳놀이*나 하세. 지는 사람이 술도 마시고 노래도 불러야 하네. 이런 걸 '이중 고생〔苦中苦〕'이라고 하지. 노래를 못하면 우스갯소리를 해도 괜찮아. 하지만 반드시 재미가 있어야 해."
그러자 모두 "그게 좋겠네!" 하고는 곧 시끌벅적 획권놀이를 시작했다. 왕인이 져서 술을 한잔 마시고 노래를 부르니 다들 "훌륭해!" 칭찬하고는 다시 시권猜拳놀이*를 계속했다. 이번에는 술시중을 들던 기생 가운데 하나가 져서 무슨 "아가씨, 아가씨, 너무 예뻐요." 하는 노래를 불렀다. 그다음에는 형덕전이 졌다. 모두 노래를 부르라고 하자 그가 말했다.
"나는 노래를 못하니 대신 우스갯소리를 하지."
가장이 말했다.
"재미없으면 벌주를 마셔야 합니다. 아시겠지요?"
형덕전이 술을 한잔 마시더니 이야기를 시작했다.
"다들 들어보시게."
그가 들려준 이야기의 내용은 이렇다.

어느 시골 마을에 현제묘玄帝廟⁵가 하나 있었는데, 그 옆에 토지신土地神의 사당이 있었다. 그 현제는 늘 토지신을 불러 한담을 나누었다. 어느 날 현제묘에 도둑이 들어 토지신에게 범인을 찾으라고 명하자 토지신이 이렇게 아뢰었다.

"이 지방에는 도둑이 없습니다. 분명히 신장神將들이 부주의하셔서 다른 지역의 도적에게 물건을 도둑맞았을 겁니다."

그러자 현제가 호통을 쳤다.

"말도 안 되는 소리! 네가 토지신이니 도둑을 맞으면 너한테 물어야지 누구한테 묻는단 말이냐? 그런데 도둑은 잡을 생각도 않고 오히려 내 신장이 부주의했다고 한단 말이냐?"

그러자 토지신이 말했다.

"부주의했다고 말씀드리긴 했지만 사실 사당의 풍수가 좋지 않습니다."

"아니, 네가 풍수도 볼 줄 아느냐?"

"제가 좀 살펴보겠습니다."

토지신은 여기저기를 한참 둘러보고 와서 이렇게 보고했다.

"나리께서 앉아 계신 자리의 뒤쪽에 있는 저 붉은색의 두 쪽 여닫이문이 허술합니다. 제 자리 뒤쪽은 벽돌을 쌓아 만든 벽이 있으니 당연히 도둑이 들지 못합니다. 나중에 나리 뒤쪽도 벽을 세우시면 괜찮아질 겁니다."

현제는 그 말이 일리가 있다 생각하고, 곧 신장을 시켜 벽을 쌓으라고 했다. 그러자 신장들이 한숨을 내쉬면서 이렇게 말했다.

"지금은 향불 하나 피워주는 이가 없는데, 벽을 쌓아줄 벽돌공과 미장이가 어디서 오겠습니까?"

현제는 달리 방도가 없어서 신장들에게 무슨 수를 내보라고 했지만, 아무도 괜찮은 생각을 내놓지 못했다. 그때 현제의 발아래 있던 거북 장군이 일어나서 이렇게 말했다.

"다들 아무짝에도 쓸모가 없구먼! 나한테 좋은 생각이 있네. 자네들이 저 붉은 문을 부숴버리게. 밤이 되면 내 배로 저 문을 막아버리겠네. 그러면 벽이 하나 있는 셈이 아닌가?"

다른 신장들도 찬성했다.

"그거 좋은 생각이군! 돈도 안 들고 간편하면서 튼튼하기도 하니 말일세."

그렇게 거북 장군이 그 일을 담당하게 되자 아무 일도 생기지 않았다. 그런데 며칠 후에 또 사당 안의 물건이 없어졌다. 신장들이 거북 장군을 불러 꾸짖었다.

"자네가 벽을 막으면 도둑을 맞지 않을 거라 하더니 어떻게 또 도둑이 들었단 말인가?"

그러자 토지신이 참견했다.

"그 벽이 튼튼하지 않나 봅니다."

그래서 신장들이 "네가 가보고 오너라." 하고 말했다. 토지신이 가서 보니 과연 벽은 괜찮아 보였다. 그런데 왜 도둑이 들었을까 싶어서 손으로 여기저기를 만지며 이렇게 중얼거렸다.

'진짜 벽인 줄 알았는데 가짜 벽이잖아!'[6]

이 이야기에 사람들이 폭소를 터뜨렸다. 가장도 웃음을 참지 못했다.

"아이고, 못난이 외삼촌! 정말 대단하십니다! 저는 외삼촌을 욕한 적이 없는데 왜 저를 욕하시나요? 당장 큰 잔으로 벌주 한잔 드세요!"

덕전이 벌주를 마셨는데 이미 거나하게 취기가 올라오고 있었다. 모두 몇 잔을 더 마시고 나자 다들 취해버렸다. 덕전은 누나를 욕하고 왕인은 여동생을 욕하는데, 모두 아주 지독한 악담들뿐이었다. 가환도 그 이야기를 듣고 술김에 희봉을 욕했다.

"그 형수가 우리한테 얼마나 지독하게 굴면서 기를 못 펴게 짓눌렀냔 말이에요!"

모두 맞장구를 쳤다.

"모름지기 사람이란 남한테 좀 후하게 베풀 줄 알아야 하는 법이지요.

희봉 아씨는 노마님만 믿고 너무 위세를 부리더니 지금은 후세가 끊겨서 아가씨 하나만 남겨놓았어요. 그것도 아마 이승의 죗값을 이승에서 치른 셈이 아니겠어요?"

가운은 희봉이 자기 부탁을 거절했던 일과 교저가 자기를 보자마자 울음을 터뜨렸던 일을 떠올리고는 입에서 나오는 대로 함부로 욕을 퍼부었다. 그나마 가장이 말을 끊었다.

"자자, 술이나 마시자고요! 남 얘기는 해서 뭐하겠어요?"

그때 두 기생이 말했다.

"그 아가씨는 몇 살인가요? 용모는 어때요?"

가장이 대답했다.

"인물은 아주 훌륭하지. 나이도 열서너 살쯤 되었을 거야."

"애석하게도 그런 인물이 이런 집안에서 태어났군요. 가난한 집에서 태어났더라면 부모형제가 모두 벼슬살이를 하고 돈도 많이 벌었을 텐데요."

다들 "그게 무슨 소리야?" 하자 그 기생이 대답했다.

"지금 외지를 다스리는 제후〔藩王〕 가운데 한 분께서 인정이 아주 많으신데, 왕비를 물색하는 중이랍니다. 마음에 맞는 사람이 나타나면 그쪽 부모형제까지 모두 데려가겠다고 하신다니 정말 좋은 일이 아니겠어요?"

다들 무슨 소리인지 잘 이해하지 못했지만 왕인은 마음이 조금 움직였다. 하지만 그런 내색을 하지 않고 계속 술을 마셨다. 그때 밖에서 뇌대와 임지효 집안의 자제들이 들어왔다.

"서방님들, 아주 신나게 놀고 계시는군요!"

모두 일어나서 맞이했다.

"맏이, 셋째, 왜 이제야 오는 거야? 한참 기다렸잖아!"

"오늘 아침에 이상한 소문을 들었거든요. 우리 영국부에 또 무슨 사건이 생겼다는 겁니다. 걱정이 돼서 황급히 안에 들어가 알아보니 우리 집안일이 아니었어요."

"그럼 됐지 뭐. 그런데 왜 바로 오지 않았어?"

"우리 집안일이 아니라 해도 조금 관련이 있어요. 그게 누구인지 아셔요? 바로 가우촌賈雨村* 영감이라 이겁니다. 우리가 들어가보니까 그 영감이 형틀을 차고 있었는데, 듣자 하니 삼법사三法司[7] 아문으로 송치되어 심문을 받을 거랍니다. 우리도 그 영감이 이 댁에 자주 드나들었던 것을 보았기 때문에 바로 따라가서 알아보았지요."

가운이 말했다.

"과연 맏이는 생각이 깊구먼. 당연히 가서 알아봤어야지. 자자, 앉아서 한잔 하고 얘기를 계속해봐."

두 사람은 잠시 사양하는 체하다가 곧 자리에 앉아 술을 마시며 말했다.

"이 가우촌 영감은 능력도 있고, 권세에 적당히 빌붙을 줄도 알고, 벼슬도 상당히 높지만 너무 재물을 탐해서 소속 관리들에게 돈을 조금 긁어냈다는 이유로 탄핵을 당한 모양입니다. 지금 황제 폐하께서는 아주 성스럽고 현명하고 인자하신지라 '탐욕스럽다'는 말을 들으시자마자 백성을 수탈했거나 권세를 믿고 양민을 괴롭혔을 거라 여기시고 무척 진노하셨답니다. 그래서 당장 잡아들여 심문하라고 어지御旨를 내리셨답니다. 만약 그게 사실이라면 무사하지 못하실 테고, 사실이 아니라면 탄핵한 사람들이 곤란해질 테지요. 지금은 정말 좋은 시절이니 운 좋게 벼슬살이를 할 수만 있다면 더 바랄 게 없지요."

모두 그 말에 맞장구를 쳤다.

"자네 형님이 바로 운 좋은 사람 아닌가? 지금 지현知縣*으로 계신데 뭘 더 바란다는 건가?"

뇌대 집안 자제가 대답했다.

"형님이 지현으로 계시긴 하지만, 지금 하시는 걸로 봐서는 오래 유지하기 어려울 것 같으니 문제지요."

"왜? 손버릇이 좀 안 좋으신가?"

나이 든 집안 자제가 고개를 끄덕이더니 곧 술잔을 들어 마셨다. 사람들이 또 물었다.

"안에서 또 무슨 새로운 소식이 들리던가?"

"다른 일은 없고, 그저 바닷가 변경에서 도적들을 많이 붙잡아 역시 법사法司 아문으로 송치해 심문했답니다. 심문 결과 아주 많은 도적들을 더 잡았는데, 성 안에 숨어 있던 놈들도 있었답니다. 그놈들은 서로 정보를 수소문해서 기회를 잡아 남의 집을 털었다는군요. 아시다시피 지금 조정에 계신 대감들께서 모두들 문무를 겸비하신 분들인데, 황제 폐하의 은혜에 보답하기 위해 전심전력을 기울이고 있어서, 가시는 곳마다 도적들을 소탕하고 계시지요."

"성 안에 숨어 있던 놈들이 잡혔다면 우리 집안에서 도둑맞은 사건도 심문에서 밝혀졌다고 하던가?"

"그런 얘기는 못 들었습니다. 그런데 누가 말하는 걸 얼핏 들었는데, 산간 오지에서 온 어떤 작자가 성 안에서 일을 저지르고 어떤 여자를 납치해서 바닷가로 도망쳤답니다. 하지만 그 여자가 말을 듣지 않아서 도적한테 살해당했다고 하더군요. 그 도적은 관문을 나가려다 병사들에게 붙잡혔고, 바로 붙잡힌 그 지방에서 처형당했다고 합니다."

"우리 농취암에 있던 묘옥인가 하는 비구니도 누구한테 납치당하지 않았나? 혹시 그놈이 한 짓이 아닐까?"

그러자 가환이 말했다.

"분명 그럴 거야!"

"아니, 그걸 어떻게 알아?"

"묘옥이 그것은 아주 밉상이란 말이야. 맨날 잘난 체 거드름을 피우다가도 보옥이만 보면 바로 눈웃음을 치며 아양을 떨었지. 나를 만나면 똑바로 쳐다보지도 않으면서 말이야. 정말 그것이라면 너무 통쾌하겠어!"

"납치당한 사람이 아주 많은데 그게 꼭 그 여자일 리 있어?"

가운이 말했다.

"어느 정도 믿을 만한 얘기이긴 해요. 예전에 누가 그러는데 그 농취암에서 일하는 할멈이 꿈을 꾸었는데, 묘옥이 누구한테 피살당하는 꿈을 꾼 적이 있대요."

"하하, 그건 그냥 꿈 얘기일 뿐이잖아!"

덕전이 말했다.

"그게 꿈이든 아니든 간에 우리하고는 상관없으니 어서 밥이나 먹세. 오늘 밤엔 노름이나 한판 크게 벌여보자고!"

모두들 좋아라 하며 얼른 밥을 먹고 노름판을 벌였다.

그들이 노름을 하다가 삼경三更(오후 11시~오전1시) 무렵이 되었을 때, 갑자기 안쪽에서 요란한 고함소리가 들려왔다. 석춘이 우씨와 말싸움을 하다가 머리카락을 몽땅 잘라버리고, 그대로 형부인과 왕부인 거처로 달려가 머리를 조아리며 자기가 출가해서 승려가 되도록 허락하고, 어디로 보내달라고 간청했다는 것이었다. 만약 허락해주지 않으면 그 자리에서 죽어버리겠다고 하니, 형부인과 왕부인도 어쩔 방법이 없어서 가장과 가운을 불러오라고 했다는 것이었다. 그 이야기를 듣자 가운은 예전에 집을 지킬 때의 일이 떠올랐다. 생각해보니 설득이 먹힐 것 같지 않아서 가장과 의논했다.

"마님들께서 우리를 부르시지만 우리가 마음대로 결정할 수도 없고, 게다가 결정하기도 곤란하니까 우리는 그저 설득이나 해보도록 합시다. 설득이 안 되면 저쪽 분들 마음대로 하라고 하는 수밖에요. 그리고 둘이 상의해서 련 숙부님께 편지를 보내 우리하고는 상관없는 일이라고 설명합시다. 어때요?"

둘은 의논 끝에 생각을 정하고 안으로 들어가 형부인과 왕부인에게 인사하고는, 짐짓 석춘을 설득하는 척했다. 하지만 석춘은 기어이 출가하겠다는 고집을 꺾지 않았다. 그래서 그들은 석춘을 밖으로 내보내지 말고 정갈한 집을 한두 채 내주어서, 거기서 경을 외우고 부처님을 모시게 해주자고 말했다. 우씨는 그 두 사람이 나서려 하지 않는다는 것을 눈치채고, 또 석춘이 자살할까 걱정스러워서 자기가 나섰다.

"이렇게 된 바에야 차라리 제가 죄를 뒤집어쓰는 게 낫겠군요. 올케인 제가 시누이를 구박해서 출가하게 만들었다고 소문이 나면 곤란해요. 집 밖으로 내보내는 건 절대 안 될 일이에요. 하지만 집 안에 있는다면 괜찮겠지요. 숙모님들도 모두 여기 계시지만, 제가 그렇게 하자 했다고 하지요 뭐. 그리고 장 도련님더러 용이 아범과 련 서방님에게 편지를 보내서 이런 사정을 알리게 하면 되지 않겠어요?"

가장과 가운은 그러겠노라고 대답했다. 형부인과 왕부인이 과연 그렇게 하라고 허락할지는 다음 회를 보시라.

제118회

하찮은 미움을 마음에 담은 외숙은 어린 조카를 속이고
수수께끼에 놀란 처첩들은 어리석은 이에게 간언하다

記微嫌舅兄欺弱女　驚謎語妻妾諫癡人

왕인의 계책으로 가교저가 제후의 첩으로 팔려갈 위기에 처하다.

　형부인과 왕부인도 우씨의 말을 듣고 일을 돌이킬 수 없다는 걸 명백히 알았다. 왕부인이 어쩔 수 없이 석춘을 달랬다.
　"네가 선한 일을 하고 싶어 하는 것도 전생의 인연일 테니 우리도 막을 수가 없구나. 하지만 우리 같은 집안의 딸이 출가해 승려가 된다면 체통이 서지 않아. 그래도 네 올케가 수행을 허락한 것이 잘못이라고 할 순 없지. 그러니 한마디만 당부하자꾸나. 그 머리카락은 자르지 말도록 해라. 자기 마음이 진실하면 그만이지 굳이 머리카락을 잘라야 하겠느냐? 생각해봐라. 묘옥도 머리를 기른 채 수행하지 않았느냐? 그 사람이 어쩌다 속세를 그리는 마음이 일어서 그렇게 되었는지는 모르겠다만, 네가 굳이 출가하고 싶다면 우린 네 방을 너의 암자로 간주하마. 네 시중을 드는 하녀들도 전부 불러다 물어봐야겠지. 그 아이들이 너를 따르겠다고 하면 억지로 짝을 지워 내보낼 수 없을 테고, 너를 따르지 않겠다면 다른 방도를 생각해봐야지."
　그 말에 석춘은 눈물을 거두고 형부인과 왕부인, 이환, 우씨 등에게 감사의 절을 올렸다. 왕부인은 곧 채병 등에게 석춘과 함께 수행할 사람이 있느냐고 물었다.
　"마님께서 그러라 하시면 그대로 따르겠어요."
　하지만 아무도 수행의 길을 가고 싶어 하지 않는다는 것을 안 왕부인은 누구를 붙여줄까 생각했다. 보옥 뒤쪽에 서 있던 습인은 보옥이 분명 대성통곡하며 지병이 도질 거라 여기고 걱정이 태산 같았다. 하지만 뜻밖에도 보옥은 감탄을 금치 못했다.

"아아, 정말 장한 결심을 했구나!"

그 소리를 듣자 습인은 더욱 슬퍼졌다. 보차는 비록 아무 말도 하지 않았지만 일이 생길 때마다 보옥의 표정을 살폈는데, 그가 계속 미혹에 빠져 깨어나지 못하는 걸 보고 남몰래 눈물을 흘렸다.

왕부인이 하녀들을 불러 모아 물어보려던 차에 갑자기 자견이 앞으로 나와 왕부인 앞에 무릎을 꿇었다.

"마님, 조금 전에 석춘 아가씨 방 하녀들에게 물어보시니 어떤 것 같습니까?"

"이게 어디 억지로 시켜서 될 일이더냐? 누구든 그럴 생각이 있으면 당연히 말을 하겠지."

"아가씨께서 수행하시는 건 당연히 아가씨의 바람이지 절대 다른 언니들의 뜻은 아닙니다. 마님, 제가 한 말씀 올리겠습니다. 제가 하녀들 사이를 갈라놓으려는 의도는 절대 아닙니다만, 각자 나름의 생각이 있을 겁니다. 저는 대옥 아가씨를 모셨는데, 마님들도 아시다시피 아가씨께서 제게 베풀어주신 은혜는 정말 태산처럼 크지만 보답할 길이 없습니다. 돌아가신 아가씨를 뒤따라가지 못한 것이 정말 한스럽습니다. 하지만 아가씨는 이 댁 사람이 아니고, 저는 또 이 댁에서도 은혜를 입었으니 따라 죽기도 곤란했습니다. 이제 석춘 아가씨께서 수행하기로 하셨으니 제가 아가씨를 모시게 해주십시오. 그러면 평생 모시겠습니다. 허락해주실 수 있으신지요. 허락해주신다면 저로서는 더할 나위 없는 행운으로 여기겠습니다!"

형부인과 왕부인이 미처 대답하지 못하고 있을 때, 그 말을 들은 보옥은 대옥을 떠올리면서 가슴이 쓰려 어느새 눈물을 흘리고 있었다. 모두 무슨 일이냐고 물으려는 순간, 갑자기 그가 큰 소리로 웃으며 앞으로 나섰다.

"하하하! 제가 나서도 될지 모르겠습니다만, 자견은 어머님께서 제 방에 보내주신 사람이니 감히 말씀드리겠습니다. 어머님, 자견이 소원을 이루도록 허락해주십시오."

"아니, 예전에는 자매들이 시집가면 죽어라 울어대더니, 이제 석춘이가 출가한다는데 말리지도 않고 오히려 훌륭한 일이라 칭찬하는구나. 대체 지금 무슨 생각을 하는 거냐? 나는 도무지 이해할 수 없구나."

"석춘이가 수행하는 것은 이미 허락을 받았으니, 석춘이도 분명 어떤 생각이 있을 겁니다. 만약 그게 진심이라면 저도 어머님께 드릴 말씀이 있습니다. 하지만 그게 아니라면 감히 쓸데없는 말씀을 드리지 못하겠습니다."

그러자 석춘이 말했다.

"오빠 말씀도 정말 우습군요. 제가 결심도 서지 않았는데 숙모님들 앞에서 고집을 부릴 수 있겠어요? 제 마음도 자견이 한 말과 같아요. 허락해주신다면야 행운으로 여기겠지만, 그렇지 않으면 또 한 목숨이 죽는 거예요. 겁날 게 뭐가 있겠어요! 오빠, 할 말 있으면 걱정 마시고 그냥 하셔요."

"음, 말한다 해도 천기누설이라고는 할 수 없겠지. 이 또한 이미 정해진 일이니까 말이야. 제가 여러분에게 시를 한 수 읊어드리지요."

그러자 모두 의아한 표정을 지었다.

"다들 이렇게 고심하고 있는 마당에 무슨 시를 짓는다는 거냐? 불난 집에 부채질을 하려는 게냐!"

"시를 짓겠다는 게 아니라 제가 어디서 본 시를 읊겠다는 것입니다. 일단 들어보셔요."

"그래, 어디 읊어봐라. 하지만 입에서 나오는 대로 함부로 지껄이면 안 된다."

보옥은 이렇다 저렇다 해명도 없이 곧 시를 읊었다.

춘삼월 아름다운 경치도 오래가지 못함을 깨달아

갑자기 예전의 고운 단장 버리고 검은 승복으로 갈아입네.
가련하여라, 화려한 귀족 집안의 여인이여
낡은 불상 옆에 등불 켜고 홀로 누웠구나!
勘破三春景不長
緇衣頓改昔年粧
可憐繡戶侯門女
獨臥靑燈古佛旁

이환과 보차가 그 시를 듣고 의아한 표정을 지었다.
"큰일 났구나! 이 사람이 미혹에 빠져버렸어!"
왕부인이 그 말을 듣고 고개를 끄덕이며 탄식하더니 보옥에게 물었다.
"대체 어디서 그 시를 보았느냐?"
보옥은 사실대로 말하기 곤란하여 대충 얼버무렸다.
"어머니, 그런 건 물으실 필요 없습니다. 어쨌든 제가 어디에서 본 시입니다."
왕부인은 그 말을 곱씹으며 곰곰이 생각해보더니 왈칵 울음을 터뜨렸다.
"저번에는 농담이라고 하더니, 갑자기 어떻게 그 시가 나왔단 말이더냐? 관둬라! 알겠다! 대체 나더러 어쩌란 말이냐! 나도 어쩔 수 없으니 너희들 마음대로 해라! 하지만 제발 내가 죽을 때까지만 기다려다오. 그다음엔 너희들 각자 하고 싶은 대로 하든지!"
보차는 왕부인을 위로하면서도 칼로 에이는 것처럼 아픈 가슴을 견디지 못해 결국 목 놓아 울음을 터뜨리고 말았다. 습인은 이미 숨이 넘어갈 듯 울고 있었는데, 그나마 추문이 부축해주었다. 보옥은 울지도 않고 달래지도 않은 채 아무 말이 없었다. 가란과 가환은 거기까지 듣고 자리를 떠버렸다. 이환이 애써 왕부인을 위로했다.
"보옥 서방님은 석춘 아가씨가 수행한다고 하니까 너무 가슴이 아파서 앞뒤 재지도 않고 아무렇게나 말씀하신 거예요. 그러니 귀담아 들으실 필요 없어요. 하지만 자견의 일은 허락하실지 결정을 하셔야지요. 안 그러면 계속 저렇게 꿇어 앉아 있을 겁니다."

"허락하고 말고 할 게 어디 있어! 어쨌든 자기가 생각을 굳혔다니 마음을 돌리게 만들 수도 없는 일이지. 그 역시 보옥이 말대로 '이미 정해진 일'인가 보지!"

자견이 그 말을 듣고 머리를 조아려 감사했다. 석춘도 다시 왕부인에게 감사했다. 자견은 보옥과 보차에게도 큰절을 올렸다. 보옥이 감탄했다.

"아미타불! 정말 장한 결정을 했구나! 누이가 먼저 그렇게 훌륭한 결심을 하게 될 줄은 생각지도 못했어."

보차는 감정을 억누르려 했지만 도저히 견디기가 힘들었다. 습인은 왕부인이 윗자리에 앉아 있는데도 아랑곳하지 않고 통곡을 멈추지 못했다.

"저도 석춘 아가씨를 따라 수행하고 싶어요!"

"하하, 누나도 훌륭한 마음을 갖고 있군. 하지만 누나는 그런 복을 누릴 수 없는 운명이야."

"그럼 저는 죽어야 한단 말인가요!"

그 말을 듣고 보옥은 마음이 아팠지만, 아무 말도 하지 않았다. 시간은 이미 오경五更(오전 3~5시)이 되어 날이 밝아오고 있는지라, 보옥은 왕부인에게 거처로 돌아가 주무시라고 권했다. 이환 등도 각자 자기 거처로 돌아갔다.

채병 등은 잠시 석춘 곁에서 시중을 들다가 나중에 적당한 혼처가 생기자 각자 시집갔다. 자견은 평생 석춘의 시중을 들면서 처음 먹은 마음이 추호도 흔들리지 않았다. 이것은 모두 훗날의 일이다.

한편, 가정이 태부인의 영구를 모시고 남쪽으로 가는데, 마침 귀환하는 병사들을 태운 배들이 지역 경계를 넘어서고 있었다. 이로 인해 운하가 무척 복잡하여 여정이 지체되었다. 그가 애를 태우고 있던 차에, 다행히 바닷가 변경에서 온 관리를 만나 진해통제로 있던 사돈이 황제의 부름을 받고 경사로 돌아가게 되었다는 소식을 들었다. 그는 탐춘도 분명 집에 들를 수 있게 되겠거니 생각하고 조금이나마 울적한 마음에 위안이 되었다. 하지만 출발 날짜를 알 수가 없어서 또다시 마음이 초조해졌다. 생각해보니 여비도 부족할 것 같아 어쩔 수 없이 편지를 한 통 썼다. 그리고 뇌상영이 지현으로 있는 곳에 사람을 보내 은돈 오백 냥을 빌리고, 앞길에 사람을 미리 보내 그 돈을 전해달라고 부탁했다. 심부름꾼이 떠나고 며칠 후에도 가정의 배는 겨우 십 리 남짓밖에 가지 못하고 있었다. 그때 심부름꾼이 돌아와 배를 맞이하며 상영의 편지를 바쳤다. 편지에는 여러 가지 곤란한 사정을 호소하면서 은돈을 쉰 냥밖에 준비하지 못했다고 적혀 있었다. 그걸 보고 화가 난 가정은 즉시 하인들에게 그 돈을 돌려주라고 명했다.

"내가 보낸 편지도 돌려받아 오너라. 굳이 내 걱정은 할 필요 없다고 전해라!"

심부름꾼은 어쩔 수 없이 상영의 임지로 돌아갔다. 편지와 은돈을 돌려받은 상영은 짜증이 치밀었다. 하지만 자신이 일처리를 잘못했다는 걸 깨닫고 백 냥을 더 얹어주며, 가지고 가서 잘 말씀드려 달라고 부탁했다. 하지만 심부름꾼은 가져가려 하지 않고 그대로 두고 떠나버렸다. 상영은 마음이 불편하여 즉시 자기 아버지 뇌대에게 편지를 보내 사정을 설명하고, 어떻게든 수를 써서 하인 신분에서 벗어나게 해달라고 부탁했다. 이에 뇌씨 집안에서는 가장과 가운 등에게 부탁해서 왕부인에게 은혜를 베풀어달라고 설득하게 했다. 그게 불가능한 일이라는 걸 빤히 아는 가장은 대충 하루를 넘기고는 왕부인이 허락해주지 않는다며 뇌씨 집안에 거짓말로 알려주었다. 뇌씨 집안에서는 휴가를 청하고, 상영의 임지로 사람을 보내 그에게 병을 핑계로 벼슬에서 사직하라고 전했다. 왕부인은 그런 일이 있는 줄은 꿈에도 몰랐다.

가운은 가장의 거짓말을 듣고도 별로 신경 쓰지 않고, 날마다 밖에서 노름을 하다가 적지 않은 돈을 잃었다. 하지만 저당 잡힐 물건도 없어서 가환과 의논했다. 가환은 본래 빈털터리였고 조씨가 모아놓은 것이 조금 있긴 했지만 그것마저도 진즉 다 써버린 상태였다. 그러니 남을 도와줄 형편이 전혀 아니었다. 그는 희봉이 예전에 자기에게 모질게 대했던 것을 떠올리고, 가련이 집에 없는 틈에 교저에게 화풀이할 속셈이었다. 이 일에 가운을 이용하려고 일부러 그에게 원망을 퍼부었다.

"자네들은 그 나이가 되어서도 돈벌이할 일은 젖혀둔 채 오히려 나 같은 빈털터리한테 손을 내미는구먼!"

"숙부, 그게 무슨 황당한 말씀이십니까? 우리가 그동안 내내 함께 놀고 어울렸는데, 돈벌이할 데가 어디 있었다는 말씀이십니까?"

"예전에 외지를 다스리는 어느 제후가 첩을 구한다는 말을 들었잖아! 그러니까 왕인 아저씨한테 교저를 거기로 보내자고 말을 해보는 게 어때?"

"숙부, 이런 말씀 드린다고 화내지 마십시오. 그쪽에서는 돈을 내고 사람을 사겠다는 건데 우리한테 그런 말을 할 리 있겠어요?"

가환이 귓속말로 뭐라고 하자, 가운은 고개를 끄덕이긴 했지만 철없는 생각으로 치부하고 나서지 않았다. 마침 그때 왕인이 왔다.

"둘이서 나 몰래 무슨 꿍꿍이를 꾸미는 겐가?"

가운은 가환이 들려준 이야기를 귓속말로 전했다. 그러자 왕인이 손뼉을 쳤다.

"어쨌든 좋은 일이기도 하고 돈도 생기겠군! 하지만 자네들은 해내지 못할 것 같구먼. 그래도 해볼 생각이면 그 아이 외삼촌인 내가 나서서 처리할 수 있지. 환이 자네가 큰마님께 말씀드리면, 내가 큰마님 동생한테 다시 일러놓겠네. 마님들이 그에 대해 물으시거든 자네들은 모두 입을 맞춰서 아주 좋은 혼처라고 부추기란 말일세."

가환 등이 그렇게 의논하고 나서, 왕인은 형부인의 동생을 찾아갔고, 가운은 곧 형부인과 왕부인을 찾아가 그야말로 금상첨화로 좋은 일이라며 허풍을 쳤다.

왕부인은 귀담아 듣긴 했지만 믿지 않았다. 형부인은 자기 동생도 알고 있다는 말에 마음이 동하여 즉시 사람을 보내 그의 의사를 물어보라고 했다. 형부인의 동생은 이미 왕인의 말을 들었고, 또 자기 몫도 생길 것 같아 즉시 형부인에게 가서 전했다.

"이 제후로 말씀드리자면 아주 체통이 서는 혼처입니다. 이 혼사를 승낙하면 비록 정실은 아니지만 시집을 가는 즉시 자형姉兄도 복직할 수 있을 테고, 이 댁의 명성이나 위세도 높아질 겁니다."

형부인은 본래 자기 주관이 없는 사람이라 어리석은 동생의 거짓말에 마음이 흔들렸다. 그래서 왕인을 불러서 물어보니, 그는 더욱 열을 내며 좋은 기회라고 떠벌렸다. 이에 형부인은 가운을 시켜 곧 사람을 보내 그쪽 의중을 떠보라고 했다. 왕인은 즉시 외지 제후의 저택으로 사람을 보냈고, 내막을 모르는 그 제후는 곧 선을 보려고 역시 사람을 보냈다. 가운은 그 사람을 붙들고 알랑거렸다.

"사실 이 댁 사람들한테는 그쪽 왕부에서 먼저 청혼했다고 속여놓고 있습니다. 성사가 되면 그 아이 할머니가 혼사를 주관하고 외삼촌이 중매를 서게 될 테니, 걱정하실 필요 없습니다."

그 사람이 그러겠다고 하자 가운은 곧 형부인에게 소식을 전하고, 왕부인에게도 알렸다. 이환과 보차 등은 내막을 모른 채 그저 경사라고 생각하며 모두 기뻐했다.

약속한 날이 되자 과연 몇 명의 여자들이 찾아왔는데, 모두 화려하게 치장하고 있었다. 형부인이 그들을 맞이하여 안으로 들어가 잠시 한담을 나누었다. 찾아온 여자들은 형부인이 고명부인이라는 걸 알았기 때문에 언행을 함부로 하지 못했다. 형부인은 아직 일이 성사되지 않았기 때문에 교저에게 제대로 설명하지 않고, 그저 친척이 인사하러 왔으니 만나보라고

만 했다. 아직 나이가 어린 교저는 혼사일 거라고는 전혀 생각지 않고 곧 유모와 함께 건너왔다. 평아는 마음이 놓이지 않아 함께 따라왔다.

　잠시 후 궁녀 차림을 한 두 여자가 교저를 위아래로 훑어보더니, 또 일어나서 그녀의 손을 잡고 여기저기 살펴보고는 잠깐 앉아 대화를 나누다가 떠나버렸다. 그 바람에 부끄러워진 교저는 방에 돌아가 울적하게 생각에 잠겼다. 아무리 생각해도 그런 친척은 없는 것 같아서 평아에게 물었다. 평아는 아까 왔던 사람들을 보자 십중팔구 혼사 때문에 찾아온 사람들이라는 걸 눈치챘다.

　'하지만 서방님이 집에 안 계시니까 큰마님이 나서서 처리하시겠지. 그런데 대체 어느 가문 사람들이지? 대등한 집안끼리의 혼사라면 이런 식으로 선을 보진 않을 텐데. 그 사람들 차림새나 내력을 보아하니 황실 종친인 왕부 사람들인 것 같지는 않고 외지에서 온 사람들인 것 같아. 당분간 아가씨한테는 비밀로 하고 자세히 알아본 다음에 얘기해야겠다.'

　평아는 조심스럽게 알아보았다. 그녀가 부렸던 하녀들이나 할멈들은 다들 평아에게 밖에서 떠도는 소문들을 모조리 알려주었다. 평아는 너무 놀라 어찌 할 바를 몰랐다. 비록 교저에게는 말하지 않았지만 황급히 이환과 보차에게 알려서, 두 사람이 왕부인에게 전해달라고 부탁했다. 왕부인은 이 혼사가 잘못된 것임을 알고 곧 형부인에게 이야기했다. 그런데 형부인은 자기 동생과 왕인의 말을 믿고 오히려 왕부인의 호의를 의심했다.

　"손녀도 나이가 찼는데 지금 련이가 집에 없으니 이 일은 내가 나서서 처리할 수밖에 없네. 게다가 내 동생과 그 아이 외삼촌이 다 알아보았는데 설마 남이 서는 중매보다 미덥지 않겠는가! 어쨌든 나는 이 혼사를 성사시키고 싶네. 설령 무슨 안 좋은 일이 생기더라도 나나 련이는 절대 누굴 원망하지 않겠네!"

　그런 말을 듣자 왕부인은 속으로 화가 치밀었지만, 억지로 몇 마디 이야기를 주고받다가 곧 밖으로 나와 보차에게 이야기하며 눈물을 흘렸다.

"어머님, 걱정 마셔요. 제가 보기에 이 혼사는 성사될 것 같지 않아요. 이 역시 교저의 팔자이니 어머님은 상관하지 말고 내버려두시면 돼요."

"너도 입만 열면 헛소리를 하는구나. 저쪽에서 얘기만 되면 바로 데리러 올 거야! 평아 말대로라면 련이가 나를 얼마나 원망하겠느냐? 친조카딸은 말할 것도 없고 그냥 친척집 딸이라 해도 시집을 잘 보내야 할 게 아니더냐? 수연이는 우리가 중매해서 네 사촌오빠에게 시집보냈는데 지금 화목하게 잘 살고 있으니 얼마나 좋으냐? 매씨 집안으로 시집간 보금이도 듣자 하니 풍족하게 입고 먹고 잘 산다고 하더구나. 제 숙부 뜻대로 시집간 상운이는 처음엔 괜찮았지만 결국 남편이 폐병으로 죽었지. 그 아이는 수절을 하겠다고 하니 그 또한 고생이 아니냐! 만약 교저를 안 좋은 데로 시집보내면 내 마음이 무너지지 않겠느냐!"

그때 평아가 보차를 보러 왔다가 형부인의 낌새가 어떻더냐고 물었다. 왕부인이 형부인 이야기를 죽 들려주자, 평아는 한참 동안 멍하니 있다가 곧 무릎을 꿇으며 간청했다.

"교저 아가씨의 평생은 오로지 마님께 달려 있습니다. 남들 말대로라면 아가씨도 평생 고생하시게 될 겁니다. 또 서방님이 돌아오시면 어떻게 말씀드린단 말입니까!"

"너는 사리가 밝은 사람이니 일어나서 내 말 좀 들어봐라. 교저는 어쨌든 형님의 손녀가 아니냐? 그런데 형님이 나서서 혼사를 주관하겠다는데 내가 어떻게 막을 수 있겠느냐!"

그러자 보옥이 위로했다.

"괜찮을 겁니다. 그저 분명히 알고 계시기만 하면 됩니다."

평아는 그가 또 미친 소리를 하나 보다 싶어서 아무 말도 않고, 곧 왕부인에게 인사하고 물러갔다.

왕부인은 번민에 잠겨 있다가 갑자기 가슴이 아파서 하녀의 부축을 받으며 간신히 자기 방으로 돌아가 누웠다. 그리고 한숨 자고 나면 괜찮을 테니 보옥과 보차에게 찾아올 필요 없다고 했다. 그녀는 가슴이 답답하여 이씨 댁 마님이 왔다는 소리를 듣고도 접대하러 나가지 못했다. 그때 가란이 들어와 문안 인사를 했다.

"오늘 아침 할아버님께서 심부름꾼을 통해 보내신 편지를 밖에 있는 하인들이 전해주었습니다. 제 어머님이 받아 바로 여기로 가져오려 했는데, 외가 작은할머님이 오시는 바람에 저보고 먼저 와서 전해드리라고 하셨습니다. 어머님은 나중에 오셔서 다시 말씀드리겠다고 하셨습니다. 그리고 작은할머님께서도 이리 와보시겠다고 하셨습니다."

그러면서 편지를 전했다. 왕부인이 받아들며 물었다.

"너희 작은할머님은 무슨 일로 오셨다 하더냐?"

"저도 모르겠습니다. 그분 말씀으로는 셋째 이모님 시댁에서 무슨 소식이 왔다고 했습니다."

그 말을 듣자 왕부인은 저번에 진보옥이 왔을 때 이기에게 중매를 서주었고, 나중에 납채¹까지 보냈다는 사실이 떠올랐다. 그러니 아마 진씨 집안에서 며느리 맞이하는 일을 상의하러 왔나 보다 싶어 곧 고개를 끄덕였다. 그리고 편지를 뜯어보니 이렇게 적혀 있었다.

근래에 가는 길에 바닷가 변경에서 온통 개선하여 돌아오는 배들 때문에 여정을 재촉할 수 없었소. 듣자 하니 탐춘이가 사돈을 따라 경사로 돌아간다고 하던데, 소식을 들었는지 모르겠구려. 저번에 련이가 보낸 편지에 형님 건강이 안 좋다고 하던데, 거기에 대해서도 확실한 소식을 들었는지 모르겠구려. 보옥이와 란이는 과거시험 날짜가 다가오고 있으니 게으름 피우지 말고 열심히 공부하도록 해야 할 거요. 어머님 영구가 고향에 도착하려면 며칠이 더 걸릴 것 같소. 내 건강은 문제없으니 걱정 마시오. 이 편지의 내용을 보옥이와 다른 아이들에게도 알려주기 바라오.

모월 모일 씀.

용이는 따로 편지를 보낼 게요.

왕부인이 다 읽고 나서 다시 가란에게 건네주었다.

"가져가서 네 둘째 숙부에게 보여주고, 네 어미한테 갖다주어라."

그때 이환이 이씨 댁 마님과 함께 건너왔다. 인사를 주고받고 나서 왕부인이 자리를 권했다. 이씨 댁 마님이 진씨 집에서 이기를 맞아가려 한다고 전하자, 다 같이 그 일에 대해 잠시 상의했다. 그러다가 이환이 왕부인에게 물었다.

"어머님, 아버님 편지 보셨어요?"

"그래, 봤다."

가란이 편지를 꺼내 보여주자, 이환이 읽고 나서 말했다.

"탐춘 아가씨가 결혼한 지 여러 해가 되도록 친정에 한 번도 들르지 못했는데, 이제야 경사로 돌아오게 되었군요. 어머님도 마음이 좀 놓이시겠네요."

"그래. 아까는 가슴이 좀 아팠는데, 탐춘이가 돌아온다는 소식을 알게 되니 많이 나아졌구나. 그나저나 언제쯤 도착할지 모르겠구나."

이씨 댁 마님은 가정의 안부를 물었다. 그러자 이환이 가란에게 말했다.

"얘야, 너도 보았지? 과거시험이 가까워졌으니 할아버님께서 이만저만 걱정이 아니신 모양이다. 어서 둘째 숙부님에게 가져가 보여드려라."

이씨 댁 마님이 말했다.

"두 숙질은 현학縣學에도 들어가지 않았는데 어떻게 과거시험에 응시할 수 있어?"

왕부인이 대답했다.

"저 아이 할아버지가 독량도로 나가실 때 저 둘에게 예감생例監生[2] 자격을 사주었어요."

이씨 댁 마님이 고개를 끄덕였다. 가란은 곧 편지를 들고 밖으로 나와서 보옥을 찾아갔다.

한편, 보옥은 왕부인을 전송한 후 『장자莊子』 「추수秋水」편[3]을 들고 열심히 읽고 있었다. 그때 보차가 안방에서 나와 그가 삶의 원리를 체득하여 설명이 필요 없는 경지에 빠져 있는 것을 발견했다. 가까이 다가가서 보니 그 책인지라 그녀는 마음이 너무 답답했다. 곰곰이 생각해보니, 그가 이렇게 속세를 떠나는 이야기들만을 올바른 공부라고 여기고 있는 것은 결국 온당하지 못한 것 같았다. 하지만 그의 모습을 보아하니 충고를 해도 들으려 하지 않을 것 같아 그저 멍하니 그의 곁에 앉아만 있었다. 그 모습을 보고 보옥이 물었다.

"왜 또 그러는 거야?"

"우리가 이미 부부가 되었으니 저는 평생 당신한테 의지해 살 수밖에 없어요. 그건 애정하고도 상관이 없어요. 부귀영화라는 건 본래 눈앞을 스치는 안개나 구름에 지나지 않지요. 하지만 예로부터 성인들은 인품의 뿌리〔根柢〕를 중시하셨……"

그 말이 끝나기도 전에 보옥이 들고 있던 책을 옆에 내려놓더니 희미하게 쓴웃음을 지었다.

"당신은 인품의 뿌리니 무슨 옛날의 성현이니 하는 말들을 하는데, 그래 옛 성현께서 '어린아이의 마음을 잃지 마라〔不失其赤子之心〕.'[4]라고 한 것도 알겠지? 그런데 아이한테 좋은 점이 뭐겠어? 바로 지식도 탐욕도 꺼리는 것도 없다는 게 아니겠어? 우리는 태어날 때 이미 탐욕과 분노, 어리석음, 애증의 진흙탕에 빠져 있으니, 이 속세의 그물에서 벗어날 방법이 뭐겠어? 난 이제야 '취산부생聚散浮生'[5]이라는 말의 뜻을 깨달았어. 옛사람이 그 말을 했지만 아무도 그걸 깨우쳐준 사람이 없었지. 당신은 인품의 뿌리라는 걸 말하는데, 대체 태초太初의 첫걸음이라는 경지에 도달한 사람이 어디 있단 말이야!"

"지금 어린아이 마음을 말씀하셨지요? 원래 옛 성현은 충효를 어린아이 마음이라고 여기셨지 결코 세상을 피하고 속세를 떠나 아무 데에도 관계하지 않는 걸 어린아이 마음이라고 여기신 게 아니었어요. 요堯*임금과 순舜*임금, 우禹*임금, 탕湯*임금, 주공周公*, 공자께서는 백성을 구원하고 세상을 구제하려는 마음을 한순간도 잊은 적이 없어요. 어린아이 마음이란 건 원래 '차마 하지 못하는 것〔不忍〕'6에 지나지 않아요. 조금 전에 당신이 하신 말처럼 인륜을 팽개칠 수 있다면 그게 대체 무슨 도리라고 할 수 있을까요!"

보옥이 고개를 끄덕였다.

"하하, 그렇긴 해. 하지만 요임금과 순임금은 소보巢父*와 허유許由*에게 억지로 천자의 자리를 맡기지 않았고7, 무왕武王*과 주공도 백이伯夷*와 숙제叔齊에게 벼슬을 강요하지 않았······."

그 말이 끝나기도 전에 보차가 반박했다.

"그 말씀은 더욱 잘못되었어요. 예로부터 모두 소보나 허유, 백이, 숙제 같은 이들을 옳다고 여겼다면 지금 사람들이 왜 그들보다 요임금과 순임금, 주공, 공자를 성현이라고 칭송하겠어요! 게다가 당신 스스로 백이, 숙제와 비교하는 건 더욱 말이 안 돼요. 백이, 숙제는 원래 상나라 말엽에 태어나 곤란한 일이 많았기 때문에 절개를 지킨다는 핑계로 세상을 피했던 거예요. 그런데 지금은 태평성대라서 우리 집안은 대대로 나라의 은혜를 입어 조상 때부터 호의호식하고 있잖아요? 게다가 당신이 태어나신 뒤로 돌아가신 할머님부터 아버님, 어머님까지 당신을 보배처럼 사랑하셨지요. 그러니 생각해보셔요. 조금 전에 하신 당신 말씀이 옳은지 그른지 말이에요!"

보옥은 아무 대답도 없이 그저 고개를 들고 미소만 지었다. 보차가 다시 설득했다.

"이치가 막혀 반론할 말이 떠오르지 않으셨다면, 제 말 좀 들어주셔요.

이제부터 마음을 가다듬고 제발 공부에 전념해주셔요. 과거에만 급제하신다면 그때부터 공부를 그만두셔도 좋아요. 그래도 황제 폐하의 은혜와 조상님의 덕을 저버리는 건 아닐 테니까요."

보옥이 고개를 끄덕이며 한숨을 내쉬었다.

"그깟 과거 급제가 사실 어려운 일도 아니지. 그리고 '과거에만 급제하면 그때부터 공부를 그만두어도 황제 폐하의 은혜와 조상님의 덕을 저버리는 건 아니니까 괜찮아.'는 당신 말도 근본에서 벗어난 말은 아니구먼."

보차가 뭐라 대답하기도 전에 습인이 와서 거들었다.

"조금 전에 아씨께서 말씀하신 옛 성현의 말씀 같은 건 저희는 알아듣지도 못해요. 전 그저 저희들이 어려서부터 고생고생하며 서방님을 모시면서 얼마나 많은 신경을 썼는지 모른다는 생각을 했어요. 따지고 보면 마땅히 했어야 할 일이었지만, 서방님도 조금 알아주셨으면 해요. 게다가 아씨가 서방님 대신 나리와 마님께 지극정성으로 효도를 다하고 계시잖아요? 그러니 굳이 부부라는 것을 고려하지 않더라도 사람의 마음을 너무 저버리시면 안 될 것 같아요. 신선이니 뭐니 하는 건 더 황당한 말이에요. 인간 세계를 돌아다니는 신선을 본 사람이 어디 있어요? 어디서 왔는지 그런 중이 멋대로 지껄인 허무맹랑한 말을 서방님께선 그대로 믿어버리셨네요. 서방님께선 학문을 닦는 분이신데, 설마 그 중의 말이 나리나 마님 말씀보다 더 중요하다는 건가요!"

그 말에 보옥은 고개를 숙인 채 아무 말도 하지 않았다. 습인이 또 무슨 말을 하려는데 밖에서 발자국 소리가 들리더니 창문 너머로 누군가 묻는 소리가 들렸다.

"숙부님 안에 계셔요?"

보옥은 가란의 목소리임을 알아듣고 얼른 자리에서 일어났다.

"하하, 들어오너라."

보차도 자리에서 일어났다. 가란은 안으로 들어와 앙증맞게 웃는 얼굴로 보옥과 보차에게 문안 인사를 하고, 습인에게도 인사했다. 습인도 답례를 잊지 않았다. 그러자 가란이 편지를 꺼내 보옥에게 건넸다. 보옥이 받아서 읽어보더니 말했다.

"네 셋째 고모가 돌아온다는구나."

"할아버님께서 그리 쓰셨으니 당연히 돌아오시겠지요."

보옥은 말없이 고개를 끄덕이며 묵묵히 무슨 생각에 잠긴 것 같았다.

"숙부님, 할아버님께서 말미에 저희더러 공부 열심히 하라고 쓰신 거 보셨지요? 요즘 숙부님께선 문장을 전혀 짓지 않으신 것 같던데……"

"하하, 나도 연습 삼아 몇 편 지어보려던 참이다. 그래야 속임수로라도 그놈의 출세를 할 수 있으니까 말이야."

"그럼 제목을 몇 개 내주셔요. 저도 숙부님이랑 같이 지어볼게요. 그래야 시험장에 들어가서도 백지를 제출해 남의 비웃음을 사는 일이 없을 테니까요. 저만 웃음거리가 되는 게 아니라 숙부님까지 비웃음을 사게 될 거예요."

"넌 그럴 일 없을 게다."

그때 보차가 가란에게 자리를 권했다. 보옥이 자기 자리에 앉자 가란이 몸을 비스듬히 돌리고 공손히 앉았다. 둘이 한참 동안 문장에 대해 이야기를 나누다보니 자기들도 모르게 얼굴에 기쁜 표정이 떠올랐다. 보차는 숙질간에 흥겹게 이야기 나누는 걸 보고는 다시 안방으로 들어갔다. 보옥의 지금 모습을 곰곰이 떠올려보니 정신을 차린 것 같기도 했다. 하지만 조금 전에 자신이 붙인 '과거에 급제를 하면 그때부터 공부를 그만두어도 좋다.'라는 단서에 보옥이 응낙한 것은 무슨 뜻인지 알 수가 없었다. 보차는 의혹에 잠겨 있었지만, 습인은 보옥이 문장에 대해 기꺼이 이야기하고 과거에 응시한다고까지 하자 더욱 기뻐했다.

'아미타불! 사서四書를 강론하듯 열심히 말씀드렸더니 간신히 정신을 차리셨나 보구나!'

보옥이 가란과 문장에 대해 이야기하고 있을 때 앵아가 차를 따라왔다. 가란이 일어서서 차를 받고는 과거시험장의 규칙을 말하면서 진보옥도 함께 초청하면 좋겠다고 하자, 보옥도 기꺼이 찬성했다. 잠시 후 가란은 편지를 보옥에게 주고 돌아갔다.

보옥은 그 편지를 들고 히죽히죽 웃으며 안으로 들어가서 사월에게 잘 간수해두라고 말했다. 그리고 밖으로 나와 『장자』를 넣어두고, 사월과 추문, 앵아 등에게 예전에 자신이 가장 마음에 들어했던 『참동계參同契』와 『원명포元命苞』, 『오등회원五燈會元』8 따위의 책들을 모두 한쪽에 치워놓으라고 분부했다. 보차는 보옥의 이런 행동이 무척 의아스러워 의중을 떠보려고 물었다.

"호호, 그런 책들을 보시지 않는 건 옳은 일이지만, 굳이 치워놓을 필요까지 있나요?"

"이제야 깨달았어. 이런 책들은 다 아무것도 아니야. 아예 깡그리 불태워버려야 속이 시원하겠어!"

그 말에 보차는 너무나 기뻤다. 그때 보옥이 낮은 소리로 중얼거렸다.

경전의 말 속에는 불성이 없고
금단의 법 밖에 신선세계로 가는 배가 있노라.9
內典語中無佛性
金丹法外有仙舟

보차는 '불성이 없다.'라는 말과 '신선세계로 가는 배가 있다.'는 등의 몇 마디를 제외하고 제대로 듣지 못했지만, 갑자기 또 이상한 생각이 들어서 그의 거동을 더 지켜보기로 했다. 보옥은 사월과 추문 등에게 조용한 방을 하나 치우게 하고, 어록語錄이며 저명한 이가 쓴 원고, 응제시應製詩* 따위를 전부 찾아 그 방에 쌓아놓게 했다. 그리고 진지하고 차분하게 공부하기 시작했다. 보차 등은 그제야 안심했다.

이때 습인은 정말 이제까지 듣도 보도 못했던 일이 일어나자 나직이 웃으며 보차에게 말했다.

"결국 아씨께서 투철하게 말씀하시면서 한결같이 설득하시니 서방님께서도 깨달으셨나 보군요. 다만 조금 늦은 감이 있어서 아쉬워요. 과거시험 날짜가 너무 촉박하니 말이에요."

보차가 고개를 끄덕이며 미소를 지었다.

"출세라는 건 당연히 정해진 운수가 있으니, 급제하고 낙제하는 것도 공부를 얼마나 일찍 시작했고 늦게 시작했느냐에 달린 게 아니지. 난 그저 서방님이 이제부터라도 오롯한 마음으로 올바른 길에 힘쓰고, 예전에 갖고 있던 그 잘못된 생각에 영원히 다시 물들지만 않으면 좋겠어."

여기까지 말한 후 그녀는 방 안에 다른 사람이 없는 걸 확인하고 나직이 말했다.

"이번에 정신을 차리신 건 물론 아주 좋은 일이긴 하지만, 한 가지 걱정이 있어. 지병이 도져서 여자아이들과 어울리기 시작하신다면 그것도 곤란하거든."

"그 말씀도 맞네요. 서방님이 그 중의 말을 믿기 시작한 뒤부터 여자아이들에게 냉담해지셨는데, 이제 그 중의 말을 믿지 않게 되셨으니 정말 지병이 도지실지도 모르지요. 제 생각에는 서방님이 아씨나 저한테도 별로 신경을 쓰지 않았던 것 같아요. 자견이 떠나고 이제 여자아이들이 네 명밖에 남지 않았는데, 개중에 오아가 여우 같은 짓을 좀 하는 것 같아요. 듣자 하니 그 애 엄마가 큰아씨와 아씨께 그 아이를 어디다 시집을 보내게 데려가게 해달라고 청할 참이라대요. 하지만 며칠 동안은 어쨌든 여기 있을 거 아니에요? 사월이와 추문이는 별로 이상할 게 없다지만, 그래도 예전에 서방님께서 몇 해 동안 그 아이들과 개구쟁이 같은 장난을 많이 치셨지요. 이제 따져보니 서방님이 별로 거들떠보지 않는 아이는 앵아뿐이네요. 게

다가 앵아는 얌전한 아이지요. 제 생각에는 서방님에게 차를 갖다드리고 세숫물 시중드는 일은 앵아가 아이들 몇 명을 데리고 맡았으면 하는데, 아씨 생각은 어떠셔요?"

"나도 그런 것들이 조금 염려스럽긴 해. 그러니 언니 생각대로 하지 뭐."

이때부터 보옥의 시중은 앵아가 어린 하녀들을 데리고 도맡게 되었다.

보옥은 일체 방문을 나서지 않고, 왕부인에게 날마다 드리는 문안 인사도 다른 사람을 대신 보냈다. 왕부인이 그런 이야기를 듣고 기뻐하며 마음이 놓인 것은 말할 필요도 없겠다.

팔월 초사흘은 세상을 떠난 태부인의 생일이었다. 보옥은 아침 일찍 건너가 절을 올리고 바로 돌아가서 다시 공부방으로 들어가버렸다. 아침을 먹고 나서 보차와 습인 모두 다른 하녀들과 함께 형부인, 왕부인을 따라 앞채의 방 안에서 한담을 나누었다. 하지만 보옥은 공부방 안에서 차분한 마음으로 단정히 앉아 있었다. 그때 앵아가 쟁반에 과일을 얹어 들고 들어왔다.

"마님께서 보내신 거예요. 노마님 제사상에 올렸던 과일들이랍니다."

보옥은 자리에서 일어나 답례하고 다시 자리에 앉았다.

"거기 둬."

앵아가 과일을 내려놓으며 나직이 말했다.

"마님 방에서 서방님 칭찬이 자자하대요."

보옥이 미소를 짓자 그녀가 덧붙였다.

"마님께선 서방님께서 이렇게 공부하셔서 나중에 과거에 급제하시고, 내년에 또 진사에 급제하셔서 벼슬살이를 하게 되시면, 나리와 마님께서 서방님께 걸었던 기대가 헛되지 않을 거라고 하셨어요."

보옥은 또 고개를 끄덕이며 미소를 지을 뿐이었다. 앵아는 예전에 보옥에게 꽃 주머니를 짜주었을 때 그가 했던 말이 갑자기 떠올랐다.

"서방님께서 정말 급제하신다면 정말 아씨께도 행운이지요. 기억나셔요? 예전에 대관원 안에서 저한테 매화꽃 주머니를 짜달라고 하셨을 때 하셨던 말씀 말이에요. '네 아씨와 네가 나중에 어느 운 좋은 사람한테 갈지 모르겠다.'고 하셨잖아요? 그러니까 지금 서방님께서 바로 그 운 좋은 사람이 되신 셈이잖아요!"

보옥은 그 말을 듣고 순간적으로 속된 마음이 꿈틀했지만, 얼른 정신을 가다듬고 희미하게 웃었다.

"네 말대로라면 나도 운 좋은 사람이고 네 아씨도 운 좋은 사람이지. 그런데 너는 어때?"

앵아가 얼굴이 빨개지면서 겨우 대답했다.

"저야 평생 하녀 신세일 뿐인데 무슨 행운 같은 게 있겠어요?"

"하하, 정말 평생 하녀로 있을 수 있다면 넌 우리보다 훨씬 운이 좋은 거야!"

앵아는 그 말이 또 정신 나간 사람의 말처럼 들렸다. 그녀는 자기가 그의 묵은 병을 건드려 발작하게 만든 건 아닌가 싶어서 얼른 방을 나가려고 했다. 그러자 보옥이 웃으며 말했다.

"하하, 요 맹추야, 내가 한 가지 알려줄 게 있어."

그가 무슨 말을 했는지는 다음 회를 보시라.

제119회

향시에 급제한 가보옥은 속세의 인연을 끊어버리고
황제의 은혜로 가씨 집안은 누대의 번영을 이어가다

中鄕魁寶玉卻塵緣　沐皇恩賈家延世澤

과거에 급제한 가보옥이 출가하자 왕부인이 슬픔에 잠기다.

앵아는 보옥의 말을 알아들을 수 없어서 막 나가려고 하는데, 보옥이 다시 말을 걸었다.

"요 맹추야, 내가 한 가지 알려줄 게 있어. 네 아씨가 운이 좋으니 그 사람을 모시는 너도 운이 좋겠지. 하지만 습인은 믿을 사람이 못 돼. 그러니 이후로도 아씨를 성심껏 모시기만 하면 돼. 나중에 혹시 좋은 일이 생기면 너도 아씨를 모신 보람이 있을 거야."

앵아는 앞말은 그럴 듯하게 들렸지만 뒷말은 조금 이상하게 들렸다.

"네. 알겠어요. 아씨가 기다리고 계시니 가봐야 해요. 과일 잡숫고 싶으시면 아이를 보내 저를 부르셔요."

보옥이 고개를 끄덕이자 앵아는 밖으로 나갔다. 잠시 후 보차와 습인이 돌아와서 각자 자기 방으로 갔는데, 그 이야기는 그만하겠다.

며칠이 지나 과거시험을 보는 날이 되었다. 다른 이들은 보옥과 가란이 문장을 잘 지어서 우수한 성적으로 급제하길 바랐지만, 보차는 심경이 복잡했다. 보옥이 공부를 열심히 하기는 했지만 무심코 내비치는 표정이 유난히 싸늘하고 가라앉아 있었기 때문이다. 그가 과거시험에 응시하려 한다는 것을 알게 되자, 우선은 보옥과 가란 모두 시험에 처음 응시하기 때문에 북새통 속에서 혹시 무슨 실수라도 하지 않을까 염려스러웠다. 그리고 그 승려가 떠난 후 보옥은 계속 두문불출했는데, 그가 열심히 공부하는 걸 보니 기쁘기는 했지만 너무 갑작스럽게 좋은 쪽으로 변해버린 것이 오히려 불안했다. 이러다가 또 무슨 변고가 생기지나 않을까 두려웠다. 그래서 보옥이 시험장에 들어가기 하루 전날 습인에게 이환의 하녀인 소운素雲*과 함께 보옥과 가란의 짐을 꾸리라 지시하고, 자신이 직접 하나하나 살피며 만반의 준비를 해놓았다. 그런 다음 이환과 함께 왕부인에게 청하여 집안의 하인들 중 일에 익숙한 집사 몇 명을 뽑아 딸려 보내게 해달라고 했다. 시험장이 너무 혼잡하니 보살펴줄 사람이 필요하다는 이유였다.

이튿날 보옥과 가란은 몇 번밖에 입지 않았던 옷으로 갈아입고, 유쾌한 기분으로 왕부인을 찾아가 인사를 올렸다.

"너희 둘 모두 시험을 처음 치르는구나. 둘 다 이렇게 자랄 때까지 하루도 내 곁을 떠나본 적이 없지. 설사 내 눈앞에 있지 않더라도 하녀들과 아낙들에게 둘러싸여 있었으니 하룻밤이라도 혼자 잠을 자본 적이 없겠구나. 오늘 각자 시험장에 들어가면 주위에 아는 사람도 없이 혼자 덩그러니 있게 될 거야. 그러니 자기 몸은 알아서 챙겨야 한다. 되도록 빨리 글을 지어 제출하고 하인들을 찾아서 조금이라도 일찍 집으로 돌아오도록 해라. 그래야 이 어미와 네 형수, 안사람이 다들 안심할 테니까 말이다."

그렇게 당부하면서 왕부인은 저려오는 가슴을 어찌할 수가 없었다. 가란은 꼬박꼬박 "예! 예!" 대답했지만, 보옥은 내내 한마디도 하지 않았다. 그러다가 왕부인의 말이 끝나자 앞으로 다가가 무릎을 꿇고 눈물을 펑펑 흘리면서 머리를 세 번 조아렸다.

"어머님, 저를 낳아주셨지만 저는 보답할 길이 없습니다. 그저 이번 시험에서 최선을 다해 문장을 지어 반드시 거인擧人에 급제하는 수밖에요. 그렇게 하여 어머님께서 기뻐하신다면 제 평생의 과업도 끝나고, 평생의 잘못들도 모두 가려지겠지요."

왕부인은 그 말에 더욱 가슴이 미어졌다.

"그런 생각을 한 건 대견하구나. 하지만 애석하게도 네 할머니께서 이런 너의 모습을 보지 못하시는구나!"

그러면서 보옥을 일으켜 세우려고 했다. 하지만 보옥은 계속 무릎을 꿇은 채 말을 이었다.

"할머님께선 보시든 보시지 않든 모두 아시고 기뻐하실 겁니다. 그러면 직접 보지 않으셔도 보신 거나 마찬가지지요. 그저 육체적으로 떨어져 있을 뿐이지 정신이 통하는 길이 막혀 있는 건 아니지 않습니까?"

이환은 왕부인과 보옥의 그런 모습을 보자 그의 병이 도지지나 않을까 염려스럽기도 하고, 그런 모습이 별로 상서롭지 않게 느껴져서 얼른 끼어들었다.

"어머님, 이렇게 경사스러운 일에 왜 이리 상심하셔요? 게다가 서방님은 요즘 사리 분별이 명확하시고, 효성이 지극하시고, 또 공부도 열심히 하셨잖아요. 그저 조카와 함께 시험장에 들어가 문장을 잘 짓고 조속히 돌아오시기만 하면 돼요. 제출한 글을 베껴서 저희 집안과 대대로 교분이 있는 어르신들께 보여드리고, 두 사람 모두 급제했다는 기쁜 소식을 기다리기만 하면 되잖아요?"

그러면서 하녀들에게 보옥을 부축해 일으키라고 했다. 보옥은 이환에게 돌아서서 공손히 두 손을 모으고 허리를 굽혀 절했다.

"형수님, 걱정 마십시오. 저희 둘 다 반드시 급제할 겁니다. 나중에 란이는 또 크게 출세해서, 형수님께서는 봉황이 장식된 모자를 쓰시고 하피霞帔[1]를 입으시게 될 겁니다."

"호호, 그 말씀대로만 된다면야 물론……"

그녀는 여기까지 말하다가 왕부인이 죽은 가주를 떠올리고 슬퍼할까 염려스러워 황급히 말을 삼켰다.

"하하, 훌륭한 아들이 있어 조상의 가업을 이을 수만 있다면, 형님께서 보시지 못한다 해도 후사를 마무리한 셈이지요."

이환은 시간도 많이 지났고, 또 그와 계속 대화를 나누고 싶지 않아서 그저 고개만 끄덕였다. 이때 보옥의 말을 들은 보차는 벌써 정신이 멍해져 있었다. 보옥의 말뿐 아니라 왕부인과 이환의 말까지 구구절절 불길한 징조로 여겨졌지만, 그렇다고 진지하게 나서서 지적할 수도 없고 해서 그저 눈물을 참으며 묵묵히 있을 수밖에 없었다. 그런데 보옥이 자기 앞으로 다가오더니 허리를 깊숙이 숙여 절을 하는 것이었다. 다들 그의 이상한 행동을 보고 무슨 의미인지 알 수 없어 어리둥절했지만, 그렇다고 감히 웃을 수도 없었다. 그때 보차의 눈에서 눈물이 주르르 흘렀다. 사람들이 더욱 의아하게 생각하고 있는데 보옥의 목소리가 들렸다.

"누나, 갈게. 어머니와 함께 좋은 소식 기다려요."

"시간이 되었으니 어서 가셔야지요. 그런 잔소리는 하실 필요 없어요."

"너무 재촉하지 마요. 나도 가야 된다는 걸 알아요."

보옥은 방 안을 죽 둘러보다가 석춘과 자견만 보이지 않는다는 사실을 알았다.

"석춘이와 자견에게도 전해줘요. 어쨌든 다시 만나게 될 테니 걱정 말라고요."

모두 그의 말이 일리가 있는 것 같기도 하고 미친 소리 같기도 하다고 생각했다. 하지만 그저 보옥이 여태 바깥에 나가보지 않았던 터라, 왕부인의 상투적인 당부를 듣고 저러나 보다 싶어서 차라리 얼른 보내는 게 낫겠다고 생각했다.

"밖에 기다리는 사람이 있잖아요. 더 머뭇거리시다가는 시험 시간에 늦겠어요."

그러자 보옥이 고개를 쳐들고 껄껄 웃었다.

"갑니다, 가요! 난리 피울 거 없어요. 이걸로 만사가 다 끝났으니까요!"

그러자 모두 웃으며 재촉했다.

"얼른 가셔요!"

다만 왕부인과 보차는 마치 생이별이라도 하는 것처럼 까닭 모르게 눈물이 주르르 흘러서 거의 목 놓아 울고 싶은 심정이었다. 하지만 보옥은 너무나 기쁜 마음에 완전히 실성한 듯 실없이 웃어대며 문 밖으로 걸어나갔다. 그야말로 이런 상황이었다.

명예와 이익 비할 데 없는 곳으로 달려가려고
조롱 밖으로 첫 번째 관문을 나서노라!
走求名利無雙地
打出樊籠第一關

보옥과 가란이 과거시험을 보러 나간 이야기는 잠시 접어두고, 가환의 이야기를 해보자. 가환은 보옥과 가란이 과거시험을 보러 떠나자 제풀에 화가 나, 짐짓 잘난 체하며 궁리했다.

'어머니 복수를 해드려야겠어. 집에 남자가 하나도 없고, 위로 큰어머니가 내 편이니 무서워할 사람이 어디 있어?'

그렇게 결심하고 그는 형부인의 거처로 달려가 문안 인사를 하며 몇 마디 입에 발린 아부를 늘어놓았다. 형부인은 당연히 흐뭇해했다.

"이제야 너도 사리 분별을 잘하게 되었구나. 교저의 일 같은 건 내가 주관해야 마땅한데, 어리석은 련이가 친할미를 젖혀놓고 다른 사람한테 부탁했지 뭐냐!"

"저쪽에서도 꼭 우리 집안과 혼사를 하겠다고 하더군요. 이제 성사만 되면 큰어머님께도 아주 많은 선물이 들어올 겁니다. 이런 제후를 손녀사위로 맞이하시면 큰아버님께서도 당연히 높은 벼슬을 하시지 않겠습니까! 제가 저희 어머님에 대해 뭐라고 하긴 곤란하지만, 원비마마의 어머니라고 해서 다른 사람들을 너무 업신여겼어요. 나중에 교저는 그렇게 양심 없는 사람이 되지 않도록 제가 일러놓겠습니다."

"그래야 그 아이도 네 호의를 알게 될 테지. 설사 그 아이 아비가 집에 있다 할지라도 이렇게 좋은 혼처는 구하지 못했을 게야! 그런데 저 멍청한 평아는 이 혼사가 잘못된 거라면서 그쪽 동서와 함께 반대한다고 하더구나. 아마 우리가 잘되는 게 배가 아픈 모양이지. 더 머뭇거리다가 련이가 돌아와서 다른 사람들 말을 들으면 일이 틀어지고 말 거야."

"저쪽에서는 진작에 결정을 했어요. 지금은 큰어머님께서 사주단자를 보내시기만 기다리고 있습니다. 왕부의 규정상으로는 사흘 안에 신부를 데려간답니다. 다만 한 가지 문제가 있습니다. 큰어머님께선 마땅치 않게 생각하실지 모르지만, 저쪽에서는 죄를 저지른 관리의 손녀와 결혼하는 것이니까 남들 모르게 데려갈 수밖에 없다고 합니다. 하지만 큰아버님께서 사면받아 벼슬을 하시면 다시 대대적으로 잔치를 열겠답니다."

"그야 반대할 이유가 없지. 그 또한 예의상 마땅한 일이니까 말이야."

"그럼 큰어머님께서 사주단자를 내주시기만 하면 됩니다."

"얘가 또 바보 같은 소리를 하는구먼! 안쪽에는 모두 여자들뿐이니 운이한테 하나 써달라고 하면 될 게 아니냐?"

가환은 말할 수 없이 기뻐하며 황급히 "예!" 하고 달려나와 가운에게 이야기하고, 왕인을 불러서 함께 그 제후의 저택으로 갔다. 문서를 작성하고 돈을 받아야 했기 때문이다.

그런데 뜻밖에 조금 전에 나눈 대화를 형부인의 하녀가 듣고 말았다. 그 하녀는 평아의 도움으로 뽑힌 아이였기 때문에, 짬을 내서 평아의 거처로 달려가 모든 일을 낱낱이 고해 바쳤다. 그렇지 않아도 이 혼사가 잘못된 거라고 생각하고 있던 평아는 벌써 교저에게 이 일에 대해 자세히 설명해 주었다. 그날 교저는 밤새 통곡하더니 가련이 돌아온 뒤에 아버지의 뜻대로 해야지 절대 형부인의 말을 따를 수 없다고 결심했다. 그런데 오늘 또 이런 이야기를 듣자 펑펑 울면서 형부인을 찾아가 애원하겠다고 말했다. 그러자 평아가 황급히 붙들었다.

"아가씨, 잠깐만요! 큰마님은 아가씨 친할머니이시니 서방님이 집에 안 계실 때는 당신께서 일을 주관하실 수 있다고 하실 거예요. 게다가 외삼촌이 중매를 선다고 하지 않았어요? 다들 한통속인데 아가씨 혼자 어떻게 설득할 수 있겠어요? 저야 어쨌든 하녀 신분이니까 말도 못 꺼내지요. 그러니 이제 무슨 대책이라도 세워야지 절대 경솔하게 행동하시면 안 돼요!"

형부인 방 하녀가 말했다.

"어서 좋은 방법을 생각해야 돼요. 그렇지 않으면 당장이라도 가마에 실려가시게 될 거예요."

그렇게 말하고 하녀는 돌아갔다. 평아가 돌아보니 교저는 방바닥에 엎드려 평평 울고 있었다. 평아가 황급히 안아 일으켰다.

"아가씨, 우는 건 도움이 안 돼요. 지금은 서방님이 계셔도 어쩔 수 없는 상황이에요. 저 사람들 하는 말로는……"

그 말이 끝나기도 전에 형부인이 사람을 보내 알렸다.

"아가씨, 경사가 생겼어요. 평아 언니는 아가씨 짐을 싸놓으랍니다. 혼수품 같은 건 련 서방님께서 돌아오신 뒤에 따로 마련해서 보내기로 미리 얘기가 되어 있답니다."

평아는 어쩔 수 없이 "알았네!" 하는 수밖에 없었다.

잠시 후 왕부인이 건너왔다. 교저는 왕부인을 덥석 끌어안고 그 품에 얼굴을 묻고 울었다. 왕부인도 눈물을 흘렸다.

"아가, 너무 조급해하지 마라. 나도 너 때문에 네 할머니한테 좋은 소리를 못 들었다. 보아하니 일을 돌이키기 힘들 것 같구나. 그저 그대로 따르겠다고 해서 네 할머니 마음을 누그러뜨려놓고, 속히 네 아비에게 사람을 보내 알리는 수밖에 없겠구나."

그러자 평아가 말했다.

"마님, 아직 모르고 계시나 보네요? 오늘 아침 환 도련님이 큰마님께 말씀드리길, 제후 댁의 무슨 규범상 사흘 안에 신부를 데려가야 한답니다.

지금 큰마님께선 벌써 운 도련님더러 사주단자를 쓰라고 하셨다는데 서방님을 기다릴 틈이 어디 있겠어요?"

왕부인은 가환의 이름을 듣자마자 화가 치밀어 한참 동안 아무 말도 못하다가 곧 호통을 내질렀다.

"당장 환이 놈을 불러 오너라!"

심부름꾼이 한참 뒤에 돌아와서 이렇게 보고했다.

"아침에 장 도련님, 왕인 나리와 함께 밖으로 나가셨답니다."

"운이는?"

"모르겠습니다."

사람들은 교저의 방에서 서로 얼굴만 멀뚱멀뚱 쳐다볼 뿐 전혀 방법이 없었다. 왕부인도 형부인과 다투기 곤란하여 그저 다들 머리를 감싸고 통곡만 할 뿐이었다.

그때 할멈 하나가 들어왔다.

"문지기가 그러는데 그 유노파가 왔답니다."

왕부인이 말했다.

"집안에 이런 일을 당했는데 손님 접대할 겨를이 어디 있겠느냐? 어떻게든 돌려보내라고 해라!"

그러자 평아가 말했다.

"마님, 안으로 모시라고 하세요. 그분은 아가씨의 양어머니니까 그분에게도 말씀드려야 해요."

왕부인이 아무 말하지 않자 할멈이 유노파를 데려왔다. 서로 인사를 나누고 나서 유노파가 사람들의 눈시울이 붉어져 있는 걸 알아채고 무슨 일인가 싶어서 잠시 머뭇거리다 물었다.

"무슨 일 있으셔요? 마님이랑 아가씨들 모두 희봉 아씨를 생각하셨나 보네요?"

평아가 대답했다.

"할머니, 쓸데없는 말씀 그만하셔요. 할머니도 아가씨의 양어머니시니 이 일을 알아두셔야지요."

그리고 자세한 사정을 들려주었다. 유노파도 깜짝 놀라 한참 동안 멍하니 있더니 갑자기 웃음을 터뜨렸다.

"호호. 평아 아씨처럼 영특하신 분이 설마 고사鼓詞² 같은 것도 못 들어보셨을까? 그 안에 아주 많은 방법이 들어 있잖아요?"

"무슨 방법이 있는지 어서 말씀해보셔요."

"이게 뭐 어려운 일이라고 그러셔요? 다 내버려두고 그 사람들 몰래 도망쳐버리면 그만이지요."

"아이 참, 말도 안 되는 소리 그만하셔요. 우리 같은 이런 대갓집 아가씨가 어디로 도망을 친단 말씀이에요!"

"도망치지 않으실 생각이라면 모를까, 그게 아니라면 저희 시골로 가시면 되잖아요. 제가 아가씨를 숨겨놓고, 즉시 제 사위를 시켜서 아가씨가 친필로 쓰신 편지를 가련 서방님께 보내도록 할게요. 그러면 서방님께서 돌아오실 수밖에 없을 테지요. 어떤가요?"

"큰마님께서 아시면 어떡해요?"

"제가 온 걸 그분들이 아시나요?"

"큰마님은 앞채에 계시는데, 사람들한테 너무 각박하게 대하셔서 무슨 일이 있어도 아무도 알리지 않아요. 할머니가 앞문으로 오셨다면 아셨겠지만, 지금은 뒷문으로 오셨으니 괜찮아요."

"그럼 의논해서 시간을 정하시지요. 제가 사위를 시켜 마차를 준비해서 모셔가게 할게요."

"기다릴 틈이 어디 있어요? 잠깐 앉아 계셔요."

평아는 급히 안으로 들어가 주변 사람들을 물리고 유노파의 이야기를 왕부인에게 알렸다. 왕부인은 한참 생각하더니 좋은 방법이 아니라고 했다.

"이 방법밖에 없잖아요? 마님을 위해서라도 감히 이렇게 말씀드리는 거예요. 마님께선 그저 모르는 체하고 계시다가 나중에 거꾸로 큰마님께 따지셔요. 저희는 거기서 사람을 보낼 테니 서방님께서도 금방 돌아오실 거예요."

왕부인은 말 없이 한숨만 내쉬었다. 옆에서 듣고 있던 교저가 나섰다.

"할머니, 제발 저 좀 구해주세요! 어쨌든 아버지도 돌아오시면 할머니께 감사하실 거예요."

"여러 말할 것 없어요. 마님, 얼른 돌아가 계셔요. 다만 나중에 저희 집 지킬 사람만 좀 보내주세요."

"남의 눈에 띄지 않도록 조심해라. 그리고 너희 둘이 쓸 옷가지와 이부자리가 필요하지 않겠느냐?"

"그렇긴 하지만 빨리 피신해야 하잖아요. 저 사람들이 일을 끝내고 돌아오면 일이 곤란해질 테니까요!"

그 말에 왕부인도 퍼뜩 정신이 들었다.

"그래, 그렇구나! 어서 채비하고 떠나거라. 뒷일은 나한테 맡기고!"

왕부인은 그곳을 나와서 일부러 형부인을 찾아가 한담을 나누며 자리에 붙들어두었다. 평아는 곧 사람들에게 떠날 채비를 시키면서 단단히 당부했다.

"일부러 사람들을 피하지 마라. 누가 들어와 보게 되면 큰마님 분부로 마차를 구해 유할머니를 전송하러 갔다고 해라."

그리고 뒷문의 문지기를 매수해서 수레를 준비하게 했다. 평아는 곧 교저를 청아처럼 꾸며서 서둘러 먼저 보냈다. 그리고 나중에 자신은 유노파를 전송하는 것처럼 슬슬 따라 나갔다가 남들이 눈치채지 못하는 사이에 재빨리 수레에 올라탔다.

사실 최근 가씨 집안의 뒷문은 열려 있기는 해도 한두 사람이 지킬 뿐이었고, 그 외에도 하인들이 몇 명 더 있었지만 워낙 집이 큰데다 사람 수는 모자랐기 때문에 꼼꼼히 지키기가 힘들었다. 게다가 하인들은 평소 자기들에게 자상하지 않던 형부인에게 불만이 있었고, 모두들 이 혼사가 잘못된 거라는 사실도 알고 있었다. 또한 평아가 그들에게 늘 친절하게 대해준 데에 고맙게 생각했기 때문에 모두 한통속이 되어 교저가 피신하도록 눈을 감아주었다. 그러니 왕부인과 이야기를 나누고 있던 형부인이 이런 사정을 눈치챌 리 없었다. 다만 왕부인은 마음이 너무 불안한 나머지 잠시 형부인과 이야기를 나누다가 살그머니 보차의 방으로 갔다. 하지만 마음속으로는 여전히 교저의 일을 염려하고 있었다. 보차가 왕부인의 표정이 안 좋은 걸 알아채고 물었다.

"어머님, 무슨 걱정거리가 있으셔요?"

왕부인은 남들 몰래 그 일에 대해 이야기해주었다.

"어머! 큰일 날 뻔했네요! 지금이라도 얼른 운 도련님을 거기로 보내서 막아야 하지 않을까요?"

"그런데 환이가 어디 있는지 모르겠구나."

"어머님은 모르는 체하고 계셔요. 제가 적당한 사람을 보내서 큰어머님 귀에 들어가게 할게요."

왕부인은 고개를 끄덕이며 보차에게 일을 맡겼는데, 그 이야기는 잠시 덮어두도록 하겠다.

외지의 그 제후는 원래 시녀나 몇 명 사들이려는 생각으로, 중매인의 말만 믿고 사람을 보내서 여자를 보고 오라고 했던 것이었다. 사람들이 다녀와 보고할 때 제후는 여자가 어느 집안사람이냐고 물었고, 그들은 감히 숨기지 못해 사실대로 말할 수밖에 없었다. 제후는 상대가 대대로 공을 세운 황실 친척 집안이라는 걸 알고 깜짝 놀랐다.

"아니, 이런! 이건 법으로 금지된 일이 아니더냐! 하마터면 큰일을 저지를 뻔했구나! 게다가 나는 이미 황제 폐하도 알현했으니 곧 날짜를 잡아 떠나야 한다. 혹시 누가 와서 또 그런 말을 하거든 당장 내쫓도록 해라!"

마침 그날 가운과 왕인 등이 사주단자를 전하러 찾아갔다. 그러자 대문 안에 있던 이가 호통을 쳤다.

"왕야께서 명하시길 가씨 집안의 따님을 평민의 딸로 속여서 보내려는 놈이 있거든 붙잡아서 법으로 다스리라고 하셨다. 지금 같은 태평성대에 어떤 놈이 감히 이런 대담한 짓을 저지르려 하느냐!"

깜짝 놀란 왕인 등은 머리를 감싼 채 쥐구멍으로 내빼듯이 밖으로 나와 누가 그 일을 일러바쳤냐며 원망했다. 그들은 이내 맥이 풀려 돌아갔다.

집에서 소식을 기다리던 가환은 왕부인이 찾는다는 소리에 초조해서 속이 탔다. 그러다가 혼자 돌아오는 가운을 보고 얼른 쫓아가서 물었다.

"성사됐어?"

가운이 발을 동동 굴렀다.

"아이고, 큰일 났어요! 누가 비밀을 누설해버렸다고요!"

그러면서 곤욕을 치렀던 일을 죄다 들려주었다. 가환은 너무 화가 치밀어 잠시 멍한 표정을 지었다.

"오늘 아침에 큰어머님께 이렇게 좋은 혼처가 어디 있겠느냐고 말씀드렸는데 이제 어쩌지? 이게 다 너희들 때문이야! 왜 나를 구렁텅이로 몰아넣었느냐고!"

그렇게 어쩔 줄 모르고 있는데 안쪽에서 시끌벅적 가환 등의 이름을 부르는 소리가 들렸다.

"두 분 마님께서 부르십니다!"

둘이 어쩔 수 없이 후들거리는 다리를 끌고 안으로 들어가자 왕부인이 노기 가득한 얼굴로 호통을 쳤다.

"네놈들이 아주 훌륭한 일을 저질렀더구나! 이제 평아와 교저를 핍박해 죽음으로 몰았으니 당장 시신을 찾아와서 죗값을 치르도록 해라!"

둘은 황급히 무릎을 꿇었다. 가환이 아무 말도 못하고 있는데 가운이 머리를 조아리며 말했다.

"저는 아무 짓도 저지르지 않았습니다. 외할아버님과 왕아저씨가 교저 아가씨 중매를 선다고 하시기에 저희가 할머님들께 말씀드렸을 뿐입니다. 그러자 큰할머님께서 좋다고 하시면서 저더러 사주단자를 써서 갖다주라고 하셨습니다. 그런데 저쪽에서 싫다고 하지 않겠습니까? 어떻게 저희가 여동생을 핍박해 죽였겠습니까!"

"환이가 형님 거처에 가서 사흘 안에 신부를 데리러 올 거라고 했다면서? 이놈아, 그런 식으로 청혼하고 중매하는 법도 있다더냐! 나도 너희들한테 더 묻지 않겠다. 당장 교저를 데려와라. 나머지는 대감께서 돌아오신 다음에 다시 얘기하도록 하자!"

이렇게 되자 형부인은 한마디도 하지 못하고 그저 눈물만 흘렸다. 왕부인이 가환을 꾸짖었다.

"그 못돼 처먹은 조씨가 남겨놓은 종자도 이리 개차반이로구나!"

왕부인은 곧 하녀의 부축을 받고 자기 방으로 돌아갔다. 뒤에 남은 가환과 가운, 형부인은 서로를 원망했다.

"지금 원망해봐야 소용없다. 아마 죽진 않았을 테고 분명히 평아가 어디 친척 집으로 데려가 피신시킨 모양이다."

형부인은 앞뒤 대문의 문지기들을 불러 꾸짖으며 교저와 평아의 행방을 물었다. 하인들은 이구동성으로 딱 잡아뗐다.

"큰마님, 저희가 아니라 집안일을 맡고 계신 서방님들께 물어보셔야지요. 큰마님께서 뭐라 하실 필요도 없이 저희 마님께서 문책하시면 저희도 드릴 말씀이 있습니다. 저희는 매를 맞더라도 함께 맞고, 쫓겨나더라도 함께 쫓겨나겠습니다. 련 서방님께서 출타하신 뒤로 바깥일은 너무 엉망이 되었습니다! 저희 월급도 주지 않고 날마다 노름판을 벌이고, 술 마시고, 배우들을 부르고, 심지어 거리의 창녀들까지 집 안으로 끌어들입니다. 이게 다 어디 서방님들이 하실 일입니까?"

그 말에 가운과 가환은 입도 벙긋하지 못했다. 그때 왕부인이 또 사람을 보내 재촉했다.
"서방님들, 빨리 아가씨를 찾아내라 하십니다."
가환과 일당은 쥐구멍에라도 들어가고 싶은 심정이었지만, 그렇다고 교저 방에 있는 이들에게 캐물을 수도 없었다. 틀림없이 자기들에게 원한이 깊어서 교저를 숨겨놓았을 것이기 때문이었다. 하지만 왕부인 앞에서 감히 그런 말을 할 수도 없었다. 어쩔 수 없이 그들은 여기저기 친척집을 수소문했지만 전혀 종적을 찾을 수 없었다. 안쪽의 형부인과 바깥쪽의 가환 등은 며칠 동안 밤낮으로 고심하느라 편히 지내지 못했다.

어느덧 과거시험이 끝나는 날이 되어 왕부인은 보옥과 가란이 돌아오기만을 고대하고 있었다. 점심때가 되어도 돌아오지 않자 왕부인과 이환, 보차는 애가 타서 사람을 보내 알아보게 했다. 그런데 소식을 알아보러 간 사람들조차 돌아오지 않는 것이었다. 나중에 또 다른 사람들을 보냈는데 그들마저 돌아오지 않았다. 세 여인은 끓는 기름에 들어앉은 것처럼 초조해하고 있었는데, 저녁 무렵이 되어서야 누군가 들어왔다. 바로 가란이었다. 모두 기뻐하면서 물었다.
"숙부는?"
가란은 인사할 겨를도 없이 울음을 터뜨렸다.
"숙부님이 행방불명이 되었어요!"
깜짝 놀란 왕부인은 한참 동안 아무 말 못하더니, 그대로 침대 위로 쓰러져버렸다. 다행히 채운 등이 뒤에서 부축하고 필사적으로 소리쳐 부른 덕분에 정신을 차렸지만, 왕부인은 하염없이 울기만 했다. 보차도 멍하니 눈만 멀뚱멀뚱 뜨고 있었다. 습인은 이미 눈물범벅이 되어 있었고, 이환도 울면서 가란을 꾸짖었다.
"이 멍청한 놈아! 숙부님과 같이 있었으면서 어떻게 없어진 걸 몰랐단 말이냐!"

"숙부님과 같은 거처에서 식사도 함께하고 잠도 함께 잤어요. 시험장에 들어가서도 자리가 멀리 떨어지지 않아서 계속 같이 있었어요. 오늘 아침에 숙부님이 답안지를 다 쓰시고 나서 저를 기다리고 계셨어요. 답안지를 제출하고 함께 나왔는데, 시험장 입구에서 북적대는 사람들에게 떠밀리다가 언뜻 돌아보니 보이지 않는 거예요. 집에서 마중 나온 사람들이 다들 저한테 숙부님은 어디 계시냐고 물었는데 이귀 아저씨가 하는 말이, 겨우 몇 걸음 떨어진 곳에 계신 걸 봤는데 사람들 틈에 잠깐 끼이는가 싶더니 갑자기 보이지 않았대요. 지금 이귀 아저씨와 사람들이 여러 군데로 흩어져서 찾고 있어요. 저도 사람들과 함께 시험장의 방들을 다 뒤져보았지만 아무 데도 없었어요. 그래서 저도 이제야 온 거예요."

왕부인은 너무 울어서 말 한마디 하지 못했고, 보차는 내심 어찌 된 일인지 십중팔구 짐작했다. 습인은 하염없이 울기만 할 뿐이었다. 가장 등도 따로 분부를 기다리지 않고 여럿이 패를 나누어 찾으러 나갔다. 딱하게도 영국부 사람들이 모두 시름에 젖어, 시험을 끝내고 돌아오는 이들을 맞이하기 위해 준비한 잔칫상도 모두 헛것이 되고 말았다. 가란도 피곤함을 잊고 보옥을 찾으러 나가려고 하자 왕부인이 말렸다.

"아가, 네 숙부가 사라졌는데 너까지 없어지면 어떡하겠냐? 너는 가서 좀 쉬도록 해라."

하지만 가란이 한사코 나서려 하여 우씨와 곁에 있던 사람들이 열심히 달래야 했다. 그런데 석춘만은 내심 어찌 된 일인지 분명하게 짐작할 수 있었다. 하지만 대놓고 말하기가 곤란하여 보차에게 돌려 물었다.

"오빠가 옥을 가지고 나갔나요?"

"그거야 늘 몸에 지니고 다니는 건데 안 가져갔을 리 있나요?"

그 말을 듣자 석춘은 곧 입을 다물어버렸다. 습인은 예전에 옥을 잃어버렸던 일을 떠올리고, 이 또한 그 승려가 저지른 농간이 아닐까 생각했다. 그런 생각을 하니 창자가 끊어질 듯 가슴이 아프고 눈물이 하염없이 흘렀다. 그녀는 "엉엉!" 울음을 그치지 못했다. 예전에 보옥이 자신에게 베풀어 준 정과 이따금 약을 올려줄 때 벌컥 화를 내던 모습, 그래도 다시 마음을 줄 수밖에 없는 장점들을 떠올렸다. 따스하고 다정했던 모습은 말할 것도 없었다. 그러다가 너무 화가 날 때면 중이 되겠다고 맹세하곤 했던 일도 생각났다. 그런데 이제 그 말이 사실이 될 줄이야!

밤이 깊어 사경四更이 되었는데도 보옥의 소식은 전혀 들리지 않았다. 이환은 왕부인이 너무 상심하여 몸이 상할까 걱정스러워 방에 돌아가 쉬시라고 간곡히 권했다. 모두 따라가서 시중을 들었지만, 형부인은 자기 방으로 돌아갔다. 가환은 숨어서 나오지 못했다. 왕부인은 가란에게 가서 쉬라며 그를 내보내고 자신은 밤새 한숨도 자지 못했다. 이튿날 날이 밝자 하인들이 돌아왔는데, 하나같이 하는 말이, 한군데도 빠짐없이 찾아보았지만 그림자조차 보이지 않더라고 했다. 설씨 댁 마님과 설과, 상운, 보금, 이씨 댁 마님 등이 연이어 찾아와 인사하며 소식을 물었다. 이렇게 며칠 동안 왕부인은 음식도 들지 않고 줄곧 울기만 해서 목숨이 위태로운 지경에 이르고 말았다. 그때 하인 하나가 전갈을 가지고 왔다.

"바닷가 변경에서 사람이 하나 왔는데, 통제 나리 댁에서 왔답니다. 그 사람 말이 탐춘 아씨가 내일 경사에 도착한답니다."

그 말을 들은 왕부인은 보옥에 대한 걱정이 사라지지는 않았지만, 그래도 어느 정도 마음이 풀어지는 것 같았다. 이튿날 과연 탐춘이 도착했다. 집안사람들이 멀리까지 나가 탐춘을 맞이했는데, 예전보다 얼굴도 훨씬 좋아졌고 옷차림도 아주 화려했다. 그녀는 왕부인의 수척한 모습과 눈시울이 벌겋게 부어 있는 사람들의 모습을 보더니 자기도 울음을 터뜨렸다. 그렇게 한참 동안 울고 나서야 절을 올렸다. 그러다가 여도사 차림을 한 석춘을 발견하고 무척 안쓰러운 마음이 들었다. 거기에 보옥이 실종되었다는 소식과 집안에 일어난 여러 가지 불상사들에 대해 듣고 나자 또 울음을 터뜨렸고, 모두 따라 울었다. 다행히 탐춘은 말주변도 좋고 견식도 높아서 한참 동안 가족들을 차근차근 위로했다. 그 덕분에 왕부인도 기분이 다소 누그러졌다. 다음 날에는 탐춘의 남편도 인사하러 찾아왔다. 그는 이런 사정을 듣고 나더니 탐춘에게, 친정에 머물면서 왕부인을 위로해드리라고 말했다. 탐춘이 데려온 하녀들과 할멈들도 여러 자매들과 어울려서 그동안의 회포를 풀었다. 이리하여 영국부 사람들은 위아래를 막론하고 모두 밤낮 없이 보옥의 소식만을 기다렸다.

어느 날 밤이 지나 날이 밝아오는 오경五更 무렵, 바깥의 하인들이 중문에 와서 기쁜 소식을 알렸다. 심부름하는 어린 하녀들이 허둥지둥 달려오더니 언니들에게 알릴 새도 없이 방 안으로 들어왔다.

"마님, 아씨, 경사가 났습니다!"

왕부인은 보옥을 찾았나 싶어 기뻐하며 자리에서 벌떡 일어섰다.

"어디서 찾았다더냐? 어서 데려오너라!"

"칠등으로 거인에 급제하셨답니다."

"보옥이는?"

"……"

왕부인은 다시 자리에 털썩 주저앉고 말았다. 그러자 탐춘이 물었다.

"누가 칠등으로 급제했다는 말이냐?"

"보옥 서방님이셔요."

그때 밖에서 또 시끌벅적 떠드는 소리가 들렸다.

"란 도련님도 급제하셨답니다!"

하인이 황급히 가서 통지서를 받아와 바쳤는데, 살펴보니 가란은 백삼십등으로 급제했다고 되어 있었다. 이환은 내심 기뻤지만 보옥 때문에 상심하고 있는 왕부인을 생각해서 희색을 드러내지 못했다. 왕부인도 가란이 급제했다는 걸 알고 속으로 기뻐했다.

'보옥이만 돌아와준다면 다들 얼마나 즐겁겠는가!'

보차는 너무 슬펐지만, 그렇다고 어른들 앞에서 눈물을 보일 수도 없었다.

사람들은 모두 축하 인사를 주고받았다.

"보옥 서방님은 과거에 급제할 운명이니 당연히 나타나실 거예요. 게다가 세상에 실종된 거인이 어디 있답니까?"

왕부인도 일리 있는 말이라 생각하여 얼굴에 조금씩 희색이 돌았다. 사람들은 그 틈을 이용해 왕부인에게 음식을 조금 더 잡수라고 권했다. 그때 셋째 대문 밖에서 배명이 요란하게 고함을 질렀다.

"우리 서방님께서 거인에 급제하셨으니 더 이상 실종이 아니에요!"

주위 사람들이 물었다.

"그걸 어떻게 알아?"

"일단 급제만 하면 온 천하에 명성이 알려지는 법〔一擧成名天下聞〕이니까, 이제 서방님이 어딜 가신다 해도 바로 알 수 있지요. 누가 감히 집으로 모셔 오지 않을 수 있겠어요!"

"요 녀석이 버릇은 없지만 지금 한 말은 맞는 것 같구먼!"

그러자 석춘이 말했다.

"이렇게 다 큰 어른이 어떻게 길을 잃을 수 있겠어요? 아마 세상 물정을 간파하시고 불문에 들어버리셨을지 모르는데, 그러면 찾아내기 어려울 거예요."

그 말에 왕부인이 또 대성통곡하기 시작하자 이환이 말했다.

"예로부터 부처나 신선이 된 사람들 중에는 벼슬과 부귀영화를 모두 팽개친 분들이 많았지요."

왕부인이 울면서 말했다.

"부모를 버리는 건 불효인데 어떻게 부처가 될 수 있겠어!"

그러자 탐춘이 말했다.

"무릇 사람이란 특출한 데가 있으면 안 되는 법이에요. 오빠는 옥을 지니고 태어나셨는데 모두 상서로운 일이라고 칭송했지요. 하지만 어떻게 보면 이게 다 그 옥 때문에 생긴 불상사라고 할 수 있어요. 제가 어머님을 진노하게 하려고 드리는 말씀이 아니라, 만약 며칠이 더 지나도 찾지 못하면 뭔가 까닭이 있을 거예요. 그러니 어머님도 오빠를 낳지 않은 걸로 치고 단념하시는 수밖에 없을 것 같아요. 오빠가 나중에 정말 정과正果[3]를 이루신다면 그 또한 어머님께서 몇 생을 거치며 쌓으신 공덕의 결과라고 할 수 있겠지요."

보차는 그 말을 듣고 아무 말도 하지 않았지만, 습인은 도저히 견디지 못했다. 그녀는 가슴이 저릿하면서 머리가 어지러워 그대로 쓰러지고 말았다. 왕부인은 그 모습을 너무 측은하게 여겨서 하녀들을 시켜 습인을 부축해 방으로 데려가게 했다. 가환은 보옥과 가란이 모두 급제한 것을 보고, 또 교저의 일로 체면을 구길 대로 구겨 그저 가장과 가운을 원망할 따름이었다. 그러다가 탐춘이 왔다는 소식을 들으니 아무래도 그녀가 이 일을 그냥 넘어가려 하지 않을 것 같았다. 그렇다고 어디로 도망칠 수도 없는 노릇이어서 요 며칠 동안 아주 가시방석에 앉아 있는 기분이었다.

이튿날 가란은 과거에 급제한 이들이 시험관을 모시고 사례하는 잔치에 어쩔 수 없이 혼자 참석해야 했다. 거기 가보니 진보옥도 급제했다는 걸 알게 되었으니, 모두가 서열상으로는 동년同年[4]인 셈이었다. 그 자리에서, 마음이 미혹되어 종적을 감추었다는 가보옥의 이야기가 나오자 진보옥이 탄식하며 가란을 위로했다.

시험을 주관한 지공거知貢擧[5]가 급제한 이들의 답안지를 황제에게 올렸다. 황제가 하나하나 살펴보니 급제한 이들의 문장이 모두 공정하고 이치에 통달한 것들이었다. 그러다가 칠등으로 급제한 가보옥과 백삼십등으로 급제한 가란의 관적貫籍이 모두 금릉이라는 걸 발견하고, 곧 칙지를 내려 두 사람이 원비의 친척인지 물었다. 대신이 명을 받들고 나와서 물으니, 가란은 가보옥이 시험을 마치고 나서 실종된 일과 함께 조상 삼대의 성명을 밝혔다. 대신이 그 말을 황제에게 전하니, 지극히 현명하고 인자한 황제는 가씨 가문의 공훈을 떠올리고, 대신에게 사건의 전말을 조사하라고 분부했다. 대신이 곧 사건을 자세히 조사하여 보고했는데, 황제는 이를 무척 긍휼히 여기고, 형법을 담당하는 관리에게 가사의 범죄 상황을 조사한 기록을 찾아 올리라고 명했다. 황제는 또 「연해의 도적을 소탕하고 개선한 전후의 시말〔海疆靖寇班師善後事宜〕」이라는 문서를 보았는데, 상주한 내용은 강과 바다가 무사태평하게 되어 만백성이 즐겁게 생업에 종사할 수 있게 되었다는 내용이었다. 이에 황제는 무척 기꺼워하며 구경九卿[6]에게 명하여 논공행상論功行賞*하게 하고 아울러 천하에 대사면大赦免을 내리게 했다. 가란 등은 신하들이 돌아간 뒤 시험을 주관했던 관리〔座師〕에게 인사를 올렸다. 그 자리에서 가란은 조정에서 대사면이 내려졌다는 소식을 듣고 곧 집으로 돌아가 왕부인에게 알렸다. 이에 온 집안사람들이 조금이나마 기쁜 표정을 지었지만, 무엇보다 보옥이 돌아오기만을 고대했다. 설씨 댁 마님은 더욱 기뻐하며 설반의 속죄에 필요한 돈을 준비했다.

  하루는 진대감이 탐춘의 남편과 함께 축하 인사를 하러 왔다. 왕부인은 가란에게 직접 나가 접대하라고 분부했다. 얼마 후 가란이 환하게 웃으며 들어왔다.

  "할머님, 기쁜 소식이 있습니다. 진대감께서 폐하께서 내리신 칙지에 대해 들으셨는데, 큰할아버님의 죄가 사면되었고, 큰아버님은 사면뿐만 아니라 녕국공의 삼등 세습작위까지 이어받게 되셨답니다. 영국부의 세습작위는 그대로 할아버님께서 이어받으시는데, 할머님 상이 끝나는 대로 공부낭중工部郞中*으로 승진되신다고 합니다. 몰수되었던 재산도 모두 돌려준다고 합니다. 그리고 폐하께서 둘째 숙부님의 답안을 보시고 무척 기뻐하시면서, 어떤 사람이냐고 물으셨고, 원비마마의 동생이라는 것도 아셨답니다. 북정왕 전하께서는 숙부님의 인품이 아주 훌륭하다고 아뢰었답니다. 그러자 폐하께서 숙부님을 만나보고 싶으시다며 궁으로 부르라는 어지御旨를 내리셨는데, 시험이 끝난 뒤에 실종되어서 지금 곳곳을 수소문하고 있는 중이라고 대신들이 아뢰었더니, 폐하께서는 오영五營*의 각 아문에서 전심전력을 기울여 행방을 찾아내라는 칙지를 내리셨다고 합니다. 할머니, 이제 안심하십시오. 폐하께서 이렇게 성은을 베풀어주셨으니 틀림없이 숙부님을 찾을 수 있을 겁니다."

왕부인 등은 그제야 서로 축하하며 기뻐하기 시작했다. 다만 가환 등은 애를 태우며 사방으로 교저를 찾아다녔다.

한편, 교저는 평아와 함께 유노파를 따라 성을 빠져나와 시골에 도착해 있었다. 유노파도 감히 교저를 함부로 대하지 못하고 윗방을 깨끗이 치워서 둘에게 내주었다. 매일 내놓는 음식은 시골의 맛이 나기는 했지만 아주 정갈하게 차려진 것들이었다. 또 청아가 말동무가 되어주어 교저는 잠시나마 편안한 마음으로 지낼 수 있었다. 그 마을에도 부자가 몇 명 있었는데, 유노파의 집에 가씨 집안의 아가씨가 와 있다는 소문을 듣고 모두 찾아와 보더니, 하늘나라에서 내려온 선녀 같다며 감탄을 금치 못했다. 개중에는 과일이나 채소를 보내오는 이도 있었고, 들짐승을 잡아 보내는 이도 있어서 그런대로 먹을거리가 풍성했다.

그런 사람들 가운데 재산이 수만금이나 되고 천 마지기가 넘는 비옥한 논밭을 가진 주周씨 집안이 있었다. 그 집에는 열네 살 된 외아들이 있었는데 아주 점잖고 얼굴도 잘생겼으며, 부모가 스승을 모셔다 가르친 덕분에 최근 과거시험에서 수재秀才*에 급제하기도 했다. 어느 날 그의 어머니가 교저를 보고 속으로 무척 부러워했다.

'우리 같은 농사꾼 집안에서 어떻게 저런 대갓집 규수를 며느리로 맞아들일 수 있겠어?'

그렇게 멍하니 생각에 잠겨 있자, 유노파가 그 마음을 눈치채고 그녀의 손을 붙들고 말했다.

"자네 속이야 내가 알지. 내가 중매를 서줄까?"

"호호, 놀리지 마셔요. 저 댁이 어떤 집안인데 우리 같은 농사꾼한테 딸을 주겠어요?"

"일단 말이나 한번 해보지 뭐."

그리고 두 사람은 헤어졌다.

유노파는 가씨 집안의 일이 걱정스러워서 판아板兒*에게 성 안에 들어가 소식을 알아보라고 했다. 그날 마침 판아가 녕국부와 영국부가 맞닿은 거리에 도착했는데, 대문 밖에 수많은 수레와 가마들이 늘어서 있었다. 주변 사람에게 물어보자 다들 이렇게 말했다.

"녕국부와 영국부 모두 벼슬이 회복되었고 몰수된 재산도 돌려받았으니, 이제 집안이 다시 홍성하기 시작하고 있다네. 다만 그 집안의 보옥 서방님이 과거에 급제했는데, 어디 갔는지 행방이 묘연하다는구먼."

판아가 기뻐하며 돌아가려는데, 또 말을 탄 여러 명이 도착해 대문 앞에서 내리는 것이었다. 그러자 문지기들이 한쪽 무릎을 꿇고 인사를 올렸다.

"둘째 서방님, 돌아오셨습니까? 축하드립니다! 큰대감님 건강은 어떠십니까?"

"하하, 다 나으셨다네. 폐하의 은전을 입어서 곧 돌아오실 걸세. 그런데 저 사람들은 뭐하러 온 사람들인가?"

"폐하의 어명을 전하러 온 관리들입니다. 이 댁의 재산을 수령하러 사람을 보내라는 내용입니다."

그 둘째 서방이라는 자가 기뻐하며 안으로 들어갔는데, 판아는 그가 바로 가련이라는 걸 알았다. 그는 더 이상 알아볼 필요도 없이 서둘러 돌아가 자기 외할머니에게 그대로 전했다. 유노파는 만면에 웃음을 띤 채 교저에게 가서 기쁜 소식을 전하며 판아에게 들은 이야기를 죽 들려주었다. 그러자 평아가 웃으며 말했다.

"호호, 정말 경사네요. 이게 다 할머니가 도와주신 덕분이에요! 그렇지 않았더라면 우리 아가씨도 이런 기쁜 날이 오리라고 상상도 하지 못했을 거예요."

교저의 기쁨은 더욱 말할 것도 없었다. 그들이 이야기를 나누고 있을 때 가련에게 편지를 가져갔던 사람이 돌아왔다.

"서방님께서 정말 고맙다고 하시면서 즉시 아가씨를 집으로 모셔 오라고 하셨습니다. 그리고 저에게 많은 은돈을 상으로 내리셨어요."

유노파도 그 말을 듣고 기분이 좋아서 바로 수레 두 대를 마련하여 교저와 평아를 태웠다. 유노파의 집에서 지내는 것에 익숙해진 교저와 평아는 오히려 떠나기 아쉬워했고, 더욱이 청아는 교저와 헤어지기 싫어 한참을 울었다. 유노파는 그 마음을 헤아리고 청아에게 성 안으로 따라 들어가게 해주었다. 그리하여 일행은 곧장 영국부로 갔다.

한편, 가사의 병이 위중하다는 소식을 듣고 황급히 유배지로 달려갔던 가련은 아버지를 만났고, 이렇게 상면한 두 부자는 한바탕 통곡을 했다. 그 뒤로 가사의 병이 점점 회복되던 중에 가련은 집에서 온 편지를 받고 집안에 일이 생겼음을 알게 되었다. 가사에게 말하고 집으로 돌아오던 도중에 대사면이 베풀어졌다는 소식을 듣게 되었다. 이틀 동안 길을 재촉하여 오늘에야 집에 도착했는데, 마침 이날 황제의 은혜로운 칙지가 내려왔던 것이다.

그때 안쪽에 있던 형부인 등은 칙지를 받으러 갈 사람이 없어 고심하고 있었다. 비록 가란이 있긴 하지만 나이가 너무 어렸다. 그러던 차에 가련이 돌아왔다는 소식을 듣고 모두 만나게 되니 희비의 감정이 한꺼번에 치밀었다. 하지만 긴 이야기를 나눌 겨를이 없어서 가련은 곧 앞쪽 대청으로 가서 어명을 받고 나온 칙사에게 머리를 조아려 큰절을 올렸다. 칙사는 가사의 안부를 물은 후 칙지의 내용을 설명했다.

"내일 내부內府에 와서 하사품들을 수령하도록 하시오. 그리고 녕국부의 건물들은 거처로 사용하도록 돌려주겠소."

칙사들이 일어나 작별 인사를 하자 가련은 대문까지 전송했다. 그때 시골에서 온 수레 몇 대가 들어왔는데, 하인들이 대문 앞에 대지 못하게 하는 바람에 소란이 일고 있었다. 가련은 딸 교저를 데리고 온 수레라는 걸 알고 하인들을 꾸짖었다.

"이런 멍청이들 같으니! 내가 집에 없으니 주인을 해치려는 못된 마음을 품고 교저까지 쫓아내더니만 이제 집으로 데려다주는 사람까지 막아? 네 놈들이 필시 나하고 무슨 원수를 진 모양이구나!"

하인들은 가련이 돌아오면 딸 일에 가만있지 않을 거라 생각했지만, 그래도 어느 정도 시간이 지나야 내막이 들통 날 거라 생각하고 있었다. 그런데 가련의 말이 모든 것을 안다는 듯 너무 분명한지라 어찌 된 영문인지 궁금하면서도 어쩔 수 없이 똑바로 시립하여 변명했다.

"서방님께서 출타하시고 나서 하인들 중에 몸이 아픈 사람도 있고 휴가를 낸 사람도 있었습니다. 하지만 이 일 모두 환 도련님, 장 도련님, 운 도련님이 벌이신 일이지 저희와는 아무 상관이 없습니다."

"못돼 처먹은 것들! 어쨌든 그건 급한 일을 마무리한 다음에 따지기로 하자. 당장 수레를 안으로 들이지 못할까!"

가련은 안으로 들어가서 형부인에게 인사를 했지만, 아무 말도 하지 않고 돌아나와 왕부인의 거처로 갔다. 그리고 무릎을 꿇고 큰절을 올렸다.

"교저가 돌아왔습니다. 이건 모두 숙모님 덕분입니다. 환이는 말할 것도 없지만, 저 운이라는 놈은 저번에 집을 지킬 때도 문제를 일으키더니 이번에도 제가 몇 달 나가 있는 사이에 이런 난장판을 만들어놓았습니다. 숙모님, 이런 놈은 내쫓아서 집안에 드나들지 못하게 해야 하지 않겠습니까?"

"네 처남은 왜 또 그 모양인지 모르겠구나!"

"그쪽 얘기는 하실 필요 없습니다. 제 나름대로 생각이 있습니다."

그때 채운이 들어와서 보고했다.

"교저 아가씨가 오셨어요."

곧 교저가 들어와 왕부인에게 인사했다. 왕부인은 그녀를 보자 비록 헤어진 지 별로 오래되지는 않았지만, 그렇게 재난을 피해 도망쳤던 일을 떠올리자 자기도 모르게 눈물이 흘렀다. 교저도 통곡을 터뜨렸다. 가련이 유노파에게 감사하자, 왕부인이 유노파의 팔을 붙들어 의자에 앉히고 당시의 일에 대해 이야기를 나누었다. 가련은 평아를 보자 겉으로는 말하기 곤란했지만 마음으로는 감격하여 눈물을 흘렸다. 이후로 가련은 더욱 평아를 존중하여 가사가 돌아오면 평아를 정실부인으로 앉혀야겠다고 생각했다. 이것은 나중의 일이니 잠시 접어두겠다.

형부인은 가련이 교저가 없다는 사실을 알게 되면 분명 한바탕 난리를 피울 거라고 생각했다. 그러던 차에 그가 왕부인의 거처에 가 있다는 소식을 듣자 마음이 더욱 초조하여 곧 하녀를 보내 상황을 알아보라고 시켰다. 그런데 하녀가 돌아와서 하는 말이 교저가 유노파와 함께 거기서 이야기를 나누고 있다는 것이었다. 형부인은 그제야 꿈에서 깨어난 기분이었다. 그녀는 왕부인 등이 꾸민 수작이라는 걸 눈치채고 원망을 퍼부었다.

"우리 모자 사이를 이간질하다니! 그나저나 누가 평아한테 말을 흘렸지?"

그렇게 자기 방의 하녀들을 추궁하고 있는데 교저와 유노파가 평아와 함께 왔다. 왕부인도 뒤따라 들어왔다. 왕부인은 우선 모든 책임을 가운과 왕인에게 돌렸다.

"형님이야 본래 귀가 얇은 분이고, 또 좋은 일이라 생각하셨을 테니 그놈들이 밖에서 농간을 부렸다는 건 짐작도 못하셨겠지요."

그 말을 듣자 형부인은 스스로 부끄러워졌다. 생각해보니 왕부인의 처사가 틀리지 않았기 때문에 마음속으로 감복했다. 그래서 두 부인은 서로 감정이 풀렸다.

평아는 왕부인에게 여쭌 후 교저를 데리고 보차를 찾아가 인사한 다음, 서로의 고충을 털어놓았다.

"폐하께서 크나큰 은전을 베푸셨으니 우리 집안도 다시 융성해질 거예요. 아마 보옥 서방님도 분명 돌아오실 거예요."

그때 추문이 헐레벌떡 들어와 소리쳤다.

"습인 언니가 큰일 나겠어요!"

무슨 일인지는 다음 회를 보시라.

제120회

진비는 태허환경의 정경을 상세히 들려주고
가화는 붉은 누각의 꿈을 귀결시키다

甄士隱詳說太虛情　賈雨村歸結紅樓夢

다시 만난 진비에게서 가화는 일의 전말에 대해 듣게 되다.

　보차는 습인에게 큰일이 날 것 같다는 추문의 말을 듣고 황급히 안으로 들어가 살펴보았다. 교저도 평아와 함께 따라 들어가 습인이 누운 구들 앞으로 갔다. 습인이 아픈 가슴을 견디지 못하고 갑자기 기절했던 것이었다. 보차와 하녀들은 더운 물을 가져다 입에 흘려 넣어주고 다시 부축해 눕히는 한편, 사람을 보내 의원을 불렀다. 교저가 보차에게 물었다.

　"습인 언니 병이 어쩌다 이 지경이 되었어요?"

　"그제 저녁에 너무 울어서 가슴이 상했는지 잠깐 졸도해 쓰러진 적이 있어. 어머님이 분부하셔서 사람들이 부축해 이 방으로 데려왔는데 금방 잠이 들었지. 그런데 밖에 일이 생겨서 의원을 부를 겨를이 없었지 뭐야. 그러다보니 이 지경이 되었구나."

　그때 의원이 와서 보차 등은 잠시 자리를 피했다. 그가 진맥해보더니 급격하게 울화가 치밀어 그렇게 되었다면서 약방문을 써주고 갔다.

　사실 습인은 만약 보옥이 돌아오지 않으면 그 방의 하녀들을 모두 내보낸다는 이야기를 어렴풋이 듣고, 갑자기 속이 확 타는 바람에 그 지경이 되었던 것이다. 의원이 진찰하고 가자 추문이 습인의 약을 달였다. 습인은 정신이 혼미한 상태로 혼자 누워 있었는데, 어쩐지 보옥이 자기 앞에 서 있는 것 같았다. 어렴풋이 승려 하나가 보이는 것 같기도 했다. 보옥은 책을 한 권 손에 들고 펼쳐서 그녀에게 보여주었다.

"이상한 생각 마시구려. 난 당신들을 모르오."

습인이 그에게 무슨 말을 하려는 차에 추문이 들어왔다.

"약이 다 되었어요. 자, 언니, 마셔요."

습인이 눈을 떠보니 조금 전의 일은 꿈이었다. 그녀는 아무에게도 말하지 않고, 약을 먹은 후 혼자 곰곰이 생각했다.

'보옥 서방님은 중을 따라간 게 분명해. 저번에 옥을 들고 나가려 하실 때 마치 출가하려는 듯한 모양새였는데 나한테 붙들리고 말았지. 그때 예전과 다르게 나를 사정없이 떠미는 모습이 눈곱만큼의 애정도 없어 보였어. 나중에 아씨를 대할 때는 더욱 쌀쌀맞았고, 다른 자매들에게도 매정하기 그지없었지. 그건 바로 도를 깨달은 모습이었어. 그런데 자기가 도를 깨달았다고 아씨를 버리면 어쩌자는 거야! 아아, 서방님. 저야 마님 분부로 서방님 시중을 드는 몸이고 매달 용돈도 첩의 신분에 맞춰서 받는다지만, 사실 따지고 보면 나리와 마님 앞에서 정식으로 당신 첩이라고 인정을 받은 것도 아니지요. 만약 나리와 마님께서 절 내보내시려는데 제가 죽어도 못 나가겠다고 버틴다면 남들이 비웃겠지요. 그렇게 나간다 해도 서방님께서 제게 베풀어주신 정리를 차마 잊지 못할 거라고요!'

이리저리 아무리 생각해도 도무지 어찌해야 좋을지 판단이 서지 않았다. 그러다가 조금 전 꿈에서 보옥이 '아마 나와 인연이 없는 것 같다.'고 한 말이 떠올랐다.

'이럴 바에야 차라리 죽어버리는 게 깨끗하지!'

하지만 약을 먹고 나자 가슴의 통증도 많이 나아졌다. 계속 누워 있기도 곤란했지만 어쩔 수 없이 억지로 누워 있었다. 며칠이 지나자 다시 일어나서 보차의 시중을 들었다. 보차는 보옥을 그리워하며 남몰래 눈물을 흘리면서 자신의 사나운 팔자를 비탄했다. 그런데 자기 어머니가 설반의 속죄를 위해 돈을 마련하려고 여기저기 변통하느라 고생한다는 사실을 알게 되자 도와주지 않을 수 없었다. 이 이야기는 잠시 접어두자.

한편, 태부인의 영구를 모신 가정과, 진가경, 왕희봉, 원앙의 관을 호송한 가용은 금릉에 도착하자 먼저 관들을 무덤에 안장했다. 가용은 임대옥의 영구도 호송하여 매장했다. 가정은 산소 정리하는 일도 처리했다. 그러던 어느 날, 집에서 편지가 도착하여 한 줄 한 줄 읽다가 보옥과 가란이 급제했다는 사실을 알고 무척 기뻐했다. 그런데 뒤쪽에서 보옥이 실종되었다는 내용을 보자 다시 걱정이 치밀어 어쩔 수 없이 서둘러 귀갓길에 올랐다. 또 도중에 사면령이 내려졌다는 소식을 들었는데, 집에서 편지가 또 와서 읽어보니 과연 사면이 되어 벼슬이 회복되었다고 적혀 있었다. 그는 더욱 기쁜 마음에 밤낮으로 길을 재촉했다.

어느 날 일행은 비릉역毘陵驛[1]에 이르렀다. 그날은 날씨가 갑자기 추워지면서 눈이 내리는 바람에 어느 깔끔하고 조용한 곳에 배를 대고 쉬었다. 가정은 하인들을 뭍으로 보내 벗들에게 감사 편지를 보내게 했는데, 즉시 배가 떠날 테니 전송하러 나올 필요가 없다는 내용이었다. 배 안에는 심부름꾼 하나만 남아 시중을 들고 있었고, 가정은 혼자 집에 보내는 편지를 쓰고 있었다. 육로로 먼저 사람을 보내 집에 전하게 하려는 것이었다. 그러다가 보옥의 일에 대해 쓰려던 찰나 그는 곧 붓을 멈추었다. 그리고 문득 고개를 드는데, 뱃머리쪽 희미한 눈빛 속에서 누군가의 모습이 보이는 것이었다. 그 사람은 머리를 박박 깎고 맨발에 새빨간 털실로 짠 소매 없는 외투를 입고 가정을 향해 엎드려 절을 올렸다. 가정은 얼굴을 뚜렷이 알아보지 못해 황급히 배 밖으로 나와 그 사람을 일으켜 세우고, 누구인지 물어보려고 했다. 하지만 그 사람은 벌써 네 번의 절을 마치고 일어나더니 다시 합장을 하고 인사하는 것이었다. 가정이 답례하려고 허리를 숙인 후 고개를 들어 얼굴을 보니 다름 아닌 보옥이었다. 가정이 깜짝 놀라 다급히 물었다.

"아니, 보옥이가 아니냐?"

그 사람은 아무 말도 하지 않았다. 그의 얼굴은 기쁜 것인지 슬픈 것인지 알 수 없는 표정을 짓고 있었다.

"네가 보옥이라면 왜 이런 꼴을 하고 여기에 왔단 말이냐?"

보옥이 미처 대답을 하기도 전에 홀연 뱃머리에 승려 하나와 도사 하나가 나타나 양쪽에서 보옥의 팔을 끼며 말했다.

"속세의 인연은 이미 끝났거늘 어서 가지 않고 뭐하는 게냐!"

그렇게 말하는 사이에 세 사람의 모습은 표연히 날아 뭍으로 가버렸다. 가정은 땅바닥이 미끄러운 것도 아랑곳하지 않고 황급히 달려 쫓아갔다. 하지만 그들 세 사람은 앞쪽에 모습이 보이긴 해도 도저히 따라잡을 수가 없었다. 다만 셋 가운데 누가 부르는지는 모르지만 다음과 같은 노랫소리가 들릴 뿐이었다.

내 있는 곳은 청경봉
내 가는 곳은 홍몽태공[2]
누가 나와 함께 가고 나는 누굴 따라가는가?
멀고도 아득한 저 대황산으로 돌아가리!
我所居兮青埂之峰
我所遊兮鴻蒙太空
誰與我遊兮吾誰與從
渺渺茫茫兮歸彼大荒

그 노래를 들으며 가정은 열심히 쫓았지만, 작은 언덕을 돌아가자마자 갑자기 그들의 모습이 사라지고 없었다. 정신없이 쫓아오다 보니 숨이 차고 가슴이 두근거렸다. 놀라움과 의혹 또한 커져만 갔다. 고개를 돌려 보니 자기 하인도 뒤따라 달려오고 있었다.

"너도 조금 전에 그 세 사람을 보았느냐?"

"예. 나리께서 쫓아가시기에 저도 달려왔습니다. 나중에는 나리 모습만 보이고 세 사람은 보이지 않았습니다요."

가정은 다시 가던 방향으로 쫓아가려 했지만, 앞에는 끝없는 허허벌판만 펼쳐져 있을 뿐 사람 그림자 하나 보이지 않았다. 그는 무척 이상한 일이라고 생각했지만 별 수 없이 돌아오고 말았다.

다른 하인들이 배에 돌아오니 선창에 가정의 모습이 보이지 않아 사공에게 물었다.

"나리께서는 두 승려와 도사 한 명을 쫓아 뭍으로 올라가셨습니다."

이에 하인들도 눈발을 헤치고 종적을 따라갔다가 멀리서 가정이 돌아오자 달려가 맞이하여 함께 배로 돌아왔다. 가정은 자리에 앉아 보옥을 만났던 이야기를 들려주었다. 하인들이 당장 근처를 뒤져보자고 했지만 가정은 한숨만 내쉬었다.

"너희들은 모를 게다. 내가 직접 목격했는데 그건 결코 무슨 도깨비가 아니었다. 게다가 아까 들은 노래에 아주 오묘한 뜻이 들어 있었지. 보옥이가 태어날 때 입에 옥을 물고 있었던 것도 이상한 일이었어. 나도 진즉 그게 불길한 조짐이라는 걸 알고 있었지만, 어머님께서 끔찍이 아끼시니 지금까지 길러왔던 거야. 그 중과 도사는 내가 세 번이나 본 사람들이다. 첫 번째는 나를 찾아와 옥의 훌륭한 효능에 대해 들려주었을 때이고, 두 번째는 보옥이의 병이 위중했을 때 찾아와서 그 옥을 손에 들고 뭔가를 읊조리자 보옥이가 바로 낫게 되었을 때였지. 세 번째는 잃어버린 옥을 갖다 주었을 때였다. 분명히 앞쪽 대청에 앉아 있었는데 내가 잠깐 한눈을 파는 사이에 사라져버렸더구나. 나도 속으로 이상한 일이다 생각했는데, 그때는 그저 보옥이가 운이 좋아서 고승과 훌륭한 도사가 찾아와 그 아이를 보우해주는구나 생각했지. 그런데 누가 알았겠느냐, 보옥이가 신선세계에 있다가 재앙을 경험해보려고 속세로 내려왔을 줄이야! 결국 무려 십구 년 동안이나 어머님을 속인 셈이지! 그걸 이제야 깨우쳐주는구나."

그렇게 말하고는 눈물을 뚝뚝 흘렸다.

"서방님이 정말 속세로 내려오신 승려라면 거인에 급제하지 않았어야 하지 않습니까? 어떻게 급제하자마자 바로 떠나셨단 말입니까?"

"너희들이 어찌 알겠느냐! 무릇 하늘의 별신[星宿]들과 산중의 노승, 동굴 속의 정령들은 모두 어떤 성정性情을 가지고 있는 법이다. 너희들도 보았듯이 보옥이가 언제 공부를 하려 하더냐? 하지만 그 아이가 조금만 신경을 쓰면 해내지 못하는 게 없었지. 성격도 남다르고 괴상했지 않았느냐."

그러면서 또 한숨을 푹푹 쉬자 하인들은 가란이 과거에 급제했고 집안이 다시 흥성하게 될 거라는 등의 말로 한참 동안 위로했다. 가정은 다시 집에 보내는 편지를 썼다. 거기에 오늘 겪은 일을 쓰면서 집안사람들 모두에게 더 이상 보옥을 그리워할 필요가 없다고 설명했다. 편지를 다 쓰자 봉투에 넣어 봉한 다음, 즉시 하인을 시켜 먼저 집으로 보냈다. 가정도 서둘러 귀갓길을 재촉했는데, 그 이야기는 잠시 덮어두기로 하자.

한편, 설씨 댁 마님은 사면령이 내려졌다는 소식을 듣자마자 설과를 시켜 각처에서 돈을 변통하게 하고, 자신도 직접 나서서 속죄할 돈을 마련했다. 형부에서 비준이 떨어져 벌금을 납부하자 즉시 설반의 석방을 명하는 문서를 작성해주었다. 그들 모자와 형제자매가 다시 상면한 이야기를 자세히 서술할 필요는 없겠다. 어쨌든 이 자리에서 설반은 스스로 맹세했다.

"내 또다시 예전과 같은 죄를 범한다면 능지처참을 당해 마땅하리라!"

설씨 댁 마님은 그런 모습을 보자 황급히 그의 입을 막으려고 했다.

"스스로 각오를 했으면 됐지, 그리 끔찍한 소리를 함부로 입에 담아 맹세할 것까지 있느냐? 그나저나 향릉이가 너 때문에 고생이 아주 많았다. 네 안사람은 이미 제 명줄을 스스로 끊어버렸고, 우리가 지금 궁색하긴 하지만 그래도 입에 풀칠은 할 만하다. 그러니 내 생각에는 향릉이를 며느리로 삼았으면 싶은데, 어떠냐?"

설반이 그러겠노라고 고개를 끄덕이자 보차가 말했다.

"당연히 그래야지요."

그 바람에 향릉의 얼굴이 벌겋게 달아올랐다.

"저야 어차피 예전처럼 서방님 시중을 들어드릴 텐데 굳이 그럴 것까지는……"

그러자 하인들이 모두 그녀를 '큰아씨'라 부르기 시작했고, 그녀에게 거역하는 사람이 아무도 없었다. 설반이 가씨 집안에 감사의 인사를 가겠다고 하자, 설씨 댁 마님과 보차도 함께 건너갔다. 다 같이 인사를 나누고 나서 함께 모여 그간의 이야기를 한참 동안 나누었다.

그때 마침 가정이 보낸 하인이 집에 돌아와서 편지를 바쳤다.

"나리께서도 며칠 안에 도착하실 겁니다."

왕부인은 가란에게 편지를 소리 내어 읽으라고 했다. 가정이 직접 보옥을 보았다는 대목에 이르자 모두 울기 시작했고, 왕부인과 보차, 습인은 더욱 애절하게 울었다. 그러다가 또 가정이 편지에서 "보옥은 원래 인간의 태를 빌려 내려온 신선세계의 존재이니 슬퍼할 필요 없다."고 한 대목을 가지고 서로를 위로했다.

"벼슬살이를 하다가 혹시 운이 나빠서 일을 저지르고 패가망신하게 되면 오히려 불행한 일이지요. 차라리 우리 집안에서 부처님 한 분이 나오는 게 낫지요. 어쨌든 나리와 마님의 공덕이 쌓여 있으니 우리 집안에 태어나신 게 아니겠어요? 앞뒤가 딱 맞아요. 애초에 저쪽 댁 큰나리께서는 십여 년 동안이나 수련을 하셨지만 결국 신선이 되지 못하셨잖아요. 그런데 부처가 되기란 더욱 어려운 일이지요. 마님께서도 이렇게 생각하시면 마음이 편해지실 거예요."

왕부인이 울면서 설씨 댁 마님에게 말했다.

"보옥이가 나를 버렸다고 해서 내가 원망할 수 있겠는가? 안타까운 것은 보차의 사나운 팔자 때문이지. 혼인한 지 기껏 한두 해밖에 되지 않았는데, 어떻게 그리 모질게 새색시를 버려두고 떠났냐는 말일세!"

설씨 댁 마님도 그 말에 무척 상심했다. 보차는 너무 울어 인사불성이 되었다. 집안의 남자들은 모두 밖에 있었기 때문에 왕부인이 편하게 말을 꺼냈다.

"나는 그 아이 때문에 평생을 가슴 졸이며 살았네. 이제 막 결혼하고 거인에 급제도 하고, 또 며느리가 임신했다는 소식을 듣고 이제 겨우 좀 기쁜 일이 생기나 보다 생각했네. 그런데 이렇게 될 줄이야! 진즉 알았으면 장가나 보내지 말 것을. 그랬으면 남의 집 귀한 딸을 망치지 않았을 거 아닌가!"

"그건 다 제 타고난 팔자겠지요. 우리 같은 집안에서 달리 무슨 말이 있겠어요? 다행히 아이를 가졌다니까 나중에 외손자가 태어나면 분명히 번듯하게 자랄 테니 훗날 보람이 생기겠지요. 란이 어멈을 보셔요. 이제 란이가 거인에 급제했으니, 내년에 진사에 급제하면 벼슬을 하지 않겠어요? 그러면 저 사람도 이제껏 해온 고생이 끝나고 행복한 나날이 찾아오겠지요. 그 또한 저 사람의 사람됨이 훌륭하기 때문이겠지요. 언니도 아시다시피 우리 딸아이 마음은 절대 각박하거나 경망하지 않으니까 걱정하실 필요 없어요."

왕부인은 설씨 댁 마님의 말이 아주 지당하다고 생각했다.

'보차가 어렸을 때는 아주 깔끔하고 차분하면서 욕심도 없이 소박한 아이였는데, 이런 일을 당한 걸 보면 아마 사람이 태어날 때부터 정해진 운수가 있나 보구나. 슬피 울고 있기는 하지만 단정한 자세가 전혀 흐트러지지 않고 오히려 나를 위로하니 정말 대견하지 않은가! 하지만 보옥이 같은 아이에게 속세의 복이 이렇게 없을 줄이야!'

이렇게 생각하니 조금은 마음의 위안이 되는 것 같았다. 그러다 다시 습인에게 생각이 미쳤다.

'다른 아이라면 별로 곤란할 게 없지. 나이가 찬 애는 시집을 보내고 어린 아이는 보차 시중을 들게 하면 되니까. 하지만 습인이는 어쩐다……'

지금은 다른 사람이 많아서 그 말을 꺼내기 곤란하므로 저녁에 설씨 댁 마님과 의논하기로 했다.

그날 설씨 댁 마님은 자기 집으로 돌아가지 않았다. 보차가 너무 슬피 울까 싶어 그녀의 방에서 위로해주려고 했기 때문이다. 하지만 보차는 아주 사리에 밝아서 앞뒤를 분별할 수 있었다.

'서방님은 원래 일종의 기인이었어. 모든 게 전세前世의 인연으로 그렇게 될 수밖에 없도록 정해진 것이니 하늘을 원망하거나 사람을 탓할 수 없지.'

이렇게 생각하고 그녀는 오히려 더 큰 도리를 내세워 자기 어머니를 위로했다. 그러자 마음이 놓인 설씨 댁 마님은 왕부인의 거처로 가서 보차의 말을 들려주었다. 왕부인이 고개를 끄덕이며 감탄했다.

"나처럼 덕이 없는 사람은 이런 며느리를 들이지 말았어야 했어."

그렇게 말하며 또 상심하자 설씨 댁 마님이 위로하면서 습인 이야기를 꺼냈다.

"제가 보기엔 습인이가 요즘 너무 많이 야위었어요. 그 아이는 오로지 보옥이만 생각하니까요. 그런데 정실이라면 당연히 수절을 해야 하겠지요. 물론 첩 중에도 수절하겠다는 이가 있긴 하지요. 하지만 습인이는 보옥이와의 관계가 공식적으로 인정된 게 아니잖아요?"

"나도 조금 전에 그 생각이 나서 자네와 의논해볼 참이었네. 그런데 그 아이를 내보내려 하면 싫다고 하면서 분명 죽네 사네 난리를 칠 거란 말일세. 그대로 여기 두는 것도 괜찮긴 하지만, 그건 또 보옥이 아범이 반대할까 걱정일세. 그러니 난처할 수밖에!"

"제가 보기엔 형부도 수절하라고 하시지 않을 것 같아요. 게다가 형부는 습인이 일에 대해 전혀 모르고 그저 똑같은 하녀 중에 하나라고 여기고 계실 텐데, 여기 남겨두라고 하실 리 있겠어요? 그냥 언니가 그 아이 친가 사람들을 불러다 단단히 당부해서 그 아이에게 괜찮은 혼처를 구해 시집보내게 하고, 혼수나 많이 장만해주는 게 좋겠어요. 그 아이는 마음씨도 착하고 나이도 어리니까 그렇게 해주는 게 그 아이로서도 언니를 섬긴 보람이 있고, 또 언니도 그 아이에게 각박하게 대했다는 소리를 듣지 않게 되겠지요. 습인이한테는 제가 차근차근 설득할게요. 친가 사람들을 부른다는 말은 그 아이한테 할 필요 없고, 그 집에서 좋은 혼처를 구하고 나면 우리도 같이 알아보도록 해요. 살림살이는 풍족한지, 신랑감은 쓸 만한지 알아봐야지요. 그런 다음에 그 아이를 내보내도록 해요."

"그게 좋겠구먼. 그러지 않고 보옥 아범이 아무렇게나 처리하게 내버려둔다면 내가 또 한 사람을 망치는 셈이 될 테니까 말일세!"

설씨 댁 마님이 고개를 끄덕였다.

"그렇고말고요!"

몇 마디 더 나누고 나서 설씨 댁 마님은 왕부인과 헤어지고 다시 보차의 방으로 갔다. 그리고 얼굴에 눈물범벅이 되어 있는 습인을 한참 동안 위로했다. 습인은 본래 얌전하기만 하고 영리하게 말재간이 좋은 사람이 아니었기 때문에 설씨 댁 마님이 한마디 할 때마다 짤막하게 대답만 하다가 나중에는 이렇게 말했다.

"저는 하녀에 불과한데 마님께서 귀엽게 봐주시고 제게 이런 말씀들을 해주시니 감사합니다. 저는 여태 우리 마님 말씀을 한 번도 어겨본 적이 없습니다."

그 말에 설씨 댁 마님은 더욱 기뻐했다.

'정말 유순한 아이로구나!'

보차가 다시 대의大義에 대해 이야기하자 다들 서로 마음이 편해졌다.

며칠 후 가정이 돌아오자 모두 나가서 맞이했다. 가정은 가사와 가진이 모두 집에 돌아와 있는 걸 알고서 형제, 숙질이 상면하여 그간의 일들에 대해 이야기를 나누었다. 그런 다음 여자 권속들과 인사를 주고받았다. 그 자리에서 또 보옥이 생각나는 바람에 모두 한참 동안 상심하고 말았다. 그러자 가정이 호통을 쳤다.

"이건 그렇게 될 수밖에 없도록 정해진 도리란 말이오! 지금은 밖에 있는 우리가 집안을 유지할 테니 안에 있는 당신들은 서로 도와야지, 예전처럼 그렇게 산만해서는 절대 안 되오! 각 집의 일은 각자 알아서 처리하고, 다른 집의 신세를 져서도 안 되오. 우리 집 일 가운데 안에서 할 일은 전부 당신한테 맡길 테니 모든 일을 이치에 맞게 처리하시기 바라오."

왕부인은 보차가 임신한 사실을 전하고, 이제 하녀들을 모두 내보내야겠다고 말했다. 가정은 말없이 고개를 끄덕였다.

이튿날 가정은 조정에 들어가 대신들에게 조언을 청했다.

"성은을 입어 감격스럽습니다만, 아직 삼년상이 끝나지 않았으니 어떻게 사례를 올려야 할지 모르겠습니다. 여러 대감님들께서 가르침을 주십시오."

대신들이 그를 위해 황제에게 상주하자 황제가 하해河海와 같은 은혜를 베풀어 즉시 가정의 알현을 허락했다. 가정이 들어가 감사의 절을 올리자 황제는 여러 가지 좋은 말들을 해주더니, 또 보옥의 일에 대해 물었다. 가정이 사실대로 아뢰자 황제는 놀라운 일이라며 감탄했다.

"짐은 가보옥의 문장이 정말 맑고 빼어나서 분명 수많은 삶의 경험이 있는 인물이라 이런 글을 쓸 수 있었겠다고 생각했소. 조정에 있었더라면 중용할 수 있었을 터인데…… 하지만 본인이 조정의 벼슬을 받지 않겠다고 하니 어쩔 수 없구려."

그러면서 황제는 보옥에게 '문묘진인文妙眞人'이라는 도호道號를 내려주었다. 가정은 다시 머리를 조아려 감사하고 밖으로 물러났다.

가정이 집으로 돌아오자 가련과 가진 등이 그를 맞이했고, 조정에서 있었던 일들을 이야기해주자 모두 기뻐했다. 그때 가진이 말했다.

"녕국부 건물들의 청소 정리가 다 끝나서 숙부님께 보고하고 이사할까 합니다. 농취암이 대관원 안에 들어 있으니 석춘이가 거기서 수행하도록 해줄까 합니다."

가정은 아무 말도 하지 않더니 한참 후에 말머리를 돌려 당부했다.

"어쨌든 이후로 폐하의 성은에 보답하기 위해 전심전력을 기울여야 할 게야!"

가련도 그 틈에 말했다.

"교저의 혼사 문제는 제 아버님이나 어머님 모두 주씨 댁으로 정했으면 하고 바라십니다."

가정도 간밤에 교저 사건의 전말을 알았기 때문에 이렇게 말했다.

"그 일은 형님과 형수님께서 알아서 하실 일이야. 시골에 산다고 무시할 게 아니라 집안이 청렴결백하고 자제가 공부에 힘써서 장래가 밝으면 되는 거야. 조정의 관리들이 전부 도시 사람들은 아니지 않느냐?"

"예, 그렇지요. 아버님께서는 연세도 많으시고 또 천식 증세가 아직 남아 있어서 몇 년을 더 요양하셔야 합니다. 그래서 모든 일은 여태 해오신 것처럼 숙부님께서 주관하셔야 할 것 같습니다."

"나 또한 정말 시골에서 요양하고 싶지만, 폐하께 받은 크나큰 은혜에 아직 보답하지 못하고 있으니……"

가정이 말을 마치고 안으로 들어가자 가련은 사람을 보내 유노파를 불러서 이 혼사를 승낙한다는 뜻을 전했다. 유노파는 왕부인 등에게 인사를 하면서 주수재가 장차 어떻게 벼슬살이를 하고, 집안을 일으키고, 자손이 번창하게 될 것인지 등을 이야기했다.

그때 하녀가 들어와 아뢰었다.

"화자방花自芳*댁이 인사 올리러 왔습니다."

왕부인이 몇 마디 묻자 화자방댁은 친척의 중매로 성 남쪽의 장蔣씨 집안과 혼담이 오가고 있다고 말했다.

"그 집안은 집과 땅에 가게도 있습니다. 신랑감은 시누이보다 몇 살 많지만 이번이 초혼이랍니다. 게다가 인물도 사방 백 리 안에서 손꼽힌답니다."

왕부인은 그 말을 듣자 괜찮은 혼처라고 생각했다.

"그럼 승낙한다 전하고, 며칠 뒤에 와서 습인이를 데려가도록 하게."

왕부인은 또 사람을 시켜서 장씨 집안과 신랑감에 대해 알아보라고 했는데, 다들 괜찮은 혼처라고 했다. 이에 보차에게 이야기하고, 다시 설씨 댁 마님에게 부탁해서 습인에게 자세히 전해주라고 했다. 습인은 무척 슬퍼했지만 감히 분부를 어길 수 없었다. 그녀는 예전에 보옥이 자기 집으로 찾아왔던 일과, 나중에 자기가 대관원에 돌아와서는 죽어도 돌아가지 않겠다고 말했던 일이 떠올랐다.

'그런데 지금 마님께서 굳이 이래야 한다고 하시는구나. 내가 수절한다고 하면 남들이 부끄러운 줄도 모른다고 비난할 테고, 그렇다고 거기로 시집가는 것도 정말 내가 바라는 게 아닌데……'

그녀가 목이 메도록 울자 설씨 댁 마님과 보차가 간곡히 위로했다. 이에 습인은 다시 마음을 돌렸다.

'내가 여기서 죽는다면 오히려 마님의 호의를 저버리는 셈이 되겠지. 죽더라도 집에서 죽어야겠어!'

습인은 곧 슬픔을 머금고 사람들과 작별했다. 자매들과 헤어질 때는 더욱 안타까웠다. 그녀는 반드시 목숨을 끊고 말겠다는 결심을 하고 수레에 올라 집으로 돌아갔다. 오빠와 올케를 만나서도 눈물만 흘릴 뿐 아무 말도 하지 않았다. 자방은 장씨 집안에서 보낸 납채를 모두 보여주고, 자신이 마련한 혼수도 일일이 보여주며 설명했다.

"이건 마님께서 하사하신 것이고, 이건 집에서 장만한 거야."

습인은 더욱 입을 떼기 곤란하여 이틀 동안 곰곰이 생각했다.

'오빠가 준비를 잘해주는데, 오빠 집에서 죽으면 그 또한 오빠에게 해를 끼치는 일이겠지.'

그녀는 온갖 생각을 다 해보았지만 이러지도 저러지도 못할 처지여서 애간장이 끊어질 듯 견디기가 힘들었다.

어느덧 혼례일이 되었다. 습인은 본래 활발하고 결단력 있는 성격이 아니기에, 풀이 죽은 채 가마에 오르면서 일단 거기 가서 다시 생각하기로 했다. 시댁에 가보니 장씨 집안에서 잔치를 아주 성대하게 준비했고, 모든 것이 정실부인을 맞이하는 예법에 따라 진행되고 있었다. 집안으로 들어서자마자 하녀들과 어멈들이 모두 그녀를 '아씨'라고 불렀다. 당시 그녀는 이곳에서 죽으려고 했는데, 이렇게 되니 자신이 죽으면 또 남의 호의를 저버리고 오히려 해를 끼치게 될 것 같았다. 원래 그날 밤은 울면서 신랑이 하자는 대로 따르지 않을 생각이었지만, 신랑은 그런 습인을 너무나 다정하고 너그럽게 받아주었다.

이튿날 혼수로 가져간 장롱을 여는데³ 신랑은 그 안에서 새빨간 허리띠를 하나 발견했다. 그는 그제야 습인이 가보옥의 하녀라는 사실을 알았다. 그는 신부가 태부인의 시녀라고는 알고 있었지만, 화습인이리라고는 짐작조차 하지 못했다. 장옥함蔣玉菡•은 예전에 보옥이 자신에게 베풀어준 정을 떠올리며 너무 당황스럽고 부끄러워서 습인을 더욱 극진히 대했다. 그는 일부러 보옥과 바꾼 황록색 허리띠를 꺼내 보여주었다. 그걸 보자 습인은 비로소 이 신랑이 바로 장옥함이라는 걸 알고, 전생의 인연을 믿게 되었다. 이에 그녀가 자기 마음에 품고 있던 것을 이야기하니, 옥함도 무척 탄복하여 그녀를 함부로 다그치지 않고 더욱 온유하고 다정하게 대해주었다. 이렇게 되자 습인은 정말 죽을 명분이 없어지고 말았다.

여러분, 세상일이란 전생에 미리 정해진 것이라 어쩔 수 없기는 하지만, 사랑을 받지 못하는 서자나 고립무원의 신하, 의로운 남편과 절개 있는 아내라면 '어쩔 수 없다'는 핑계로 책임을 회피해서는 안 되는 것 아니겠는가? 바로 이렇기 때문에 습인은 '부책副冊'에 이름이 올라 있었던 것이다. 이야말로 옛사람이 저 도화묘桃花廟를 지나며 읊은 시 구절이 떠오르는 상황이 아니냐는 말이다.

천고의 간난도 그저 한 번의 죽음일 뿐
가슴 아픈 일이 어찌 식부인에게만 있었으랴![4]
千古艱難惟一死
傷心豈獨息夫人

　습인이 이후로 새로운 세상을 살게 된 일에 대해서는 더 이상 이야기하지 않겠다.

　한편, 가화는 소속 관원들의 재물을 수탈한 사건으로 처벌을 받았으나, 이번 사면령 덕분에 풀려났다. 하지만 벼슬을 박탈당하고 서민이 되었다. 이에 그는 가족들을 먼저 고향으로 보내고, 자신은 하인 한 명을 데리고 수레에 짐을 실은 채 급류진急流津* 각미도覺迷渡* 나루터에 도착했다. 그때 나루터 머리에 있는 초막에서 도사가 하나 나오더니 그의 손을 맞잡고 맞이하는 것이었다. 가화는 그가 진비라는 걸 알아보고 황급히 허리를 굽혀 절을 올렸다.
　"가선생, 그간 안녕하셨소이까?"
　"신선님, 알고 보니 역시 진선생이셨군요! 저번에 만났을 때는 왜 모르는 척하셨습니까? 나중에 오두막이 불타버린 걸 알고 제가 얼마나 놀라고 걱정했는지 아십니까! 오늘 운 좋게 이렇게 다시 만나게 되었으니 신선님의 높고 깊은 도덕신에 더욱 감탄하게 되는군요. 하지만 이 어리석은 몸은 행실을 고치지 못하고 있다가 이 지경이 되고 말았습니다."
　"저번에는 선생이 높은 벼슬을 살고 있었으니 제가 어찌 감히 아는 체할 수 있었겠소이까? 예전에 친분이 있던 분이라서 감히 몇 마디 말씀드렸던 것인데, 뜻밖에도 선생께서는 귀담아 듣지 않으셨더군요. 하지만 부귀영화와 세상사의 성패 역시 우연이 아니지요. 이제 다시 만났으니 이 또한 기이한 일이군요. 여기서 제 암자가 멀지 않으니 잠시 앉아 이야기나 나누었으면 하는데 어떻습니까?"

가화는 흔쾌히 그러겠다고 했다. 둘이 손을 맞잡고 암자로 가자 하인이 수레를 몰고 따라갔다. 진비가 자리를 권해 앉으니, 어린 하인이 차를 내왔다. 가화가 물었다.

"신선님께선 어떻게 해서 속세를 초탈하게 되셨는지요?"

"하하, 짧은 생각을 하는 사이에도 속세는 금방 바뀌어버리지요. 선생께서는 번화한 곳에서 오셨으니 당연히 온유함 속에 부귀를 누리던 보옥을 아시겠지요?"

"물론 알지요. 근래에 들리는 무성한 소문에 따르면 그 사람도 속세를 피해 불문에 들어갔다고 하더군요. 어리석은 저도 옛날에 그 사람과 여러 차례 만났습니다만, 그런 사람이 그렇게 결단성이 있을 줄은 생각지도 못했습니다."

"아니지요. 그 기이한 인연에 대해 저는 미리 알고 있었습니다. 예전에 제가 선생과 함께 인청항仁淸港 옛집 문간에서 이야기를 나누기 전에 그 사람을 만난 적이 있습니다."

"아니, 경사와 선생의 고향인 소주는 아주 멀리 떨어져 있는데 어떻게 만나셨다는 말씀이십니까?"

"정신으로 교유한 지 오래되었지요."

"그럼 지금 가보옥의 행방도 당연히 아시겠군요?"

"가보옥이 바로 보옥이지요. 예전에 녕국부와 영국부가 재산을 몰수당하기 전, 설보차와 임대옥이 헤어지던 날, 그 옥은 이미 속세를 떠났습니다. 재난도 피하고 서로 합치기 위해서였지요. 이후로 과거의 인연이 하나로 귀결되었고, 형상〔形〕과 바탕〔質〕이 하나가 되었답니다. 그리고 다시 신령함을 조금이나마 보여주기 위해 과거에 급제하고 귀한 아들을 남겼습니다. 그럼으로써 그 옥이 하늘의 기이함과 땅의 영기로 단련되어서 속세의 옥에 비할 수 없는 것임을 나타냈지요. 이전에 망망대사茫茫大士•와 묘묘진인渺渺眞人˙이 그걸 인간세계로 가져왔는데, 이제 속세의 인연이 다 끝나서 다시 그 두 분이 본래의 땅으로 데려갔습니다. 이게 바로 보옥의 행방입니다."

그 말을 듣자 가화는 비록 완전히는 이해하지 못했지만 열에 네다섯쯤은 알게 되었다. 그는 고개를 끄덕이며 탄식했다.

"그렇게 된 것이로군요. 저는 전혀 몰랐습니다. 그런데 그 보옥에 그런 내력이 있다면, 어떻게 그토록 정에 미혹되어 있다가 다시 또 그렇게 환히 깨달을 수 있게 되었을까요? 좀 더 가르침을 주십시오."

"하하, 그 일에 대해 말한다 해도 선생께선 전부 이해하지 못할 겁니다. 태허환경은 바로 진여眞如˙의 복된 땅이지요. 거기서 책을 한 번 펼쳐보면 처음과 끝의 도리와 평생의 경력을 어찌 깨닫지 못하겠습니까? 신선의 풀이 참된 모습으로 돌아갔으니, 통령보옥通靈寶玉˙이 어찌 원래 자리로 돌아가지 않을 수 있겠습니까!"

가화는 무슨 말인지 알아듣지 못했지만, 신선세계의 기밀을 물어보기도 곤란했다.

"보옥의 일에 대해서는 정해진 운명을 이미 들었습니다. 그런데 그 댁에는 규수가 그리 많았는데 어째서 원비 이하 여인들의 운명이 그리 평범하게 끝났을까요?"

진비가 한숨을 내쉬었다.

"선생, 이런 말씀 드린다고 언짢게 생각하지 마시기 바랍니다. 그 댁의 여인들은 '애정의 하늘과 죄의 바다〔情天孽海〕'[5]에서 왔습니다. 무릇 고금의 여자들은 '음란함〔淫〕'을 범해서는 안 되고, '애정〔情〕'에도 물들면 안 되는 법입니다. 그러니까 최앵앵崔鶯鶯˙과 소소소蘇小小˙는 모두 속세의 마음에 물들지 않은 선녀이고, 송옥宋玉˙과 사마상여司馬相如˙는 대체로 문인文人으로서 구업口業[6]을 저지른 사람들입니다. 애정과 상사相思에 연연하는 이들은 그 결과를 묻지 않아도 알 수 있지요."

제120회 **381**

가화는 그 말을 듣자 자기도 모르게 수염을 쓰다듬으며 길게 탄식했다.

"신선님, 저 녕국부와 영국부는 예전처럼 될 수 있을까요?"

"선한 이에게 복이 있고 음란한 이에게 재난이 내려지는 것은 고금의 정해진 이치지요. 지금 그 두 집안에서 선한 이는 선한 인연을 쌓기 위해 수양하고, 악한 이는 과오를 참회하고 있으니 장차 난초와 계수나무가 일제히 꽃을 피워[7] 가세가 원래대로 회복될 것입니다. 이 또한 자연스러운 도리지요."

가화는 한참 동안 고개를 숙이고 생각하다가 갑자기 웃음을 터뜨렸다.

"하하, 맞습니다, 맞아요! 지금 그 댁에는 향시에 급제한 가란이 있으니 공교롭게도 '난초〔蘭〕'라는 말씀에 딱 들어맞습니다. 그리고 조금 전에 신선님께서 '난초와 계수나무가 일제히 꽃을 피운다.' 하시고 또 보옥이 '과거에 급제하고 귀한 아들을 남겼다.'고 하셨으니, 보옥의 유복자가 대단히 출세할 거라는 뜻이 아닙니까?"

진비가 미소를 지었다.

"이건 훗날의 일인지라 미리 말씀드릴 수 없습니다."

가화가 다른 것도 물으려 했지만 진비는 대답하지 않았고, 하인에게 음식을 차려오게 해서 가화와 함께 먹었다. 식사를 마치자 가화는 자신의 운명에 대해 물어보려고 했다.

"선생, 이 암자에서 잠시 쉬고 계시구려. 제가 아직 끝내지 못한 속세의 인연이 하나 있는데 마침 오늘 완결을 지을 수 있겠습니다."

"아니! 신선님, 이렇게 지순하게 수련하셨는데도 아직 무슨 속세의 인연이 남아 있다는 것인지요?"

"그저 자식과의 사적인 정에 지나지 않습니다."

"네? 그게 무슨 말씀이신지요?"

"선생께선 모르시겠지만, 제 딸 영련英蓮*이가 어릴 때 재난을 당한 일이 있는데, 선생께서 처음 그곳에 부임하셨을 때 재판하신 적이 있지 않습니까? 그 아이가 지금 설씨 집안에 시집을 갔는데 난산難産을 하면서 속세의 재난을 끝낼 것입니다. 그래도 아들을 하나 남겨 설씨 집안의 대를 잇게 해줄 겁니다. 지금이 바로 속세의 인연에서 벗어날 때이니 어서 인도하러 가야 하지 않겠습니까?"

진비는 소매를 털고 일어났다. 그 순간 가화는 정신이 몽롱해지면서 곧 이곳 급류진 각미도 나루터에 있는 암자에서 잠들어버렸다.

진비는 몸소 향릉을 찾아가 영혼을 제도하여 속세의 인연에서 벗어나게 하고, 태허환경으로 보내서 경환선고에게 넘겨 책의 내용과 대조해보라고 했다. 그런 다음 막 패방을 지나가려는데 그 승려와 도사가 홀연히 나타났다.

"어서 오십시오, 대사님, 진인님. 축하합니다. 정말 축하합니다! 애정의 인연을 완결 짓고 모두 말끔하게 넘겨주셨군요!"

그러자 승려가 말했다.

"애정의 인연이 아직 다 마무리되지 않았지만, 그 어리석은 물건이 벌써 돌아와버렸습니다. 어쩔 수 없이 다시 원래 자리로 돌려보내 제 뒷일을 분명히 기록하게 해주어야겠습니다. 그래야 그것이 속세에 다녀온 보람이 있지 않겠습니까?"

진비는 곧 손을 모아 작별 인사를 했다. 그 승려와 도사는 다시 옥을 지니고 청경봉 아래로 가서 여와가 돌을 단련하여 하늘을 보수하던 곳에 두고, 각자 구름처럼 떠나버렸다. 이로부터 이런 일이 생기게 되었다.

> 하늘 밖의 책은 하늘 밖의 일을 전하고
> 두 사람이 한 사람으로 되었구나.
> 天外書傳天外事
> 兩番人作一番人

이날 공공도인空空道人*은 또 청경봉 앞길을 지나다가 하늘을 보수할 때 쓰이지 못한 돌이 여전히 거기 있는 것을 발견했는데, 그 위에 적힌 글도 그대로 있었다. 다시 처음부터 끝까지 꼼꼼히 읽다가 뒤쪽의 게어偈語* 뒤에 여러 가지 인연을 거두고 인과를 매듭지은 이야기들이 차례로 서술되어 있는 것을 발견하고는 고개를 끄덕이며 탄식했다.

'저번에 돌 형의 이 신기한 글을 발견했을 때는 세상에 전할 만한 이야기라고 생각해서 베껴두었는데, 본원으로 돌아온 부분은 보지 못했구려. 언제 또 이런 아름다운 이야기가 더해졌는지 모르지만, 돌 형이 속세에 한번 다녀오시더니 더 빛나게 연마되어 온전한 깨달음을 얻으셔서 더 이상 여한이 없겠구려. 다만 세월이 너무 오래되다 보니 글자의 흔적이 흐릿해져 오히려 잘못된 문장까지 나타나게 된 것 같소. 그러니 다시 베껴서 세상의 한가한 사람을 찾아 그에게 널리 전해달라고 부탁하겠소. 그렇게 되면 사람들이 이 이야기가 신기하면서도 신기하지 않고, 속되면서도 속되지 않고, 사실이면서 사실이 아니고, 거짓이면서도 거짓이 아니라는 걸 알게 될 거요. 어쩌면 그게 속세의 꿈은 사람을 고뇌에 빠뜨리니 차라리 두견새에게 '돌아가는 게 나으리〔不如歸去〕!'[8] 소리쳐달라고 부탁하는 것이라든지, 산신령이 나그네를 좋아하여 다시 돌에서 변화하여 날아오게 하는 것[9]과 같은 효과가 있겠지요.'

그는 곧 그 글을 다시 베껴서 소매에 넣고 저 번화하고 흥성한 땅으로 가서 마땅한 사람을 두루 찾았다. 하지만 다들 공명을 세워 출세하려는 사람이거나 먹고 살기에도 바쁜 사람들뿐이어서, 함께 돌멩이 이야기를 나눌 만큼 한가한 사람은 어디에도 없었다. 그러다가 급류진 각미도 나루터에 이르렀을 때 암자에 잠들어 있는 한 사람을 발견했다. 이에 그는 분명 한가한 사람일 거라 생각하고 베껴온 이『석두기石頭記』를 그에게 보여주려고 했다. 그런데 아무리 불러 깨워도 그 사람은 깨어나지 않았다. 이에 공공도인이 다시 세게 흔들어 깨우자 그가 천천히 눈을 뜨고 일어나 앉더니 그걸 받아서 대충 읽어보았다. 하지만 그는 이내 다시 내던져버렸다.

"이 일은 내가 이미 직접 보아서 다 알고 있소. 그래도 제대로 베끼긴 한 것 같소. 내가 한 사람을 소개해줄 테니 그 사람한테 부탁해보시오. 그러면 이 신기한 사건을 결말지을 수 있을 것이오."

"그 사람이 누구요?"

"모년 모월 모일 모시에 도홍헌悼紅軒*에 가면 조설근曹雪芹•이라는 사람이 있을 게요. 그 사람한테 가우촌이 이러저러하게 부탁하더라고 말하시면 되오."

그렇게 말하고 그는 다시 잠들어버렸다.

공공도인은 그 말을 잘 기억해두었다. 그로부터 또 얼마나 오랜 시간이 흘렀는지 모르지만, 그가 도홍헌이라는 곳에 가보니 과연 조설근이라는 이가 마침 역대의 역사서들을 읽고 있었다. 공공도인은 곧 가화의 말을 전하면서 『석두기』를 보여주었다. 그러자 조설근이 웃음을 터뜨렸다.

"하하, 과연 '가우촌의 이야기〔賈雨村言〕'로군요!"

"선생, 그 사람을 어찌 아십니까? 그럼 그 사람 대신 이야기를 서술해주실 수 있겠습니까?"

"하하, 당신 법호가 '공空'이라더니, 뱃속이 정말 텅텅 비었구려! '지어낸 이야기로 빗대어 한 말〔假語村言〕'이라곤 하지만 '노어해시魯魚亥豕'[10]처럼 잘못 베껴 쓴 글자와 불합리하게 모순된 곳이 없으니, 뜻이 맞는 몇몇 벗들과 함께 술 마신 뒤나 배불리 먹은 뒤에, 비 오는 밤 창가의 등불 아래에서 심심풀이로나 함께 읽을 만하구려. 굳이 저명하고 학식 높은 분의 논평을 달아 세상에 전할 필요도 없소. 당신처럼 이렇게 뿌리를 꼬치꼬치 캐는 것은 각주구검刻舟求劍[11]이요 교주고슬膠柱鼓瑟[12]이 아니겠소?"

공공도인이 그 말을 듣고는 고개를 쳐들고 껄껄 웃더니, 베낀 원고를 내던지고 표연히 떠나버렸다. 떠나면서 그는 이렇게 중얼거렸다.

"과연 황당한 이야기였구나! 지은 사람도 베낀 사람도, 심지어 읽은 사람도 모르다니. 그저 장난삼아 써서 읽는 사람을 즐겁게 하고 기분을 맞춰 주는 글에 지나지 않는 것을!"

　후세 사람이 이 신기한 이야기를 읽고 네 구절의 시를 썼는데, 이 덕분에 지은이가 쓴 연기緣起[13] 이야기의 의미가 한층 더 깊어졌다.

　　가슴 쓰린 이야기에 이르면
　　황당할수록 더욱 슬퍼진다네.
　　모든 일의 원인은 꿈과 같나니
　　세상 사람들 어리석다 비웃지 말지라!
　　說到辛酸處
　　荒唐愈可悲
　　由來同一夢
　　休笑世人癡

(끝)

| 해설 |

『홍루몽』, '시적 전통'의 소설적 총화*

　전국시대 제자백가 지식인들의 우언寓言을 활용한 글쓰기와 육조六朝 이후 문인들의 이야기 기록과 문언을 이용한 전기傳奇 창작, 송나라 이후 통속적인 이야기 공연과 연극의 발전이라는 제반 문학적·문화적 환경은 원나라 말엽부터 명나라 중엽까지 이른바 '아속雅俗의 융합'을 통해 예술적으로 세련된 서면書面 문학으로서 소설이라는 문학 양식을 형성시켰다. 특히 '장회章回'라는 독특한 형식을 기반으로 한 장편소설은 명나라 때 『삼국지연의三國志演義』와 『서유기西遊記』, 『금병매金瓶梅』, 『수호전水滸傳』이라는 '사대기서四大奇書'가 나오고, 청나라 때 『유림외사儒林外史』와 『홍루몽紅樓夢』이 나옴으로써 절정기를 누리게 된다.

　이 가운데 『유림외사』는 전통적으로 문인들에게 익숙한 글쓰기 방식인 역사 전기〔史傳〕와 잡다한 수필에 가까운 필기筆記 형식을 장회체 소설과 결합시킴으로써 이른바 '산문의 전통'을 소설로 승화시킨 성공적인 사례로 꼽힌다. 특히 이 소설은 청나라에 이르러 거의 2000년 동안 누적된 문인 사회의 병폐를 그 구성원의 입장에서 날카롭게 비판하고 있다는 점에

---

* 이 글은 졸고, 「120회『홍루몽』의 의의와 서사 구조」(『중국문학』 제71집, 서울: 한국중국어문학회, 2012. 5)의 일부 내용을 토대로 일반 독자들에게 필요한 몇 가지 사항들을 덧붙인 것이다.

서 큰 의의가 있다.

이에 비해『홍루몽』은 북경 표준어를 기반으로 한 통속적인 구어체에 전통 문인 문화의 정수인 시사詩詞를 결합함으로써 이른바 '시적 전통'을 소설로 승화한 작품으로 일컬어진다. 실제로 이 작품에는 대련과 노래, 주인공들의 시사 창작, 그리고 주령과 수수께끼놀이에 이르기까지 다양한 분야에서 시사의 구절을 적극적으로 활용하고 있어, 각 회의 마지막을 정리하는 두 구절의 간략한 운문을 빼면 거의 시사 구절이 등장하지 않는『유림외사』와 뚜렷하게 대비된다. 또한 내용 측면에서도 이 작품은 금릉金陵(지금의 난징[南京])에 기반을 두고 경사京師에 자리 잡은 가상적인 봉건 귀족가문의 성쇠와 그 와중에 일어나는 청춘 남녀의 비극적인 사랑을 기본 줄거리로 삼고 있기 때문에『유림외사』의 날카로운 풍자보다는 풍부한 정감을 담은 이야기 전개로 독자들의 흥미를 끄는 매력이 있다.

사실 한 가정을 무대로 하여 규방 안의 사소한 이야기들까지 사실적으로 묘사한 작품으로는『홍루몽』이전에『금병매』가 있었다.『홍루몽』이『금병매』의 여러 가지 묘사 수법을 창의적으로 계승한 점은 이미 여러 연구자들에 의해 밝혀져 있다. 그러나『금병매』는 주인공 서문경西門慶이 집안의 여인들과 벌이는 갖가지 애정사 외에, 상인이자 지방의 유력한 관리로서 가문을 일으키고 결국에는 끝없고 무절제한 탐욕으로 몰락하는 전 과정을 묘사함으로써 묘사의 무대가 규방 안에서부터 관청, 기생집까지 전방위적으로 망라되어 있다. 게다가 서문경과 주변 여인들의 정사 장면이 보기 민망할 정도로 노골적이고 음란하게 묘사되어 있다. 이에 비해『홍루몽』은 서술의 범위가 주로 가씨 집안의 녕국부와 영국부 내부에 한정되어 있고, 남녀 간의 애정에 대해서도 한두 군데 예외적인 장면을 제외하면 대부분 은근한 시적 정취를 풍기도록 묘사되어 있다. 또한 신화적 신비감과 냉정한 인간세계의 구체적 사실들을 절묘하게 융합하여 풍부한 환상성과 현실성을 동시에 획득하고 있다.

그러나, 중국 고전소설을 대표하는 걸작으로서 지금까지 많은 일반 독자와 전문 연구자의 흥미를 끌고 있음에도 『홍루몽』은 텍스트의 전승 과정이 복잡하기 때문에 작품의 해석과 평가가 연구자마다 엇갈리고 있으며, 특히 현대 중국에 들어서는 정치적 상황과 직접적으로 맞물리면서 더욱 복잡한 양상을 보이고 있다. 현대 중국에서 이 작품에 대한 연구 열풍은 이른바 '홍학紅學'이라는 고유명사를 만들어낼 정도였지만, 다양한 논자들의 관여는 결국 이 작품을 둘러싼 갖가지 문제들의 복잡성을 더욱 심화시키는 결과만 초래했다.

『홍루몽』의 이런 문제는 기본적으로 이 작품의 전승 과정, 즉 최종 텍스트의 형성 과정에서 비롯된 불가피한 것으로 보인다. 대략 1750년대 초반에 나온 것으로 여겨지는 이 작품의 초기 판본은 '지연재脂硯齋'로 대표되는 몇몇 애호가들 사이에서 필사본의 형태로 전승되다가 건륭乾隆 56년(1791년)에 이르러 최초의 활자본인 『신전전부수상홍루몽新鐫全部繡像紅樓夢』(속칭 '정갑본程甲本')이 간행되며, 이듬해에는 다시 이것을 대대적으로 수정한 판본(속칭 '정을본程乙本')이 간행되었다. 1957년에 북경의 인민문학출판사에서 간행한 『홍루몽』은 바로 이 '정을본'을 토대로 새롭게 정리한 것이며, 이후에 출판된 작품들 가운데 대다수는 다시 이것을 토대로 본문의 일부 구절을 교감校勘하거나 주석을 수정, 보완한 것들이다. 문제는 인쇄본이 나오기 전에 전승되던 필사본들은 대부분 80회본이었는데, '정갑본'부터는 120회본이 되었다는 것이다.

당연히 판본상의 이러한 차이는 이른바 '원작'과 '속작續作'의 문제를 야기했으며, 나아가 뒤쪽 40회에 들어 있을지도 모르는 '원작'의 흔적을 찾는 일이 흥미로운 연구 주제로 대두되기도 했다. 아울러 이런 연구는 이 작품의 '원작자'와 그의 '저작 의도'가 올바로 반영된 정본定本에 대한 관심을 불러일으킬 수밖에 없었다. 더욱이 1920년대에 들어서 후스〔胡適〕가 『홍루몽』은 조설근曹雪芹의 자전적인 소설이라고 '고증'함으로써 논쟁을 더욱 증폭시켰다. 이 작품이 그의 자서전이라면, 소설에 제시된 가상의 무대와 주인공들, 그리고 사건들이 가리키는 것이 실제로 어느 곳에 있는 누구 집안의 누구누구와 관련된 어떤 사건이었는지를 '규명'하려는 충동이 생길 수밖에 없기 때문이다. 특히 '불후의 천재' 조설근에 대해 선입견을 가진 논자들이 주관적인 추론에 의해 이 작품의 다양한 저작 '의도'를 제시했고, 이는 오늘날까지도 수많은 저작으로 양산되고 있는 실정이다. 이 때문에 일찍이 루쉰(魯迅)은 현대 연구자들에 의한 다양한 해석 현상을 이렇게 풍자한 바 있다.

> 단순히 작품에 담긴 의미만 놓고 보자면 독자의 시각에 따라 갖가지 해석이 나올 수 있다. 즉 경학가經學家라면 거기서 『주역周易』을 볼 것이고, 도학가道學家라면 음란함을, 재자才子라면 사랑에 사로잡힌 이야기를, 혁명가라면 만주족에 대한 배척 의식을, 헛소문 퍼뜨리기 좋아하는 사람이라면 궁중의 비밀스러운 사건을 볼 것이다. (「강동화주絳洞花主 소인小引」)

어쨌든 조선시대 후기에 우리나라에 전해져서 '언해본諺解本'까지 남아 있는 이 작품의 최종적 형태는 120회로 구성되어 있었고, 중국에서도 후스가 문제를 제기하기 전까지만 하더라도 120회 판본의 지위는 상당히 안정적이었다. 고대 중국에서 장편소설은 대부분 여러 사람의 손을 거치면서 차츰 세련되게 다듬어지는 것이 일반적인 관행이었고, 또 그 과정에 개입한 사람들 가운데 대다수는 기꺼이 익명으로 남았다. 『삼국지연의』만 하더라도 작자와 관련해서는 원작자라고 알려진 나관중羅貫中과 대대적인 수정을 가한 모종강毛宗崗 부자父子의 이름만 뚜렷이 드러나 있을 뿐, 여러 차례의 출판 과정에서 크고 작은 손길을 더한 이들의 이름은 오히려 '의도적'으로 묻혔다. 현대적 의미의 '저작권'에 대한 배타적인 권리를 중시하지 않는 이러한 소설 생산의 관행은 『홍루몽』이 나오는 시점까지 큰 변화가 없었다. 그러므로 『석두기石頭記』라는 제목으로 통용되었던 『홍루몽』 앞쪽 80회의 저자로 알려진 '조설근'은 사실 여러 작자들을 대표하는 이름일 가능성이 크다. 실제로 '지연재'로 대표되는 일군의 비평가들은 작품의 창작에 직간접적으로 관여했을 가능성이 큰 것으로 여겨지고 있다. 이런 이유로 누군가에 의해 '발굴'되거나 혹은 뒷이야기가 덧붙여져서 120회 분량으로 간행된 『홍루몽』에 대해 고대의 독자들은 대부분 별다른 문제를 제기하지 않았다. 심지어 현대 초기에 왕궈웨이[王國維]가 「홍루몽평론紅樓夢評論」을 썼을 때에도 120회 판본을 대상으로 썼던 것이다.

사실 『홍루몽』(주로 앞쪽 80회)이 '조설근의 자서전'이라는 후스 이래의 '신홍학新紅學' 논자들의 주장이 자의적인 억측이라고 간주한다면, 120회 전체의 내용과 구조에 대해서도 새로운 평가가 가능하다. 어쨌든 그것은 전통적인 '적층積層'의 방식으로 만들어진 작품이며, 거기에 수정이나 보충의 손길을 가한 이들도 그 작품의 '내재적인 흐름'에 나름대로 주의를 기울이지 않을 수 없었을 것이기 때문이다.

이 작품의 표면적 줄거리는 신령한 '돌[石頭]'의 속세 체험기이며, 그 안에 돌의 화신化身인 신영시자와 가보옥의 이야기가 액자처럼 끼워져 있다. 애증과 부귀영화를 중심으로 한 세속적 욕망에 무지한 '돌'이라는 존재가 직접적인 체험을 통해 그것들의 덧없음을 깨닫는다는 내용은 어떤 의미에서는 『서유기』의 주인공 손오공의 이야기와 비슷한 맥락에 있다고 할 수 있다. 특히 가보옥(賈寶玉=假寶玉)과 진보옥(甄寶玉=眞寶玉) 사이의 가치관의 대립에 대한 서술은 『서유기』에서 손오공이 가짜 손오공을 물리치는 이야기와 그 짜임새가 대단히 유사하다. 태허환경에 대한 잠재적 기억을 공유하면서 영적으로 서로 연결된 가보옥과 진보옥 사이의 대화에서 진보옥이 오히려 세속적 가치관에 물들어버린다는 설정은 이 작품의 첫머리에서 제시된 핵심적인 경구警句, "가짜가 진짜가 될 때 진짜 또한 가짜가 되고, 없음이 있음이 되는 곳에서는 있음이 오히려 없음이 된다〔假作眞時眞亦假 無爲有處有還無〕."라는 내용을 구체적으로 부연한 것이라고 할 수 있다. 가짜 보석인 '돌'은 세속적 욕망의 허위성과 덧없음을 인식하고 있는 데 비해, 속세 인간들의 눈에 제대로 된 귀공자로 비치는 진보옥의 머리와 뱃속에는 추한 욕망만 가득하다는 서술은 가치관이 전도된 인간세계의 현실에 대한 통렬한 풍자이기도 하다. 바로 이런 점에서 『홍루몽』은, 자기 안에 존재하는 또 다른 자아의 속된 명예욕과 승부욕을 대표하는 가짜 손오공을 때려죽이는 진짜 손오공의 이야기보다 한 차원 높은 문학적 수사법을 구현한다.

또한 이런 맥락에서 '돌'은 필연적으로 자신의 원래 자리인 청경봉으로 돌아갈 수밖에 없으니, 120회 『홍루몽』의 기본 구조는 시작과 끝이 일관성을 갖게 된다. 제81회 이후에서 가보옥이 임대옥 대신 설보차와 결혼하고, 과거시험에 응시하여 거인擧人에 급제하고, 가보옥이 옥을 잃어버렸다가 되찾는 것 또한 '강주초(絳珠草＝降淚草)'와 '돌'의 필연적인 귀환의 결말을 이끌어내는 중요한 단서들이 된다.

그리고 뒤쪽 40회에 서술된 묘옥의 불행과 대관원 여인들의 쓸쓸한 뒷이야기들은 이미 제5회에서 제시된 『금릉십이차金陵十二釵』 정책正冊과 부책副冊 및 『홍루몽』 열두 가락〔曲〕이 예시하는 바를 실제적으로 구현하기 위한 것이다. 인간세계의 모든 운명은 하늘나라에 미리 안배되어 있는 것이라는 고대 중국의 전통적인 인생관을 반영하는 이 이야기는 확실히 앞쪽 80회에서는 '미완'의 상태로 남아 있었다. 또한 앞쪽 80회에서 줄곧 수수께끼로 남아 있던 중요한 문제, 즉 청경봉의 '돌'과 태허환경의 신영시자, 그리고 인간세계의 가보옥과 그가 태어날 때 입에 물고 있었던 옥의 관계가 뒤쪽 40회의 이야기를 통해 어느 정도 해결된다. 제120회까지 모두 읽고 나면 독자들은 비로소 이 넷이 결국 하나이며, 특히 가보옥과 그가 태어날 때 물고 있었던 옥은 초월적 세계의 돌이 인간 세상에 화생化生

하면서 육체와 생명, 또는 동물적 육신과 지고한 정신으로 분화된 형태임을 깨닫게 되는 것이다.

어떤 의미에서 돌의 인간 세상 체험은 일종의 꿈으로 묘사되어 있으며, 그 안의 액자 이야기들은 다양한 '꿈속의 꿈'을 보여주는 것이라고 생각할 수도 있다.『홍루몽』이라는 적절한 제목이 암시하는 풍부한 꿈의 세계는 삶의 단면에 대한 매우 사실적인 묘사 속에 수시로 끼어드는 신비한 일화들 사이의 비논리적 관계를 초월적으로 결합시킨다. 꿈속의 주인공인 가보옥은 꿈을 통해 자신의 실체가 있던 신화의 세계로 정신적으로 교통하고, 꿈속의 현실에서는 자신의 또 다른 한 부분인 통령보옥과도 영적으로 교감한다. 고대 신화로부터 당나라 때의 전기傳奇, 그 이후의 각종 연극들에서 다양하게 발전해온 꿈의 서사 기교는『홍루몽』안에 창의적으로 집대성되어 다양하고도 흥미로우며, 전체 줄거리와도 유기적인 관계를 맺고 있는 갖가지 꿈들에 대한 서술로 나타나는 것이다.

무엇보다도『홍루몽』을 성공적인 소설로 승화시킨 것은 신화적 틀 속에 담은 인간세계에 대한 묘사가 치밀하면서도 사실적이라는 점이다. 연로한 태부인과 무능하고 사치를 일삼으며 타락한 자제들에 의해 점점 기울어가는 봉건 대가문의 판도 안에는 다양한 방식으로 제 잇속을 챙기며 기생하는 수많은 무리들이 들러붙어 있다. 이 작품에는 녕국부와 영국부의 직계 가족과 친인척, 하인, 황실과 벼슬아치들, 승려, 도사, 배우 등 무려 720명 정도의 남녀 인물들이 등장한다. 이 방대한 인물들이 엮어내는 갖가지 놀이와 계략, 애증은 그대로 중국 고대 봉건사회의 축소판이라고 할 수 있다. 무능하고 타락한 가씨 가문의 인물들과 부패한 관료들이 뒤얽힌 이들 인물군상은 운명적인 몰락을 거쳐 기사회생을 꾀하는 봉건 귀족가문의 역사에 필연성을 부여하는 불가결한 요소로서 각자의 역할을 수행한다. 또한 이들에 대한 묘사 속에서 당시의 사회 풍속과 인간관계의 본질이 적나라하게 드러난다.

한편, '시적詩的 사유'를 소설로 승화시킨 『홍루몽』은 해음諧音을 통한 비유와 각종 은유, 암시로 가득차 있다. 진사은甄士隱, 가우촌賈雨村 같은 등장인물의 이름은 중국어의 발음을 고려하면, 각기 '진짜 사실〔眞事〕은 숨겨져 있고〔隱〕', '거짓 이야기〔假語〕가 남음〔存〕'을 암시한다. 또 대황산大荒山 무계애無稽崖와 청경봉靑埂峰은 각기 '큰 거짓말'을 뜻하는 '대황大謊'과 '터무니없음'을 뜻하는 '무계無稽', 그리고 애정의 뿌리를 나타내는 '정근情根'〔qíng-gēn〕을 암시한다. 물론 작품에 들어 있는 각종 시와 노래들 역시 다양한 은유를 활용하고 있다. 예를 들어, 제5회에 있는 다음 내용을 보자.

첫 장에는 두 그루 말라 죽은 나무가 그려져 있었는데, 그 위에 옥으로 만든 허리띠가 하나 걸려 있었다. 그리고 땅바닥에는 눈이 쌓여 있었는데, 눈속에 금비녀가 하나 떨어져 있었다. 그 뒤에는 다음과 같은 네 구절의 노래가 적혀 있었다.

한탄스럽구나, 베틀을 멈춘 덕성이여!
가련하구나, 버들 솜 읊는 재주여!
옥 허리띠는 숲 속에 걸려 있고
금비녀는 눈 속에 묻혀 있네.
可嘆停機德
堪憐詠絮才
玉帶林中掛
金簪雪裏埋

이것은 두 여주인공인 설보차와 임대옥의 운명을 암시한다. '베틀을 멈춘 여인의 덕'은 남편에게 내조를 잘하는 훌륭한 아내의 덕성을 가리키며, 여기서는 설보차를 찬양한 것이다. '버들 솜 읊는 재주'는 임대옥의 뛰어난 시재詩才를 빗댄 것이다. 이 밖에도 '눈[雪]'(薛과 발음이 같음)과 '비녀[簪]'(釵와 뜻이 같음)는 설보차를, '숲[林]'과 '옥玉'은 임대옥을 암시한다.

이 외에도 주인공들이 술자리에서 벌이는 주령에 이용되는 말들에도 옛날 뛰어난 문인들의 시와 노래에 담긴 유명한 구절들이 많이 활용되어 있다. 그러므로 『홍루몽』의 깊이 있는 감상을 위해서는 중국 고전문학과 고대 학술에 대한 풍부한 배경 지식이 필요하며, 특히 시적 상징과 은유를 읽어내는 안목이 요구된다. 특히 제1회와 제120회에 진비甄費(진사은)와 가화賈化(가우촌)를 등장시켜 줄거리의 수미首尾가 호응하게 하면서, 중간의 이야기에서는 임대옥과 청문, 설보차와 화습인처럼 닮은꼴의 등장인물과 유사한 사건을 서술함으로써 주인공들의 운명과 다음에 일어나는 사건을 예시하는, 독특하면서도 빼어난 서사 기교를 이해하게 되면 독서의 재미가 한층 늘어날 것이다.

『홍루몽』의 주제에 대해서는 이 작품이 처음 나왔던 청나라 중엽부터 지금까지 다양한 견해들이 제시되고 있다. 특히 이 작품이 '조설근'의 자서전이라는 주장이 한동안 대세를 이루면서 풍부하게 '발굴'된 그의 삶과 경력, 사상을 토대로 갖가지 추측들이 난무했다. 그간에 제기된 주장들 가운데 비교적 중요한 것들만 골라 보더라도 강희제康熙帝 때의 대신 누란명주納蘭明珠(1635~1708)나 명장名將 장용張勇(1616~1684), 또는 건륭제乾隆帝 때의 권신權臣 화신鈕祜祿·和珅(1750~1799)의 집안일을 소설화한 것이라는 설, 순치제順治帝와 유명한 기생 동소완董小宛 사이의 사랑 이야기를 암시한다는 설, 만주족 청 황실을 비판한 소설이라는 설, 색즉시공色卽是空이라는 불교적 인생관을 설파한 작품이라는 설 등 그 수를 이루 헤아릴 수 없다. 게다가 최근에는 소설가 류신우[留心武]까지 가세하여 진가경이 황제의 숨겨진 딸이라는 새로운 설을 내놓아 대중적인 흥미를 유발하고 있다. 그러나 이른바 '색은索隱'이라는 중국의 관행적인 소설 독법으로 인해 나타난 이런 다양한 견해들은 사실상 논자의 주관적인 소견에 지나지 않는다. 심지어 이들의 주장은 류신우의 경우처럼 그 자체가 하나의 소설인 경우가 많다. 게다가 한 편의 소설 안에서 무엇을 얻을지는 순전히 독자 개인의 몫이다.

사실 작품 자체만 놓고 보면, 『홍루몽』은 신선세계의 버려진 돌이 진정한 깨달음을 통해 정신적 안위를 추구하는 과정에 대한 허구적 서사이다. 외형적인 틀에 나타나는 이 작품의 성격은 '공空-(색色-정情-색色)-공空'의 순서로 이어지는 공공도인空空道人의 깨달음의 과정을, 청경봉의 돌을 주인공으로 설정한 비유적인 이야기로 변환한 것이라고 할 수 있다. 만물의 근원인 '공空'의 세계에서 피동적으로 던져진 돌은 비록 여와女媧에 의해 신령한 성품을 부여받았으나 그 근원이 진정한 근원인지에 대한 회의를 갖게 된다. 이것은 결국 그가 직접적인 경험이 없어 우주의 진실이 '공'이라는 것을 이성적으로든 감성적으로든 체득하지 못했기 때문에 생겨난 것이다. 그의 회의는 에덴의 의미를 체득하지 못한 아담과 이브가 선악과를 따 먹는 행위와 유사한, 일종의 '불가피한 타락'인 것이다. 그렇기 때문에 그들 앞에는 필연적으로 깨달음을 체득하게 해줄 고난이 기다리며, 그 고난을 극복했을 때 비로소 그들은 진정한 행복과 진정한 진리로 충만한 세계로 회귀할 수 있게 된다. 다만 무지의 상태에 있던 어리석은 돌에게 그저 황량하고 적막하고 고독하게만 느껴지던 '공'의 세계는, 이제 이런 깨달음을 바탕으로 귀환한 이후 하늘과 땅 그 어디에도 얽매이지 않고 마음속의 희로애락도 자각적으로 없애버린* 진정한 평화의 세계로 새롭게 인식된다. 좀 더 관념적으로 얘기하자면, 궁극적이고 진정한 '공'에

---

* 이것은 제25회의 "天不拘兮地不羈 心頭無喜亦無悲"라는 구절의 의미를 풀어 쓴 것이다.

대한 깨달음은 세속적인 '정'의 본질에 대한 철저한 인식으로부터 비롯된다는 뜻이다. 바로 이 점이『홍루몽』을 단순한 종교적 설교가 아닌 뛰어난 예술로 승화시키는 원동력이라 하겠다. 그리고 바로 여기에서 공공도인(또는 그의 입을 빌린 작자 내지 작자들)이 작품의 "큰 뜻은 '정'을 이야기하는 것〔제1회 大旨談情〕"이라고 해석한 진정한 의미가 드러난다.

다만 여기서 깨달음의 과정을 중개하는 중요한 요소가 '정情'이라는 점은 이 작품이 이전 중국 고전소설들의 전통을 계승하면서 창의적으로 발전시킨 중요한 부분이라고 할 수 있다. 기본적으로 세속의 부귀공명이 허망한 꿈에 지나지 않는다는 주제는 『남가태수전南家太守傳』이나『침중기枕中記』같은 당나라 때의 전기傳奇로부터 명나라 때의『금병매』에 이르기까지 많은 서사문학에서 널리 제시했던 주제라는 점에서『홍루몽』도 그 전통을 계승하고 있다. 대관원을 중심으로 펼쳐지는 액자 이야기는 바로 '정'의 내용을 구체적으로 서술한 것인데, 여기에서도 가씨 가문의 성쇠와 가보옥의 사랑이라는 두 줄기 이야기가 유기적으로 교차하면서 진행된다. 그리고 이 모든 이야기들은 삶과 애증이야말로 모든 고뇌의 근원임을 증명하려는 일관된 의도를 드러낸다. 그것은 제1회 말미에 포함된「호료가好了歌」와 그에 대한 진비의 해석에서도 알 수 있듯이 '타향을 고향으로 여기고〔認他鄕是故鄕〕' 덧없는 삶에 얽매인 인간들의 삶은 결국 '꿈속의 꿈'에 지나지 않는 덧없는 것이라는, 인생에 대한 문학적 풍자이자 조롱인 것이다.

그러나 사실『홍루몽』의 이야기는 그 자체로 독립적인 재미와 감동을 주는 문학 작품이기 때문에, 작자(들)이 그 안에 무엇을 숨겼는지는 별로 중요하지 않다. 그보다는 작품 안에서 진짜와 가짜의 교묘한 대비를 통한 풍자를 읽어내고, 순수한 이성적 사랑을 억압하는 인간세계의 제도적 억압, 부귀영화를 위해 양심과 정의를 저버리는 사람들의 추악한 욕망, 그리고 그 욕망을 감춘 채 점잖은 척 치장하는 온갖 위선들을 독자 자신만의 눈으로 간파하는 순수한 독서의 재미를 추구하는 것이 더 중요하다.

| 역자 주석 |

제104회

1. 아노衙奴라고도 하며, 수령이 지방 관아에서 사사롭게 부리던 사내종을 말한다.
2. 여기서 금강金剛은 금강저金剛杵를 들고 부처를 호위하며 모시던 금강역사金剛力士를 가리킨다. 일반적으로 절의 산문山門 안쪽에는 그 모습을 빚은 조각상을 안치하여 사악한 기운의 침범을 막기도 한다.

제105회

1. 『후한서後漢書』「환전전桓典傳」에 따르면, 환전이 어사가 되었을 때 늘 하얀 바탕에 흰 무늬가 섞인 말(驄馬)를 타고 다녔기 때문에 '총마어사驄馬御史'라 불렸다고 한다.
2. 장사長史는 원래 진秦나라 때 설치한 관직이다. 한나라 때의 상국相國과 승상丞相, 후한 때의 태위太尉와 사도司徒, 사공司空, 장군부將軍府에 각기 '장사'라는 직책을 두었다. 그 뒤에는 군부郡府의 관직으로서 병마兵馬를 관장하게 했다. 당나라 때는 큰 주州의 자사刺史와 별가別駕 아래에 각기 장사를 한 명씩 두었는데, 직급은 종오품從五品이었다. 청나라 때는 친왕부親王府와 군왕부郡王府에 장사를 두어서 부府의 업무를 처리하게 했다.
3. '탁度'은 '탁庹'과 같은 뜻으로, 성인이 두 팔을 좌우로 반듯하게 폈을 때의 길이를 가리킨다. 청나라 때 사용하던 영조척營造尺의 8치 1푼에 해당한다.
4. 서지serge는 직물의 일종이다. 보통 옷감 표면 위의 잔털을 자르거나 태우는 클리어 피니시 처리를 하여 능직의 사문斜紋이 뚜렷이 나타나게 한다. 이것은 원래 견 또는 모로 만들었지만 지금은 다른 종류의 섬유나 모혼방 섬유로도 만들며 주로 의복을

만드는 소재로 사용한다.
5. 간쑤[甘肅] 란저우[蘭州]에서 생산되는 얇고 부드러운 모직 융단은 원래 비구니들이 만들었기 때문에 '고융姑絨'이라고 불렀다. 명나라 때는 귀족들이 이것으로 옷을 지어 입는 것을 고급 유행으로 여겼지만, 청나라에 들어서는 만주 귀족들이 가죽옷을 선호하면서 그 가치가 점점 떨어졌다.
6. 운호雲狐는 여우의 정수리 가죽과 정강이 가죽을 이어 붙여 만든 옷감으로, 털에 구름무늬가 보인다고 해서 이런 명칭이 붙었다.
7. 거위 가죽[鴨皮]은 들오리 머리 부분의 초록색 가죽을 이어 붙여 만든 것으로,, 작금니雀金呢 다음가는 옷감이다.
8. 우선추羽線綯는 털이나 깃털로 만든 실로, 주름무늬를 넣어 짠 천이다.
9. 푸루[氆氇]는 야크 털로 짠 검은색 또는 다갈색의 모포이며, 티베트에서는 이것으로 웃옷이나 깔개, 텐트 등을 만든다.
10. 조주朝珠는 청나라 때 조례복朝禮服에 다는 장식으로서 108개의 구슬로 만들어져 있으며, 오품 이상의 문관文官들이 착용했다.

제106회

1. '두향'은 길쭉한 향을 묶어 탑처럼 쌓은 것으로, 맨 위쪽의 향에 불을 붙이면 아래로 층층이 타내려가게 된다. 두향 하나는 하룻밤 내내 탈 수 있다고 한다. 『금릉세시기金陵歲時記』「중추두향中秋斗香」에 따르면, 중추절에 달에 제사지낼 때 향을 탑처럼 쌓고 그 위에 북두칠성 모양으로 오린 종이[紙斗]를 얹기 때문에 '두향'이라고 부른다고 했다.

제107회

1. 추밀원樞密院은 오대五代 시기에 처음 설치되어 송·원나라까지 이어지다 명나라 때 폐지되었다. 이 기관에서는 주요 군사기밀과 변방의 일을 맡아 처리했다. 청나라 때는 이 기관이 없었기 때문에 여기서는 그저 관료들의 동태와 부패를 감시하는 기관 정도의 뜻으로 쓰인 듯하다.
2. 대참臺站은 청나라 때 변방지역에 설치한 역참驛站으로서 군사 정황을 보고하고, 공

문을 전달하고, 범인을 압송하는 등의 일을 처리했다.
3. "지위와 거처가 달라지면 기질도 달라지고, 먹는 것에 따라 체질도 달라진다〔居移氣養移體〕."라는 말은 『맹자』「진심상盡心上」에 나오는 말인데, 여기서는 높은 지위에서 부유한 생활을 누리는 것에 익숙해져 있다는 뜻으로 쓰였다.

제108회

1. 육친六親에 대해서는 예로부터 여러 설이 있어서 어떤 경우는 부모와 형제, 아내, 자식을 가리킨다 하고, 어떤 경우는 아버지와 아들, 형제, 지아비, 아내를 가리킨다 하기도 한다. 봉건사회에서는 종종 한 사람이 죄를 저지르면 구족九族이 연좌죄에 걸려 처벌을 받았다.
2. 상산사호商山四皓는 진秦나라 말엽에 상산에 은거했던 4명의 노인, 즉 동원공東園公과 기리계綺里季, 하황공夏黃公, 녹리선생甪里先生을 가리킨다. 당시 그들은 모두 80세가 넘어 머리와 수염이 모두 하얗게 세어 있었다고 한다.
3. 『천가시千家詩』는 옛날에 유행하던 어린이용 서적으로, 송나라 때 사방득謝枋得이 작품을 고르고 왕상王相이 주석을 붙인 것이다. 일설에는 송나라 때 유극장劉克莊이 편찬한 『당송천가시唐宋千家詩』에서 뽑은 것이라고도 한다. 그러나 후세 사람들이 작품을 더하거나 빼서 여러 가지 판본이 있다. 대체로 이런 책들은 당나라와 송나라 때의 절구와 율시들 중에 200여 수를 뽑아 싣고 있는데, 외우기가 쉬워서 아주 널리 퍼졌다.
4. 이 구절은 송나라 때 정호程顥가 쓴 「봄날 우연히 짓다〔春日偶成〕」에 들어 있는 구절이다. 원작은 다음과 같다.

　　　　雲淡風輕近午天　구름 엷고 바람 산들거리는데 한낮이 가까워지니
　　　　傍花隨柳過前川　꽃 보며 버드나무 따라 앞쪽 개울을 건넜네.
　　　　旁人不識予心樂　내 마음 즐거운 줄 모르는 옆 사람은
　　　　將謂偸閑學少年　심심해서 젊은이 흉내 낸다고 생각하겠지.

5. '유완입천태劉阮入天台'는 한나라 때 유신劉晨과 안조阮肇가 천태산天台山에 약초를 캐러 들어갔다가 2명의 선녀를 만나 반년 동안 함께 살다가 고향에 돌아와 보니 이미 7대가 지났다는 이야기이다.
6. 이 구절은 남송 사방득謝枋得의 시 「경전암의 복사꽃〔慶全庵桃花〕」에 들어 있는 것으로, 원작은 다음과 같다.

尋得桃源好避秦　　진나라의 폭정 피할 도화원 찾으니
　　桃紅又是一年春　　복사꽃 붉게 피어나 또 한 번 봄이 왔구나.
　　花飛莫遣隨流水　　꽃잎 날리거든 흐르는 물에 띄워 보내지 마오
　　怕有漁郞來問津　　어부가 찾아와 길 물을까 걱정스럽나니.

7. '강연인추江燕引雛'는 강 위에 제비가 새끼들을 이끌고 난다는 뜻이다. 이 구절은 당나라 때 은요殷遙의 시 「봄날 저녁 무렵의 산행〔春晚山行〕」에서 비롯된 것으로, 원작은 다음과 같다.
　　寂歷靑山晚　　청산이 적막하게 저물어 갈 때
　　山行趣不稀　　산길 걸으면 맛이 적지 않지.
　　野花成子落　　들꽃은 열매 되어 떨어지고
　　江燕引雛飛　　강 위의 제비는 새끼들 이끌고 날아가네.
　　暗草薰苔徑　　어두운 풀숲은 이끼 낀 길가에서 향기 풍기고
　　晴楊掃石磯　　맑은 물가 버들은 바위를 쓰네.
　　俗人猶語此　　속된 이들도 이렇게 말하나니
　　余亦轉忘歸　　나 역시 점차 돌아갈 생각 잊어버리네.

8. '공령손公領孫'은 할아버지가 손자를 데리고 다닌다는 뜻이다.

9. 이것은 송나라 때 양만리楊萬里의 시 「초여름 잠에서 깨어나〔初夏睡起〕」에 들어 있는 것으로, 원작은 다음과 같다.
　　梅子流酸濺齒牙　　매실의 시큼한 맛 이 사이에 남고
　　芭蕉分綠上紗窓　　파초는 녹음 나누어 비단 창에 비춰주네.
　　日長睡起無情思　　긴 날 잠에서 깨어나니 무료하기 그지없어
　　閑看兒童捉柳花　　버들 솜 쫓는 아이 한가로이 구경하네.

10. 한나라 선제宣帝 때 경조윤京兆尹을 지낸 장창張敞이 부부간에 금슬이 좋아 자기 아내의 눈썹 화장을 해주었다는 이야기가 전해진다.

11. '낭소부평浪掃浮萍'은 물결이 부평초를 쓸어간다는 뜻이다.

12. 이것은 송나라 때 정호程顥의 시 「회남의 절 벽에 쓰다〔題淮南寺〕」에 들어 있는 구절을 잘못 읊은 것이다. 원작은 다음과 같다.
　　南去北來休便休　　남으로 떠났다가 북에서 오며 쉬고 싶으면 쉬는데
　　白蘋吹盡楚江秋　　하얀 부평초 모두 날려가 초강엔 가을이로다.
　　道人不是悲秋客　　도인은 가을 슬퍼하는 시인이 아니나니

—任晚山相對愁　저물녘 산들 마주보며 시름겹게 내버려둔다네.

제109회

1. 당나라 때 백거이白居易의 시 「장한가長恨歌」에 들어 있는 구절이다.
2. '이화접목移花接木'은 원래 꽃나무 가지나 어린 싹을 다른 꽃나무에 옮겨서 접목하는 것을 가리키는 말인데, 종종 남몰래 수단을 부려 사람이나 사물을 바꿔치기하여 남을 속이는 행위를 비유하는 뜻으로 쓰이기도 한다.
3. '이오의 정이 오묘하게 합쳐져 하나로 맺혔다[二五之精妙合而凝].'는 것은 생명이 잉태되었다는 것을 가리킨다. 이 말은 송나라 때 주돈이周敦頤가 쓴 『태극도설太極圖說』에 나오는 말로서 '이二'는 음양의 두 기운을, '오五'는 오행을 가리킨다. 주돈이는 음양의 두 기운이 교감하여 만물이 만들어졌다고 설명했다.
4. 옥결玉玦은 한쪽이 비어 있는 고리 모양의 옥으로, 몸에 찰 수 있게 되어 있다.

제110회

1. 효붕孝棚은 시신을 안치한 건물 앞에 임시로 세운 장막으로, 조문을 하는 데 사용되는 것이다.
2. 정우丁憂는 부모의 상을 가리킨다. 벼슬아치는 반드시 대문을 걸어 잠그고 손님을 사절하면서 벼슬을 사직하고 고향으로 돌아가 3년(실제로는 27개월) 동안 상을 치러야 했다. 이 기간을 채우고 나면 다시 벼슬살이를 할 수 있는데, 이것을 '기복起復'이라고 한다.
3. 정침正寢이란 건물의 정청正廳 또는 정실正室을 가리킨다.
4. 접삼接三은 사람이 죽은 뒤 사흘째 되는 날에 혼이 돌아온다고 하여 지내는 제사를 말한다. 이날은 대문 앞에서 풍악을 울리며 종이로 만든 수레, 말, 인형 따위를 늘어놓고 승려를 불러 불경을 외우게 한다. 밤이 되면 상주가 승려, 친척, 친구들과 함께 큰길에 나가 종이인형 따위를 태워 혼을 전송하는데, 이것을 '송삼送三'이라고 한다.
5. 『논어』「팔일八佾」에 들어 있는 구절로서 원문은 다음과 같다. "예의는 사치스러운 것보다 검소한 것이 낫고, 상례는 형식에 맞춰 장엄하게 치르는 것보다 진정으로 애통한 것이 낫다[禮與其奢也寧儉 喪與其易寧戚]."

6. 백거白車는 장례식 때 쓰는 수레이며, 겉에 하얗게 백토를 바른 것이다.
7. '밤샘〔坐夜〕'이란 발인을 하기 전날 상가에서 밤새 잠을 자지 않고 영구를 지키는 것을 가리키며 '반숙伴宿'이라고도 부른다.

제111회
1. 사령辭靈은 발인하기 전에 죽은 이의 친척들이 영전에 제를 올리고 곡을 하며 작별을 고하는 의식이다.
2. 제13회에서 진가경의 죽음을 서술한 부분에서는 그녀가 목을 매 죽었다는 설명이 없고, 오히려 병이 중해져서 죽었다고 짐작할 만한 내용으로 서술되어 있다. 그러므로 이 회의 서술 역시 판본을 합치는 과정에서 생겨난 오류라고 할 수 있겠다.
3. 주희의 『사서집주四書集注』 「중용中庸」에서는 "희로애락은 정인데, 그것이 아직 발현되지 않으면 곧 성이다〔喜怒哀樂 情也. 其未發 卽性也〕."라고 했다.
4. 영관營官은 지방의 군비軍備와 치안을 담당하는 관리를 가리킨다.

제112회
1. '삼고육파三姑六婆'는 비구니〔尼姑〕, 여도사〔道姑〕, 여자 점쟁이〔卦姑〕를 가리키는 '삼고'와 인신 매매상〔牙婆〕과 매파媒婆, 무당〔師婆〕, 기생어미〔虔婆〕, 돌팔이 여의사〔藥婆〕, 산파〔穩婆〕의 '육파'를 가리킨다.

제113회
1. 옛날 상가喪家에서는 문신門神이나 대련對聯 등의 장식물에 백지를 발라 가리는 풍속이 있었다.

제114회
1. 과향瓜香은 오이씨 모양으로 쪼개 만든 침향沈香이나 단향檀香을 가리키는데, 본래 부처에게 경배할 때 쓰는 것이지만 존장尊長에게 제사지낼 때도 쓴다.

403

제115회

1. 당나라 때 이백李白은「술잔 앞에서 하지장賀知章을 떠올리며〔對酒憶賀監二首〕」제1수에서 하지장이 자신을 '하늘의 신선세계에서 인간세계로 내쫓긴 사람〔謫仙人〕'이라고 불렀다고 했다. 이후로 이 말은 이백을 가리키거나 혹은 이백처럼 재능과 학문이 출중하고 풍모와 기풍이 빼어난 사람을 가리키는 뜻으로 쓰이곤 했다.
2. 『논어』「자한子罕」의 "같이 배울 수는 있지만 길을 함께 갈 수는 없다〔可與共學 未可與適道〕."라는 구절을 따라 한 말이다. 여기서 '길'이란 어떤 사업, 또는 도덕적 경지를 가리킨다.
3. 『예기』제41편「유행儒行」에 나오는 말로서, 현명한 재능과 빼어난 자질을 갖춘 인재를 비유하는 말로 쓰인다.
4. '세숙世叔'은 아버지보다 나이가 적은, 아버지의 친구를 가리키는 호칭이다.
5. 여기서 '호사스럽게 사는 것'이라고 번역한 부분의 원문은 '고량문수高粱文繡'이고 '훌륭한 명성을 날리는 것'의 원문은 '영문광예令聞廣譽'이다. 이 두 구절은 『맹자』「고자상告子上」에서 바람직한 군자는 안빈낙도安貧樂道의 삶을 살아야 한다는 것을 말할 때 나오는데, 원문은 다음과 같다. "인의에 배부르니 남의 기름진 음식이 부럽지 않고, 자신에게 훌륭한 명성이 베풀어졌으니 남의 화려한 옷이 부럽지 않다〔飽乎仁義也 所以不願人之膏粱之味也 令聞廣譽施於身 所以不願人之文繡也〕."

제116회

1. 여기서 말하는 역사力士는 전설에서 하늘나라를 지키는 신장神將으로 알려진 황건역사黃巾力士를 가리킨다.
2. 제5회에서 가석춘의 운명을 암시한 시에서는 "낡은 불상 옆에 등불 켜고 홀로 누워〔獨臥靑燈古佛旁〕"라고 되어 있다.

제117회

1. 『형초세시기荊楚歲時記』에 따르면, 옛날에는 음력 3월 3일에 구불구불 원을 그리며 흐르는 물가에 모여 상류에 술잔을 놓고 밑으로 띄워 흘린 다음, 자기 앞에서 술잔이 멈춰서면 잔을 들어 술을 마시는 놀이를 했는데, 이것을 '잔 띄우기〔流觴〕'라고 했다.

훗날 이런 식으로 주령놀이를 하는 것도 똑같이 불렸는데, '월月'자를 가지고 한다는 것은, 주령을 읊을 때 반드시 그 글자가 들어가게 해야 한다는 뜻이다.
2. 이백의 「춘야연도리원서春夜宴桃李園序」의 구절을 따서 만든 말이다. 우상羽觴은 코뿔소 뿔로 만든 큰 술잔이며, 머리와 꼬리, 깃털을 정교하게 조각한 참새 모양으로 되어 있다고 한다.
3. 당나라 때 왕건王建의 시「보름밤에 달을 보며 두 낭중에게 부침〔十五夜望月寄杜郞中〕」에 들어 있는 구절로서, 원작은 다음과 같다.

> 中庭地白樹棲鴉　　안뜰 바닥은 새하얗고 숲에는 까마귀 깃드는데
> 冷露無聲濕桂花　　찬 이슬은 소리 없이 계수나무 꽃을 적시네.
> 今夜月明人盡望　　오늘 밤은 달이 밝아 모두들 바라볼 텐데
> 不知秋思落誰家　　가을의 시름은 누구 집에 떨어질까?

4. 당나라 때 송지문宋之問의 시「영은사靈隱寺」에 들어 있는 구절이며, 원작은 다음과 같다.

> 鷲嶺鬱岧嶤　　취령 같은 비래봉 드높이 솟아
> 龍宮鎖寂寥　　용궁 같은 영은사 적막하게 갇혀 있구나.
> 樓觀滄海日　　누대에 오르면 창해의 해가 보이고
> 門對浙江潮　　대문 앞에는 절강의 물결 찰랑이네.
> 桂子月中落　　달 속에서 계수나무 열매 떨어지고
> 天香雲外飄　　하늘의 향기 구름 밖에 떠 있네.
> 捫蘿登塔遠　　덩굴 잡고 탑에 오르면 멀리 조망할 수 있고
> 刳木取泉遙　　나무 깎아 먼 곳의 샘물 끌어왔네.
> 霜薄花更發　　서리 얇아 꽃이 다시 피어나고
> 氷輕葉未凋　　얼음 가벼워 잎은 아직 시들지 않았네.
> 夙齡尙遐異　　어려서부터 먼 이방의 풍경 보고 싶었는데
> 搜對滌煩嚻　　눈앞에 모두 모여 있으니 세속의 번뇌 씻겨지네.
> 待入天台路　　나중에 천태산에 가면
> 看餘度石橋　　구경하고 나서 유계楢溪의 돌다리를 건너리라.

5. 현제묘玄帝廟는 북방의 신 현무玄武를 모시는 사당이다. 송나라 때는 피휘避諱 때문에 진무眞武로 고쳐 부르면서 '진천진무령응호성제군鎭天眞武靈應祐聖帝君'으로 추존했고, 청나라 때는 역시 피휘 때문에 원무元武라고 고쳐 부르기도 했다. 흔히 진무제군

眞武帝君이라고 불리기도 한다.
6. 이 이야기에서 '붉은 문'은 여자의 성기를, '거북 장군'은 남자의 성기를, 가짜 벽[假墻]은 가장賈薔을 가리킨다. 형덕전은 음란한 말로 가장을 놀리고 있는 것이다.
7. 명나라와 청나라 때는 형부刑部와 도찰원都察院, 대리시大理寺를 아울러 '삼법사三法司'라고 했는데, 중대한 사건은 세 부서에서 모여 함께 심문했다.

제118회

1. 납채納采는 신랑 집에서 신부 집에 혼인을 구하는 것, 또는 그 의례를 이른다.
2. 명나라와 청나라 때 연납捐納으로 감생監生의 자격을 사는 것을 '예감생例監生'이라고 불렀다.
3. 이 편은 가을 강물이 바다로 흘러 들어가는 장대한 풍경을 빌려 다함없는 천도天道에 비해 유한有限한 인간의 지혜를 설명하고 있다. 특히 생동적인 비유를 통해 크고 작음, 옳고 그름, 선과 악 등 상대적인 개념들을 설명하면서 인위적인 추구보다는 자연스럽게 사는 것이 필요하다고 설파하고 있다.
4. 『맹자』「이루상離婁上」에 들어 있는 구절이다.
5. '취산부생聚散浮生'은 부평초처럼 물결 따라 모이고 흩어지는 인생이라는 뜻이다.
6. 원래 의미는 차마 남에게 해를 끼치지 못한다는 뜻이다. 『맹자』「공손추상公孫丑上」에 "사람은 누구나 차마 남에게 해를 끼치지 못하는 마음을 가지고 있다[人皆有不忍人之心]."라는 구절이 있다.
7. 『장자』「양왕讓王」에 따르면, 소보巢父와 허유許由는 요임금 때의 은사隱士로서, 요임금이 소보에게 천자 자리를 물려주려 하자 소보가 거절했고, 다시 허유에게 물려주려 하자 허유는 그런 말을 들은 것을 수치스럽게 여기고 도망쳐서 은거했다고 한다.
8. 『참동계參同契』는 동한 때의 위백양魏伯陽이 쓴 『주역참동계周易參同契』를 가리킨다. 이 책은 대역大易과 황로黃老, 노화爐火의 이론을 서로 참조하여 하나로 결합시킨 도교 이론서이다. 『원명포元命苞』는 『춘추』의 위서緯書 중 하나이다. 위서란 서한 말엽에 경전의 뜻에 가탁假托하여 부록符籙이나 상서로운 징조 등을 설명한 책들을 가리킨다. 『오등회원五燈會元』은 송나라 때 승려 보제普濟가 『전등록傳燈錄』과 『광등록廣燈錄』, 『속등록續燈錄』, 『연등회요聯燈會要』, 『보등록普燈錄』에서 요지를 뽑아 편찬한 불교 서적이다.

9. 원문의 '내전內典'은 불교 경전을 아울러 칭하는 말이다. 불경의 교전敎典 이외의 전적들은 '외전外典'이라고 한다. '금단金丹'은 도가에서 단련하여 만든 불로장생의 약을 가리킨다. '선주仙舟'는 신선이 되기를 추구하는 길을 의미한다.

제119회

1. 하피霞帔는 옛날 귀족 부인이 입던 예복으로, 목에서 앞가슴까지 덮는 어깨 덧옷이다. 이 옷에는 대개 아름다운 수를 놓고 가장자리는 구름 모양으로 장식했다.
2. 고사鼓詞는 명나라와 청나라 때 주로 중국 북방에서 유행하던 곡예曲藝의 일종이다. 서가徐珂의 『청패류초淸稗類鈔』 「음악音樂」 「고사鼓詞」에 따르면, 작은 북과 삼현三絃의 반주에 맞추어 두 사람이 노래를 섞어 이야기를 들려주는 공연 예술로 '고아사鼓兒詞'라고도 부른다. 또 북경이나 천진天津 지역에는 한 사람만이 노래하며 이야기를 들려주는 형식도 있다고 한다. 이런 극단은 종종 대갓집 부녀자들이 무료할 때 집으로 불러서 공연하게 한다.
3. 불교에서 수행을 통해 어느 정도 깨달음을 얻는 것을 '증과證果'라 하고, 수행이 성공하여 불법의 인과응보를 온전히 깨달음으로써 맹목적으로 외도外道를 수련하여 얻은 깨달음과는 달리, 올바른 깨달음을 얻는 것을 일컬어 '정과正果'라고 한다.
4. 명나라와 청나라 때는 향시든 회시든 같은 시험에 함께 급제한 이들을 모두 '동년同年'이라고 불렀다.
5. 『청사고淸史稿』 「선거지選擧志」에 따르면 높은 관리로서 과거시험장의 일을 총괄하는 사람을, 향시의 경우에는 '감림監臨'이라 하고, 회시會試의 경우에는 '지공거知貢擧'라 부른다고 했다. 여기서 가보옥 등이 급제한 것은 향시이기 때문에 시험관을 '지공거知貢擧'라고 칭한 것은 정확한 호칭이 아니지만, 일반적인 의미에서 '시험을 주관한 사람'이라는 뜻으로 쓰였다고 하겠다.
6. 구경九卿은 진秦나라와 한나라 때부터 있었던 관직으로서 대개 중앙 행정기구의 장관을 아울러 칭하는 뜻으로 쓰였다.

제120회

1. 비릉毘陵은 한나라 때 설치한 현縣 이름인데, 진晉나라 때 진릉晉陵으로 이름이 바뀌

었다. 행정 소재지는 지금의 장쑤성 창저우시〔常州市〕 지역에 위치해 있었다.
2. '홍몽鴻蒙'은 홍몽鴻濛이라고도 쓰며, 우주가 형성되기 전의 혼돈 상태를 가리킨다. '태공太空'은 하늘, 또는 우주를 가리킨다.
3. 옛날 중국에서는 여자가 시집간 뒤에 혼수로 가져간 장롱을 처음 여는 의식이 있었는데, 이것을 '개상〔開箱〕'이라고 했다.
4. 인용된 시 구절은 청나라 때 등한의鄧漢儀의 시 「식부인의 사당에 쓰다〔題息夫人廟〕」에 들어 있는 것으로서, 원작은 다음과 같다.

    楚宮慵掃眉黛新 초나라 궁전 청소 게을리 해도 화장은 새로운데
    只自無言對暮春 그저 혼자 말없이 저무는 봄을 바라보네.
    千古艱難惟一死 천고의 간난도 그저 한 번의 죽음일 뿐
    傷心豈獨息夫人 가슴 아픈 일이 어찌 식부인에게만 있었으랴!

식부인息夫人은 춘추시대 식息나라 군주의 부인으로서 성이 규嬀씨인데, 『좌전左傳』 「장공莊公 14년」의 기록에 따르면, 초나라 문왕文王이 식나라를 멸망시키고 그녀를 붙잡아가서 첩으로 삼아 아들 둘을 낳았다. 하지만 도무지 문왕과 말을 하지 않아 그 이유를 묻자, 자신이 한 몸으로 두 남편을 섬겼으니 설령 목숨을 끊지는 못한다 할지라도 어찌 말을 할 수 있겠느냐 대답했다고 한다. 하지만 한나라 때 유향劉向이 편찬한 것으로 알려진 『열녀전列女傳』에 따르면, 그녀는 훗날 식나라 군주를 다시 만난 후 자살했다고 기록되어 있다. '도화묘桃花廟'는 바로 식부인의 사당이다.
5. '정천얼해情天孽海'는 바로 '얼해정천孽海情天' 즉 제5회에서 묘사된 태허환경에 걸린 현판의 글귀이다.
6. '구업口業'은 망령된 말이나 험한 말, 지나치게 아름다운 말을 쓰는 죄업을 가리킨다.
7. 여기서 난초는 가란賈蘭을, 계수나무는 가보옥의 아들 가계賈桂를 암시한다.
8. '불여귀거不如歸去'는 두견새의 울음소리를 묘사한 말이다. 여기서는 두견새 울음소리를 빌려서 사람을 번뇌에 빠뜨리는 속세의 꿈에서 깨어나 평온하고 안락한 궁극의 경지를 찾아가려는 마음을 갖게 된다는 뜻이다.
9. 항저우〔杭州〕 영은산靈隱山 동남쪽에 있는 비래봉飛來峯에 얽힌 전설과 관련된 묘사이다. 전설에 따르면 동진東晉 때 인도의 승려 혜리慧理가 이 산에 올랐다가 "이것은 천축국天竺國 영취산靈鷲山에 있던 작은 봉우리인데 언제 여기로 날아왔을까?" 하고 감탄했다고 한다. 이 때문에 이 봉우리는 비래봉, 또는 영취봉靈鷲峰이라고 불린다. 여기서는 어리석은 돌을 본원으로 돌아가게 한다는 의미를 암시하고 있다.

10. '노어해시魯魚亥豕'는 옛날 전서篆書에서 '노魯', '어魚', '해亥', '시豕'자의 생김새가 비슷하여 잘못 베껴 쓰기 쉬웠다고 한 데서 유래된 말이다.
11. 『여씨춘추呂氏春秋』 「찰금察今」에 초나라 사람이 배를 타고 강을 건너다가 칼을 물속에 떨어뜨렸는데, 즉시 뱃전에 표시를 해두었다가 배가 뭍에 정박하자 표시해둔 곳 아래의 물속으로 들어가 칼을 찾으려 했다는 이야기가 실려 있다. 이것은 대개 고정된 틀만 고집하고 임시변통을 모르는 어리석은 사람을 비유하는 뜻으로 쓰이게 되었다.
12. 『사기』 「염파인상여열전廉頗藺相如列傳」에서 인상여가 조趙나라 왕에게 간언한 말 가운에 들어 있는 것으로, 기둥(柱) 즉 거문고 줄의 음을 조절하는 기러기 발을 아교로 붙여두고 거문고를 연주한다는 뜻이다. 이것은 규칙에 얽매어 융통성이 없음을 풍자한 말이다.
13. 불교에서는 일체의 사물에 어떤 법칙이 있어서 모든 일이 인연에 따라 일어난다고 여기는데, 이것을 '연기緣起'라고 한다.

| 가씨 가문 가계도 |

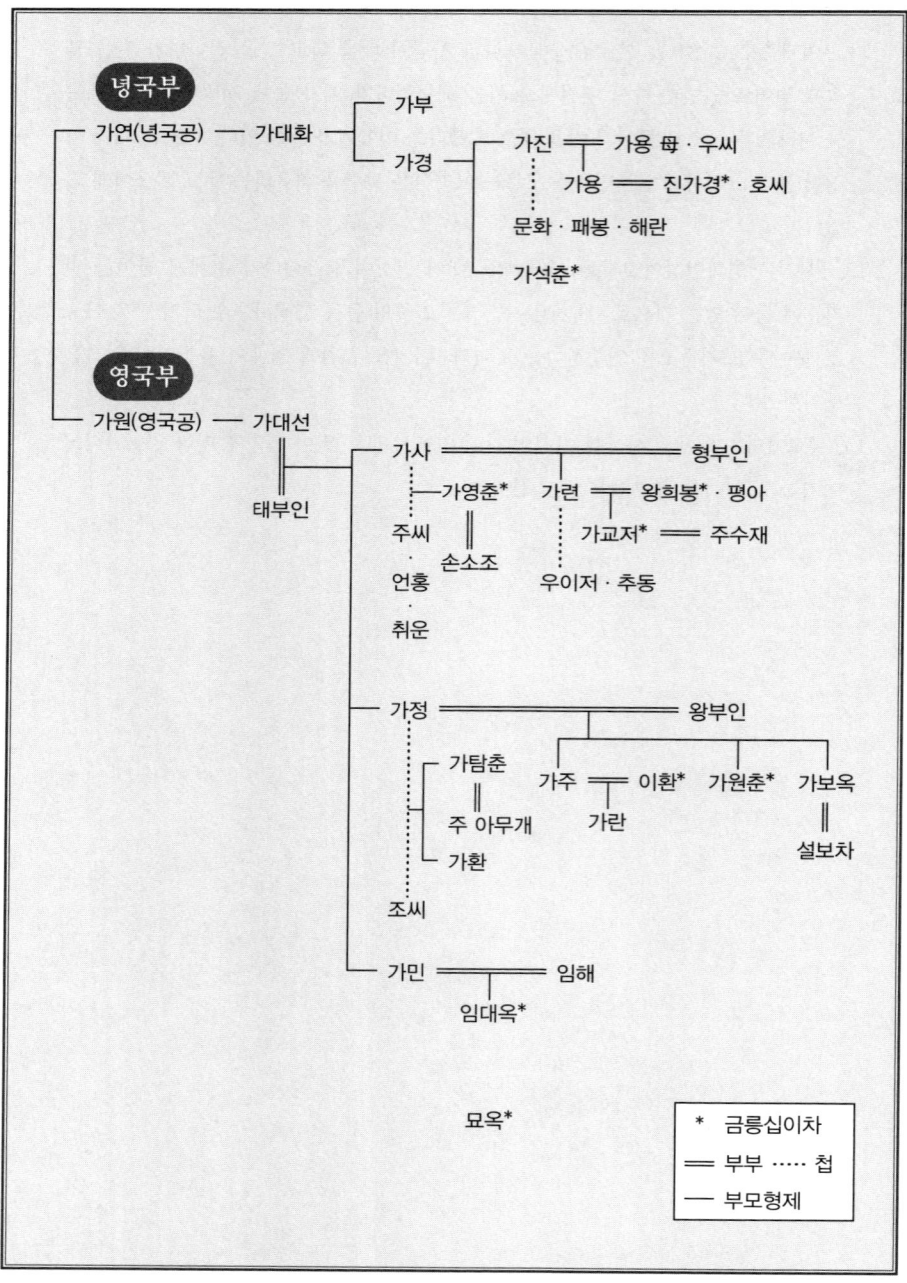

410

| 주요 가문 가계도 |

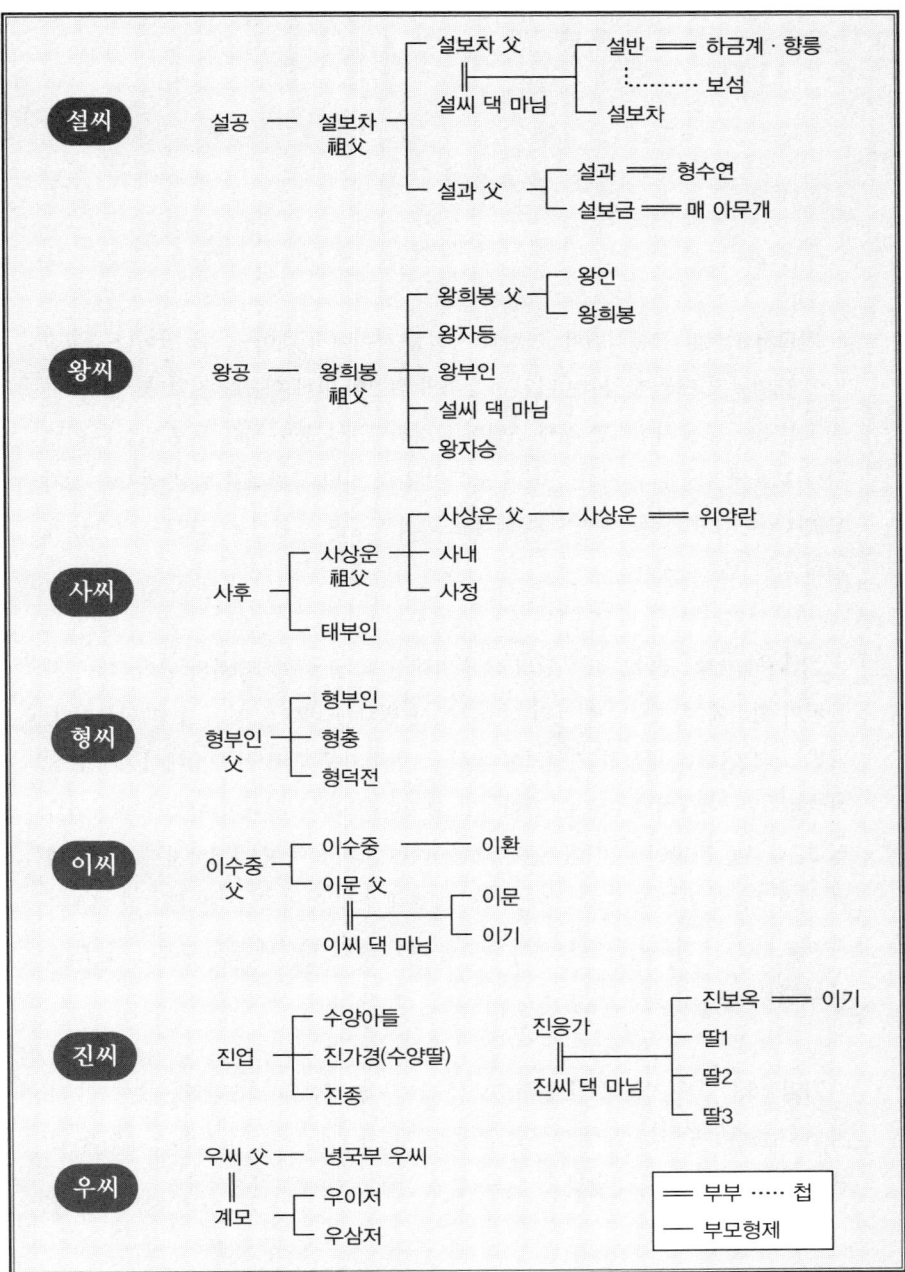

| 등장인물 소개 |

가교저 賈巧姐　금릉십이차. 가련과 왕희봉 사이에서 태어난 외동딸이다. 7월 7일에 태어났기 때문에 양어머니인 유노파의 의견에 따라 이름을 지었다. 어려서는 비교적 유복하게 지냈지만 가씨 집안이 몰락하고 왕희봉이 죽은 뒤로 외삼촌 왕인과 가보옥의 이복동생 가환 등의 음모로 번왕의 시녀로 팔려갈 뻔한 위기를 맞기도 한다. 다행히 가련의 첩인 평아와 유노파의 도움으로 위기를 모면하고, 시골 유지의 집안으로 시집간다.

가대유 賈代儒　영국부 태부인의 남편 가대선 및 녕국부 가대화와 같이 '대代' 자 돌림의 항렬에 속하지만 방계의 친족으로서 별다른 벼슬을 하지 못한 인물이다. 다만 그의 언행이 방정하고 인덕이 높아서 가씨 가문의 서당[家塾]에서 학생들을 가르치지만, 사상이나 학문은 편협하고 완고한 편이다. 일찍이 아들과 며느리를 잃고, 유일한 희망인 손자 가서를 엄격하게 기른다. 하지만 가서마저도 왕희봉에게 집적거리다 결국 독심을 품은 그녀의 계략에 말려 일찍 죽고 만다. 한편 가보옥은 어려서 그가 가르치는 서당에서 공부한 적이 있고, 나중에는 그에게서 사서四書와 팔고문八股文을 배운다.

가범 賈範　가씨 가문의 먼 친척으로서 삼등三等 직함을 세습받았는데, 그의 하인 시복時福이 주인의 위세를 믿고 군인과 백성을 능욕하고, 수절하는 부인을 강간하려다가 뜻대로 되지 않자 일가족 3명을 살해하는 죄를 저질렀다.

가사저賈四姐 가경賈瓊의 여동생으로, 제71회에서 어머니와 함께 태부인의 생일을 축하하기 위해 영국부에 들어온다. 가보옥과도 마음이 맞아 종종 대화를 나눈다.

가영춘賈迎春 금릉십이차. 가정의 형인 가사와 첩 주씨 사이에서 태어난 딸이며, 가씨 집안의 딸들 가운데 둘째 서열에 해당한다. 착하지만 무능하고, 유약하면서 겁이 많은 그녀는 시사詩詞에 대한 재능도 다른 자매들보다 못하고, 무른 성격으로 인해 남에게 속는 일도 많다. 훗날 아버지 가사가 오천 냥의 빚을 갚지 못하여 대신 그녀를 손소조에게 시집보내는데, 모진 남편의 학대를 받다가 결국 비참하게 죽는다.

가우촌賈雨村 가화의 별호. ('가화' 항목 참조)

가운賈芸 가씨 가문에서 가란, 가용 등과 같이 이름자에 '풀 초(艸, ++)'가 들어가는 항렬이다. 일찍이 아버지를 여의고 서쪽 회랑에서 어머니와 함께 어렵게 살아가지만, 영리하고 적극적으로 생계를 꾸린다. 왕희봉에게 뇌물을 주어 대관원에 나무 심는 일을 맡기도 하고, 가보옥에게 '아버지'라 부르고 화분을 선물하는 등 적당한 아부도 한다. 왕희봉의 하녀인 임홍옥과 서로 사랑한다. 가씨 가문이 쇠락할 즈음에는 가장 등과 어울려 술판을 벌이고 도박을 하기도 한다.

가화賈化 자는 시비時飛, 별호別號는 우촌雨村이다. 본래 호주胡州의 벼슬살이를 하던 집안 출신으로서 시와 문장에 뛰어났지만, 집안이 몰락한 데다 식구들도 다 죽어 혼자만 남게 되었다. 훗날 진비의 도움으로 경사의 가씨 집안과 연을 맺고 출세가도를 달리다가 다시 좌절을 경험하고 진비를 따라 출가하게 된다. 이 작품에서 그는 진비와 함께 이야기의 처음을 열고 끝을 마무리하는 인물로 전체 이야기의 틀을 구성하는 데 중요한 역할을 한다.

가희란賈喜鸞 가빈賈礗의 여동생으로, 제71회에서 어머니와 함께 태부인의 생일을 축하하기 위해 영국부에 들어온다. 태부인은 그녀를 무척 귀여워하여 대관원에 묵게 한다. 가보옥과도 마음이 맞아 종종 대화를 나눈다.

경환선고 警幻仙姑 『홍루몽』에서 가상으로 설정한 신선 이름으로 '경환선자警幻仙子'라고도 부른다. 제5회의 내용에 따르면 그녀는 방춘산 견향동의 태허환경을 주관하는 신선으로 이한천 관수해에 살고 있으며, 인간 세상의 사랑과 속세의 남녀들이 품고 있는 사랑의 원한과 어리석은 열정을 관장한다. 여기서 그녀는 꿈속에서 찾아온 가보옥에게 '금릉십이차'를 비롯하여 『홍루몽』에 등장하는 주요 여인들의 운명이 적힌 책자를 보여주고, 다시 「홍루몽」이라는 12가락으로 된 신선의 노래를 들려주었다.

공공도인 空空道人 청경봉의 돌에 새겨진 이야기를 최초로 베껴서 인간 세상에 전한 인물이다. 제120회의 설명에 따르면, 그는 청경봉에서 돌의 기록을 두 번 보고 두 번 그 내용을 베껴 써서, 나중에 조설근에게 그 원고를 전했다.

뇌대 賴大 가씨 가문에서 하녀로 사들인 뇌할멈(賴嬤嬤)의 아들로, 태부인과 비슷한 연배인 그의 어머니가 오랫동안 이 집에서 일하며 상전들의 신임을 얻은 덕분에 그는 영국부의 대총관을 맡아 모든 하인들을 통솔한다. 이에 따라 그 자신이 하인 신분임에도 위세가 높아서 자기 집에 수많은 하인들을 두고 부린다. 그의 동생 뇌승은 녕국부의 도총관을 맡고 있다.

뇌상영 賴尚榮 영국부 대총관 뇌대의 아들이며, 가정의 배려로 공부하고 돈을 바쳐서 지현 벼슬을 산다. 그러나 관리로서 탐욕스럽기 그지없으며, 훗날 가씨 가문이 쇠락했을 때 가정이 태부인의 영구를 고향으로 모셔 가면서 도움을 청하지만 박하게 대했다가 곤경에 처한다. 이후 그는 아버지에게 청하여 자신을 하인 신분에서 벗어나게 해달라고 하지만 뜻대로 되지 않으며, 뇌대는 영국부에 휴가를 청하면서 뇌상영으로 하여금 병을 핑계로 벼슬을 사임하라고 권한다.

대량戴良　영국부의 창고를 관리하는 우두머리 하인 중 하나이다. 지연재 비평에 따르면, 그의 이름 '대량戴良'은 그와 발음이 비슷한 '대량大量'을 암시한다고 했으니, 쓸데없이 통이 커서 헤프게 쓰는 인물임을 알 수 있다.

마할멈, 마씨 馬氏　가보옥을 기명寄名 양자로 삼은 여도사이다. 옛날 중국의 민간 풍속에서는 신의 보우를 받고 재앙을 피하기 위해 자녀를 유명한 도사에게 명분상의 양자로 삼게 하곤 했다. 그러나 그녀는 가정의 첩 조씨와 모의하여 '염마법'이라는 간교한 술법으로 왕희봉과 가보옥에게 해코지를 한다. 그녀는 나중에 다른 곳에서도 비슷한 짓을 저지르다가 들통이 나서 처벌을 받게 된다.

망망대사 茫茫大士　청경봉의 돌이 속세의 부귀영화를 선망하자 술법을 써서 그 돌을 작은 부채 장식 크기의 옥으로 만들고, 거기에 '통령보옥'이라는 이름을 붙였다. 이어서 묘묘진인과 함께 그 돌을 태허환경의 경환선고에게 갖다주어 속세의 가보옥이 태어날 때 그의 입에 물려 나와 속세를 경험하게 해주었다. 또한 속세의 가보옥의 목숨이 위태로울 때 몇 차례 나타나 도움을 주기도 한다.

묘묘진인 渺渺眞人　망망대사와 함께 청경봉의 돌이 속세를 경험할 수 있게 해주었다. 제1회에서 진비가 부귀영화의 무상함을 깨닫고 출가하도록 이끌고, 제66회에서는 우삼저의 순정을 저버리고 후회하는 유상련을 인도하여 출가하게 하기도 한다.

방관芳官　대관원에서 사들여 양성한 12명의 배우들 중 하나로, 원래 성은 화花씨이고 고향은 소주蘇州이다. 연극에서 정단正旦 배역을 연기했으며, 극단이 해체된 후에는 가보옥의 하녀가 된다. 영리하고 마음씨가 착하면서도 자존심이 강한 그녀는 유오아와 사이가 좋아서 호의를 베풀기도 하며, 남성적인 기질이 있어서 한때 가보옥이 그녀에게 남장을 시키고 '야율웅노' 및 '온도리나'라는 별명을 붙여주기도 한다. 훗날 왕부인이 대관원을 수색하면서 그녀도 다른 배우들과 함께 내쫓기지만, 끝내 수양어미의 뜻에 따르지 않고 출가하여 수월암의 승려 지통의 제자로 평생 동안 성실하게 수행한다.

북정왕, 북정군왕北靜郡王 『홍루몽』에는 동평군왕, 서녕군왕, 남안군왕, 북정군왕 등 4명의 가상적인 군왕이 등장하는데, 그중 하나이다. 북정군왕의 이름은 수용水溶이며 가보옥과는 열 살 차이도 나지 않는 젊은 인물이지만 겸손하고 온화한 성품의 소유자이다. 가씨 가문과 대대로 교분이 깊고 또 가보옥에게 많은 관심과 애정을 보이며, 특히 녕국부의 재산이 몰수되고 가씨 가문이 위기에 처했을 때 적극적으로 도와준다.

배명焙茗 명연茗烟이라고도 한다. 영국부 섭어멈의 아들이며 가보옥의 서동書童이다. 제24~34회까지는 이름이 '배명'이라고 표기되었다가 제39회 이후로는 '명연'으로 쓰고 있는데, 이름을 바꾼 이유에 대해서는 밝히지 않았다. 이는 『홍루몽』 판본이 전승되는 복잡한 과정에서 생긴 오류일 것이다. 다만 연변대학교에서 나온 한국어 번역본을 윤문한 국내의 기존 번역본(도서출판 예하, 1990 2쇄)에는 이 장면 다음에 나오는 배명과 가운의 대화를 통해 가보옥이 '연烟'자를 꺼려서 배명이라고 이름을 고쳐주었다는 내용이 나온다. 명연은 충직하기만 한 이귀와는 달리 말썽도 자주 피우고 상전의 분부를 무시할 때도 있지만, 가보옥의 반항적인 성격을 이해하고 비호해준다. 이 때문에 가보옥은 그를 대단히 신뢰하여 사적이고 은밀한 일을 할 때는 항상 그와 함께하고, 심지어 그가 만아와 통정한 사실을 알고도 눈감아주기도 한다(제19회).

사월麝月 가보옥의 하녀 중 하나로 직설적이고 반항적인 성격은 청문과 비슷한 데가 있다. 하지만 화습인의 말을 잘 따르고, 청문과 가끔 다투기도 하지만 금방 잊어버리고 다시 좋은 사이로 지내면서 청문이 과격한 성격으로 인해 다른 사람과 다툼이 생길 때 나서서 도와주곤 한다.

사상운史湘雲 금릉십이차. 태부인 사씨의 질손녀이다. 비록 명문가에서 태어났지만 어려서 부모를 잃고 숙부 사내史鼐와 사정史鼎 밑에서 자라며 두 숙모에게 냉대를 당한다. 명랑하면서 솔직하고 시원한 말투를 지녔으며 시 창작에 뛰어난 재능과 열정을 가지고 있던 그녀는 위약란衛若蘭이라는 훌륭한 짝을 만나지만, 얼마 지나지 않아 남편이 병으로 죽고 만다. 일부 다른 판본에서는 훗날 그녀가 가보옥과 부부가 되었다가, 결국 가난 속에서 죽게 된다고 서술되어 있기도 하다.

석애자石獃子 살림살이는 가난하지만 귀중한 옛날 부채를 스무 자루나 소장하고 있다. 그것을 탐낸 가사가 가련을 다그쳐서 무슨 수를 써서라도 그 부채들을 손에 넣으려고 한다. 결국 가씨 집안에 아부하던 가화가 계책을 꾸며서 관청의 힘을 내세워 부채를 강탈하여 가사에게 바치고, 상심한 석애자는 자살하고 만다.

설과薛蝌 설보차의 사촌오빠이자 설반의 사촌동생, 설보금의 친오빠이다. 아버지가 세상을 떠나고 어머니도 병환을 앓고 있어서 여동생을 미리 정혼된 곳에 시집보내기 위해 경사에 왔다가 설씨 댁 마님의 집에서 지내게 된다. 선량하고 충직한 성품을 가진 그는 하금계와 보섬의 유혹에도 넘어가지 않고, 죄를 저질러 감옥에 갇힌 설반의 뒷바라지와 쇠락해가는 설씨 가문의 살림살이를 도맡아 성실하게 생활한다. 이후 태부인의 중매로 형부인의 조카인 형수연과 결혼하게 된다. 한편 '색은파索隱派'의 일부 논자들은 올챙이를 가리키는 '과蝌'라는 이름이 그에게 어울리지 않는다고 지적하면서 용을 가리키는 '규虯'를 필사하는 과정에서 잘못 쓴 것일 가능성이 있다고 지적하기도 한다. 그렇게 해야만 용이나 이무기가 똬리 튼 것을 가리키는 '반蟠'이라는 사촌형의 이름과 어울린다는 것이다.

설보금薛寶琴 설과의 동생이자 설씨 댁 마님의 조카딸로, 설반 및 설보차와 사촌간이다. 아주 아름답고 지혜로운 그녀는 태부인의 귀여움을 받으며 왕부인의 의붓딸이 되고, 태부인의 거처에서 함께 지내게 된다. 어려서부터 글공부를 하고 총명한 그녀는 사상운과 연구聯句 대결에서도 지지 않으며, 자신이 예전에 둘러본 각 지역의 유적을 제재로 10수의 회고시를 짓기도 한다(제50~51회). 이후 어릴 적에 정해진 혼약에 따라 한림학사 매梅 아무개의 아들과 결혼하게 된다.

소운素雲 이환의 하녀. 제46회에서 원앙과 평아가 나누는 대화에 따르면, 소운은 그 두 사람을 비롯하여 화습인, 호박 등 지위가 높은 시녀들과 어릴 적부터 친한 사이였다. 이환 곁에서 시중을 들면서 주로 중요한 말을 전하거나 차나 음식을 나르는 등의 일을 한다.

소홍小紅 영국부 집사인 임지효의 딸로, 원래 이홍원에서 허드렛일하는 지위 낮은 하녀였다. 본명은 임홍옥이지만 가보옥이나 임대옥의 이름에 들어 있는 '옥玉' 자와 겹친다는 이유로 '소홍'이라고 바꿔 부르게 되었다. 영리하고 조리 있는 말솜씨를 지닌 그녀는 신분 상승을 위해 끊임없이 노력하며, 결국 왕희봉의 눈에 들어 그 밑에서 일하게 된다. 가운과 서로 좋아한다.

손소조孫紹祖 살림이 곤궁할 때 가씨 가문의 도움을 받았지만, 훗날 경사에서 병부의 벼슬을 얻음으로써 벼락출세한다. 이후 가씨 가문이 쇠락하자 영국부 가사에게 빚을 갚으라 독촉하고, 결국 그 대가로 가영춘과 결혼하여 모질게 학대하고 결국 비참한 죽음에 이르게 한다. 은혜를 저버린 비열한 행동으로 소설에서는 그를 '중산의 이리〔中山狼〕'라고 묘사한다.

신영시자神瑛侍者 『홍루몽』에 나오는 가상의 신선 이름이다. 태허환경에 있는 적하궁에 살고 있으며, 서방 영하 강가의 삼생석 옆에 자라던 강주초에 감로수를 뿌려주어서 그 강주초가 영생을 얻게 해주었다. 나중에 이 강주초는 성실히 수련하여 여자의 몸이 되었다가 신영시자가 인간세계로 내려간다는 소식을 듣고 눈물로 은혜를 갚기 위해 인간세계에 환생하게 된다. 주인공인 가보옥은 신영시자가 환생한 몸이고, 그의 진정한 연인인 임대옥은 바로 이 강주초가 환생한 몸이다.

예이倪二 가운과 같은 골목에 사는 그는 고리대금을 놓고 도박장에 자주 드나들며 술독에 빠져 사는 무뢰한이다. 이 때문에 '취금강醉金剛'이라는 별명이 있다. 나름대로 의협심을 발휘하기도 하여 평판은 그리 나쁘지 않은데, 길 가다 만난 가운에게 선뜻 돈을 빌려주기도 한다. 하지만 훗날 가화에게 무례를 저질러 옥에 갇했을 때 가운에게서 도움을 받지 못하자 원한을 품고 가씨 가문의 비리에 대해 소문을 내서 결국 녕국부의 재산이 몰수되게 되는 빌미를 제공한다.

오신등吳新登 가씨 가문의 우두머리 하인들 중 하나로, 영국부 은고방의 최고 관리자이다. 그는 대관원 건설에 참여하기도 했으며, 매년 설 무렵에 집안에서 잔치를 열어 태부인 등을 초청하여 대접하기도 한다. 지연재 비평에 따르면, 그의 이름 '오신등吳新登'은 그와 발음이 비슷한 '무성등無星戥'임을 암시한다고 했다. '등戥'은 약재 따위를 다는 작은 저울이므로, '무성등'은 '원칙이 없고 불공평함'을 의미한다. 사실상 영국부의 재정을 담당하는 그의 인물 설정이 이와 같으니 영국부의 살림살이가 이후 어떻게 될지는 자명하다고 하겠다.

영련英蓮 '향릉' 항목 참조

옥천玉釧 영국부 왕부인의 시녀로서 성은 백白씨이며, 금천의 동생이다. 나중에 금천이 가보옥과 농담을 주고받는 장면이 왕부인에게 발각되면서 그를 유혹한다는 오해를 받고 쫓겨나 결국 우물에 몸을 던져 자살하자 옥천은 가보옥에게 원망을 품는다. 하지만 제35회에서 병상에 누워 있는 가보옥에게 연잎탕을 가져다주라는 심부름을 할 때 가보옥이 계책을 써서 그녀에게 연잎탕을 맛보게 함으로써 마음이 풀어지게 된다. 또한 금천의 일로 죄책감이 생긴 왕부인은 그녀에게 언니 몫의 월급까지 합쳐서 매달 은 두 냥씩을 주게 하는데, 이것은 가정의 첩인 조씨나 화습인이 받는 월급과 같은 액수이기 때문에, 일부 논자들은 이를 근거로 왕부인이 그녀를 훗날 가보옥의 첩으로 들일 계획을 가지고 있었다고 주장하기도 한다. 그러나 120회본에서는 그녀가 실제 가보옥의 첩이 되었다는 이야기는 나오지 않는다.

왕아旺兒 영국부의 하인 내왕來旺을 가리킨다. 그의 아내는 왕희봉이 시집올 때 데려온 하녀(이름은 밝혀지지 않음)로서 왕희봉의 심복이다. 내왕댁은 왕희봉이 사채놀이를 할 때 돈을 빌려주고 이자를 받는 일을 전담한다. 내왕은 왕희봉이 뇌물을 받고 관청에 손을 써서 비리를 저지를 때 심부름을 다니기도 하고, 왕희봉을 위해 바깥의 소식을 알아보고 그녀의 분부에 따라 일을 처리하기도 한다. 하지만 왕희봉이 계책을 써서 우이저를 자살하게 만든 후, 우이저와 태중 혼약을 했던 장화를 죽여 후환을 없애라고 지시했을 때, 내왕은 그대로 따르지 않고 그가 강도에게 살해당했다고 어물쩍 넘어가버린다.

왕인王仁 왕희봉의 오빠이자 가교저의 외삼촌인데, 의롭고 어진 것과는 거리가 먼 평소 행실 때문에 '망인忘仁'이라는 별명이 있다. 훗날 왕희봉이 죽고 가씨 가문이 쇠락해갈 때 가환 등과 함께 계교를 부려서 가교저를 제후의 첩으로 팔아 넘기려고 하지만, 평아와 유노파의 적절한 대처로 성공하지 못한다.

왕자등王子騰 이 이름은 제3회에서 처음 나오는데, 도태위통제현백 왕공王公의 후예로서 왕부인과 설씨 댁 마님의 오빠이자 왕자승의 형이다. 처음에는 경영절도사를 지내다가 구성통제로 승진하여 변방의 업무를 감찰하고, 이어서 구성도검점으로 승진한다. 또 제95~96회에서는 내각대학사로 승진하는데, 경사로 돌아가는 도중에 병에 걸렸다가 약을 잘못 먹는 바람에 죽고 만다. 왕자등은 이야기에서 그다지 크게 부각되지 않지만 가씨 가문과 설씨 가문의 중요한 후원자 역할을 한다.

왕자승王子勝 도태위통제현백 왕공의 후예로서 영국부 왕부인과 설씨 댁 마님, 경영절도사를 지낸 왕자등과 형제자매지간이다. 무능하고 사리에 맞지 않는 일로 가족과 친척간의 불화를 일으키는데, 이야기에서는 직접 등장하지 않고 다른 인물들의 대화에서 언급된다.

우삼저尤三姐 녕국부 가진의 아내 우씨의 계모가 시집올 때 데려온 두 딸 중 동생으로, 아름다우면서도 호쾌한 풍류가 넘치는 인물이다. 그녀는 가진과 가련, 가용 같은 호색한들의 유혹에 오히려 적극적으로 나서서 그들을 농락하며 자신의 순결을 지킨다. 언니인 우이저가 가련의 첩이 된 뒤에 일편단심으로 유상련과 맺어지기만을 바란다. 하지만 '녕국부에는 대문을 지키는 돌사자 외에 깨끗한 것이 없다.'고 믿는 유상련의 편견으로 그들의 혼사가 무산되자, 유상련이 정혼의 증표로 주었던 원앙검을 뽑아 자신의 목을 그어버린다.

우이저 尤二姐 녕국부 가진의 아내 우씨의 계모가 시집올 때 데려온 두 딸 중 언니이며, 아름다운 용모와 유순한 성격을 가진 인물이다. 형부 가진에게 농락당한 후 가련의 첩으로 들어간다. 왕희봉 모르게 진행되었던 이 일은 결국 탄로가 나고, 왕희봉은 계책을 써서 그녀를 자기 집안으로 데리고 들어간다. 이후 왕희봉은 가련의 또 다른 첩 추동을 이용하여 '차도살인借刀殺人'의 계책을 쓰면서 교묘한 모략으로 태부인을 비롯한 집안 어른들이 우이저를 미워하도록 만든다. 결국 왕희봉의 사주를 받은 하녀들에게까지 박대를 당하며 힘겨운 나날을 보내던 우이저는 스스로 금 덩어리를 삼키고 생을 마감한다.

원앙 鴛鴦 태부인의 하녀로 성은 김金씨이다. 그녀의 아버지는 가씨 가문의 하인이었기 때문에 그녀도 자연히 이 집안의 하녀가 되었으며, 태부인에게 상당한 신임을 얻는다. 태부인이 골패놀이를 할 때는 옆에서 도와주고, 술자리에서 주령놀이를 할 때면 항상 우두머리〔令官〕가 되어 놀이를 재미있게 이끈다. 이 덕분에 가씨 가문에서도 지위가 대단히 높지만, 그녀를 눈독 들인 가사가 첩으로 들이려 하자 한사코 거부하며 평생 결혼하지 않겠다고 맹세한다. 훗날 태부인이 세상을 떠나자 그녀도 목을 매어 뒤따른다.

유노파〔劉姥姥〕, **유할머니** 왕구아의 장모이자 왕판아의 외할머니인 시골 노파이다. 가난한 살림에 도움을 얻을 셈으로 가씨 집안의 먼 친척이라는 명분을 내세워 영국부를 찾아가는데, 주서댁의 도움으로 왕희봉을 만나게 됨으로써 본격적인 인연을 맺게 된다. 세 차례 영국부에 들어가서 우스꽝스러운 행동과 해학적인 말솜씨로 태부인의 마음을 사고, 가교저의 이름을 지어주어 양어머니가 된다. 훗날 가교저가 제후의 첩으로 팔려갈 위기에 처했을 때 평아와 함께 그녀를 자신의 시골집으로 피신시키고, 그 지역의 유지 집안과 가교저의 혼인을 중매하기도 한다. 전체의 줄거리에서 유노파는 별로 중요하지 않은 주변 인물에 지나지 않지만, 세 차례의 등장을 통해 가씨 가문과 대관원의 흥성과 쇠락을 증언하는 목격자로서 줄거리의 변화에 중요한 전환점을 보여준다.

유오아 柳五兒 대관원의 주방을 관리하던 유어멈의 딸로, 남매들 중 다섯째이기 때문에 '오아'라는 이름을 붙였다고 하는데, 특히 청문과 생김새나 기품이 비슷하다. 그녀의 어머니는 그녀를 이홍원에 넣으려고 백방으로 노력하는데, 방관이 이를 도와주기도 한다. 제64회에서는 방관의 호의로 장미즙을 얻지만 이로 인해 도둑으로 몰려 고초를 치르기도 한다. 한편, 제77회에서 왕부인이 한 말에 따르면, 유오아는 이미 제64회의 이야기가 마무리되는 시점에서 '요절'했다고 되어 있는데, 제87회 이후에는 다시 살아 있는 모습으로 등장하고 있으니 이 또한 여러 판본이 뒤섞여 전해지는 과정에서 생긴 오류인 듯하다. 어쨌든 이후의 이야기에서 그녀는 결국 왕희봉의 배려로 이홍원에 들어가게 되고, 제109회에서는 꿈속에서라도 임대옥의 영혼을 만나고 싶어 하던 가보옥이 설보차 등을 두고 바깥방에 나와 잘 때 유오아를 청문으로 착각하여 곤란한 상황을 만들기도 한다. 하지만 이어지는 이야기에서 유오아는 점차 세속의 정을 끊어가고 있는 가보옥에 대한 마음을 접는다.

이귀 李貴 가보옥의 유모 이씨의 아들로서 가보옥보다 나이가 많다. 이후 가보옥을 전담하는 몸종들의 우두머리가 되는데, 일자무식이긴 하지만 사리에 제법 밝아서 이런저런 말썽들을 잘 무마하는 능력을 보여주기도 한다.

이기 李綺 이환의 숙모가 낳은 두 딸 중 작은딸이자 이문의 동생으로, 빼어난 미모를 지니고 있다. 어머니, 언니와 함께 대관원에 들어와 살면서 시 모임에도 참여한다. 훗날 왕부인의 중매로 진보옥과 결혼한다.

이문 李紋 이환의 숙모가 낳은 두 딸 중 큰딸이자 이기의 언니로, 빼어난 미모를 지니고 있다. 어머니, 동생과 함께 대관원에 들어와 살면서 시 모임에도 참여한다. 훗날 왕부인의 중매로 결혼하지만 남편에 대해서는 자세한 설명이 없다.

임지효林之孝 영국부에서 전답과 건물을 관리하는 일을 맡고 있는데, 말수도 적고 처세술도 영민하지 않는 인물이다. 일부 다른 판본에서는 그의 이름을 진지효秦之孝라고 하기도 했다. 그의 딸 임홍옥은 가보옥의 하녀로 있다가 왕희봉에게 발탁되어 그녀의 수하로 들어간다.

임홍옥林紅玉 '소홍' 항목 참조

자견紫鵑 임대옥의 시녀이다. 현대의 연구자들 중에 그녀가 원래 태부인 방에 있던 이등 하녀인 '앵가'와 동일인물일 가능성이 있다고 주장하는 이들이 많다. 총명하고 지혜로운 그녀는 임대옥의 처지를 동정하면서 성심으로 모시며, 아울러 임대옥과 가보옥의 사랑이 결실을 맺게 하기 위해 노력한다. 이를 위해 가보옥의 마음을 떠보려고 임대옥이 소주로 돌아갈 거라는 거짓말을 했다가 정신이 혼미해진 가보옥이 쓰러지게 함으로써 한바탕 소동을 일으키기도 한다. 나중에 왕희봉의 계략으로 가보옥이 설보차와 결혼하게 되자 배신감 때문에 그를 증오하기도 하지만, 임대옥이 죽은 후에는 가보옥의 거처에서 시중드는 하녀가 된다. 그리고 가석춘이 수도자의 길을 가려고 결심하자 그녀도 자원하여 가석춘의 시중을 들며 평생 수행에 전념하게 된다.

장옥함蔣玉菡 배우로서 소단小旦 연기를 잘하는 것으로 유명하며 예명은 기관琪官(기관棋官으로 쓴 판본도 있음)이다. 제28회에 따르면 풍자영이 마련한 술자리에서 가보옥과 처음 만나, 가보옥이 부채 손잡이에 달린 고리 모양의 옥을 떼어 예물로 주자 자신이 차고 있던 붉은 허리띠를 풀어서 답례로 준다. 그의 설명에 따르면 그 허리띠는 천향국 여왕이 조공으로 바친 것으로서 여름에 차고 있으면 피부에 향기가 나서 땀이 차지 않는데, 자신이 그 전날 북정군왕에게서 선물로 받은 것이라고 했다. 한편, 가보옥은 그날 밤 허리띠를 화습인에게 매어주었는데, 이는 훗날 그녀가 장옥함과 결혼하게 될 것임을 암시하는 것이다.

장화張華 우이저와 태중 혼약을 한 사람으로, 집안이 쇠락한 후 시정의 불량배가 되어 기생질과 노름으로 방탕하게 살다가 자기 아버지에게 쫓겨난다. 우이저와 결혼할 경제력이 없는 그는 녕국부 가진의 위세에 눌려 우이저와의 혼약을 파기하는데, 나중에 왕희봉이 그를 부추겨서 국상 중에 자신의 정혼자를 빼앗은 혐의로 가련을 관청에 고소하게 한다. 이후 자기 목적을 달성한 왕희봉이 내왕으로 하여금 장화를 죽여 후환을 없애라고 지시하지만, 목숨을 가벼이 여기지 않는 내왕의 성품 덕분에 장화와 그의 아버지는 시골로 도망쳐 숨어 살게 된다.

정일흥程日興 영국부 가정의 청객상공, 즉 문객이며, 골동품 장사를 하는 인물이다. 그 역시 대관원의 건축에 참여한 바 있으며, 가보옥의 말에 따르면 미인도를 그리는 데 뛰어난 솜씨를 지니고 있다. 제26회에서는 설반의 생일에 연근과 수박, 철갑상어(鱘魚), 훈제 돼지까지 4가지 진귀한 선물을 보내기도 한다. 훗날 가씨 가문의 재산이 몰수되는 등의 수난을 겪을 때 다른 문객들은 모두 제 갈 길을 갔지만 그는 끝까지 가정 옆에 남아 이런저런 조언을 해준다.

조대감, 조장관, 조전趙全 금의부의 최고 책임자(堂官)로, 가씨 가문의 재산을 몰수할 때 위세를 부리려는 자신을 가로막는 서평군왕에게 불만을 품고 있던 차에 북정군왕이 왔다는 소식에 잠시 기뻐했으나, 오히려 가사만 체포하여 관서로 돌아가 심문하라는 명령을 받는다.

조설근曹雪芹 『홍루몽』의 원작자로 알려진 인물이며, 원래 이름은 조점曹霑, 자는 몽완夢阮, 호는 설근雪芹, 또는 근계芹溪, 근포芹圃 등을 사용했다고 한다. 『홍루몽』 제1회와 제120회에 따르면, 공공도인이 가져다준 원고를 10년 동안 읽고 다섯 번이나 덧붙이고 빼며 고쳐 써서, 목록을 편집하고 장회章回를 나누어, 제목을 『금릉십이차』라고 붙였다고 설명되어 있다. 중국의 학자들 중에는 그가 『홍루몽』의 제80회까지를 지은 원작자이며, 뒤쪽 40회는 나중에 고악高鶚과 정위원程偉元이 덧붙인 것이라고 여기는 이들이 많다. 그러나 이 주장에 반대하고 다른 인물을 작자로 내세우는 이들도 적지 않다. 사실 중국 고전소설은 전통적으로 여러 사람의 손을 거치면서 조금씩 다듬어지는 것이 관례였기 때문에 '조설근'이라는 이름은 이 여러 사람들을 대표하는 이름이라고 보는 편이 더 타당하다.

조씨〔趙姨娘〕 가정의 첩이며 가탐춘과 가환의 생모이다. 가환을 가씨 집안의 후계자로 만들려고 호시탐탐 노리면서 간교한 술법으로 왕희봉과 가보옥를 죽이려 하지만 실패하고, 이 사실이 발각되어 왕희봉의 원한을 산다. 태부인이 죽은 후에 미쳐서 죽는다.

주서周瑞 영국부 집사로, 왕희봉이 시집올 때 데려온 하녀와 결혼했다. 그들 부부 사이에는 딸이 하나 있어서 냉자흥을 사위로 삼았고, 하삼이라는 골칫덩어리 양자가 있다. 그는 영국부에서 봄가로 논밭을 관리하고, 한가할 때면 가진 등이 외출할 때 수행하는 등 제법 지위가 높은 편이며, 암암리에 왕희봉의 사채놀이를 돕기도 한다. 그러나 제111회에서 태부인의 장례식 때문에 가족들이 대부분 밖에 나가 있던 때 하삼과 결탁한 도적들이 난입하여 재물을 털어가는 사건이 발생하고, 그 와중에 하삼은 대관원을 지키던 포용의 몽둥이에 맞아 죽는다. 이로 인해 주서 가족은 가씨 가문에서 쫓겨나게 된다.

주씨〔周姨娘〕 영국부 가정의 첩이자 가영춘의 생모이다. 종종 가정의 또 다른 첩인 조씨와 함께 태부인의 시중을 드는 장면에 등장하는데, 조씨에 비해 인품이 훌륭해서 가씨 가문의 위아래 사람들에게 칭송을 듣는다. 다만 아들을 낳지 못하여 조씨보다 집안에서 체면이 떨어지는 편이며, 훗날 조씨의 비참한 죽음을 보며 첩의 운명을 한탄하기도 한다.

주아珠兒, **가주**賈珠 영국부 가정의 큰아들이자 이환의 남편, 가란의 아버지이다. 열네 살에 수재秀才에 급제할 정도로 영민했던 그는 스무 살도 채 되지 않은 젊은 나이에 병으로 요절하여 두고두고 부모에게 아쉬움을 남긴다.

진가경秦可卿 녕국부 가진의 아들 가용의 아내이다. 온유하고 따스한 마음씨로 태부인 등의 사랑을 받지만 이야기 속에서 시아버지 가진과 애매한 관계가 암시되어 있으며, 젊은 나이에 요절한다. 시아버지 가진이 집안의 전 재산을 털어 그녀의 장례를 후하게 치러준 점과 제13회에서 죽음을 맞이하여 금릉십이차 중 가장 먼저 작품에서 퇴장한 점 때문에 그녀의 위상에 대한 갖가지 의혹이 있다.

진보옥甄寶玉 금릉성 체인원총재 진응가의 아들이며, 생김새나 어릴 적 성격이 모두 가보옥과 대단히 흡사하다. 그들은 꿈을 통해 영적靈的 교류를 하기도 하지만, 제114~115회에서 둘이 직접 만났을 때 진보옥은 이미 입신양명과 부귀영화를 추구하는 속물로 변해버림으로써 가보옥에게 외면을 당한다. 제115회에서 왕부인의 중매로 이기와 결혼하게 되며 제119회에서는 과거에 급제하여 거인擧人이 된다.

진비甄費 자字는 사은士隱이며, 성과 합쳐져서 '진사은眞士隱' 즉 진짜 사실은 숨겨져 있음을 암시한다. '진비'라는 이름은 유사한 중국어 발음을 가진 단어인 '진폐眞廢'〔zhēnfeè〕즉 속세에서 전혀 쓸모없는 인간임을 암시한다. 가화(자는 우촌雨村)와 상대적인 인물로 '참(眞=甄)과 거짓(假=賈)의 대립과 반전'이라는, 이 소설에서 주제를 제시하는 핵심적인 틀의 기반을 제시한다. 그리고 부귀영화와 나락을 거치는 자신의 삶을 통해 이야기의 주요 무대인 가씨 집안〔賈府〕의 흥망성쇠를 미리 암시함과 동시에 자신의 딸 영련(향릉)과 함께 전체 이야기의 시작과 마무리를 담당하고 있다. 즉 제1회에서는 꿈속에서 승려와 도사가 통령보옥을 인간세계로 가져오게 되는 장면을 목격함으로써 신화의 세계와 현실 세계를 연결하는 고리가 되고, 딸이 유괴되고 집이 불타 고생하다가 도사를 따라 출가하여 부귀영화의 무상함을 미리 보여준다. 그리고 세속의 부귀공명과 탐욕에 젖어 있던 가화를 일깨우면서 가보옥의 진정한 정체를 설명해주고, 마지막으로 딸의 영혼을 태허환경으로 인도함으로써 한바탕 몽환에 지나지 않는 속세의 인연을 정리한다.

진응가甄應嘉 진보옥의 아버지인 그는 공신의 후예로서 금릉성 체인원총재體仁院總裁를 지낸 바 있다. 죄를 저질러 벼슬을 잃고 재산이 몰수당하는 고난을 겪기도 하지만, 나중에는 사면을 받아 세습 관직을 물려받고 도적을 토벌하는 일을 총괄하는 중책을 맡기도 한다. 그의 가문은 가씨 가문과 오랜 친분이 있어서, 그가 황제를 알현하기 위해 경사에 왔을 때 가정을 찾아와 만나고 태부인의 영전에 제사를 올리기도 한다. 진씨 가문은 곧 가씨 가문의 닮은꼴로서 그 집안의 성쇠가 바로 가씨 가문의 성쇠에 대한 전조로 제시되곤 한다.

진주珍珠 화습인의 본명이기도 하지만, 태부인 밑에 있는 또 다른 하녀의 이름이기도 하다. 후자의 동생은 역시 태부인의 하녀로 허드렛일하는 '바보언니〔傻大姐〕'이다.

채명彩明 왕희봉의 하녀이며, 주로 장부 정리와 같은 일을 맡아서 처리한다.

채병彩屛 가석춘의 하녀로서 항상 가까이에서 시중을 들며, 특히 출가하려는 결심을 굳힌 가석춘을 만류하기 위해 애쓴다. 이후 가석춘이 머리를 기른 채 집안에서 수행하게 되자 그녀는 잠시 시중을 들다가 적당한 곳으로 시집간다.

채운彩雲 가씨 가문의 하인에게서 태어난, 영국부 왕부인의 시녀이며, 왕부인의 물건을 관리하고 가정이 외출할 때 준비를 돕는 등 신임이 두텁다. 가정의 첩 조씨가 낳은 아들 가환을 좋아하여, 조씨의 부탁에 따라 왕부인의 방에서 갖가지 물건들을 훔쳐다가 그들 모자에게 주기도 한다. 특히 왕부인의 방에서 장미즙을 훔쳐다 가환에게 준 일이 옥천에게 발각되어 문제가 생기기도 하는데, 가보옥이 나서서 자신이 장난삼아 저지른 일이라고 둘러대서 무마해주기도 한다. 그러나 가환은 그녀가 가보옥에게 마음이 있다고 의심하여 외면해버린다.

청문晴雯 가보옥의 하녀로서 아름다운 용모와 호리호리한 몸매를 가졌으며, 눈과 눈썹이 임대옥을 닮았다. 총명하면서 개성이 강한 그녀는 직설적이고 반항적이며 날카로운 언변을 지니고 있다. 하지만 왕부인의 눈 밖에 나서 병든 몸으로 내침을 당한 후 비극적으로 생을 마친다. 그녀가 죽은 후 가보옥은 「부용녀아뢰芙蓉女兒誄」를 지어 그녀의 영혼을 위로한다.

청아靑兒 왕구아의 딸이자 유노파의 외손녀이다. 유노파를 따라 영국부에 들어갔다가 왕희봉의 딸 가교저와 나이가 비슷하여 서로 친하게 지낸다.

초대焦大 녕국부의 늙은 하인으로, 젊어서 녕국공 가연을 따라 서너 차례 전장에 나갔다가 죽어가는 가연을 천신만고 끝에 구해내는 공을 세운 적이 있기 때문에 녕국부의 하인들 중에 특별한 대우를 받았다. 하지만 가연이 죽은 후 녕국부 후손들의 방탕함과 패륜에 분개하여 종종 술에 취해 욕을 퍼붓기도 하는데, 그럼에도 녕국부에서는 그를 함부로 대하지 못한다. 특히 제7회에서 그가 쏟아낸 욕설 중에는 "시아비 며느리가 들러붙고, 형수가 어린 시숙과 들러붙는다."라는 내용이 들어 있어 가진과 진가경 사이의 불륜을 암시하기도 한다.

추동秋桐 원래 영국부 가사의 하녀였는데, 가련이 왕희봉 몰래 우이저를 첩으로 들인 후 가사가 다시 그녀를 가련의 첩으로 준다. 추동은 자신의 배경을 믿고 거들먹거리다 왕희봉이 우이저를 제거하는 데 이용당한다. 왕희봉이 죽은 후 그녀는 평아와 반목이 생기고, 결국 가련에게 버림받아 친정으로 돌아간다.

추문秋紋 가보옥의 하녀이며, 화습인이나 청문에 비해 지위는 낮지만 항상 가보옥 가까이에서 시중을 든다. 상전에게 충심을 다하고 순종적인 그녀는 이야기에서 여러 차례 등장하기는 해도 다른 인물들에 비해 강렬한 인상을 남기지 못한다.

판아板兒 왕구아의 아들이자 유노파의 외손자이다.

패봉佩鳳, **해란**偕鸞 (**해원**偕鴛) 두 사람 모두 녕국부 가진의 첩이다. 평소에는 녕국부 밖을 잘 나가지 않지만, 이따금 가진의 아내 우씨가 영국부나 대관원에 나들이 갈 때 두 사람을 데리고 가기도 한다. 두 사람 모두 젊고 활달한 성격으로 묘사되어 있다. 소설 속에서 가진은 해란보다는 패봉과 더 가까우며, 특히 제75회의 묘사에 따르면 패봉은 자죽소紫竹簫 연주에 뛰어나다. 한편, 제63회에서는 해란의 이름을 '해원'이라고 썼다.

평아平兒 왕희봉이 결혼할 때 데려온 하녀[陪房]이자 가련의 첩이다. 대단히 총명하고 선량한 그녀는 왕희봉을 도와 집안 살림을 처리하면서 냉혹한 왕희봉의 처사로 생기는 문제들을 몰래 처리하고, 왕희봉의 계교로 비참하게 죽어가는 우이저에게도 동정을 베푼다. 왕희봉이 죽은 뒤에는 왕인과 가환 등의 음모에 의해 제후의 첩으로 팔려가게 될 뻔한 가교저와 함께 유노파의 시골집으로 피신하여 위기를 넘기게 해주기도 한다. 이후 가련의 정실부인이 된다.

포용包勇 본래 진씨 가문의 하인이었으나, 진씨 가문이 쇠락하는 바람에 주인의 추천으로 가씨 가문에 몸을 맡기게 된다. 그러나 주인을 기만하는 하인들의 행태에 회의를 느끼고 또 따돌림을 당하자 일부러 게으름을 피운다. 이후 은혜를 배신한 가화를 꾸짖은 일로 소란을 일으키자 가정은 그를 격리시켜 이미 적막해진 대관원을 지키게 한다. 그러다가 태부인의 장례식 때 집안에 강도가 들자 그가 나서서 용감하게 몽둥이를 휘둘러 도적을 물리친다.

포이鮑二 소설 속에서 포이는 소속이 녕국부인지 영국부인지 명확하지 않다. 먼저 제44회에 따르면 영국부의 하인인데, 그의 아내가 가련과 통정한 사실이 드러나 자살하자 가련이 그에게 돈을 주어 달래고 새로운 아내를 얻어준다. 한편, 제64회에는 같은 이름의 녕국부 하인이 등장한다. 가련이 왕희봉 몰래 우이저를 첩으로 들인 후, 가진이 포이 부부를 보내 우이저의 시중을 들게 한다. 제84회에서는 주서의 양아들 하삼과 싸운 일로 가진에 의해 내쫓기며, 나중에 관청에 붙들려가서 가련이 양가의 처자를 억지로 첩으로 들였다고 진술한다. 120회본에서 두 사람은 한 인물인 것처럼 되어 있으나, 원래 소속이 어디인지는 여전히 혼란스럽다.

풍아豊兒 왕희봉의 하녀로서, 항상 곁에서 시중을 들며, 하녀들 중 지위도 평아보다 조금 낮다. 왕희봉이 죽은 후에 휴가를 내고 자기 집으로 돌아가버린다.

하삼何三 주서의 양아들이지만 평소 도박장에나 드나들면서 건달들과 어울리는 인물이다. 포이와 다투다가 가진에게 매를 맞고 쫓겨난 뒤 노름판에서 만난 건

달과 작당하여, 태부인의 장례식 때문에 집안에 사람들이 별로 없는 틈을 타 패거리를 이끌고 가씨 가문의 재물을 턴다. 그 와중에 포용이 휘두른 몽둥이에 맞고 죽는다.

향릉 香菱 소주 사람 진비의 외동딸이며, 원래 이름은 진영련이다. 기구한 팔자로 세 살 때 유괴를 당해 풍연에게 팔렸으나, 설보차의 오빠 설반이 풍연을 때려죽이고 강제로 사들여 첩으로 삼아 경사로 데려와서 영국부의 이향원에서 지내게 된다. 아름다운 용모를 타고난 데다 성격도 차분하고 온순한 그녀는 임대옥에게 끈질기게 시 짓는 법을 배우기도 하지만, 설반의 정실부인 하금계에게 모진 학대를 받아 이름까지 추릉으로 바뀌는 신세가 되고, 설반에게 억울하게 매질을 당하기도 한다. 하지만 훗날 하금계가 그녀를 독살하려다가 오히려 자신이 독이 든 국을 먹고 죽게 되고, 그녀는 우여곡절 끝에 개과천선한 설반의 정실부인이 되지만 아들을 낳고 나서 죽는다.

형덕전 邢德全 영국부 형부인의 동생이며 형수연의 숙부이다. 무식하기 그지없는 그는 술과 도박, 계집질로 재산을 탕진하며 '바보 아저씨〔傻大舅〕'라는 별명을 가지고 있다. 늘 가장이나 가환 같은 가씨 가문의 망종들과 어울리며, 자신에게 재산을 나눠주지 않는 형부인에 대해 불만이 많다. 훗날 왕인이 가교저를 제후의 첩으로 팔아넘기려 할 때 끼어들어 잇속을 챙기려고 하지만 결국 실패로 돌아간다.

형수연 邢岫烟 영국부 형부인의 동생인 형충 부부의 딸이다. 집안이 가난한 그들 가족은 경사로 와서 형부인에게 의탁하는데, 태부인의 배려로 형수연은 대관원에 있는 가영춘의 거처에서 함께 지내게 된다. 형부인의 무관심 속에서 어렵게 살아가다가 그녀의 단아하고 예절 바른 모습에 마음이 끌린 설씨 댁 마님이 태부인에게 청하여 그녀를 설과와 결혼시킨다. 이후 하금계가 죽고 설반이 살인죄로 감옥에 갇혀 있는 동안 설씨 집안의 안살림을 맡아 가족이 화목하고 평온한 나날을 보내게 된다.

호박琥珀 태부인의 하녀로, 주로 분부를 전달하거나 물건을 가져오는 등의 잡다한 심부름을 한다.

화자방花自芳 가보옥의 시녀인 화습인 오빠이다. 부모가 가난해서 화습인을 가씨 가문에 팔았는데, 아버지가 죽은 후 살림이 조금 나아진다. 제120회에서는 왕부인의 뜻에 따라 화습인을 자기 집으로 데려가서 장옥함에게 시집보낸다.

| 찾아보기 |

각미도 覺迷渡 지명. 제120회에 나오는 가상의 지명이다. 이 지명은 세속의 부귀영화와 희로애락에 미혹된 삶의 덧없음을 깨우쳐 피안彼岸으로 건너가게 하는 나루터라는 뜻을 담고 있다.

강주초 降珠草 신선세계의 풀 이름. 제1회에 따르면 서방에 있는 영하 강가의 삼생석 옆에 강주초라는 풀이 자라고 있었는데, 신영시자가 감로수를 뿌려준 덕분에 영생을 얻어 마침내 사람의 형상을 한 신선이 되었으니, 그가 바로 강주선자라고 했다. 이 강주초가 환생하여 인간세계에 임대옥으로 태어났다.

거인 擧人 학위 이름. 원래 한나라 때 지방관들이 조정에 천거한 인재를 가리키는 말이었다. 당·송 시대에는 과거시험, 특히 진사과가 실시되면서 응시한 과목의 채점관〔司貢〕에게 추천을 받은 이들을 아울러 '거인'이라고 불렀다. 그러나 명·청 시대에는 향시에 급제한 이들을 '거인', '대회장', '대춘원'이라 불렀고, 거인에 급제한 것을 일컬어 '발해發解', '발달發達' 또는 '발發'했다고 했다. 일반적으로 세속에서는 거인을 가리켜 '나리〔老爺〕'라고 불렀고, 고상하게 칭할 때는 '효렴孝廉'이라고 불렀다. 이후 조정에서 치르는 회시에 급제하면 '진사'가 되었다.

게어 偈語 범어 게다偈陀(Gāthā)의 별칭으로, 게송偈頌, 게자偈子라고도 한다. 원래 불경에서 부처의 도리를 설명하기 위해 넣은 노래 형식이며, 매 구절이 세 글자나 네 글자, 다섯 글자, 여섯 글자, 일곱 글자 등으로 구성되어 있고, 그보다 많은 글자로 된 것도 있지만 보통 네 글자로 된 것이 많다. 이 외에 이 말은 승려들이 지은 깊은 뜻이 담긴 시가를 가리키기도 한다.

계원탕 桂圓湯 음식 이름. 용안탕이라고도 하며, 용안을 주재료로 끓인 국이다. 용안은 중국 남부 아열대지방에서 나는 과일로서 '계원'이라고도 불린다. 익은 열매는 밝은 주황색의 얇고 딱딱한 껍질에 둘러싸여 있으며 표면이 비교적 매끈하고, 일반적인 포도보다 조금 크다. 껍질 안쪽은 반투명의 과육이 검은색의 단단한 씨를 감싸고 있다. 용안은 진귀한 보양식품으로 알려져 있으며 다양한 방식으로 요리해서 먹거나 약으로 쓴다. 청나라 때 심금오沈金鰲가 편찬한『잡병원류소촉雜病源流犀燭』에 따르면 용안탕은 용안과 인삼, 맥문동, 감초 등의 약재와 함께 끓이는데, 건망증이나 상체가 허할 때 쓴다.

곡패曲牌 문학 용어. 고대 중국에서 사詞를 짓거나 악보를 만들 때 사용되는 곡조 이름들을 아울러 칭하는 것으로, 속칭 '패자牌子'라고도 한다. 고대 중국의 독특한 운문 형식인 사와 노래는 이미 규정된 음악에 맞추어 가사를 쓰는 방식으로 창작되었는데, 후세에는 음악 자체는 사라지고 가사를 쓰는 규칙만 남게 되었지만 그 제목은 원래 곡조의 이름을 따라 썼다. 이 형식은 한 구절의 글자 수가 다섯 글자 내지 일곱 글자로, 비교적 엄격하게 규정되고 구절의 수도 제한된 시와는 달리 비교적 자유롭게 지어져서 '장단구長短句'를 이루지만, 그 나름대로 격식이 정해져 있었다. 또한 곡패에 규정된 곡조 이름에 따라 작품의 내용과 분위기도 어느 정도 영향을 받았다. 명나라 이전에 연극에서는 「곤산강崑山腔」이나 「익양강弋陽腔」 등이 사용되었는데, 이후에 발전한 속곡俗曲들도 대부분 '곡패'를 기준으로 창작되었다.

공부工部 관서 이름. 이부, 예부, 병부, 형부, 호부와 더불어 중앙 행정기구를 대표하는 육부六部 중 하나로, 최고 책임자인 공부상서는 정삼품의 벼슬로서 '동관冬官' 또는 '태사공大司空'이라고도 불렸다. 그 아래에는 정사품의 시랑侍郎이 전국의 산천과 호수, 둔전屯田, 광산, 각종 공예, 건축과 토목 등을 관리하고 황실에서 필요한 수레와 책장, 제기祭器를 비롯한 각종 의례용품을 제작하는 등의 일을 담당했다.

공부낭중工部郎中 벼슬 이름. 공부의 장관이다. ('공부' 항목 참조)

궁장宮粧 궁중 여인들의 복장과 치장을 가리킨다.

금릉십이차정책金陵十二釵正冊 책 제목. 임대옥과 설보차를 비롯한 금릉십이차의 운명을 그림과 시사詩詞로 암시하는 내용이 담겨 있다. 제5회에서 처음 태허환경에 들러 이 책의 내용을 본 가보옥은 그 내용을 제대로 이해하지 못하지만, 제116회에서 가사假死 상태로 영혼이 빠져나와 두 번째로 그곳에 들렀을 때는 모든 것을 확연히 이해하게 된다.

금릉우부책 金陵又副冊　책 제목. 『홍루몽』에 등장하는 주요 여성들인 금릉십이차와 『금릉십이차부책金陵十二釵副冊』에 수록된 인물 외에 세 번째로 중요한 여성들의 운명을 기록한 책으로, 다른 두 책과 마찬가지로 그림과 시사詩詞를 통해 제시되어 있다. 역대의 연구자들은 지연재의 비평에 언급된 '정방情榜'을 근거로 '우부책'에는 청문, 화습인, 원앙, 임홍옥, 금천, 자견, 앵아, 사월, 사기, 옥천, 천설, 유오아까지 12명의 운명이 적혀 있었을 것이라고 설명하고 있다. 이들은 모두 가씨 가문의 하녀들 중 비교적 지위가 높은 이들이다.

금의부 錦衣府　관서 이름. 금의친군도지휘사사錦衣親軍都指揮使司의 업무를 처리하는 관서를 가리킨다. 원래 황궁을 호위하는 금위군禁衛軍과 황제가 황궁을 드나들 때 펼치는 의장儀仗을 관리하는 부서였으나, 나중에는 점차 황제의 심복들이 배치되어 특별 명령을 수행하거나 죄인을 체포하고 심문하고 구금하는 권력을 가지게 되었다. 명나라 중엽 이후로는 환관宦官들로 구성된 동창東廠, 서창西廠과 함께 특별기구로 막강한 권력을 행사했다.

금의위 錦衣衛　관서 이름. 금의부의 별칭이다. ('금의부' 항목 참조)

급류진 急流津　지명. 『홍루몽』제103회에 나오는 가상의 지명이다. 이 지명은 '여기서부터 이야기가 빠르게 전개된다.'는 뜻을 담고 있다.

논공행상 論功行賞　성어. 공적功績의 크고 작음 따위를 논의하여 그에 알맞은 상을 주는 것을 가리킨다.

농취암 櫳翠庵　암자 이름. 대관원에서 묘옥이 수행하는 곳인데, 산문과 동쪽의 선당, 곁채, 그 안에 자라는 홍매를 제외하고 자세한 설명이 없다. 제18회에서 가원춘이 친정을 방문했을 때 이곳에 '고해자항苦海慈航'이라는 편액을 써주었다. 다만 그 암자의 이름이 확실히 거론된 것은 제41회에 이르러 태부인이 유노파 등과 함께 차를 마시러 갔을 때 처음 나타난다. 제49회에서는 눈 속에 핀 홍매의 아름다운 모습이 묘사되어 있기도 하다.

도홍헌 悼紅軒　서재 이름. 제1회에 따르면 공공도인이 청경봉의 돌에 새겨진 글을 베껴 왔을 때 처음에는 『석두기石頭記』라고 불렸으나, 나중에 자신의 이름을 '정승'으로 바꾸고 책의 제목도 『정승록情僧錄』으로 바꾸었는데, 이 책이 여러 사람의 손을 거쳐 조설근에게 전해졌다고 한다. 또한 조설근은 도홍헌에서 이 책을 10년 동안 읽고 다섯 번이나 덧붙이고 빼며 고쳐 써서 목록을 편집하고 장회를 나누어 제목을 『금릉십이차』라고 붙였다고 설명되어 있다. '도홍'이라는 말은 '아리땁고 순결한 미녀들〔紅〕의 비극적 운명을 애도한다〔悼〕.'는 뜻이다.

두서피豆鼠皮 가죽 이름. 몸집이 작고 꼬리가 짧으며, 등은 회색이고 목 아래와 복부 뒤쪽 및 네 다리는 흰색을 띠는 설치류의 동물 가죽으로, 당시 매우 귀한 가죽이었던 것 같다.

딱따기 도구 이름. 밤에 야경夜警을 돌 때 서로 마주 쳐서 '딱딱' 소리를 내게 만든 두 짝의 나무토막을 가리킨다. 격탁擊柝, 경탁警柝, 야탁夜柝이라고도 부른다.

마엽피麻葉皮 가죽 이름. '초호草狐'라는 여우의 가죽으로, 약간 거칠고 투박하다.

망단蟒緞 비단 이름. 이무기〔蟒〕나 용의 무늬가 들어간 비단을 아울러 칭하는 말이다.

매록피梅鹿皮 가죽 이름. 중국 동북쪽에서 비교적 흔히 발견되는 꽃사슴〔梅花鹿〕의 가죽으로, 그다지 귀한 것은 아니다. 제105회에서 금의군이 가씨 가문의 재산을 몰수할 때 이것은 단 한 장만 발견되었다고 했다.

묘상계妙常髻 머리 모양. 원래 명나라 때 조세걸趙世傑이 편찬한 『고금여사古今女史』에 수록된 진묘상陳妙常이라는 비구니의 머리 모양에서 비롯된 명칭으로, 고명高明이 지은 희곡 『옥잠기玉簪記』에서 이 명칭이 처음 등장한다. 『중화의관복식대사전中華衣冠服飾大辭典』에 따르면, 부드럽게 휘어지는 나무로 틀을 잡고 머리카락을 틀어 올린 다음 바깥에 천이나 비단으로 감싸는 것이다. 이때 사용하는 천이나 비단은 2개의 띠 모양의 긴 것을 사용하는데, 두 쪽을 서로 접어서 꼭대기를 여의如意 모양으로 만들고, 그것으로 정수리에 틀어 올린 머리를 감싼 다음, 머리 뒤쪽으로 긴 띠를 드리우게 한다. 이것은 연극에서 주로 비구니나 여도사의 머리 모양으로 많이 활용되었으며 '묘상건妙常巾'이라고도 불렸다.

무왕武王 인명. 은나라 말엽 서백西伯 희창姬昌(훗날 문왕文王으로 추존됨)의 둘째 아들로서 성은 희姬, 이름은 발發이다. 그의 형 백읍고伯邑考가 은나라 마지막 왕인 제30대 제신帝辛(별명은 주紂)에게 피살당했기 때문에 그가 부친의 지위를 계승했으며, 부친의 유지를 이어 기원전 11세기 무렵에 은나라를 멸망시키고 호경에 도읍을 둔 주나라를 건립했다. 13년 동안 왕위에 있었으며 '무왕'은 그의 시호이다.

문신門神 신 이름. 옛날 중국에서 새해가 될 때 문 위에 붙여놓았던, 신을 상징하는 그림을 가리킨다. 이것은 도교와 민간신앙에서 집안에 재앙이 들어오는 것을 막고 복이 들어오도록 도와주는 신령으로 간주되어 민간에 널리 유행했던 풍속이다. 도교에서는 이 신을 정식 신의 계보에 포함시켜 제사를 지내기도 한다.

백이伯夷, **숙제**叔齊 인명. 두 사람 모두 상나라 말엽 고죽국孤竹國 군주의 아들이다. 첫째 아들의 원래 이름은 묵윤墨允, 자는 공신公信, 시호는 백이伯夷이다. 셋째 아들의 원래 이름은 묵지墨智, 자는 공달公達, 시호는 숙제叔齊이다. 원래 이들의 부친은 숙제에게 왕위를 물려주려 했으나, 부친이 죽은 후 숙제가 관례에 따라 백이에게 왕위를 양보하자 백이는 부친의 뜻이라며 사양하고 나라 밖으로 피신해버렸다. 이에 숙제도 형제간의 의리를 지키기 위해 형을 따라 도망쳐버리는 바람에, 그 나라 사람들은 어쩔 수 없이 둘째 아들을 왕으로 세웠다. 이후 백이와 숙제는 서백西伯 희창姬昌(훗날의 주나라 문왕文王)이 어질다는 소문을 듣고 찾아갔으나, 그의 아들 무왕武王이 부친의 상중에 상나라 주왕紂王을 정벌하는 것을 보고 부자지간의 예의와 군신지간의 의리를 들어 만류하려다가 목숨을 위협받았다. 무왕의 군사軍師 여상呂尙(강태공姜太公)의 도움으로 목숨을 구하고, 이후 둘은 수양산에 은거하여 나물을 캐 먹고 살다가 죽었다고 한다.

병부兵部 관서 이름. 이부, 예부, 병부, 형부, 호부와 더불어 중앙 행정기구를 대표하는 육부六部 중 하나로, '하부夏部' 또는 '무부武部'라고도 불렀다. 최고 책임자인 병부상서兵部尙書는 정삼품의 벼슬로서 '하경夏卿'이라고도 불렸다. 병부는 국가의 군대와 병비兵備를 총괄적으로 관리했다.

부윤府尹 벼슬 이름. 북송 때는 경사京師인 개봉開封에 부윤을 두어 제반 업무를 담당하게 했는데, 그 지위는 상서尙書보다는 아래이고 시랑侍郞보다는 높았다. 그 아래에는 2명의 소윤少尹이 보좌하도록 했지만 항상 소윤을 둔 것은 아니었다. 명나라 때는 응천應天(지금의 난징[南京])과 순천順天[지금의 베이징[北京]) 두 곳에, 청나라 때는 순천順天과 봉천奉天(지금의 랴오닝[遼寧] 선양[沈陽]) 두 곳에 부윤을 두었다. 다만 부윤은 종종 태수太守와 같은 의미로 쓰이기도 한다.

불진拂塵 불기佛器의 하나. 속칭 솔자捽子, 불자拂子, 진미塵尾, 운전雲展으로도 불린다. 짐승의 털이나 삼 줄기 따위를 묶은 것에 자루를 붙인 모양이며, 먼지를 털거나 모기를 쫓는 등의 용도로 사용된다. 선종 불교에서는 예불을 올리거나 설법을 할 때 주지나 그 대리인이 이것을 들고 당상에 선다. 도교에서도 이와 유사한 법기法器로 활용된다.

빈랑檳榔 과일 이름. 인도와 스리랑카, 말레이시아, 필리핀 등에서 자라는 종려과의 빈랑나무 열매이다. 대개 달걀 정도의 크기이며 섬유질 속에 회갈색 반점이 있는 씨를 품고 있다. 8월에서 11월 사이, 완전히 익기 전에 채취하여 껍질을 제거하고 써서 얇은 조각으로 잘라 햇볕에 말리면 짙은 갈색 또는 검정색의 조각이 되는데, 이것을 '낭옥榔玉'이라고도 부른다. 이것은 일종의 구충제인 아차兒茶의 원료로 쓰기도 하고, 때에 따라서는 군것질거리로 먹기도 한다.

사마상여司馬相如(기원전 179~기원전 127) 인명. 자字는 장경長卿이고, 촉군蜀郡(지금의 쓰촨〔四川〕 난충〔南充〕) 사람이다. 서한西漢 시기의 대표적 사부辭賦 작가로서 대표작으로는 「자허부子虛賦」가 꼽힌다. 또한 탁문군과의 로맨스로도 유명하다.

소보巢父 인명. 전설 속의 은사隱士로서, 당시 나무 위에 움틀 집을 짓고 살았기 때문에 '소보巢父'라고 불렸다. 전설에 따르면 요임금이 천하의 주인 자리를 물려주려 하자 받아들이지 않고 요성에 은거해버렸다고 한다.

소상관瀟湘館 정원 이름. 대관원 안에 있는 별도의 작은 정원이자 저택이다. 원래 가보옥이 가정 등과 함께 막 완공된 대관원을 둘러보다가 '유봉래의有鳳來儀'라는 제사題詞를 지어 임시로 붙여놓았던 곳인데, 정월 대보름에 가원춘이 친정을 방문한 후 '소상관'이라는 이름을 하사했다. 훗날 이곳은 임대옥의 거처로 사용되며, 이 때문에 항상 눈물이 많은 임대옥은 시 모임〔詩社〕에서 '소상비자'라는 호를 쓰게 된다.

소상비자瀟湘妃子 임대옥의 호. 제37회에서 해당사가 결성되었을 때 가탐춘이 붙여준 호이다. 가탐춘은 옛날 순임금의 두 아내 아황과 여영이 뿌린 눈물이 대나무의 얼룩이 되었다는 전설 때문에 반죽班竹을 '상비죽湘妃竹'이라고도 부른다는 사실과 임대옥의 거처가 소상관인데다, 그녀가 울기도 잘한다는 이유를 들어 이런 호를 지어주었다.

소소소蘇小小 인명. 역사서에는 기재되지 않은 전설 속의 유명한 기생이다. 남제南齊 때 전당錢塘(지금의 항저우〔杭州〕)에서 가장 유명한 기생으로서 상사병으로 19세에 죽었다고 한다. 지금도 항저우 시후〔西湖〕 옆에는 그녀의 무덤이 있으며 역대로 많은 시인들이 그녀를 노래했다.

송옥宋玉 인명. 원래 이름은 송자연宋子淵이라는 설도 있으며, 전국시대 말엽 초나라 언영鄢郢(지금의 후베이〔湖北〕 이청〔宜城〕) 사람이다. 초나라의 유명한 사부辭賦 작가인 굴원屈原의 제자로서 그 역시 뛰어난 사부 작가이며, 빼어난 용모로 고대의 대표적인 미남 중 하나로 꼽힌다. 초나라 경양왕과 고열왕 밑에서 대부大夫 벼슬을 지낸 것으로 알려져 있다.

수월암水月庵 암자 이름. 『홍루몽』에 나오는 가상의 암자로 '철함사'에 속한 암자이며

'만두암'이라고도 부른다. 이곳의 주지는 '정허淨虛'이며, 그 밑에 제자로 '지선智善'과 '지능'이 있다. 또 제77회에 따르면 이곳에는 '지통'이라는 비구니도 있어서 가씨 가문의 극단이 해체되었을 때 방관이 그의 제자가 되어 출가한다.

수재秀才 학위 이름. 원래는 재능이 빼어난 사람을 가리키는 말이었으나 한나라 이래로 인재를 추천하는 항목 중 하나가 되었다. 당나라 때는 과거시험의 한 과목이었다가 곧 폐지되었고, 이후로는 과거에 응시하는 사람을 모두 '수재'라고 불렀다. 명·청 시대에 '수재'는 공식적으로 부府나 주州, 현縣의 학교에 들어간 생원生員을 일컫는 말이었으나, 원나라 때부터 일반적인 서생이나 글공부하는 사람을 가리키는 일반적인 호칭으로도 쓰였다.

순舜 인명. 전설상의 중국 상고上古시대에 태평성대를 이끈 현명한 군주로서 유가儒家에서 성인聖人으로 받들어지는 인물이다. 성姓은 요姚, 씨氏는 유우有虞, 이름은 중화重華인데 역사서에서는 종종 우순虞舜으로 칭한다. 전설에 따르면 요堯가 사악四嶽의 추천을 받아 그에게 정치를 맡겼다고 한다. 그는 사방을 순시하면서 곤鯀과 공공씨共工氏, 전두錢兜, 삼묘三苗를 물리치는 공을 세웠다. 요의 두 딸을 부인으로 맞아들였으며, 요가 죽은 후 제위를 물려받아 태평성대를 이끌었고, 훗날 치수治水에 공을 세운 우禹를 발탁하여 제위를 물려주었다.

시권猜拳 놀이 주령酒令의 일종. '획권劃拳'이라고도 하며, 술자리에서 흥을 돋우기 위해 한 사람이 몇 개의 손가락을 펼칠 때 다른 한 사람이 동시에 손가락을 펴 보이거나 주먹을 내밀면서 각자 한 가지 숫자를 외치는데, 미리 정한 규칙에 따라 승패를 정하는 놀이이다. 대개 두 사람이 펼친 손가락의 개수를 합친 수자를 외친 사람이 승자가 되고, 진 사람은 술을 마신다. 우리나라의 가위바위보와 유사한 놀이이다.

아황娥皇, 여영女英 인명. 두 사람 모두 요임금의 딸로서 순의 아내가 되었다. 아황의 이름은 아맹娥盲, 예황倪皇, 후육后育, 아경娥娙이라고도 하고, 여영은 여영女瑩, 여언女匽이라고도 한다. 기원전 2205년에 순이 창오蒼梧(지금의 광시[廣西] 동남쪽)에서 죽자 아황과 여영은 상강湘江을 헤매며 슬피 울었는데, 그때 뿌린 눈물이 대나무의 얼룩이 되어 반죽班竹 또는 '상비죽湘妃竹'이 생겨났으며, 또 그 둘이 상강에 몸을 던져 죽어서 신이 되었다는 전설이 있다. 후세에는 이 둘을 아울러서 종종 상비湘妃 또는 상군湘君이라고 불렀다.

양도糧道 벼슬 이름. '독량도督糧道'를 줄여 표현한 것이다. 세금으로 걷은 곡식 등을 운하를 통해 경사로 운송하는 일을 감독하는 벼슬이다. 명나라 때는 각 성省에 한 명씩 파견하여 포정사布政司의 좌우참정左右參政 및 좌우참의左右參議와 업무를 나누어 맡게 했다. 청나라 때는 곡식을 세금으로 내는 지역에 파견하여 세금 징수를 감찰하고 운송을 감독하면서 동시에 그곳의 행정을 담당하게 했다.

염마법壓魔法 무술巫術의 일종. 제25회에서 여도사 마씨가 가정의 첩 조씨와 모의하여 왕희봉과 가보옥을 해코지하기 위해 실시한 술법이다. 이것은 술법을 행하기 위한 대상의 조각이나 그림, 기타 종이인형 같은 우상에 저주를 퍼붓거나 바늘로 찌르는 등의 행위를 통해 그에 대응하는 실제 인물에게 피해를 끼치는 것이다. 이런 술법은 무술과 민간 도교의 신앙이 결합되어 만들어진 일종의 미신이라고 하겠다. 다만 제25회에서 마도사가 왕희봉과 가보옥의 사주팔자를 적어 만든 종이인형을 각각의 침상 아래에 넣은 인물이 누구인지 밝혀져 있지 않기 때문에 적지 않은 의혹이 남아 있다.

영하靈河 강 이름. 원래 항하恒河, 즉 영어로 갠지스(Ganges) 강이라고 하는 강가(Ganga) 강을 가리키는데, 여기서는 가상의 신선세계로서 '마음의 근원'을 암시한다. 참고로 고대 중국의 시와 산문에서 '영하靈河'는 하늘의 은하銀河를 가리키는 뜻으로도 쓰였다.

오영五營 '오성五城'의 병영兵營. '오성'이란 북경 성 안의 중성中城과 동성東城, 남성南城, 서성西城, 북성北城을 가리킨다.

왕야王爺 작위 이름. 봉건왕조시대에 '왕'에 봉해진 이를 높여 부르는 호칭이다. 진秦나라 이전까지 '왕'은 제후와 주나라 천자天子에 대한 호칭이었는데, 진시황이 천하를 통일한 후 '왕'은 작위 중 하나가 되었다. 한나라 때부터는 황제의 아들이나 형제를 왕으로 봉하기 시작했으며, 위魏·진晉 시대부터는 친왕親王과 군왕郡王의 구별이 생기기 시작했다. 친왕은 황제의 아들이나 형제가 왕으로 봉해진 경우만을 가리키며, 군왕도 처음에는 같은 용도로 쓰였으나 나중에는 대개 절도사 등에 봉해진 황족 이외의 무관과 문관을 가리키게 되었다. 이후에는 왕의 칭호를 한 글자로 쓴 경우는 친왕을, 두 글자로 쓴 경우는 군왕을 가리키는 관행이 생겼다. 예를 들어, 당나라 예종睿宗은 천자에 즉위하기 전에는 상왕相王에 봉해졌고, 곽자의郭子儀는 분양왕汾陽王에 봉해졌다.

요堯 인명. 전설상의 중국 상고上古시대에 태평성대를 이끈 현명한 군주로서 유가儒家에서 성인으로 받들어지는 인물이다. '요堯'는 시호인데, 그가 이伊라는 곳에서 태어나 기嚳의 뒤를 이어 제왕이 되었기 때문에 이기씨伊耆氏라고도 불리며, 그가 처음 다스린 지역이 요陶이기 때문에 요당씨陶唐氏라고도 불린다. 훗날 순舜에게 제위를 물려주었다.

우 禹 인명. 전설상의 중국 상고上古시대에 하나라를 세워 태평성대를 이끈 현명한 군주로서 유가儒家에서 성인으로 받들어지는 인물이다. 그는 곤鯀의 아들인데, 성姓이 요姚, 이름은 문명文命이며, 천하에 9년 동안의 물난리가 났을 때 황하黃河의 물길을 다스리는 공을 세움으로써 순舜으로부터 제위를 물려받았다. 그의 아들 계啓가 세운 하 왕조는 장자長子에게 제위를 물려주는 세습 관행을 최초로 시작한 것으로 알려져 있다.

운남 雲南 지명. 중국 서남쪽 귀퉁이에 있는 지역으로, 중심 도시는 쿤밍[昆明]이며, 미얀마와 라오스, 베트남의 국경과 맞닿아 있다. 이곳은 진시황과 한漢 무제 때부터 일부 지역이 중국에 편입되기 시작했고, 삼국시대 촉한의 제갈량이 이곳을 정벌하기도 했다. 역대로 이 지역의 소수민족들은 중국의 속국이 되어도 자신들의 왕조를 가진 채 독립적인 정권을 유지했는데, 1253년에 쿠빌라이가 몽고 군대를 파견하여 그곳의 대리국大理國을 멸망시킴으로써 행정적으로 중국의 통제를 받게 되었다.

원외랑 員外郎 벼슬 이름. 원래는 정원 이외의 낭관郎官을 가리키는데, 수나라 때 상서성의 이십사사二十四司에 각기 원외랑을 한 명씩 두어 각 부서[司]의 차관으로서 업무를 담당하게 했다. 이 벼슬은 당나라 이후 청나라 때까지 이어져 낭중과 원외랑이 육부의 각 부서에서 장관과 차관의 직책을 맡게 했으니, 비록 명칭은 '정원 외[員外]'였지만 사실상 정원 안에 포함되어 있었다.

월 越 지명. 원래는 춘추시대의 나라 이름이자 민족 이름이기도 하다. 옛날에 월족越族은 중국 중남부의 강소江蘇, 절강浙江, 월粵, 민閩 지역에 걸쳐서 살았기 때문에 이 지역을 백월百越 또는 백월百粵이라고 불렀다. 이후로는 주로 광동廣東과 광서廣西를 중심으로 한 중국 남방지역을 통칭하는 말로 쓰였다.

응제시 應製詩 고대 중국의 시 형식 중 하나. 왕조시대에 신하들이 황제의 명에 따라 짓거나 화작和作한 시를 가리킨다. 대개 당나라 이후로 오언육운五言六韻(또는 팔운八韻)의 형식으로 지어졌는데, 그 내용은 주로 군주의 공덕功德을 칭송하는 것이었고 이따금 황제에 대한 바람을 피력한 것도 있다.

이백 李白(701~762) 인명. 자는 태백太白, 호는 청련거사靑蓮居士, 또는 적선인謫仙人

이다. 두보와 더불어 고대 중국의 대표적인 시인으로 꼽히며 '시선詩仙'으로 일컬어진다.

이십리파二十里坡 지명. 『홍루몽』에 나오는 가상의 지명으로, 경사의 성 밖에 위치한 것으로 보인다. 태부인의 장례식 때 재물을 훔친 강도들이 경사를 빠져나가 이곳에 모였다.

이홍원怡紅院 정원 이름. 대관원 안에 있는 가보옥의 거처이다. 이 때문에 훗날 가보옥은 시 모임〔詩社〕에서 자신의 호를 '이홍공자怡紅公子'라고 쓰게 된다.

자사刺史 벼슬 이름. 한나라 무제武帝 때부터 생겨났다. 당시 무제는 전국을 13개 주州(또는 부部)로 나누고, 각기 한 명의 자사로 하여금 담당 지역의 행정을 감찰하도록 했으며 어사중승御史中丞의 관할 아래 두었다. 이 벼슬은 훗날 '주목州牧', '태수太守' 등으로 명칭이 바뀌었다가 되돌려지기를 반복했는데, 송나라 때는 조정의 문신文臣이 '지주知州'로 파견되면서 자사는 무신武臣에게 주는 명예직이 되었다. 청나라 때는 '지주'의 별칭으로 쓰였다.

장망단妝蟒緞 고급 비단 이름.

장사長史 벼슬 이름. 진秦나라 때부터 있던 벼슬로서 한나라 때는 상국相國이나 승상丞相, 태위太尉, 사도司徒, 사공司空, 장군將軍 등의 저택 겸 집무실에 모두 '장사'를 두어 업무를 보조하게 했다. 당나라 때 '장사'는 비교적 비중이 높은 주의 자사刺史 아래에 속했는데, 종오품에 해당하는 벼슬로서 '별가別駕'라고도 불렀지만 실질적인 권한은 없었다. 다만 대도독부大都督府의 '장사'는 상당히 지위가 높아서 절도사로 임명되는 경우도 있었다. 청나라 때에 이르면 친왕부親王府와 군왕부郡王府에 '장사'를 두어 업무를 처리하게 했는데, 그 지위는 당나라 때의 '별가'와 비슷했지만 실무를 처리하는 권한이 있었다는 점은 조금 다르다.

절강浙江 지명. 중국 동남쪽 연해 지역으로, 남으로 푸〔福建〕, 서쪽으로 안훼이〔安徽〕와 쟝시〔江西〕, 북으로 상하이〔上海〕와 쟝쑤〔江蘇〕에 인접해 있는 지역이다. 해당 지역의 거의 중앙 지점을 첸탕강〔錢塘江〕이 관통한다. 역대로 이곳은 춘추시대 오나라와 월나라, 삼국시대의 동오, 육조시대의 남조가 자리 잡았던 적이 있다. 오늘날 이곳은 중국의 성省 중 면적은 가장 작지만 인구밀도는 가장 높은 곳 중 하나로 꼽힌다. 대표적인 도시로 후저우〔湖州〕, 사오싱〔紹興〕, 원저우〔溫州〕, 닝뽀〔寧波〕, 진화〔金華〕, 저우산〔舟山〕, 항저우〔杭州〕, 리쉐이〔麗水〕 등을 꼽을 수 있다.

주공周公 인명. 여기서는 주나라 문왕文王의 넷째 아들 희단姬旦(또는 숙단叔旦)을 가리킨다. 그가 다스리던 지역이 주(지금의 산시〔陝西〕 치산〔岐山〕 북부)였기 때문에 '주공'이라고 불렸다. 주나라 건립 초기에 정치와 군사, 사상 분야에서 뛰어난 업적을 남겼고, 무엇보다도 무왕武王의 어린 아들이 왕위를 이었을 때 섭정으로 나라를 보살피면서 이른바 '삼감三監의 반란'이라는 국가적 위기를 극복하고 봉건제도를 확립함으로써 후세 왕조의 체제에 모범을 제시했다. 또한 유가의 예법의 토대를 정비한 점으로 훗날 공자가 평생토록 가장 존경했던 성인 중 하나가 되었다.

주령酒令 놀이 놀이의 일종. 술자리에서 흥을 북돋기 위한 놀이로, 이미 서주西周 시기부터 시작되었고 수·당 무렵에는 어느 정도 틀이 정착된 것으로 보인다. 일반적으로 주령놀이를 할 때에는 술자리에 앉은 사람 중 하나를 우두머리〔令官〕로 정하고, 나머지 사람들은 우두머리가 정한 규칙에 따라 순서대로 돌아가며 시사詩詞를 읊거나 연구聯句를 짓거나 기타 정해진 일을 행한다. 이와 같은 놀이의 방식은 아주 다양하지만, 결국 규칙을 어긴 사람은 대개 벌주를 마시기 때문에 이 놀이를 '행령음주行令飮酒'라고도 부른다.

중양절重陽節 절기 이름. 해와 달의 기운 가운데 양陽의 기운이 최고조에 달한 음력 9월 9일을 가리키며 '노인절老人節' 또는 '중구重九'라고도 부른다. 이 명절은 이미 전국시대부터 시작되었다고 알려졌으나 정식 명절이 된 것은 당나라 때부터이다. 이날은 온 가족이 모여서 '답추踏秋'라고 부르는 나들이를 나가 조상의 무덤에 성묘하고, 재난을 피하는 의식으로 옷이나 머리에 수유茱萸를 꽂고 높은 곳에 오르거나 국화를 감상하는 등의 풍속이 있다. 또 지역에 따라 갖가지 특색 있는 음식을 만들어 먹기도 한다.

지옥권대脂玉圈帶 옥으로 장식한 허리띠. '지옥脂玉'은 흔히 '양지옥羊脂玉'이라고 부르는 최고급의 백옥白玉을 가리키는데, 이것으로 갖가지 문양을 만들어 장식한 허리띠일 것으로 추측된다.

지장암地藏庵 암자 이름. 『홍루몽』에 나오는 가상의 암자로서, 이곳의 주지는 '원심圓心'이라는 법명을 가진 여승이다. 훗날 가씨 가문의 극단이 해체되었을 때 예관과 우관이 그의 제자가 되어 출가한다.

지현知縣 벼슬 이름. 진·한 이래 군현제에서 하나의 현을 다스리는 사람을 현령이라고 했는데, 당나라 때는 현령의 업무를 대신하는 사람을 '지현사知縣事'라고 불렀고, 송나라 때는 조정의 관리를 현에 파견하여 행정을 총괄하게 하면서 '지현사'

라고 불렀는데, 이것을 줄여서 '지현'이라고 했다. 지현은 해당 지역에 군대가 주둔해 있을 때는 군대 업무까지 총괄했다. 원나라 때는 현의 장관을 현윤縣尹이라고 했다. 명·청 시대에 지현은 해당 지역의 정식 장관으로, 정칠품에 해당하는 관리였기 때문에 속칭 '칠품지마관七品芝麻官'이라고도 불렸다.

진여眞如　불교 용어. 일반적으로 불변의 최고 진리, 또는 본체本體를 의미하는데, 구체적인 내용은 불교의 각 종파에 따라 조금씩 다르다. 『대반야경大般若經』제360권에서 제시한 법성法性, 법계法界, 불허망성不虛妄性, 불변이성不變異性, 평등성平等性, 이생성離生性, 법정法定, 법주法住, 실제實際, 허공계虛空界, 불사의계不思議界 등 12가지 개념이나, 그 외의 열반涅槃, 무위無爲, 공성空性, 승의勝義, 일여一如, 여여如如 등도 모두 '진여'의 별칭이라고 할 수 있다.

진해통제鎭海統制　벼슬 이름. 『홍루몽』에서 설정한 가상의 무관 벼슬이며, 정식 명칭은 '진수해문등처총제'이다. 남송 때인 1127년에 설치된 어영사에 군대의 장수들을 총괄 관할하던 도통제를 보좌하던 '통제'와 '통령'이라는 직책이 있었는데, 이를 모델로 만들어낸 듯하다. 제99회에 따르면 이것은 가정과 동향 사람으로서 나중에 가탐춘의 시아버지가 되는 주경에게 부여된 벼슬이며, 주요 임무는 바닷가 변경의 국방과 치안, 관세 업무를 총괄하는 것으로 보인다.

철함사鐵檻寺　절 이름. 가씨 가문에서 가문의 중요한 인물이 죽었을 때 영구를 안치하고 장례식을 치르는 곳이다. 이 절은 경사의 성 밖에 위치해 있고, 주지는 색공色空이다. 진가경과 가경 등의 장례가 이곳에서 치러지며, 진종과 지능이 밀회를 즐겼던 수월암(만두암) 역시 이 절에 속한 암자이다.

최앵앵崔鶯鶯　소설의 등장인물. 당나라 때의 저명한 시인 원진이 지은 『앵앵전鶯鶯傳』에 등장하는 여주인공이다. 그녀는 자신의 먼 친척인 서생 장張 아무개와 사랑에 빠지는데, 하녀인 홍낭이 둘의 사이가 맺어지도록 중간에서 도와준다. 이렇게 해서 둘은 은밀하게 잠자리를 같이하게 되고 뜨거운 사랑을 나누지만, 훗날 과거시험을 보러 장안長安으로 떠난 장서생은 최앵앵의 애틋한 마음이 담긴 장문의 편지와 애정이 담긴 선물을 받고도 끝내 그녀에게 돌아가지 않는다. 게다가 그는 주변 사람들에게 요물인 그녀를 버린 자신의 결정이 훌륭했다고 자랑까지 하고 다닌다. 결국 최앵앵은 다른 사람과 결혼하게 된다.

치정사癡情司　건물 및 부서 이름. 결원사結怨司, 조제사朝啼司, 모곡사暮哭司, 춘감사春感司, 추비사秋悲司, 박명사薄命司와 함께 제5회에서 가보옥이 꿈속에서 찾아간 태허환경에서 선녀의 안내를 받아 안으로 들어갔을 때 늘어선 궁전들에 걸린 현판의 내용들 중 하나이다. 이것들은 모두 남녀가 정에 빠져(癡情) 서로 원한을 맺어서(結怨) 아침저녁으로 통곡하고(朝啼 暮哭), 봄날에는 감상에 젖고(春感) 가을에는 슬픔에 잠긴다(秋悲)는 뜻을 담고 있다. '사司'는 그런 인간 세상의 남녀를 관장하는 부서部署라는 뜻이다.

탕湯 인명. 전설상의 중국 상고上古시대에 하나라를 세워 태평성대를 이끈 현명한 군주이며, 유가에서 성인으로 받들어지는 인물이다. 제곡帝嚳의 아들 설契의 14대 자손으로서 성은 자子, 이름은 이履, 또는 천을天乙이다. 하나라 말엽 상족商族의 우두머리로서 어진 정치로 백성의 지지를 얻어 폭군 걸桀을 내쫓고 상나라를 건립하고 박亳 땅에 도읍을 정했다. '탕'은 원래 그의 시호인데, 종종 '성탕成湯'이라고도 불린다.

태사太師 벼슬 이름. '태사(大師)'라고도 쓰고 '태재太宰'라고도 불리며, 군주를 가까이에서 보필하는 벼슬이다. 이 벼슬은 이미 서주西周시대부터 있었으며, '육경六卿'의 우두머리로서 태부太傅 및 태보太保와 더불어 '삼공三公'으로 칭해지는 영예로운 직함이다. 그러나 이 직함은 대체로 지위 높은 벼슬아치에게 추가로 더해지는 것으로, 정원도 정해지지 않았고 실제적인 권한도 없었다. 명·청 시대에는 정일품에 해당하는 직위였다.

태의太醫 벼슬 이름. 고대 궁중에서 의약을 담당하는 관리이다. 명·청 시대에 태의원太醫院의 장관을 원사院使라고 불렀다. 하지만 송·원 이후로 태의는 일반적인 의사를 높여 부르는 말로 사용되기도 했다.

태허환경太虛幻境 지명. 『홍루몽』에 나오는 가상의 신선세계로서 인간 세상의 애정사를 주관하는 곳이다.

통령보옥通靈寶玉 옥 이름. 『홍루몽』에서 만들어낸 신화의 산물이다. 가보옥이 태어날 때 입에 물고 태어난 이 옥의 앞면에는 "통령보옥通靈寶玉. 잃지도 잊지도 말지니, 신선의 수명은 영원하도다(莫失莫忘 仙壽恆昌)."라는 글이, 또 그 뒷면에는 "첫째, 사악한 악령을 없애고(一除邪崇) 둘째, 사랑으로 인한 병을 고치고(二療冤疾) 셋째, 재앙과 복을 깨닫게 한다(三知禍福)."라는 글이 새겨져 있다.

팔고문八股文 문체文體 이름. 명·청 시대에 과거시험의 답안 작성에 사용하도록 규정된 특수한 문체로, 시문時文, 사서문四書文, 제예制藝, 경의經義, 정문程文 등으로도 부른다. 이 문체는 파제破題, 승제承題, 기강起講, 입제入題, 기고起股, 중고

中股, 후고後股, 속어결구束語結句의 여덟 부분으로 구성되는데 이를 통해 '사서'를 중심으로 한 유가 경전의 내용을 논술식으로 서술하는 것이다. 이 문체는 비록 '성인을 대신하여 논의를 세운다〔代聖立論〕.'는 명분을 내세우지만 사실상 각 부분에 비교적 엄격하게 규정된 형식에 따라 일정한 글자 수를 써야 하기 때문에 실질적인 자기주장이나 창의적인 내용을 쓰기 어려웠다. 이 때문에 당시부터 이미 많은 학자들로부터 진정한 학문의 발전과 사대부의 인격 수양을 가로막는 장애물이라고 비판을 받았으며, 1902년에 공식적으로 폐기되었다.

패루牌樓 건축용어. 패방牌坊이라고도 하며, 원래는 옛날에 어떤 사람의 덕행을 널리 알리기 위해 세운 기념비적인 건축물을 가리킨다. 대개 2개의 기둥 위쪽에 가로로 된 현판을 걸고 거기에 덕행의 내용과 관련된 글자를 새긴 것이다. 패루는 2개 또는 4개의 기둥을 나란히 세우고 그 위에 처마 형태의 장식을 얹은 후, 그 중앙에 편액을 붙인 형태로 지어진다. 대개 거리의 요충지나 명승지에 세워져 편액에 그곳의 지명을 새겨놓게 된다.

평안주平安州 지명. 『홍루몽』에서 설정한 허구의 지명이다. 제106회에 따르면 이 지역을 다스리는 장관이 가사를 비롯한 경사京師의 벼슬아치들에게 아부하고 상부와 한통속이 되어 백성들을 학대하면서 수많은 중범죄를 저지른 사실이 어사 이李 아무개에게 적발되어 탄핵을 당했다고 했다.

허유許由 인명. 이름을 허요許繇라고도 쓰며, 자는 무중武仲 또는 도개道開로서, 전설 속의 은사隱士이다. 전설에 따르면 그는 요堯임금 때 지금의 영수潁水 유역의 덩펑〔登封〕, 쉬창〔許昌〕, 위저우〔禹州〕, 루저우〔汝州〕, 창거〔長葛〕, 옌링〔鄢陵〕 일대에서 허성許姓의 부족을 통솔했다고 한다. 대략 기원전 2155년 무렵에 요임금이 그에게 천하의 주인 자리를 물려주려 하자 그는 영수 강물에 귀를 씻고 산속에 은거해버렸으며, 결국 기산箕山 꼭대기에 묻혔다고 한다.

현묘玄墓 산 이름. '원묘元墓'라고도 쓰며, 지금의 쟝쑤〔江蘇〕 쑤저우〔蘇州〕 우현〔吳縣〕에 있다. 이곳은 매화나무가 많아서 꽃이 필 때 풍경이 아름다워 '향설해香雪海'라는 별칭을 가지고 있기도 하다. 『홍루몽』에서 이곳은 묘옥이 경사로 오기 전에 있었던 곳으로, 그녀는 그곳의 반향사蟠香寺에서 매화에 쌓인 눈을 모아 짙푸른 꽃 항아리에 담아 5년 동안 보관했다가 제41회에서 가보옥와 임대옥, 설보차에게 차를 대접할 때 그 물로 차를 우려냈다.

호리피猢狸皮 가죽 이름. 화려하고 두터우며 부드러운 광택을 지닌 최고급 여우 가죽의 하나이다. 그 색깔은 분홍색, 흰색, 은회색 등이 있다.

호주 湖州　지명. 오늘날 저장성(浙江省) 북부, 상하이(上海)의 서쪽, 항저우(杭州)의 북쪽에 위치한 도시로, 서쪽으로 톈무산(天目山)이 있고 북쪽으로 타이후(太湖)가 있다. 이곳의 역사는 기원전 248년에 초나라 춘신군春申君이 성을 쌓아 고성현菰城縣을 설치하면서 시작되었으며, 수나라 때인 서기 602년에 호주湖州로 바뀌었다. 이 지역 사투리로는 오어吳語에 속하는 태호편방언太湖片方言이 많이 쓰인다. 북아열대 계절풍 기후를 보이는 이곳은 자연자원이 풍부하고 특히 전국적으로 유명한 '모죽毛竹'의 생산지이기도 하다.

획권劃拳 **놀이**　'시권놀이' 항목 참조

가부賈府와 대관원 평면도

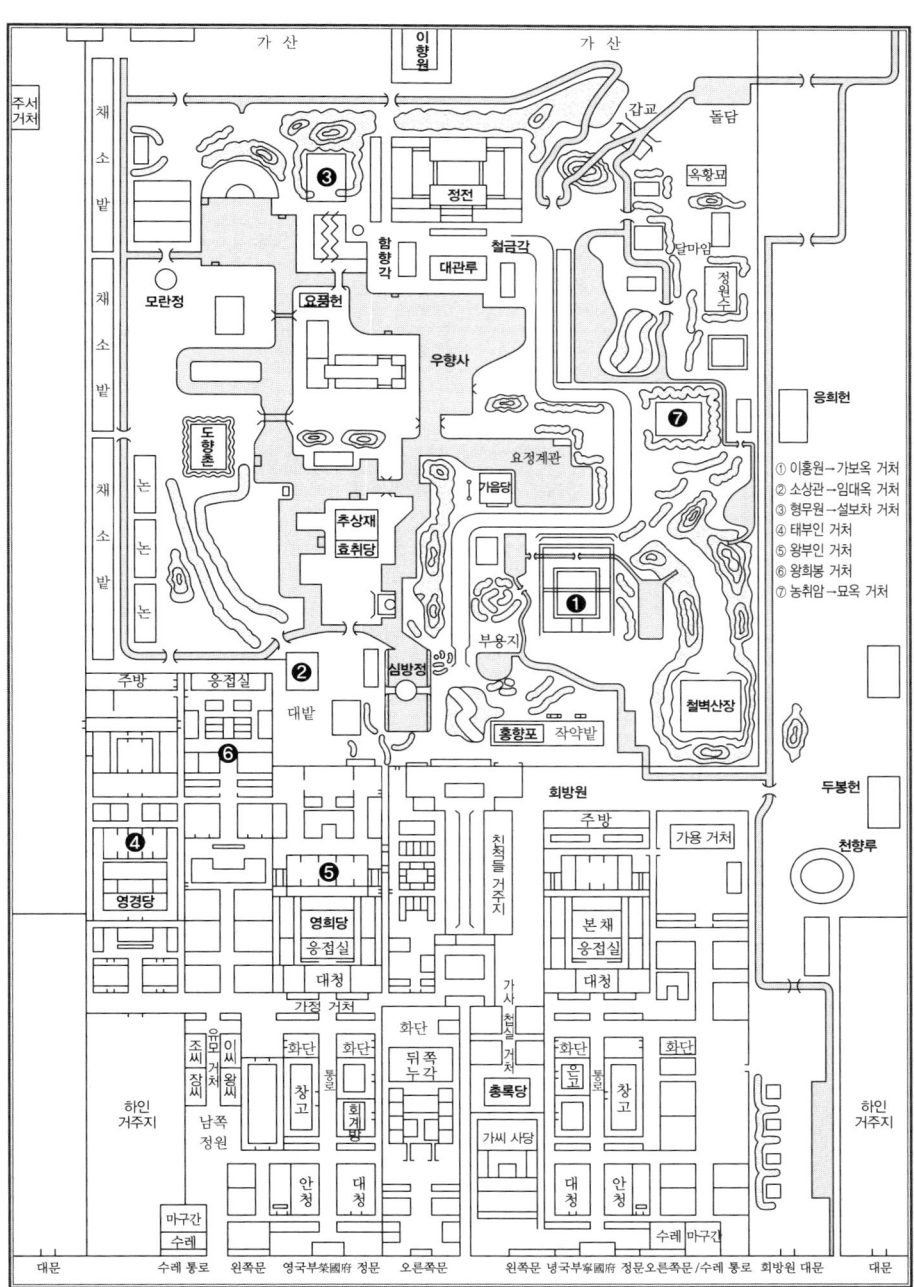

| 연표* |

회차	연차	계절/월일	주요 사건	참고
104	21	?	가화, 예이에게 곤장을 침. 예이, 은혜를 저버린 가운으로 인해 가씨 가문에 원한을 품음.	
		?	가정, 황제를 알현하고 공부에서 일하게 됨.	
105		?	녕국부와 영국부의 재산이 몰수됨. 가사, 가진, 가용, 체포됨.	
106		?	영국부의 재산을 돌려받음. 가정, 공부 원외랑 벼슬 유지.	
		?	태부인, 뜰에서 황천보살에게 가문의 안녕을 기원하는 제사를 올림.	
		?	사상운 시집감.	
107		?	가사와 가진, 벼슬을 잃고 유배지로 떠남. 태부인, 자신이 모아놓은 재물 나누어줌. 가정, 영국공 작위 세습받음.	
		?	포용, 가화에게 욕을 퍼부음.	
108	22	?	사상운, 태부인에게 문안 인사하러 옴.	
		이튿날	태부인, 설보차의 생일잔치를 열어줌. 태부인, 사람을 보내 가영춘을 불러옴. 가보옥, 화습인과 함께 대관원에 들어가 임대옥을 생각하며 통곡함.	설보차의 생일은 다음날이지만 이틀 동안 잔치를 엶.
109		?	가보옥, 꿈속에서 임대옥의 혼령과 만나려고 함.	
		이튿날	가영춘, 시집으로 돌아감. 그날 밤, 가보옥은 유오아를 청문으로 착각하고 실수를 함.	

* 이 연표는 가보옥이 태어나면서 이야기가 시작된 첫 해를 기점으로 하여 주요 사건을 날짜별로 정리한 것이다. 다만 『홍루몽』은 판본의 전승 과정이 복잡하기 때문에 연월일과 계절에 대한 기술이 정확하지 않고 뒤섞이거나 잘못된 부분도 적지 않으며, 특히 제80회 이후로는 연월일에 대한 서술이 거의 없다. 이 때문에 날짜의 경우는 간혹 문맥을 바탕으로 추측한 것도 있어 하루 이틀 정도의 오차가 있을 수도 있음을 밝혀둔다.

		이튿날	설보차, 가보옥의 마음을 붙들어놓기 위해 동침 결심.	
		이튿날	태부인, 자신의 조부에게 물려받은 한나라 때의 옥을 가보옥에게 줌. 태부인의 병이 위중해짐.	
		?	묘옥, 태부인에게 병문안하러 다녀감.	
		?	가영춘 사망. 가정, 태부인의 장례 준비.	
110	22	?	태부인 사망.	태부인 향년 83세. 가보옥 19세.
		5일 후	왕희봉, 과로에 울화가 겹쳐 쓰러짐. 원앙, 태부인을 따라 죽음.	
111		이틀 후	밤에 강도가 침입하고, 포용이 강도들과 결탁한 하삼을 때려죽임.	
112		이튿날	묘옥, 강도에게 납치당함.	
		이튿날	조씨, 귀신이 들려 쓰러짐.	
113		이튿날	조씨 사망. 왕희봉, 우이저의 혼령을 봄. 유노파, 손녀 청아와 함께 세 번째로 영국부를 방문하고, 왕희봉은 그녀에게 가교저의 앞날을 부탁함.	
		?	가보옥, 자견에게 심정을 토로하고 화해하려 했으나 거절당함.	
		?	설과, 형수연과 결혼. 왕희봉 사망.	가탐춘이 시집가고 3년이 되었음. 포용, 진응가를 따라 떠남.
114		?	왕인, 가교저에게 원한을 품음. 평아, 가련에게 왕희봉의 장례비용을 보태줌.	
		열흘 남짓 후	진응가, 가정을 방문하고 철함사로 가서 태부인의 영전에 조문함.	
115	23	?	가석춘, 출가할 마음을 굳힘. 진보옥, 어머니를 따라 영국부를 방문하여 가보옥과 만남.	왕부인, 진보옥의 혼사를 정해주기로 약속함.
		며칠 후	가보옥의 병세가 다시 심해짐. 승려가 나타나 옥을 돌려주고, 가보옥의 병이 나음. 가보옥, 혼령이 빠져나와 다시 태허환경에 다녀옴.	
116		?	가정, 가용과 함께 태부인, 왕희봉, 진가경, 임대옥, 원앙의 영구를 고향으로 옮기기 위해 출발.	가보옥, 속세에 대한 인연과 정을 끊어감.
117		?	승려가 다시 찾아오고, 가보옥은 옥을 돌려주려 하지만 화습인과 자견의 만류로 실패.	설씨 댁 마님과 향릉, 설과, 형수연은 이미

			가련, 폐병으로 위독해진 가사를 만나러 떠나며 가교저의 혼사를 왕부인에게 맡김.	다른 곳으로 이사함. 가운과 가장, 바깥살림 맡아 흥청망청 탕진. 묘옥, 강도에게 피살당했을 거라는 소문이 돎.
118		?	가화, 탐관오리로 몰려 탄핵을 받고 감옥에 갇힘. 우씨, 가석춘의 출가를 허락하자고 함.	
		?	가석춘, 출가하지 않은 채 집에서 수행하기로 결정. 자견, 가석춘을 따라 수행	이 무렵 가보옥은 가란과 함께 열심히 과거시험을 준비함. 평아, 왕인 등의 속셈을 알고 왕부인에게 대책을 호소.
		?	가정, 뇌상영에게 도움을 청했다가 박대를 받음.	
		?	왕인, 형덕전, 가환 등이 가교저를 제후의 첩으로 팔아넘기려고 계책을 세움.	
		?	가정의 편지 도착, 가석춘이 경사로 돌아오게 됨을 알림.	
		8월 3일	사망한 태부인의 생일.	
119	23	며칠 후	가보옥, 과거시험을 치르러 떠나며 왕부인, 설보차와 작별함.	제후가 사정을 알게 됨으로써 왕인 등의 계책이 실패로 끝남. 진보옥도 거인에 급제. 가진, 녕국공의 삼등 세습작위를 이어받음.
		?	형부인, 가환과 형덕전의 부추김에 넘어가 가교저를 시집보내기로 결정. 유노파, 영국부 방문. 평아, 가교저와 함께 유노파를 따라 시골로 피신.	
		?	가보옥, 과거시험이 끝나고 행방불명이 됨.	
		?	가석춘, 친정을 방문하여 왕부인 등을 위로함.	
		?	가보옥과 가란, 거인에 급제.	
		?	가사와 가진, 사면받음.	
		?	가련, 집으로 돌아옴. 평아와 가교저, 집으로 돌아옴.	
120		?	화습인, 꿈에 가보옥을 만남.	설보차, 가보옥의 아이를 임신함. (진비가 가화에게 한 말에 암시된 바에 따르면, 그 아들의 이름은 가계賈桂가 됨.)
		?	가정, 태부인 등의 영구를 금릉의 무덤에 안장.	
		?	가정, 귀가 도중 비릉역에서 가보옥의 작별 인사 받음.	
		?	가사와 가진, 집에 돌아옴.	
		?	향릉, 설반의 정실부인이 됨.	
		?	화습인, 장옥함과 결혼.	
		?	가화, 사면을 받고 고향으로 돌아가다가 급류진 각미도에서 진비를 다시 만나고, 그를 따라 출가함.	
		?	향릉, 아들 낳고 사망.	
	?	?	공공도인, 조설근에게 『석두기』 원고를 전함.	

| 홍루몽 차례 |

──────── 제1권 ────────

제1회
진비는 꿈속에서 신령한 돌을 알게 되고
가화는 속세에서 미녀를 그리워하다

제2회
임대옥의 어머니는 양주에서 세상을 떠나고
냉자홍이 영국부에 대해 자세히 설명하다

제3회
가화는 권세가의 도움으로 옛 벼슬을 다시 얻고
임대옥은 아버지를 두고 경사로 들어가다

제4회
박명한 여자는 하필 박명한 남자를 만나고
호로묘의 중은 살인 사건을 엉터리로 판결하게 하다

제5회
태허환경을 노닐다 열두 미녀에 대한 수수께끼를 듣고
신선의 술 마시며 홍루몽 노래를 듣다

제6회
가보옥이 처음으로 운우지정을 경험하고
유노파가 처음으로 영국부에 들어오다

제7회
궁중에서 보낸 꽃을 전하며 가련은 왕희봉을 희롱하고
녕국부 연회에서 가보옥은 진종을 만나다

제8회
통령보옥을 살피다 금앵은 슬쩍 뜻을 드러내고
설보차를 탐문하다 임대옥은 조금 질투를 품다

제9회
사랑을 좇아 벗과 함께 글방에 들어가고
의심에 찬 못된 아이가 학당에서 소란을 피우다

제10회
김과부는 이권을 탐하다 모욕을 당하고
의원 장씨는 병을 논하며 근원을 자세히 따지다

제11회
녕국부에서는 생일 축하 잔치가 열리고
왕희봉을 본 가서는 음탕한 마음을 품다

제12회
왕희봉은 상사병을 다스릴 독한 계책을 세우고
가서는 풍월보감의 앞면을 비춰보다

제13회
진가경은 죽어 용금위에 봉해지고
왕희봉은 녕국부의 일을 도와 처리하다

제14회
임해는 양주성에서 죽고
가보옥은 길에서 북정왕을 알현하다

제15회
왕희봉은 철함사에서 권세를 부리고
진종은 만두암에서 재미를 보다

제16회
가원춘은 봉조궁에 뽑혀가고
진종은 요절하여 황천으로 가다

제17~18회
대관원에서 재주를 시험하여 대련을 짓게 하고
현덕비가 찾아와 영국부에서 보름달을 즐기다

―――――――――――――― 제2권 ――――――――――――――

제19회
절절한 사랑 넘치는 밤 미녀는 말뜻을 알아듣고
끝없는 생각 이어지는 고요한 날 옥은 향기를 풍기다

제20회
왕희봉은 질투심 품은 이에게 바른말을 하고
임대옥은 아양 떠는 말투를 흉내 내어 조롱하다

제21회
현명한 화습인은 가보옥을 꾸짖어 경계하고
어여쁜 평아는 부드러운 말로 가련을 구하다

제22회
노래 가사를 듣고 가보옥은 선기를 깨닫고
수수께끼를 만들며 가정은 불길한 예감에 슬퍼하다

제23회
서상기의 오묘한 가사는 희롱하는 말과 통하고
모란정의 고운 곡조는 미녀의 마음을 경계하다

제24회
취금강은 재물을 가벼이 여기며 의협을 숭상하고
사랑에 빠진 소녀는 손수건 남겨 그리움을 일으키다

제25회
마법에 걸린 자제는 귀신을 만나고
홍루의 꿈에 신령과 통하여 두 신선을 만나다

제26회
봉요교에서 말을 꾸며 마음을 전하고
소상관에서 봄날 졸음 속에 그윽한 정을 내비치다

제27회
적취정에서 양귀비는 호랑나비 희롱하고
매향총에서 조비연은 지는 꽃 보며 눈물 흘리다

제28회
장옥함은 정을 담아 비단 허리띠를 선물하고
설보차는 부끄러워 붉은 사향 염주를 벗어주다

제29회
복 많은 이는 복이 많은데도 복을 기원하고
사랑에 빠진 여인은 사랑이 깊어도 더욱 정을 바라다

제30회
설보차는 부채 일을 핑계로 양쪽을 치고
영관은 '장' 자를 써 바깥 사람과 사랑에 빠지다

제31회
부채를 찢어 미녀의 귀한 웃음 짓게 하고
기린 장식을 빌려 백년해로의 복선을 깔아두다

제32회
가보옥은 마음속의 의혹을 하소연하고
금천은 치욕을 못 이겨 스스로 목숨을 끊다

제33회
기회를 엿보던 형제는 입을 함부로 놀리고
못난 자식 가보옥은 모진 매를 맞다

제34회
사랑 가운데 사랑으로 인하여 누이에게 감동하고
잘못을 거듭하니 이를 지적하며 오빠를 타이르다

제35회
백옥천은 몸소 연잎탕을 맛보고
황금앵은 매화 무늬 주머니를 잘 짜주다

―――――――――――――― 제3권 ――――――――――――――

제36회
강운헌에서 원앙을 수놓을 때 꿈의 계시를 받고
이향원에서 연분은 운명에 따라 정해짐을 깨닫다

제37회
추상재에서 우연히 해당사를 결성하고
형무원에서 밤에 국화를 제목으로 시를 쓰다

제38회
임대옥은 국화 시 짓기에서 으뜸을 차지하고
설보차는 게에 대한 시로 세상을 풍자하다

제39회
시골 노파는 제멋대로 입을 놀리고
정 많은 총각은 짓궂게 마음을 캐묻다

제40회
태부인은 대관원에서 두 차례 잔치를 열고
김원앙은 술자리에서 세 번 주령을 내다

제41회
농취암에서 차를 품평할 때 눈 같은 매화 피고
이홍원에는 걸신들린 메뚜기가 들이닥치다

제42회
설보차는 부드러운 말로 의혹을 풀어주고
임대옥은 점잖은 농담으로 여운을 보충하다

제43회
재미 삼아 돈을 모아서 생일잔치를 하고
옛정을 못 잊어 흙을 모아 향을 피우다

제44회
예기치 못한 변이 생겨 왕희봉은 질투를 하고
뜻밖의 기쁜 일이 생겨 평아는 단장을 하다
제45회
마음 맞는 친구는 서로 마음을 나누고
비바람 부는 밤 시름 속에 비바람을 노래하다
제46회
고약한 사람은 고약한 일을 피하기 어렵고
원앙 아가씨는 짝을 갖지 않기로 맹세하다
제47회
어리석은 패왕은 집적대다가 모진 매를 맞고
냉정한 사내는 재앙이 두려워 타향으로 도망치다
제48회
난봉꾼은 사랑에 실패하자 기예를 배우려 생각하고
고상함을 흠모하는 여인은 힘겹게 시집을 만들다

제49회
유리 같은 세상의 흰 눈 속에서 붉은 매화 피고
규중의 아름다운 아가씨는 날고기를 베어 먹다
제50회
노설엄에서 앞다투어 연구를 지어 풍경을 노래하고
난향오에서 고상하게 봄맞이 등롱 수수께끼를 만들다
제51회
설보금은 회고시를 새로 짓고
돌팔이 의원 호씨는 독한 약을 함부로 쓰다
제52회
현명한 평아는 인정상 새우수염 팔찌 일을 덮어주고
씩씩한 청문은 병중에도 공작 깃털 갖옷을 기워주다

―――――― 제4권 ――――――

제53회
녕국부에서는 섣달 그믐밤 사당에서 제사를 올리고
영국부에서는 정월 보름날 밤에 잔치를 열다
제54회
태부인은 진부한 옛 틀을 비판하고
왕희봉은 노래자를 흉내 내다
제55회
친딸에게 모욕을 주며 어리석은 첩은 괜한 화를 내고
어린 주인을 속이며 나쁜 종은 못된 마음을 품다
제56회
영민한 탐춘은 이로운 일을 일으켜 옛 폐단을 없애고
때를 아는 보차는 작은 은혜를 베풀어 체통을 보전하다
제57회
슬기로운 자견은 바른 말로 보옥을 시험하고
자상한 설씨 댁은 따뜻한 말로 대옥을 위로하다
제58회
살구나무 그늘에서 가짜 봉황은 헛된 짝을 슬퍼하고
창가에서 참된 사랑으로 어리석은 이치를 헤아리다
제59회
유엽저 근처에서 앵아와 춘연을 꾸짖고
강운헌에서 장수를 불러 병부를 띄우다
제60회
말리화 가루로 장미초를 대신하고
장미즙 덕분에 복령상을 얻다
제61회
쥐 잡으려다 그릇 깰까봐 보옥은 장물을 감싸주고
억울한 사건을 판결하며 평아는 권세를 휘두르다

제62회
장난기 많은 사상운은 술 취해 작약꽃 깔고 자고
철모르던 향릉은 도움을 받아 석류 치마를 벗다
제63회
이홍공자의 생일을 축하하며 미녀들이 잔치를 열고
가경이 금단을 먹고 죽어 우씨 혼자 상을 치르다
제64회
슬픔에 잠긴 숙녀는 다섯 미인에 대해 시를 짓고
방탕한 탕자는 사랑에 빠져 구룡패를 선물하다
제65회
가련은 몰래 우이저에게 장가들고
우삼저는 유이랑에게 시집가려고 생각하다
제66회
다정한 우삼저는 수치심 때문에 저승으로 돌아가고
냉정한 유상련은 감정이 식어 불문으로 들어가다
제67회
토산품을 선물받은 임대옥은 고향을 생각하고
비밀을 들은 왕희봉은 어린 하인을 심문하다
제68회
불쌍한 우이저는 속아서 대관원으로 들어가고
시기심 많은 왕희봉은 녕국부에서 소란을 피우다
제69회
잔꾀를 부려 남의 칼을 빌려 살인하고
죽을 때를 깨닫자 생금을 삼켜 자살하다

―― 제5권 ――

제70회
임대옥은 도화사를 다시 세우고
사상운은 우연히 버들 솜의 노래를 짓다

제71회
불평 많은 사람은 일부러 불평거리를 만들고
원앙은 뜻밖에 짝 한 쌍을 만나다

제72회
자존심 강한 왕희봉은 자기 병을 숨기고
내왕댁은 위세를 믿고 억지로 사돈을 맺다

제73회
어수룩한 계집애는 줍지 말아야 할 수춘낭을 줍고
나약한 아가씨는 머리 장식 훔친 유모를 문책하지 않다

제74회
간악한 참소에 속아 대관원을 수색하고
고고한 절개를 지키기 위해 녕국부와 연을 끊다

제75회
밤에 잔치를 여니 이상한 징조로 슬픈 소리 들리고
중추절 새 노래 감상하다가 훌륭한 참언을 얻다

제76회
철벽당에서 피리 소리 감상하다 처량함을 느끼고
요정관에서 연구를 짓다가 적막함에 슬퍼하다

제77회
어여쁜 시녀는 억울한 마음 품고 요절하고
고운 배우는 정을 끊고 수월암으로 들어가다

제78회
늙은 학사는 한가로이 아름다운 사를 모으고
정에 빠진 공자는 멋대로 부용을 위한 조문을 짓다

제79회
설반은 사나운 부인 얻은 걸 후회하고
가영춘은 배덕한 이리에게 잘못 시집가다

제80회
향릉은 탐욕스러운 남편에게 억울한 매를 맞고
왕도사는 엉터리로 질투 고치는 처방을 지껄이다

제81회
운수를 점치려고 네 미녀와 함께 낚시질을 하고
아버지의 엄명을 받들어 두 번째로 글방에 들어가다

제82회
노선생은 글 뜻을 해설하여 어리석은 마음 경계하고
병 많은 임대옥의 영혼은 악몽에 놀라다

제83회
궁궐에 들어가 귀비에게 병문안을 하고
규방의 소동에 설보차는 말을 삼키다

제84회
문장을 시험 친 후 처음으로 가보옥의 혼담이 오가고
경기 일으킨 가교저를 보러 간 가환은 또 원한을 맺다

제85회
가정은 승진하여 낭중 벼슬을 받고
설반은 죄를 지어 유배형에 처해지다

제86회
뇌물을 받은 관리는 판결을 뒤집고
한가한 정취 실어 숙녀는 악보를 해석하다

―― 제6권 ――

제87회
가을 감상에 젖어 거문고를 타며 옛일을 슬퍼하고
좌선을 하다가 잡념이 일어 심마에 빠지다

제88회
가족의 기쁨을 사고자 가보옥은 가란을 칭찬하고
집안을 바로잡고자 가진은 하인에게 매질을 하다

제89회
사람은 죽고 물건은 남아 도련님이 노래를 짓고
부질없는 의심이 병이 되어 임대옥은 곡기를 끊다

제90회
솜옷 잃은 가난한 여인은 말다툼을 참아내고
과일을 받은 도련님은 영문을 몰라 놀라다

제91회
음심을 품은 보섬은 교묘한 계략을 쓰고
의심에 찬 가보옥은 엉터리 선문답을 하다

제92회
열녀전을 평하니 가교저는 현량한 규수를 흠모하고
가정은 모주를 감상하다 만나고 헤어지는 이치를 깨닫다

제93회
진씨 댁 하인은 가씨 댁에 와서 몸을 의지하고
수월암에서는 연애사가 드러나다

제94회
해당화 피어 잔치 벌이며 태부인은 꽃신에게 감사하고
통령보옥을 잃은 가보옥은 기이한 재앙을 예감하다

제95회
거짓말이 사실이 되어 원비가 세상을 떠나고
가짜와 진짜가 뒤섞여 가보옥이 실성하다

제96회
왕희봉은 남모르게 기발한 계책을 꾸미고
임대옥은 기밀이 누설되어 본성이 혼미해지다

제97회
임대옥은 원고를 불살라 연정을 끊고
설보차는 규방에서 나와 혼례를 올리다

제98회
고달픈 강주선자의 혼은 이한천으로 돌아가고
병중 신영시자의 눈물은 그리움의 땅에 뿌려지다

제99회
관청의 규율 지키려는데 못된 노비들이 관례를 깨고
늙은 이모부는 저보를 보고 스스로 놀라다

제100회
좋은 일을 망친 향릉은 하금계에게 깊은 원한을 사고
멀리 시집가는 누이에게 가보옥은 이별의 정을 느끼다

제101회
대관원 달밤에 유령이 나타나서 놀라고
산화사에서 점을 치니 이상한 점괘가 나오다

제102회
녕국부의 혈육들은 요사한 병에 걸리고
대관원에서는 부적으로 요괴를 몰아내다

제103회
악독한 계략을 꾸민 하금계는 제 몸을 불태우고
진리에 어두운 가화는 부질없이 옛 은인을 만나다

———————— 제7권 ————————

제104회
취한 금강은 미꾸라지처럼 큰 물결 일으키고
정 많은 가보옥은 아픔이 남아 옛정을 떠올리다

제105회
금의위에서 녕국부 재산을 조사해 몰수하고
감찰어사가 평안주를 탄핵하다

제106회
왕희봉은 재앙을 초래하여 수치스러워하고
태부인은 재앙과 우환을 없애달라고 하늘에 기도하다

제107회
태부인은 남은 재산을 나눠주어 대의를 밝히고
가정은 천은을 입어 세습 직위를 회복하다

제108회
설보차를 즐겁게 해주려고 억지로 생일잔치를 열고
죽은 이 못 잊다 소상관에서 귀신의 곡소리를 듣다

제109회
향기로운 영혼을 기다리다 오아에게 잘못된 사랑을 쏟고
죄업의 빚을 갚고 나서 가영춘은 본래 세계로 돌아가다

제110회
태부인은 천수가 다해 저승으로 돌아가고
왕희봉은 쓸 힘이 위축되어 인심을 잃다

제111회
원앙은 주인을 따라 죽어 태허의 세계로 올라가고
비열한 종은 하늘을 속이고 도적 떼를 끌어들이다

제112회
억울하게도 묘옥 스님은 큰 재앙을 당하고
원한을 죽음으로 갚아 조이낭은 저승으로 가다

제113회
지난 죄업을 참회하며 왕희봉은 유노파에게 의탁하고
옛 감정을 푼 하녀는 다정한 도련님의 마음을 이해하다

제114회
덧없는 생을 겪은 왕희봉은 금릉으로 돌아가고
진응가는 황은을 입어 대궐로 돌아가다

제115회
자기 생각에 미혹된 가석춘은 평소의 소원을 맹세하고
진보옥의 실체를 알게 됨으로써 가보옥은 지기를 잃다

제116회
통령보옥을 얻고 태허환경에서 선계의 인연을 깨닫고
어머니 영구를 모시고 고향으로 돌아가 효도를 다하다

제117회
탈속한 이를 가로막아 두 미녀는 옥을 지키고
무리를 모아 못된 자식이 혼자 집안일을 맡다

제118회
하찮은 미움을 마음에 담은 외숙은 어린 조카를 속이고
수수께끼에 놀란 처첩들은 어리석은 이에게 간언하다

제119회
향시에 급제한 가보옥은 속세의 인연을 끊어버리고
황제의 은혜로 가씨 집안은 누대의 번영을 이어가다

제120회
진비는 태허환경의 정경을 상세히 들려주고
가화는 붉은 누각의 꿈을 귀결시키다

홍루몽 7

1판 1쇄 발행   2012년 12월 5일
1판 4쇄 발행   2025년 3월 25일

지은이   조설근
옮긴이   홍상훈
펴낸이   임양묵
펴낸곳   솔출판사

주소   서울시 마포구 와우산로29가길 80(서교동)
전화   02-332-1526
팩스   02-332-1529
블로그   blog.naver.com/sol_book
이메일   solbook@solbook.co.kr
출판등록   1990년 9월 15일 제10-420호

ISBN   978-89-8133-622-6 (04820)
          978-89-8133-623-3 (세트)

• 잘못된 책은 구입한 곳에서 바꿔드립니다.
• 책값은 뒤표지에 표시되어 있습니다.